新世纪长篇小说

21天

赵冬苓 著

山东文艺出版社

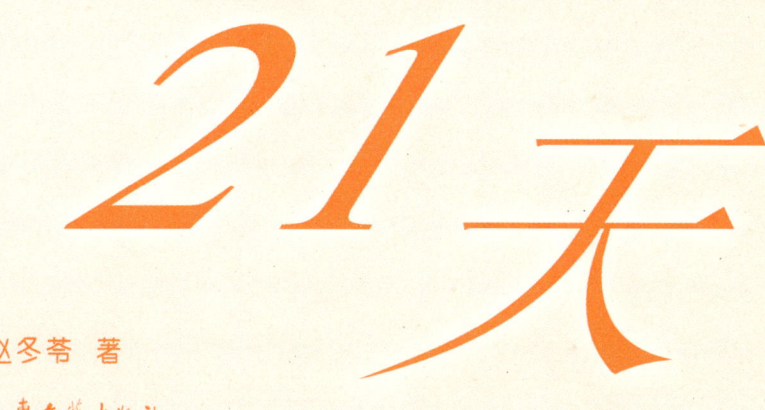

图书在版编目（CIP）数据

21天/赵冬苓著.—济南：山东文艺出版社，2004.4
（新世纪长篇小说）
ISBN 7-5329-2311-8

Ⅰ.21… Ⅱ.赵… Ⅲ.长篇小说-中国-当代
Ⅳ.I247.5

中国版本图书馆CIP数据核字（2004）第008168号

主管部门	山东出版集团
集团网址	www.sdpress.com.cn
出版发行	山东文艺出版社
电子邮箱	sdwy@sdpress.com.cn
地　　址	济南经九路胜利大街39号
印　　刷	山东新华印刷厂临沂厂
版　　次	2004年4月第1版 2004年4月第1次印刷
规　　格	开本/850×1168毫米　1/32 印张/17.75　插页/2　千字/441
印　　数	1—10000
定　　价	28.00元

新世纪长篇小说

内 容 提 要

　　故事发生在二〇〇三年那个难忘的春天。

　　京州市在顺家园B座是一栋普通的居民楼，一名非典患者的被发现使这座楼一下子变成了全市关注的中心。为防止疫情的扩散和保证楼内一百户居民的健康，大楼被整体隔离，从四月二十一日这个不平常的日子开始，整整被隔离了二十一天。

　　这一天，楼内大学教授左光被确诊为胰腺癌，妻子周捷正准备带他外出旅游，以享受生命的最后时光；仕途一帆风顺的官员王贵生刚刚从下面调进这座城市，住进了与患者隔壁的单元房；身心俱疲的歌星倪虹从北京躲非典躲到了这里，遇上了青梅竹马的恋人李立和已经下岗的老同学张亚丽；以钢琴为生命的陈老师和掌握着几千万资产的老总妻子顾真又发生了一场争吵；而五进宫的小偷悄悄从爱着他的女孩素素身边溜开，在大楼被隔离前几分钟溜进了十七楼退休警察高大平家，为的是把已经偏瘫的高大平偷个精光，让他颜面扫地……突然之间发生的灾难，把这一切都改变了。

　　二十一天里，全楼居民由恐惧、焦灼、惊慌失措、彼此隔离到镇定、从容、彼此关爱、互相理解和互相帮助搀扶，经历了灾难的洗礼和精神升华。在这二十一天里，灵魂上沾染了污垢的官员在一次次犯错误的过程中睁开了灵魂的另一双眼睛，重新认识了自己；总也长不大的男孩成熟为有责任感的男子汉；做了一辈子英雄梦的老警察不光挽救了小偷窦康的灵魂和他的爱情，还更深刻地理解了人民警察真正的职责所在；陈老师濒临破碎的家庭之舟，在灾难的颠簸之下重新生出了患难与共的亲情；生命走向尽头的左光用最后的生命之光，完成了一本写在了楼里的书；而大力和他白衣天使的妻子邹烨一起，演绎出了感动全市人民的倾城之恋……

　　这是作者在灾难之中为灾难之后写就的一本书。书中的人和事我们在二〇〇三年的春天都经历过，但又恍如多年后的回首。全篇充满了对灾难、生命、勇气和人与人关系的思考，人物形象鲜明而有光彩，情节一波三折，细节生动鲜活，语言富有哲理而充满文采。

第一章

1

故事从头一天晚上开始,这一天,是二○○三年四月二十日。请注意这个特殊的日子。

这座"在顺家园"居民楼,是一栋在现代城市里经常可见的高层建筑,中等档次。楼上家家灯火,显得祥和安宁。这是一个安详的夜。

一个个家庭,有人在看电视,有人在打麻将,有人在厨房里洗涮,还有人在弹钢琴……

一家的电视上,正在播出着当天卫生部的新闻发布会,卫生部新任副部长高强正在讲话……

京州市委书记刘一平办公室的门,一下子被打开。

刘一平,一个五十岁左右的男人。他正在打电话,闻声猛地抬起头来。进来的是尚雷,本市卫生局长。

尚雷:"刘书记。"

刘一平看他一眼,对电话:"好了,先到这儿。"挂上电话。

尚雷:"刘书记,人民医院那个患者确诊了。"

刘一平顿时张大了眼睛:"非典?"

尚雷:"是的。"

刘一平抓起电话:"小王,通知全体党委成员,二十分钟以后在市委会议室开会,不能请假。"

他站起来,看着尚雷:"非典来了?"又自己回答:"非典来了。"

京州市呈现出五颜六色的夜景,到处流光溢彩,灯火辉煌。一辆出租车从车水马龙的大街上驶过。各色灯光不时地从坐在车后座的女人脸上掠过。女人三十几岁，端庄美丽，神情悲怆。她叫周捷，京州大学老师。

周捷眼含泪水，回忆着和冯大夫的对话——

"胰腺癌，是所有癌症中最痛苦的一种，一般发现的时候就已经是中晚期。在未来的日子里，他会很痛苦，很痛苦，你应该有充分的思想准备。"

"冯大夫，左光还有几个月的生命？"

冯大夫一顿：

"长则，半年。"

"短则呢？"

"三个月？两个月？也许，更短。"

一阵沉默。

"冯大夫，没有什么办法可治了吗？"

"他的肿瘤长在胰头部位，没办法动手术。或许可以放化疗，但对病情无济于事。而他却会因为强烈的反应躺在床上，从此就倒下去，很难再重新站起。"

又是一阵沉默。

"我该怎么办？"

"必要时用止疼药。"

"还有呢？"

"再有必要再用止疼药。"

"还有呢？"

"再有必要时……"

"不用说了。"

"周捷，像一切没发生时一样活着。鼓励他，帮助他，享受生命，享受生活。"

周捷悄悄地流下了泪，又轻轻地抹了去。

七楼的一个门打开了。黑暗中有个殷勤的声音："就是这儿了，701。请进吧王局长。"

灯亮了。进门来的是一个秘书模样的青年，身后跟着一个样子有些土气、四十岁左右的干部，他是王贵生，刚从下面提拔到省城来的干部。灯光刺得他眼一眯，觑着眼打量着面前的房间。

这是一个不大的单元房，屋里的陈设很简单。

刘秘书站在他身后："两室一厅。办公厅的意思，您的家属还没过来，暂时在这儿周转一下，新宿舍楼夏天就能完工。房子很小，楼层不错。"

王贵生不明白："楼层不错？"

刘秘书笑了："七楼。七上八下嘛。"

王贵生明白了，声音淡淡地说："哪有那些事？小刘，天不早了，你回去吧。明天上班的时候过来接我，我过去和局里班子见个面。"

刘秘书："也好，您早休息。电话已经通了，您赶快给家里报个平安吧。热水器也装好了，洗澡也没问题。生活用品我都准备好了，全在洗手间里，您看看还缺什么。我的手机二十四小时开着，无论什么时候，只要您有事……对了，新宿舍楼要分图纸，您要几楼？要我看，还是七楼，怎么样？"

王贵生淡淡地说："好啊。"带几分欣赏地看他："小刘，当秘书几年了？"

刘秘书："五年了。原来在秘书科写材料，您调来，领导才通知我跟您。"

王贵生意味深长地说："五年了。好好干，小伙子，大有前途啊。"

刘秘书听出了话里的意思，高兴地说："我一定。王局长，您路上累了，早点休息吧。明天我几点来接您？"

王贵生："八点上班，七点半吧。"忽然听到楼外有喧嚣声："怎么回事？"

刘秘书："噢，听说是倪虹要回来。可能是那些追星族吧。"

王贵生："倪虹？那个歌星？"

刘秘书："是啊。听说，她唱红以前住在这座楼上，北京不是闹非典吗？她跑回这儿来了。"

王贵生："躲非典从北京躲到这儿来了？也太夸张了吧？"

两人一边说着一边走到窗前向下看着。

2

十来个少男少女等在楼门口，手里拿着小本子，急不可耐地翘首以待着。

一辆出租车远远地开过来，少男少女们发出歇斯底里的叫声："来啦，来啦！"激动地向前拥着。

汽车停下，周捷下车，追星族们拥上去，把她吓了一跳。

孩子们已经认出她不是倪虹，失望地嚷着"不是"退了回去。周捷匆匆穿过人群进楼。

周捷乘电梯缓缓上升。她仰着脸，努力镇静着自己。

左光，四十几岁，和妻子周捷同在京州大学。此时，正在家里和什么人通电话，手舞足蹈的样子。

左光："灵感，完全是灵感，是在睡梦中得到的。感觉一下子全找到了。我现在可以答应你了。什么？三个月？你想要我的命。不，老马，这是我很看重的一本书，我要好好写，用生命写。我要配得上这个题目。给我半年，半年时间，一天不能再少。就这样。"

周捷来到门口，听着屋里的声音，最后一次镇静自己。

她脸上露出甜美的笑容，掏出钥匙开门，同时喊了一声："我回来了。"

周捷进了屋，左光看到她，挂了电话。

左光:"小捷,知道我给我书找到了一个什么名字吗?《波澜壮阔的生命》!怎么样?你觉得怎么样?"

周捷笑着说:"真好。一本探讨生命本源的书,就应该有这样一个生命。"

左光激动地说:"生命不就是应该波澜壮阔丰富多彩的吗?我喜欢这名字。一本给青年人看的哲学书,从名字开始就应该能吸引他们。小捷,老马疯了,他要我三个月交稿,我告诉他半年,一天都不能少。我要把这本书写好,写成一本可以流传下去的书。"

周捷看着他,什么也没说。

左光:"对了,冯大夫怎么说?他又会耸人听闻吧?你别听他的,最近听说因为闹非典,医院没人看病,他这个院长一定会千方百计拉生意。他说什么?"

周捷含着微笑,嗔怪地说:"亏你们还是多年的朋友,这样说人家,不忠厚。"

左光哈哈笑起来:"所以我不喜欢他,能不见就不见他——除了想找人吵架的时候——那家伙说起生命来有一套,有时间我还得找他吵。他怎么说?"

周捷:"是胰腺炎。"

左光:"胰腺炎?胰腺是什么东西?"

周捷:"在腹部右侧,你经常觉得不舒服的地方。冯大夫说,都是你不注意保养,经常熬夜的缘故。"

左光:"你看,我说什么来着?他想把我当成挨宰的对象。周捷,别听他的。这么说我们吃点消炎药就好了?"

周捷:"基本上就是这样。不过冯大夫说,也许会有一个阶段比较疼。"

左光:"疼吧,一个大男人,还怕疼吗?周捷,从明天开始,我就得开始这本书的写作了……"

周捷:"不,左光,恐怕你得暂时停停。"

左光:"为什么?"

周捷:"还记得我那个在昆明的同学吗?王静茹,她早就约我们到昆明去玩。前几天,没告诉你,我已经答应了,并且订好了机票。"

左光:"去云南?小捷,你在想什么?闹非典呢,大家都不去旅游。"

周捷:"云南没非典。再说,我想去。左光,你还记得吗?我说去云南玩已经好几年了,你答应陪我去,可总没空。这一回,我希望你能陪我。"

左光:"可是,你听到了,我答应老马半年交稿。"

周捷:"所以我才自作主张订了票。我知道你永远是没空的。左光,半年呢,也许我们一个月、半个月就回来了。"

左光:"也许,我们可以缓一段,等非典闹过去,我的书也写得差不多。"

周捷背转了身:"也行——如果你连我这么一个要求都不肯答应的话。"

左光赶快从背后抱住她:"行,行,答应你。半个月,只半个月,行不行?"

周捷转过脸来,含泪笑了。

3

孩子们还叽叽喳喳地在那儿等着。

一楼的窗户突然开了,一个人在防护网后面露出头来。他叫田林成,下岗工人。

田林成:"吵什么吵?吵什么吵?还叫人家睡觉不?"

孩子们像受惊的鸟儿一样退了几步,离开他远一些,继续在那儿等着。

窗户砰的一声关上了。

一辆摩托开过来,骑摩托的是一个二十几岁的青年,叫马立克。车后座上载着一个年龄差不多的女孩。

马立克:"干什么的?干什么的?小莉,快下来看看。"

小莉:"看什么看?是热闹你就看。你们楼上的事你急什么?先把我送回家你再回来看吧。"

马立克已经下车了,不管她下来没下来,支上车就走,差点儿把她摔倒。

马立克抓住一个女孩:"干什么呢?"

女孩:"倪虹要回来了。"

马立克:"倪虹?那个歌星?就是从我们楼上唱出去的那个?"

女孩:"就是她。北京闹非典,她回来了。"

马立克惊喜地张大眼睛:"酷毙了,闹非典把歌星都闹回来了。小莉,小莉,倪虹回来了。"

小莉生气地说:"你走不走啊?我家里打电话催过两回了。"

马立克没听见,尽顾打听着:"确实吗?她什么地方没住过?还能回这里来?"

一个男孩:"报上早就报啦,你没看见?"

小莉在后面怒气冲冲地说:"马立克,你到底走不走?"

马立克头也没回:"小莉,是真的,倪虹还真要回来了。"又问那男孩:"几点啊?快了吗?"

小莉把头盔摔在地下,大声地说:"马立克,你不送我就走啦!"

马立克:"别慌,慌什么?"继续热心地在那儿打问着。

小莉:"你就在这儿追你的星吧。"脚一跺,回身走了。

马立克:"哎,哎,你别急嘛,我又不是不送。"看着她走远了,索性回来,继续问那帮孩子:"她不是回来开演唱会的吧?报上怎么说的?"

远处有车灯的光亮出现,孩子们顾不上理他,又发出一阵欢呼:"来啦,来啦!"

果然来了,不是一辆,是一个车队。前面一辆停下,从

车上下来两个保镖一样的男人，二话不说就过来推开那些孩子；第二辆是一辆加长奔驰，车门打开，一个三十几岁，看上去脂粉气很重的女人，一身珠光宝气地从里面下来，身后还跟着一个女孩，手里提一个大行李箱，看样子是女人的保姆；后面一辆车停下，下来的是几个记者，一下车就狂拍不停。

那一身珠光宝气的女人，就是倪虹，当红歌星。她一下车，就引起孩子们一阵歇斯底里的大叫，人们激动地往前拥着，保镖们死死地把人们拦住。前面的孩子拼命地把小本子伸进来，后面的女孩挤不上，已经着急地哭了。倪虹神采飞扬，不断地向人们送着飞吻，又顺手接过小本子，龙飞凤舞地在上面签着自己的名字。

一个二十几岁的女孩，一边走一边打着手机过来。女孩叫陈晓青。

晓青："明天八点半，准时走台，好不好？哎，你可把灯光、舞美通知到了，那帮人是爷。"一抬头看到面前热闹的场面，对手机："先这样，有事回头再打。"挂上手机，一边注意地看着，一边随着倪虹上了台阶。

马立克在外面看着，惊叹地道："哇噻，酷毙了。小莉，小莉。"一回头，才想起小莉早就走了。他赶快把摩托车停好，也随着人群往里走。一个保镖拦住他。

马立克："我就住在这楼里。十四楼的。"

保镖放行，马立克赶快追上去。

一楼的窗户又开了。田林成向外看着。田林成的妻子张亚丽，将卷了一头发卷的脑袋也挤过来。夫妻俩露出又是羡慕又是妒忌的目光。

田林成："看看，人家也是人，咱也是人。"

张亚丽一撇嘴："有啥了不起？你信不信，明天我就是和她走个碰头，我也敢不理她。哼，上学的时候，一考一个不及格。"

田林成:"你倒及格,你倒及格你咋下岗了?"

张亚丽:"咦,老鸦飞到猪身上,你没下岗?你没下岗?"

田林成一把把她推开了,接着关上窗户。

楼门口,孩子们还在乱纷纷地叫着倪虹的名字,倪虹站在楼门口,频频地向大家送着飞吻。

没人注意,一个青年趁着乱从一旁挤进门去。青年二十六七岁,头上不合时宜地戴着一顶帽子。保镖一拦他,他从容地向里指了指,意思是住在里面的,保镖让他进去了。

这时,刘秘书从里面出来,脸上带着不耐烦的神气,从人群中挤了出去。

那青年来到一楼电梯间门口,看了看电梯,回头看看没人注意他,转身走楼梯上楼。

楼梯里灯光昏黄,光线照出那个正在一步步上楼的青年人的影子,同时传来轻轻的脚步声,透出几分紧张的气氛。

倪虹转身进楼,同时对保镖:"你们都回去吧,只要小玉陪着我。"

她进去了。她的经纪人紧紧地跟在她身后。

倪虹回过身来:"没听见吗?除了小玉,其他人一律住到宾馆去。"

经纪人:"倪虹,你打算在这儿住多久?一天?两天?我好给你订票。"

倪虹:"我不知道,也许明天就走,也许一星期,一月,一年,不知道。"

晓青已经进了电梯,正按着开门开关等着她,对她微笑着:"请进。"

经纪人:"倪虹,你饶了我吧。你是什么人啊能在这儿住一星期?安排好的那些演唱会怎么办?"

倪虹:"演唱会?还有演唱会?"

经纪人:"当然有了。今天二十号,二十三号,我们在广西有一场演唱,二十五号,杭州,二十六号早上飞新疆,在乌鲁木齐有一场,唱完了接着上飞机,到西安……"

倪虹一下子回过身来,发开了脾气:"我的话你没听到?我不许任何人跟我进来,除了小玉。小玉,走,咱们上去。"说着进了电梯。马立克也进去。

倪虹看他一眼。马立克赶快往上一指:"我就住这楼上。十四楼。"

倪虹不再理他。

经纪人站住,无奈地对正在关闭的电梯门:"那好吧,你就在这儿好好地休息一夜,明天我来接你。"

电梯门已经关上了。经纪人回头,看到门口的保镖,狠狠地吐了一口:"不就是被男人甩了吗?至于吗?走,回去。"

一行人穿过那些失望的少男少女上车而去。

电梯正在缓缓上升,倪虹长叹一声:"小玉,知道什么叫累了吗?"

小玉笑着:"姐,多少人想累还累不了呢。"

马立克热切地看着倪虹,看人家根本不注意他,有意咳了一声。

倪虹一躲,警惕地问:"你不发烧吧?"

马立克不解地问:"什么?"接着明白了:"放心吧,咱们这儿还根本没有呢——咱怎么敢抢在首都人民前面呢。"

倪虹又不理他了。

晓青递上一张名片:"您是倪虹吧?咱们是老邻居了。我住七楼,是电视台文艺部的。您在这儿住多久?我们正在筹拍一部反映万众一心抗击非典的大型文艺晚会,您能唱一首歌吗?"

倪虹冷冷地看她一眼,没接名片。晓青有点尴尬地伸着手在那儿,小玉赶快接过来了。

倪虹："对不起，我是回来休假的，不是来演出的。"

晓青："这也是休息啊。我们部主任那天还说他和您是老朋友呢！夏林，您还记得吗？"

倪虹："不记得了。"

晓青："没关系，回头我给他电话，告诉他您回来了。"

七楼到了。晓青不管人家理不理，伸过手来："我到了。再见。我们会再见的。"

倪虹勉强和她握了握手。晓青出去。

陈老师的家，房间很小，很简朴，最显眼的就是一张钢琴。陈老师，五十几岁，坐在钢琴前，旁边围着几个七八岁的孩子。陈老师笑嘻嘻的，正在教孩子们弹琴。

陈老师："听，听，闭上眼睛听。多美妙的声音。"

孩子们真的闭上了眼睛。

陈老师突然癫狂一般弹起一支欢快的曲子，整个人也随着曲子欢快地抖动着。

孩子们高兴地叫着，张开了眼。

陈老师高兴地孩子般笑着，大叫着："听啊，听啊，还记得这是谁的吗？"

孩子们大叫着："莫扎特。"

外面门突然响了，陈老师一下子停下，孩子们也如受惊一般噤了声。

传来晓青的声音："主任，她说记得您，记得您当年对她的帮助。您赶快和她联系，请她吃顿饭。如果她能来唱歌，哪怕唱一首，咱这台节目就有卖点了。咱卖倪虹啊。"

陈老师笑起来："是姐姐，没事儿，来，接着弹。"一边说着，一边晃着身体继续弹起来，孩子们跟着他一起唱着那曲子。

晓青在外面："爸，太吵了，人家在打电话呢。"

陈老师："不理她，接着来。"

欢快的音乐继续着。

电梯继续上升。

马立克看着倪虹,跃跃欲试地问:"你不认识我了?"

倪虹重新打量他:"你?"

马立克:"对啊。你以前不是住在二十四楼吗?我住十七楼,从前是我爸妈住,还有我姐,马立慧。他们搬走了,就把房子留给我了。"

倪虹噢了一声,看样子根本不感兴趣。

马立克有点失望:"你连我姐都忘了?"

倪虹:"你姐是谁?"

马立克:"马立慧呀。"

倪虹仍然茫然。

马立克:"你忘了?你第一回去参加卡拉OK比赛的时候,没有高跟鞋,还是跟我姐借的,后来我姐就把那鞋送你了。你忘了?"

小玉好奇地看倪虹,倪虹在她的目光中脸一沉:"对不起,你一定是认错人了,我没借过什么人的高跟鞋。"

马立克:"咦,你怎么没借过?我姐三六的脚,你三八的,穿上挤得要命,我姐说不行,你偏说行,回来把脚都挤出泡来了。你忘了?"

十四楼已经到了,电梯门打开,他不肯下,还在和人家说。

倪虹:"你到了。对不起,你认错人了。"

马立克把着电梯门:"没啊,我姐叫马立慧,你过去叫……"

小玉已经一把把他推出去了:"你这人真没劲,认错了,就是认错了,啰嗦什么。"

马立克还哎哎地叫着,电梯已经把他关在外面了。

倪虹苦笑着:"小玉,出名有什么好?什么人都能碰到。"

小玉:"出名有出名的好啊,要不怎么都愿出名呢?"

电梯继续上升……

马立克进了自己的家,打开灯,照亮了房间。

这是一个典型的男孩子的房间,乱糟糟的,墙上贴满了汽车、摩托车的图片,工作台上,放满了各种电器之类的东西,床上的被子没叠,桌上放着几个方便面碗。

马立克一进门就扑向电话,一边拨电话,一边打开电脑。

马立克:"嘿,哥们,知道我碰上了谁?倪虹,就那个歌星。你不知道吧?她出名以前就住我们楼上。知道她回来干什么?躲非典。哈哈,躲非典躲到这儿来了。等等,等等。"

电脑开了,马立克打开了QQ,QQ上,无数人头在晃动。

马立克:"我的妈呀,有一千个人在QQ上给我留言。得了吧你,你才叫恐龙看上了呢。打住兄弟,一会儿再打。"挂上电话,一边看QQ留言。

一个女孩的头像在晃,马立克打开,上面写着:"流氓兔,你上哪去了?好久不见你了,很想念你。"

马立克:"拜托。"他把女孩的头像拉到黑名单里,果断地删除了,很悲观地说:"又牺牲一个。"

他又打开一个晃动的女孩头像:"流氓兔,今天晚上你还来吗?我一直在等着。"

马立克赶快回:"我来了。"并顺便发过去一个笑脸。

女孩回了一个横眉冷对的脸,马立克看着高兴地笑了。

4

七楼,一个黑影站在一户人家门口,正小心地捅着锁眼。

屋里一个声音:"谁呀?"

黑影一下子停住了,仓皇地后退两步,看门打开了,马上停下。这人就是那个顺楼梯上来的青年。

他敲的是陈老师家。门一开,钢琴声和孩子们的歌声也传出来。

晓青打开门,仍在打着电话:"她住二十四楼,我已经查到她家电话了……"看着外面:"你找谁?"

青年:"俺舅,高大平。"

陈老师:"高大平?"

青年:"是。是俺舅。他身体不好,俺妈才听说,非叫俺来看他。"

晓青还是不知道:"高大平?"

青年:"六十来岁,一头白头发,对了,是个反扒能手,抓住过好多小偷。"

晓青:"十七楼。这是七楼。"

青年:"对不起,对不起。"

晓青已经把门关上了。青年离去。

陈老师和孩子们都在屏着气听外面的动静,屋里一片静寂。

外面传来晓青的声音:"主任,这个时候你敢请她吃饭她才感动啊。就这样吧,您出面,我拿钱,不用公家的。明天,明天怎么样?"

陈老师高兴地:"还是姐姐。接着来。"

琴声和歌声又响起来。

那青年从电梯里出来,走到一房间门口,轻轻地捅着锁眼,很快捅开了。

青年无声地闪身进去,门随着又关上。他无声地贴在走廊的墙上,仔细地听着屋里的动静。

卧室里,传来呼噜声。青年冷冷一笑,去了旁边的房间。

一道细细的光在屋里照来照去,落在一个陈列橱上,橱里,摆着几个奖杯,里面有"反扒能手"、"见义勇为奖"、"学雷锋先进个人"、"人民卫士"等。

光亮继续照,照亮了一面墙,墙上挂满了类似的锦旗。

青年看着,脸上露出一丝冷笑,从腰里取下个尼龙编织袋,把那些奖杯都装进袋子里,又费力地往下摘那些锦旗。

王贵生斜靠在床上,正在打电话。电话通了,王贵生脸上现出亲切的微笑,两手把住话筒,长长地叫了一声:"娘。"

电话里,一个苍老的声音:"贵生?你到了?到了省里了?"

王贵生:"到了,娘。刚安顿下。娘,这么晚了,没打扰您老歇着吧?"

娘在电话里说:"没。我在等你电话哩。你没来电话,娘咋能睡得着?"

王贵生:"知道娘得等着,所以不管再晚我也得打。娘,我到了,都安排好了,您老放心地睡吧。"

娘在电话里关切地问:"给你媳妇电话了没?"

王贵生:"还没顾上。"

娘在电话里说:"你这个孩子,这咋行?你咋不先给她打就打给我了?快,放下电话,给她打吧。"

王贵生笑了:"娘,不急。"

电话里,传来娘不高兴的声音:"那可不行,叫媳妇说你这个老娘不懂事哩。放吧,放吧。"

王贵生答应着,仍然不放,贪婪地听着。

娘在电话里着急地说:"你咋不放哩?"

王贵生孩子一样:"你咋不放哩?"

娘在电话里说:"好,好,我放。对了,贵生,你上省里,当了大官,可别忘了自己吃几碗饭啊。咱一个农村孩子,指望啥?就是吃苦,能干。别人看不见的,你得看见,别人不干的,你抢过来干。你老王家就指望你了,听见了不?"

王贵生感动地说:"听见了。"

娘在电话里说:"娘就这几句话。你放吧。"

王贵生:"好,我放。娘,您老早歇着。"小心地挂上了电话。

5

市委会议室里,市领导都在座,尚雷正在汇报情况。

尚雷:"她前一段到广东出差,回来后出现发烧症状,到市人民医院就医。当时被留院隔离观察。今天,经过我们请到的北京专家会诊,正式诊断为非典型肺炎。"

刘一平:"她现在情况怎么样?"

尚雷:"体温三十八度六,脉搏八十四,白细胞偏低,双肺有大面积渗出,呼吸比较困难。但目前看情况还算稳定。"

刘一平:"她家里还有什么人?"

尚雷:"她有一个女儿。丈夫在国外。"

刘一平:"她住在哪里?"

尚雷:"拙绣路在顺家园B座。"

刘一平:"那楼里有多少户居民?"

尚雷:"一共有一百户居民。"

一片沉默。

刘一平:"尚雷同志,谢谢你。"

刘一平神情严肃地看着大家:"同志们,非典真的来了,来到我们面前了,来到我们的百姓中间了。"

停了停,刘一平又说:"昨天,省委光前书记给我打电话,他说,我们市有八百万人口,流动人口有二百万,万一出现非典流行的情况,后果不堪设想。我向他立下了军令状。我说,我们市委、市政府有决心有信心保证全市居民的安全。如果出现非典大面积流行的情况,拿我是问。同志们,非典来了,我们现在绑在了一辆战车上,这是一辆只能前进不能后退的战车,这场战争,我们只能胜利,不能失败。"

大家都很严肃。

刘一平:"王市长,您有什么意见?"

王市长是一位六十岁左右的忠厚长者:"我没什么可说的。在这个时候,我们每一个人都责无旁贷。刘书记,就按我们商量好的思路来安排吧。"

刘一平:"尚雷同志,你有什么建议?"

尚雷:"第一件事,把患者的女儿接到医院密切观察。第二件事,对在顺家园B座进行整体隔离。"

刘一平环视大家:"有什么意见吗?"

一个干部说:"刘书记,第一条,我同意。第二条,是不是可以再考虑一下。不过是一例吗?我们可以采取悄悄对她家隔离的措施。想一想,如果把一座楼整体隔离,会在社会上引起多大的混乱?如果弄到人人自危的地步,会对我市的经济产生多大的影响?"

刘一平没说话,看看其他人。

又一个干部说:"我同意陈副市长的意见。稳定压倒一切嘛。"

刘一平:"第一,在现代社会里,你能瞒得住吗?"

没人回答。

刘一平:"第二,我们把老百姓的知情权放在哪里?"

仍然没人回答。

刘一平:"第三,如果老百姓不知道他们身边有疫情,那么他们如何能保护自己?"

还是没人回答。

刘一平和王市长低声嘀咕了几句:"在顺家园 B 座整体隔离。尚雷同志,从什么时候?"

尚雷:"我建议今夜十二点。理由是如果现在进入楼内带那女孩,可能引起楼内恐慌,另外,时间尚早,现在许多楼内居民还没回家。"

刘一平:"好吧,就从十二点开始。"

6

这是一座普通的平房,屋里的人已经睡了,电话铃突然尖利地响起来。

一只男人的大手拿起电话,另一只手已经打开了灯。接电话的男人四十来岁,很粗壮剽悍的样子。他就是派出所赵所长。

赵所长一边把话筒挟肩上听电话,一边穿裤子:"嗯?啊?什么时候?我知道了,知道了。"扣上电话,又拨:"小王,通知全体干警,十分钟以后在所里集合。"挂上,飞快地穿着衣服。

同床的妻子看样子早就习惯了,翻了个身,睡眼惺忪地说:"办完事儿早回来。"

赵所长没说话,转到床那边,趴在妻子脸上狠狠地亲了一口。

妻子擦了一把:"没出息。"

赵所长嘿嘿笑着:"不知道啥时候才能回来,捞一把是一把。"

隔壁，一个女孩的声音："爸，你又上哪？"

赵所长马上做出威严的样子："咦，这丫头，咋还不睡？看我不过去教训你。"

女孩娇憨地说："你敢。"

赵所长笑了："我是不敢。我就怕俺闺女。快睡吧闺女，明天还要上学哩。"

女孩："爸爸早回来。"

赵所长答应着，人已经出了门。

家住十四楼的马立克，还在上网，电话铃响起来。

一个女声："克克，你到底在忙些什么？你有多久没回家了还记得吗？咱爸咱妈成天念叨你。就算忙，你给爸妈一个电话也好啊。"

马立克："哎哟我的好姐姐，我忙死了。好吧，电话，电话。"

姐姐在电话里叫着："哎，哎。"马立克已经把电话扣了。

马立克嘀咕着："真是麻烦。"一边拨电话。

……

这时，马立克父母正打着呼噜，在熟睡着。

电话铃声突然大作。

两人一下子被惊醒了。

老爸："哎哟，吓死我了。这是谁啊？半夜三更的。老婆子，没听见？"

老妈呻吟着："你等等，等等，让我缓口气。我的天，这是谁哟？这不是杀人吗？"

……

马立克手里拿着电话，很舒服地把脚跷在桌上，静静地等着。

无意中一扭头，看到墙上的表已经过了十一点，吓得

"妈呀"一声,一下子扣上了电话。
……
老妈颤巍巍地举手去够话筒,还没拿起来,电话声一下子半路断了。
老两口愣住。
老妈:"这咋回事?"
老爸:"这是谁啊?故意捣乱?"
老妈:"天哪,不是歹徒吧?"
老爸:"你瞎想什么?睡吧。"
老妈:"你睡吧。"
老爸:"你呢?"
老妈:"我再等等,万一再来呢?"
老爸叹了一声,躺下,老太太紧张地看着电话等着。
……
马立克蹬着转椅,到冰箱那儿取出罐可乐,打开喝着,脚在地下又一蹬,转椅滑到电脑桌前,马立克热切地趴上去,两手飞快地打起字来。

陈老师家的音乐和歌声都停了。陈老师正在送他的学生们出自己的房间,一边走一边絮絮地嘱咐着:"明天我会给你们打电话,她一走我就给你们电话。不接我电话不要来。"
一女孩:"陈老师,伯母几点走?"
陈老师苦着脸:"不知道,但愿早一点。好了,回家睡觉吧。记着,等我电话。"
晓青脸上糊着面膜,站在自己房间门口,看着父亲和孩子们。
晓青嘲笑地问:"爸,地下活动结束了?"
陈老师:"和姐姐再见。"
孩子们向晓青道着"再见",走了。陈老师痴痴地站在那儿看着他们离去。

晓青:"爸,我可真不明白你,成天和一帮根本不懂音乐的孩子们混在一起,图什么?一分钱挣不着,还往里倒贴。"

孩子们一走,陈老师的精神头马上没了,孩子一般冲女儿发着脾气:"你懂什么呀?你就知道往脸上糊东西。"一边说着一边进了自己房间,门也随着关上。

钢琴声又响起来,和刚才的欢快不同,现在的曲子显得忧郁而悲伤。

市委会议室里,会议还在进行。

刘一平对大家:"她回来后接触过什么人,比如乘坐过的交通工具、去过哪些地方、停留过哪些地方,要把凡是可能和她有过近距离接触的人一个不落地全部找到隔离。医院拿出意见来了吗?如果对在顺家园隔离,要隔离多少天?"

尚雷:"她是六天前住的院,医院说,此病的潜伏期一般在十四天左右,五天过去了,再隔离八天就可以了。"

刘一平:"不,我们从明天算起,隔离十四天。另外,明天的晨报把这个消息发出去,一定要让全体市民知情。有什么意见吗?"

人们齐声说:"没意见。"

刘一平目光一闪,很严肃地看着大家。

刘一平:"从现在起,我市抗非典领导小组就成立了,我是组长,王市长是副组长。我向全市人民和上级领导负责,你们要向全市人民和我负责。如果谁隐瞒疫情,或者在这个时候疏于职守,那么,让我说一句绝情的话——杀无赦!"

会场的气氛陡然一紧。

刘一平:"医务人员已经去她家了吗?"

尚雷:"已经在那儿了。"

刘一平看看腕上的表:"现在是十一点四十。十二点,她的孩子被带出在顺家园。从十二点开始,禁止一切人出入这座大楼。"

赵所长站在派出所的院里,凑着路灯看着腕上的表。警察们从不同的方向跑过来,自觉地站成了一排。

赵所长满意地说:"嗯,还行。领导老批评咱作风不过硬,下回咱叫领导过来看看。有一项紧急任务:在顺家园居民楼内发现了一例非典患者,市里决定从零点起开始对在顺家园实行整体隔离。这光荣的任务就交到咱身上了。还有一刻钟,有话到那儿再说,出发!"

警察们大声答道:"是!"跑向几辆警车和摩托。

车队风驰电掣般冲出去。

城市已经睡了,马路上空空荡荡,车队在马路上驶过。

赵所长安静地坐在一辆摩托车的侧斗里,很悠闲地抽着一棵烟。

摩托车手:"所长,我发现夜里执行任务的时候你特来精神。"

赵所长哈哈大笑:"没错,我喜欢这种感觉,别人都睡了,就你还忙活着。特有使命感。别废话,快走吧。"

车队开过去。

7

在顺家园居民楼的楼顶上,"在顺家园"四个字组成的霓虹灯,在夜里闪闪烁烁。楼里,走廊的灯从上到下亮着,另外还有一些人家的灯光还亮着。整个楼笼罩在一种安详的气氛之中。

702室,袁园惊惶地张大了眼睛,站在那儿,脸上戴着大口罩。三四个穿着全套防护服的人或站或坐守在她身边,一位听上去年长的女性正在力图使她放松下来。

女大夫:"你不用紧张,你妈妈现在情况很好。我们只是带你过去,到医院观察几天,不会有事的。"

袁园不出声。

另一人小声地说:"时间差不多了,咱们走吧。"

女大夫把一件防护服帮袁园穿上,温和地说:"孩子,咱们走吧。"

这几个穿防护服的人陪着袁园无声地进了电梯。

其中一人回头嘱咐留下的一个人:"马上对她家全面消毒。"

一辆救护车藏在暗处等着,那几个人从楼里出来,上救护车走了。

赵所长的车队开过来,停在暗处,警察们纷纷下车。

赵所长看看表:"还差几分钟。过来,有几句话交待一下。"

警察们集合。

赵所长:"这工作,我也没做过,该怎么做,咱们摸索着来。但有一点儿我想明白了,咱们这回执行任务的对象,不用说你们也知道,和以前不一样。你们都把态度给我放好一点,楼里居民万一不理解,骂你两句,你得忍了,要是抄起扫帚疙瘩抽你一下,你也得忍了。你就拿他们当你爹妈,爹妈打你骂你你还敢还吗?你们要是给我招来了人民来信,挨批评的可是我。"

警察们看样子根本不怕他,窃笑起来。

赵所长一瞪眼:"笑啥?"

一警察:"批你俺怕啥?"

赵所长:"哼,我挨了批,你的日子能好过?原地解散,十二点钟正式隔离。"

警察们解散,赵所长拉住身边的一个:"高老爷子不就在这座楼上吗?"

警察:"是啊。十七楼。"

赵所长掏出手机,往外调号码,想了想:"算了,睡了。"点着一棵烟,抬头打量着面前的高楼,感慨地对身边的警察:"什么时候我也能分上这么套房就好了。"

一辆黑色奥迪开过来,停在楼门口,一个叫顾真的女人下了车,一边还打着电话。

顾真:"丁老板,求大同存小异嘛,这样吧,明天我们继续谈好不好?争取双赢。"一边忙里偷闲离开手机,对司机说:"走吧,明天九点来接我。"

汽车开走了,顾真继续打着电话进楼。

在楼门口,她和一个正在出门的年轻女子碰在一起。那女子是邹烨。

邹烨:"顾总回来了?"

顾真顾不上她,点点头进去。

邹烨边往外走也掏出电话:"大力?我忘了告诉你,我新买了一包面包片放在冰箱里,你明天早上吃的时候,先吃原来那包。晚上睡觉以前,一定喝一包奶。还有,夜里别忘了叫栋栋起来尿尿,别再尿到床上,养成习惯就难改了。"她的口气,听上去像嘱咐自己的孩子。

一警察小声问赵所长:"还让不让她走?"

赵所长看看腕上的表:"还差两分钟呢,让她走吧。"

邹烨打着电话从他们面前过去……

大力正坐在沙发上看球赛,一边心不在焉地听着电话。

大力:"好球。"手忙脚乱地找茶几上的报纸:"老婆,老婆,我知道,我天天吃饭还不知道?别打了好不好?上班注意,别碰上非典。拜。"挂上电话,接着又拨:"牛二,嘿,这回,你就跟着哥们发财吧,又对了一场,这回的足彩咱得争取大奖。"正说着话电视上进了一个球,大力跳起来,一声大喊:"好球!"

卧室里,孩子被吓醒了,一下子大哭起来。

大力:"天哪。"只好跳起来去了卧室。

电梯往上升,顾真站在电梯里,还在打着电话,信号断了。

顾真:"喂?喂?"看看电话,无奈地关上。

电梯门突然开了,一对中年夫妻进来。女的先进,男的跟着。

男的:"小心,小心。"

女的:"顾你自己吧。"

男的:"瞧瞧,关心你关心出错来了。"

女的:"谁叫你关心?多余。"

两人拌着嘴,但口气听上去是那样的亲昵。

顾真不由得往电梯壁上贴了贴,看他们一眼,别开了脸。

电梯继续往上升。女的突然发现错了:"咦?上啊?"看顾真:"上?"

顾真:"上。"

女的:"哎呀,错了错了。"

男的:"你呀,就是个糊涂虫,成天干这样的事。"一边责备着,一边按了上面一层楼梯。

女的:"你不糊涂?你不糊涂?谁昨天把醋当酱油啦?"

男的嘿嘿笑了:"老了,我老糊涂了行不?"

女的:"还不老啊?你看你鬓角,都有白头发啦。"

电梯停了,门一开,两人下去,一边下一边还拌着嘴。

男的:"我老没关系啊,你永远年轻就行。"

女的:"贫嘴。"

门关上,继续往上升,顾真长长地出了一口气,靠在电梯壁上……

顾真来到家门口,开门进去。钢琴声戛然而止。

顾真打着手机:"你通知小王,把全部材料准备好。一定让小王来做,她比较仔细。对了,有一份材料在我这儿,明天我带去。就这样吧，再见。"关上电话，大声地喊："老陈，老陈！"

陈老师应声出来，现在的他，和在女儿面前又不一样，显得畏畏缩缩，一副窝窝囊囊的样。

陈老师脸上赔着谨慎的笑容，小心地说："你回来了？有事？"

顾真："有我的电话吗？"一边说，一边在包里翻着东西，好像没看到他这个人似的。当顾真和陈老师说话的时候，目光从来没正眼看过他，好像他不存在似的。

陈老师："没……好像没有。"

顾真："什么叫好像啊？你是不是又把电话拔下来了？"

陈老师："没……没呀。"

顾真抬起头来看他一眼，陈老师不由得缩了一下。

顾真："什么没呀没呀，是不是因为那帮孩子，又把电话拔了？"

陈老师像犯了错一样低下头，小声地说："就一会儿。"

顾真一下子就火了："你这个人，真是不可理喻，你真是太可笑了。你说说你这个人还能干什么？白吃白喝，不就是接个电话吗？你还把电话拔了。你弄一帮孩子在家里闹腾什么？多大岁数了知道吗？不怕人家笑话？"

陈老师使劲低着头，不说话。

晓青出来了："妈，干什么呢？好赖也是我爸，你也不能这样啊。"

顾真："哼，他还知道他是你爸？为老不尊。"

陈老师还是低着头不说话。

晓青怜悯地看着他，推着他："爸，没事儿了，没事儿了，回去睡觉吧。"

陈老师看顾真一眼，看她没反对，这才进去了。

顾真一屁股坐在沙发上："天哪，你倒说说看，和这种人怎么缠啊？"

晓青："妈，一辈子都过来了，再说，爸就这一点爱好。他在家又没事儿，你让他闲着干什么？"

顾真绝望地长叹一声："晓青，接受妈的教训，将来，你一定要找个值得你爱的男人。同情和可怜不是爱。"

顾真房间的墙上，有顾真和什么领导人合影的大幅照片，有顾真出国的照片。照片上的顾真神采飞扬，看上去职业而干练。

房间里的陈设却显得随意而纷乱，看上去，顾真是个对生活不用心的人。

顾真穿着睡衣，又在打电话："小王，有个人，你找找他，他和对方老总熟。你等等，我这儿有他的名片，我找给你。"一边说着一边去抽屉里找，翻出一个镜框来，镜框里是陈老师的照片。照片上的陈老师穿着燕尾服，站在钢琴旁，显得风度翩翩。顾真看了一眼，叹了口气，把镜框又塞进去。她好像突然忘了自己在干什么，把抽屉关上了。

电话里在问，顾真一愣："名片？对，我给你找名片。"重新拉开抽屉。

8

在顺家园的楼门，被人从外面重重地关上了。

两个穿白大褂的人忙着往门上喷洒消毒剂。

几个警察正在用黄色的带子扯出一条隔离带。

赵所长低声吩咐："检查一下是不是有别的出口。"

楼上的灯光仍然柔和、温馨……

这是一套不大的单元房，房里已经很久没住过人了，屋里的一切都蒙着布，墙上贴满了旧报纸、画报一类的东西，上面有不同时期的倪虹：倪虹在台上唱歌、倪虹在领奖台上高举着奖杯、倪虹向观众送着飞吻、倪虹正在接受记者采访、倪虹戴着大墨镜和一个男人躲着镜头……此时倪虹站在墙边,伸出手轻轻地抚着那些报纸慢慢走动着。

小玉卷着两只袖子进来:"姐,洗澡水烧好了,你去洗洗吧,我把房间清理一下。"突然看到倪虹的神态,目光也跟着落到那些报纸上。

小玉:"姐,这是怎么回事啊?"

倪虹:"我爸,全是我爸。他去世以前,这些报纸、画报,就是他最大的安慰了。为了培养我这个女儿,他把自己一辈子都搭上了。可培养出了我,他又得到了什么?他死的时候,我正在参加全国歌手大奖赛,他不让别人把消息告诉我,等我得了奖给他报喜的时候才知道……"她的声音有点哽,停下了。

小玉:"姐,过去的事了,别想了。大爷有你这么个歌星女儿,走的时候心里也高兴啊。"

倪虹继续看着报上神采飞扬的自己:"他高兴吗?也许他高兴。可是他怎么知道,站在台上的人不容易。"

小玉:"姐,又来了,又来了,你不知道多少人想出名都还摸不着门呢。"

倪虹苦笑:"出名有什么好?日子像流水一样,花钱像流水一样,感情也像流水一样。看起来哗哗啦啦,可你能留下什么?都在指缝里流掉了。"

小玉:"还是为许雷的事?姐,许雷走,是他眼瞎,你才不用往心里去。像姐这样,又漂亮,又有名,又有钱,还不想找什么样的就找什么样的?"

倪虹喃喃地说:"又漂亮,又有名,又有钱。"

小玉:"姐,你赶快去洗澡吧。"

倪虹期待地看着她:"还是没打通?"

小玉:"我拨了好多次,全关机。"

倪虹长叹一声:"他在躲我。他一定和那个女人在一起,可真没良心啊。"

小玉同情地看着她:"我再拨拨试试。"说着掏出手机拨着,脸上现出不敢相信的神情,大喊:"姐,开机了。"

倪虹啊了一声,一把夺过来,贴在耳朵上,嘴里念念有词:"许雷,许雷,求你,求你啊。"

倪虹一怔,呆住,慢慢地把手机取下来。

小玉:"怎么?"

倪虹一下子把手机摔到墙上,扑倒在沙发上大哭起来。

小玉把手机拾起来,不相信地问:"他又关了?"

倪虹不回答,只伤心地哭着。

小玉:"姐,他既然对你这么无情,你干吗还想着他?哼,这个人,我早看出来是个吃软饭的,他根本不爱你,他爱的只是你的名,你的钱。"

倪虹一下子跳起来:"你怎么敢这么说他!谁叫你这么说他!"

小玉吓了一跳:"姐。"

倪虹长叹一声,又跌坐在沙发上,无力地朝小玉摆摆手:"你去收拾一下卧室。我累了,我要睡了。"

小玉答应着去了卧室。

倪虹走到窗前,呆呆地看楼下。

小玉进来:"姐,还有新被子……"突然看到她的样子,吓了一跳。

小玉:"姐,你可小心,二十四楼呢。"

倪虹:"是啊,二十四楼,二十四楼。小玉,知道吗?张国荣就是从二十四楼上跳下去的。"

小玉声音有点变:"姐,你胡说些什么呀?你快去洗澡。"

倪虹:"我一会儿去。"

小玉:"不,你这会儿就去,我等着你。"

倪虹回过头来:"你怕我也跳下去?我不会,我没那个胆量。"一边说,一边继续往楼下黑黝黝的夜看着。

第二章

1

在顺家园十七楼的走廊里,两个白大褂正在喷着消毒液……

高大平的家,那个青年悠闲地坐在客厅里,翘着二郎腿,面前放着一些食物,正大吃二喝着。

卧室里传出鼾声。

门外有嗞嗞的声响,青年走到门口,从猫眼里向外张望,看到两个穿白大褂的人正在到处喷着,青年不解地站在那儿看着……

马立克正在网上聊天,桌上还放着一瓶啤酒和一块火腿,一边聊,一边喝酒吃肉。耳朵边还挟着一个电话,一边聊,一边在电话上不知对谁说着。

马立克:"哈哈,她叫伤心之泪,天哪,不知道被谁刺伤了。她问我:你为什么叫流氓兔呢?我怎么答?我这么诚实的孩子还会怎么答?当然回答我是流氓啦。哈哈,哈哈。"

他突然大笑起来,笑得从椅子上跌下来,话筒也掉在地下。

他把话筒重新拾起来:"哎哟,可笑死我了!我说我是流氓,你猜她说什么?'你真幽默。'天哪,我看这小MM还得继续流伤心之泪。"

一边和电话上贫,一边继续飞快地打着字。

刘一平办公室里,一个秘书模样的人站在刘一平面前。他把一份名单递给刘书记。

刘一平看后问:"他是刚刚调来的?"

秘书:"是的,昨天晚上刚到。是那座楼上惟一的处级干部。"

刘一平："那好吧，给我接通他的电话。"

电话接通了。

王贵生在电话里不耐烦地问："谁啊？"

刘一平："是王贵生同志吗？我是刘一平。"

王贵生在电话里说："打错了！"一下子扣上了电话。

刘一平疑惑地看着手里的话筒："号码对吗？"

秘书又看："对啊。"

王贵生家的灯，突然亮了。他一下子从床上坐起来，一脸的张皇。

王贵生："刘一平？刘一平！天哪。"

王贵生坐在床上，紧张地盯着电话。

电话此时又响起来，王贵生几乎是扑过去抓起话筒，声音有点抖。

王贵生："您好。哪位？"

电话里的声音："王贵生同志吗？我是刘一平。"

王贵生头上的汗出来了，赶快坐正了，还下意识地拉被子把身体遮严。

王贵生赔着笑："是刘书记啊。对不起，刚才……刚才……我一晚上接了好几个骚扰电话，我以为……"

电话里是刘一平严肃的声音："王贵生同志，有一件严肃的政治任务，市委要交给你。"

王贵生有点受宠若惊地问："什么任务？刘书记您说吧。"

电话里在说着，王贵生大吃一惊。他拿着话筒扑到窗前往下看着，看到下面晃动着警察的影子，还有路灯下隐约可见的一条黄带子。

刘一平在电话中强调："明天居民们发现被隔离以后，一定会出现紧张、恐惧，甚至会出现过激情绪。市委会做好宣传和各方面的保障，但在楼里没有人站出来工作不行。你是这座楼里惟一的处级干部，市委要求你在这个时候发挥共产党员的先锋模范作用，一定要做好安抚大家的工作……"

王贵生呆呆地听着。

刘书记在电话里问："你听清楚了吗？"

王贵生失了神，没反应。

刘书记在电话里提高了声音："王贵生同志！"

王贵生赶快说："听清楚了。"顿了顿，又小心地说："刘书记，能知道得非典的是哪户人家吗？"

刘书记在电话里说："702。"

王贵生不由得惊呼了一声："702？"

刘书记在电话里问："怎么？"

王贵生声音抖着："没什么，没什么。"

刘书记在电话里说："王贵生同志，我知道你刚刚提拔到省城里。你是个大有前途的干部。党希望你在这个非常时刻能经受得住党的考验，以实际行动向党交一份合格答卷。"

王贵生呆着，没说话。

刘书记在电话里大声提醒："王贵生同志！"

王贵生醒过来，大声说："我听见了刘书记，我一定经受住考验。我明天一早就去做工作，请放心吧刘书记。"

刘书记又在电话里说了几句什么，然后扣上了。王贵生呆着。

王贵生苦笑："怎么这么寸，怎么就这么寸。"

他突然想起什么，披起睡衣下床，跑到门口，打开门，抬头看看自己的门楣，果然是701。又往702看看，702的门紧闭着，门前有什么反射着暗光。他仔细看看，又闻闻，显然是消毒液，再看看自家门口，也喷上了消毒液。

王贵生关上门回来，想了想，拿起电话拨着。

电话通了。王贵生："小刘，我是王贵生。"

刘秘书在床上睡眼惺忪地听着电话。床上的妻子嘀咕着:"什么时候啊打电话?"

刘秘书一下子全醒了:"什么?您说什么王局长?非典?就在您隔壁?不会吧?"

王贵生在电话里说:"怎么不会?这座楼已经隔离了,我出不去了。"

刘秘书:"天,怎么这么巧?哪怕晚一天——咱打算怎么办呢王局长?"

王贵生在电话里犹豫着:"我也一时没想好。市委要求我做好楼里群众的工作,我当然是要服从市委的安排啦。小刘,你明天一早赶快打听打听,有什么防非典的特效药,帮我弄一点进来。"

刘秘书:"一定,我一早就去办。"

王贵生在电话里有些不好出口的样子:"另外,我刚来,班子里的人不熟,话也不好说,你……你把这情况给班子里说一下。"

刘秘书:"行。不过,我说什么呢?"

王贵生:"你……你就把情况说说吧,看他们的反应了。"

刘秘书:"行,我一上班先找他们。还有什么吩咐王局长?"

王贵生在电话里说:"没别的了,有事我再找你。小刘,我刚来,这里一个人也没有,你多帮忙,我心里有数的。"

刘秘书:"王局长,您别说一个人都没有。我是您的秘书,不就是您的人吗?我的手机开着,家里电话也等着,随时听候您的吩咐。休息一会儿吧王局长,别过分担心,不是消过毒了吗?您先休息,别的事我来安排。再见王局长,再见。"电话挂上,呆着,突然长叹一口气。

妻子:"怎么啦?"

刘秘书:"怎么这么寸。"

妻子:"什么这么寸?"

刘秘书:"费了多少事,好不容易从秘书科调出来成了局长秘书,他偏偏来了就隔离了。秘书没了首长,还秘什么书啊?"

妻子:"不就几天的事儿吗?"

刘秘书:"你懂什么?官场上的事,一会儿缺席都可能出事,更别说他人还没正式上任,什么事不可能发生啊?万一他出了事,第一个受影响的就是我。"

妻子:"那怎么办?"

刘秘书看着天,没说话。

2

那个青年在高大平家已经吃完喝完了,心满意足地打着饱嗝站起来。他弯腰收拾着地下的袋子,把袋子甩到肩上准备走,突然又停下,打量着墙边的桌子,过去,拉开了抽屉,在里面摸着。

一个平静的声音突然在黑暗中响起来:"别费事了窦康,我的钱没放那儿。"

青年吓得一个机灵转身,灯光在这同时亮了。

灯光照亮了床上的一个老人。老人六十来岁,病歪歪的样子,屋里凌乱不堪,床头的桌上,放着一大堆药瓶。床的上方,有一对吊环,看样子是锻炼臂力用的。

在正对着床头的墙上,端正地挂着一顶警帽。

窦康被灯光刺得眯起了眼。他抬起一只手挡住眼,觑着眼努力地看着,看清了床上的老头。老头正笑眯眯地看着他呢。

窦康:"你醒了啊?"

高大平:"退了休,我也是警察,小偷进屋我能不醒吗?咋进来的?撬了我的锁?告诉你,这罪名可就和你在大街上掏包不一样了。"

窦康:"打了这么多次交道,对我的本事还没一个正确的估计,你的这扇破门能挡住我吗?告诉你,我差不多在你这儿呆了一夜了。我吃了你冰箱里的火腿,喝了你的牛奶,在你沙发上睡了一觉,顺便找了点儿我需要的东西。我要走了,来和你告别。"

高大平:"你要干什么?"眼睛瞥了眼床头柜上的电话。

窦康:"别费心思了,电话线早断了。"

高大平:"电话线断了我就没办法了?这楼里一百户居民呢。"

窦康:"你去叫人啊。你起来啊,起来去叫啊。"

高大平没动。

窦康:"哈哈,你动不了了,你早偏瘫了,当我不知道?哪边瘫了?"他粗鲁地拨了一下老人的左臂,左臂软绵绵地任他拨着:"这边?男左女右,是这边,哈哈,当初,你不都是用这只手来抓我的吗?你现在再来抓啊,来啊,来啊。"一边说,一边挑衅地用自己的手去碰高大平的左手,高大平的左手无力地搭在那儿,显然是不会动了。

窦康又拨动那两个吊环:"这是什么?你就靠这个起来?来呀,试试,试试。"一边说着,一边把高大平的左手扯起来,放在吊环上,手无力地又垂了下去。

窦康高兴地笑起来:"嘻嘻,不行了?再也抓不住我了?"

高大平冷不防伸出右手,一把抓住了窦康。

窦康一愣,接着用力一甩,轻易地把手甩了出来。窦康笑起来,越笑越厉害,几乎笑弯下腰去。

窦康:"高老头,你可真好玩儿,你以为你还是警察?"

高大平看看门,又看看近在咫尺的窦康,平静下来。

高大平:"你到底想干什么?"

窦康:"不干什么。我想你了。我从局子里出来以后,听说的第一件事就是你偏瘫了,动不了了,这辈子再也别想抓我们了。从那天起我一直想着做一件事，我这辈子最想做的一件事：我要来偷你一次，把你偷得光光的。你抓了我五次，我第六次是偷的你。我倒想看看，咱们俩到底是谁斗过了谁。"

高大平："那还用说？"

窦康："谁？"

高大平："当然是我。白天我女儿过来照顾我，你前脚走，我后脚就叫她报案。你觉得公安抓不住你么？"

窦康显然早有准备："好啊，报啊，报啊。全省有名的反扒能手、抓贼大王，叫小偷把家里偷得一干二净。"

高大平倒愣了，显然，窦康抓住了他的心理。

窦康得意地看着他："想看看我都从你家拿走了些什么吗？"

高大平斜眼看看他身旁的尼龙编织袋。

窦康倒过袋子，把里面的东西全倒出来，各种奖杯、锦旗滚了一地。

窦康："你可真是个大英雄啊。我猜着你家里这些东西少不了，可我也没猜出能有这么多。古话怎么说来着？一将功成万骨枯，这可都是用我们这些弟兄铐子打造的啊。这个，这个反扒能手，不就是我第二回进局子以后你得的吗？这个，这个人民卫士，不就是那回我拿了那个女人的看病钱你把我当场抓住得的吗？还有这个锦旗，你倒说说，你舍生忘死地一次次抓我们，图的就是这个？把这个挂在家里睡觉能香？你这个人，真是有病啊。"

高大平看着，突然笑起来，越笑声音越大。

窦康紧张地看了一眼门："不许笑。"

高大平仍然笑。

窦康："你再笑我把你嘴捂上。"

高大平不笑了："窦康，小子，别说了，我赢了。"

窦康："什么？"

高大平："你走吧。天亮我女儿一来我就报案。你就等着再进局子吧。你这回是入室偷窃，这可不是在大街上小偷小摸，三年五年咱是见不着面了。在里面你就多保重吧。"

窦康："你不怕丢人？"

高大平："你把我这些东西都偷走了，我就是不报，人家能不知道？我高大平是病了，没办法上大街抓小偷了，可我躺在病床上不能动还抓住一个小偷呢，死诸葛害死了活司马，你说说我是丢人还是光荣？哈哈，我这几天躺在床上，寻思着我高大平做了一辈子英雄梦，这一病算是做完了，没想到你成全了我，让我最后做一回大的，我谢谢你了。"

"你！"窦康伸出双手，逼到高大平胸前，"我掐死你，叫你再去报案。"

高大平眼睛眨也不眨："你窦康有那个胆量？"

窦康愣住。

高大平："你要有那个胆量还上大街上去当三只手？"

……

高大平轻蔑地用右手挡开他的手："快走吧，别弄脏了我的屋。"

窦康气狠狠地把那些东西又装进袋子里，把袋子甩到身上："好吧，我出门就上车站，公安别想再找到我，我叫你的梦做不成。再见。"

窦康走了，门随着轻轻关上。

高大平吃力地用右手支起身子，想下床，动了几下，又沮丧地倒在床上，长长地叹了口气。

窦康背着袋子，无声地从楼梯间出来，走到门口，去拉大门，没拉开。窦康奇怪地用力拉了一下，门外突然响起声音，窦康吓了一跳，急忙贴到门上。

门外显然有人贴到了门缝上向里看。

窦康紧张地屏住了呼吸，听着动静。

良久，外面有人低声说："没人。"声音离开了门缝。

窦康无声地移到门缝前,扒着门缝向外张望,不由得大吃一惊:门外有几个警察站在那儿!

窦康惊呆了。他愣了愣,转身又进了楼梯间。

高大平右手拿着电话机端详着,电话机的电线被割断了。

高大平叹口气,把电话放回桌上。一愣:门上传来声音,接着有人进屋,窦康又进来了。

高大平打量着他沮丧的面孔:"怎么啦?还没偷干净?"

窦康:"怪了,你们这座楼被警察包围了。"

高大平:"什么?"

窦康:"大门从外面锁上了,警察在外面站着。"

高大平高兴地说:"小子,在局子里蹲了几个月,吃饭的本事忘啦?不用说,你进来的时候不利索,早就把警察惊动了。"

窦康:"不会啊!为了我,至于吗?"

高大平一愣,显然也觉得不至于。

高大平:"那怎么回事?你看清楚了?"

窦康:"我和警察就隔着一扇门,连他喘气都听见了。"说着打灭灯,到窗前向下看着。

窦康:"完了,完了,是有警察,那不灯底下站着呢!"

高大平在后面大声笑起来。

窦康气急败坏地一回头:"不许笑,再笑我把你嘴塞住。"

高大平笑得喘不上气,断断续续地说:"你再说我也得笑。你不觉得可笑吗?好不容易钻进来,又出不去了。小子,你可真是天底下第一号倒霉蛋啊。"

窦康:"也许,你们这楼里出了大案子,警察是冲他去的。"

高大平:"也许。可捎带着就把你也抓住了。窦康,你这辈子,连个主犯都当不上。"

窦康："反正，我是走不了了。我得在你这儿呆着。"

高大平："来吧，我正一个人闷着哩。累不？上床歇歇？"

窦康果然把他往里搬搬，在他外面躺下来。

两人平躺在床上，都望着天。

高大平又笑起来。

窦康："你到底笑什么？"

高大平："我高大平抓了一辈子小偷，如今和小偷并排躺在一张床上。有意思，太有意思了。"

窦康："别说了，天快亮了。"

3

清晨，天刚蒙蒙亮。东方的鱼肚白勾出了城市高楼轮廓，有成群的鸽子带着鸽哨在天空中飞过，一切都显得安详而宁静。

田林成家起得很早。夫妻二人正在厨房里忙活。所谓厨房，不过是后阳台。煤气灶台上放着两口大锅，锅里滚着油黑发亮的猪下货，排风扇正吼叫着转动着把油气排出窗外。

田林成正在狭小的厨房门口的暗影中忙活着什么，一边忙一边和妻子吵吵嚷嚷，这种家庭里，说话永远像打架一样。

田林成："秤盘子，秤盘子。吸铁石放好了没有？别和上回似的，叫人家发现给砸了秤。"

张亚丽："那还不都是你办的好事？你办过一件聪明事没有？"

田林成："呸，你倒聪明，搞传销把自己家传成商品仓库，你真聪明。"

张亚丽："田林成，你别哪壶不开提哪壶，我为的啥？还不是为你一家老小？你有没有良心？啊？你良心叫狗吃了？"一说起来就没完没了。

天花板上，突然传来咚咚的敲击声。

两口子顿时不吵了，一起抬头看天花板。

田林成："又来了，又来了，不花钱天天跟着闻肉味还净毛病。"

张亚丽："惯的毛病。别理他，有本事叫他敲去。"

田林成："我今天还真想理理。"说着，拿起菜刀，在煤气管道上敲起来。宁静的清晨里，楼上楼下响成一片。

张亚丽："别敲了，别人家不愿意。"

田林成："怕什么？没一个好东西。"

两口子继续忙着。

在顺家园的楼门外，防疫站的人在正冲大门的地方摆下一溜桌子。警察和保安都戴着口罩站在那儿值勤。

一警察奇怪地听着那声响："一大早敲什么？"

一保安指指田林成家："这家敲的。这家人最难缠了。夫妻俩下了岗，男的卖猪下货，女的搞传销。就在家里煮肉，煮得楼上楼下都有意见，打也打不过他们，只好让他们煮。"

警察："这回看他往哪卖吧。"

赵所长过来，小声地说："哎，哎，哎，叫你们上这来聊大天来了？天亮了，居民们要出来了，各就各位。记着啊，不是别人，你们的亲爹妈。"

警察打开了楼门，然后站成一排挡在楼门口外面的路上。

楼道里静静的，还没人出来。

赵所长看了看腕上的手表。

楼梯间传来下楼的脚步声，赵所长抬头看，从楼梯间出来的是王贵生。

赵所长："同志……"

王贵生:"我姓王。"

赵所长热情地迎到隔离带前,伸手要握,半路停下了:"非典呢,不握了吧?是王局长吧?"

王贵生:"是我。"

赵所长:"我听说王局长您昨天晚上才进来,这就赶上了。没说的,这是党专门派您来帮助我们工作的。有您在楼里,我们的工作就好做了。"

王贵生看看门外,试探地问:"任何人也不许出入了?"

赵所长:"王局长您看。"

王贵生转头,这才发现门里墙上贴着一张通告,通告上写着因为发现非典病人,为了居民的健康和防止疫情扩散对大楼隔离等等。

王贵生呆呆地看着。

王贵生:"到底有多严重?"

赵所长:"要叫我说,严重这个词儿在这里根本用不上。王局长你说说,那位患者在家里就呆了几天,几乎连门都没出,能传染谁啊?政府这样做,也是为了万无一失嘛。"

王贵生:"我可和她是邻居啊。"

赵所长:"真的?王局长,古语说天降什么来着?叫我看,您就赶上这机会了。"

王贵生:"我刚来,什么准备也没有,连个口罩都没有。"

赵所长回头对防疫站的工作人员说:"准备的口罩呢?快,先给王局长几个。"

防疫站的人:"我们一会儿进楼挨家去发。"

王贵生:"还是先给我吧,我要在楼里配合你们工作的。"

防疫站的人拿了一包口罩过来,抽出四个:"一人四个。"

王贵生把一包口罩都拿过来:"多给我几个吧,我得在里面工作哩。"

防疫站的人咦了一声，似乎想把多余的抽回来，赵所长暗里一挡他，打着哈哈："对啊，多给王局长几个，咱们在楼里的工作就靠王局长了。"

王贵生把两个口罩叠在一起，正准备戴上的时候又停下："消过毒吧？"

防疫站的人不高兴地说："是消毒口罩，你要不放心……"

王贵生已经戴上了。

王贵生："隔离几天？"

赵所长："不多，十四天，一眨眼就过去了。"

王贵生小声嘀咕一句："十四天。"

赵所长："天亮了，该下楼了。"

电梯正在往下降着。三个老太太站在电梯里，手里拿着练功用的剑，正慢悠悠地聊着天。在城市里，首先出门的总是她们。

张老太太："一出门把我呛得直咳嗽，也不知道什么时候来喷的。"

王老太太："你可别咳嗽，咳嗽把你当非典。"

李老太太："一定是夜里防疫站来喷的。防非典，人家想得可真周到。"

张老太太："听说了不？萝卜、橘子皮加香菜熬水喝防非典。昨天白萝卜卖两块五一斤。"

王老太太："哪里啊，我听说是绿豆煮白萝卜。"

张老太太："反正少不了萝卜。嘿，我买了十来斤呢，提回来的，累得手脖子到现在还疼呢！"

李老太太："哎哟，我还没买哩，今天得买下点儿去。"

电梯到了一楼，三位老太太出电梯，突然看到警察站在楼门口。

三个老太太一停,互相看看。

张老太太:"这是咋啦?"

李老太太:"怕啥?反正咱也没犯啥事儿。"

三个老太太继续向门口走。

王贵生还向警察问着情况,看到她们出来,迎着她们走上来,远远地站下:"对不起老人家,我们不能出去了。"

三个老太太看着他怪模怪样的样子都愣了。

张老太太:"你是谁?你说什么?"

王贵生:"我也是这楼上的。我们这里发现了一个非典病人,这座楼被隔离了。"

三个老太太还愣着,没听懂的样子。

王贵生:"快回家吧,别再出来,预防感染。"

王老太太:"隔离是啥意思?"

王贵生:"就是不许楼里的人出去,也不许外面的人进来了。"

老太太们这才弄明白,一下子全嚷起来:

"哪有这样的事?"

"把我们放里面好传染啊?"

"我们家的菜还没买哩。"

一边说着一边就要往门口走,赵所长挡在门口,笑得很欢的样子。

赵所长:"大妈,要出去锻炼啊?你看这楼道里这么宽敞,在这儿舞剑不是一样吗?"

张老太太:"赵所长,不许俺出去了?"

赵所长:"大妈,这不是执行任务吗?"

王老太太:"咋,俺成坏分子了?"

赵所长吓了一跳的样子:"大妈,你说这话可吓死我了。政府这是关心爱护大家。"

正在这时,田林成家的门开了。田林成推着一个三轮从门里出来,三轮车上放着一台磨豆浆机和两桶清水,张亚丽

跟在后面,一看到这架势都愣了。

张亚丽:"怎么啦?这是怎么啦?"

张老太太:"哪有这种事?咱们这座楼发现了非典,把咱全隔离了。"

田林成:"什么?咱楼上有非典?哪一家啊?"

王贵生:"我隔壁。"

众人啊了一声,一下子从他身边躲开老远。

王贵生:"大家不要怕。我和非典隔壁我还不怕呢。政府这样做,首先是为了咱们好……"

田林成:"为咱好?为咱好不让咱出去?这楼里有多少病菌啊。不行,别人我不管,反正我得出去,豆子都泡好了,猪头肉也快下锅了,不出门,谁给饭吃啊?"

他二话不说推着三轮就往外走,在门口被赵所长拦住。

赵所长:"对不起,谁也不能出去。"

田林成放下车,膀子一晃就上来了:"凭什么?凭什么?"

赵所长示意墙上的通告:"在那儿呢,劳您驾看看。"

田林成:"我不看,我就想知道,凭什么不让我出门?我犯法了不?你们凭什么限制我的自由?你拿出法律来给我看看,凭哪一条哪一款不让我出门。"

张亚丽赶快过来,一把把他拉到身后:"你看看你这个熊脾气。"赔着笑对赵所长:"警察同志,叫俺出去吧。下岗工人,不容易,一天不干活就没饭吃。"

赵所长:"谁说不是呢?不过现在不存在这个问题了,你们就在家里等着,一日三餐都有人送。"

田林成:"不行?你说了算?你凭啥说了算?"

王贵生过来,试图劝阻田林成:"同志……"

田林成一甩膀子:"你离我远点,非典。"

王贵生笑着,继续和蔼地说:"同志,冷静一点,冷静一点嘛。"

田林成和张亚丽继续纠缠着,老太太们也在帮着腔,门口乱成一团。

在他们吵闹的时候,不断有人从电梯里出来,互相打听着,有人加入了吵嚷的行列,有人在一旁看着那通告议论着。

陈老师拿着菜篮子从电梯里出来,面前的情况使他吃了一惊。他听了片刻,便挤到那通告面前看着。

4

晓青已经起来了,正在对镜化妆,顾真穿着睡衣,坐在沙发上打电话。

顾真:"小王啊,我和丁老板说好了,今天上午继续谈,你马上去把报表准备好,另外把钱律师找来。"

陈老师提着篮子回来了。

顾真继续打电话:"对了,中午安排一个好一点的饭店,叫陈总和周总都参加一下。小李呢?他能喝,叫他也来。"

陈老师去了晓青房间,一看到晓青就声音凄凉地喊道:"青青。"

晓青被他的声音吓了一跳,回过头来:"爸,怎么啦?"

陈老师:"青青,咱们这座楼被封了。"

晓青没听明白:"什么?"

陈老师:"楼被封了。你妈没办法去上班了。"

晓青:"封了是啥意思?"

陈老师:"封了就是封了,不能出去了。你妈不能出去了,她总得在家里。"

晓青:"封了?为什么封?谁封了?爸,你倒是说明白啊。"

陈老师:"好像是这楼里有非典,所以封了,就是隔离了,不许出去了。青青,你妈不能出去了,我怎么教孩子们弹琴啊?"

晓青已经大叫起来:"妈,妈。"

客厅里,顾真还在打着电话。

顾真:"丁老板喜欢茶,你派人去买点好茶,要乌龙。这是个大主顾,要舍得投资嘛。"

晓青从自己房间里冲出来:"妈,您听说了吗?"

顾真:"什么?"继续对电话:"我九点半准时到,在我到以前这些事儿都安排好。"

晓青:"妈,爸说咱们这座楼被封了。"

顾真:"封了?封了是什么意思?"

陈老师跟着晓青出来,顾真看他一眼,陈老师马上一缩,好像自己说了错话。

顾真:"你说什么?"

陈老师:"我们这座楼上发现了一个非典病人,政府把整座楼隔离了。"

顾真叫起来:"什么?"

陈老师:"通告在楼下贴着呢。"

顾真:"这怎么可能?怎么可能?我还得去谈判呢。不行,我去和他们说。"

陈老师:"警察在门口站着呢。"

晓青:"可是我还得做节目啊。"

陈老师:"打个电话给台里,叫他们换别人。"

晓青几乎要哭出来了:"爸,你咋不懂呢?怕的就是换别人。谁知道这一换以后还会不会换回来?不行,我得出去,无论如何也要出去。"

顾真和晓青像没头的苍蝇一样在屋里来来去去,一边说着一边收拾着自己,做着出门前的准备。

只有陈老师安静地坐在那儿,低着头想着自己的心思。

顾真又在打电话:"小王,真是胡闹,我们这座楼被隔离了……隔离就是隔离,就是不许我出去了。你帮我找一找陈秘书长的电话,在我桌子左边的抽屉里。马上,最快的速度。"

陈老师充满希望地抬起头来看着她:"那个人能把你弄出去?"

顾真:"什么?"

陈老师自己想了想,又悲哀地摇头:"不能。警察在那儿站着呢。"

顾真突然火了:"你少说一句行不行?"又拨电话。

晓青:"妈,这电话一早上被你占着,轮也轮到我了吧?"

顾真:"你用手机。"

晓青:"你用手机,我的手机没电了。"说着就过来夺母亲手里的电话。顾真一躲:"等我打完这一个。"

晓青:"妈,这可是有关我的前途啊,万一我被别人顶了。"

陈老师用悲哀的目光看着她们。

顾真:"不行,几千万的项目呢,我得下去看看。"

晓青:"我也不能坐以待毙。"

母女俩说着,慌慌张张争先恐后地夺门而出。

家里只剩下了陈老师一个。他叹了一声,回自己房间,在钢琴前坐下来。

一支清冽的曲子在他的指下流淌出来。陈老师沉静地闭上了眼。

他突然站起身,也出去了。

左光家的门打开了。周捷先拖着一只箱子出来,对屋里:"快走吧,别误了班机。"

左光从里屋出来,仍然心有不甘:"你确定这是个旅游的最好时机?"

周捷:"我确定。"

左光叹了口气:"那就走吧。"

周捷含笑看他出门,自己把门锁上。

突然,对门一家四口,一对五十多岁的夫妇、一对三十来岁的夫妇惊慌地从屋里跑出来,手里提着大包小包,手里拿着毛巾捂着嘴。

老太太拖着哭腔喊着:"快点儿啊,别拿了,命都没了还拿东西干什么呀?"

老头去按电梯,老太太又喊起来:"别坐电梯,别坐电梯。"

左光:"大嫂,怎么啦?家里出什么事啦?"

这一家人理也没理,从楼梯口冲了进去。

左光奇怪地说:"怎么啦?"

周捷和左光走向电梯。

电梯里面站着大力,大力肩上扛着一个一岁多的男孩栋栋。周捷对他们和善地一笑,挡住电梯门,让左光先进,然后自己进去,电梯门关了。

大力在逗着栋栋,不断地把他颠上颠下,栋栋咯咯笑着。

周捷微笑地看着:"上幼儿园?孩子多大了?"

大力:"两岁……"不好意思地一摸头:"两岁几个月来着?我忘了。"

周捷笑了:"真是个好爸爸。"

大力:"这些事儿都是我老婆管的。"

栋栋奶声奶气地问:"爸爸,谁是老婆啊?"

大力:"耳朵倒是尖。老婆就是你妈妈。"

栋栋:"我妈妈就是老婆?"

大力:"嘿,嘿,哥们,弄清楚了,是我老婆,不是你的,别搞错了。"

左光和周捷一起被他们逗笑了。

栋栋还不依不饶:"那我老婆呢?"

电梯门又开了,左光搂住周捷,两人贴边。
顾真和晓青一起挤进来,一边还在不停地说着。
顾真:"这事太荒唐,怎么可以因为一个非典把一座楼隔离?耽误多少事啊?"
晓青:"真是的。"
大力认识晓青:"陈晓青,上班啊?你们文艺部上班还用这么及时啊!"
晓青:"大力,你不知道吧?"
大力:"什么?"
晓青:"我们这座楼发现了一个非典,整个楼被隔离了!"
大家齐声:"隔离?"
晓青:"就是禁止一切人出入了。"
大力:"都不让出去了?"
晓青:"听说是这样。"
大力:"不会吧?这楼上有非典?"
左光:"情况确实吗?"
晓青:"我爸回来说的。他出去买菜被挡回来了。"
周捷:"怎么可能?"
左光却笑起来:"小捷,天命不可违,我们没办法去旅游了。"
周捷的声音抖了:"不,不会,我们下去问问。我们又没得非典,不能不让我们出去。"
左光:"小捷,如果全楼人都不让出去,我们也不能因为旅游就特殊。哈,这一回可不怪我不陪你呀。"
周捷没说话,紧紧地闭着嘴。
电梯继续往下降着。

陈老师在敲着人家的门,里面的门开了,一个女人出现在防盗门里。

陈老师赔着笑:"隔离的事,您知道了吧?"

女人:"才听说,您说这是什么事啊?"

陈老师:"隔离了,反正也出不去,就让孩子到我家来学琴吧。"

女人:"可不行,传染非典呢?陈老师,俺不学了。"

陈老师:"哪能传染呢?我没非典,你们也没非典,怎么会传染呢?来吧,来吧,正好没别的事儿。"

女人:"不行,可不行,谁知道有没有啊。对不起陈老师,俺不学了。"一边说着一边把门就关上了。

陈老师很失落地转过身来。

5

一楼大门口,已经挤满了人,大家吵吵闹闹。最前面的当然还是田林成两口子。

"凭什么呀?"

"合着就外面的人命要紧,放我们在里面传染?"

"叫领导来,我们不和你们说。"

……

王贵生小声地和赵所长说着:"你看看群众的情绪,不好控制啊。你是不是再向上级领导反映反映,隔离是一个好办法吗?会不会造成更大的恐慌?"

赵所长:"王局长,我算个啥呀?人微言轻。要说,应该您来说。"

王贵生赶快地说:"我不合适,我不合适。我说,领导会以为我对领导的决策有意见呢。其实我是为了社会安定。"

楼外,隔离带外挤满了过路的行人。其中有楼里居民的家属,高声地喊着亲人的名字,也努力地想钻过隔离带进来,被警察挡在外面。

两个电视台的记者,一男一女扛着机器跑过来,女的背对被封锁的大楼就要报道。

女记者:"各位观众,我现在在在顺家园——对不起,停,这么别扭啊,在在在。"

扛机器的男记者:"我现在在本市第一座被隔离的居民楼在顺家园向您做现场报道……"

女记者:"OK。各位观众,我现在在本市第一座被隔离的居民楼……"

赵所长远远地看到了他们,赶快推一把身边的警察:"哎,哎,把他们拦住。这让报不让报啊他们就乱拍一气。"正说着,突然看到看热闹的人群中有自己的女儿小雨,赶快四下看看,看到没人注意自己,偷偷过去,把女儿拉过来:"小雨,走这么早?吃饭了没?"

小雨:"没吃。妈又给我热牛奶,我不喝,就跑了。"

赵所长:"你这孩子叫福烧着了。"一边说一边掏出两块钱塞到女儿手里:"路上买个火烧。快走吧。"

小雨跑了。

赵所长欲回来,突然想起:"妈呀,闹非典呢,忘了嘱咐她洗手了。"

另一边,那警察赶快在制止两个记者:"对不起,不能拍,不能拍。"

女记者不停:"据有关方面透露,在我身后的这座居民楼里发现了我市第一例非典患者,为防止疫情的扩散,市政府采取果断措施……"

她说话的时候,警察不断地去推她,男记者继续拍,只是把镜头转向了阻拦他们的警察。

警察过去,手挡在了镜头上。

男记者这才停下:"怎么啦?哥们儿,都是工作啊。"

警察:"不能拍,得领导批准。"

女记者:"哪个领导啊?谁是领导啊?有没有新闻自由啊?"

他们纠缠的时候,刘秘书出现在看热闹的人群中,看到了正在讲话的王贵生,悄悄地拨手里的手机。

王贵生口袋里的手机响,王贵生一抬头,看到刘秘书在外面正向他招手示意。

王贵生走到一旁,打开手机:"小刘,你向局领导班子汇报我这儿的情况了吗?"

刘秘书在外面:"还没有。"

王贵生:"怎么不说呢?马上打电话。现在就打。"

刘秘书:"好,我这就打。王局长,我把您要的东西准备了一部分先送过来了。"

王贵生:"东西一会儿给我,电话先打。"

刘秘书:"王局长,您说我对他们说什么?"

王贵生:"你什么也不用说,就说我被隔离了。"

刘秘书:"好的。不过,王局长,这个消息,您是不是还应该对别人汇报一下?"

王贵生:"谁?"

刘秘书不好出口的样子:"比如关心您的老领导啊什么的。"

王贵生明白了:"我知道了,你别管了。"

王贵生挂上电话,看身边的人还在吵,一本正经地插上去:"大家冷静一下,冷静一下。"

顾真和晓青挤了上去。

顾真对赵所长:"同志,我不能在里面,我有一场重要的谈判,今天上午十点,几千万呢。"

晓青:"我也不能在里面。我是电视台的主持人,有一台抗击非典的节目等着我呢。是抗击非典的节目。"

赵所长和警察们背着手站成一排挡在门口,一副不为所动的样子。

赵所长:"对不起,这是市政府的命令,无论有什么情况也不行。"

晓青:"怎么会有这种事情?你们没权力限制我们的个人自由!"

赵所长:"这不是限制你们的人身自由,这是保护你们不被感染的人身自由。"

顾真气愤地说:"哪有这样解释自由的?"

人们继续吵闹着。

左光和周捷站在人群外看着。

左光得意地说:"你瞧,我们是别想出去了。"

周捷:"你在这儿等等,我过去看看。"

左光:"哎,小捷,小捷。"

周捷已经挤上去了。

在这个时候,窦康躲躲闪闪地从楼梯口出来,突然看到了赵所长,赶快躲到人后,远远地站在那儿听着,看着。

周捷挤到门口赵所长面前。

周捷:"警察同志,警察同志,我们已经买好了机票,能不能照顾一下?"

赵所长瞅着她:"您看着能吗?"

周捷为难地左右看看,又回头看看远处的左光。

周捷小声地说:"警察同志,我有个特殊情况,能和您私下说吗?"

赵所长弯下腰。周捷小声和他嘀咕着,赵所长听着,脸上现出吃惊的神色。

赵所长:"真的?"

周捷:"我为什么要撒谎?我是京州大学的老师,他也是,您可以到学校对我们的为人进行调查。"

赵所长为难地说:"我很同情。可是我没办法。任何人不能走出这座大楼,更别说坐飞机。"

周捷失望地闭上了嘴,退了回来。

左光幸灾乐祸地说:"怎么样?碰壁了吧?"

周捷呆呆地看着面前的一切。

左光:"我们回去吧。"

周捷木然地转身,跟他往回走。

人群突然又潮水般涌动起来,那一家四口这时候终于从楼梯上下来了。老头、老太太已经累得气喘吁吁。

小伙子喊着:"大家让一让,大家让一让,俺妈不行了,俺妈不行了。"

赵所长:"医生,快。"

果然,老太太跑到门口,一头栽下去,王贵生恰巧站她身旁,一把扶住了。

两个医务人员跑上来,把老太太平铺在地下给她听着。

一个医务人员问:"老太太有心脏病史吗?"

老头:"冠心病。"

另一个医务人员:"快,送医院。"

小伙子:"慢着,不能送医院,不能送,那里有非典。"

老太太闻言爬起来:"我不去医院!我要出去,我出去!"说着,不顾一切地往外冲,被赵所长拦腰抱住了。

赵所长:"不能出去,谁都不能出去。"

成排的警察堵上来,把人们堵住了。

老太太哭喊着,在赵所长怀里挣扎着。

王贵生:"大嫂,大嫂,你冷静,冷静一点。"对小伙子:"快,劝住你妈,冲是冲不出去的。"

小伙子把老太太接过去,大声喊:"妈,妈。"

左光和周捷进了电梯……

左光和周捷回到自己的家。左光把旅行箱一推,旅行箱一直溜到房间对面去了。

左光:"终于回来了。小捷,我好像走了很久了。"

周捷默默地过去把旅行箱拖进里屋去了。

左光急着去了书房。

周捷从卧室出来:"左光,你在干什么?"

左光在书房里："还能干什么？我得把那部书稿赶出来，预防隔离一解除你又要出去旅游。"

周捷进去。左光已经打开电脑，趴在上面了。

周捷依在门上，呆呆地看着他。

左光头也不回，在电脑上打着字。

周捷看着，看着，眼睛里有了泪。

左光意识到她的存在，回过头来，突然发现她眼里的泪，吃了一惊，赶快起身。

左光："小捷，你怎么啦？"

周捷转身欲走，被左光抱住了。

左光："你怎么哭啦？因为我没能陪你去旅游？不是因为隔离吗？隔离一解除，我们马上走。"

周捷："左光，你再也不能这样下去了，再也不能这样下去了。"

左光："哪样下去？"

周捷："你过的这叫什么日子啊？一天到晚就知道趴在电脑前面写啊写啊。你不是说波澜壮阔的生命吗？为什么你的生命要这样度过？"

左光："可是……可是……这是我喜欢的生活方式啊。"

周捷："可是我呢？就这样一天天你写，我看着。这是你替我选择的生活方式？"

左光抱歉地说："对不起。可是……可是我不知道怎么做。"

周捷不再说话，左光像孩子一样看着她。

左光："你想做什么？我陪着。"

周捷摇摇头："你写吧。"说完出去了。

左光像犯了错误的孩子一样跟在她身后："也许……也许我们可以下下棋？"

周捷："你写吧，我上阳台上站站。"

周捷去阳台，左光仍然跟着她。

通往阳台的门一开,下面的喧嚣声便冲了上来。

左光过去往下看:"天哪,他们还在吵。对一件已经无法改变的事实,除了接受,你难道还有别的办法?哎,周捷,你来看,好像有人往外冲,警察在拦着。这些人真是。"

周捷不说话,依在门上看着他。

左光兴致勃勃地说:"要不,咱们下去看看?"

周捷:"看什么?热闹?"

左光:"看看嘛,看看嘛。走吧。"

夫妻俩又出去了。

第三章

1

左光和周捷从电梯里出来。

人比刚才又多了,有人哭,有人叫,乱成了一锅粥。

田林成正鼓动了几个人准备向外冲。

田林成:"咱们一块冲出去,咱们不能在这儿等死。来啊,来啊,法不责众,看他们能怎么办。"

那几个老太太和另外的几个人也激动地往上挤着。

警察们手挽着手组成了人墙。

赵所长:"大家不要听煽动。冷静,冷静。如果强行冲出是要负法律责任的。"

王贵生:"大家冷静一点,这样闹是解决不了任何问题的。市里这样决定,也是为了我们大家好。"

人们又乱起来:

"别说好听的了。"

"为我们好把我们封在楼里?"

"我们被传染了谁负责啊?"

"不听他的,我们冲出去,冲出去!"

……

人群又开始潮水般涌动起来。

栋栋突然大哭起来,大力赶快扛着他躲到后面。

左光和周捷远远地看着。

左光示意王贵生:"那个人是谁?没见过。"

周捷看看王贵生没说话。

左光:"他应该告诉大家一个基本的道理:如果事实无法改变,那么最好的办法就是接受它。"

周捷突然地说:"你去说。"

左光不明白:"什么?"

周捷:"你去对大家说。"

左光:"我?小捷你在想什么?我怎么会去干这种事?"

周捷:"为什么不可以?为什么不能把你认识到的道理告诉大家?左光,你过去总是在书上讲做人和做事的道理,现在试试在生活里。"

左光迟疑地看着她。

周捷鼓励地说:"去呀,再没人说话就出事了。"

左光挤了过去,周捷在后面微微激动地看着他。

左光挤到赵所长跟前。

左光:"我叫左光,大学教授。我想了解一下情况。第一,隔离的决定是市政府做出的吗?"

赵所长指指那张通告,左光回回头,看到了市政府的红印。

左光:"好的。第二,需要隔离多久?"

赵所长:"十四天。"

左光:"好的。第三,市政府对隔离期间楼内居民的生活、医疗、工作等一定都做出了安排吧?"

赵所长:"据我了解已经安排好了,一会儿市政府会来人告诉大家。"

左光:"那么您应该告诉大家。在这个时候,最怕的就是情况不明。"

赵所长:"左老师,您一开口我就听出您是个明白人,这个时候需要的就是您这种人。我看,还是您说。要说起来,我平常和这楼里的居民关系不错,可这一隔离,我咋变成阶级敌人了呢?还是您来吧。"

左光:"大家冷静一下,听我说几句。"

田林成:"你是谁啊?"

左光:"我住二十一楼。隔离也影响了我的生活。我和妻子今天准备出去旅游的,现在走不成了。这是一个意外事件，它影响了我们所有人的生活。但是请想一想，无论我们是哭还是闹，有可能改变它吗？有可能吗？"

大家看看楼外站成一排的警察，都没说话。

左光："如果没可能，不如接受它。不就是十四天不能出门吗？就当是市政府给我们放了十四天假，让我们从从容容地和家人、和爱人、和邻居相处十四天。平常总是忙着，这样的机会有吗？"

有人在问："可是我们在里面很危险啊，万一被传染了怎么办？"

左光："不会，几率很小。我们楼里有医生、护士吗？有吗？"

大力匆匆忙忙一举手："有。"

左光："您？"

大力摸着脑袋，不好意思地说："对不起，不是我，是我老婆，她是医生。可是，她昨天晚上上夜班还没回来，估计也进不来了。"

有人不满地说："那不是白说吗？"

左光："还有吗？医生、护士？"

没人回答。

周捷突然举起手来："有。我学过医，研究过传染医学。我可以向大家保证，留在楼里被传染的几率远不像大家想象的那么大。大家回去打开窗户，勤消毒。保持情绪乐观稳定，对了，尽量减少这样人群密集。"

人们听到这儿，不由得都离开了身边的人，人群开始散开。

一个老太太："原来你懂啊。你家住哪？以后有事找你行不？"

周捷："我住2102，我家电话2951295。"

顾真："可是我们的工作怎么办？"

赵所长满面笑容："试一下，把工作丢掉，看看地球是不是还在转。平白无故地放了半个月假,多难得啊,我想还想不来呢。"

左光赞许地看着赵所长:"说得好。浮生难得半日闲嘛,在家看看书,听听音乐,享受一下生命和生活。"

纷乱的人群开始安静下来。

楼外,几辆车开过来,人们期待地看着。

赵所长第一个看到:"我的娘,他自己来了。"

车在楼前停下,刘一平从车上下来,身后跟着尚雷等几位干部。

被警察挡在人群中的那两个记者又扛着机器冲上去,对着车队狂拍不止。这回警察没拦他们。

左光看到刘一平,转过身来挤回来。周捷微笑着迎着他。

周捷:"你可真行。"

左光得意地说:"百无一用是书生啊。我们走吧。"

二人进了电梯,电梯悠悠地往上升着。

左光:"小捷,你什么时候学医啦?"

周捷笑了:"那个时候,需要一个懂医的。"

2

在顺家园楼门口,刘一平在记者和官员的簇拥下走上台阶。

赵所长小声地自语:"我的娘,他自己来了。这事儿真大。"

王贵生也看到了,大声地说:"同志们,同志们,在这个非常时刻,我们一定要和党保持一致,坚决服从市委、市政府的正确领导。"

刘一平快步上楼,听到了他的话。

有个防疫站的工作人员给刘一平递上来一个口罩,刘一平推开了。

有人喊:"刘书记来了。"

王贵生停下来,挤到前面:"刘书记。"

刘一平:"你就是王贵生同志?"

王贵生:"是我。我是王贵生。"

刘一平:"辛苦了。讲得很好。谢谢你。"

王贵生:"刘书记,您来得太及时了。"

刘一平向大家拱拱手:"诸位,我是刘一平,我有几句话向大家说。"

有人从后面递上来一个扩音机,刘一平举着它向大家讲话。

刘一平:"同志们,你们辛苦了。你们从通告上已经知道了,在你们这座楼里,发现了一位非典病人。为了楼内其他居民的健康,也为了疫情不再扩散,市里做出了暂时把这座楼整体隔离的决定。同志们,我不想说大道理,这样做,首先是为了全市居民的安全和健康,但同时,这对于你们也是有好处的。这座楼的居民可能与非典病人有过接触,把你们暂时留在家里,便于对你们的观察。万一有人真的发生感染,便于在第一时间内治疗。"

有人高喊:"可是我们被放在一个危险的地方,感染的几率不是更大吗?"

王贵生:"不能这么说……"

刘一平:"不,应该这样说。我不想拿大道理骗大家。是的,相对于外面来说,在这座楼里传染的几率是更大。可是,我想请大家站在市政府的角度想一想,在这种情况下,除了隔离,我们还能怎么做?"

人们一静。

张亚丽:"那也不能放着我们在这里面受传染啊。人家的命是命,俺的命也是命啊。"

刘一平:"是的。对于政府来说,任何一位市民的命都比天大。我在这儿向各位保证,市政府一定对大家的生命安全负责。看看这楼外,防疫站和医院的医生都在,他们都是来为你们的健康服务的。今天凌晨,当大家还在熟睡的时候,卫生部门已经对这座大楼进行了充分的消毒,今天卫生部门还要进入各位的家庭为每户居民消毒。我相信,如果在此前您没被感染,从此刻开始您就不会发生新的感染了……"

窦康听着,悄悄进了电梯。

陈老师正隔着防盗门和门里一男孩交谈着。

陈老师弯着腰,充满了诱惑地笑着:"来呀,昨天我们不是说好了吗?我们今天学莫扎特的另一首曲子,很好听的。"

男孩还没说话,一只手一把把男孩抓走了,同时一个女声:"哪儿也不许去,闹非典呢。"门也随着关上。

陈老师很悲哀地转过身来,脸上写满了孩子一般很真诚的痛苦。

3

高大平在床上挣扎着,想抓住吊环起来,可怎么也起不来。正在做着绝望的努力,门一响,高大平赶快躺下。

窦康开门进来,高大平迫不及待地问:"到底怎么回事?"

窦康一屁股坐在地下,抱住头:"完了,全完了,我出不去了。"

高大平:"到底怎么啦?"

窦康:"这座楼发现了非典,被隔离了。"

高大平:"非典?在这楼上?天,说来这就来了。"

窦康:"天哪,怎么这么寸?其实我前天夜里就准备来的,啥都准备好了,中午没吃好,晚上拉开了肚子。就这么一拉,把我拉到这楼里了。"

高大平:"几天?"

窦康:"什么几天?"

高大平:"隔离。"

窦康:"听说十四天。"

高大平高兴地说:"这么说你得在这儿呆十四天啦?"

窦康站起来:"不行,我不能在这儿呆着,她会急坏的。"

高大平:"谁?这世上还有谁会关心你?"

窦康一抬头就冲他嚷起来:"你别管!你这样的人知道什么!"抱着头在那儿呆了一会儿,接着站起来:"不行,我得走,一会儿你家里人发现你电话不通我就倒霉了。我得走。"说着到窗户前往下看着。

高大平在背后提醒:"十七楼呢。你会飞檐走壁?"

窦康:"没练过。不过,逼急了也不是走不了。完了。"

高大平:"什么?"

窦康:"警察在下面呢。"

高大平:"死了心吧。"

窦康:"我的娘,怎么这么倒霉啊。我从小就倒霉,长这么大没一件顺心的事。人要倒了霉,喝口凉水都塞牙,放个屁都砸脚后跟。"

高大平看着他,哈哈大笑起来,笑得眼泪都出来了。

窦康冲到他面前,咬牙切齿地说:"你笑什么?都是你的事儿,你是我的克星。我算过了,只要遇见你,我没有一次不倒霉的。因为你,我进过五次局子,莫非又得进去第六回不成?"

高大平笑得更痛快了。

高大平:"早就知道我是你的克星,偏偏自己上门,这倒霉难道不是自找的?"

窦康沮丧地一屁股坐地下:"天,这可怎么办呢?她会急坏的,这可怎么办呢?"

高大平:"到底是谁啊?"

窦康又嚷起来:"你别管!不要你管!"

高大平:"好,好,不管,不管。"看着他:"喂,十四天呢,你也走不了,咱们达成个协议怎么样?"

窦康:"什么协议?"

高大平:"你走不了,我女儿也进不来。这十四天,你就住我这儿,帮着照顾照顾我。"

窦康:"吓,想的你,想让我侍候你啊?"

高大平理直气壮地说:"你住我这儿,吃我的,喝我的,再说我比你年纪大,就算你叫我声爹也是应该的啊,怎么,你侍候侍候你爹不行?"

窦康:"不行,我不能在这儿呆着,她会急坏的。"

高大平:"你可以打电话呀。"

窦康被提醒了,想着:"十四天以后呢?你送我进局子?"

高大平:"那就要看你这十四天的表现喽。"

窦康:"算我倒霉。好吧。"

高大平:"成交?"

窦康:"成交。不过,你别提爹不爹的话。我才不要你这样的爹呢!有成天把儿子往局子里送的爹吗?"

高大平哈哈笑起来:"过来,扶我起来。"

窦康:"什么?"

高大平:"没看见天不早了?扶我起来,帮我穿衣服。"

窦康:"什么?凭什么要我侍候你?"

高大平:"咱们不是有协议了吗?"

窦康无奈地过去拿起他的衣服:"我算倒了八辈子血霉了。请,老爷子。"

高大平倚老卖老地说:"啥态度啊?我偏瘫你不知道?

抱我起来。"

窦康:"你拿我当什么了?"一边说着,一边还是弯下腰去,搂住高大平的脖子把他拖起来:"你可真沉啊。这么重的人怎么抓小偷那么利索啊?"

高大平:"别啰嗦,快给我穿。"

窦康叹着气,骂骂咧咧地帮他把衣服套上。

窦康:"行了吧老祖宗?"

高大平:"去,给我端水来,我得洗脸。"

窦康:"什么?整天躺在床上,洗什么脸啊?"

高大平:"躺在床上也得爱惜这张脸啊。你当人活着都像你?没脸没皮的。端去。"

窦康没办法,去端了盆水。

窦康:"给。"

高大平:"你给我洗啊,我要能洗还要你在这儿干什么?白吃饭?"

窦康:"我算倒了八辈子血霉了。"一边骂着,一边拧了毛巾给高大平擦脸,高大平很惬意地享受着。

高大平:"活着可真好啊。"

窦康讽刺地说:"行了吧活祖宗?"

高大平:"耳朵后边。这是咋干活的?"

窦康:"什么?你不会让我帮你擦屁股吧?"

窦康:"我咋这么倒霉啊。"一边骂着,一边又去给他擦耳朵。

高大平还继续挑着毛病:"轻点儿,敢情不是你的耳朵。"

4

在顺家园的楼门口,人群越聚越多,刘一平仍在对大家做着工作。

有人在高声发问:"我们被隔离在里面,我们的工作怎么办啊?"

刘一平:"政府已经做出决定,在被隔离期间,各位的工资奖金照发。"

田林成:"好么,好么,不平等永远不平等。他们坐在家里还有工资奖金,我们下岗的呢?我们不出去没饭吃,政府管不管?"

在人群后面,几个孩子欢天喜地地蹦着,跳着,一看到有新下来的同伴就像报告什么喜事一样大喊着:

"隔离啦,隔离啦。"

"不用上学啦。"

"连作业也不用做啦。"

门口,一个秘书模样的人走到刘一平跟前,跟他耳语了几句。刘一平点点头,对大家:"各位居民,我还有会,先走了,卫生局长尚雷同志和社区的同志会给大家介绍一些其他情况。现在对于大家和政府都是一个考验。我希望大家能和政府一起共同经受住这次考验。十四天以后,我来迎大家出来。"

他的秘书和王贵生带头鼓掌。楼里的居民却没人鼓掌。秘书也不好意思地停下。

刘一平就在这一片静寂和身后无数道目光的注视下走向自己的汽车,突然看到仍然对着他拍摄的记者,停下。

刘一平:"你们来得好快啊。"

女记者:"刘书记,他们不允许我们拍摄,说是要有关方面批准。您能批准我们采访拍摄吗?"

刘一平:"为什么不能拍?现代社会一个特点就是信息透明。我们的媒体不公开报道,难道让小道消息在地下流行不成?拍吧。不过,第一,不可以进去;第二,我有一个请求,希望能多一些正面的、积极的报道。这是我市出现的第一例非典患者,也是我市第一所被隔离的居民楼,市民的情绪可能会比较敏感甚至恐慌。在这个时候,我希望你们的报道能有利于社会的安定,有利于稳定市民的情绪,你们看怎么样?"

女记者:"OK。"

刘一平上车走了。两记者一转身背对大楼,重新开始报道。在开机以前女记者胜利地瞟了那个阻拦他们的警察一眼。

女记者:"各位观众,我现在在我市第一座被隔离的居民楼在顺家园向您做现场报道……"

一楼走廊里,各家正在领体温表、口罩、消毒液之类的东西,人群已经渐渐散去。

防疫站的人一边分发东西,一边大声嘱咐着:"一会儿我们就去各家消毒,注意,体温表分开使用,每天量三次体温,把量得的体温登记在那个表上,晚上我们上门收。"

几个老太太领了东西往回走,走到电梯间前刚要按电梯,一个老太太停下了。

老太太:"别坐电梯,那个非典肯定坐过了。"

老太太们停下,为难地说:"可这楼怎么爬哟?"

一边说着,一边还是进了楼梯间。

老太太们顺着楼梯往上爬,一个个累得气喘吁吁。但还不忘相互嘱咐着:

"别出门了,谁知道谁家有非典。"

"没错,这个时候,谁都不能信。"

"麻将也没法玩了。"

"还顾得上那个。"

……

楼门口,王贵生看着人少了,示意外面的刘秘书过来。

刘秘书试图过来,在隔离带那儿被一个警察拦住了。

王贵生对赵所长:"赵所长,那是我的秘书,能不能让他过来,局里的工作需要交待一下。"

赵所长回头示意那个警察放刘秘书过来。

刘秘书过来,把一大包东西递给王贵生:"王局长,二十个口罩,两瓶消毒液。"

王贵生:"有没有预防的药?"

刘秘书:"我回头就去找。下午或者明天给您送过来。"

王贵生看看周围没人,小声问:"电话打了?"

刘秘书:"打了。"

王贵生:"他们怎么说?"

刘秘书:"他们都很着急,也许很快就会过来看您,或者打电话。"

王贵生:"局里的情况,随时向我报告。你回头把班子成员的电话给我。"

刘秘书:"好的。王局长,别的电话您打了吗?"

王贵生:"还没有。"

刘秘书看他:"怎么……"

王贵生一副不让他再问的样子:"你走吧,我们随时联系。"

一个防疫站的人过来,对赵所长:"赵所长,他们这样近距离接触是不允许的。"

王贵生:"好吧,就走,就走。小刘,好好干,我心里有数的。"

刘秘书:"知道了。王局长,您多保重,我晚上再过来。"

两人寒暄着,刘秘书走了,王贵生站在那儿久久地望着他。

陈老师沉醉在钢琴的世界里。

门一开,顾真和晓青拿着领到的消毒用品进来,一进门就把那些东西丢在沙发上。

顾真扑向电话,晓青已经比她更快地把电话抢到手了。

顾真:"晓青,妈妈的事重要。"

晓青:"妈,我的事才重要呢。"说着已经拨通了电话,说话的声音已经带上了哭音:"主任,我去不了了,我们这座楼上发现了非典,被隔离了。主任,你能不能找个人帮我说一说啊……"

顾真只好从兜里掏出手机,躲到卧室。

她经过陈老师房间,推开门,看到陈老师在那儿入迷地弹着。

顾真:"你啊,还嫌不够乱的?别弹了,我得打电话。"

陈老师没说话,继续弹。

晓青冲进来,拖着哭音:"爸,人家本来就够烦的,你还弹!电话都听不清了,求你了,别弹了。"

陈老师长叹一声,停下了,用悲哀的目光看着这忙忙碌碌的母女俩。

5

桌上的时钟已经指向十一点,马立克还在继续大睡着。奇怪的是,以前他睡觉是头朝东,现在他却头朝西了,枕的是一个大抱枕,枕头上却放着两只大脚。

桌上的电话一下子响起来。

马立克没醒,闭着眼在枕边抓了抓,抓到了自己的一只袜子,顺手丢过去,丢在电话上。

电话仍然响着。

马立克痛苦地呻吟着,从床上爬到桌子这一头,闭着眼拿起电话。

电话里,传来老妈的哭声:"克克啊,我的孩子,你没事儿吧?"

马立克一下子醒了:"妈,怎么啦?出啥事了?"

老妈的哭声:"克克,你没被传染吧?发烧了没有?身上疼不疼?你说呀。"

马立克:"这是哪儿跟哪儿呀?妈您没病吧?您这是说的啥呀?您在哪儿呢?怎么听上去乱哄哄的?"

老妈在电话里说:"我和你爸就在你楼下呢。"

马立克:"啊?"爬起来跑到窗那儿往下看着,看到了隔离带和警察,咦,我们这儿咋啦?出凶杀案了?他在电话里大声问:"妈,您在楼下咋不上来呢?"

电话里已经换了老爸的大嗓门:"小克子,你要是没事儿就快滚下来,我和你妈在这儿等了半天了,全楼的人都见着了就是没见着你。"

马立克还是不明白:"全楼的人?这到底是怎么啦?"

老爸的声音:"你们楼被隔离了你不知道?"

马立克全醒了:"隔离?你们等等。"一边说着,一边摔了电话,以最快的速度往身上套着衣服,嘴里还念念有词:"隔离,隔离……"

衣服还没穿好,鞋带也没系,人就跑出去了。

电梯门一开,马立克就冲了进去,一进去就连连咳嗽,原来一个白大褂正在里面狂喷消毒剂呢。

马立克一咳嗽,那人立刻警惕地瞪起眼睛:"为什么咳嗽?不发烧吧?"

马立克:"为什么咳嗽你还不知道?这到底怎么啦?"

那人:"楼上有非典,这座楼被隔离了。"

马立克:"啊?"

那人:"你上哪?"

马立克:"下去啊。我爹妈在楼门口等我呢。"

那人不再说话,继续喷着……

马立克从电梯里出来,看到楼门口果然站着警察和白大褂什么的,顿时高兴起来,自言自语着:"哇噻,真是酷毙了。"

一边说着一边热情地跑过去,和人家套磁。

马立克:"嘿,哥们儿,到底咋回事啊?真这么严重?别太夸张了啊。"

一警察:"不能出去,赶快回家。"

他的老爹妈被挡在隔离带之外,一看到他就叫起来,特别他妈,已经声泪俱下了。

老妈:"克克,克克,你没事儿吧?你要急死你妈呀?"

老爸:"小克子,人家都下来了咋就不见你呢?"

马立克根本顾不上他们,继续套磁:"几个呀?就一个?一个值得吗?怎么,真不让出去啦?出去会女朋友行不行?爱情至上啊!"

那个和他同电梯下来的白大褂也跟着过来了,在他说话的时候对另一个白大褂小声说:"他咳嗽。"

那白大褂过来,二话不说抓住他就往他腋下塞表。马立克躲着,哈哈笑起来:"干什么?干什么?别闹,我就怕胳肢。笑死我啦,笑死我啦。"

白大褂:"谁和你闹?你咳嗽,快试试发不发烧。"

他老妈在外面看到并且听到了,几乎要晕倒,被他爹扶住了。

老妈:"克他爸,克克发烧,克克发烧。"

老爸这回也吓哆嗦了:"我的天,早就说不该要这个老疙瘩,打小算起,他没有一次省心过。"

马立克:"天哪,这是哪儿跟哪儿呀?我是叫你们呛的。"一边说着,一边还是被人家把表插进去了。

一个防疫站的人把一大包东西塞给他:"注意,房间通风、消毒,一天三次试表。尽量少出门,出门戴口罩。"

马立克接过来,看到了贴在门里的通告,看着。

马立克:"隔离期暂定十天……希望各位居民保持良好

心态，在家休息、观察……"

外面，老妈又拖着哭音叫起来："克克，你没事儿吧？"

马立克没好气地说："没事儿。你就是整天盼我有事儿。"

老妈对老爸："你听听这孩子，啥时候才懂事儿哟。"一边抱怨着，一边还在唠叨："克克，你连个做饭的家什也没有，把你关在里面，咋吃饭呀？要不叫你姐来送？妈昨天给你包的饺子，你也没回家吃。你自己不会照顾自己，这一下子关在里面了，你咋办呢？"

值班的警察听着笑。马立克恼火地说："死不了。"

老妈一听，又抹起泪来："这个孩子，什么时候能长大哟。"

白大褂让马立克取出表，很认真地一看再看。

马立克热心地凑上去："不发烧吧？"

白大褂："暂时还没有。"

老妈在外面："怎么样？"

马立克："不发烧。妈，你们回去吧，我上去了。"一边说，一边回头就跑。

老妈喊道："哎，哎，别走电梯，里面有病毒。"

马立克已经进去了……

马立克一进家，就把领回来的东西丢在沙发上，扑向电话。

马立克："哥们儿，哥们儿，我休观了，休观了。"

电话里，传来小凤的声音："什么？你怎么啦？"

马立克哈哈大笑："休观，休观都不懂？我休息观察——休观。我们这里发现了非典，这座楼被隔离了，我也就休观了。"

小凤在电话里惊讶地问："真的？"

马立克："我没空再说了，哥们儿，患难时刻见真情，有空来看看弟兄啊。拜。"挂上电话，又拨。

马立克:"小莉——对不起,叫错了,小青啊,我休观了。休观不懂?新名词,接触过非典病人隔离休息观察就叫休观。小青,我都休观了,你还生我的气啊?赶快来看看我吧,看得晚了也许就看不见了。"手机响,马立克拾起手机看了一眼,赶快对电话:"对不起,老板的电话,下次聊,别忘了来看我啊,送点好吃的。"挂上,又打开手机,马上装出一副有气无力的口吻:"老板。"

电话里在说什么,马立克一边把电脑从休眠中唤醒看QQ上的留言一边听着。

他仍然有气无力地说:"老板,谢谢您的关心。我没啥大问题。有点咳嗽,身上没大有劲。当然,我会保重的。谢谢老板。老板,我暂时没办法去上班了,工作的事怎么办?我真放不下啊。"

老板在电话里说:"工作不会耽误吧?不是可以在家里继续做吗?做完了从网上传过来就行了。"

马立克一呆,气恼地扇了一下自己的嘴。

马立克:"当然,当然,SOHO一族不都是这样干吗?我早就向公司提过这建议了,这回就从我做起吧。"一边说一边咳了两声,电话里不知说什么,马立克马上又有气无力起来:"不会,只是有点咳嗽,不会那么巧吧?不不不,还是工作要紧……那好吧,恭敬不如从命,那我就听老板的,先休息几天看看。只要能爬起来,我马上在家里开始干活。再见老板。再见!多保重,非常时期,您也少出门。"

马立克放下电话,再也忍不住,大笑起来。他一边笑,一边又去接电话:"小平,噢,你是芳芳啊,我弄错了。芳芳,你敢相信吗?流氓兔现在是SOHO一族啦!"

6

倪虹仍然老样子在沙发上睡着,小玉正在轻手轻脚地打扫着房间的卫生。倪虹手里的手机突然响起来。倪虹条件反射般坐起来,赶快打开手机:"喂,喂,许雷?是你,真是你许雷,你终于来电话了。许雷,我回老家了,对不起临走的时候没告诉你。我是想让你有个机会冷静一下,重新考虑一下我们的关系。许雷,我爱你,我一直爱你。什么?什么?许雷,我一直在等着你这句话,我知道你也是爱我的。我回去。我这就回去。亲爱的,等着我。"关上手机,对小玉:"小玉,马上收拾东西,我们回北京。"

小玉不肯动:"姐,回去干什么?"

倪虹:"许雷向我认错了,他说他还爱着我,和那个女人,不过是做游戏。走,我们马上走。"

小玉仍不肯动:"姐,永远是这一套,俺们那里有句老话:老狗学不会新把戏。"

倪虹:"什么?"

小玉:"还用说吗?姐你心里其实挺明白,许雷一定是又没钱了,或者叫那个女人甩了。哪回不是这样?他拿着你的钱出去找别的女人,花完了,就回来找你。姐,这个男人你还没认清楚,你还上当啊?"

倪虹:"住口!"她气得浑身发抖:"你怎么敢这么说他?你当你是什么人啊?你是我花钱雇来的小保姆,你怎么敢过问我的事情?"

小玉:"不错,我是姐雇来的小保姆。姐,连小保姆都能看明白的事情,姐怎么总犯糊涂呢?我心疼姐,所以才这么说。姐,你别傻了,你叫这些男人们害得够苦的了。"

倪虹:"住嘴!不许你说!不许你再说!"一边说着,一边就扑到沙发上哭起来。

小玉也流泪了。两人哭了一阵,小玉过来,像哄孩子一样去推倪虹:"姐,我再不说了,我去收拾东西,我们走。"

倪虹抓住她一只手:"小玉,我只有你一个亲人,只有你向着我。人活着不容易,太不容易了。"

小玉："我知道，我懂姐的意思。我们走。姐，外头不知道有多少人等着看你一眼，你不能这样子出去啊，起来化化妆吧。"

倪虹听话地起来了……

田林成两口子在门口和警察纠缠着，他们身后有一辆三轮车，车上放着两个大盆，盆里盛着煮好的猪下货。

田林成："咋办？你们说咋办？不让出去，这锅肉卖给谁？"

一警察："说一千道一万，这个门你是出不去的，还是赶快回家吧。"

张亚丽："那这些肉呢？警察同志，下岗工人容易吗？这一锅肉不算火钱还三百多块呢。趁这儿没人，你就高抬贵手，让我们出去把它卖了，回来我们再也不出去了。"

警察瞅着她："你觉得可能吗？"

田林成把车子拉过来："那好吧，人不出去，肉不能瞎了，你们不让出门，这些肉就卖给你们吧。"

警察有些不耐烦了："政府不是表态了吗？因为隔离给楼内居民造成的经济损失，政府会考虑给予适当补偿，别在这儿胡闹了。"

张亚丽："怎么是胡闹呢？怎么是胡闹呢？"

赵所长过来，看着他们笑起来："田师傅，你可是真执着啊。"

田林成："我不执着行吗？三百多块呢，臭在家里？"

赵所长掀开桶看了看："真香。这样吧，你给我来二斤猪肚。别的，你就拉回去吧。"

田林成："那剩下的……"

张亚丽赶快拉他一把："二斤就二斤吧。"他赶快给赵所长称着："二斤，高高的，十三块一斤，一共二十六块。"

赵所长接货交钱，把手里的货举一举："说实话田师傅，我能帮你做的就这些了。你配合一下，拉回去吧，啊？其他的,政府会想办法。"

一辆车开过来,一个急刹车,倪虹的经纪人下车跑过来,在隔离带那儿被拦住。

经纪人:"警察同志,警察同志,这可不行啊,倪虹小姐还在里面。"

警察:"倪虹是谁?不认识。"

经纪人不相信地说:"不认识倪虹?你不认识倪虹?"

警察:"我不管她是谁,谁也不能走出这座大楼。"

经纪人:"我的娘哎,这下子全完了。"说完焦急地往楼里看着,掏出手机……

倪虹和小玉正在下楼。倪虹已经化了妆,神态激动不安。

倪虹:"小玉,你根本不了解他,其实他是爱我的。他就是不成熟,像个长不大的孩子。他贪玩,看到轻佻的女人就控制不住自己。可他还是爱我的,他在外面疯完了,累了,就会回来找我。他离不开我。"

小玉哼了一声,不说话。

倪虹:"你不相信?你对他有成见,一直有成见。他刚才在电话上对我认错了,他说得很诚恳。那个女人把他涮得很惨,他知道到底是谁对他好了。"

小玉:"姐,和你商量件事行么?"

倪虹:"什么事?"

小玉:"这是最后一回了。"

倪虹:"什么?"

小玉:"这些话,我不知道听你说过多少次了,我听都听够了。这是最后一回了行吗?如果他还是老毛病不改,你就坚决和他分手,不管他怎么又回来求你,你都不理他了,行不?"

倪虹:"行,当然行。我怕什么?他不会再变了。"

电梯到底了,小玉叹口气,两人出去……

经纪人正在拨电话,突然看到出来的倪虹,大喜过望:"倪虹,倪虹。"

张亚丽一回头,看到了倪虹,一捅田林成:"她来了。快,把车子推回去吧。"

田林成:"她来了和咱的车子有啥关系呀?"

张亚丽一边迅速地理着自己的衣服头发,一边小声说:"都是同学,你不怕丢人啊?"一边说,一边推着田林成让他把车子推进去,自己笑着,老熟人一样迎上去:"巧……哟,大歌星,还认识不?"

倪虹没看到她,奇怪地看着门口的隔离带和警察。

倪虹:"怎么回事?"

经纪人:"你出来,出来。"

倪虹要往外走,被警察拦住了。

警察:"对不起小姐,任何人不能出这个门。"

倪虹:"为什么?"

警察示意墙上的通告:"你看。"

倪虹看了一眼,神情大变:"什么?这怎么可能?这太可笑了。我从北京回来就是躲非典的。不行,我得出去,我有急事。"

警察坚决地挡着她。

倪虹:"你怎么敢这样?你耽误了我的大事你能负起责任来吗?"

警察客气而冷淡地说:"无论有什么事都不行。"

经纪人:"倪虹,和他们吵没用。你找一找,我记得上次来这儿开演唱会的时候,他们市里领导请你吃过饭,给过你名片,你找找带了没有,直接给他打电话。"

倪虹:"早不知道扔哪儿去了。不行,你们无权把我关在里面,我一定要出去。"

小玉在后面扯她:"姐。"

倪虹一把甩开她:"不行,你知道我是谁?找你们领导来，我和他说话。"

赵所长从下面上来，严厉地说："不管你是谁，都要服从这个决定，否则，我将以扰乱社会治安罪把你拘留。请回你自己的房间吧。"

倪虹愣住。

小玉在后面："姐，我们回去吧。"

倪虹："十四天之内我不能出这门了？"

赵所长斩钉截铁地说："对。"

倪虹突然笑起来："小玉，是不是上帝安排的？你说是不是上帝安排的？"

小玉："一定。这是命。是上天叫你停下来，好好地想一想。"

倪虹转过身："好吧，我不出去了。咱们回。"

经纪人喊："别忘了打电话，打给市领导。"

倪虹回身就走，和张亚丽碰在一起。

张亚丽不自觉地拢拢头发，又摸摸鼻子，赔着笑："大歌星，老同学不认识啦？"

倪虹："你是……张亚丽！"

张亚丽大声地笑起来："你还认得我呀。"

倪虹："你还好吧？"

张亚丽："混呗，和你是没办法比呀。林成，快过来，这就是我整天和你说的歌星——你现在叫什么来着？对了，倪虹。她就是倪虹。"

田林成过来，不好意思地搓着两只手。倪虹打量着他。准备出门卖猪下货的田林成扎着油迹斑斑的白围裙，看上去粗鲁而俗气。

田林成伸出手欲握，倪虹却没伸出手来。

倪虹："闹非典呢，北京人都不握手了。"她对张亚丽："他是你先生？"

张亚丽被那个"先生"绊了一下，突然反应过来，嘎嘎笑着:"什么先生啊?就是个老公。"

倪虹看到了他们身后的三轮车:"你们这是要干什么?"

张亚丽:"这不是嘛,下了岗,自己开了一个公司,食品公司。"

倪虹惊讶地说:"你们自己开公司当老板啦?"

田林成却被倪虹的轻慢惹恼了,在后面叫了一声:"亚丽,回家。"

张亚丽:"你叫唤什么?我和老同学聊几句。"

田林成:"聊什么聊?人家有空聊,你有空么?再聊猪下货就臭了。"

张亚丽一听他提到猪下货,赶快赔笑对倪虹:"你不是住二十四楼吗?有空我上去看你。再见。"两口子推了车子回去了。

倪虹转身和小玉回去,走到电梯口,与刚从电梯里出来的两个人碰了个对面。倪虹一抬头,愣住了。

从电梯上下来的是两口子,三十几岁,男的叫李立,女的叫小凡,都很平常的样子。刚一出电梯门,李立突然发现电梯地面上的一个封条翘着,马上就蹲在地下修起来。电梯一开一合地挤着他,可李立像没觉出一样蹲在那儿修着。

小凡在催他:"快走吧。"

李立:"就好,就好。"一边说着,一边还是把封条敲实了,这才站起来,正好与注视着他的倪虹碰了个对面。

李立发出一声惊呼:"巧云?"

小玉被这个从来没听说过的名字吓了一跳,惊讶地去看倪虹。

倪虹没答应,只呆呆地看着他。

李立高兴地扯过妻子小凡:"小凡,认出来了吗?她就是宋巧云,现在叫倪虹,是歌星啊。你最爱唱的那首歌——《你是我一生的爱》就是她唱的。巧云,你什么时候回来的?"

小凡惊讶地叫道:"呀,真是倪虹啊!"
倪虹伸出了手:"李立,你还好吧?"
李立握住她的手笑着:"还好,还好。你呢?也还行?"
倪虹:"也还行。"
李立:"真没想到还能在这座楼里看到你。"
倪虹:"我也是。"
李立把小凡推到前面:"这是我太太。"
倪虹打量着小凡,是一个一看就十分单纯的女孩,正单纯地仰着脸又惊又羡地看着她笑着。
倪虹伸出手:"你好。"
小凡赶快双手握住她的手:"你好你好。你比电视上还漂亮呢。"
倪虹一笑:"你们这是……"
李立:"这不被隔离了吗?孩子的奶粉没买下,我嫂子给送过来了,我们下来拿。"

倪虹:"你有孩子了?多大了?"
李立:"才一岁零三个月,正好玩呢。"
倪虹:"哦,那,你们快去吧。我上去了。"
李立:"也好。再见啊。"
倪虹进电梯,回头看他们的背影,突然又站住。
倪虹:"李立。"
李立回头。
倪虹看着一起回头的小凡犹豫一下:"李立,有空请你们两人到我那儿做客。"
小凡发出一声惊喜的轻呼,李立笑着搂她一下,答应了。
倪虹进电梯,电梯门关上。
小玉:"姐,他是谁?"
倪虹:"一个熟人。"
小玉:"熟人?"

倪虹:"一个熟人。"
……
小凡问李立:"咋从来没听你说过倪虹这个人?"
李立:"人家是大明星,咱说人家干啥?"一边说着,目光被那块黑板吸引去了,不是被内容,而是那黑板,黑板的一角有颗钉子松了。李立四下看着,似乎在找锤子。
小凡:"你怎么认识她的?"
李立笑了:"她呀,从穿开裆裤的时候我就认识她。"
小凡的眼睛一闪,显然注意到什么。
小凡:"你们邻居?"
李立:"邻居,加同学。"
小凡眼睛闪着,没再说话。
李立没找到凑手的东西,把那黑板摘下来,放到地下,脱下自己的皮鞋敲着,很高兴地说:"好了。"

7

左光又趴到了电脑前。
卧室的门关着,周捷正小声地给冯大夫打电话。
周捷:"冯大夫,我真不知道该怎么办了。他只有几个月的生命,却又碰上了隔离。我的计划全打乱了。"
冯大夫在电话里说:"周捷,享受生命的方式不只是旅游一种。他一向很忙,闲下来,从容一点,不也很好吗?"
周捷:"可是,他只要在家里,就趴在电脑前,我真怕……真怕……"声音有点抖。
冯大夫在电话里说:"周捷,在这个时候,需要你拿出勇气来。左光可能是个好作家,好学者。可他不是一个会生活的人,需要你帮助他,让他能在这个时候充分享受生命。"
周捷沉默。
冯大夫在电话里继续说:"周捷,我是你们的朋友,我愿意随时帮助你们。可是你是知道的,医生治病治不了命。左光能不能好好地度过这几个月,就看你的了。"

周捷慢慢地挂上了电话。她从卧室里出来,在电脑桌旁坐下来。

左光抬头看她,像孩子一样:"小捷,我们总不能闲坐着。"

周捷:"写吧,写吧,我坐在这儿看着你。"

左光:"看着我?"

周捷:"看你一会儿。"

左光:"你会把我看老的。我本来就比你大六岁。"

周捷微微一笑。

电话响起来。

左光拿起电话:"我是左光。找哪位?"

一个居民在电话里哭咧咧地问:"周大夫在家吗?"

左光不明所以地问:"周大夫?打错了吧?"

周捷突然醒过来,指指自己的鼻子,示意是找自己。左光也恍然大悟。

左光:"周捷啊?你等着。"捂着话筒递给她:"你干的好事,看你怎么收场。"

周捷:"你好。我不是大夫。我只是过去学过医。"

电话里说:"总比我们强。我是九楼的。我刚才咳嗽了,不要紧吧?"

周捷:"不要紧,你发烧吗?"

电话里说:"不发烧。可是我咳嗽。"一边说着一边又咳起来。

周捷有点慌,捂住话筒:"他真咳呢。"

电话里说:"怎么办啊?非典症状都是哪些?"

左光悄声对周捷:"你让他留下电话,一会儿回答。"

周捷:"您能不能留下电话,我问一下真正的大夫,一会儿告诉您好不好?"

对方说出电话号码,周捷记着。

周捷:"不要慌,我一会儿打过去。"挂上电话:"怎么办?"

左光:"你呀,你呀,什么牛都敢吹呀。"一边说,一边在网上查着:"网上有,我见到过,可是当时没留意。"

电话又响。

左光拿起电话:"你好。找哪位?"

又一个居民打来了电话:"周大夫。"

左光笑了:"这儿没周大夫,有位左大夫,当然也是自封的。有什么问题,我可以帮你吗?"

电话里问:"非典不是通过空气传播的吗?开着窗户,非典从外面进来怎么办?"

左光:"第一,非典不是通过空气传播,它只是通过呼吸道传播。这不是一个概念。第二,在空气中,它也需要一定的浓度。在流通的空气中,它的浓度是很低的。明白了吗?"

电话里说:"好吧。左大夫,我再打电话不麻烦吧?"

左光:"不麻烦不麻烦。您如果愿意,还可以把您的电话留下,一会儿,也许我们可以把有关非典的全部知识都找到告诉您。"

电话里在说号码,左光记着,挂上电话。

左光:"瞧,一会儿的工夫两个了。小捷,这可是你找来的呀。找到了,在这儿呢。小捷,你的活来了,把它们读给刚才这两位听吧。"

周捷笑着拿起电话来。

门铃响了。左光过去开门,一个穿着隔离衣的人提着消毒机进来:"对不起,打扰了,给房间消毒。"

左光:"来吧。"让他进来,自己躲到门外。周捷也躲到门口来。

对门突然一阵吵闹,一个穿隔离衣提消毒机的人被人从屋里猛地推了出来,门也随着关上。

左光:"这是怎么啦?"

那人苦笑:"不让我们消毒,说我们会传染非典。"

左光:"天哪。"

周捷:"人们都吓坏了。"

左光:"那个干部呢?这个时候,他应该出来做大家的工作。"

周捷:"怎么做?谁也不认识谁,再说都怕接触。"

左光:"电话呀。比如给大家打个电话。"

那个被推出来的人,这半天一直在敲对面的门,苦口婆心地做着工作。

那人:"同志,别的地方都消毒了,您不消毒是不安全的。您不怕传染非典啊?"

屋里人叫着:"别进来,谁也不许进来!"

左光悲天悯人地摇摇头:"天。"

周捷:"你过去劝劝她,这家大嫂挺崇拜你的。你记得她还买过一本你的书,让你签过名呢。"

左光:"这不是我们的事。算了,我们进去吧。"

两人进了自己的屋。

8

一辆车停在门口,车上摆着饭筐,里面放满了盒饭,几个穿着隔离衣的人正在忙着把饭筐抬到门口来。

一个穿隔离衣的老太太举着喇叭冲楼上喊着:"在顺家园的各户居民,午饭来了,请下来领午饭。一家出来一个代表。在顺家园的各户居民……"

当然是田林成家的门先开了,田林成和张亚丽一起出来。

张亚丽:"哟,送饭来了?早就饿了。"说着两口子到饭筐前,伸手就去开饭盒:"都是什么呀?"

一个工作人员把她挡住了:"别动。米饭、包子,一荤两素。"

张亚丽:"一荤两素到底是什么也得叫人看看呀。要不吃荤的怎么办?"

工作人员:"别动,不卫生。不吃荤的有炒蛋。"

田林成不耐烦地说:"哪这么多事儿啊?不花钱还挑食。三份。"

工作人员看看名单:"不对,你们家只有两口人啊。你们孩子不是不住这儿吗?"

田林成:"我饭量大啊。"

另一工作人员:"算了,给他给他。"

田林成拿到三份,张亚丽还不愿意走:"你都拿的什么?别要重样的呀。"

田林成:"走吧。"

两口子回去,居民们陆续从电梯和楼梯里出来。

窦康躲躲闪闪地过来,先看看赵所长不在,凑上来:"两份。"

工作人员:"几楼?谁家?"

窦康:"十七楼,高大平家。"工作人员怀疑地看着他:"高大平家?你是谁?"

窦康:"我是他外甥,我舅病了,昨天来看他,走不了了。"

工作人员盯着他,窦康不自然地低着头。

另一工作人员把两份饭递给他,窦康急忙接过来走了。

他身后,工作人员嘀咕着:"叫了半天,怎么就这么几个人啊?都不吃饭啦?"

另一个工作人员:"听说都在家煮方便面呢,不敢出来了。"

第四章

1

赵所长蹲在楼一旁和几个警察吃盒饭。台阶上铺张报纸,那二斤猪下货放在塑料袋里,赵所长正用水果刀胡乱在袋子里切着。

赵所长:"好了好了,都来吃,改善生活。"

一警察笑着过来挟了一块:"所长你也不怕传染。"

赵所长:"没那么邪乎,还不过日子了?"吃了一口,心满意足地说:"好生活啊。唉,就是不知道俺闺女吃上饭了不。"话还没说完,突然又掏出手机,从上面调着号码。

警察:"给闺女打?"

赵所长:"给啥闺女呀?顾不上了。给高老爷子。老爷子偏瘫,一个人在家里,有人照顾吗?"拨号,等着,脸上现出奇怪的神情:"奇怪,占线。老爷子和谁在说话呀。"突然看到大门那儿,马立克正和值班的白大褂在说着什么,赵所长丢下饭过去。

赵所长:"小伙子,怎么啦?"

白大褂:"所长,他要出去。"

赵所长:"上哪去?隔离呢不知道?"

马立克摸摸脑袋:"警察同志,我想去银行取钱。"

赵所长:"你在家里,政府送饭给你吃,你还花什么钱呢?"

马立克:"那……那也是手里有钱心里踏实啊。银行就在这一边,我去去就来。"

赵所长:"小伙子,你要是个老头老太太,提这样的要求也不奇怪,这么年轻,咋没觉悟呢?可能吗?缺钱?好吧。"从口袋里掏出钱包,抽出三张百元钞票递给他。

赵所长:"先借我的使。够了不?在里头怎么花?去买一楼的猪下货,正好三百。"

马立克没接,不好意思地笑了:"我不真想取钱,我就是闷得慌。也怪啊,原来没隔离的时候,我真不愿意出门;可这一隔离,我咋觉得出门就这么好呢?"

赵所长哈哈大笑,拍拍他:"回去吧小伙子,这个时候,你可不该捣乱。"

马立克不好意思地答应着回去了。

一个警察远远地喊:"赵所长,物业管理处的人请你过去开会。"

张亚丽把两份饭打开,放在桌上。她正把多余的一份放进冰箱里,转身高兴地说:"伦伦要是住在这儿就好了,比咱家平常吃的强多了。快吃吧。"她坐下,拨拉一下菜:"这一份得值多少钱?十块?买不了。十五吧。快吃吧。"

田林成没说话,拿起筷子吃,吃了两口,停下了。

张亚丽看他一眼:"咦,咋不吃了?"

田林成勉强吃了一口,又停下了。

张亚丽:"你咋啦?"

田林成把筷子一放,突然哽咽起来。

张亚丽吓了一跳,去摸他的头:"你怎么啦?哪儿不舒服?"

田林成:"在社会上混了这么多年,咱还是第一回吃不花钱的饭哩,第一回。"

张亚丽明白了,眼圈一红,也停下了。

田林成:"隔离有好处,挣大钱的、掌大权的、没权没势的、吃不上喝不上的,这一回都平等啦。"

张亚丽也哭起来。

田林成:"酒呢?给我倒酒。我得为隔离干杯。"

物业管理处一个男人和一个老太太正吵着什么,赵所长一脚进来了。

赵所长:"陈经理,孙主任,你们还嫌不够热闹啊?吵啥呢?"

老太太:"赵所长,你来评评这个理,刚才在顺家园楼上的人打下来电话,楼里的垃圾都满了,没人进去收。要说起来,人家的物业管理费可是交给他们管理处的,他们不收谁收?"

赵所长:"就是啊。我刚才也在门口听到居民抱怨。陈经理,这事儿是该你们干啊。"

陈经理:"赵所长,物业管理费是收了不假,可我雇的垃圾工可是他们居委会找的人啊。当初我们要自己找,孙主任死活不愿意,说我抢他们的就业机会。没办法,我承包给他们了。那管理费名义上是给了我,实际上是付给他们了。现在他们找的垃圾工不干了,我有什么办法?"

赵所长:"对啊,孙主任,这垃圾工可是你们的啊。"

孙主任:"赵所长,我找的垃圾工是谁你不知道?那不是你三番五次找我,说小柱子刚从局子里放出来,得给他找个正事儿干,让他有条活路吗?怎么现在你都推给我了?"

赵所长:"小柱子啊?那好办。他不干了?哟,这才出来几天,成大爷了?你们就为这事儿吵?嗨,也值得。交给我吧。孙主任,麻烦你给他打个电话,我找他谈谈。对了,不用你,我这儿有。咱这儿从局子里出来的人都在我脑子里呢。"说着拿出个小本本翻翻,拨电话:"谁啊?柱子?我是谁听出来了不?赵大爷?好,还算你没忘了我。怎么,咱们谈谈?在哪里?物业管理处行不?什么?好,好吧,我去找你。什么地方?花坛左边右拐第三根路灯杆那儿?天,咱俩干地下党了?还用定个暗号,左手戴上蓝手套不?好吧,你就在那儿等我。"挂上电话,无奈地对二人:"不肯到这儿来,说这个时候屋里空气不流通,容易传染非典。你们听听,他还怪知道保命哩。唉,山不就我我就山。我去了。"

不一会儿,赵所长便来到如约的地方。一青年在那儿等着。

青年笑着:"赵大爷。"

赵所长:"什么赵大爷赵大爷,不是告诉你多少遍喊叔了吗?我有那么老吗?"

青年笑着:"不行,你比俺爹都厉害,得叫大爷。"

赵所长无奈地说:"大爷就大爷吧。柱子,怎么回事?你好不容易混出了个人样,脾气也混大了?收垃圾的活看不到眼里了?"

柱子:"好我的赵大爷,你别害我了,那楼里有非典,谁还敢进啊?"

赵所长:"柱子,你接受了这么多年的教育,这觉悟一点也没提高呀。那楼里哪有非典?"

柱子:"没非典咋隔离了?"

赵所长被堵得一愣:"那非典不是早去医院了吗?再说了,就算是有过,这活你就不干了?天天晚上看电视,都看哪去了?现在全社会都在抗击非典呢,你也得尽一份力啊。"

柱子:"赵大爷,你要叫我干别的,我没二话。不管怎么说,你赵大爷也没少在我身上费心。可这一回,你说啥也白搭。人家抗非典能上电视,当英雄,我算啥?进过局子的人还想那些?"

赵所长:"柱子,你去干,电视台的人天天上这儿来拍,我和他们说说,叫他们拍你,你也上电视。"

柱子笑着往后缩:"赵大爷,你别害我,上一回电视把命搭上。你拿我当傻瓜呀。"

赵所长生气地说:"你——柱子,当初怎么给你找到的这份工作,你自己应该有数吧?"

柱子:"我有数。要不我咋不叫别人大爷哩?可俺一口一个大爷叫着你,你不能把俺往火坑里推吧。"

赵所长:"柱子,咱派出所在你身上花费的心血算全白费了。这样吧,你回去以后再想想,想通了,自己来找我。"

柱子赶快地说:"好好,我一定好好想。可我要想不通,就不再找你了。你工作也挺忙的。"

赵所长气愤地说:"快走你的吧!"

柱子赶快回头跑了。

赵所长气愤地盯着他的背影:"治不住你,我就不是你赵大爷。"

……

陈经理和孙主任还坐在那儿等着,赵所长进来了,两人都询问地看他,赵所长尴尬地咳了一声。

孙主任故意地问:"柱子同意了?"

赵所长尴尬地一笑。

孙主任:"你看看,要说起做群众工作,谁也比不上赵所长,怎么样,我说了,人家赵所长一出马,问题立马能解决。"

赵所长:"好我的孙主任,你就别出我的洋相了,这小柱子还挺顽固。说起来你们也有责任,这还不都是平常放松教育的结果吗?他不干,咱找别人,现在下岗的这么多,拿着饭碗还能找不到人端?"

陈经理:"赵所长,你想得容易。你没看报上说吗?北京一家医院一收非典病人,院里的临时工全吓跑了,一天二百块钱都没人干。再说了,这个时候,外地民工都走得差不多了,临时上哪抓人去?"

赵所长:"这还离了小柱子不行了?他平常收几座楼的垃圾?就B座一座?"

孙主任:"A、B都归他收,一个月四百块钱。这不,主动告诉我,B座他不收了,一个月还要二百。"

陈经理:"好啊孙主任,我们可是按一个月六百包给你们的,你们这一倒手就挣了我们二百去。"

孙主任:"话可不能这么说,我们……"

赵所长赶快拦住:"好了好了,这些官司以后再打。这样吧孙主任,你告诉小柱子,连A座也不用他收了,咱另换人。"

孙主任:"找谁去?再说柱子他家的情况你不是不知道,爹妈都下了岗,老妈还有病,这个活,可不能不叫他做。"

赵所长:"他还是不缺钱,要缺,给放着现成的钱不挣?"

孙主任:"他也是怕非典嘛。他这个家万一传上非典,那可真是没办法了。"

赵所长:"你就这么给他说,有事叫他找我。"手机响。赵所长看看:"哟,大楼那边又催我了,我先走了,就这么定了。"

赵所长回到在顺家园楼门前,一个警察迎上来。

警察:"所长,楼里居民提意见,这都下午了,垃圾到现在没收,说是都有味了。"

赵所长:"为啥不收?收吧。"

警察:"没人呀,垃圾工没来。"

赵所长突然就火了:"你不是人?留下两个值班的,其他的人,穿上防护服进去收垃圾。"

2

高大平坐在饭桌后,窦康正在喂他吃饭。

高大平很厉害地说:"小心点儿,都洒到外面了,有你这么侍候病人的吗?"

窦康气呼呼地说:"你怎么这么多毛病?我饿着肚子先喂你……"

高大平:"我是你老子,你饿着肚子先喂我不是应该的?"

窦康忍气吞声地继续喂。
高大平:"电话怎么办?"
窦康:"我要是接上了,你不会报案吧?"
高大平:"你要是不接上,我女儿恐怕就得报案了。"
窦康为难地叹口气。
高大平:"给我块鸡肉。"
窦康:"你不怕血脂高啊?"
高大平:"不怕。我说,我是个守合同的人。我们说好的事,只要你遵守,我不会报案。"
窦康:"那好吧。"
高大平:"这就接上。说不定,我女儿这会儿已经报案了。"
窦康放下饭,把切断的两股线头拧上。
线刚接好,电话就响了。
高大平:"我说什么来着?你接。"
窦康:"我?"
高大平:"接呀。"

窦康像怕烫着一样,犹豫着,一下子拿起来:"喂?"
电话里传出拖着哭音的声音:"爸。"
窦康:"我不是。"
电话里的声音,立刻变得警惕:"你是谁?"
窦康求救地看着高大平,高大平笑着,示意把电话给他。
窦康犹豫着,只好把电话递给他,两眼哀求地看着他。
高大平:"闺女啊。"
电话里问:"爸,刚才那个人是谁啊?"
高大平瞅着窦康,窦康恳求地看着他。
高大平拖着长音:"他嘛——"
窦康吓得往门口移动。
高大平:"他是我老家的外甥。"

窦康一下子靠在了墙上。

电话里说:"外甥?你哪有外甥啊?"

高大平:"你又没回过老家,你咋知道?是远亲,昨天来看我,走不了了。闺女,这下好了,你在外头可以放心了,有他在这儿照顾我。"

窦康感激地看着他。

高大平:"你忙你的去吧,我这儿有他,你就不用管了。我挂了。"

高大平挂上电话,看着窦康。

高大平:"过来。"

窦康:"干什么?"

高大平:"吃饭呀。"

窦康这才过来:"高老头,你这人还够哥们儿。"

高大平:"够什么哥们儿?差着辈呢。"

窦康刚坐下,电话又响了。

窦康把话机递给高大平。

高大平:"谁啊?小赵啊。"看看窦康。

高大平:"干什么呢?在我楼外面值班?我猜到你就得在外头呢。所里的同志都来了吧?"一边说一边仍然看着窦康。

窦康突然明白来电话的是谁,吓得张大了眼睛。

高大平:"电话?出故障了,刚修好。我这儿?我没事儿。我有人照顾。谁?"看着窦康,嘿嘿笑起来。

窦康恐惧地看着他。

高大平:"小赵,别看你是警察,你也猜不出谁在照顾我。"

窦康绝望地又往门口移动。

高大平:"是我外甥,我老家的外甥。放心吧,好好干你的事儿,我这儿不用你操心。当了一辈子警察,自己都照顾不好?再见,挂了。"

窦康一下子倚在门上。

高大平看着他,哈哈笑起来。

窦康放了心,回来坐下。

窦康:"高老头,你是个好人。"

高大平:"才知道?吃饭。"

窦康看看电话:"我拨个中不?"

高大平:"给谁?"

窦康有点不好意思:"给……给她。"

高大平:"女朋友?"

窦康不好意思地笑了。

高大平:"她,她,我早猜到她就是女朋友了。你有女朋友了?"

窦康不服气地说:"怎么,我怎么就不该有女朋友?别人就该有,我就不该有?"

高大平:"不是。我的意思是,你这几年出来进去的,哪消停过?哪有时间找女朋友?"

窦康高兴地笑了:"你这么大年纪,懂什么?就不兴一见钟情?"

高大平:"还有姑娘对你一见钟情?"

窦康挺挺胸:"怎么着?"

高大平:"准是个丑八怪,找不着婆家。"

窦康急了:"你才丑八怪呢。"一边说一边从贴胸的口袋里,小心地掏出一张照片:"你看看。"

高大平伸手欲接,窦康一缩手:"别摸,手上有油。"

高大平听话地住手,伸长了脖子去看。那是一张不大的照片,照片上是一个虽然有些土气,但看上去挺单纯挺清秀的女孩。

窦康骄傲地问:"怎么样?"

高大平惊讶地问:"这女孩能看上你?"

窦康:"啊。"

高大平:"真瞎了眼。"

窦康一下子急了:"高老头,你再说我可真和你翻脸了。"

高大平瞅着他得意地笑了:"好,好,打吧,打吧。"

窦康摸起电话,一边拨一边对高大平:"你别听啊。"

高大平:"不听。"说着不听,却不由得伸长了脖子。

电话通了,却没人接。窦康等了半天,失望地放下电话。

高大平:"没人?"

窦康:"你别说话,别说话。"

高大平真的不再说,关心地看着他焦灼不安的面孔。

窦康:"她能上哪去呢?她这个时候能上哪呢?她一定是找我去了。天哪,我早知道她会急坏的。"

3

派出所里,素素正坐在一个警察面前。素素二十岁出头,模样挺清秀朴素。

警察:"不就是一晚上没回来吗?也许他在哪儿玩,或者遇上了朋友。回家去等着吧,一会儿就回来了。"

素素急得快要哭了:"不,他不会。他知道我会着急的。求求你们找找他吧。"

赵所长的车停在了门口。赵所长下车进来,正在接待素素的警察站起来:"所长回来了?"

赵所长:"小王,一会儿把暂住人口登记表调出来,上面要求不能让进城民工随便返乡,咱们得赶快摸清这儿的情况。"

素素一听他是所长,一下子就挡到赵所长跟前来了:"所长?您是所长?所长,我男朋友失踪了,求求你们快找找他吧。"

赵所长:"怎么回事?"

小王过来:"你这个姑娘,怎么劝你也不听,就一个晚上没回来就叫失踪吗?"对赵所长:"她说她男朋友昨天晚上出去再没回来,要报失踪。"

赵所长:"你男朋友多大了?叫什么?"

素素:"他叫陈建设,二十……二十七八岁吧。"

赵所长:"看看,连到底多大都不知道就叫男朋友。二十大几的人了,一晚上没回来就叫失踪?你到网吧或者放通宵电影的那儿找找去,我敢保证他在那里呢。"

素素着急地说:"不会,他不会。"

赵所长:"你怎么知道他不会呢?"

素素:"我说他不会就不会。求求你们快找找他吧,他会出事的。"

赵所长:"一个大小伙子出什么事啊。再说这都中午了,咱这儿天下太平,没发生任何事情,他能出什么事啊?姑娘,回去,好好睡一觉,醒过来的时候他就回来了。啊?小王,来,咱们来看一下暂住人口。"

两人进了所长办公室,趴到电脑前查对着。

赵所长:"我的天,九千八百多,小一万了,一个都不许少,警力还不增加,这可要了老命了。没办法,你赶快把这表打印出来,按片分工,除了在顺家园值勤的和在家里留守的,其他的人,加上退了休的一起全上,一人分一片。"说着起身走。

小王:"你上哪?"

赵所长:"我得去在顺家园,头一天,群众的情绪不稳定。"

赵所长穿过办公室欲走,突然看到素素还坐在那儿。

赵所长:"咦,你这个姑娘,怎么还不走啊?"

素素:"所长,您就找找他吧,他一定是出事了。"

赵所长停下来:"你为什么一口咬定他会出事呢?你知

道他会出事？他会出什么事？"

素素咬着嘴唇不肯说。

赵所长注意起来："哎呀，你又要我找，又不把实情告诉我，这事儿就不好办了。"

素素看看周围，小声地说："所长，能只给你自己说，你给俺保密吗？"

赵所长："能啊。来吧。"

赵所长领素素进了办公室，还关上了门。

赵所长："这回说吧。"

素素："我男朋友他……他有病。"

赵所长："有病？有啥病？"

素素："他精神有问题。"

赵所长："精神病？为啥没送精神病院？"

素素急忙说："也不是精神病，您别误会。他一般情况下和好人一样，可就是有时候会犯病。"

赵所长："什么时候？"

素素："我也不知道，反正有时候好好地说着话，他就突然犯病了。"

赵所长："他犯了病会怎么样？杀人？放火？还是……"

素素："都不是。他只是会……"又不肯说了。

赵所长："还是不肯告诉我？"

素素哭起来："所长，他是个好人，他对我可好了。可是，只要一犯了病，他就……他就……"

赵所长："就怎么样？"

素素："就会偷东西。"

赵所长大吃一惊："什么？"

素素："您放心，他没偷过什么像样的东西，他什么东西都往家拿，什么垃圾桶、塑料瓶、旧杂志……见什么拿什么。再说，我一发现他犯了病，就会跟着他，我不会让他犯罪的。"

赵所长感动地说:"真难为你了。还真没听说过有这种病。为啥不送医院呢?"

素素低下了头:"我们没钱。再说,他也不是常犯,也就是那么几回。"

赵所长:"你和他都是干什么的?"

素素:"我在饭店里打工,他在区政府里,跟着领导。"

赵所长不相信地问:"跟着领导?秘书?"

素素说得有点含混:"也不算秘书,保镖啥的。"

赵所长不说了,富有深意地看着她:"你住哪儿?"

素素:"县前街启里胡同二号。"

赵所长:"这样吧,你男朋友就一晚上没回去,确实不能算失踪。你先回去,如果明天他还没回来,你再和我联系,行不?"

素素:"我……我就是怕他在外面犯了病,我不跟在他身旁,万一……"

赵所长感动地说:"不会,不会的。这样吧,明天,你再来找我,行不?"

素素迟疑地说:"好吧。"

4

大力正在家中喂栋栋吃饭。大力笨手笨脚,喂得栋栋满脸都是,栋栋哭闹着要妈妈。

大力恩威并重:"听话,好孩子,妈妈这就回来了。噢,吃一口,吃一口爸爸有奖。奖一张足球彩票。儿子,这一回爸爸肯定能中大奖,要是给你的彩票中了奖,奖金全归你,爸爸说话算话。怎么样?小财主,吃一口?你倒是吃啊!"

一声大吼,栋栋吓得一哆嗦,声音更大地哭起来。

大力沮丧地把勺子丢下,看看表:"怎么回事?早就该下班了呀,连个电话也不来。"

电话响起来。

大力接过电话:"邹烨?哥们儿,是你啊。什么?足彩?顾不上了,我这儿乱套了。什么?什么?又胜了一场?唉,你看看,我光忙着乱了,没顾上。行,我这就开电视。对了,我出不去了,下一期的足彩你替我买上。回头咱俩商量着选号。你不行,你臭手,还是我来。"

在他打电话的时候,栋栋哭得越发厉害了。

大力苦着脸:"兄弟,接受我的教训,趁早别结婚,老婆孩子,麻烦着呢。再聊。我把孩子哄睡了再说。拜。"

大力挂上电话,手忙脚乱地又去哄孩子:"小祖宗,别哭了行不?我叫你爹你别哭行不?要不叫你爷爷也行啊,只要你不哭。"

电话又响起来。

大力拿起电话就火了:"邹烨?我说邹烨,几点了?这座楼被隔离了你知道不知道?你不能回家了知道不知道?这好么,栋栋怎么办?你听听,你听听。"一边说,一边把话筒靠近栋栋,让电话里的人听孩子的哭声。

电话里没反应。

大力奇怪地把话筒又扣耳朵上:"你怎么啦?因为不能回家?不能回家,不解放你了?反正孩子丢给我了。"

电话里还是没动静。

大力:"我说,你干什么呢?别玩深沉啊。"

电话里,邹烨迟疑的声音:"大力。"

大力:"怎么啦?"

邹烨在电话里说:"我回不去了。"

大力:"我知道你回不来了呀。这儿被隔离了,进不来也出不去。"

邹烨在电话里说:"不是。"

大力:"那是什么?"

邹烨在电话里说:"我今天接诊了一个病人,他被诊断为疑似病例。"

大力："什么什么？邹烨，你别吓我，当时你穿隔离衣了没有？"

邹烨在电话里说："穿了。可是……大力，听说了吗？广州那边昨天死了一个医务人员。"

大力："那是广州，离咱好几千里呢。邹烨，你没事儿吧？你赶快去查一查身体。咱们家可少不了你啊。"

邹烨不说话了。

大力："邹烨？邹烨？"

电话里又传来邹烨的声音："没事儿。我们防护得很严。我就是担心你和栋栋。家里的事儿你从来没操过心，这一下连家加孩子全丢给你，你可怎么办呢？"

电话里传来敲门声。邹烨说："来人了，我挂了。大力，晚上睡觉千万注意，栋栋总爱蹬被子，你得给他及时盖上，这个时候要是感冒就糟糕了。我准备了一些感冒药，在橱子下面第二个抽屉里。若是需要的时候，你一定要仔细看说明书啊。我挂了，一会儿再给你电话。"

大力手里还拿着电话，呆呆地看着纷乱的家和孩子，喃喃地说："塌天了。"

栋栋这半天呆呆地看着他，突然又大哭起来。

大力一把把孩子搂在怀里，仍然在呆着。

邹烨办公室的门，又敲了两下。邹烨说："请进！"

一护士伸进头来："邹大夫给家里电话呢？又来了一个发烧的病号。主任叫你去会诊。"

邹烨答应着站起来，微微一笑："我们走。小王，你这样不行，把隔离衣穿好。"

邹烨穿着全套隔离服和那个护士去会诊。一个病人家属坐在走廊的长椅上等着，一看到她们过来，一下子跑过来，抓住邹烨。

家属:"大夫,大夫,我先生他不会是吧?我们家有老人,有孩子,万一……"

邹烨很从容地在口罩后面对她微笑着:"大姐,您不要慌。您先告诉我,他最近去过疫区或者接触过疑似患者没有?"

家属:"没有。他是个作家,一直在家里写东西。他很少出门的。"

邹烨:"那么您尽可以放心,很可能,他只是普通的感冒发烧。把他交给我们吧,回家去照顾您的老人和孩子。我向你保证他会平安的。"

家属:"大夫,我没工作,我们全家就靠他了。"

邹烨:"我知道。走吧,走吧。把您的电话留下,我们随时和您联系。"

家属在一个护士的劝解下,一步三回头地走了,邹烨始终微笑而安定地看着她。

5

尚雷来到刘一平的办公室,坐在刘书记的面前。

刘一平:"又一例?确诊了吗?"

尚雷:"还没有。疑似。"

刘一平:"马上调集力量,把与这名病人有过接触的人全部找到,全都隔离。"

尚雷:"我已经布置下去了。"

刘一平:"尚雷同志,情况不大妙啊。第一例刚刚公布,又发现了第二例。一座楼刚被隔离,可能又要隔离第二座。"

尚雷:"我也想到这一点了。刘书记,这一例还公布不公布?"

刘一平一时没说话。

尚雷:"刘书记,我不怕你摘我的乌纱。我在想,他现在并没确诊,只是疑似。我们能不能缓两天,等市民的情绪有所缓和了再说?我怕这样接二连三地……"

刘一平一咬牙:"不,马上公布。我们已经拍着胸脯对市民保证过要说实话,不隐瞒疫情,如果我们自己不守信,一个失去了公信的政府,还有谁会信任它?再说,在这个高度紧张的时期,正常信息流通被堵塞,小道消息和谣言就会流行。无论什么情况,都比那种情况好得多。公布吧尚雷同志,再重的压力,我们一起承担。"

尚雷:"我这儿总是好说的,您这儿……"

刘一平:"我今天晚上会对全市居民发表一个电视讲话。另外尚雷同志,在顺家园是我市首座被隔离的居民楼,它的情况好坏,直接影响到我们全市大局。无论如何,在顺家园的工作都要做好。"

尚雷:"我知道了。"

王贵生呆呆地躺在床上。

电话突然响了,王贵生抓起电话。

刘秘书的声音:"王局长,我在您楼下呢。我给您弄了些胸腺肽,还有一些中药,都是防非典的。"

王贵生:"好,好,我这就下去取。"

王贵生放下电话就走。

刚走到门口,门铃恰巧响了。

王贵生打开门,左光站在门口,手里拿着一叠纸。

王贵生:"您找谁?"

左光:"好像您是这楼里的干部对不对?"

王贵生:"你有什么事?"

左光:"我姓左,叫左光。好多人打电话问我关于非典的事。我在网上找到了有关非典的知识,打印了一百份,正好这楼里一百户居民,您看是不是发一下?"

王贵生:"好啊,你发一下吧。"说着关上门就往电梯口走。

左光不知所措地跟在他后面:"可是我不能做这个工作。我不是干这个的。我只是把它打印出来。"

王贵生:"国家有难,匹夫有责。你不是干这个的,哪个是?"一边说着一边进了电梯,左光也要跟着进去,被挡在电梯外面。

左光很诧异地自言自语:"哪有这种事啊?"

左光手里拿着那叠纸,回到自己家。

周捷:"怎么?"

左光:"他不要,要我们自己发。"

周捷:"哪有这种事?算了,我们也不管了。"

左光把那叠纸抛在沙发上:"这种干部,哼!"又到电脑前坐下去……

王贵生来到楼下,和刘秘书小声交谈着。

刘秘书:"崔局长也来电话了吧?"

王贵生:"来了,都来了。小刘,他们在忙什么?"

刘秘书:"忙……我也不知道,非典吧?您不在,他们的事我也不能靠近。"

王贵生:"我觉得有点不对啊。电话上都很热情,还说要来看我。可是我问工作的事,都打哈哈。"

刘秘书:"我也这么觉得。我今天去找他们的时候,他们正关着门开会,一看我进去都不说了。"

王贵生:"哦?"想了想,"小刘,你注意一点,有什么情况及时告诉我。"

刘秘书:"知道了。"

6

张亚丽正对镜化妆。田林成醒了,在床上翻了个身,呆呆地看着天花板。

张亚丽:"醒了?酒也醒了?"
田林成不说话。
张亚丽:"醒了就快起来。再不起猪下货就臭了。"
田林成还是不说话。
张亚丽:"愣什么呢?"
田林成:"我越想越觉得这世道不公平。唉,好事都是人家的,什么时候也落不到咱这号人头上。你倒说说看,买彩票,连个五等奖也没中过,全市就一个楼隔离,就叫咱摊上了。"
张亚丽起劲地在脸上抹着:"要不人家都发了你咋发不起来呢?你的观念不行。"
田林成:"我观念咋不行了?"
张亚丽:"你咋就看不出呢?这一隔离,咱们的商机来了。"
田林成:"啥商机?"
张亚丽往一边歪歪头,靠那边墙边,摞着几个化妆品箱子。

田林成不解地问:"啥意思?"
张亚丽:"告诉你,我早就想好了,趁着大家都出不了门,我得把这些化妆品推销给他们。"
田林成一愣,一下子爬起来:"什么什么?"
张亚丽:"还有什么?快起来,我去推销化妆品,你去推销猪下货。"
田林成:"能行?"
张亚丽:"咋不行?你得给咱的猪下货起个商标。对了,就叫下岗牌。剩下的,就看你咋说了。"

楼道里,田林成手里端着一个盘子,盘子里放着切成了小丁的肉块,肉块上插着牙签,正在敲一户人家的门。
门开了,一个女人出来,田林成赔着笑。

田林成:"大姐,我是咱一楼的,下岗工人。这不咱们这座楼被隔离了吗?大家的生活受了影响。为了改善大家的生活,我特意生产了下岗牌猪下货。您尝尝。"

女人连连摆手:"不要,不要,俺家不吃这玩意。"说着欲关门,田林成一只脚在下面把门挡住了。

田林成:"尝尝嘛,尝尝不要钱。下岗工人不容易。"

女人:"你想干什么?不要就是不要。闹非典呢,谁还敢吃外面的东西?"一边说着,一边用力把门关上了。

田林成小声骂了一句,又去敲第二家。

这回出来的是个男人,一看田林成的架势,还没用他开口就要关门。

男人:"谁叫你进来的?不是隔离了吗?怎么搞推销的还能进来?"

田林成赶快地解释:"我不是搞推销的,我就是咱一楼的。这是我为改善大家的生活生产的下岗牌猪下货……"

男人:"不要!"门在他面前砰的一声又关上了。

田林成端着盘子又去敲第三家……

倪虹呆呆地坐在沙发上,看着窗外的天。

小玉从卧室里出来:"姐,你不来看电视?播小品呢,笑死人了。"

倪虹没说话。

小玉:"我说什么来着?一听你回不了北京,他马上又不见踪影了吧?"

倪虹仍沉默。

小玉:"姐,趁着这回,下决心和他断了,回北京以后,找个真心爱你,你也爱他的人,好好过日子。"

倪虹喃喃地说:"真心爱我的人,我也爱他的人,他在哪里?"

这时,门铃响了起来。

小玉过去,趴在猫眼上往外看。

小玉:"姐,一个女的。"

倪虹:"打开吧。这个时候,坏蛋想进都进不来。"

小玉打开门,张亚丽进来,手里拿着一个包。

张亚丽:"大歌星,老同学来看看你。欢迎不?"

倪虹站起来,热情地说:"亚丽,我还说去看你呢。欢迎,欢迎。"

张亚丽过来,热情地拉住倪虹的手,坐在沙发上:"啧啧啧,知道的,咱们是同学,不知道的,还以为咱们差着一代呢。你看看你是啥颜色,俺是啥颜色。"

倪虹:"小玉,给亚丽倒水。亚丽,多少年不见了,还好吧?"

张亚丽:"还好啊,比上不足,比下有余呗。这不,还有吃不上喝不上的。你呢?"

倪虹:"也是比上不足比下有余。"

张亚丽小声地问:"还是一个人过?"

倪虹:"一个人。一个人不好吗?我不想结婚,这辈子都不结了。结婚太累。"

张亚丽:"谁说不是呢?再说了,你现在有名,有钱,来找你的,谁知道他是冲什么来的?"

倪虹脸一冷,显然这话不爱听。

张亚丽马上看出来了,打着哈哈换了话题:"那回咱们学校五十周年大庆聚会,给你发邀请你没回来。"

倪虹:"我忙,没空。"

张亚丽:"就是啊。我当时就说发也没用,你哪有空啊?可大家还是坚持发。谁叫你是咱们班最有出息的呢?"

倪虹微微一笑,显然这种奉承见多了,见怪不怪了。

张亚丽:"连俺家伦伦都成天对他小伙伴说,倪虹和他妈是同学。"

倪虹:"你小孩多大了?"

张亚丽:"五岁了。"

倪虹:"男孩?"

张亚丽:"男孩。淘着呢,真是没办法。只要他在家,一眼看不见就闯祸。你要是听见他唱着,闹着,没事儿;要是没动静,那你赶快去找吧,保准在闯祸呢。唉,有什么办法呢?自己生的自己养的。不过呀,人家专家说了,调皮的孩子聪明。说起来,人这辈子,不都是为个孩子活着吗?调皮就调皮吧,只要他将来有出息……"

倪虹的脸又有点冷,张亚丽突然醒悟过来,一下子又停下了。

倪虹:"你代我问你先生和孩子好。对不起,我有点累。"

张亚丽:"那你赶快歇歇吧。你成天走南闯北的,难得有这么几天休息一下。对了,你来了,我也没什么好东西,我寻思你原来没准备住下,化妆品没带来吧?我给你带来一套,你用用看。凯琳的,国际名牌。"说着把包打开,拿出一个盒子放桌上。

倪虹很意外地说:"这……这怎么好意思?"

张亚丽:"老同学了,什么不好意思的?你现在就是咱们同学的一个名牌,你的美丽,就是大家的美丽嘛。"

小玉却看出些门道来,上来拿起盒子就往张亚丽怀里塞:"谢谢大姐。俺姐带着化妆品呢。再说俺姐都是从法国买化妆品,从来不用国内的。"

张亚丽推着:"这孩子,我和你姐是啥关系呀你也见外?这不是国内的,这是国际名牌。"

两人推让着,倪虹被感动了。

倪虹:"小玉,亚丽一片好心,收下吧。"

小玉:"姐。"

倪虹:"收下吧。亚丽,你也不容易,化妆品都不便宜,我不能白要啊。小玉,我不是还有一瓶没打开的洗面奶吗?

送给亚丽吧。那是我从法国捎回的……"

亚丽赶快打住:"我不要,我可不要。你看看我这张脸,老得和树皮似的,还用着什么洗面奶?你要这样就见外了。"

倪虹:"那怎么好意思?要不,我给钱。多少钱?"

小玉已经把一瓶洗面奶拿来了:"还是这个吧。"

亚丽抢着:"你看看,你真客气。唉,我再客气咱可就真见外了。这一套一共四瓶,日霜、夜霜、洗面奶和眼霜,一瓶三百二,一共一千二百八。谁叫咱们是老同学呢?零头去掉,一千吧。"

倪虹这才明白了,怔住。

小玉:"俺姐不要,俺姐有。"

倪虹:"小玉,拿一千块钱给亚丽。不,零头也别去,一千二百八。"

小玉:"姐。"

倪虹:"快去拿。"

小玉哼了一声,去了里屋。

张亚丽尴尬地坐着东张西望,倪虹看着她,笑了。

倪虹:"亚丽,还在那个酒店干?"

张亚丽:"哪个?'月光'?你还记着那个酒店呢!早不干了,倒闭了。巧云——不,不,倪虹,再回到咱这穷地方,住到这屋里,还能习惯不?"

倪虹:"我不就从这儿出去的吗?"

张亚丽:"不知道你信不信,每回在电视上看到你,我晚上没事的时候就想,人家倪虹这会儿在吃什么喝什么?"

小玉从里屋出来,把一叠钱甩到张亚丽旁边:"给,一千三,不用找了。数数。"

张亚丽赶快收起来,赔着笑:"不用数,数啥呀?老同学了,谁跟谁啊?倪虹,你不是累了吗?快上床歇歇吧,我走了。你坐着,不用送,我走了。"

倪虹要起来:"走啊?"

小玉一把拉住她:"我送。"随着张亚丽走到门口,小玉皮笑肉不笑地说:"走啊?不送。"还没等张亚丽完全出去,一把把门摔上,几乎挤了张亚丽的脚。

小玉愤愤地吐了一口:"这种人,一进门我就知道她是干什么的。"

倪虹冷冷一笑:"这就是人情啊,这就是老同学、老朋友。"

小玉气愤地说:"她一进门我就猜出她是干什么的了。姐,就你上当。"

倪虹悲哀地长叹一声。

小玉:"姐,你以后记着,你现在有钱,有名,来找你的,十个有九个是冲着这些来的。你可得提高警惕。"

倪虹站起来:"我真累了。我去睡一会儿。小玉,无论再有谁来,不开门了。"

……

张亚丽高兴地回到家,看到田林成呆呆地躺在床上。

张亚丽过去,用手里的那叠钱在他脸上抽打了一下。

田林成看看她没说话。

张亚丽:"猜猜多少?一千三,就这么容易地就来了。五百六的东西,我卖了一千三,这钱来得真容易,哈哈,真容易。"说着容易,声音突然抖了,一扭身,呜咽着跑到外间屋去了。

田林成坐起来:"哭啥?他们这些有钱人,坑他们的钱还不是应该的?"

7

刘书记正在市政府会议室里主持会议,一个人在汇报情况。

尚雷:"这名疑似患者周围只有三家邻居,我们已经把这三家全部隔离。他妻子不上班,孩子还小,最近一直没上幼儿园,情况比我们想象得要好。患者本身到现在还没确诊,医院正组织专家会诊。"

刘一平:"那名非典患者情况怎么样?"

尚雷:"她的病情比较危急,昨天已经上了呼吸机,医院正在抢救。"

刘一平:"要全力以赴,必要时向广东、北京的专家求助。在顺家园情况怎么样?"

另一干部:"情况还可以吧。"

刘一平:"什么叫还可以?"

那干部脸一红:"我们在楼外,里面的情况不是太了解。从外面看还可以。"

刘一平:"里面有一百户居民呢,对他们的情况不了解怎么就能说可以呢?"一边说,一边打开自己的手机拨号:"是王贵生同志吗?我是刘一平。"

电话里传来王贵生的声音:"刘书记,是我。我是王贵生。"

刘一平:"楼里居民的情况怎么样?情绪稳定不稳定?生活上有什么困难吗?"

王贵生的声音:"谢谢领导的关心。楼里的情况很好,大家都感谢市委、市政府的关心。早上您亲临现场看望大家,给了大家极大的鼓舞和鞭策,大家纷纷表示,在这个危急时刻,我们全体居民要和党保持一致,顾全大局,勇于自我牺牲,为社会的稳定和抗击非典做出我们的贡献。"

刘一平听着,满意地点头。

刘一平:"王贵生同志,你辛苦了。我代表市委、市政府谢谢你,并通过你向全楼居民表示慰问。有事情你可以直接给我电话。另外,今天晚上,我会对全市居民发表一个电视讲话,请你通知全楼居民收看。"

王贵生在电话里连声说:"是,是,谢谢党对我的信任,谢谢,我一定。"

刘一平挂上了电话。

王贵生家墙上贴了一张表,表格里写着各户居民的名字。王贵生放下电话后,拿起一枝铅笔,在那些人名上点点画画。

这时,电话又响了起来。

王贵生抓起电话:"喂?"

电话里说着什么,王贵生听着,笑了:"是孙局长啊。谢谢您来电话。我这儿没什么,局里呢?你看看,我还没正式上任就遇上了这事儿,局里的工作就靠你和班子里其他同志了。有事我们电话联络。我这儿没事儿,挺好的。啥也不缺。家里那边也没事儿。好,好,及时联系。再见。"

他挂上电话,眉头皱起来,想着什么,又拨电话。

王贵生:"小刘。"

电话里传来刘秘书的声音:"王局长,我正着急给您电话呢,可您的电话老占线。我就在您楼下。"

王贵生:"什么?你等着,我这就下去。"说着放下电话,匆匆出门。

当王贵生从电梯里出来,远远地就看到刘秘书在隔离带外向这面望着。

王贵生和赵所长打个招呼,走到隔离带前。

王贵生问刘秘书:"有事吗?"

刘秘书:"王局长,局里成立了抗非典领导小组,您知道吗?"

王贵生吃了一惊:"不知道啊。孙局长刚才来过电话,没提这事儿。"

刘秘书:"问题就在这儿。上头规定第一把手当领导小组组长。您不能上班,孙局长当组长也情有可原,可他们为什么不向您通报呢?"

王贵生没说话,紧张地思索着。

刘秘书:"王局长,这话说起来我不该对您说,您可能不知道,在您调来以前,孙局长活动得很厉害,满以为他会提成一把手的。"

王贵生冷笑:"我十天不在,一把手就能变成他么?"

刘秘书:"难说啊。听说孙局长在组织部门也是有人的,当初之所以没提拔他做一把手,完全是因为他和原来的牛局长明争暗斗相持不下的结果。可现在不一样了,您调来以后,牛局长调走了,原来牛局长的势力已经不存在了。再说,谁知道十四天以后会不会解除隔离?如果在这十四天里这楼上再发生新的病例呢?"

王贵生猛一抖,显然,这种情况他原来没想到。

刘秘书:"王局长,我原来只是一个小小的科员,上面也没关系,王局长上面也没有吗?我觉得,王局长应该找人打打招呼了。"

王贵生想着:"我知道了。"

当天晚上,刘一平正发表电视讲话。

刘一平:"全市市民们,晚上好。大家都知道,今年春天,在我国经济发展和改革开放进一步深入的大好形势下,我们遇到了非典型肺炎突如其来的袭击。我市也未能幸免。到今天为止,我市已确诊非典型肺炎患者一名、疑似患者一名。目前,两位患者都在市人民医院,在严格隔离的情况下进行治疗,情况稳定。为了全市市民的健康,市里已经对与他们有过密切接触的人群进行了隔离,其中在顺家园B座整体隔离。这些被隔离的居民为我市的抗非典大局做出了牺牲和贡献,我代表市委、市政府和全市居民向他们表示极大的敬意和感谢。谢谢你们!"

刘一平讲话的镜头出现在不同的场合:家庭、商场电视机柜台、广场大屏幕……人们都注意地看着。

刘一平："在这里，我代表市委、市政府向全市居民立下军令状：我们一定以对人民高度负责的精神，全力阻击非典在我市的流行蔓延。如果我市出现非典型肺炎大面积发生的情况，我以及市政府的主要领导将引咎辞职，并愿意接受党纪国法的制裁。"

看电视的人，神情都很庄重。

刘一平："为此，市政府特做出以下决定：一、坚决做到疫情的公开、透明，绝不漏报瞒报；二、取消五一长假，避免人群大规模流动……"

看电视的人们，面孔异常严肃。

第五章

1

晚上,左光书房的门紧关着,周捷站在门外叫着门。

周捷:"左光,把门开开,让我和你一起。"

里面没动静。

周捷:"求你,求你,不要一个人受苦。你有我,你有我啊。"

里面传出左光压抑着的呻吟声:"小捷,等一下,这就好了,就好了。"

周捷不忍再听,捂着耳朵跑进了卧室。

周捷抓起电话拨着:"冯大夫,怎么办?他今天又疼了。告诉我怎么办?"

电话里是冯大夫的声音:"周捷,你要镇静。要知道,你的情绪对他很重要。你不是准备了止疼药吗?给他。他没吃过,会很有用。"

周捷:"吃过了,五分钟前。"

冯大夫在电话里说:"那马上就会不疼了,顶多十分钟。周捷,你坚持一下,十分钟。"

周捷用神经质般的动作拉开抽屉,拿出一叠报纸来。

周捷:"冯大夫,我看了报上的广告,有一种药叫消癌灵,可以治他这种病的。"

一边说,一边打开那些报纸,所有的报纸都折到了广告那一页,上面都是治癌的广告。

周捷:"还有一种药叫癌痛克,也可以治他的病。还有,这儿还有……"

冯大夫在电话里说:"周捷,不要相信那些东西,那都是骗人的。"

周捷哀求地说："不，冯大夫，我没办法出去，你去帮我买一点来试试好不好？也许有用呢。"

冯大夫在电话里说："周捷，你怎么啦？你平常不这样。你应该相信现代医学……"

周捷突然火了："现代医学不是没办法了吗？你让我眼看着他死？"

电话里没动静了。

周捷哭了："对不起冯大夫，我受不了了，我再也受不了了。我得干点儿什么呀，我不能眼看着呀。您就帮我买一点吧，我知道也许没用，但万一有用呢？万一有用我没用，以后我……冯大夫，我只有一个左光啊。"

冯大夫说话了："我明白了。我会去买。买哪种？"

周捷赶紧擦把泪："你等等，我看。"她飞快地看着一幅幅广告："买消癌灵。先买两个疗程，四千八。冯大夫您先帮我垫上，或者您明天过来一趟，我把存折给您。"

冯大夫在电话说里："太贵了，换一种吧。"

周捷："不，不，就它了。"

身后，一个声音："小捷。"

周捷吓了一跳，赶快抹了一把脸，对电话里："就这样了。再见。"挂上电话，转过身来，左光脸色苍白，虚弱地站在门口，笑着说："你看，过去了。"

周捷猛抬头，什么也没说，扑过去紧紧抱住他。

左光："你又给冯大夫打电话了吧？你们俩在搞什么阴谋？是不是你在他那儿入了股份，所以一定要帮他在我身上赚钱？"

周捷什么也不说，只是抱紧他。

左光："好了，我好了。小捷，让你受惊了。"说完躺到了床上。

不一会儿，左光安静地睡着了。

周捷来到左光的书房，呆坐着，看着电话，犹豫着。

电话铃响了。

周捷迅速地拿起电话。

电话里,冯大夫的声音:"周捷?"

周捷没回答,无声地哭了。

冯大夫在电话里问:"你在哭?"

周捷:"冯大夫,怎么办?怎么办呢?"

冯大夫在电话里说:"周捷,才刚刚开始呢。"

周捷:"告诉我,以后会发生什么?"

冯大夫在电话里说:"他的痛苦将不可忍受,对他,对别人都一样。"

周捷:"冯大夫,他才四十二岁,我才三十六岁。我们连孩子还没有。"

冯大夫在电话里说:"周捷,你跟他生活了这么久,应该读过他写的东西。正是他自己在书里写过,人生不可预料的事情很多,这是命运,人惟有面对。"

周捷:"让我怎么面对?让他怎么面对?或许可以面对死亡,但这么痛苦如何面对啊?"

冯大夫在电话里说:"周捷,他的疼痛才刚刚开始,现在的阶段,药物还可以控制。你要想办法让他的每一天活得愉快而有意义。"

周捷:"可以持续多久?以后呢?"

冯大夫在电话里答道:"对于无法控制的事情,我们不要多想,只做我们能做的事。"

周捷:"冯大夫,我怕我的精神会崩溃的。"

冯大夫在电话里说:"在我看来,这才是最可怕的事情。周捷,你比左光小六岁,以前又是他的学生。外人看起来,他是你的依靠,可只有朋友们知道,你才是他和你们家的精神支柱。如果你垮了,他就完了。"

周捷:"可是,我怎么办?我怎么办啊?"

冯大夫在电话里鼓励说:"拿出你的勇气,你的毅力。

周捷,你和他是多么幸福的一对,大家都羡慕。现在,你和他的日子已经不多了,珍视每一天,把他当成好人,好好过。也是左光在他的书里写过的:我们不可以选择命运,但我们可以选择在命运面前的态度。只有你坚强了,从容了,才能让他最后活得从容、坚强。"

周捷:"我能做到吗?"

冯大夫在电话里说:"你能。试试看。那种药我帮你买了,但只买了一个疗程,明天我给你送到楼门口去。"

周捷挂上了电话,闭上眼想着,轻轻地说:"冯大夫,谢谢你。"

她起身出去,进了卧室,在左光身边躺着。她大睁着眼睛看着天花板……

2

清晨,左光醒来,看到周捷一身运动装打扮,正在拖地板。周捷见左光醒了,立刻笑起来。

周捷:"真是条懒虫。看看几点了?"

左光没动,好奇地看看她:"你要干什么?好像要去爬山。"

周捷:"你的眼睛可真厉害。起来,我们去爬山。"

左光:"开什么玩笑,你忘了,我们被隔离了。"

周捷:"没开玩笑。你忘了,我们这座楼有二十四层呢。"

左光:"你是说,我们去爬楼梯?"

周捷:"是啊。左光,我想过了,你身体不好,都是你成天趴在电脑前,缺乏锻炼的原因。从今天开始,我们好好锻炼,好好生活,行吗?"

左光:"好啊。"

周捷:"那么,起来。"

不到五分钟,周捷和左光就一身运动打扮开始下楼。周捷在前面一溜小跑,左光在后面跟着。

周捷和左光从楼梯口出来,跑到大门口,深深地吸着新鲜的空气。

门口,有居委会的人把牛奶和报纸送到门口,有两个人正在那儿分发着。

周捷大声地问:"喂,大妈,有2102的牛奶吗?"

一个大妈:"有。还有晨报。"

周捷:"我们没订晨报。"

大妈:"是送的。居委会送的。"

左光:"看看,隔离多好,要不,怎么能享受这待遇?"

赵所长正在楼外隔离带和几个警察交待着什么。他看到左光和周捷,便走过来。

赵所长:"二位这么早起来干什么?不能出去锻炼的。"

周捷:"我们可以在楼里锻炼啊。"

左光:"是啊。我们没山,但我们有楼梯。"

赵所长看看左光,又看看周捷,不相信地说:"爬楼梯?"

周捷一直看着他:"是啊。"说完又对左光:"去把报纸和奶拿过来。"

左光走了。赵所长看着他的背影。

赵所长小声说:"他不是病了吗?"

周捷:"哪怕活一天,也得好好活呀。"

赵所长感动地点点头。

周捷:"所长,我拜托您一件事。"

赵所长:"什么事,您说。"

周捷:"我不想让他闷在家里,我想让他多出来。如果这楼里有什么事,您多叫他,可以吗?"

赵所长:"行,行。"

左光回来:"赵所长,我们从网上下载了有关防治非典的资料,打印了一百份,我交给那位王局长,请他发给楼里居民,他居然不要,叫我自己想办法。"

赵所长笑着:"人家说的不对吗?就这么点事儿,你还给人家。人家是干部,你拿人家当打杂的?你自己发一发不就完了?"

左光:"我怎么能干这个?我还有自己的书没写呢。"

赵所长:"清高,知识分子的清高。就算您是作家,人间烟火还是要闻的吧?左老师,我这儿有全楼居民家的电话,干脆,给您一份,以后楼内有什么事,您招呼一声。"说着回头:"哎,把那个电话号码表拿过来。"

左光不知所措地说:"什么?这怎么可能?我不是居委会的,我没有时间,也没有精力。"

一警察送过来一张纸,赵所长不由分说就塞到左光手里:"您先拿着,先拿着。"

左光看周捷:"你看——"

周捷微笑着:"赵所长好意,你就先拿着吧。"

左光像怕火烫一样塞到周捷手里:"我不拿,你拿。怎么样?我们爬楼去?"

周捷感激地对赵所长一笑:"所长,我们上去了。"

赵所长站在那儿看着,一直看他们进了楼梯。

周捷和左光,在楼梯上,一层层地往上爬,一边爬一边说笑着。

二人爬到了五楼。

一高一矮两个青年,正百无聊赖地站在走廊窗口,像坐监狱一样看着楼外的蓝天,听到了楼梯里传来的说笑声。

高个儿青年:"干什么呢?"

两人过来看看,正碰上周捷和左光爬上来。

矮个儿青年高兴地说:"咦,这不是左光老师吗?"

左光大声地说:"你好。我们认识?"

矮个儿青年:"我看过您写的书,一直想找个机会让您签名呢，没好意思。"

左光："你买的哪一本？告诉你，我正在着手写一本新的，名字叫《波澜壮阔的生命》。"

矮个儿青年："真的？什么内容啊？"

一边问着，一边已经跟着他爬了上去。

高个儿青年奇怪地看着他们，也跟了上去。

一个姑娘看到了："爬楼呢？"

左光："不是，是爬山。姑娘，不运动，小心解除隔离的时候长出了一身肉。"

姑娘笑了，也随了上来。

十二楼的楼道里，大力带着栋栋站在那儿，忧郁地看着窗外，听到了楼梯上传来阵阵说笑声。

大力过去，看到左光、周捷爬上来，此刻，他们身后已经跟了四五个。

大力："你们在干什么？"

左光："小伙子，来，加入我们的队伍，一块爬楼梯，锻炼身体。"

大力犹豫一下。

这一帮人在他面前过去，有说有笑地往上爬。

大力抱着孩子也随上去。

周捷和左光气喘吁吁地爬到了十五楼。他们身后，已经跟了七八个。

周捷喘着："不行，今天就到这儿了。爬不动了。"

左光："我还可以爬几层。我想爬到二十四层，爬到楼顶去。"

周捷拖住他："就到这儿了。"

左光回头看着身后那几位："怎么样？以后天天爬？"

大家笑着齐声说："好啊！"

左光："对了，我打印了非典知识，如果想要的，可以到我家拿。"

大家齐声:"好啊!"

电梯来了,这一群人一起拥进了电梯。

电梯到了二十一层,门一开,这一大帮人一下子拥出来。然后进了左光的家。

左光高兴地说:"都坐,都坐。沙发上坐不下可以坐在地下。"

大家乱纷纷地各自找地方坐下。

左光把那叠纸拿出来,一份份发给大家。

高个儿青年:"嘿,好像小时候考试老师发试卷似的。"

左光:"说得好。其实,隔离,就是对人生的一次考试。"

矮个儿青年:"考试?"

左光神采飞扬地说:"当然,考试。想一想,平常,我们忙于生活,忙于竞争,忙于应酬,我们没时间思考,没时间反思。现在,我们出不去了,我们被圈在一个考场里,许多问题逼着我们回答:人生、家庭、亲情、爱情。如何应对灾难?如何评价以前的人生?如何选择以后的人生?这难道不像一次考试吗?"

青年们都崇拜地看着他。

左光:"从昨天到今天,这座楼像座死城。大家都被吓坏了。可你们应该知道,人们所知道的惟一可以称得上恐惧的恐惧,就是恐惧本身。"

那女孩:"可是,左老师,怎么才能不恐惧呢?谁不怕传上非典啊?"

左光:"你现在到我家来,你不是就不怕传染非典吗?我告诉你们,世上许多事情,并不因为你怕或者不怕就不存在,惟有恐惧是个例外。如果你不怕,它就不存在。就像此刻一样。"

矮个儿青年:"那我们应该怎么办?"

左光:"如果让我给你们一个建议,我建议你们自己组织起来,成立自救会。人惟有自救,上帝才可以救他。外面的人可以提供你们食物、药物以及你们需要的其他帮助,惟有勇气,惟有这真正可以救你们的勇气,只有你们自己可以提供给自己。为什么不组织起来,为什么不彼此团结起来,全楼的人像一个人?如果做到了那一步,还有人会怕吗?"

大家听了激动起来,互相看了看。

高个儿青年:"左老师,您说得真好。您领着我们一起干吧。"

左光:"我?不不不,我不可以。"

高个儿青年失望地问:"为什么?"

左光:"我忙,我在写一本新书,我已经答应出版社,要在半年时间内突击出来。"

大力:"半年呢。我们才隔离十四天。"

左光:"不不不,我不适合干那个。你们自己干。如果需要,我可以帮着出出主意什么的,怎么样?"

青年们互相看看,不情愿地齐声说:"好吧。"

3

周捷来到楼门口,从一个中年男人手里接过几盒药,和男人寒暄着告别。

男人走了,周捷却没进去。而是走到楼门一侧,将药盒拆开,把带着药名的盒子取下来,撕碎丢掉。

赵所长过来:"这是干什么?"

周捷抬头不自然地一笑:"买的药,不要让他看到名字。"

赵所长感慨地看着她。

周捷上楼,回到家。

左光又伏在电脑前写作。周捷把药放好后,坐在沙发上看书。

电话响了。

周捷："喂?"听着电话里的人说,脸上露出了笑容,一回头:"左光,电话。"

左光拿起分机:"我是左光?什么?什么?"捂住话筒,回过头来:"小捷,他们真是胡闹,他们把我选成了自救会会长。"

周捷笑起来:"盛情难却啊。"

左光对电话:"这怎么可以?我不是说过我不干了吗?我不是干这个的。"

周捷这边却对着分机说开了:"你们在哪儿开会?什么?天台?你们真是聪明,怎么想到了那地方?左老师马上到。"一下子扣上了电话。

左光:"你干什么?"

周捷:"左光,这个时候,大家需要有个人站出来。大家选择了你,你怎么可以推辞?"

左光:"可是我的书怎么办?我不属于他们,我属于这儿,属于这台电脑。"

周捷:"不就是半个月吗?也许和他们接触,可以给你新的灵感,为下一本书做准备呢。上去吧,上去吧,他们在天台上。多好的地方。"

左光:"真是胡闹,这真是胡闹。"

周捷笑着来拉他推他:"去吧,别拿架子,这可不好,这不像你。"

左光身不由己地被她推出门去,门随着在身后关上。

几个青年在楼顶天台上转着,欣赏着楼下的风景。

"嗨,你看看那几个警察,如临大敌似的。"

"也别说,咱这楼的地理位置真是不错。也得算黄金地带了吧?"

"以后天天没事儿爬上来一趟。比爬山强。"

……

左光从楼梯口上来了。

大家看到他,一起笑了。

左光也笑了:"你们知道古代的皇帝如何登位吗?大臣们把龙袍往他身上一披,把他按在龙椅上,皇帝自己装模作样推辞一番,这戏就演完了。"

大家笑着。

"那左老师您就别装模作样了。"

左光:"我不是装模作样,我是真不能干。我的时间不允许我再干别的。"

"这什么意思啊?"

左光:"有一个人合适,有一个人是干这个的。"

"谁啊?"

左光拿出那张电话表,掏出手机,接通了王贵生的电话,并说了几句。

手机里传来王贵生的声音:"什么?什么?天台上?这是谁组织的?好的,我马上上去。谢谢你!"

这时,在顺家园楼顶天台上,大家在议论着。

矮个儿青年:"楼里人心惶惶,可电视上却报道我们人心安定。我很怀疑市里对楼里的情况到底知道多少。"

左光:"反映啊,向他们反映啊!"

高个儿青年:"向谁反映?我们到哪找市长?"

左光:"我有。上次政协开会的时候,刘一平给我留过他的电话。"一边说,一边掏出电话本找着:"找到了。"拨起来。

电话接通了。

左光:"刘书记,我是左光。我在在顺家园给您打电话。"

电话传来刘一平的声音:"左光同志,好久不见,你好啊。怎么,你也在在顺家园?"

左光带几分得意地笑起来:"是啊,刘书记,我也住在在顺家园。刘书记,没想到您还记得我这一介布衣。刘书记,今天冒昧地打扰您,是想向您反映楼内居民的情况。"

刘一平在电话里说:"您说。"

左光:"您可以想象,突然之间居民们被隔离在一个出现了非典病人的空间里,会给大家引起多大的混乱和恐慌。"

电话里,刘一平有些吃惊:"混乱?恐慌?"

左光:"是的,混乱,恐慌。大家情况不明,局势到底有多严重不知道。如果任这种局面持续下去,什么事情都可能发生。"

刘一平在电话里提高了声音:"王贵生不是在楼里开展了工作吗?"

左光:"王局长?"

正在这时,王贵生从楼梯口上来了。

左光看他一眼:"他上来了。可是,这局势不是一个人可以左右的。刘书记,让大家了解情况比什么都重要。您知道,现代社会信息沟通的手段多种多样,楼里居民完全可以足不出户了解到楼内楼外的一切。在顺家园是本市第一个被隔离的居民区,很难说以后还会不会出现第二个、第三个。所以,我建议市里报纸和电视台都为在顺家园开辟专门的板块,一方面,让全市居民了解在顺家园的情况,呼吁全市居民关注关心在顺家园,另一方面,让楼内居民知道全市人民都关心着自己。这会给他们鼓舞,让他们觉得安全。"

刘一平在电话里说:"左光同志,您的建议很好。我们马上研究,我相信不会有什么问题。您现在就可以通知您的邻居,今天晚上收看电视台有关在顺家园的报道。明天的晨报也会出现在顺家园的消息。还有什么?"

左光:"针对大家普通出现的恐慌情绪,建议市里派医学方面的专家进来,向大家普及有关非典的知识,并且对楼内居民进行一次全面的查体。"

刘一平在电话里说:"这个已经在我们的计划之内了。"

左光:"楼内居民人心惶惶,对政府采取隔离措施有种种看法,可电视上报道出来的却完全不一样。刘书记,应该说真话,说真话天不会塌下来。"

王贵生听后,脸变了:"左老师,您在说什么?"

刘一平在电话中恳切地说:"谢谢您的批评左老师。我完全接受。还有吗?"

左光:"暂时就这些了。以后也许还会想起。"

刘一平在电话中说:"无论什么时候,只要您想起来,请立即打电话给我。再见左老师,楼内的事情拜托了。"

那边把电话挂了,左光愣住了。

左光:"咦,我还没说完呢。为什么拜托我?我又不是干部。我不是干这个的。"

王贵生:"左老师,刘书记给您打来的?"

左光:"不,是我给刘书记打的。王局长,你看,大家自发组织自救会,这个会长非您莫属。您不要推辞,您是党员,是干部,您和上级联络最方便,我看您就不必推了。我们刚才还在讲皇帝登基的故事……"

王贵生已经不看他了:"成立抗非典领导小组的事,我早就向市里汇报过了。好吧,这就算我们抗非典领导小组的第一次会议。"

左光一下子愣住了。

王贵生:"同志们,我们这次会议,是在全市抗击非典一片大好形势下召开的。我们在顺家园虽然被隔离,但党和政府一刻也没忘记我们,时刻在关心着我们。在顺家园全体居民也在这个时刻表现出了极高的政治觉悟和爱国热情……"

大家互相看看,不明所以的样子。

大力:"我说,咱们不是正式组织,有必要弄这么正式吗?有什么事儿说什么事儿,孩子一会儿就得闹了。"

左光:"我想起一件,我说完了就走。加强楼内居民彼此之间的联络,比什么都重要。现代社会,足不出户就可以做到这一点。比如,网络。"

一青年:"可是据我所知,楼里居民还有许多家没电脑呢。"

高个儿青年:"嘿,我想起来了,咱们十四楼的流氓兔是神龙电脑公司的,让他跟他们公司联系一下,能不能借一批电脑给我们。"

王贵生:"流氓兔?"

大家笑了。

高个儿青年:"是他的网名,大名叫马立克。"

4

马立克正在家中打电话:"哥们儿,干什么呢?什么?什么?"眼馋地直咂巴嘴:"小子,我不在你们自己就玩上了。这才一天呢就把哥们儿忘了。什么?什么?你上哪?再陪我聊会儿,我都快闷死啦。天哪,没良心的,重色轻友的。"

尽管骂着,电话还是断了。

马立克叹了口气,无聊地趴到电脑前,打开一个页面,没劲,关上了。再打开一个,又关上了。

眼睛突然张大了,电脑上,有一篇文章的题目引起他注意——《我的男友接触了非典患者被隔离,我该怎么办?》,文章的署名是"樱桃小丸子"。

马立克拨电话,电话一通就火刺刺地说开了:"小莉,你的反应也太快了吧?我还没得非典呢,先想你的后路了?"

电话里小莉的声音:"怎么啦?我说什么啦?我前几天一直和你在一起,你要是得了非典,我第一个完了。"

马立克冷笑:"好啊,这就是爱情啊。我还以为,如果我得了非典你得守在我身边安慰我,和我同生死呢。"

小莉在电话中说:"马立克,你少给我说这个。你总要求别人想着你,你想过别人吗?今天我给你打了两次电话,你两次把我当成你那些网上的女朋友。你一心只想着她们,怎么不想想我会害怕会担心呢?我想和你说,你没空,我当然得和别人说。"

马立克:"你说呀,说呀。反正会有人安慰你,反正你不需要我。"

小莉在电话里愤怒地说:"马立克,你就是只流氓兔,一点不错!"

马立克:"你才知道我流氓?我不一直就是吗?你和个流氓在一起干什么?"

小莉气愤地在电话里说:"马立克!好吧,从今以后,我们一刀两断,谁再找谁就是小狗。再见!"电话一下子挂断了。

马立克把电话摔了,仰面朝天躺在床上,长叹了一口气。

电话又响起来。

马立克迅速地扑过去,抓起电话:"嘿,哥们儿。"

打电话的人说:"马立克,快上天台,有要事。"

马立克还没听明白,就已经一只手在穿鞋了:"什么天台?哪个天台?等等,我来了。"

楼顶天台上,大家继续议论。

大力:"我看楼内的秩序得整顿一下,现在大家一窝蜂地下去买菜、拿饭,容易造成交叉感染。我建议咱们分楼层管理,我们几个每人负责几层楼,上门登记服务,尽量避免人群密集。"

王贵生:"好。"

另一青年:"我建议向市里提出来,给顺家园建一条联系热线,我们有什么要求都通过这一条热线传递。"

马立克的脑袋从楼梯口露出来,立刻引起一片笑声。

高个儿青年:"这就是网上有名的大侠流氓兔。"

马立克也笑着,得意地说:"兄弟我不能香飘万里,总算做到臭名远扬了。"

王贵生皱着眉头看他衣着不整的样子。

王贵生:"马立克同志,坐下开会吧。"

马立克:"开会?开什么会?天哪,开会的事为什么找我?对不起我想拉肚子。"说着转头就要逃。

高个儿青年从后面一把把他的领子抓住了,又把他扯回来。

高个儿青年:"上哪去?又去网上泡MM?是正经事,咱们成立了自救会,是研究自救的事呢。"

马立克:"自救?我喜欢这名词。好吧,开会。"

王贵生:"咱们继续开会。"

马立克突然哈哈笑起来。

大家都看他,他正在看手机短信,笑得前仰后合。

几个青年一起伸过头去:"什么什么?黄段子?"

马立克笑着:"你们听,你们听啊。"他读道:"朋友,想度假吗?请迅速拨打120免费电话,赢得医院七天包食宿超值游!现在拨打还赠口罩、时尚消毒套服、救护车接送等,前十名还可享受免费隔离待遇!接头暗号是:'我发烧了。'"

大家大笑,只有王贵生不笑,皱着眉头坐在那儿。

王贵生:"同志们——"

大力:"我这儿也有。"他读道:"根据世界卫生组织最新研究成果表明:此次SARS病毒在距地面60公分以上为活动区,60公分以下不能存活。因此,世界卫生组织提醒公民外出尽量爬行!"

又一阵大笑。"

另一青年:"我这儿也有,不过有点儿黄。"

几个青年热心地说:"没事儿,没事儿,咱这儿也没女的，念念，念念。"

王贵生重重地咳了一声。

青年读："世界卫生组织今晨宣布，戴口罩并不能完全防范非典，因为肺在胸部，所以戴胸罩才是必须的。所以无论男女，外出时一定要戴双层口罩和胸罩。"

一阵爆笑。

左光笑着，痛苦地捂住右侧腹部，弯下腰去。

大力："左老师您怎么啦？"

左光吃力地说："没事儿，没事儿。我的天，为什么没人给我发这样的手机短信？"

马立克高兴地说："我有一个主意，咱们弄一块黑板在一楼门口那儿，一来发布消息，二来呢，每天写一条笑话在上面。"

王贵生："像什么话？全市人民都在关注在顺家园呢，在门口写黄段子像什么？

大力："怕什么？也没啥黄的呀。我赞成。"

王贵生："我们到底开会不开会了？"

大家一静。

马立克："开呀，赶快开呀。问题是，你们到底叫我上来干什么？当自救会长？我可不干。"

高个儿青年："想的你。马立克，和你们神龙公司的老板说说，让他借给我们楼一批电脑怎么样？"

马立克："什么？你怎么想的？我们那老板，只要他和你打一照面，他要没从你身上扒一层皮，他就觉得亏了，你还想从他那儿借出东西？"

高个儿青年："他不会亏啊。刚才左老师给市里说了，市电视台会搞一个关注在顺家园的专题，他来的时候把电视台的人叫来，这不等于一大广告吗？"

马立克想着："这主意倒像是他出的。可是，你找别人说，我可不说。"

高个儿青年:"为什么?"

马立克:"他根本不理我。我要和他说什么,还没开口呢他就会说:一边玩去。"

大家爆笑。

矮个儿青年:"天哪,网上的大侠下了网这德行。"

左光:"不一定,不一定。人的潜能都是被激发出来的。你的潜能被激发的过程,也就是外界对你重新认识的过程。也许,你的公司老板会重新认识你。"

马立克:"认识我什么?"

有人开玩笑:"你是一只流氓兔啊。"

左光:"你是支持抗击非典的名义向他求助的,而抗击非典现在是头等重要的大事,所以,如果他聪明,他会考虑。"

马立克不敢相信地摸摸自己的脸:"我行?"

高个儿青年:"天哪,你在网上泡 MM 怎么就行呢?本事呢?"

马立克满腹心思地想着。

5

左光回到家,一进门就响亮地说:"我回来了。"

周捷从厨房出来,笑吟吟地看着他:"开完会了?当上会长了?"

左光:"是他们在开,我不过是提了几条建议。我不会参与这个的。"一边说着一边又回到电脑桌前。

周捷跟进来,手里端着一杯水,像对孩子一样:"左光,冯大夫托人送来了一种药,说对胰腺炎很有用的,你试试。我刚才尝过了,稍微有点苦,不难喝。"

左光:"小捷,告诉你多少次不要往他那儿送钱,没用的。我不喝。"说着就在电脑上打起字来。

周捷:"已经买来了,就喝了吧。"

左光:"我不喝。我不要你们拿我的身体当试验田。"

周捷不说话了,站在那儿呆着。

左光意识到她的沉默,转脸看看,发现周捷眼里含着泪,吃了一惊。

左光:"怎么啦?因为药?我喝,我喝。"一边说,一边赶快接过杯子,一口气喝下去。

周捷含泪笑了。

左光:"下不为例啊。"

门铃响了。

周捷过去打开门,回头叫:"左光。"

左光回头,门口站着王贵生。

左光赶快起来,热情地说:"王局长,您怎么来了?坐,坐呀。王局长,今天这个会开得还可以吧?有了你们这个自救会,我觉得这楼里的居民就有主心骨了。"

王贵生微笑着:"左老师,我还不知道咱们楼里住着一位政协委员哩。"

左光一愣,大笑:"虚的,是他们硬要我参加的。王局长,作家有两种,一种忧生,一种忧世。我是属于前一种。我比较关心人生问题,不大关心身边的世界。"

王贵生:"这一隔离,左老师生活上没问题吧?"他看看周捷。

周捷赶快地说:"没问题没问题。劳您挂着。"

王贵生:"左老师,今天这个会开得很好。其实,成立抗非典领导小组的事,我昨天就向市委、市政府汇报了,您打电话的时候,我正在筹备呢。群众走到了前面,这很好。左老师,我看您威望挺高的,要不,这领导小组的组长……"

左光:"不不不,我是坚决不做的。我不是那块料。再说,我忙得很。我只希望你们成立了,大家不要再来麻烦我就好。"

王贵生："我听说左老师是作家,有好几本书问世了。赶明儿,我也买本左老师的书来拜读拜读。"

左光："买什么啊?都是一栋楼的邻居。小捷,拿一套给王局长。"

周捷答应着去了里屋,片刻出来："哟,左光,家里的没了,在学校里。等解除隔离以后吧。"

左光："怎么没有?就在橱子里。我去拿。"说着去了书房。

周捷无奈地看着他的背影,王贵生却明白了,看了周捷一眼,周捷有点尴尬地别开了脸。

周捷："王局长,您放心,我们家左光不是当官的。他就是爱说话。"

左光已经回来了,拿着一本书,还拿着一枝笔。

左光："我给你签上字。您怎么称呼?大号?"

王贵生："王贵生。富贵的贵,生命的生。"

左光趴在茶几上龙飞凤舞地写了几个字递给王贵生。

王贵生读："贵生兄方家指谬。左老师,我比你大?"

左光和周捷对视一眼,哈哈大笑。

左光："王局长,这是尊称。鲁迅先生称许广平还兄呢。"

王贵生："可这方家——我不打麻将的。"

左光："这和麻将也没关系。有句话叫就教于大方之家,意思是……"

周捷："他恭维您呢。"

王贵生放心了,把书收起来："左老师,我知道您是干大事的人,这么琐碎的事您不屑于干,那么我也不客气了。"

左光："对对对,你最合适。"

王贵生："那么,以后和市里联系的事……我当然知道左老师和刘书记关系很密切的……"

左光:"说不上密切,一面之交。"

王贵生:"可您是政协委员啊。左老师啊,一个部门有了领导,最好就不要再政出多门。"

左光连连点头:"自然,自然。"

王贵生:"有什么情况,我会随时向市里反映。您有什么事,也可以随时提醒我。"

左光:"当然。不过我也没什么事了。我很忙,以后不会出门。"

王贵生:"那好。我不多打扰了。谢谢左老师赐书。"

两人寒暄着,把王贵生送出去。

左光奇怪地对周捷:"他说的什么?"

周捷忍着笑:"谁知道呢。"

门铃又响了。

周捷打开门,张亚丽满面春风,不等人家反应过来自己就进来了。

张亚丽:"是左老师吧?"

左光:"是啊。您是?"

张亚丽自来熟地说:"我是咱一楼的,就一进门那家。和大家的传达似的,您忘了?"

左光:"噢,我想起来了,经常在小区里卖那个猪……"

张亚丽:"就是俺,就是俺。左老师也吃过?"

左光:"没有。我只是见过。"

张亚丽:"左老师,你可是咱这楼里的大名人啊。俺听说,你组织了这楼里的自救会还是领导小组。"

左光:"不不不,别误会,和我没关系,我只是提了个建议。领导小组组长是王局长,他是干部。"

张亚丽:"王局长?住几楼的?"

左光:"七楼。"

张亚丽嘀咕一下,记在心里:"左老师,您讲的道理,俺虽然没听,可俺知道太对了。就算是隔离了,人该怎么生活还得怎么生活对吧?"

左光:"对对对,你认识问题很豁达嘛。"

张亚丽:"女人该爱漂亮还得爱漂亮对吧?"

左光觉得哪儿不对,又说不出:"对……对,也是这个道理。"

张亚丽把一盒化妆品从包里拿出来:"左老师,还有师母,你们看看,这是凯利牌化妆品,师母留下用吧。"

周捷赶快过来推:"不,我不用。我很少用化妆品的。"

张亚丽很坚决地推回来:"左老师,师母,这个你们一定得留下。左老师刚才不是说了吗?虽然隔离了,该怎么生活还得怎么生活。我们下岗了,卖不出这些化妆品去,靠什么生活?左老师还说了,女人该漂亮还得漂亮,所以,师母,您得用化妆品。"

左光和周捷全被她这套理论搅糊涂了。

张亚丽已经利索地打开盒子,拿出一盒润肤霜打开了,扯过周捷一只手,二话不说抹了一点在她手上,替她在手背上涂着。

张亚丽:"您瞧,您瞧,您看这效果!"

周捷大惊,赶快往后缩:"不,我们不用。"

左光:"小捷,已经用了怎么好意思退给人家?多少钱?"

张亚丽大喜:"一盒三百六,四盒……"

周捷很坚决地说:"您说个实价,如果这么贵,我就只买我用过的这一盒。"

张亚丽无奈地说:"好吧。师母,真没看出你这么会做生意。一盒一百四,四盒五百六。我是亏着本卖的。"

左光:"怎么好意思让您亏本……"

周捷赶快拿过钱来塞给张亚丽:"好了,钱给您。找四十。"

门铃又响了。

左光打开门,这回是田林成进来了,一手提桶,一手托盘子。

田林成:"下岗牌猪下货,强身健体,防治非典,来尝一尝。"

左光奇怪地说:"这是怎么回事啊?"

张亚丽装不认识田林成:"哟,你上这儿来卖猪下货?俺家还想买你的猪下货哩,一会儿给俺家送点去。左老师,这个人煮的猪下货味可好哩,你不买点儿尝尝?"

左光:"他不是你丈夫吗?"

张亚丽脸不红心不跳地笑起来:"原来你认识他呀。左老师,那四十块钱,别找了,给你们四十块钱猪下货吧,下岗工人不容易。"

周捷:"不行,我们家不吃这东西的。"

田林成二话不说,打开桶就往塑料袋里捞:"这是防非典的,我用中药煮的,你们尝尝。"

周捷:"哎,哎,我们不要。"

张亚丽拦住她:"师母,你尝尝咱劳动人民的东西,药不死你。尝尝,尝尝。林成,也别称了,多给左老师和师母点儿,就算四十块钱的吧。"

左光和周捷手足无措地看着这两个人把一大袋子黑乎乎的东西放在他们茶几上。

左光:"谢谢,谢谢你们了。"

二人高兴地寒暄着走了。

左光和周捷面面相觑。

周捷发脾气:"都是你!"

左光:"算了,别斤斤计较了。下岗工人真的不容易。"

王贵生坐在桌前翻翻左光给他的书,顺手丢在床上。

王贵生嘲笑地说:"方家。"

门铃响了。

王贵生过去,刚打开门,张亚丽和田林成就要进来,王贵生一只脚在下面挡着门,把他们拦住了。

王贵生:"你们干什么?"

张亚丽:"王局长?您是王局长吧?左老师介绍我们来的。这不隔离了,生活该过还得过,女人该漂亮还得漂亮啊。这套化妆品,你太太留着用……"

王贵生:"不要。"一下子把门关上。

张亚丽愤愤地说:"咦,这是什么干部?"

田林成:"他奶奶的,不是个好东西。"

两人又转向另一家。

高大平侧着身,窦康正在给他捶背。

高大平脸上很享受的样子,嘴里却在不停地挑着毛病:"重点儿,重点儿。你的力气呢?一顿饭顶我俩,都吃哪去了?"

窦康生气地说:"你比地主还难侍候哩。"一边说一边用上力气。

高大平哎哟一声:"你想敲死我啊?轻点儿。"

门铃响了。

窦康吓得一哆嗦:"不是你闺女进不来吗?"

高大平:"也难说啊,要是她猜出是你在我这儿呢?"

窦康着急地四处看,似乎要找个地方躲起来。

高大平看着他的样子,得意地笑了:"去开门吧,不会是我闺女,我闺女有钥匙。"

窦康这才过去。可他还是不放心,通过猫眼向外看着,看了半天,才小心地打开了一条缝。

门刚打开一条缝就伸进来一只脚。那是张亚丽的。她先把脚伸进来,接着向田林成使个眼色,田林成用力一推,门就被推开了。

窦康吓了一跳,连连退了几步:"干什么?你们要干什么？"

张亚丽扯过他的手就要往上抹油，窦康吓得一甩老远，张亚丽这才发现面前的是个大老爷们。

窦康："干啥？我啥也没干啊。"

张亚丽："哟，是个男的呀。你太太呢？没太太？你妈也行啊。"

田林成则端上那盘猪下货："请品尝下岗牌猪下货。防治非典，最主要的是增强免疫力，据专家考证……"

窦康回头："高老……舅，舅，你看看。"

高大平在里面："干啥的？"

张亚丽闻声要进去，被窦康挡住了。

张亚丽："舅，上门服务的。家里有女人不？"

高大平："没，两条光棍。"

张亚丽："咱就专为没有女人操持家务的家庭服务。小伙子，尝尝，下岗牌猪下货，香着呢，你这辈子就没吃过。"一边说一边用牙签挑起一块塞到窦康嘴里，窦康也不客气地吃着。

窦康："哟，还真香。舅，舅，咱买点儿吧。"

高大平："什么？敢情不是花你的钱。咱不要。"

窦康："花谁的钱咱也不能扎起脖子来呀。买。"

张亚丽大喜："就是。舅，人家都说舅疼外甥，哪有你这样当舅的？兄弟，要多少？"

高大平："我告诉你小子，你买了你吃你花钱。我可没钱吃那玩意。"

窦康："二斤。"

田林成已经装了一袋子。

张亚丽："这是三斤，放到冰箱里吃去吧。三十九块。"

高大平叫起来："什么？这是吃命呢！"

窦康："舅，你别叫人家笑话了，你一条命才值三十九啊。"

高大平:"我可没这钱。"

窦康:"我有。"一边说着,一边熟练地到桌子那儿,拉开抽屉拿出五十块钱,递给张亚丽:"五十,找十块就行了,零头不要了。"

高大平:"什么?你小子想干什么呀?"

窦康:"舅,别叫人家笑话了。走吧,走吧。"

张亚丽两口子高兴地走了,窦康提着那袋子回来。

他撕了块肉塞到嘴里,兴高采烈地说:"高老头,真香。不来点儿?"

高大平气愤地说:"你小子什么时候找到我的钱的?"

6

马立克很庄重地坐在电脑前,自己嘀嘀咕咕:"我?找老板?借电脑?"

电话铃响了。

马立克拿起电话,不耐烦地问:"谁啊?"

电话里是老妈的声音:"克克,你今天怎么过的?"

马立克:"妈,你说你烦不烦啊?人家有大事呢,你别来捣乱了。"

电话里,老妈担心地问:"大事?什么大事?你没发烧吧?"

马立克:"这是哪儿跟哪儿呀?我挂了。"一下把电话挂了,继续想着。

马立克决定给老板打电话,可一摸起电话,又停下了,自言自语:"怎么说?老板,我是马立克,有件重要的事,是件大事,我必须和您谈谈。"他摇了摇头:"不行,我哪这么严肃过?他才不信呢。"想着,又换了一副嬉皮笑脸的样子:"老板,事先说下,这可不是我的意思啊,这是我们楼长的意思,不信您给他打电话——也不行,楼长算个啥官

呀？他才看不到眼里呢。"

一边在屋里转，一边嘀嘀咕咕，变化着各种表情，还跑到镜子边对着镜子表演着。

终于下了决心，拨了电话。

突然好像又后悔的样子，要扣上电话，可这时电话里传来一个威严的声音："哪一位？"

马立克紧张地咽了一口唾沫，没说话。

那是老板的声音，只听他不耐烦地问："谁啊？"

马立克张张嘴，仍然没说出来。

老板在电话里斥责："神经病！"

马立克在这同时喊出来："老板，别扣，我是马立克。"

老板在电话里的声音一下子变了，变得充满了关心："马立克？怎么样啊？没什么事吧？怎么这么半天没说出话来？"

马立克赔着笑："老板，没事儿，谢谢老板的关心。老板，有件事……有件事……是大事……可不是我的，是我们楼长的……很重要的……"

老板在电话里奇怪地问："什么事啊？你怎么啦？"

马立克突然像放机枪似的说："老板，有这么件事，您看看您愿意不愿意帮忙。我不想为难您，也不想向您开口，可这件事不属于我自己，属于在顺家园全体居民。我们想向贵公司借一批电脑。您看看，行就行，不行就不行，您给个话。就这！"

电话里没声音。

马立克："不行？我猜到就是不行的。老板，在这个非常时候，您让我失望。再见。"

老板在电话里说："等等。马立克，你什么时候能像个大人似的说话办事啊？到底谁借电脑？为什么借电脑？你不说明白就下通牒？"

马立克大喜，一高兴又语无伦次起来："老板，这么明白的事您都没听明白？是在顺家园居民要向我们公司借电脑。不是被隔离了吗？这个时候不正用上网络吗？可是我们这座楼里有三十几家居民——不，将近一半人家没电脑。嘿，也不知道他们怎么过的，我们都进入了信息社会了，他们还在刀耕火种呢……"

老板在电话里不客气地说："别贫。你的意思，是让我们公司借给你们楼里一批电脑，让他们通过网络和外界联络？"

马立克高兴地说："就这意思。"

老板在电话里："你不是不知道，电脑这东西，用上三月，差不多就该淘汰了。"

马立克："我知道。可我们不会隔离三个月。对了老板，要是借不合适，你可以租啊，收租金总可以吧？"

老板在电话里火刺刺地说："可以什么啊可以，你净出这馊主意。这要传出去，人家不骂我发国难财？这公司还不马上倒闭？"

马立克失望地说："那……您是不借了？"

老板在电话里说："马立克，你这个睡懒觉的毛病，这一隔离更厉害了吧？"

马立克："这和我睡懒觉什么关系？"

老板在电话里说："怎么没有？明天早上九点半，到你楼下门口去接电脑。"

马立克大叫一声，一屁股坐在椅子上，椅子向后翻过去，马立克滚落到地下。

7

这天晚上，电视屏幕出现《关注在顺家园》节目片头。

女主持人："各位观众，晚上好。从今天开始，我台推出一个新栏目——《关注在顺家园》，这个节目，是关于一座楼的故事。前天,这座楼还是我市成千上万栋普通居民楼中的一座,从昨天开始,它吸引了全市居民关注的目光——因为楼内发现一名非典患者,这座楼被整体隔离,而在这座楼里,居住着整整一百户居民。"

镜头出现早上那位女记者拍摄的画面:

刘一平接受记者采访:"在顺家园的居民们为了全市人民的安全健康,牺牲了自己的自由,市委、市政府向他们表示慰问和敬意。市委、市政府号召全市居民关注在顺家园,向他们表达自己的一份爱心……"

镜头画面出现在不同的居民家,大家都在看电视——

一位老太太的家里,老太太看到自己出现在电视上,忙招呼家人:"哎,哎,你们看啊,还有我哩。天哪,早说拍电视我换件衣服呀。"

女儿过来:"妈,你还怪上镜哩。"

老太太很不满地说:"这记者也是的,俺向刘书记表态的时候他不拍,咋专拍俺想不通的时候呢?这叫别人说俺啥觉悟啊?"

田林成家里,张亚丽张大眼睛在电视上找着。当看到自己和田林成正在和警察纠缠的镜头,忙喊:"林成,林成,快过来,咱也上电视了。"

田林成过来,看了一眼,骂起来:"妈的,上一回电视,还是在和警察打架!"

王贵生坐在电视前,当看到自己正在和刘一平交谈的镜头,便微笑着摸起电话:"小刘,你给班子里的人打电话,让他们看电视。"

高大平在窦康的帮助下,正拉着那两个吊环练习,左手总是用不上劲,软绵绵地搭在那里。

窦康一边帮他一边回头看电视,突然发现正在播出的节目与在顺家园有关。

窦康:"高老头,看啊,在播这儿的事哩。"

高大平:"啊?快,快把我扶到沙发上去。"

窦康吃力地把高大平背到沙发上,没放好,高大平不知道被什么硌了一下。

高大平:"哎哟,你想硌死我啊。"从屁股下面抽出个药瓶来。

窦康:"你这个老头,越来越难侍候。"

高大平看着电视叫了起来:"小窦,小窦,你看看,你在电视里头哩。"

窦康吓了一跳,抬头一看,果然自己在里面伸头探脑的。

高大平回头看看他,高兴地说:"小窦,行啊你,上电视了。"

窦康却吓坏了:"我的娘,我咋没看见拍电视的对着我呢?天哪,这要是叫她看见,不就麻烦了吗?"

高大平:"你咋不想想要是叫警察看见了呢?"

刘一平坐在沙发上,电视开着,但显然他的心思不在电视上,在想着什么。

夫人进来,小声地说:"吃饭吧,温了好几遍了。"

刘一平:"我现在吃不下,只想喝水,你给我再倒点水来。"

夫人犹豫了一下:"大可从北京打回电话,他们中财是重灾区,发现了好几个非典,学校不上课了,他想回来。"

刘一平:"他们班上有吗?"

夫人:"问题就在这儿。他们班上一个男生染上了,宿舍就和大可隔壁。"

刘一平:"啊?大可没事吧?"

夫人声音有点抖:"现在是没事,可谁敢保以后没事?他们宿舍的人已经跑光了。他给我来过几次电话了,我都没答应。可我实在是怕。"

刘一平不说话。

夫人:"能不能派辆车,把大可接回来?哪怕是不回咱家,把他送回老家,跟他奶奶过几天。"

刘一平仍然不说话。

夫人恳求地看着他。

刘一平慢慢地吐出两个字:"不行。"

夫人:"一平。"

刘一平:"这个问题咱们不要再讨论了,行吗?市中医院配了些防非典的中药汤剂,也不知道管不管用,你去买点给他寄过去,叫他天天往家里打一个电话。好了,你去帮我倒点水来吧。"

夫人没再说什么,走了。

刘一平拿起电话拨号。

电话接通了。电话里传来王贵生的声音:"喂?"

刘一平:"是我,刘一平。贵生同志,还没休息?"

王贵生在电话里说:"哦,刘书记。我还没,没,没睡呢。刘书记也还没休息?"

刘一平:"楼里情况怎么样?"

王贵生在电话里说:"挺好的。刘书记,一切都正常。"

刘一平:"贵生同志,楼内居民还有没有与那名非典患者有过密切接触的?"

王贵生在电话里说:"没了,我配合医务人员了解过了。"

刘一平:"都了解过了?"

王贵生在电话里答道:"逐门逐户。"

刘一平:"那就好。如果有过密切接触史的,隔离措施还要更严一些。谢谢你们的工作。贵生同志,你刚来,就被隔离了,局里的工作一定会受影响吧?"

王贵生顿了一下,在电话里试探地说:"刘书记,我正想有个机会向您汇报一下。您知道,我是局里的一把手,我不在,局里抗非典工作以及其他正常工作都受到极大的影响。我……我在想……"

刘一平一下子打断了他的话:"贵生同志,不要再说了,你的意思我明白了。现在,你不要再考虑局里的工作,你现在惟一的任务就是把在顺家园的工作做好,保证楼内居民情绪安定和身体健康。至于隔离过后你的工作以及其他情况,市里领导会考虑。"

王贵生在电话里赶快说:"是,是,我知道。"

刘一平:"贵生同志,我听说,你是从农村出来的?"

王贵生在电话里说:"是,我出生在农村,在农村长大,大学毕业后又长期在农村工作。"

刘一平:"贵生同志,我相信你能走到今天的地位,一定曾经付出过许多的艰苦和努力。现在的情况,是党对你的新的考验。贵生同志,我不想瞒你,现在市政府压力很大。现在我市已经有了两名非典病人,群众人心惶惶,社会上谣言四起。在顺家园作为我市第一个被整体隔离的居民区,受到全市的关注。在顺家园的情况如何,对全市的抗非典工作有直接的影响。在楼里的党员干部就你一个,市委、市政府希望你能在这个时候发挥一个党员干部的中流砥柱作用,全力做好群众工作,保证楼内的安定,为市政府分忧。希望你能经受住这次考验,这对你以后的任用提拔,对你以后的工作都是大有好处的。"

王贵生明白了,在电话里大声地说:"刘书记,我知道,我也是这样想的。我一定努力工作,绝不辜负领导对我的期望。刘书记,我经过调查研究才知道,这座楼原来和A座共一个居委会,居委会成员基本上都在 A 座,所以这座楼里没有组织。我觉得这种状况对楼里居民的抗非典和安定情绪都不利。所以,我也没请示领导,就自作主张在楼里成立了抗非典领导小组,我自任组长。我们今天召开了第一次会议,大家纷纷表示在这个时候要为国分忧,为政府分忧,团结一致,共渡难关。我们还研究了好多条具体措施。"

刘一平:"谢谢你。市委和市政府都谢谢你啦。有什么情况,你及时向市里反映。"

王贵生在电话里干脆地说:"是,我知道了刘书记,我一定努力工作,让领导放心。"

刘一平把电话挂了。

第六章

1

夜很深了。王贵生在家里端着电话想着什么,想了一会儿,开始拨号。

王贵生脸上浮出亲热的笑容:"娘。娘,我是贵生啊,您老还没睡吧。"

娘在电话里说:"没,没呢,等你的电话呢。"

王贵生:"娘,刚才,我们市委书记给我来电话了。"

娘在电话里惊喜地问:"真的?这么大的官给你打电话?"

王贵生:"娘,在这座楼里我的职务最高,他当然有事要和我联系了。"

娘在电话里嘱咐:"贵生,人家领导对你这么器重,你可好好干啊。你是个穷孩子,干活别惜力。"

王贵生:"娘,可是,我局里那帮人,他们趁我没办法去上班,在后面捣鬼。我总担心那边的事儿。"

娘在电话里不解地说:"这些人,咋这么不地道哩?"

王贵生:"娘,官场上的事,你不知道,复杂着哩。不把我弄下来,他们怎么能上去?"

娘在电话里说:"贵生,老话说得好,林子里飞着两只鸟,不如手里握着一只鸟。外面的事儿,你够不着,不如塌下心来干这边的。你干得怎么样,领导眼里看着哩。"

王贵生:"可是,我还是有点担心。我刚来这个地方,人生地不熟,万一他们给我使手脚,我也没办法。"

娘停了片刻,在电话里说:"贵生,你出不来了,是不是?你要和领导说一说,人家能让你出来不?"

王贵生:"恐怕不能。要硬出来,怕是要犯错误。"

娘在电话里说:"那,你就别想了。够不着的事,想破了头也白搭。白搭的事,想它干啥?"

王贵生:"我懂了。我听您的。娘,无论我长多大,走多远,都是您老在教育着我。"

娘在电话里说:"你啊,你这个孩子啊。"

王贵生:"娘,娘,您老可多保重啊,等我这边一切都安顿好了,我把您接城里来,跟着儿享福。"

娘在电话里说:"我才不去哩。娘是乡里人,娘就是在乡里气喘得舒坦。别在这儿和娘说话了,挂了吧。领导这么器重你,你可得给领导争气啊。挂了吧,挂了吧,咱娘俩说话的机会有。"

王贵生:"哎,我挂了,娘。"

王贵生又拨电话:"小刘?局里情况怎么样?"

小刘在电话里说着。

王贵生:"小刘,我想开了,让他们折腾去吧。他们不让你靠边,你不靠。他们要你干什么,你答应。你只替我长着眼记着就行了。人哪,得把眼光放远点儿,不计较一时一地的得失。你年轻,学着点儿。"

高大平在吃力地拉吊环,窦康一边帮他,一边心神不定地回头看着电视。

窦康手一松,高大平的左手掉下来,人也瘫倒在床上。

高大平:"你干吗?"

窦康:"我得给她打个电话,她现在该下班了。"

高大平:"这么晚才下班啊?"

窦康气恨恨地说:"她那个老板娘对她可狠呢,天天晚上得到十来点,有时候客人吃到下一点,她就得到下一点。"

高大平:"她干吗?"

窦康:"在饭店打工。"

高大平:"那下班是晚。快打吧。"

窦康拨号,没人接。

窦康:"还没下班。"

高大平:"不会啊,闹非典呢,谁还会在饭店吃到这么晚?"

他这么一说,窦康也不安起来:"那她会到哪里呢?"

素素站在区政府门口,正和保安磨着想进去。

素素:"就让我进去问问吧,他两天没回家了呀。"

保安:"不告诉你了吗?这儿没一个叫陈建设的人。"

素素:"不会,他天天到这儿上班的,我亲眼见过好几回。就让我进去问问吧。"

保安粗暴地说:"快走吧,快走吧。哼,不知道他是怎么骗你的呢。"

素素低下头走了。

在顺家园一楼的走廊里,几个孩子在打闹嬉戏。

陈老师从楼梯口进来,很高兴地看着,冲其中一个孩子招了招手:"伟伟,伟伟。"

叫伟伟的男孩跑过来:"陈老师。"

陈老师喜爱地摸摸他的头:"伟伟,怎么不去陈老师家学琴了?"

伟伟:"我妈妈不让去了。"

陈老师:"为什么呀?"

伟伟:"因为非典。"

陈老师:"非典和我们有什么关系呀。走,咱们去弹琴,咱们弹莫扎特。"

伟伟:"我去和妈妈说一声。"说着跑到一家门口敲着门,同时大声喊:"妈妈,妈妈。"

一个女人出来。

伟伟:"妈妈,陈老师叫我去弹琴。"

女人这才看到陈老师,勉强笑着:"陈老师,什么时候了还弹琴?算了吧。"

陈老师恳求地说:"晚上才是理解音乐的最好时光。就让伟伟去吧。"

女人:"不行陈老师,这不是别的事儿,这个时候怎么能上你们那层楼呢?"

陈老师不明白地问:"我们那层楼?我们那层楼怎么啦?"

女人:"非典不就在你们那层吗?"

陈老师大吃一惊:"什么?我们那儿?谁家?"

女人:"不就是702袁园家吗?"

陈老师:"袁园家得了非典?袁园家谁?"

女人:"你真不知道?袁园的妈妈呀。"

陈老师:"袁园妈得了非典?得非典的是袁园妈?"

女人:"你不知道啊?就是袁园妈。这不,袁园也被送进医院观察去了。这个时候孩子怎么能再上那儿去呢?谢谢您了陈老师,俺孩子不学琴了。"

女人把伟伟拉进家门,门随着关上。

陈老师呆在那儿,突然一转身,慌慌张张进了楼梯间。

2

陈老师的家里,顾真正坐在客厅里打电话,晓青房间里也传出晓青打电话的声音。陈老师一开门进来。

顾真:"不,这是我们的底价,再也不能让步了。你们不要被他吓住,他这个人做生意的风格我太熟悉了。"

陈老师慌张地说:"顾真……"

顾真不耐烦地看他一眼,示意他不要说话。

顾真:"这样,明天你们安排个人带他出去玩一天,招待得好一点。你们把他那位马小姐留下……"

陈老师去了晓青的房间。

晓青:"主任,换丁非不对吧?这节目从头到尾都是我一手做的。"

陈老师怯怯地站在那儿看着晓青。

晓青:"主任,我知道是不得已,可您为我想想,我忙活了将近一个月,总不能就这样……"

陈老师:"青青……"

晓青示意不让他说话:"主任,这样好不好?明天我再去找一下,看看能不能让我出去,如果实在出不去,那么也得保留我编导的名字,而且要第一位。毕竟前面的工作都是我做的嘛。行吧主任?"

陈老师:"青青。"

晓青不耐烦地说:"爸,求你,别说话。"

不知电话里在说着什么。晓青:"主任,凭什么他要排第一位啊?这不公平。"

电话里又说了几句什么,挂了。晓青不敢相信地看着手里的电话,气愤地丢在了床上。

陈老师:"青青。"

晓青一下子发作起来:"爸爸,您让我清静一下好不好?求您了。"一边说着,一边大哭着倒在床上。

顾真闻声进来:"怎么啦怎么啦?青青有事,你在这儿干什么?"

陈老师手足无措地说:"我……我……"

顾真:"你这人可真是的,走到哪儿都多余。快回自己房间去吧。"说着走到床前:"青青,你这孩子也是,多大点儿事啊。你妈在商场上,遇到的挫折不知道有多少,这点事儿算什么呀?"

晓青:"妈,这机会是我的,本来就是我的。"

顾真:"那你就再夺回来。他们怎么夺走的,你就怎么夺回来。"

陈老师看着她们，悄悄退了出去，回到自己的房间。

陈老师坐在琴前，轻轻地弹起来，是一曲轻柔的曲子。

门突然被推开了，顾真探进头，严厉地说："你干吗呢？不嫌烦吗？别弹了！"

说完人就不见了。

陈老师低下头，发出一声深深的叹息，站起来出去了。

陈老师来到王贵生家的门口，敲了敲门，门开了，王贵生出现在门里。

王贵生："您找谁？"

陈老师怯怯地问："是王局长吗？"

王贵生："是我。"

陈老师："我看楼下贴的通知，您是楼里抗非典领导小组的组长。"

王贵生："是。您有事？"

陈老师："我也是七楼的，我姓陈。有件事，我……我……"

王贵生："什么事？能告诉我吗？"

陈老师："我……我很怕。"

王贵生："怕非典？陈先生，不用怕，市委、市政府……"

陈老师："不，不是，是我女儿……"

王贵生吃了一惊："你女儿怎么啦？发烧了？"

陈老师："不不不，她没有，她很好。可是……她接触过袁园妈，咱们楼上得了非典的不就是袁园妈吗？"

王贵生吃了一惊："什么？

陈老师："在方老师出差回来的时候，我女儿到她家去过，后来方老师去了医院，我女儿还到她家去过好多次。方老师家的袁园是跳芭蕾舞的，我女儿在电视台，一直想让袁园参加她筹备的一台节目，所以……"

王贵生顿时紧张起来,不由得左右看看。

王贵生:"这事别人知道吗?"

陈老师:"不知道。王局长,您说,我女儿她不会……"

王贵生沉吟着。

陈老师:"王局长,您看这事要不要对上边说?我真怕一说就把我女儿带走了,可我又怕万一……"

王贵生安慰地笑笑:"你女儿没什么异常反应吧?"

陈老师:"没有。她一向很健康,我觉得她不会传上。"

王贵生:"就是啊。陈老师,您就这一个女儿吧?"

陈老师的声音有点抖:"就这一个。她是我的命根子,如果她万一有个好歹,我恐怕也……"

王贵生:"你看看,你想哪儿去了?我看,她肯定不会得。那个患者的女儿到现在也没查出来呀。陈老师,我这是为您着想,如果一旦报告上去,你女儿肯定要被带到医院里隔离。"

陈老师:"我怕,我就是怕这个。可我又觉得,我也不能只为自己想,我还得为楼里其他居民想想。"

王贵生:"陈老师,您想得真周到。这样吧,我的意见,先不要上报,你们一家在家里隔离,不要再出门了,怎么样?我这可全是为您女儿着想啊。多漂亮的女儿,万一送到医院里,可是容易发生交叉感染的。"

陈老师感激地说:"王局长,谢谢您。"

王贵生:"您同意?"

陈老师一迭声地说:"同意,同意。唉,我这心里坠着块石头,和您说了我心里轻松多了。"

王贵生:"那咱就按您的意见办。另外,陈老师,这事可一定保密啊,要是叫楼里其他居民知道了,可是容易出事的。"

陈老师:"我知道,我知道,我谁也不说。谢谢您,我走了。"

陈老师走了。王贵生回来,在表上找了找,找到了陈老师的名字,在下面画了一条线。

这时,晓青已经安静下来了,在电脑前写着东西。
陈老师推门进来,站在门口,怯怯地看着女儿。
晓青匆匆看他一眼:"爸,还不休息?爸,妈说得对,这点事儿打不倒我,就算这一回他们把我的成功夺走了,下一回我也能再夺回来。我在准备策划下一台文艺节目——抗击非典胜利后总得有庆祝活动吧?我为那时候做准备。"
陈老师过来,小心地说:"青青。"
晓青:"嗯?"
陈老师:"你……你没事儿吧?没哪儿不舒服吧?"
晓青奇怪地问:"爸爸,您在说什么呀?"
陈老师:"你可一定得注意健康啊。你今天还没量体温吧?人家要求天天量呢。来,给你。"递上一根体温表。
晓青:"爸,我忙死了,您就别添乱了。"

陈老师恳求地说:"青青,量量吧,量量吧。"
晓青无奈地停下,接过体温表。陈老师在她身旁坐下。
晓青奇怪地问:"您在这儿坐着干什么?"
陈老师:"我守着你,守着你量。你量吧,就当我不在。"
晓青无奈而感动地看着他。

3

睡觉的时候到了。大力家的床已经收拾好了,栋栋的衣服脱了一半,正坐在床上哭。大力手忙脚乱地哄孩子。
大力:"别哭了好孩子,男子汉大丈夫,哪有成天哭的?我知道你想你妈妈,说实话,不光你想,连我都想她。可是有什么办法呢?她暂时回不来,咱们暂时出不去,这是个现实,你得接受它。"

栋栋更大声音地哭起来,闹着要妈妈。

大力:"天哪,人为什么要生孩子啊?栋栋,爸爸变个大老虎给你看好不好?"

栋栋停下好奇地等着。

大力把头钻到被子底下,嘴里啊呜啊呜地叫着,在里面拱来拱去,栋栋奇怪地看着。

大力突然把头从里面伸出来,做出一副鬼样,啊地叫了一声。

栋栋吓得一哆嗦,大哭起来。

大力气急败坏地打了自己一下,去拨电话。

大力:"关机,关机。你心里到底还有没有这个家?"只好回来抱起栋栋:"好孩子,你要是再哭,我就……我就……"

栋栋在他怀里奇怪地等着。

大力:"我就也哭啦。"

栋栋继续哭起来。

大力的面孔,比哭还难看。

大力:"天哪,你快回来,快回来吧。"

邹烨和另外一个大夫全副武装地站在一个患者跟前,低声商量着什么。患者是一个四十多岁的男人,眼巴巴地看着他们。

患者:"大夫,我是吗?"

邹烨和大夫继续说着。

患者哭起来:"大夫,您可把实话告诉我,万一得了那个病,我可就完了。我一家老小就指着我呢。"

隔着眼镜,可以看到邹烨微笑着:"您不要怕。依我的看法,您不是,您很可能就是一般的重症肺炎。"

患者:"我不信。我从来没得过肺炎,早不得晚不得,为什么偏偏这个时候……"

邹烨:"您瞧,您总是这样自己吓自己,这样对您的康复是不利的,您一家人可是等着您健康地回去呢。您既然病了,就安心地躺在这儿,其他的,交给我们,好吗?"

患者:"您能把我治好吗?"

邹烨肯定地说:"能。睡一会儿吧。护士,给他吸上氧。"说着和那大夫欲走。

患者在后面看着:"大夫您上哪?"

另一大夫:"邹大夫已经上了十四个小时的班了,该下班了。"

患者:"大夫您别走,万一我有什么情况。"

邹烨回身:"我不走。我就在后面的楼上休息。如果有情况,护士随时会给我电话的。放心睡吧,明天早上见。"

患者看着她,安定下来,顺从地躺下了。

邹烨出去了。

这是一间集体宿舍,屋里两张床。桌上摆着一盒饭,邹烨疲惫地坐在桌前,一个护士正给她倒水。

护士:"邹大夫,你快吃吧,十来个小时了。"

邹烨:"我不想吃,有点恶心。我就是想喝水。"

护士赶快把一大缸水递过来:"快喝吧,喝完了多少吃点儿。我得上班去了。"

邹烨:"一定把隔离服穿好,一点也马虎不得啊。"

护士做着出门前的准备:"知道了。邹大夫,你不给家里打电话啊?还不知道怎么挂着哩。"

邹烨看看放在床头的手机:"打。"她却不动。

护士奇怪地看看:"怎么不打呀?"

邹烨支吾:"等会儿。"

护士明白了,笑着:"我走了,你打吧。对了,邹大夫,睡觉的时候把门关好。这层楼就住咱俩了,其他的人都调走了。"

邹烨:"都调走了?"

护士:"是啊,不是隔离吗?"

护士走了,邹烨走到门前,打开门向外看,长长的走廊一片漆黑。

栋栋总算睡了,大力也半死不活地倒在栋栋身边。

电话突然响起,大力赶紧抓起电话。

大力:"邹烨?"突然想起栋栋,捂住自己的嘴,小声说:"小声点儿,小声点儿,小祖宗刚睡着。"

邹烨失望地在电话里说:"栋栋睡着了?"

大力:"睡着了,谢天谢地,差点儿把我折磨疯。邹烨,你怎么样?"

邹烨在电话里说:"还好。"

大力:"邹烨,这对头吗?我隔离了,你也隔离了,这也太不公平吧?你和你们医院里说说,能不能把你调个地方,咱们全家不能全在抗击非典第一线吧?"

电话里不说话。

大力:"邹烨?"

停了一会儿,电话里又传来邹烨的声音:"没事儿。大力,你和栋栋还好?"

大力:"还好。邹烨,先别说别的,先把要紧的说了,能和你通上电话不容易。告诉我,早上应该给栋栋吃什么?"

邹烨在电话里问:"你们今天早上吃的什么?"

大力:"不瞒你说,我们都没吃。栋栋尿了床,我只顾忙活床了。"

邹烨在电话里叹了一声,说:"天。给他喝一包牛奶,蒸一个蛋羹,注意,蒸蛋羹的时候要少放盐,孩子吃盐多了不好。"

大力手忙脚乱地扯过一张纸:"你等等,你等等,我记一下。天哪,笔呢?邹烨,咱家的笔放在哪儿?"

邹烨在电话里说:"左边那个抽屉里。对了,你记足彩的笔呢?"

大力:"我哪知道?好了,找到了。说吧,蒸蛋羹?邹烨,你难为我,我哪会蒸什么蛋羹?要不,我煮个蛋,让他凑合着吃吧。"

邹烨在电话里苦笑道:"也行啊。就怕他不吃。他吃惯了蛋羹的。"

大力:"好吧,蛋羹就蛋羹。怎么蒸?"

邹烨在电话里说:"你把蛋打到碗里,一个蛋一个半蛋的水,少放点盐。"

大力:"多少是少?一勺?半勺?"

邹烨在电话里说:"你要把孩子咸死啊?这样吧,你蒸的时候别放盐,吃的时候一点一点往里放,可以尝着点。"

大力:"好吧,我知道了。那我呢?我早上吃什么?"

邹烨在电话里笑了:"你平时吃什么?"

大力:"我哪知道?都是你准备的。"

邹烨在电话里仔细地讲着:"冰箱里有面包片,有果酱。你可以自己煎两只蛋。你喜欢吃老一点的。"

大力认真地记着:"老一点的。好的,知道了。"

邹烨不放心地在电话里说:"可中午饭和晚饭怎么办呢?你是无论如何也做不好的。"

大力:"不要紧,政府提供盒饭。"

邹烨仍然不放心,在电话里问:"那栋栋怎么办?总不能也吃盒饭吧?"

大力:"就让他锻炼一下吧。嘿,告诉你,今天的盒饭他还吃得挺欢呢。"

邹烨在电话中叮嘱:"大力,夜里记着叫栋栋起来尿尿。"

大力:"邹烨,他怎么突然就尿开了床了?以前不记得他尿啊。"

邹烨在电话里提醒："以前我上夜班的时候，他不都在幼儿园吗？你得叫他，一点左右。你若不叫他，说不好他就会尿床。"

大力："哪有这种事啊？我们夜里都不起夜他为什么要起？"

邹烨在电话里笑了："你定好表。"

大力："好吧好吧。"认真地在纸上记下："还有吗？"

邹烨在电话里说："你多喂他一点水，春天了，孩子爱上火。夜里一定别让他蹬被子……"

大力逐条在纸上记着。

电话里突然没了动静。

大力："没了？"

仍然没动静。

大力："邹烨？"

电话里沉默了好长时间，才传来邹烨的声音："大力，他怎么睡这么早啊？我真想听听他。"

大力："邹烨，你等等，你等等。"

大力放下电话，去床上摇栋栋："栋栋，栋栋，快醒醒。妈妈，是妈妈，妈妈要听你说话。"

栋栋不醒，大力更用力地摇着："栋栋，好栋栋，求你，醒醒。"

栋栋醒了，放声大哭起来。

大力抱起栋栋，把电话塞到他张大的嘴旁，大声地说："邹烨，你听，栋栋在这儿，栋栋在这儿呢。栋栋，再大点声哭，叫你妈听见。"

邹烨在电话中说："大力，你可真是的。栋栋，栋栋，是妈妈。"

栋栋听到了妈妈的呼唤，停止了哭泣，奇怪地看着电话。

大力:"栋栋,和妈妈说话呀,说,妈妈等着呢。"

栋栋对电话:"妈妈。"

邹烨在电话里笑了:"大力,你多傻,好不容易才把他哄睡。"

大力:"我愿意,我愿意。"

栋栋在电话里,一面响亮地哭着,一面叫着妈妈……

大力拿着那张纸,很严肃地看着,拿枝笔逐条推敲。又拿起闹钟,定在一点上。

电话响了。

大力迫不及待地拿起电话:"邹烨,我忘了问你,一个半蛋的水是什么意思?"

电话里一个男声:"大力,什么一个半蛋的水?"

大力:"韩鹏,你小子啊。我以为是我老婆呢。"

韩鹏在电话里说:"就知道老婆呀。你小子想偷懒啊,这下好了,十四天不用上班了。"

大力:"韩鹏,别开玩笑了。又是足彩的事?哥们儿,顾不上了。我隔离了,老婆在医院也隔离了,哪还有心思?"

韩鹏在电话里说:"不是足彩。你没看今天晚上的《关注在顺家园》?新闻部那帮小子可抢了风头了。部主任让我找你,说部里给你捎进一台机器去,让你在里面对楼里的情况做现场报道。"

大力:"我?那哪行?我就是摄像,拍还行,可没编导我拍什么?"

韩鹏在电话里说:"你串一回编导呗。"

大力:"我?我哪行?"

韩鹏在电话里说:"你咋不行?哥们儿,说不定就这一回,你就真成编导了。试试。"

大力想着:"我行?"突然想起来了:"对了,文艺部的陈晓青就住在我们这个楼上,她是编导,我拉她一起做。"

韩鹏在电话里说:"瞧瞧,全了。拜托了啊,明天一早我就把机器给你送过去。再见。"

电话挂了，大力起身出去。

4

陈老师家里，灯光柔和。顾真在那儿打电话，看样子诸事不顺，正在对着电话发脾气。

顾真："人家不敢出来吃饭就不请了？你们长着什么脑子啊？请的方式只有吃饭这一种？他不是怕非典吗？你把他请到高尔夫球场去，让他去打高尔夫他还怕吗？我告诉你，他可是我们的大主顾，要是这笔生意谈不成，我看你们明年吃什么。"她愤愤地挂上电话，拿出一盒名片，像洗扑克牌一样在里面找着。

陈老师从厨房里出来，端了两碗中药，把一碗放在茶几上。

陈老师："吃药吧。"

顾真很不耐烦地说："好好的吃什么药啊？你怕死别靠近我们。"

陈老师没说话，端着另一碗去了里屋。

晓青正伏在电脑前写着。

陈老师进了屋："青青，起来，把药喝了。"

晓青："我不喝！"

陈老师恳求地说："喝吧青青，这是医生让喝的。"

晓青："爸，别烦我好不好？"

陈老师没说话，坐在她床边悲哀地看着她。

晓青发现没动静，觉得不对，转过头来，看到父亲可怜的样子，叹口气，站起来，端过了碗，一口气喝进去。

陈老师小声地说："谢谢你。"

晓青同情地说："爸，我妈心烦，您别招惹她。"

外面门铃响，陈老师起身出去，并顺手关上了晓青的门。

顾真还在客厅里打电话，正火刺刺地和电话里的人说着什么。她看到陈老师出来，示意他去开门。

陈老师去开门，门外站着大力。

大力："对不起，陈晓青家是这儿吗？"

陈老师没回答，像做贼似的回头看了一眼，一闪身出去了，并把门也关上。

大力有点奇怪地看着陈老师。

陈老师夸张地挥着手，示意他后退一点："远一点，远一点。非典时期，最好说话的时候保持一定距离。"

大力往后退了几步："陈晓青家住这儿吗？"

陈老师客气地说："是这儿。您是……"

大力赔着笑："我是陈晓青的同事。我在专题部，她在文艺部。陈晓青在家吗？"

陈老师："您……找她有什么事吗？"

大力："是这样，刚才我接到台里电话，现在在顺家园是市里关注的焦点，台里希望我能在楼里做现场报道。我想，我是个摄像，陈晓青是编导，如果她能和我一起做的话……"

陈老师："对不起，她不能做。"

大力："怎么？"

陈老师："她没空。"

大力："现在……没空？"

陈老师显然也觉得这个借口说不过去："她……您知道，现在是非常时期，还是不要出门的好。"

大力："您怕传染？我觉得没那么邪乎吧？"

陈老师客气而坚决地说："对不起，她不能去。"

大力失望地说："那好吧。"转身要走。

陈老师："对不起，我还有句话。"

大力转回身。

陈老师:"如果……如果晓青找你,要求和你一起工作的话,请您拒绝她,好吗?"

大力瞧不起地上下打量着陈老师,片刻,鄙夷地说:"好吧,保命要紧。"转身走了。

陈老师在他鄙夷的话语中低下头,也转身回去。

陈老师进了门。顾真刚刚打完电话,一边扣电话,一边生气地说:"岂有此理!"一抬头:"刚才是谁?"

陈老师:"没谁,消毒的。"

顾真:"别让他们进。天下本无事,庸人自扰之。"说着又要拿电话。

陈老师:"顾真,你先别打,有件事……"

顾真还是一边看本子上的电话号码,一边拨号,顺口问:"什么事?"

陈老师:"我……我想,从明天开始,我想分餐。"

顾真没再拨,一抬头,鄙夷地看着他:"什么?分餐?怎么,怕我们娘俩传染你?"

陈老师低下头,没说话。

顾真一下子把电话摔了:"好啊,分啊,我们可以分得更清楚一点,我早就想这么做了,要不是为了青青……"

晓青从里屋出来:"又怎么啦?又怎么啦?爸,你能不能不惹我妈生气?妈,你和我爸说话态度能不能好一点?"

顾真:"青青,你来说说,这非典还没闹起来呢,他先想到他自己了,要求和我们分餐。"

陈老师:"不是和你们,是我们一家三口。"

顾真:"哼,什么三口?还不是在想你自己?好吧,分,从明天开始,我和青青的东西,再不许你动!"

晓青:"妈!"

顾真停下。

晓青:"我真受不了你们了。妈,你如果真和爸过不下去了,想离婚就离吧。反正爸爸老了,以后跟着我过就是了。过去,你总说是为了我,我现在已经长大了。你们这样算怎么回事?"

顾真生气地流起泪来:"晓青,你真不懂事,我是为了谁啊?我这么多年过的什么日子啊?在外头忙死,回到家来又这样。"

晓青:"谁让你这样的?你们这样有什么好处?你痛苦,爸爸也痛苦,我看着也痛苦。何必呢!"

顾真瞧不起地看了陈老师一眼:"他痛苦?哼!"

陈老师在她的目光下低下了头。

晓青:"爸,别提什么分餐了,啊?"

陈老师站起来往里走,一边走一边又回头对顾真说:"就这样吧,从明天开始分餐。"

顾真目瞪口呆,对晓青:"你看看他,你看看他,你能受得了这种人吗?"

陈老师回到自己的房间,坐在琴前,两只手无限爱意地在琴上抚着,终于忍不住弹起来。

门开了,进来的是晓青。

晓青努力压低了声音:"爸,您怎么回事啊?您一定要把我妈逼疯吗?"

陈老师长叹一声,不弹了。晓青走了出去。

陈老师呆了片刻,两手在虚空中弹起来,开始很舒缓,后来越来越热烈,越来越忘情。

他突然停下来,定定地看着琴键。

他下定了决心,过去把门锁上,回来,果敢地弹起来。

有人推门,陈老师不理,继续弹。

顾真喊道:"你干什么呢?烦不烦啊?闲得无聊早睡觉!"

陈老师不理,继续弹着。

晓青也不高兴地说:"爸,别弹了,妈有心思,你就别添乱了。"

陈老师继续弹。

客厅里,顾真和晓青面面相觑。

顾真:"你看看他这个人。"

晓青:"妈,爸就这么一个爱好,你就让他弹吧。"

顾真无奈地被晓青拉开。

琴声变得轻柔,如流水般流淌着……

5

倪虹靠在阳台上,听着外面的琴声。

小玉从卧室出来:"姐,别老在外面站着,晚上有点凉,这个时候感冒了可不是好玩的。"

倪虹:"小玉,你听这琴声,真美。成天和音乐打交道,还真没听过这么美的琴声。"

小玉:"姐平常整天忙来忙去的,什么时候能静下心来听听琴啊!"

门铃响了。

小玉:"又是那个女人来了。"

倪虹:"去看看,要是她,就说我睡了,不让她进来。"

倪虹躲了一下,把自己躲在阳台的暗影里,小玉过去打开门。

李立站在门口:"巧云在吗?"

小玉还没回答,倪虹已从阳台走了过来:"李立,是你。快进来!"

李立进来了,站在屋当中打量了一下房间,微笑着:"还那样,一点没变。"

倪虹:"是啊,我一进来,也好像觉得时光一下子倒流回去了。"

李立已经发现了问题:"你看看这屋里的电线走的,那时候的人过日子真不讲究,哪天我来帮你弄弄。"

倪虹笑起来:"李立,你还是老样子,总想修理修理这个世界。这么多年了,也没见你把世界修好啊。"

李立不好意思地笑了:"看见了别扭。"

倪虹:"坐吧。你爱人没一起来?"

李立:"我叫她一起来,可是她说……她说不大好,催我自己过来,说这房子好几年没人住了,你乍一回来,让我来看看有啥需要帮忙的不。"

倪虹一愣,明白了,轻轻笑起来:"哦,谢谢她了,我什么也不需要。坐呀!"

李立坐下。倪虹打量着他,李立被她看得有点不好意思了。

小玉在一旁偷眼打量着二人。

倪虹:"李立,你还是老样子,一点没变。"

李立站起来:"我改天拿了我的电工包再来吧……"

小玉突然热情地说:"李先生,坐,坐呀。我姐不操心不知道,这屋子好几年不住人,是七漏烟八漏气的,幸好李先生过来。"

李立:"哪儿?让我看看。"

小玉:"您先坐。今天天晚了,敲这敲那的人家有意见,明天吧,明天我请李先生过来行不?"

李立:"也行啊。我是学电力的,电工钳工的活都不在话下,平时左邻右舍谁家有事总请我帮忙的,你也不用客气。"

小玉:"李先生,您坐,我弄点喝的给李先生。"

李立:"我不啦……"

小玉:"您坐,您坐,我弄去啦。"一边说着一边就进了厨房。

李立和倪虹对面坐着,李立有点尴尬,倪虹则一直笑嘻嘻地看着他。

李立低声地问:"你……还好吧?"

倪虹："还用问么？"

李立："哦，我真傻。"

倪虹："你呢？"

李立："也很好。当然，和你不一样……但我觉得，也很好。"

倪虹："你妻子很漂亮的。"

李立笑起来："漂亮什么呀？一般人吧。年龄小，人情世故都不懂，啥事都得依赖我。我有时候觉得，我好像有俩孩子似的，一个是我儿子，一个是她。"

倪虹微微笑着，没说话。

李立一提到老婆孩子就有点刹不住车："我父母也嫌她不懂事，我倒不觉得。人要那么聪明干什么？懂那么多人情世故干什么？单纯有单纯的好处。重要的是两个人有感情，有了感情看什么都好。"

倪虹脸一抽，冷淡起来，点着支烟，懒懒地抽着。

李立惊讶地说："你怎么抽开烟了？你过去不抽呀。"

倪虹哼了一声："过去？你认识我的时候我才多大？"

李立一愣。

倪虹拖着长音："物是人非了。"

李立关切地说："巧云，别抽烟，抽烟对你身体不好。再说，你还唱歌，抽烟不坏嗓子吗？"

倪虹低声地说："谢谢你。"她继续抽。

李立突然觉察到什么，小心地问："还是一个人过？"

倪虹不客气地说："你问这干什么？"

李立："对不起。"

两人沉默。

李立突然站起来："巧云，那根线搭拉下来了，我先把它弄上去再说。"

倪虹："算了，住不了几天的。"

李立："看着难受。"一边说，一边拉过桌子，又搬椅子

摞上，又拿个小板凳放椅子上，爬了上去。

倪虹过去扶着："小心啊。"

李立不说话，很专心地修理着。

小玉一直站在厨房里，注意地听着客厅的动静。这时，听不到说话声了，便端了两杯水出来。

她看到李立站在上面，倪虹在下面扶着，李立正在整上面的电线。两人一个在上面修，一个在下面看，看上去十分和谐。

倪虹："你小心点儿。你这个人可真是的，就是眼里见不得活。"

小玉偷眼看着，眼里透着机灵。

李立跳下来："先这样吧，回头我拿了工具来再说。"

倪虹点头："好的。"

李立："有事打电话，我的电话没变。时候不早了，我要走了。再见。"

小玉："哎，李先生，留下电话好吗？有需要帮忙的事我好找你。"

李立："巧云那儿有。"

小玉看倪虹，倪虹说："我……我没带来。"

李立明白了："我可真是的，什么号码啊巧云也会留着？2956789。再见。"李立走了。

小玉殷勤地送到门口："李先生走啊？再见。明天再来啊。"

小玉关上门，笑着叫道："姐！"

倪虹："你怎么对他这样？他是你什么人啊？"

小玉回来，坐在倪虹身边："姐，你实话告诉我，你和这位李先生，过去是不是有过一段？"

倪虹："什么一段不一段的。"

小玉："真的，你们俩是不是好过？"

倪虹："和他？"

小玉："他怎么啦？姐，我看李先生人挺好的，人本分，能干，长得也漂亮。最主要的，像个男人，能当个依靠。比那些追你的男人强多了。"

倪虹："小玉，亏你想得出。"

小玉："我咋想不出？姐，你想想，你现在还缺什么？不就缺个爱你的男人吗？你要这男人的什么？要名？你有了；要钱，你也有了。你要的，不就是他真心疼你、爱你，让你能当个依靠吗？我看这李先生行。"

倪虹："小玉，你明明听到，人家是有家的，连孩子都有了。"

小玉："那怕什么？不就是多出点钱吗？到时候，不行，我去找他老婆谈。"

倪虹："小玉，你可真是疯了。"

小玉："姐，我是为你好。我虽然是姐花钱雇来的小保姆，可姐这几年没亏待我，我跟了姐几年，也真心喜欢姐。看着姐孤零零的一个人，我替姐着急。姐，这一回你可真不能错过了。"一边说着，声音居然抖了。

倪虹感动地看着她，没说话。

小玉："李先生还没忘了你。我看出来了，他没忘。你自己瞧见了，他以为你还会把他的电话留着哩。"

倪虹："可我早忘了他了。"

小玉："那是外面那些人和事把你迷住了。你仔细想想，你真把他忘了吗？真忘了吗？"

倪虹没说话，凝神想着。

钢琴仍然如水般响着……

6

在顺家园楼门前，赵所长仰头听着钢琴声。他感叹地对身边的一个小警察说："你看人家这生活过的，多艺术。唉，等着我也送俺闺女去学琴去,长大了不能和她爹似的,浑身上下一颗艺术细胞也没有了。"

小警察咻咻地笑起来。

赵所长二话不说在他头上敲了一下:"咋,瞧不起我?"

小警察:"所长,上回看见人家字写得好,你还说送你闺女去学书法哩。"

赵所长:"矛盾吗?不矛盾。俺闺女又学琴,又学书法,又学电脑,又学画画。俺闺女聪明着哩。"

小警察笑得更欢了。

一警官过来:"老赵,你下班吧。嫂子怕是早等急了。"

赵所长站起来:"你来了?好吧,我走。棉大衣捎过来了吗?夜里冷。"

警官:"捎来了。在车上呢。你快走吧。"

赵所长答应着向汽车走去。

突然有个声音:"赵大爷。"

赵所长循声望去,看到柱子在暗影处站着。

赵所长过去:"哟,又想你赵大爷来了?这么晚了不在家里睡觉跑这来干什么?不怕传染非典啦?"

柱子:"赵大爷,你……你咋把俺的饭碗砸了呢?"

赵所长:"是我砸的吗?是我砸的还是你不愿端了?你自己说说看。"

柱子:"赵大爷,你不让我工作了,我可是又重走邪路了。我重走邪路我可不管。"

赵所长:"你不管?是不该你管了,你走了邪路就该我管了。怎么,又想进局子吃不花钱的饭去了?"

柱子:"不是那意思。赵大爷,我不是不想干,就是这非典传染太厉害。万一我传上了……"

赵所长:"柱子,你看看,你看看这楼上,里面住着一百户居民呢。你再看看这楼门口,为了这座楼上的居民,有多少人跟着忙活。刘书记今天的电视讲话看了不?小年轻,得有点觉悟,有点爱国心。古话说什么来着?国家兴亡,匹夫有责。现在国家遇上事儿,这还没让你上前线呢,你就趴下了?今天的垃圾是所里的警察收的,也没见传染啊,咱们的防护措施严着哩,怎么,就传染你自己?你长得漂亮?"

柱子:"这样吧赵大爷,垃圾我还接着收,可工钱,你得帮我说说,得给我长。"

赵所长:"你咋这么会讲条件呢?"

柱子理直气壮地说:"该讲的时候就得讲。我在里面的时候你给我讲过,得知道维护自己的合法权利。"

赵所长:"好吧好吧,算我当初多说了话。这样,小柱子,明天你二话不说,先来收垃圾,长工钱的事,我去帮你说。"

柱子:"帮不行,你得打保票。"

赵所长在他脑袋上猛敲一下:"保你个头啊。快回家吧。"

赵所长回到家时,家里人都睡了,屋里关着灯。赵所长开门,蹑手蹑脚地进屋,先到闺女那屋门口站住,伸长了脖子往里看。

床上的妻子翻了个身,睡眼惺忪地小声说:"看啥?闺女早睡了。"

赵所长:"看看蹬被了不。"说着绕过来,趴到妻子脸上狠狠地亲了一口。

妻子含混不清地说:"讨厌。"

赵所长讨了便宜一样笑起来,欲去洗手间,电话突然响了。

赵所长拿起电话:"是我。什么?什么?噢,知道了,我这就到。"扣了电话,穿上刚刚脱掉的警服。

妻子:"又有事?"

赵所长:"辖区里有案子。我走了。"

妻子:"完事儿早回来。"
赵所长开门出去,接着传来汽车发动的声音。

素素和赵所长以及小王对面坐着。素素看上去疲惫不堪,像只受了伤害的小动物,让人爱怜。
赵所长:"吃饭了没?"
素素无言地摇头。
赵所长对小王:"我办公室还有方便面,给她冲一碗。"
素素:"我不吃,吃不下。"
赵所长:"你放心,现在的年轻人,十天八天不着家也是经常的事,你别太担心。"
素素突然哭起来:"他出事了,他一定是出事了,我有感觉。所长,求求你,帮我找找吧。"
赵所长:"你不说他在区政府吗?没去问问他领导?"
素素:"我……我……"
赵所长:"什么?"
素素:"我问过了,他们说没这么个人。"
赵所长和小王意味深长地互相看看。
素素发现了,急忙说:"可我保证是那个保安弄错了,他真的在那儿上班,我送过他好几回,亲眼看到他进了那个院子。"
赵所长:"你有他的照片吗?"
素素:"有,在家里。"
赵所长站起来:"这样吧,咱们去你家看看,行吗?"

这是大杂院里一间在别人山墙上接出来的小屋,也就六七个平方,屋里除了一床一桌几乎就没了别的,但小屋收拾得干净利索。
灯光一亮,照亮了屋里的一切,素素领赵所长和小王进来。

素素:"就这儿。"

小王突然啊了一声,赵所长猛地一拉他。

小王看到的是桌上一幅照片,照片上是窦康和素素,一对年轻人坐在一片绿草地上亲昵而开心地笑着,素素很信赖地把头搁在窦康的肩上。

赵所长:"这就是你男朋友吗?"

素素:"是他。"

赵所长:"他叫什么?"

素素:"陈建设。"

小王轻笑了一声,赵所长一声轻咳把他制止了。

赵所长拿着那幅照片反复看着。

赵所长:"你们怎么认识的?"

素素现出少女的羞涩:"我们……我们算得上一见钟情。"

赵所长认真地听着。

素素:"你们知道了,我在饭店打工,他有时候上我们那儿吃饭。我们老板娘对我可狠了,一件事做不好,张嘴就骂……"

小王同情地看着素素。

素素:"你说,你一个人在外面,举目无亲,老板对你又不好,你想要什么?有个人同情你,关心你,这还不够吗?再说,他那个人聪明,见多识广,什么事都知道。我不高兴的时候,只要听他说话就会高兴起来。"

赵所长心想,真是个单纯的姑娘,单纯得可爱。

素素:"我在这城里,一个人都没有。我家里对我也不好,他就是我惟一的亲人了。"

赵所长和小王都没说话。

素素含泪抬头:"所长,如果他再出了事,我也活不下去了。求求你们,找找他吧。"

赵所长叹了口气:"素素姑娘,他出不了事,我敢向你

保证。你呀,不要四处找了,你想想,如果你们的感情像你说的一样,他能不给你电话吗?说不定,你找他的时候,他打进来过电话呢。你就在家里等着吧,我们一定帮你找,这样行吗?"

素素:"行。那太谢谢您了。"

赵所长像长兄一样看着她:"你呀,你可真是太年轻了。晚上关好门。小王,我们走吧。"

两人走,素素送到门口,赵所长走到门外,又倒回来,检查了一下门闩。

赵所长:"还行。一定关好门啊。"

素素感激地看着他。

第七章

1

赵所长和小王出了素素住的大杂院。一辆警车停在门口,赵所长和小王上了车。赵所长长叹一声。

小王:"所长,你为啥不告诉她?"

赵所长:"告诉她什么?她爱上的人是个小偷?已经几进宫了?你看看那姑娘,那照片,你忍心吗?"

小王:"可她不知道岂不被那坏小子骗得更惨?"

赵所长:"不一定,这种事,我有经验。依我看,窦康这小子这回遇上个好姑娘,他们是真爱上了。窦康有福了。"

小王:"那你说窦康上哪去了?说不定又去偷了吧?"

赵所长:"不能让他再偷了,为了这姑娘也不能让他再偷了。小王,把窦康的照片找出来,冲几份给大家,都注意着他点儿。走吧。"

车开走了。

这是高大平的家。高大平睡在床上,窦康在地下打了一个地铺。两人睡不着,正在聊天。

窦康:"我们是一见钟情。"

高大平:"一见钟情?"

窦康:"嗯。我看她在饭店挨骂可怜,挺同情她。有时候小声问她几句,有时候也就是冲她笑笑,她就……她就爱上了我。"

高大平:"真是个傻丫头。"

窦康:"可不。我说啥她都信。我拉天南海北的事,她听得眼都发直。她崇拜我,她总说,建设哥,你可真行啊!"

高大平:"她叫你什么?"

窦康发现说漏了嘴:"你管她叫我什么干什么?"
高大平:"你小子没骗人家吧?"
窦康:"你才骗人家呢!"
高大平:"小窦子,遇上这姑娘,是你的福气,你可得爱惜人家呀。"
窦康一下子坐起来:"不行,我还得打电话。高叔,我再用用电话行不?"
高大平:"给她?打吧,打吧。"
窦康拨号。
电话接通了,传来了素素的声音:"建设?"
窦康:"是我,建设。"
电话里,是素素的哭声:"建设,你上哪了?你这个人怎么这样啊?你一点也不知道疼我,我恨死你了。"
窦康双手紧握着电话,素素的哭声不断。
窦康不知道说什么,只一迭声地说:"素素,素素。"
高大平在后面惊讶地听着,看着。

素素在电话里问:"你到底上哪了?"
窦康:"对不起素素,我知道你急,我出差了,没来得及告诉你。唉,人在江湖,身不由己,领导派咱出差,咱还能跟领导说得先请示女朋友?"
高大平眼睛睁大了。
窦康:"我啊……说起来,我的任务不应该告诉你,可是……好吧,我就告诉你吧,我上了抗非典第一线了……什么?政府派出的督导组检查组?你在报上看到消息了?素素你可真关心国家大事。电话?素素,你知道我这个工作的性质,哪能成天给女朋友电话?我打过两次,你都不在家。说实在的,我们很忙,从昨天到现在我还没合过眼呢。这样吧,我给你联系,我会经常给你电话的。等着我素素,等战胜了非典我就胜利归来。对了素素,我不在的时候……"
电话一下子被高大平按住了。

窦康："咦，你干什么？"

高大平盯着他："小子，说，你怎么骗人家姑娘的？"

窦康："我骗她什么了？"

高大平："小子，你忘了我是干什么的了。你小子尾巴一撅，我就知道你要往哪飞。你是不是骗人家你是什么单位的干部，肩负着什么重要的使命？"

窦康："我怎么谈恋爱你管得着吗？"

高大平："我怎么管不着？我是警察，正管这一段。我告诉你，你这是诈骗！"

窦康振振有词地说："我怎么诈骗了？我现在不是在抗非典第一线？我是不是从昨天到现在没合过眼？我是不是不方便和她联系？"

高大平："你还有理了你。"说着去摸电话。

窦康："你要干什么？"

高大平："我要报案。"

窦康一下子按住他的手："不行！"

高大平："窦康，你可以挡住我一时，可不能总挡着我。除非你把我杀了，否则我早晚会报的。"

窦康气急败坏地说："不行，不能报！就是不能报！"喊着喊着，声音突然抖起来，头低下去。

高大平抬头看他，发现他居然哭了。

高大平："你怎么啦？"

窦康仇恨地说："我恨你，我恨你。怎么，就兴别人有家，有人疼，有人爱，就不许我找女朋友？我承认我对她说了谎，可是我要不说，她怎么会喜欢我？谁会喜欢一个五进宫的小偷啊。"

高大平听着，脸上现出怜悯的神情，往回抽抽手，窦康死死地按着。

高大平："松了呀！"

窦康："不行！"

高大平:"傻小子,我不报了。"

窦康不相信地看着他,把手松了。

窦康:"你不报了?"

高大平:"我说了不报了。"

窦康着急地问:"等解除隔离以后你也不报?"

高大平:"那得看你的表现。"

窦康:"我好好表现,我一定好好侍候你。"

高大平叹口气:"傻小子,你能骗人家一时,能骗人家一辈子?"

窦康低下头:"我也知道。可……可我实在不敢对她说实话。"

高大平怜悯地看着他:"小窦子,我听着这姑娘是个好女孩,你应该对得起人家啊。"

2

大力卧室里的闹钟,突然尖厉地响起来。

大力睡得迷迷糊糊,一下子爬起来,闭着眼就去摸孩子,一摸摸了个空,吓了一跳,睁开眼,发现孩子不知道什么时候滚到床下面去了,光着身子躺在地板上。

大力赶快把栋栋抱起来:"小爷,你这是捉的什么迷藏啊。"一边说着,一边把床底的尿盆踢出来,把栋栋尿尿。

栋栋仍然在睡着,大力吹着口哨引他,栋栋没反应。

大力:"尿,尿啊。你再不尿我可尿了。"一边说一边抖栋栋。栋栋被抖醒了,挺着身子哭起来。

大力:"别哭,好孩子,尿尿,尿尿。快尿啊。"

栋栋仍然哭着不肯尿。

大力无奈地把栋栋放下:"天哪,净诬陷栋栋,人家哪儿会尿床?"一边说着,一边把栋栋放床上,自己去了洗手间。

栋栋长出一口气,很舒服地在床上尿起来。

大力回来,突然看到栋栋的尿在空中画出的一条曲线,吓得喊了一声,一把把栋栋扯起来。栋栋吓得一哆嗦,不尿了,放声大哭起来。

大力:"天哪,天哪,哪有这种事情啊?别哭了,尿吧,尿吧,咱们自己的床,咱愿尿就尿,谁也管不着。"

栋栋仍然在大哭着……

清晨,栋栋还在睡着。大力从梦中醒来,显然觉得哪儿不对,爬起来,发现自己内衣后背全是湿的。

大力摸了一把,低头一看,栋栋又尿了,连他身子下面都尿湿了。

大力目瞪口呆地愣了片刻,一头又扑倒在床上,嘀咕着:"不怪我,你只说一点,没说以后的事。自己的床,愿尿就尿。"说完,又呼呼大睡。

天大亮了,大力才起床。他急忙穿好衣服,走进厨房。

牛奶在奶锅里烧着,那张纸放炉台上,大力端着碗,正朝着纸上的指示操作着。

大力:"一只蛋。"把一只蛋打在碗里。

大力:"一只半蛋的水。"拿着半个蛋壳左看右看,小心地接满水,倒进碗里,又接了一下,又接了一下。他很满意地说:"一只半蛋的水。接下来呢?用不用搅一搅?嗯,一定是要搅的。"拿根筷子搅起来,干得很带劲。

突然听见浆锅的声音,一回头,牛奶正欢快地从奶锅里溢出来。

大力赶快放下蛋碗去端奶锅,一下子烫了手,急忙把奶锅甩开,手又把蛋碗拨到了地下。

地下,蛋和奶洒成了一片。

大力哭笑不得地看着。

早餐就算做好了。大力叫醒了栋栋,并给孩子穿衣、洗脸。然后二人进了饭厅。

大力和栋栋对面坐着,大力正在喂栋栋吃饭。蛋羹居然蒸成了。大力一边看着那张纸,一边小心地往蛋羹里放盐,放一点,尝尝,再放一点,再尝尝。

栋栋吃惊地张大了眼睛看着他。

大力:"别看我,爸爸不是馋,是怕你咸着。"

一碗蛋羹已经被他尝进去了一半。

大力满意地说:"这回差不多了。来吧儿子。"把勺子给栋栋。

栋栋突然打了个喷嚏。

大力吓了一跳:"儿子,这个时候你可别来凑热闹啊。天哪,肯定是夜里冻着了。"说着跑进了卧室。

大力在屋里乱翻着,房间里被他翻得乱七八糟。

他终于找到了一盒大青叶口服液。

大力回到饭厅,把大青液剥开了口,对栋栋:"张开嘴。"

栋栋张开了嘴。

大力把一瓶药一下子倒进去。

栋栋被呛住了,一下子把药全喷出来,喷了大力一脸。

一脸药液的大力和栋栋对视着……

在顺家园楼外,黄色的隔离带在清晨的风中飘着。大门口值勤的警察正在交班,穿了防护服的小柱子把垃圾从楼里提出来,环卫工人穿着全套的隔离服,把垃圾提到密封的垃圾车上,另外两个消毒人员正在对楼门口消毒,一切都显得十分安详。

赵所长开车过来,下车。

一警察迎着他:"所长,来这么早啊?"

赵所长:"不来不放心。"

一位警官过来:"所长,你昨天夜里不是在所里吗?回家睡一觉去吧。"

赵所长:"算了吧,一会儿没事儿我上车上猫一会儿。老丁,窦康你还记得不?那个小偷。没听说他啥消息吧?"

老丁:"没啊。前一段碰到过,听说找到工作了,在什么单位当清洁工呢。怎么,又犯事了?"

赵所长:"不知道。他女朋友找他呢。哟,柱子,来上班了?"

柱子:"来了。赵大爷,我那事儿你可别忘了啊。"

赵所长:"知道,知道。好好干你的吧。"

田林成家的煤气灶上,放着个锅,锅里翻滚着满满一锅猪下货。田林成在那儿照料着,张亚丽从洗手间里出来。

张亚丽:"再煮就烂了。"

田林成愁眉苦脸地说:"那有啥办法?再不回回锅就臭了。"他下决心地说:"无论如何今天非把这锅下货卖了不可。"

张亚丽听到外面有动静,隔着后阳台窗户向外一看:"哎,送菜的来了,赶快去,抢点新鲜的。"说着就跑出去了。

张亚丽从家里出来,突然看到楼门里贴了一张告示,停下看着。

告示内容:各位居民,为组织楼内居民抗击非典,共渡难关,我们倡议成立在顺家园抗非典领导小组。在此非常时刻,我们决定当仁不让,主动承担起这份责任。抗击非典,人人有责,我们希望有更多的志愿者加入我们的队伍。有愿意在此非常时期义务从事楼内公共事务者,请与701王贵生联系。

张亚丽看了看,跑出去。

在顺家园楼外很热闹,副食店的工作人员送来了一包包青菜,上面写着各家的名字,值班人员接过菜,再把菜一份份摆到楼门口的台阶上。一位老师带着几个孩子,在隔离带上系着千纸鹤,有两个青年正和警察纠缠着,要求当青年志愿者……

张亚丽出来,二话不说就去扒拉那些成包的青菜。

一值班人员叫住她:"哎,哎,别动手,防止交叉感染。"

张亚丽撇撇嘴:"你听听,好像俺是非典似的。"

值班人员:"你叫什么名字?订菜了吗?"

张亚丽:"订什么呀?不是政府送的吗?"

值班人员:"那就没你的。政府提供盒饭,这是不想吃盒饭的楼内居民委托我们向超市订的。"

张亚丽这才罢了休,嘀咕着:"放着不花钱的饭还自己订,有钱烧的。"说完回去了。

两辆汽车开过来,车上装满了电脑,车身上挂着"神龙网络公司关注在顺家园"的横幅。汽车在楼门口停下,一个三十几岁的男人从车上跳下来,他就是马立克的老板。

另一辆车开过来,男女记者从车上下来,一下车就对着电脑公司的车和老板拍起来。

老板看看表:"咦,这小子,怎么还没下来?"

值班人员过来:"干什么的?"

老板:"我们神龙网络公司关注着在顺家园的居民,向他们提供了三十台电脑,供他们在隔离期间上网使用。你等等。"掏出电话拨着。

……

马立克家的电话突然响起。

睡梦中的马立克听到电话响,闭着眼摸起电话:"喂?"一个激灵跳起来:"老板,您已经到啦?我马上下去,这就下去。"放下电话,狠狠地打了自己一下,胡乱往身上套着衣服就往外跑,突然又拐回来,拨电话。

马立克:"左老师,我们公司提供了三十台电脑,已经拉来了,就在楼下。"摔下电话,跑了出去。

这时,老板正在接受记者采访:"我们认为,抗击非典是全社会的事,当然也就是我们神龙网络公司的事。在这个非常时期,人们尽可能地避免直接接触,而网络正给大家提供了另外一条更直接、更快捷又避免直接接触的渠道。我们神龙公司将对全市居民提供最优质的服务,保证在非常时期信息的通畅。"

马立克从楼里冲出来,老远就冲老板招着手:"老板,我来了!"

老板看看他,不由得皱眉。马立克衣着不整,鞋带也没来得及系,最引人注目的是衣服扣子扣错了,就那样一边长一边短地搭在那儿。摄像记者把镜头转向马立克,老板巧妙地过去挡住了,继续说:"这批电脑,是供在顺家园居民上网使用的。我们公司将为在顺家园居民无偿提供被隔离期间的网络服务……"

老板一边说,一边忙里偷闲地对马立克横眉竖眼:"整整你的衣服!"

马立克这才发现衣服不对,赶快重新系好。

老板指着马立克对记者说:"这是我们神龙公司的技术人员,同时又是在顺家园的居民。他将代表我们公司在楼里进行电脑的安装、网络接入和维护调试工作。"

女记者把话筒隔着隔离带指向马立克:"你好。请问楼里居民现在状况如何?你们通过什么渠道获得外界的信息?"

马立克吓了一跳:"问我?"回过头求救地到处看,没看到可以帮他的人。

老板咳了一声。

马立克回过头,挺挺胸,一本正经地说:"我们现在情况很好,大家情绪很快安定下来了。信息?现代社会获取信息的渠道有多种啊。比如我们公司提供这些电脑以后,我们楼上的网络将会成为我们互相沟通和与外界沟通的主要渠道。"

老板赞赏地笑了。

王贵生从楼里出来,看到马立克正在接受采访,便走了过来。

记者已经结束了采访,老板对马立克:"我们进不去,发动你们楼内居民来搬吧。"

王贵生上去,对记者:"慢着,我有几句话说。"

记者赶快把镜头对准他。

王贵生:"我是在顺家园抗非典领导小组组长。我代表楼内居民,感谢党和政府以及社会各界对在顺家园的关切。我们有信心在党的领导下,在社会各界的大力支持下战胜非典!我特别要对……"对老板小声地问:"什么公司?"

老板赶快提醒:"神龙,神龙。"

王贵生:"我特别要对神龙公司的大力支持表示感谢。谢谢你们。"

不知什么时候,田林成和张亚丽站在了旁边。

张亚丽:"俺家没电脑,给俺一台。"说着就要搬。

王贵生:"不要动。由抗非典领导小组研究分配方案。"

田林成怀疑地问:"不要钱?白给的?"

马立克:"不是给,我们公司借给居民使用的。"

田林成:"还得要回去啊?那俺不要了。还得花电费。"

张亚丽一捅他:"死脑筋,先用上再说。"

大力从外面进来,肩上扛着摄像机,对王贵生:"王局长,我们台里给我送来了一台摄像机,以后楼里的情况我们可以及时向外面报道了。"

王贵生看着摄像机,眼睛一亮。

3

在顺家园楼顶天台,聚集着很多人。

马立克很神气地对身边的人说:"这还不简单?一个电话的事儿。不管怎么说,我在公司里也是技术骨干啊。"

高个儿青年笑着:"又吹,又吹。"

马立克:"你不吹你打个电话弄三十台电脑来试试。"

大力端着机器拍着,一边拍一边对着镜头说着:"四月二十三日,在顺家园自救会召开了第二次会议。他叫马立克,网名流氓兔。"

王贵生看看大力,咳了一声。大力仍然把镜头对着马立克。

大力:"他所在的神龙电脑公司为在顺家园居民提供了三十台上网电脑。"

王贵生:"我们开会了。"又看着大力咳了一声。

大力仍然没反应,一个青年踢了他一下,大力看看王贵生,明白过来,把镜头对准他。

王贵生:"我们开会了。今天咱们商量一下这三十台电脑的分配问题。我看……"

马立克突然笑了起来。

王贵生皱着眉:"马立克同志,严肃一点,开会呢。"

马立克看着手机,笑得几乎要倒了:"怎么严肃?怎么严肃?你们听听啊——世界卫生组织今天宣布最新科研结果:戴胸罩也不能预防非典,最好的防护措施是,无论男女,一律裸露上身。"

高个儿青年:"我这儿也有一条逗的——非典的几种死法:戴口罩闷死;喝中药毒死;同事染病被吓死;出差疫区回家亲朋躲避郁闷而死;被误诊瞎治治死;散布流言被骂死;公共场合打喷嚏被扁(打)死。"

众人大笑。王贵生生气地皱着眉。

王贵生咳嗽一声,大家终于静下来。

王贵生:"我们得把情况了解一下,看看有多少居民家里没电脑。另外,安装电脑和上网的工作谁来干?"

高个儿青年:"那当然是流氓兔了。"

马立克活跃地说:"对了,我有个想法,我回头给我们老板电话,建议在网上给咱们开辟一个专门的BBS,大家通过BBS交流。另外我再申请一个聊天室,大家到聊天室聊天。"

大力:"你们老板能听你的吗?"

马立克很神气地说:"哼,我在我们公司那也是重量级的人物。三十台电脑,还不就是我一句话?不过,我得做这个BBS的版主。"

王贵生看他一眼,

马立克心虚地赶快解释:"没啥权力,就是删个帖,踢个人啥的。"

矮个儿青年:"你还想要啥权力啊?没人和你争。"

高个儿青年:"未必我们在顺家园BBS的版主是流氓兔吧?"

王贵生:"这名字不行,这名字无论如何不行。这叫外界说我们在顺家园什么?"

马立克:"王局长,这不过是个网名,是搞笑的。"

王贵生:"这可不是搞笑的事。这名字不能用。要想当版主,另起一个。"

马立克为难地想着,突然高兴得跳起来:"巴顿将军!"

大楼外,隔离黄带在风中飘动着,带子上系着鲜花、中国结和千纸鹤。

赵所长和其他人在楼外值勤……

楼内的走廊里,一个志愿者站在一家门口,正把蔬菜和生活杂品送给家庭主妇。

另一个志愿者在另一家门口做着同样的事情……

一楼门口,挂出了一块黑板,上面写着防非典注意事项,在下面写着一条非典笑话:

"起来,不愿被感染的人们,把我们的金钱铸成我们抗非典的长城。中华民族到了最危险的时刻,每个人被迫着发出最大的吼声:封门、封楼、封城!"

几个居民看着读着,哈哈大笑。

一条走廊里,穿着隔离服、戴着口罩的大力扛着机器,跟在同样装束的马立克后面拍着,一边拍一边录着自己的话:

"四月二十四日,星期四。在顺家园的居民在经过了最初的忙乱以后,已经镇静了下来。他们组织起来,积极自救,每个人都在灾难降临时发挥出最大的潜能。比如我面前这位小伙子,网上的名字叫巴顿将军。他正在为没有电脑的居民安装电脑,使网络成为在顺家园居民与外界沟通的工具。"

他们走到一户居民门口,马立克在敲门前回过头来,对大力:"哈哈,大力哥,多拍拍我,说不定这一回我就成名人了。可惜戴着口罩呢。这样吧——"他摘下口罩对镜头一笑:"总得露一脸啊!"

离镜头太近了,脸变了形,大力看着笑了:"这镜头要播出去,估计天底下的女孩就没找你的了。快干你的活吧。光拍你?咱们那王局长还不把脸气歪了?"

马立克敲门,屋门打开,一个男人站在门口,热情地说:"来啦?"

马立克:"我们来装电脑和网线,今天下午你们就能上网了。"说着进去,男人在后面跟着。

男人:"我还不会上网呢咋办?"

马立克:"没问题,您只要有一只手掌和两根手指头就行。"

男人:"一只手掌两根手指头是啥意思啊?"

马立克:"手掌握鼠标,两根手指头击左右键。"

他们说着进去……

大力回到家。栋栋坐在地下玩着一大堆的积木,大力也趴在地下,扛着机器,费尽心思地逗着栋栋。

大力:"栋栋,抬头,好孩子,抬头,对你妈妈说几句话。"

栋栋抬头到处找妈妈。

大力:"这傻孩子,妈妈在这镜头里呢。"

栋栋跑过去,把脸趴在镜头上找着。

大力抬起头:"你呀,你可真是个小笨蛋啊。"

门铃响了。

大力扛着机器过去开门,门外,站着王贵生。

大力很意外:"王局长?"

王贵生笑吟吟地说:"怎么,不让我进去?"

大力这才醒过来,赶快让开:"哪能呢?欢迎欢迎。请进王局长。有什么事吗?其实,有事您打个电话就行。"

王贵生:"没事,过来看看。我听说你爱人在抗非典第一线呢,你又被隔离在这里面,家里一定有不少困难吧?"

大力:"没……没……"

王贵生看到栋栋,很亲热地抱起来:"这是你的儿子?真漂亮的孩子。"

大力禁不得别人夸孩子,很得意地笑了:"漂亮说不上,就是长得像个男孩子。"

王贵生:"你听听你说的,男孩不像男孩像什么?你这是干什么呢?"

大力嘿嘿笑着:"单位让我在这里面拍片子,我假公济私,把孩子和我的情况拍下来,等将来媳妇回来了,也让她看看。"

王贵生来了兴趣:"噢?都拍了什么?我看看行吗?"

大力:"就孩子胡闹的,没啥可看的。"

王贵生:"看看,看看。"

大力回放,王贵生凑上去看。

镜头里,栋栋坐在地下玩,很天真地大笑着。

栋栋:"妈妈,爸爸是个大坏蛋……"

大力的声音在画外:"栋栋,不许这么说。"

栋栋咯咯笑了:"妈妈,爸爸可笨啦,他把牛奶煮到地上去啦。对啦妈妈,爸爸的手可真臭死了,他说他的彩……彩……彩什么来爸爸?"

大力的声音在画外:"彩票。小笨蛋。"

栋栋:"你才小笨蛋。妈妈,爸爸的手天下第一臭,他说他的彩票又玩完了。"

大力的脸堵到镜头上来:"老婆,别听他的,不过是没中,也没赔。"

王贵生看着:"大力,你还买彩票呢?"

大力趁机赶快把机器关上:"买着玩的。"

王贵生:"你打算把这些镜头怎么给你爱人?"

大力:"没办法给,我想留着,等她回来,就算个纪念吧。"

王贵生想着:"这样吧,你交给我,我想办法让你爱人现在就看到。"

大力大喜:"真的?那可真太谢谢您了。不会太麻烦吧?"

王贵生:"麻烦也是应该的。现在不是各行各业都在支援白衣战士吗?"

大力把录像带给他:"王局长,您看,我……"有些不好意思起来:"我这个人不大懂事,以前有什么不对的地方,王局长您可别太在意啊。"

王贵生大笑起来,拍拍他:"大力,你把我想成了什么?怎么样?孩子能找到人照顾吗?我想请你陪我在楼里走走。"

大力:"走什么?"

王贵生:"各家看看啊,看有什么困难没有,安定一下大家的情绪。"

大力:"我把孩子托到左老师家,交给周老师看着。王局长您等等,我马上回来。"说着抱着孩子出去。

王贵生脸上露出微笑,掏出手机拨着:"刘书记?我是王贵生。我有一个想法向您汇报一下。我手头有一盘录像带,是我这楼里一个青年拍的。他的妻子在人民医院,是一位战斗在抗非典第一线的白衣战士。她的儿子才两岁多,就丢在家里了。感人啊!这录像带,就是孩子的爸爸拍的孩子的镜头。我在想,如果……"

手机里,刘一平高兴地说:"好,好,你的想法很好。你马上把录像带捎出来,我给电视台交待一下。贵生同志,你做得很好嘛。"

大力回来了,王贵生拍拍他:"我们走吧。"

王贵生来到一户人家门口,亲切地询问着什么,家里的主妇向他表示着感谢。

大力在后面拍着。

王贵生又来到一位躺在病床上的老人面前,像儿子一样嘘寒问暖,老人感激地抹着眼泪。

大力不失时机地抢拍着这感人的镜头。

4

邹烨正在办公室做上班前的准备,刚刚穿上最里面一层隔离衣。

一个护士过来,神情显得很慌张:"邹大夫,您听说了吗?那天我们接的那个疑似病人已经确诊了,是非典。"

邹烨的手不由得轻轻一抖。

护士:"那时候我们都不知道,您说,我们不会……"

邹烨很坚定地说:"不会。小王,我们就是干这个的。赶快换衣服吧。"

邹烨继续一层层地往身上套着隔离衣。

这时,长长的走廊空无一人。邹烨穿着厚厚的隔离服,一个人静静地走过。她一直向前走着,身影显得很小,很小。

医院里看病的人已经很少了,一群穿着白大褂的人站在那儿,刘一平在尚雷陪同下正在医院视察,热情地跟大家逐一握手。医生护士们都戴着口罩,刘一平却没戴。

一个护士和他握手时把口罩摘下,刘一平像长辈一样:"戴上吧,戴上吧,要注意保护自己。"

护士戴上了,对他说:"刘书记,您也保护自己。"

刘一平点头,对大家:"我知道,今天我市第二例非典病例确诊了,我知道这会给你们很大的压力。全市人民都看着你们,全市人民的生命健康系在你们身上。拜托了。"

他向大家拱手致意。大家热烈鼓掌。

刘一平:"我要求你们全力以赴,我同时要求你们要保护好自己,你们的健康,是我们这场战斗能取得胜利的希望。"

他说得很动情,声音有点抖,几个护士的眼也湿了。

刘一平:"在和平年代,在瘟疫猖獗的时候,你们是最可爱的人。我知道你们之中有一位大夫,她义无反顾地走上了抗击非典第一线,丢下了两岁的儿子,而她的儿子和丈夫,现在也在在顺家园的隔离中。她在吗?"

有人回答:"邹大夫在上班呢。"

刘一平:"请代我向她问候,请她一定保重。另外,请转告她,今天晚上看市电视台《关注在顺家园》节目。"

当晚,邹烨一个人在宿舍里,急不可待地等待着,电视上正在播广告。

邹烨拨电话:"大力,到底电视上要播什么呀?"

电话里,大力笑着:"我也不知道,你看看就知道了呀。"

邹烨:"烦你。开始了,开始了!"

电视上,出现《关注在顺家园》片头。

女主持人:"各位观众,今天的在顺家园,我们向您讲述一个普通家庭的故事。故事的女主角,现在在市人民医院抗击非典第一线,故事的男主角和他们的孩子,则被隔离在在顺家园。故事开始得如此突然,那一天,妻子像平时一样去上班,接诊了一位非典疑似病人,从此就没再回家,而她的丈夫和儿子也因为在顺家园出现了我市首例非典患者被隔离在家里。这位妻子叫邹烨,她的儿子只有两岁。邹烨,您此刻在看我们的节目吗?您想念您的儿子和丈夫吗?现在,请您看下面的镜头——"

先传出栋栋天真烂漫的笑声,邹烨一下子把眼睛张大了。

电视里出现了栋栋。栋栋在地下玩积木,栋栋举着一个塑料玩具追着镜头追打,栋栋吃饭,吃得满脸都是。

邹烨看着,笑着,笑出了泪,电视画面模糊了,邹烨赶快擦干泪,又贪婪地看。

栋栋面对镜头,奶声奶气地喊:"妈妈,我想你啦。我和爸爸等你回来。"

大力的面孔贴上来:"是啊老婆,我和栋栋等着你呢。告诉你,蛋羹我会蒸了,牛奶煮得也不错。不过老婆呀,喊栋栋尿尿这件事你交待得可不怎么样啊,这不,昨天一晚上他尿床上两回。栋栋,画地图了是不是?"

栋栋推开爸爸自己扑到镜头前,笑得前仰后合:"妈妈,妈妈，爸爸撒谎，是他尿的，不是我。"

邹烨笑着哭着。

大力在家搂着栋栋，坐在地板上看电视。

大力："我的天呀，这一下好了，全市人民都知道你爸爸尿床了。"

栋栋拍着手笑起来："我爸爸是尿床大王，我爸爸是尿床大王。"

邹烨仍然坐在那儿贪婪地看着，笑着，哭着。

一阵急促的敲门声。

邹烨急忙擦擦泪站起来。

一护士进来："邹大夫，刚确诊的那个非典病人情况不好。"

邹烨连话也没说，跟着她就走了。

电视上，大力对着镜头："老婆，这回你放心了吧？好好干，保重自己，我和栋栋等你早回家。"

此刻，电视屏幕上，又出现了女主持人的身影。

女主持人："这位不称职的父亲名叫许大力，他不光是这个故事的男主角，还是电视台的一位记者。现在，请看我台记者许大力发自在顺家园楼内的报道。"

画面上出现大力在天台上拍摄的镜头。

许大力："各位观众，自从在顺家园被隔离以后，楼内居民立刻行动起来，互相帮助，守望相助，他们成立了紧急自救会，招募了青年志愿者。现在，他们正在在顺家园二十五层的天台上召开会议……"

5

王贵生坐在家里,两眼盯着电视屏幕。此刻电视上正出现他访贫问苦的镜头。

大力的解说:"在这个关键时刻,楼内的党员干部行动起来,积极开展工作,把党和政府的关怀带到了群众面前……"

王贵生看着,脸上现出微笑。

电话响了。王贵生拿起电话。

电话里,是一个熟悉的声音:"我是刘一平。"

王贵生赶快坐直了:"刘书记啊。刘书记,您还在忙着?"

刘一平在电话里说:"我正在看电视。贵生同志,你们做得很好。在这个时候,你们表现出了很高的觉悟和热情。有你们这种精神,非典是一定可以战胜的。"

王贵生:"是市委、市政府领导得好。刘书记,许大力一家的故事非常感人。谢谢您对他们的关心。他刚才给我打过电话,小伙子感动得哭了。"

刘一平在电话里说:"是吗?你把我的祝愿转达给他,告诉他,当我们战胜非典那一天,我去参加他们的家宴,庆祝他们一家团圆。"

王贵生:"我代表他们谢谢领导。谢谢您刘书记。"

刘一平在电话里关切地问:"这两天楼里怎么样?有什么情况吗?"

王贵生出现片刻的犹豫。

刘一平马上在电话里追问:"有情况吗?"

王贵生:"没有。大家的情绪慢慢安定了下来,我今天走访了十几家,情况都挺好的。刘书记,我打算在最近几天里,把楼里一百户居民家全部走访一遍,让每一户居民都知道，党和政府在关心着他们。"

刘一平在电话里高兴地说："嗯，很好。谢谢你。有什么情况和困难随时报告。"

王贵生："是，我知道。我一定会的。"

刘一平把电话挂了。

王贵生想着，又拿起电话拨号，电话接通了。

王贵生："娘。"

娘在电话里说："怎么今天这么早就来了电话？你的事儿完了？别耽误了工作啊。"

王贵生："娘，今天电视上播我了，可惜您那儿看不到了。"

娘惊喜地在电话里说："真的？那你领导能看到吧？"

王贵生："看到了。他看到以后给我打了电话，表扬我呢。"

娘在电话里说："贵生，人家越是看得起咱，咱越得挟尾巴，可别叫人家说咱不知道天高地厚啊。"

王贵生："我知道娘，我知道。我明天接着做。反正我一个人在这儿，什么也干不了。我就干这个了。"

晓青坐在客厅的沙发上，呆呆地看着电视上的镜头，突然喊起来："妈，妈！"

顾真从自己卧室里出来："什么事啊？喊什么？"

晓青："妈，你看，是楼上许大力拍的。我怎么没想起来呀？这事儿我也可以做啊。不行，我这就去找他，我和他一起做。"说着起身就要出门。

陈老师扎着围裙从厨房里出来，两手湿漉漉的，慌慌张张就来拦她。

陈老师："不行，青青，你不要去。"

顾真："为什么不去？这不是个挺好的机会吗？现在的青年真自私。说不定他是有意瞒着你的。"

晓青:"他不会。许大力那人挺厚道的。我去。"
陈老师挡住她:"青青,不要去。"
晓青:"为什么?"
陈老师也不解释,只是恳求着:"不要去,青青,别去。"
晓青:"爸,你怕非典时期,许大力不愿意和人接触?爸,不会的,许大力那人我知道,他不会在乎。"
顾真:"你爸哪是在乎人家?他是在乎他自己。怕青青带回非典来是不?"
陈老师不理她,对晓青恳求地说:"不要去吧,他还有一个小孩子呢。"
晓青:"好吧。"抓起电话就拨,陈老师在一旁担心地看着她。

晓青在打电话:"许大力?我是陈晓青。大力,你这家伙真不像话,做节目也不叫着我啊。我看你做的了,挺好的,不过就是解说词干巴了点儿。怎么样?咱们一起做怎么样?你来拍,我做编导。"

大力一边哄着孩子一边接电话。
大力:"对不起晓青,恐怕不行。"
晓青在电话里问:"为什么不行?"
大力:"我……我自己可以。"
晓青在电话里说:"我知道你可以,再加上一个人不是更好吗?我们一起做。我觉得这样的节目可以随机拍,但也应该有一个更好的策划。我在台里搞过好多策划了,你也知道的。加上我,节目会做得更好的。"
大力:"对不起,这……这不合适。"
晓青在电话里火了:"为什么不行?怕我抢你风头?这是什么时候了你还想这些?"
大力:"不是,真不是。"

晓青在电话里不解地问:"那是什么?"又放低了声音,恳求地说:"大力,咱们不在一个部,可我的情况你应该知道啊。我筹备了一台抗非典节目,一切都准备好了,咱们这儿被隔离了,好不容易创造出来的一个机会让给了别人。大力,我需要做这个节目,这关系到我的一生,让我和你一起做,我会有作用的。就算你帮我了,行吗?"

大力:"不行,真的不行。"

晓青在电话里提高了声音:"为什么?为什么不行?你告诉我。"

大力:"我不能说。"

晓青在电话里肯定地说:"不,一定是有原因的,你不是这样的人。告诉我为什么。"

大力:"你……"他犹豫起来。

晓青在电话里容不得大力犹豫,干脆地说:"告诉我!"

大力:"晓青,为什么不问问你爸爸?"

晓青猛地转头看自己的父亲。

陈老师猜到了电话的内容,吓了一跳,赶快别开了脸。

晓青对电话简单地说:"我知道了。"放下电话,看着父亲的背影。

晓青:"爸爸。"

陈老师回过头来慌张地一笑:"碗还没刷完。"说着就要走。

晓青大声地喊:"爸爸!"

陈老师停下。

晓青走到他面前:"爸爸,为什么许大力不同意我和他一起做节目?"

陈老师掩饰地一笑:"我哪知道?这个时候,大家可能都不愿意接触。"

晓青:"不,您知道,他让我问您。告诉我,他为什么不让我做?"

陈老师闭上了嘴,没回答。

顾真:"怎么,这事和你还有关系?你干什么了?"

陈老师仍然不说。

晓青声音抖了:"许大力是不是来找过我?昨天来了个人,您关上门在外面和他说话,那个人是不是许大力?"

顾真:"对,是有这么回事,回来我问他是谁,他说是消毒的。"

晓青:"他来叫我一起做节目,您把他回了对不对?爸爸您为什么要这样做?您不知道这是我的机会吗?"

顾真瞧不起地说:"还用说?他叫非典吓怕了,他只想着他自己。"

晓青不敢相信地盯着爸爸直摇头。

晓青:"爸爸,妈妈平常说您这个那个,我总替您辩护,可我真没想到您会这样。为了您的安全,您就要扼杀您女儿的前途?对不起。"说着要出门。

陈老师挡住她:"你上哪?"

晓青:"别拦我!我没话和您说。"

陈老师:"你要去找许大力?青青,这不行。"

晓青:"让开!"

陈老师仍然挡着:"青青,不能去。"

顾真:"你真可笑,你太可笑了。你这个人真是没法理喻。有你这样的父亲吗?"

晓青:"爸爸,您觉得您可以拦得住我吗?"说着一把推开他就要走。

陈老师在后面突然说:"晓青,我可能感染非典了。"

晓青一下子站住了。顾真也大吃一惊。

顾真:"你说什么?"

陈老师慌慌张张地说:"没什么,我不肯定,我只是说可能。"

顾真:"你怎么知道?"

陈老师张口结舌地说:"我……"

顾真:"说呀,你怎么知道?"

陈老师镇静下来:"在这儿被隔离的前一天,我因为嗓子疼去医院看病,和我一起看病的是一个发烧的病人。后来我听说,那个人被确诊为非典了。"

顾真:"真的?"

陈老师:"真的。"

顾真:"你看看你这个人,真是滑稽透顶,在这个时候,谁敢上医院看病啊?你有什么大不了的病非要到医院去看?这下好,你要是把非典带回家来可怎么办?"

陈老师小声说:"对不起。"

顾真:"我看你是没事儿闲的。真是的,我和青青成天忙里忙外,连喝口热水的空都没有,你坐在家里吃闲饭,还对自己知冷知热的。嗓子疼就往医院跑?我的咽炎多严重,我连药都顾不上吃,可你……你真是滑稽。"

晓青:"爸,所以您才要求分餐是吗?"

陈老师:"是。"

晓青:"所以您才不让我出去?"

陈老师:"是。那样不合适。"

晓青愣住。

顾真:"有什么不合适?你现在还不确定有没有感染,晓青就更没事了。现在大家都在关注在顺家园,如果晓青做了这个节目,对她的前途有多大好处啊!"

陈老师不理她,恳切地看着晓青:"晓青……"

晓青突然躲过他,冲进了自己房间,随着传出了哭声。

顾真:"你看看你干的好事。你替别人想得倒周全,你去医院的时候,怎么就不替我和青青想想?"

陈老师起身进去了。

晓青躺在床上痛哭着,陈老师站在门口,扒着门框,像个犯了错的孩子一样怯怯地看着她，不敢劝也不敢走。

顾真过来，离得他远远的："走开。"

陈老师低下头，像遭了打的孩子，回了自己房间。

顾真进去，柔声地说："青青。"

……

陈老师回到自己的房间，在琴前坐下来，双手举起，轻轻落下。

刚弹了几个音，外面传来顾真的喝声："老陈，让我们清静一点吧。"

陈老师长叹一声，停下，两手虚空慢慢地弹着。

隔壁，顾真和青青的对话清晰地传过来。

顾真："青青，别哭了，这不是世界末日。"

晓青："我不哭了。妈，你就叫我爸弹吧，他就这么点爱好。"

顾真："你就知道可怜他。他怎么就不可怜可怜我们？这世上还有比咱娘俩更让人可怜的吗？"

晓青："妈，好赖他也是我爸呀。"

顾真发出一声长长的叹息。

陈老师听着，两手在虚空里弹着。

6

陈经理和赵所长在物业管理处坐着。

陈经理："好我的赵所长哎，怪不得他叫你大爷，你替他想得可真周到。这话，你不该向我说，该向孙主任说，这个活是包给居委会的，和我这儿没关系了。"

赵所长："陈经理，情况我都知道，这不是非常时期吗？全社会都要做点贡献。你哪怕给他加上一百，也算你做了贡献了。"

陈经理："赵所长，你说话可真容易。这一闹非典，各行各业都受影响,我这儿也不例外呀。我现在能维持正常开支就不容易了,哪还有钱给他?"

赵所长:"陈经理,你别光叫苦,你受啥影响了?一闹非典,外来人口少了,居民们自觉注意卫生了,连小偷都歇业了,我看你还发财了呢。"

陈经理苦着脸:"赵所长,你可真会说话呀。"

孙主任进来:"赵所长。"

赵所长:"这不孙主任也来了。小柱子的事,你们看怎么办?他要求长工资。我看这个要求是合理的。人家北京现在一个护工一天就二百。"

孙主任:"赵所长,不是我说你,当初你们对他的改造还是不彻底。年轻轻的怎么干点活就讲价钱呢?他干的是北京护工那活吗?"

赵所长:"不管咋说,那楼里可能有非典病毒,他的工作有一定的危险性。非常时期,非常待遇,给他长点儿吧,啊?长点儿吧,看在我的面子上。"

孙主任:"那这话你给陈经理说,物业管理费是他们收的。"

陈经理:"孙主任,这话可不对了,我一个月付的可不是四百,我付的是六百,你一个清洁工身上就扣二百,现在还跟我要。"

孙主任:"咦,我们居委会工作也得有开销啊,这些清洁工不是我们替你们管着的?"

赵所长:"行了行了,别争了,这样吧,你们双方都各拿一点,行不行?孙主任,你是老党员了,市里的要求你也不是不知道,这也是支持抗非典斗争嘛。你想想,这个时候你主动给他加工资,小柱子还不感谢死你啊?以后他还会违法犯罪?"

孙主任:"那,好吧。我拿一百。"

赵所长:"别一百了,管理处不是一个清洁工给你们六百吗?你就权当这一个清洁工白管理了,把那二百全拿了吧。"

孙主任:"好吧。那我拿二百他也得拿二百。"

陈经理:"你拿二百我还拿什么?他什么人啊一个月挣八百?"

赵所长:"陈经理,二百吧二百吧。你也想想,在这个时候你对清洁工这么关怀,你的员工对你怎么说?以后还不死心塌地跟你干?"

陈经理笑了:"赵所长,我真服了你了,死人也能叫你说活。好吧,我也二百。不过这话可说到前头,这可是非常时期的非常政策,非典一过,立刻作废。"

赵所长高兴地说:"那还有什么可说的?我替小柱子谢谢你们了。对了,还有件事。"他掏出窦康的照片给他们看:"这个人没见过吧?"

傍晚,在顺家园楼外的一盏路灯下,赵所长正和小柱子交谈着。

小柱子:"所长,长一阵子,才长四百,人家北京一个护工……"

赵所长板着脸:"小柱子,你别踩着鼻子上脸了。你干的是北京护工的活吗?就打扫个卫生,一个月八百,你还想什么?多少人想干还干不上呢!"

小柱子:"那你咋不找别人干啊?你找别人啊,我正不想干呢!"

赵所长:"怎么,你真不干?"

小柱子嘴很硬地说:"不干。起码得一千。"

赵所长:"几天不见,你还成精了你。好吧,不干就不干,我找别人。"说着回头就走。他走了几步回头一看,小柱子居然也回头走了。

赵所长停下,气愤地说:"你停下!"

小柱子停下,一副很无赖的样子。

赵所长:"小柱子我告诉你,你不知道好歹。我为了你,舍下老脸去求陈经理和孙主任,你还挑肥拣瘦。好吧,你不干就不干,但是你记住了,在我管辖的范围内,你以后啥也别想干!你就往邪路上走去吧你!"

小柱子:"你有那么大权力?"

赵所长:"你看看我有没有!你看报上说了不?这个时候医务人员拒绝上前线的,一律开除,一辈子不许再从事医务工作。像你这样的,也得开除,一辈子也不给你工作干!"

小柱子被吓住了,犹豫着。

赵所长斜眼打量着他,哼了一声,说:"不是你老妈还病着吗?这回你有时间了,回家照顾她去吧。"

小柱子:"赵大爷。"

赵所长:"别大爷,喊亲爹也不行。"

小柱子:"再长点不行?哪怕长十块呢。"

赵所长笑了:"小柱子啊小柱子,我可服了你了。这样吧,你好好干,干好了,我从派出所里给你开奖金,这可行了吧?"

赵所长的手机响。

赵所长一边接电话,一边示意小柱子走:"什么?我知道了,我这就来。"

第八章

1

这天晚上,赵所长和几个警察正在派出所开会。

警察大刘:"我那一片一共有八百六十二名外地民工,这一闹非典,都闹着要走,咱们多方做工作,暂时稳住了。不过,我很担心,如果疫情进一步发展,麦收季节一到,咱再怎么堵恐怕也堵不住。"

赵所长:"唉,这事儿,咱得给政府反映。不能光这里做,他们家乡的工作也得做。那边要不让他们回去,咱就是不做工作他们也不走啊。是不是这个理儿?"

坐在门口的警察:"所长,有人找。"

赵所长一抬头,素素站在门口。

赵所长:"素素姑娘,你咋来了?男朋友有消息了?"

素素含羞地笑着:"所长,你教我的办法真好。我哪儿也没去找,他就来电话了。"

赵所长:"来电话了?他在哪儿呢?"

素素:"他跟着领导上抗非典第一线了。"

赵所长和几个心里有数的警察对视一眼,然后问:"抗非典第一线?哪个第一线?在哪儿呢?"

素素:"我也不知道,领导的事儿,不能随便说的。"

赵所长:"这保密性还挺强。素素姑娘,这不,闹非典呢,市里要求我们知道辖区里每一个人的下落。这样,下回窦康再来电话的时候……"

素素:"谁?"

赵所长醒过来:"我说你男朋友……他叫什么来着?"

素素:"陈建设。"

赵所长:"对,陈建设,你看我这脑子!陈建设再来电话的时候,你问问他到底在哪。他要说保密,你就说我问的,派出所大老赵问的,他就明白了。这行不?"

素素:"行。所长,我就把这个消息告诉您,我怕您为我着急。所长您忙着,我走了。"

赵所长:"一个人在家,关好门啊,路上小心点儿。"

素素答应着走了。

赵所长摇摇头:"还保密。"

小王:"所长,该把实话告诉她,你看他还要继续欺骗人家女孩呢。"

赵所长:"只要这姑娘把话捎到了,他知道派出所找他了,谅他也不敢作案了。对了,这里有照片。"他从本子里抽出窦康的照片,让大家看:"大家手里都有这照片了吧?注意着点儿。"

警察小马凑上来,端详着窦康的照片,左看右看的。

赵所长注意到他的目光:"你认识他?"

小马:"不认识。但我觉得面熟,好像在哪里见过。"

赵所长:"他叫咱们抓住过好几回,你可能在所里见过。"

小马:"肯定不是所里,就是最近这几天。"

赵所长:"噢?好好想想。"

小马努力想着:"想不起来了。"

赵所长:"唉,也难怪,人连轴转,连我的脑子都变成一盆糨糊了。你们辛苦了,赶快回去眯一会儿吧,明天还得到在顺家园值班。"

几个警察站起来。大刘问:"所长你还不回去?"

赵所长:"我给领导起草个报告。刚才说的那事儿,让领导给市里建议建议。"

警察们走了。赵所长在电脑上打着字,突然又抓起电话。

赵所长:"媳妇,还没睡啊?告诉你我今天可能又回不去了,你可把门关好了,就你娘俩在家,可不是好玩的。关好门啊,睡吧。"他用力地在电话上亲了一下,挂了。他又继续写起来。

2

马立克的家,桌上放着盒饭,盒饭扒了没几口,还放着一大瓶可乐。马立克坐在电脑前,神采飞扬,正在上网。

电脑屏幕上是在顺家园的聊天室,门楣上有"在顺家园欢迎您"的横幅。

马立克正在热火朝天地和许多人同时聊天。

一个叫盈盈的问:"巴顿将军,你们在里面的日子怎么过?"

马立克一边打字一边嘀咕着:"盈盈,盈盈,早知道我就叫令狐冲了。"他打出一行:"哈哈,如果不隔离,俺哪有这么多时间上网聊天?这叫塞翁失马,焉知非福?"

盈盈:"巴顿将军,你真豁达。"

一个叫王语嫣的问:"巴顿将军,你们在里面寂寞吗?"

马立克嘀咕:"天哪,此番又该叫段誉了。"他打出一行:"有你这样的女孩陪着,哪会寂寞?再说,寂寞是一种境界,人在寂寞中变得深刻。"

一个人进来,名字就叫十楼:"巴顿将军,人家都说下水道是非典的传染源,这个问题你们是不是向上面反映反映?"

马立克正忙着和王语嫣聊天:"你一定喜欢看《天龙八部》吧?告诉你我也喜欢。你喜欢王语嫣?我喜欢段誉。"

十楼不愿意了:"我说,巴顿将军,我不听说你是楼长吗?你不能假公济私,在这儿泡MM呀。"

盈盈迅速地打出一行字:"天哪,你是楼长?怪不得叫巴顿将军。"

马立克嘿嘿笑起来，飞快地打出："为人民服务。"

突然一个人进来，名字叫佘太君，一进来就打出一行字："马立克在这儿不？曾叫过流氓兔。"

十楼："巴顿将军就是马立克，也就是流氓兔，换句话说，巴顿将军就是流氓兔。"

盈盈："啊？巴顿将军是流氓兔？"

马立克气愤地说："这是谁啊？揭俺的老底？"对着佘太君打出一行："你是谁？"

佘太君："你是马立克？"

马立克熟练地操作命令，屏幕上出现一行：室主巴顿将军将佘太君踢出聊天室。

王语嫣："巴顿将军，你这样做不大合适吧？网络之上人人平等。"

马立克打出一行："这点小权力室主总是有的吧？"

佘太君又进来了："小克克，你想干什么？我是你妈。"

马立克吓得几乎从椅子上跌下来，一下子关上了页面。

电话铃响起来，马立克拿起电话。

电话里，老爸的声音："克克，你想干什么？我和你妈上网上看你，你咋把我们踢出来了？"

马立克："哎哟，好我的老爸哎，您多大岁数了还玩时髦？有你们这岁数上网的吗？"

老爸在电话里理直气壮地说："谁规定年纪大的不许上网？告诉你，你这是年龄歧视。"

马立克："天哪，几天不见，你们的学问怎么长这么快啊？怎么，打字也学会了？"

老爸在电话里得意地笑起来："有你姐呢。"

电脑上，一个 QQ 头像跳起来，马立克赶快对电话："爸，求求你，以后别进我们聊天室了行不？我在那儿是领导，你们进去就喊克克像什么话呀？这也不利于建立我的威信嘛。再见老爸，我有事。"

电话里还在喊着,马立克已经挂了电话,赶快打开QQ。

QQ上写着:"巴顿将军,快看留言板,市委刘书记在你们的留言板上发帖子了。"

马立克惊叫一声,赶快打开一个BBS,BBS的名字就叫在顺家园。上面已经发满了文章,果然有一篇署名刘一平的文章,题目叫《致在顺家园居民的公开信》。

马立克赶快摸起电话:"左老师,左老师,快看,快看啊,刘书记登陆我们的BBS了。"

左光接到马立克的电话后,一边在电脑上搜寻着,一边打电话给王贵生:"王局长,快看电脑,刘书记在我们的BBS上写文章了。我找到了,是致楼里居民的公开信。"

左光又给大力挂电话:"大力,快看电脑,刘书记贴了一封公开信。快,告诉楼内其他居民。"

王贵生放下左光的电话,便趴在电脑上,看刘一平的文章——

在顺家园的居民们:我是刘一平。很高兴看到在顺家园BBS的开通。我也是一位资深网民,网络,使我们市委、市政府又多了一条沟通群众的渠道。欢迎大家通过这种渠道向市委、市政府反映问题、提出建议,我会经常到这个地方来的。

为了全市抗击非典的大局,在顺家园的居民做出了特殊的牺牲。全市人民感谢你们,市委、市政府感谢你们。你们是新时期最可爱的人。作为市委书记,我想说的是,隔离,既是为了保护全市人民,也是为了保护你们。政府没有因为你们被隔离而忘掉你们。今天,市政府开会刚刚做出决定,进一步发动全市人民支持在顺家园。我们希望处于隔离中的你们,充分感受到全市人民对你们的关心和爱护,让你们充分感受到,在顺家园不是一个孤岛,它是我们全市人民抗击非典的最前线，它理应得到全市人民的尊敬和关心。

居民们，在被隔离的日子里，我希望各位保重身体，加强团结，互相关心，多看书，多上网，把精神生活和物质生活都搞得丰富多彩。我相信，被隔离的日子，将成为你们人生中最难忘的一段记忆。

大家有什么要求和建议，我希望在这儿提出来，市政府会充分考虑。

祝大家身体健康，精神愉快。

王贵生看完刘一平的文章，立刻打电话："刘书记？我看到了您在 BBS 上的公开信，我们通知全楼居民都看了，大家心情激动，纷纷表示感谢市领导的关心。我们在顺家园抗击非典领导小组马上开会，商量落实刘书记指示精神。刘书记请放心吧。"

王贵生挂上电话欲走，电话响了起来。

王贵生抓起电话，电话是刘秘书打来的："王局长，这两天局里的情况，我向您汇报一下，孙局长活动得很厉害……"

王贵生打断他的话："小刘，谢谢你。不用再说了，让他们活动去。我还有事，回头再给你电话。再见。"

王贵生挂上电话走了出去。

在顺家园楼顶天台，上次开会的人全到了。

马立克高兴坏了，正手舞足蹈地说着："我真不敢相信，市委书记还会上网哩。我还以为是假造的。可我查了他的 IP 地址，还真是市政府的。这下好了，这下咱和市委书记成网友了。大力，你说咱和市委书记这网友见面不见面？和市委书记网友见面不会见光死吧？哈哈。"

王贵生显得很严肃，阻止道："马立克，开会了。"

马立克："这不正开着吗？你们猜自从咱们的 BBS 开通

以后我接了多少手机短信？吓死你们。听，又来了。"

果然，他的手机发出悦耳的声音。马立克打开手机，读："流氓兔，你这个流氓这回可出大名了。"他抬起头，面对大家："哈哈，我成了著名流氓了。"

王贵生的脸很不好看。左光拍了马立克一把："开会了。关上你的手机。"

马立克这才看到王贵生的脸，吐吐舌头把手机关了。

王贵生严肃地说："刘书记亲自到我们BBS上发信，这说明了领导对我们在顺家园居民的关心和爱护。我们要把领导的这种关心爱护传达给全楼居民。"

大力："不用传达，大家早都看到了。"

王贵生："但是，这也带来了一个问题。"

左光："什么问题？"

王贵生："因为知道刘书记会看这个BBS，有些人会不会借机生事，对领导提一些不适当的要求，说一些不适当的话，或者发表一些错误言论？"

大家都一愣。

高个儿青年："这个问题不存在吧？刘书记自己说他是资深网民，网上什么话他没见过？"

王贵生："他以前见过的，咱不用负责任，他在我们这儿见到的，我们要负责任了。"

马立克："我们负什么责任？有我们什么事？网络之上人人平等，言论自由。再说了，刘书记不听秘书汇报自己上网来看，不就想看点大家说的真话吗？你说呢大力？"

大力有点不好意思："王局长，我看这事没啥，咱楼里的居民也说不出啥出格的话吧？"

王贵生："难说。马立克，你是版主，你要负起这个责任。"

马立克："什么责任？"

王贵生："可以对发帖进行限制嘛！比如，要经过审查后再贴。"

另一青年笑起来："你叫流氓兔审查大家的帖?"

王贵生："我可以审查嘛。"

马立克："您? 王局长，您凭什么审查大家的帖? 您有授权吗?"

王贵生生气地说："你……不管怎么说，总不能乱七八糟什么都贴。马立克，你可以限制嘛!"

马立克气愤地说："不可以。我是不会限制大家发言的。"

王贵生："那么，发现了有问题的帖，你要立即删除。"

马立克："我不删。哪有这种事情? 太可笑了。什么叫有问题的帖? 谁定的标准? 谁有权力制定这个标准?"

王贵生想着："这样吧，我看许多网站设计了垃圾词汇过滤，只要帖子里出现垃圾词汇，就贴不上去。"

马立克："什么叫垃圾词汇?"

王贵生："比如谈政治的、发牢骚的、骂领导人的。"

马立克："那首先就得删掉刘书记的帖，他不是在谈政治吗?"

王贵生一下子被将住了，提高了声音，很严厉地说："不管怎么说，你要想做这个版主，你就得负这个责，否则……"

马立克站起来："否则怎么样? 你撤了我? 你有这个权力? 哼。我走啦。"说着，拍拍屁股就下去了。

晚上，王贵生趴在电脑前，正在检查BBS上的帖子。

王贵生自言自语："嗯，表示感谢的。这个好。这个……这个问题也不大。这个……"

3

成群的鸽子飞过在顺家园的楼顶,又一个白天来临了。

在顺家园楼前,超市的人正在把一包包青菜放在门口的台阶上。

一辆警车停在门一侧,赵所长在警车上酣睡着。

……

楼梯上,左光他们在爬楼锻炼。身后的人又多了。

当他们爬到十二楼,左光停下了,扶住楼梯很吃力地喘着。

后边的青年从他身边跑过:"左老师,上啊!"

左光:"我爬不动了。怎么回事?才十二层。"

周捷担忧地看着他:"就爬这儿吧。十二层也不少了。"

左光:"真想一口气爬到二十四层楼顶去。"

周捷:"我们坚持锻炼,会爬上去的。走,坐电梯上去吧。"

她搀着左光走,左光几乎靠在她身上了。

田林成不在家,张亚丽一个人趴在电脑前,正在入迷地打着字。

门一响,田林成进来,张亚丽吓了一跳,赶快把网页关上,站起来。

张亚丽:"回来了?"

田林成沉着脸,手里提着盛肉的桶。

张亚丽:"还是推销不出去?"

田林成:"再卖不出去就坏了。"

张亚丽:"他们现在有政府给的盒饭吃着,当然不肯花钱买肉吃了。过两天盒饭吃够了呢?你再回锅热热。"

田林成:"再热肉就全烂锅里了。"

张亚丽:"可也是。哎,林成,叫我说,反正卖不出去,干脆,咱送人算了。"

田林成:"凭什么?咱是花钱买的。"

张亚丽:"你卖不出去,臭在家里不也是扔吗?楼上楼下地送送,还是个人情。"

田林成:"要送你送,我不送,没个好东西。"

张亚丽:"对了,我先送给倪虹一包,那一天,挣了她好几百。"拿方便兜到桶里捞了几块欲走,又停下。

张亚丽:"林成,你闲着没事儿也上上网,过过现代化的生活。"

田林成:"吃都快吃不上了,还上网呢。"

张亚丽:"你上上,好玩着呢。对了,你还得练练打字。我会打,以前在酒店练过的,你可是不会。林成,你要再不学,咱可就有距离了。"说着走了。

田林成哼了一声:"有距离,猪也想飞上天?"坐在电脑前,无聊地动着鼠标,这儿看看,那儿看看。

小玉正在阳台上收衣服,一边收一边大声地和在卧室的倪虹说着话。

小玉:"姐,你看看家里也没个熨斗,这衣服还怎么穿啊。"

卧室里传出倪虹懒懒的声音:"无所谓,我又不用上台。"

小玉:"那也不行啊,那是姐的形象问题啊。唉,姐要在北京,这些事儿都有人帮你打理,可在这儿……"

门铃响起来。小玉过去开门。

张亚丽站在门口,头向里伸着:"倪虹起来了没?"

小玉脸上冰冷:"没有。"说着就要关门。

张亚丽:"哎,哎,我来看看她,老同学了,这几天家里有啥困难不。"

小玉:"没。"又要关。

倪虹的声音:"谁啊?"一边说着一边从卧室里出来。看样子刚起来,还没化妆,人显得慵懒而本色。一看到张亚丽,不由得一愣,接着热情地说:"亚丽,进来坐吧。"

张亚丽:"才起来呀倪虹,我不坐了。我没啥事,你来了好几天了,咋一过这样的生活,一定过不惯吧?啧啧,也难怪,你平常过的啥日子,这会儿是啥日子?我怕你靠得慌,这不,家里煮了点儿肉,我给你送来了。"

倪虹赶快往外挡她:"不,这一回无论如何不行,我不吃肉,我好几年不吃肉了。"

她越挡,张亚丽越想进来,很热情地说:"客气啥倪虹,咱俩谁和谁啊?平常不吃,这会儿得吃,这不是非常时期吗?我跟你说,这回是送的,我专门给你煮了送上来的,不要钱,你放心。"

倪虹:"不不不,你放下我也不吃,我不吃肉。我得保持体形,我不能吃。你好意我领了。"

张亚丽:"倪虹,你要不收我可和你急。东西不在多少,是老同学的一份心。你不吃,这孩子也不吃?改善一下生活嘛。"

倪虹没办法,赶快摸口袋:"多少钱?小玉,去拿钱。我把钱给你,你把肉拿走。"

张亚丽一板脸:"倪虹,你这不是骂我吗?咱俩谁和谁啊?你忘了在明月的时候了?你收下,一定得收下。"

两人相持不下,小玉在一旁插上了:"姐,收下吧。"

倪虹:"小玉,咱们都不吃肉的。"

小玉:"人家也是一片好心。"说着,从张亚丽手里接过那个方便兜,连犹豫都没犹豫一下,提着去了厨房,二话不说就丢进了垃圾桶里。

门口,倪虹听到了丢进垃圾桶的声音,脸上现出尴尬之色,下意识地挡了张亚丽的视线一下,其实是多余,张亚丽根本想不到,还在热情地往屋里看着。

张亚丽:"倪虹,家里没啥事叫我帮忙吧?要是有,别客气,咱们谁和谁啊?"

倪虹突然想起来:"小玉。"

小玉出来:"还有事?"

倪虹:"我那些衣服呢?叫亚丽拿回去帮忙熨熨。"

小玉:"不用了吧?非典时期,也不卫生啊。"

张亚丽笑起来:"怎么不用?我又没得非典。你要不放心,我拿熨斗上这儿来熨也行啊。对了,倪虹,你这家里一定有些杂活没人干吧?干脆我来帮你干吧,反正隔离着,我也没别的事可干。"

倪虹:"不用,有小玉呢。"

张亚丽:"这姑娘细皮嫩肉的,粗拉活怎么能干?我干惯了的,再不行还有俺家那口子,咱就这么说定了。"

小玉:"不用……"

倪虹:"那……也好。我一个人在家也憋,就算你来陪我说话吧。咱们丁是丁,卯是卯,你来帮我干活,我付你钱。你觉得一天多少合适?"

张亚丽:"你看看,你提啥钱啊?老同学,一提钱就见外了。"

倪虹:"你不要钱我是不用的。"

张亚丽:"你看看,你真是见外。"一边说着,眼睛一边急速地转着,看样子在想该要多少。

倪虹:"要不,一天五十怎么样?"

张亚丽大吃一惊:"五十?"

倪虹不好意思了:"少?要不……"

小玉赶快接上:"就五十,你干就干,不干就算了。"

张亚丽喜出望外,控制不住地笑着:"不少,不少,就五十了。我这就干。"挽着袖子就要进来。

倪虹还挡着:"我家里其实没多少活,需要的时候我给你电话,好吗?"

张亚丽一迭声地说:"好,好,好。下回来的时候,我带个熨斗来。那,我先回去了。"

她走了,门接着在身后砰地一声关上。

田林成把电脑关了,躺在床上睡大觉。张亚丽进来,一进门就欢天喜地地大声咋呼:"林成!林成!"

田林成坐起来,一声大吼:"喊什么喊?还没死哩!"

张亚丽:"你看看你,吃火药啦?林成,告诉你,我找到挣钱的地方了,一天五十块呢。一天五十啊,一个月就是一千五。天哪,要是隔离个三年五年的多好啊。"

田林成:"你在说些什么?上哪一天挣五十?"

张亚丽:"倪虹那儿。她让我有空去她家帮着干活,一天给我五十块钱。"

田林成冷笑:"都是同学,现在你去侍候人家,也真好意思。"

张亚丽:"这怎么啦?我靠劳动吃饭,有啥不好意思的?林成,不是我说你,从下了岗,我就没见你笑过。你这不是自己和自己过不去吗?"

田林成:"我笑不出来,没一件事顺心过。"

张亚丽:"这还不顺心?年轻轻的,没病没灾,不用出门,吃不花钱的饭,一天还能挣五十。咦,你把电脑关了?我还得上网哩。"

田林成:"上啥网?光费电。"

张亚丽:"能挣回来还怕花?我上。"说着要去开电脑,经过那些化妆品箱子:"哟,不行,我得再去跑两家推销去。我就不信没人买。"说着拿了两盒走,临出门又回头嘱咐:"要是倪虹打电话过来,你可赶快找我去啊。一天要人家五十块钱,咱得随叫随到。"门一关,走了。

田林成长叹一声，又倒在床上。

4

倪虹坐在镜前化妆，小玉在收拾着房子，一边收拾一边气呼呼地说着。

小玉："我和你说什么来着？你就不接受教训，这样的女人，根本不能让她靠边，理都不能理。"

倪虹叹了口气："小玉，我不能对她那样。我做不来。"

小玉："她对你坑蒙拐骗，怎么就做得来呢？你欠她的？"

倪虹："说起来，也算欠她的吧。"

小玉："欠什么？"

倪虹："一个人情。"

小玉："什么？"

倪虹："我和她是高中同学，高中毕业以后，我们俩都不上了。她是因为没考上，我是因为想唱歌。可一个黄毛丫头，谁叫你唱啊？那时候她在一家大酒店干活，成天帮我上她那个领班那儿磨，领班终于答应让我到他们夜总会里唱唱试试。我就从那儿唱出来的。"

小玉："这又算什么？一句话的事儿。她那也不能……"

倪虹："不管怎么说，她也是当初帮助过我的。小玉，她以后来了，不许你对她甩脸子。"

小玉无奈地说："好吧。"

门铃响起。

小玉："不是打电话才来吗？这一会儿就回来了？"说着过去趴猫眼上看看，高兴地把门打开，门外，站着李立。

小玉大声地说："姐，李先生来了。"

倪虹站起来，有点惊讶地叫道："李立！"

李立站在门口，身上背着一个大大的电工包："接到电话的时候,我正忙着,一时没腾出空来。"

倪虹:"什么?"

李立:"不是电出毛病了吗?"

倪虹:"电?"

小玉已经接上来了,热情地说:"李先生,站在那儿干什么?进来呀。姐,是我给李先生打了电话。这房子老不住人,一会儿这儿透风,一会儿那儿撒气,少麻烦不了李先生。"

李立进来:"没事儿。哪儿?我去看看。"

小玉:"慌什么呀。李先生,您坐,先坐下,喝会儿茶。"

李立:"不用了。其实我早就想过来帮你们走走家里的电线,可我正在设计着一个程序,忙得焦头烂额的。"

倪虹好奇地说:"隔离在家里也不闲着?"

李立笑起来:"哪能闲着啊?我是单位的技术总管,我要闲着,单位不就麻烦了?反正是在电脑上干活,在单位在家里没大区别。"

倪虹:"李立,你还是老样子。"

李立:"领我去看看,哪儿坏了。"

小玉无奈地说:"您等等,在卧室里,我得先收拾一下。"说着去了卧室。

李立站在那儿等着:"巧云,回来几天了,没给同学老师什么的打个电话?"

倪虹:"打什么呀?聊什么?"

李立想想:"也是。"

小玉进卧室后,从抽屉里找把剪子,一下子把电话线铰断了。然后又返回客厅。

小玉:"李先生看看吧,电话不通了。"

倪虹:"电话坏了?不可能呀,我早上还用过呢。"

小玉:"后来就不通了。"

倪虹:"不通你咋给李先生打的电话呢?"

小玉支吾了一下:"我用的姐的手机。"

李立:"我去看看。"

小玉陪李立进了卧室。

李立检查着,马上发现了问题:"电话线断了。接起来就好。"在电工包里找了找:"哟,该死,怎么黑胶布用完了都不知道。你们家有黑胶布吗?"

小玉:"没。没关系,我这就去买。您等着。"说着,不等李立回答就出去了。

小玉从里面出来,对倪虹大声说:"姐,我出去买点儿黑胶布,这就回来。"说着走了。

李立从卧室追出来:"哎,隔离着呢,上哪去买?"

小玉已经走了,李立追到门口,试图开门,发现门从外面锁上了。

李立奇怪地说:"怎么回事?"

倪虹坐在那儿,也愣了。她愣了片刻,突然明白了,咯咯地笑起来。

李立:"你笑什么?"

倪虹越笑越厉害。

李立:"到底怎么啦?"

倪虹好不容易止住笑,看着李立:"这小丫头故意的。"

李立:"故意干什么?"

倪虹瞅着他:"她看上了你,要我和你重新谈恋爱。哈哈哈!"一边说着,一边又大声笑起来,笑得弯下了腰。

李立生气地说:"胡闹,真是胡闹。还有钥匙吗?我出去。"

倪虹:"我不知道。这些事儿,都是小玉管着。"

李立:"这算怎么回事?她把我当成什么了?"

倪虹不笑了,看着他:"怎么,辱没了你?"

李立:"不是。她明明知道我是有家有孩子的。"

倪虹长叹一声:"放心,我不会和你重叙旧情的。有谁见过时光能倒流的?"

李立:"我当然知道你不会。"

倪虹:"那你还怕什么?怕流言蜚语?我这个人,自从从这儿走出去以后,就在流言蜚语里活着,这不也活到今天了?"

李立笑了:"这倒是。我整天在报上看到你的流言蜚语,今天和这个了,明天又和那个了。"

倪虹斜睨着他:"你信么?"

李立想了想:"不知道,有时候信,有时候不信。"

倪虹:"什么时候信?什么时候不信?"

李立:"我得在脑子里琢磨琢磨:这个人和巧云合适不合适?巧云会喜欢这样的人吗?如果觉得合适,我就信;不合适,我就不信。"

倪虹叹一声:"难得,这世上还有个人成天替我琢磨。你觉得那些绯闻里的男主角哪个对我合适呢?"

李立想了想,坦白地说:"说实在的,我觉得一个都不合适。"

倪虹:"可你刚才刚说了有时候你信,因为你觉得合适。"

李立:"其实,我信的时候,也就是觉得,你该有个人了。"

倪虹突然住了嘴。两人都不说话了。

过了一会儿,李立站起来:"我进去把电线拾掇拾掇。"

5

左光和周捷正在家中吃饭。左光勉强吃了两口,停下了。

周捷看着他。

左光:"肚子还是胀。不想吃了。"

周捷恳求地说:"再吃点吧,再吃点。"

左光叹口气端起碗,看了看又放下。

左光:"我中午吃多了。"

周捷不再说话,自己也放下碗。

左光:"小捷,你还没吃呢。"

周捷:"你不吃,我也不吃了。"

左光:"我吃,我吃。"说着,端起碗大口往嘴里扒起来。

周捷也端起碗,刚要吃,左光突然放下碗,冲进了洗手间,随即传来呕吐的声音。

周捷听着,没动,眼里涌出了泪水,正准备扒饭的筷子抖着,把碗碰得轻轻响。

周捷在屋里呆了一会儿,然后出了门。独自一人顺着楼梯往上爬,终于爬上楼顶天台。

天台上空无一人,周捷走到一角坐下,低着头,眼里流出泪水。

突然听见有动静,周捷赶快擦擦眼,抬头一看,是大力扛着机器从下面上来了。

两人都吃了一惊。

大力:"周老师,您怎么一个人在这儿?"

周捷赶快站起来,掩饰地说:"来解解闷,活动活动。大力,从这儿看下面的风光真好啊。你上来干什么?"

大力:"拍片子,拍点儿外景。左老师没一起上来?"

周捷:"没。写东西呢。"

大力:"您让他多出来活动活动。我老看他脸色不好,身体没啥问题吧?"

周捷:"没……"声音突然一抖,赶快改口:"你忙吧,我回去了。"一边说一边匆匆下去了。

大力怀疑地看着她。

小玉悠闲地靠在走廊窗前往下看着。

身后有动静,小玉回头,看到张亚丽从一户人家里出来。那女主人几乎是把她推出来的,可她还不依不饶地和人家缠着。

张亚丽:"嫂子你试试,这可是国际名牌。你试试我也不要钱你怕什么?咱们都这个岁数了,也该捯饬捯饬自己了,得紧紧抓住青春的尾巴嘛。"

女主人:"你这个人也真是的,闹非典呢,你上门推销这个。说了不要不要,你再说还是不要。再见。"门一下子关上了。

张亚丽转身想走,看到了小玉。

张亚丽很热情地过来,看不出曾经被小玉伤过:"小玉,你站这儿干什么?和倪虹生气了?我告诉你,你可别和她当真,她那个人我知道,一点儿坏心眼都没有。"

小玉看着她:"张姐,我问你个事儿。"

张亚丽:"什么事儿?"

小玉:"我姐有个同学叫李立,你和李先生一定也是同学吧?"

张亚丽:"李立啊?我们班的才子,当年就一个考上清华的就是他,这会儿在凯华公司,俺这儿一个大公司,听说还是总工呢。你找他干什么?"

小玉支吾着:"我们来的时候,北京有人托我给他捎了点东西。他家住几楼?"

张亚丽:"三楼,304。就在我头顶上。倪虹该知道啊,你还不知道吧?当初他们好过。"

小玉:"我没问我姐,这事儿和她没关系。"

张亚丽还想说,小玉赶快地说:"谢谢您。"

张亚丽从电梯里出来,正碰上小凡从楼门口进来,手里拿着一包青菜。

张亚丽:"小凡,买的菜?"

小凡脸上浮着亲近的笑容:"亚丽姐,忙着呢?李立就爱吃油麦菜,我昨天打了个招呼,你看,人家真给送来了。"

张亚丽:"李立呢?倪虹——也就是俺们班的宋巧云回来了,他知道不?"

小凡:"知道。李立这会儿正在她家里,她家的电还是什么出毛病了。"

张亚丽奇怪地说:"李立在她家?可她家的小保姆怎么说……"看着小凡停下了,显然想到了什么,不说了。

小凡好奇地问:"说什么?"

张亚丽:"没什么,没什么。该做饭了吧?你快回家做饭吧。"

小凡:"好。亚丽姐,你爱吃油麦菜吧?给你一点?"

张亚丽:"不要,不要。你快走吧。"

她们头顶上,突然传出吵闹声。

张亚丽:"哟,这是怎么啦?天,怎么听着像我们家林成?林成!林成!"一边喊着一边顺楼梯跑上去。

6

田林成正站在二楼孙律师家门口,大声和孙律师吵着,同楼层几户人家都出来了。

孙律师:"这是我家,我不想让你进就不让你进,你还有什么话可讲吗?真没见过你这样的人。"

田林成:"我还没见过你这样的人呢。我好心好意来给你送吃的,你啥态度啊?"

孙律师:"什么好心好意?卖不出去的垃圾往这儿扔?我们不要。"

田林成:"不要我拿去喂狗,你也犯不着这样啊。我知道你瞧不起我,你瞧不起下岗工人。你有啥了不起,不就有个好爹吗？告诉你，说不定我还生了个好儿呢。"

孙律师气得脸通红："你……什么东西！"

田林成晃着膀子就要上："你骂谁？你嘴里干净一点儿！"

张亚丽上来了，扑过来就抱住田林成："林成，你干什么？咱回家，咱回家。"

田林成一下子把她甩开："你起来，没你的事。我下了岗，我没本事，那也不能叫你这样的狗东西欺负。"

孙律师："你嘴里也干净一点儿！"

……

王贵生正从一户人家里出来，身后还跟着大力，听见了吵架声。

王贵生："怎么啦？快走。"

王贵生顺着楼梯往下跑，一边跑一边回头对大力："别拍，关上机器。"

大力不听，继续拍着跟着他往下跑……

左光趴在电脑前写东西，周捷在饭厅里包水饺，电话响了。

左光拿起电话："我是左光。什么？什么？"捂住电话，对过来的周捷："二楼在打架，他们让我去拉架。这是怎么回事？"

周捷："那你赶快去啊。"

左光："我怎么能干这个？这是街道女人干的事。"对电话："你快去叫王局长啊。"

周捷抢过电话，对电话里："他马上到。"挂上了电话。

左光："小捷，你这是干什么？"

周捷："左光，人家这么信任你，你也好意思拒绝。快去快去。"一边说着一边拖左光起来。左光身不由己地被她推出去了……

孙律师门前，人越聚越多。田林成和孙律师还在吵着。

张亚丽几次欲抱住田林成,都被他甩开了。

王贵生从楼梯口冲出来,二话不说就挤进人群,挡在他们中间。

王贵生:"干什么呢?吵什么?这儿是二楼,外面完全可以听得见,这影响多不好啊。"

大力扛着机器挤进来,对着他们拍着,一边拍一边对话筒说着:"隔离的时间一长,楼内居民出现烦躁情绪。今天就有两户居民因为一点小事吵了起来。"

王贵生把一只手挡在镜头前:"大力,不要拍,这种东西能播吗?"

大力躲着他:"怕什么?这很正常嘛。"

王贵生火了,声色俱厉地说:"不许拍!我说了不许拍!"

大力无奈地放下。

左光从电梯里出来。王贵生看到他,走过去。

王贵生:"左老师,你看看像什么话?全市人民都盯着咱这儿,这影响有多坏。"

左光惊讶地看着:"天哪,这是什么时候还顾得上这个。在灾难面前,人性应该得到升华。到底为什么?"

王贵生:"不管为什么,不能叫他们吵。左老师,这个时候没有是非。这样,你一个,我一个,先把他们拉开再说。"

左光:"好。"

二人挤进去。

两人争吵的主题已经越跑越远了。

孙律师:"哼,这种人,什么素质。"

田林成:"我素质咋了?我素质咋了?"

孙律师:"你在这楼上都干过些什么自己不知道?谁整天敲煤气管子啊?谁在家里煮猪下货?知道什么叫社会公德吗?"

张亚丽一听这个，也冲上来了："咦，有什么事儿说什么事儿，你扯那么远干什么？我家煮猪下货关你什么事啊？又没煮你的下货，你管得着吗？"

孙律师："你怎么说话呢？告诉你我嫌熏得慌。"

张亚丽嘲笑地说："嘻，你整天白跟着闻香味我还没找你要钱呢。"

孙律师："我不和你吵。"小声骂了句："泼妇。"

张亚丽挺着胸冲上去："你骂谁？你骂谁？"

孙律师还欲还嘴，王贵生挡到了他面前。

王贵生："同志，哪个单位的？是党员吗？"

孙律师看看他："你是谁？你管我是不是党员。"

王贵生严肃地说："我是在顺家园抗非典领导小组组长王贵生。是党员吗？"

孙律师无奈地说："是。"

王贵生："那就没啥可说的了。回去，你回去。"

孙律师："你来评评这个理，他……"

王贵生严厉地说："我不管谁有理谁没理。我告诉你，你再继续在这儿吵，有理也算你没理。谁叫你是党员？回去！"

孙律师不服气，但仍然回去了，门随着关上。

这边，左光劝着田林成和张亚丽。

左光笑着："田师傅，这是为什么？不要这样，在这个时候，我们就像坐在一条船上……"

田林成："左老师，我活得不像人了，人家不拿我当人了。"

左光："田师傅，没有人能不拿你当人，除非你自己。小张，你赶快把田师傅扶回去，在这儿大吵大闹像什么？不怕人笑话？快回去。"

田林成："我不走了，我死在他家门口，我没脸走了。"

张亚丽害怕地说："你胡说些啥呀？咱回家，走吧，咱回家。"

田林成仍然不肯走,大吵大闹着,左光和张亚丽硬把他架走了。

大力拍着欲跟下去。

王贵生:"大力,这些素材无论如何不能用,听见了吗?"

大力:"为什么不能用?我觉得大家被关在一个楼里,要是没矛盾没冲突倒不正常了。"

王贵生板着脸:"那也不行。有矛盾咱们内部解决,家丑不可外扬。这是纪律。"

大力不服气地说:"什么纪律?谁制定的?"

王贵生很恼火:"你……"

7

马立克打开门,门口站着王贵生。

马立克吓了一大跳,呆呆地不知道说什么。

王贵生和善地笑着:"我们的巴顿将军,不请我进去坐坐?"

马立克这才想起来,赶快让开身子:"请进,请进。嘿嘿,王局长,真没想到你能到我这儿来。"

王贵生转着身子看着:"不错啊小伙子,够现代的。干什么呢?"

马立克眉飞色舞地说:"上网呢。王局长,你看见了吗?刘书记的帖子后面跟帖有一百多个。你昨天说的其实全多余,没有什么不适当的,要叫我看,全适当。"

王贵生:"好啊,说明我们群众的觉悟高啊。我看看现在有什么?"

他凑到电脑前,马立克打开 BBS 让他看着。

马立克:"你看看,你看看,全是感谢党和政府的。"

王贵生和气地说:"马立克,我和你商量一件事。"

马立克受宠若惊地问:"商量?什么事?"

王贵生:"刚才咱们这楼里有人打架你知道吗?"

马立克一下子激动起来,一副想往外走的样子:"啊?不知道。因为啥?谁和谁?还打着吗?"

王贵生:"打完了。你想想,全市人民都盯着在顺家园呢,如果知道楼里的人成天打架,是不是很丢脸啊?"

马立克:"是。这打架的人一点集体荣誉感都没有。"

王贵生满意地说:"就是嘛。这楼里的每一个居民都得维护咱们这个集体的荣誉对不对?"

马立克:"对,赞成。"

王贵生:"那,立克啊,如果有人把打架这事捅到BBS上去,你删掉它,好不好?"

马立克愣住了。

王贵生更加耐心地说:"立克啊,你想想,如果在楼里投投票,大多数人会支持把这样的事情宣传出去吗?这个BBS,代表着在顺家园的形象嘛,如果出现了这样的帖子,外面的人会不会以为在顺家园的居民在楼里成天都在打架滋事呢?"

马立克犹豫地说:"好……好吧。"

王贵生一笑,拍拍他:"我知道巴顿将军会不负重望的。我走了。"

他走了,马立克却坐在那儿发起呆来。

倪虹卧室原来那些乱七八糟的电线没了,它们现在规规矩矩地顺着墙根走着,一看就经过了一双灵巧的手整理过。

倪虹靠在门框上看着他。

李立干完了,拍打着手,看着自己的活:"走在明处,无论如何都不好看,什么时候我帮你改到地下去。"

倪虹笑了:"你怎么弄到地下去?"

李立:"走好线,我帮你装上地板啊。"

倪虹:"谢谢了。这破房子还值得吗?再说我也不回来。"

李立:"就是不回来,也还是收拾好了心里舒服呀。"

倪虹笑出声来:"你呀,还是老样子。出来坐吧,歇歇。"

倪虹和李立对面坐在客厅的沙发上,开始聊天。

倪虹:"你还记得你替我做作业的事吗?哈哈,那些数学作业,还有物理、化学。"

李立笑了:"我怎么不记得?我在学校里从来没挨过批,可为了替你做作业,不知道被老师批过多少回。"

倪虹哈哈笑起来,笑得很开心:"我那时候就是不想上学,只想唱歌。我想抽出时间去跟声乐老师上课,可那些作业没办法。我也不知道我怎么想出来的这主意,叫全班最好的学生替我做。哎,李立,你记得不,以那以前,咱俩其实没说过话。"

李立:"可不。我那时候,只知道埋头学习,和班上的女生几乎都没说过话。"

倪虹:"你那时候在女生心目中很神秘,成天不吭不哈的,一考就全校第一,一考就全校第一。"

李立:"是吗?我不记得了。其实,我一点也不记得我怎么用功,我就是喜欢。一坐到书本面前我就来情绪,就像现在一样,只要坐到电脑面前,我就把别的什么都忘了。"

倪虹:"李立,你说说,当时我这个全班倒数第几的学生,找你替我写作业,明摆着是做弊行为嘛,你怎么就愿意干呢?"

李立:"我也说不清。反正你找我了,对我来说又不费劲,我就干呗。"

倪虹抱怨地说:"你呀,你这个人就是太木。你也不想想,替我这样的人写作业,一定不能做得全对——平常不及格,突然一百分,你想想老师能相信吗?我记得我还特意嘱咐过你呢,可你就是不听。"

李立憨笑着:"我不是不听,可明明能做对的题,我不能做错啊。"

倪虹:"这倒好,老师一眼就抓住了凶手——还用说吗?全班能把作业做这么漂亮的,除了李立还有谁?"

两人都笑了。

倪虹陷入回忆之中:"想起来真好玩啊,老师一次次抓住我们,可我还是找你帮忙,你还是来者不拒。在我呢,因为我找不到别人愿意帮我。你呢,为什么老师批了你那么多回,你还帮我写?"

李立:"你找我了,我又不是不会做。"

倪虹:"你呀,你这个人大概是世界上最笨的。你怎么就学不会把题做错呢?明明知道老师一眼就看出是你做的,你还是把作业全做对。"

李立:"我其实很想做错的,可是一不小心……"

倪虹又笑起来,看着他:"大概你在中学里,所有挨的批评都是因为我吧?"

李立想了想:"也许吧。"

倪虹:"那你也愿意帮我做?"

李立:"我不想。可你找我,我怎么办?"

倪虹看着他,喃喃地说:"是啊,你就是这么个人。你这个人可真是怪啊。"

说话的时候,李立的眼不时地看一眼客厅里那些走得乱七八糟的电线,这时候又站起来。

李立:"不行,看着别扭,我帮你弄弄吧。"

倪虹:"李立,你真是有病。坐,坐。我都不别扭你别扭啥?"

李立迫不得已地又坐下。

有人敲门,小玉在外面喊:"姐,我回来了。"

倪虹笑起来:"你看看这丫头,还得事先通知,她以为我们在屋里干什么。"

李立站起来。

小玉打开了门,笑嘻嘻地看看这个,又看看那个。

倪虹:"你买胶布买哪儿去了?"

小玉:"我忘了,这楼被封了,出不去。"

倪虹:"那你怎么这么半天才回来?你不知道人家李先生这半天害怕死了吗?"

李立尴尬地说:"害怕什么?老同学了。"

小玉乖巧地观察着两个人:"我在二楼看打架的呢。姐,你那个同学,那个张亚丽,她两口子和二楼的打起来了。她好泼啊,简直是个泼妇。"

李立:"别这么说她。亚丽很能干的,没有她想不出的点子,也没有她去不了的地方。我总觉得她不应该生活得像她现在一样。也许,她吃亏就在于太聪明了。巧云,我走了,电话线我接上了,现在能用了,就是线露着,回头我找点胶布来缠上。"

倪虹:"露着就露着吧,反正住不了几天。"

李立:"那哪行?像什么样?叫人家笑话。我回家找找看,说不定我家有胶布。我走了。"

小玉:"李先生,怎么我一来您就走啊?您再坐坐啊,就在这儿吃饭吧。"

李立:"不了,我单位上的事很多,我得回去干活了。再见。"

李立往外走,小玉殷勤地送到门口:"李先生再来啊。"

倪虹在后面看着她,笑起来。

倪虹:"小玉,你简直像个拉皮条的。"

小玉跑回来:"姐,怎么样啊?你们聊什么啦?"

倪虹懒懒地说:"聊什么?还能聊什么?过去、同学、老师。小玉啊,你别白费心思了,不可能的事。"

小玉:"怎么不可能?李先生多好啊。我听说,他是清华毕业的?"

倪虹:"是啊。他这个人,和别人不一样,上中学的时候,老师就说过他会是我们班最有出息的。"

小玉:"哪儿不一样?姐,他哪儿和人不一样?你说说看。"

倪虹:"他这个人的神经啊,我觉得是世界上最健康的一种了。过去我总和他开玩笑,说他大脑里安着一个开关呢,打开开关就工作,关上开关就睡觉。我就没见他因为什么事儿烦过、无聊过。多余的事儿,他从来不想。上高中了,班上有不少男女生在偷偷地谈恋爱,可他就像不开窍似的,谁要在他面前说起这些事儿,他把眼睛瞪得圆圆的,就像听天书似的,总也听不懂怎么回事儿。"

小玉:"哼,这种男人啊,要是万一爱上哪个女人,那一定是死心塌地,一爱就是一辈子。"

倪虹:"那倒是,他像那种人。"

小玉:"姐,这样的人多好啊,男人不就该这样吗?姐,你就该找这么个人。你看看你这样的人吧,今天想活了,世界上的人和事样样都好;明天又想死了,干什么都没意思,看谁都不顺眼。一天天空虚啊、无聊啊,我都替你累。姐,你就该找个这样的人,无论你热你冷,他都老温度,无论你走多远,他都在原来的地方等你。姐,多好啊。"

倪虹似乎被打动了,没说话。

小玉:"姐,我知道他家了,只要你们谈好了,我去找他太太。无论得花多少钱,找这么个男人,值。"

倪虹没说话。

小玉:"姐,我可是说真的啊,过了这个村可没这个店了。"

倪虹突然发开了脾气:"你都胡说些什么啊?我的事要你来管?别再说了。"

小玉："姐。"

倪虹站起来："我累了。我得去睡会儿。"

李立的家收拾得很干净。此刻厨房里传出炒菜的声音，李立开门从外面进来。

小凡从厨房里探出头："回来了？修好了？"

李立："好了。还缺点胶布。"一边说一边就去了自己的书房。

所谓书房，其实更像一个车间，里面干活的家什样样齐全，比如电脑、木工家伙、电工家伙、钳工家伙。墙上地下放得满满的，但又整整齐齐，一丝不苟。

李立在橱子下拉出一个大大的工具箱来，打开工具箱，里面什么都有。

李立拿了一卷黑胶布，起身往外走，走到门口，突然又犹豫了。他回来，把胶布丢进工具箱，把工具箱推进去，在电脑前坐下来。刚坐下，他又把胶布拿出来，又往外走，走到门口又停下了。

小凡在走廊里来回过，发现了他的穷折腾，停下："你干吗呢？"

李立："宋巧云家的电线断了，我拧上了，缺胶布，露着呢。"

小凡："哟，那你眼里能揉进沙子？还不赶快上去缠好？"

李立嘿嘿一笑，要出门，又犹豫，回来："算了。"

小凡："别算，要不咱这顿饭能吃踏实了？去吧，缠好你就安心了。"

李立又犹豫一下："算了，我忙着，哪天上去的时候顺手干了就完了。"

小凡惊讶地说："咦，太阳这是从哪边出来了？没见过你这样。"

李立低下头:"我忙着。"

小凡:"那你赶快忙吧,一会儿吃饭。"走了。

李立坐到电脑前,摇了摇头,立刻埋头工作里去了。

第九章

1

傍晚，田林成家的饭厅里，桌上放着一大盆猪下货，地下倒着几个空啤酒瓶，田林成面前还摆着一瓶白酒。田林成显然已经喝醉了，仍然不停地往嘴里灌着白酒，张亚丽害怕地夺着他手里的酒杯，田林成推搡着她。

田林成："别管，你别管。这么好的下酒菜，你让我多喝点儿。我一口气喝死，喝死。"

张亚丽哭着："林成，林成，我知道你心里不痛快，你说出来，别这样折磨自己，啊？"

田林成："我哪儿不痛快？我痛快着呢。这要不是隔离，我舍得煮这么一锅肉自己吃？你起来，我得喝，我高兴，我喝。"

此时，赵所长正在田林成家的窗外。

赵所长："老田，你这是干什么？你算个爷们儿吗？你这不是折磨你老婆吗？"

田林成："赵所长，你是个好人。我卖猪下货没办证，上回叫工商查着，是你帮着说了说，才没罚我的款，你知道我过日子不容易。赵所长，得空咱俩得喝，咱喝个一醉方休。"

赵所长："行，解除了隔离，咱俩谁喝熊了谁是孬种。可现在，老田，你听我的，别喝了。"

田林成："不行，我高兴，我喝。这么一大盆肉，不下酒不瞎了吗？老话怎么说的呢？吃了不疼瞎了疼。我见不得糟蹋东西。"

赵所长着急地对身边的警察小声说："你瞧瞧，一锅肉搅和到现在还没完呢。唉，这可咋办？"

张亚丽摸起电话:"左老师,左老师,您快来啊。"

电话里传来左光的声音:"你找王局长,快打电话找王局长。"还隐约听到左光小声对周捷说:"你瞧,喝醉了酒也找我。"

张亚丽哭着:"出人命啦!"

左光在电话里大吃一惊:"什么?"接着电话扣了。

不一会儿门铃响了。

张亚丽赶快过去,一看到进来的左光,就像看到救星一样,一把抓住他就哭了:"左老师,你可来了。你看看这可咋办呢?喝了一下午了,七八瓶啤的,一瓶白的。他这是要照死里喝呀!"

左光扑过去就夺田林成的酒瓶子:"田师傅——"

田林成:"你别管,左老师,你别管我。我喝我的酒谁也管不着。"

窗外,赵所长:"左老师,你来了?你来了就好了。左老师你别和他讲理,你没见过醉酒的,我见过。你别和他讲理,他要是这个时候讲理就不叫醉酒了。你照他头上浇一瓢凉水,你听我的。"

左光把桌上那盆肉端起来,二话不说倒进墙角的垃圾桶里。

田林成喊起来:"你干吗?那是我花钱买的,三百多块呢!"

左光拿出三百块钱拍桌上:"这行了吧?算我买了。"

田林成:"你骂我左老师,你瞧不起我。你骂我。"

赵所长:"左老师,我教你什么来着?凉水呢?浇啊!唉,真是秀才遇上兵。"

左光:"田师傅,你上床睡一会儿,等睡醒了咱们好好谈谈,行不?"

田林成:"不行,我还没喝够哩。"

左光:"田师傅,田师傅。"

张亚丽哭着,端一杯子水进来,当面浇在田林成脸上。

田林成一个寒战,抡着酒瓶子站起来瞪着张亚丽:"你……你……你活够了?"

左光一下子抱住他,对张亚丽:"来,把他抬床上去!"

田林成在他怀里挣扎着:"都欺负我!都欺负我!没一个好东西,我和你们拼了!拼了!"

左光:"好吧,都欺负你,我也欺负你。你冲我来吧,田师傅,你就冲我来吧。"

田林成停止了挣扎,呆呆地看着他,突然手一松,酒瓶子掉在地下碎了,人也跟着瘫下来,干嚎出声来。

左光像哄小孩子一样:"来吧田师傅,去睡一会儿,睡一会儿,睡醒了,一切都好了。"

田林成听话地倚在他身上,被他拖进卧室。

田林成沉重地一下子摔倒在床上。

左光也跟着摔倒在床边上。

张亚丽赶快去扶左光。

左光:"别管我,管他吧。"

张亚丽跑出去。

张亚丽转眼又进来,把湿毛巾搭在田林成的头上。她流着泪对左光说:"左老师,叫您看笑话了。"

左光:"田师傅,你睡吧,睡一会儿。"

田林成闭上了眼。

张亚丽:"左老师,这就没事儿了,他睡醒就好了。您回去吧。您看总是麻烦您。"

左光:"我在这儿坐一会儿,我没事儿。"

张亚丽:"唉,这怎么好意思?"

电话响了。

张亚丽接电话:"谁?小玉姑娘……"她为难地看了看床上的田林成:"等会儿行不?我家里有点儿事。什么?"

左光看出她有事:"你有事去办吧,我在这儿陪田师傅一会儿。"

张亚丽:"那好吧,我这就上去。"放下电话,对左光:"左老师,我在这楼上倪虹家干活,和人家说好了电话一叫就上去。麻烦您在这儿坐一会儿,我上去看看就回来。"

左光:"你去吧。"

张亚丽去了洗手间。洗了两把脸,抬起头来,仔细地看着镜中的自己。

床上的田林成已经发出了重重的鼾声。

张亚丽出了洗手间:"那我走了?"

左光:"你去吧。"

张亚丽:"左老师,您看看我不像刚哭过的吧?"

左光看她一眼。她化了妆,脸上扑了厚厚的粉:"不像,看不出来。"

张亚丽:"那就好,别叫人笑话。我走了。"

小玉打开门,张亚丽进来,一进门就高声大气地说笑着。

张亚丽:"吃了吗?倪虹,吃惯了大鱼大肉,咱这老百姓的饭还能吃得下吗?对了,俺家煮的猪下货味怎么样?还不错吧?"

倪虹正在听音乐,这时停下来:"你吃完饭了?我晚上从来不吃饭的。"

张亚丽大惊小怪地说:"不吃饭?这是和谁过不去呀?"

小玉:"我姐晚上只吃一点水果。早上一杯酸奶,中午吃顿正餐,晚上一点水果。"

张亚丽:"那是为啥呢?胃有毛病?"

小玉笑了:"有啥毛病啊?我姐是演员,得保持体形啊。"

张亚丽感叹地说:"又不吃又不喝,也没家没孩子,你挣那么多钱干啥?"

倪虹脸不好看:"小玉,你叫亚丽来干什么?有事快说呀。"

小玉:"不是告诉你来给我姐熨衣裳吗?你怎么没带电熨斗来?"

张亚丽赔着笑:"你看看,我寻思着要是在这儿熨,还得使你家的电,我还是拿回去熨吧。"

小玉:"那可不行,不卫生。再说,我姐都是高档衣服,有些你不会熨的,我得看着点儿。"

张亚丽:"要不,我明天过来熨行不?家里还有点事儿。"

小玉:"我姐明天还得穿呢。我姐一天得换好几套衣服。"

张亚丽:"啧啧,在这儿也出不去,还用换好几套衣服?"

小玉:"在这儿我姐也是演员啊。"

倪虹:"算了小玉,就叫亚丽……"

小玉:"姐,家里的事你别管。"

张亚丽:"那,好吧,我回去拿熨斗。"

张亚丽走了。

倪虹:"唉,你就叫她明天熨怎么啦?我跟你说过,她是我老同学。"

小玉:"老同学又怎么啦?咱不是一天给她五十块钱吗?再说了,她说过咱有事打个电话她就来的,这头一回就想不讲规矩,咱不能让她。这毛病,都是惯的。姐,你和她是同学,抹不开面子,以后这事,你别插嘴,有我呢。"

左光还坐在床边守着田林成,很感慨地摇着头。

门一响,接着脚步声去了洗手间,传来水声。

一会儿,张亚丽过来了,低着头,小声说:"左老师,真不好意思,还得麻烦您在这儿坐一会儿,我还得上去。"

左光奇怪地看看她:"你怎么啦?"

张亚丽:"没事儿,没事儿,您别问了。"

左光:"出了什么事儿?"

张亚丽突然一抬头,大声地说:"有什么了不起啊?关到屋里一天还换几套衣服?不就是有钱烧的吗?"

左光:"你在说什么?"

张亚丽又低下头来:"没事儿,我就是憋得慌。左老师我走了。"说着,到橱子里拿了电熨斗走了。

左光回过头来,看着熟睡中的田林成,同情地叹了口气。

咚咚咚!有人敲田林成家的门。

左光过去打开门,王贵生站在门口。

王贵生:"左老师,您出来一下。"

左光出来,随王贵生走到楼门口。

王贵生:"这会儿田林成怎么样?"

左光:"喝醉了,睡了。"

王贵生皱着眉头:"左老师,这可不行,这种人我在基层见得多了,无理取闹。他又在这个地方住,一闹外面的人就能看见,万一领导来了撞见,啥影响啊?要是再有人捅到网上去,刘书记那儿马上就知道了。"

左光为难地说:"那怎么办?王局长,您看看这一对夫妻,是不是很令人同情?隔离了,人家都在家里乐得清闲,你看看他俩在干什么?我说,你能不能向上级领导反映反映,在职职工隔离了工资照发,下岗工人隔离了经济上造成损失怎么办?总得有点人文关怀精神吧?"

王贵生:"我不能张这个口,你也不能张。我是党员,你是政协委员,咱得为国分忧,咱不能给领导增加负担。"

左光:"可……可群众的实际问题总得解决吧?"

王贵生:"有些人,是填不满的穷坑,永远没有满足的时候。对这种人,该硬的时候就得硬。"

左光惊讶地问:"硬?怎么硬?"

王贵生想想:"你交给我吧。"

左光:"王局长,你进去看看,他确实有实际困难的。"

王贵生不耐烦地说:"我知道了,我会考虑的。"

左光:"我回去看看他醒了没。"进田林成家。

王贵生走到大门口,看到赵所长正站在那儿值勤。

王贵生:"赵所长。"

赵所长过来,两人隔着隔离线站着。

赵所长:"王局长,这两天忙坏了吧?"

王贵生:"赵所长,如果隔离期间这楼里出现治安问题,咱们应该怎么办呢?"

赵所长:"这个时候还会出现什么治安问题啊?"

王贵生:"那可不好说啊。如果发生了治安问题怎么办呢?"

赵所长:"那,我觉得该怎么处理还得怎么处理吧?"

王贵生:"那好。赵所长,刚才的事你可能也听到了,一楼这一家是个刺头,他这样闹对全楼居民都有影响。如果他再这样闹下去……"

赵所长听明白了,冷眼看着他:"你的意思我该把他抓起来?"

王贵生:"不是抓。你们应该让他知道法律的威严。"

赵所长:"王局长你不是苦出身吧?"

王贵生一愣:"这是啥意思?"

赵所长哼了一声:"没啥意思。他喝酒不犯法,我不会动他。"

王贵生:"可是他在楼里闹事。"

赵所长:"只要没闹到触犯法律,那就是你们的事。你不是楼里的抗非典领导小组组长吗?你给他做工作啊。"

王贵生:"你……"

赵所长已经走了。

夜里,周捷在网上寻找着什么,左光进来,周捷赶快把页面关上了。其实左光根本没注意。

左光:"小捷,你忙着?我想和你谈谈。"

周捷回过身:"谈什么?"

左光:"谈一楼田师傅他们家。田师傅喝醉了,醉酒,你知道,是人排解痛苦的一种方式。他很痛苦。我以前经常看到他和别人打架,看到他不讲公德,看到他卖东西为几毛钱和人家争得脸红脖子粗。我很看不起他。我从来没想过他的心灵,他承受的生活压力。小捷,我平常在书里侈谈人文关怀,可我其实从来没关心过他们这种人的心灵。"

周捷微笑着看着他。

左光:"小捷,谢谢你把我推出去,谢谢你让我接近了他们。"

周捷仍然微笑。

左光:"唉,在书斋里谈人文关怀永远都是容易的。小捷,我要用一下电脑。"

周捷:"你等一下。"赶快关着一个个页面。

左光伸头去看:"你在找什么呀。"

周捷笑着推开他:"个人隐私。"

左光真的不看了,很老实地说:"那我等你处理完了再用吧。"

2

在顺家园楼外的一盏路灯下,小柱子站在那儿等赵所长。赵所长开着车过来,把车停下,从车上下来。

赵所长:"小柱子,我看你最近政治觉悟提高得不赖,你看看,一叫你,比我到得还早呢!"

小柱子傻笑着:"所长,头一回听你夸我。"

赵所长:"哟,叫你一说我成什么人了?有优点咱就得表扬啊。我刚才还和别人在那儿说呢,这一闹非典,大家的政治觉悟都提高,小柱子提高得特别快。"

小柱子:"你教育我这么多回,我怎么着也得进步进步啊。所长,你放心吧,收垃圾的事,再危险再累,我认了,我保证干好,不给你丢脸。"

赵所长支吾了一下:"小柱子,我想来想去,那工作交给你还真有点儿不大妥当哩。你家里父母老了,身体又不好,万一你传上了啥的,我不把你家害了吗?"

小柱子:"没事儿没事儿,我问过人家防疫站的人了,根本没啥危险。再说,人家还发给了我防护服。"

赵所长:"不不不,还是有一定的危险性,这事儿怪我,事先想得不周到。"

小柱子:"不不不,是我自己愿干的。所长,要一点危险也没有,我凭啥一个月长四百块钱呢?你放心吧,我干定了,这事儿我一直干到底……"

赵所长:"小柱子!"

小柱子一愣。

赵所长硬着头皮:"这活,你别干了。"

小柱子:"为啥?"

赵所长:"我想给楼里的一个下岗工人干。"

小柱子:"什么?所长,你不能这样啊。前面俺不想干,你又是威胁又是利诱非叫俺干。俺好不容易下了决心,你又不让干了。"

赵所长:"此一时彼一时,这会儿不是有这会儿的情况吗?"

小柱子:"什么叫这会儿的情况?噢,八百块了,你就拿给你的亲戚朋友了,四百块的时候你咋不让给别人呢?"

赵所长:"你想哪去了?哪是我什么亲戚朋友?"

小柱子:"不是才怪。哼,不行,我不让。"

赵所长:"小柱子,刚夸你政治觉悟高呢!那个下岗工人日子过得艰难,这一隔离,他没办法出来挣钱了,在楼里成天闹事。"

小柱子:"噢,一闹事儿就得好处啊,那我也闹,我也不是没闹过事儿的人。"

赵所长严厉地制止:"小柱子!"

小柱子不服气地停下。

赵所长:"你这个小青年,咋这么不懂道理啊?成天教育你的那些话,都上驴耳朵去了?你想想,他在楼里隔离着,外面的事不能干,如果不给他找个里面能干的事,他不成天闹啊?他得吃饭啊。"

小柱子:"那我呢?我怎么办?我不吃饭?我该饿死?"

赵所长:"你听听,你听听你。"

小柱子:"我不管。赵所长,除非你给我另找个事儿干,要不,你就是枪毙了我,我也不让。"

赵所长:"你呀,白表扬了你半天。"想着,突然高兴地说:"对了,我想起来了,有个活,正适合你,挣钱不少,还没危险。"

小柱子怀疑地说:"啥?有这样的好事?有这样的好事能轮到俺?"

赵所长:"你听听你说的。咱这条街上,又新开出了一个停车区,还缺个看车的。你去干这个怎么样?你想想,一辆车收两块,十辆车就二十,五十辆车就一百。一天还不停个五十六十的?除了管理费,其他的全归你自己,小柱子你发财了你。"

小柱子:"得了吧所长,你别坑我了,现在闹非典呢,车都不出来,哪有这么多车可停?"

赵所长:"你为什么老没出息?就是眼光太短浅。这非典还老闹?你看看政府这劲头,还不一个月俩月的就过去?这样吧,这两个月,我管理费给你减半,怎么样?"

小柱子动心了,犹豫地看着他。

赵所长:"你可趁着我高兴早做决定,告诉你,这个活本来也是有人的,我还不知道能不能从人家手里夺下来呢!"

小柱子:"好吧,我干。可已经发给我的防护服和口罩啥的我可不退了。还有,这两天的工钱也得算给我。"

赵所长:"好,好,全依你。小柱子,我可告诉你,收人家的费,得撕给人家票。我要发现一回你收费不给票,我就当贪污公款治你。"

小柱子答应着,高兴地跑了。赵所长走到车前,想着,突然笑了,又摇了摇头,上车走了。

赵所长回到家,听到女儿在里屋哭。他一步进了屋,一进屋就嚷嚷开了。

赵所长:"谁?这是谁惹俺妮了?我去找他。是谁?"

妻子赶快出来,推着他:"你悄悄的吧。"

赵所长要进里屋:"孩子咋啦?"

妻子挡住他:"你别去。"

赵所长一愣:"为什么?"

妻子叹了口气:"还不都怪你?"

赵所长:"怪我?和我啥关系?我好几天不在家了。"

妻子:"因为你,孩子成瘟神了,好几个孩子的家长,不让孩子理咱孩子。"

赵所长愣了:"这是哪儿跟哪儿呀?这些人啥觉悟啊?都是谁?我去找他们。"

妻子:"你去找谁?你凭什么找人家?"

赵所长愣住。

妻子:"孩子愿哭,你叫她哭会儿。吃饭了没?没吃赶快吃饭,吃了饭睡觉。你有几天不睡觉了?"

赵所长一屁股坐在沙发上,很沉重的样子。

赵所长:"你给我弄点酒去,我想喝点儿酒。"

妻子:"喝啥酒?空着肚子喝酒伤身子。"
赵所长:"叫你弄你就弄嘛。"
妻子叹口气去了厨房。
赵所长:"雨,雨。"
女儿从里屋出来,红着眼睛,却不再哭了。
赵所长怜爱地看着孩子,伸伸手,女儿乖巧地过来。
赵所长小声说:"你看看,还说长大了干爸爸这一行哩,还动不动就哭鼻子。"
小雨低下头。
赵所长:"干这一行,就得什么苦都能吃,什么委屈也能受。"
小雨细声细气地说:"我是替爸爸哭的。"
赵所长:"什么?"哭笑不得地看着女儿,搂过她来,在她脸上狠狠地亲了一下:"不错,替爸爸哭的。谢谢你啦妮。去学习吧,咱下回考个全班第一,气死他们。"
小雨抬头对爸爸天真地一笑,回里屋了。

赵所长起来出去。
赵所长家的厨房在院子里。厨房里还亮着灯。赵所长走到门口:"忙啥呢?又不是过年。"
妻子在里面炒着:"我给你弄两个下酒菜。"
赵所长:"我和你说件事。"
妻子头也没回:"说吧。"
赵所长:"我走了。"
妻子回头:"我这就弄好了。"
赵所长:"给我装饭盒里我带上。我这几天不回来了。"
妻子:"忙?"
赵所长:"忙也是一方面,主要是咱妮。你叫孩子告诉她老师,她爸不回家。"
妻子明白了:"理他们干啥?啥人没有啊?"
赵所长:"不是理他们,是为咱妮。我就见不得咱妮受委屈，一点委屈也不行。我等彻底完了事儿再回来，我戴个红花回来，开着车上学校接咱妮去，叫咱妮光荣一回。"

妻子："你呀。"

赵所长："给我装饭盒吧。"

妻子叹息一声，回头去干活。

赵所长看着妻子的背影，突然过去，从背后搂住她。

妻子挣扎了一会："你看看你，没正形。"

赵所长这一回却抱着她，没松手，低声说："唉，我多有福，摊上了你和咱妮。我可真有福啊。"

妻不动了，任他抱着……

赵所长来到派出所，打开办公室的门，墙上的表已经指向了十二点。

他把包丢在桌上，打开了饭盒。妻子做得还真精致，有肉有蛋。赵所长趴上去贪婪地闻闻，又从包里掏出一瓶二锅头，找个纸杯子倒上，深深地喝了一口。

赵所长："好生活。"

突然停下，想起了什么，打起了电话。

赵所长："乔所长？乔所长还没歇着呢？乔所长，有件事我和你商量一下，就那个看车的活，原来咱不是给你老家的侄子了吗？你看看咱给你侄子另找个活行不？我把那个活给别人了……乔所长你千万别这么说，我也是没办法，是为了在顺家园 B 座……当然，当然不是给那个楼里的人，那个楼里的人没办法出来。是为了那个楼里的人给了另外一个人……算了，我都说糊涂了，总而言之你知道我也是为了工作就行了。什么？什么？这样吧，这个工作，就先让别人了，我再帮他另找个，行不？好，谢谢，谢谢你老乔，谁叫咱是老搭档。再见。"

赵所长挂上电话，自己发着呆，突然笑起来。笑完，又翻起自己的小本本，嘀咕着："再找个，再找个，我上哪变出个工作给他？"

那盒做得很精美的菜还放在桌上,纸杯子里的酒也只下去一点点,赵所长蜷曲在沙发上睡着了。

3

王贵生正在电脑前趴着,眼睛突然睁大了。

电脑上,署名"老顽童"的一篇帖子,题目是:《市政府应该关注被隔离下岗工人的生活》。

王贵生打开看了看,摸起电话。

王贵生:"左老师,那篇文章是您写的吧?"

左光在电话里说:"是我。"

王贵生:"左老师您不能这样,您这不是给我出难题吗?"

左光在电话里不解地说:"我是向市政府提建议,和你有什么关系?"

王贵生:"我是领导小组的组长啊。叫市里领导怎么看?"

左光在电话里强调说:"王局长,有句话叫文责自负,我写的东西,自然是我负责,和你没关系的。"

王贵生:"左老师,我希望您自己能删掉。我是党员,你是政协委员,在这个时候,咱不能给市政府添麻烦。"

左光在电话里不高兴了:"这怎么是添麻烦?这是向市政府提建议,我是政协委员,我不该提建议吗?"

王贵生赔笑说:"左老师,咱们好好谈谈。"

左光在电话里拒绝:"不不不,我不和你谈,我忙着呢。"电话挂了。

王贵生生气地呆着。

电话又响起。

王贵生拿起来:"左老师?"

电话里,刘一平的声音:"贵生同志?"

王贵生:"刘书记,是我。"

刘一平在电话里说:"贵生同志,我看到那篇谈下岗工人的帖子了。"

王贵生赶快地说:"对不起刘书记,工作我没做好……"

刘一平在电话里问:"贵生同志,别隐瞒,老顽童是你吧?"

王贵生吓了一跳,急忙否认:"不不不,不是我。"

刘一平在电话里爽朗地笑着:"贵生同志,不要推辞。你提了一个很好的建议啊。我们过去是想得不周到。请你转告楼里的下岗职工,市里明天就讨论这个问题。"

王贵生一愣,马上高兴地说:"是,谢谢市领导,我一定转告。"

刘一平在电话里语气一转:"贵生同志,你多大岁数了?"

王贵生:"我……四十岁。"

刘一平在电话里哈哈大笑起来:"四十岁就叫老顽童?"

王贵生不置可否地笑着。

刘一平在电话里说:"看样子你童心未泯啊。好,好。再见贵生同志,等隔离结束了,我再认识一下老顽童。"

刘书记的电话挂上了。而王贵生却依然拿着电话想着什么。突然起身,匆匆去橱子里找了些东西,放进一个纸袋子里,急急忙忙出去了。

周捷正在家里打电话。

周捷:"冯大夫,那种药可能没用,这一种可能就有作用啊。您就再帮我买一回吧。"

冯大夫在电话里说:"周捷,你怎么变成这样?你平常不是这样子啊。你明明知道那都是骗人的。"

周捷:"万一呢?万一有用呢?"

冯大夫在电话里说:"可能吗?周捷,不要骗自己。"

周捷不说话了。

冯大夫仍在电话里说："他们利用的就是病人家属病急乱投医的心理。我行医四十年，我知道，越是现代医学没办法的疾病，越有人敢大包大揽。"

周捷轻轻地开了口："冯大夫……"

冯大夫在电话里关切地问："周捷，你怎么啦？"

周捷："我知道我表现得很愚蠢，知道我在受骗，可即使这样，我也得做。你所爱的人，你生命中惟一的人一步步走向死亡，你能眼看着什么也不做吗？冯大夫，我不是在救他，我是在救自己，我是在和他一起挣扎。"

电话里沉默了。

周捷："冯大夫，如果你不帮，我就找别人。只要左光还活着，我就得尝试，不管有没有用。"

冯大夫在电话里深深地叹息："好吧，我明天再去买。"

周捷："冯大夫，谢谢你。"

她挂上了电话，深深地埋下了头，长时间没抬起来。

门铃刺耳地响起来。

周捷抹了把脸，过去打开门，很意外地发现门外站着王贵生。

周捷看样子并不打算让他进来，很客气地堵在门口："王局长，有事？"

王贵生："左光同志不在家？"

周捷："不在，刚才有电话进来，把他叫走了。"

王贵生硬进来了。

王贵生："小周同志……您是姓周吧？你看看，这几天事儿太多，我也没顾得上过来看看。家里有什么困难吗？"

周捷："谢谢，没有。"

王贵生把纸袋子递给她："两瓶84，几个口罩，是局里的同志给我送来的。工作要做，安全也得注意啊。"

周捷急忙推："不用不用，我们有。居委会不是天天发吗？"

王贵生："不不不，一定要留下。"小声地说："现在的消毒液，假的太多。这两瓶肯定真的，是他们直接去厂里买的。"

周捷："我们真不要。左光不在乎，我也不在乎。"

王贵生："你嫌少？是不是嫌少？"

周捷还欲推，左光一步进来了。

左光："王局长，您怎么来了？"

周捷："左光，你看，王局长送来的84和口罩。"

左光感动地说："哎呀，这怎么好意思？"

周捷："就是嘛。王局长您还是拿回去。"说着又坚决往王贵生手里塞。

王贵生："小周，你这样可就不对了。"

左光："周捷，收下吧。这份礼物一定要收的。"

周捷无奈地收下："王局长，可谢谢您了。"

左光："小捷，王局长想得多周到。我们有什么可以送给王局长的吗？"

王贵生赶快地说："不用，不用。上次左老师不是送给我一份最珍贵的礼物了吗？"

左光不明白地问："什么？"

王贵生："左老师的大作呀。"

左光想起来了，很高兴地说："谢谢，谢谢。"

王贵生："左光同志，我是想来和你沟通一下。其实你帖子里说的问题，也是我一直在想的。我只是觉得还是不采取这种方式，直接跟市领导说好一点。我已经向刘书记反映了。"

左光："真的？刘书记怎么说？"

王贵生："刘书记很重视，说明天就开会商量。"

左光："那可太谢谢你了。一会儿我给田师傅打个电话。另外，王局长，我建议你们领导小组统计一下，楼上共有多少下岗工人，评估一下隔离会给他们造成多大经济损失，给市里制定政策的时候提供一个依据。"

王贵生:"好啊。这事儿就你来负责吧。"

左光:"我不行,我不是干这个的。我和统计啊、数字啊一打交道头就疼。"

王贵生:"那,我交给那几个年轻人。年轻人,腿脚好,跑腿的事他们多干。那么,我就走了。"

王贵生说走,身子却不动。

左光站起来准备送客了,看他不动,很奇怪地说:"还有事王局长?"

王贵生:"左老师,您是有学问的人,帮我起个网名好不好?"

左光:"网名?嗨,不过是个符号,你自己喜欢什么,就起什么呗。"

王贵生:"你说怪不怪,我起了半天,觉得什么名字都不如你的老顽童好。干脆,你把这名字让给我得了。"

左光哈哈笑起来:"这名字你用太老了吧?"

王贵生:"不老,不老。让给我吧,啊?"

左光:"好,你喜欢你就用。"

王贵生:"那密码呢?"

左光:"1234567。你用吧。"

王贵生这才站起来:"你休息吧。"

左光送他到门口,关上门回来,对周捷:"这个人还是很不错的。你看人家还想到送给我们这些东西。"

周捷含着笑:"你们说话的时候,我上了一会儿网。你猜我看到了什么?"

左光:"什么?"

周捷:"刘书记在你的帖后面跟帖了。"

左光:"真的?我去看看。"

他到电脑前坐下,周捷跟进。

左光:"真的跟了。刘书记是个好干部。"

周捷:"这回你知道他为什么来了吧?"

左光还是不明白:"为什么?"

周捷:"你呀。刘书记九点二十跟的帖,他九点半就来了。"

左光:"这有什么关系啊?"

周捷:"你以为他改变观点了?你以为他真的给市里领导打电话了?他一定是看到了刘书记的跟帖,所以才来对你说这番话,所以才要你的网名。你信不信,他会对刘一平说,老顽童就是他。"

左光皱皱眉:"小捷,别这么刻薄好不好?人家还送给我们东西呢。"

周捷:"你呀。"

4

清晨,赵所长趴在田林成家窗外敲着窗户。

赵所长:"田师傅,还没起吗?酒还没醒过来?"

张亚丽睡眼惺忪地出现在窗后:"赵所长,有事?林成他昨天喝大了。"

赵所长:"快,叫他起来,有好事。"

张亚丽:"啥好事啊?"

赵所长:"大好事。我帮他找到工作了。"

张亚丽又惊又喜:"什么?找到工作了?"脸突然不见了,接着听到张亚丽在里面喊:"林成,林成,快起来。你这死猪,睡死你拉倒,快起来,赵所长帮咱找到工作啦。"

先听到田林成嗯嗯呀呀不肯起,一听到找到工作了,啊了一声,脚步声过来,接着田林成的面孔出现在窗户上。

田林成:"赵所长,上哪工作?不隔离我了?"

赵所长:"想的你。就在这楼里干活。收垃圾,怎么样?一个月八百。"

张亚丽惊喜地说:"一个月八百?林成,我一个月能挣一千五,你挣八百,咱合一块就两千三啦。快,谢谢所长啊。"

田林成却头一耷拉,从窗户上下去了。

赵所长:"咦,田师傅……"

田林成:"我不干。我不侍候那些狗东西。"

张亚丽:"咦,林成,你这是干什么呀?"

田林成冲她吼一声:"我不干!我一个大老爷们比你挣得还少,以后你还不得骑到我脖子上拉屎啊?"

赵所长:"田师傅,你这个人真是不知道好歹,什么工作不是侍候人?我一天到晚呆在这儿,不是侍候你们吗?你不干就算,别说我没帮你,哼,为了腾出这个位置给你,我和头驴似的不知道推了几圈了,你还不干。"

张亚丽赶快赔笑:"他干,所长,他干。你放心吧。从什么时候开始?"

赵所长:"要干,今天就开始,这就去收垃圾去。对了,到门口来,领防护服。"

张亚丽:"我去领。"

张亚丽狠狠地点着田林成的头:"你这个人,真是死要面子活受罪。咱卖猪下货,一个月能挣几个钱?这就楼上楼下收收垃圾,一个月就八百,上哪找啊?"

田林成:"就是收,楼上这一家的也不管。"

张亚丽:"咦,你还能绕过他家去?你不管,我收。你等着,我去领防护服去——还给防护服,这还不是白给的?"说着欲出门。

门铃响了。

张亚丽:"看看,人家送来了。"赶快打开门,门口,站着王贵生。

张亚丽:"王局长……"

王贵生满面春风:"田师傅在家吧?"

田林成在屋里没好气地说:"不在!"

王贵生知趣地没往里走,对张亚丽:"告诉田师傅,咱抗非典领导小组向市里反映了楼内下岗工人因为隔离生活受影响的问题,引起了市领导的高度关注,市里今天就专门讨论这个问题。"

张亚丽:"真的?林成,你听听,你听听,你还不出来谢谢人家王局长?王局长,多亏了你,这话要是换了咱说,人家领导哪里会听?"

王贵生谦虚地说:"哪里?这是我们当干部的应该考虑到的。"

田林成从里屋出来:"王局长,我是个混人,你别和我一般见识。"

……

从这天开始,田林成和张亚丽都穿上了防护服,逐门逐户地收垃圾……

5

顾真坐在客厅的沙发上,正呆呆地听电话里说着。

顾真:"这么说,到底没谈成?你们……你们是干什么吃的?这么一个大主顾放走了,我看你们明年吃什么!"说完气愤地摔了电话。

陈老师正好端了两碗药从厨房里出来,被她的动作吓得一呆,停了停,才怯怯地过来,把其中一碗放在顾真面前。

顾真突然发作起来:"谁叫你熬的药?不是告诉你家里的东西你都别动吗?"

陈老师没说话,只是端了另一碗继续往里走。

顾真:"回来!"

陈老师赔着小心:"我去给青青送药。"

顾真:"不许你去,你不要接触青青。你想把病传染给大家啊?"

陈老师停了停,又继续往里走。

顾真站起来,歇斯底里地喝道:"你回来!回来!你这个人真是不可理喻!"

晓青从自己房间里出来:"妈!别吵了好不好?你还嫌不够乱啊?"一边说着一边把药接过去,捧起来就喝。

顾真:"青青,别动,他会传染你。"

晓青一口气把药喝了:"我爸还不一定有非典呢。"晓青看着爸爸那感激的目光,叹了口气,像对小孩子一样小声说:"爸,这些事儿以后您别做了,我来吧,您在房间里别出来。"

陈老师:"你量体温了吗?"

晓青:"量了,没事儿。您回去吧。"

陈老师回了自己房间。很快又传出钢琴声。

客厅里的顾真,长叹一声:"天哪,天哪!"使劲堵住自己的耳朵。

钢琴声不绝如缕地响着。

顾真跳起来:"受不了了,再也受不了了!"去了晓青房间。

晓青正趴在电脑前写东西,顾真进来了,并随手关上了门。

顾真:"青青。"

晓青一回头,发现妈妈居然哭了。

晓青:"妈,你怎么啦?"

顾真:"青青,你妈的婚姻真是一塌糊涂。"

晓青:"妈,又是因为爸爸?他也不是有意要传染非典的。"

顾真:"可是从这件事上可以典型地看出这个人的为人。他为什么偏偏这个时候要去医院?他为我们想过吗?你听听,他把非典带到我们家来了,他还在那儿弹琴。他高兴着呢。"

晓青:"爸爸就这点嗜好,你就叫他弹吧,你听不见不就完了?"

顾真:"告诉你,我这辈子都是这么活着的,我整天装听不见看不见。可我不能欺骗自己一辈子啊?青青,你妈这个人,在外面可以说是风光无限。人人都以为我一定生活幸福婚姻美满,谁能知道我回家来过的什么日子?谁知道?"

晓青:"妈,既然爸爸让您这么痛苦,您还拖着干什么?正好,隔离着,您那些生意也没做成,闲着也是闲着,你们俩谈谈,离婚吧。"

顾真:"我能吗?你看看他那个样子,我能吗?我能抛弃他?"

晓青:"妈,您和爸分居也这么多年了,你痛苦,他也痛苦,过去说是为了我,现在我早长大了,离吧。你离了,还有我呢,我养活着爸爸就是了。"

顾真:"哼,就是我离,他能愿意?青青,他这个人是甩不掉的,要能甩掉,还有今天吗?"

钢琴声突然没了。

母女俩都一愣,一回头,陈老师进来了。

陈老师:"离婚?我同意。我要和你离婚。咱们离婚了。"说完回身就走。

顾真大吃一惊:"什么?"

陈老师又回头:"我和你离婚,从今天开始离婚了。"

顾真跳起来就去追:"你说什么?你再说一遍。"

陈老师:"不说了,说完了。"一边说着一边在琴凳上坐下来,又弹起他的琴来。

顾真过去:"你这是什么意思?不行,你得说清楚,到底谁和谁离婚啊?"一边说着一边就要去扯陈老师。

陈老师一睁眼:"别碰我,我们离婚了。"

顾真呆住了,回头茫然地看看跟过来的晓青:"青青,

你看他……"

晓青:"爸,你就先停一下吧,真要离婚,也不是一句话的事儿啊,你和妈好好谈谈,几十年的婚姻,就这样完了?"

陈老师干脆地说:"不谈,没什么好谈的。离了就是离了。"突然一抬头,看着顾真:"对不起,这个房间是我的,非请莫入,请不要随便进入我的房间。"

顾真不知所措地看着晓青:"你看看,你看看。"

陈老师站起来,很有礼貌但很坚决地做了个请的手势:"请吧!"

顾真身不由己地出来了,晓青关心地看着她:"妈。"

陈老师把门关上,长舒了一口气,高兴地坐在琴前,双手欢快地在琴上弹了起来。

晓青搀着顾真在客厅的沙发上坐下。顾真呆着,好像还没缓过劲来的样子。

隔壁的琴声正弹得欢快。

顾真突然哭起来。

晓青:"妈,妈,您别和爸一般见识,他就这么个人,一辈子长不大似的。"

顾真泪眼婆娑地拉住晓青:"青青,哪有这种事啊?将就了他一辈子,被他拖累了一辈子,到头来,倒好像我被他抛弃了似的。"

晓青:"妈,既然离婚嘛,还管是谁抛弃的谁?他痛痛快快要离不更好吗?"

顾真:"那可不行。这到底是谁抛弃的谁?你妈在外面大小也是个老总,手底下好几百号人,资产也有上千万,叫他这么个人抛弃了?"

晓青:"妈,不是他抛弃的你,是你抛弃的他,这不就完了吗?"

顾真:"不行,你看看刚才他那口气,那神态,那不是侮辱我吗？不行，这个婚我不能和他离。"

晓青："你们这样拖下去，拖到哪一天啊？"

顾真："拖到哪一天算哪一天，他不让我好过，我也不能让他好过。"

晓青哭笑不得："妈，你这口气，咋突然真像那些死活不离婚的家庭妇女了呢？"

此刻，陈老师在他的房间里，完全一副被解放了的神态，正摇头晃脑，弹得愈发欢快。

6

这是高大平的家。

桌上放着个棋盘，窦康正在往上摆棋子。

窦康："你还跟我下，你能得你，动都不能动还下棋。"

高大平躺在床上："小子，我下棋那会儿你还不知道在哪呢！"

窦康已经摆好了："泰山不是垒的，牛皮不是吹的，走，当顶炮！"

高大平嘲笑地说："你还在原始阶段呢！上相！"

窦康："吃卒。"

高大平："贪，这就是你的毛病。走马！"

经过一番厮杀，很快到了残局。窦康抓耳挠腮，看样子局势不妙。

高大平："平车，将！"

窦康一愣，看样子死棋了。

窦康头也不抬，手轻轻一动，从已经被吃掉的棋子里偷了一颗，啪地一声落在棋盘上。

窦康："马进二平五。挡住了。"

高大平："咦，你那儿哪有匹马呀？"

窦康："怎么没有？一直在这儿窝着呢。我保存兵力，知道你有这一手。"

高大平:"胡说,你两匹马都叫我吃了。你偷的。"

窦康:"谁偷的?你抓住我了?你有啥证据?"

高大平:"我怎么没抓住你?抓住你几回了?你小子屡教不改。老实点儿老实点儿,放回去,这属于犯罪中止,可以减轻处罚。"

窦康嬉皮笑脸:"反正没当场抓住就不算。"

高大平:"好吧。炮沉底,将!"

窦康赶快看棋盘,又愣住。

高大平高兴地笑着:"你小子,以为我就一招啊?小看我。早就告诉过你了,退了休,也是个警察。"

窦康溜他一眼,看样子又要故伎重演。

高大平:"手别动。"

窦康无奈地说:"好好好,算俺大意失荆州,让你一盘。再来再来!"

高大平:"你还让,让,你小子醉死不认这壶酒钱。来就来!"

窦康又热心地摆起棋来。

7

医院里,看样子医务人员刚刚开完会,正各自往回走。

一个护士赶上邹烨:"邹大夫,您说,咱们这回不用报名了吗?咱们一直在发烧门诊,不就算是在抗非典第一线了吗?"

邹烨朝她笑笑:"你别报了。你一直在发烧门诊,再说,你孩子这么小。"

护士:"可是,领导号召党员带头,我可是预备党员啊。"邹烨一笑:"那你就先预备着点儿,下回如果轮岗的时候你再报。"

大力正在家中一边喂栋栋吃饭,一边看午间新闻。电视上,正在播送广东医生邓在贤以身殉职的消息。

大力的注意力全在电视上,勺子一不小心捅到栋栋脸上,栋栋哭起来。

大力赶快抱住栋栋:"好栋栋,乖儿子,别哭,千万别哭。"

栋栋奇怪地不哭了,也看着电视。

大力嘀咕着:"天哪,天哪。"

电话铃响了。

大力扑过去拿起电话:"邹烨?"

邹烨在电话里问:"大力,你和栋栋都好吧?"

大力:"都好,我们都好。邹烨,你怎么样?你没事吧?"

邹烨在电话里说:"没事。昨天晚上的电视我看到了,几天不见,栋栋好像长大了。"

大力:"邹烨,你什么时候能回来?你们那儿总不能让你一个人看发烧门诊吧?"

电话那边没说话。

大力:"邹烨?"

邹烨在电话里有些犹豫地说:"大力,医院今天开会,要抽人进SARS病房,院里要求大家主动报名,你说,我报不报?"

大力:"你当然不能报。邹烨,你不能报。你已经在发烧门诊了,你已经在第一线了,你还想去肉搏啊?"

邹烨在电话里哭了:"大力,我是党员,再说,反正我已经接触过非典病人了,别人还没接触过。"

大力:"所以应该让别人去,总不能危险的事全落在咱身上。邹烨,你别犹豫,你别报。"

电话那边没人说话,只传来轻轻的哭声。

大力："邹烨，求你了，你想想我，想想栋栋。今天电视上报道，广东有个姓邓的医生感染非典去世了，你知道吗？邹烨，你不能去。"

电话里仍然在轻轻地哭着。

大力："邹烨，你知道我一直不是个称职的丈夫，我不会照顾家，不会照顾孩子。咱们这个家里，你是顶梁柱。万一你进去了，感染了，咱们家可就完了。"

电话里仍然在哭着。

大力："你别哭，邹烨，你别哭。你不是胆小，不是怯懦。你能做的都已经做过了，现在，你替我想想，替栋栋想想。"

电话里还是哭。

大力抱过栋栋："栋栋，叫妈妈，你哭给妈妈听，哭。"

栋栋却不哭，抱着话筒回过头："妈妈在里面？"

大力狠狠地扭了栋栋一把。

栋栋大哭起来。

电话突然断了，传来嘀嘀的长音。

大力重新拨，里面传出电脑声："对不起，您要的手机已关机，请稍候再拨。"

大力呆着，慢慢地扣上了电话。

大力："你呀，你呀！"

刚才邹烨是躲在医院一个没人的角落，用手机给大力打的电话。通话后，她不断地哭着。最后毅然地关了手机。她满脸泪水地进了洗手间，洗了洗脸。此时，她正对镜补着妆，补得很仔细。

一个护士从她身后过，开着玩笑："邹大夫，又回不了家，打扮这么漂亮给谁看啊。"

邹烨没说话，继续对着镜子端详着自己的面孔，直到满意为止。

她走向院长办公室。到了门口,轻轻地敲了敲门。
院长:"请进。"
门开了。邹烨像一片树叶无声地飘了进来。此刻的她,面孔平静,显得端庄美丽。
邹烨:"院长,我报名去 SARS 病房。"

栋栋坐在地下玩,大力端着机器,正费尽心思地寻找各种角度拍摄着栋栋。
大力:"栋栋,笑,对着镜头笑。对,就这样好儿子,记着儿子,从今天开始,咱爷俩只许笑。"
栋栋仰起头来,天真无邪地笑出声来。

李立正伏在电脑前工作,小凡在床边哄着床上的孩子。
门铃响了。
小凡答应着,过去开门,门口,站着小玉。
小凡一愣,小玉已经笑开了:"是小凡姐姐吧?姐夫在家吗?"

小凡突然认了出来:"你是倪虹家的……"
李立听到她们的对话,抬起头来。
小玉:"是。小凡姐姐,姐夫在家吗?"
小凡:"李立,李立。"又对小玉:"有事?"
小玉:"上次姐夫帮我们修的电话,电话线头还露着。说起来也不要紧,可我姐那个人讲究,见不得家里哪儿不利索。"
小凡:"李立,李立!"
李立迫不得已出来:"小玉来了?真对不起,我没找到黑胶布。"
小凡:"黑胶布?咱家那工具箱里不就有吗?我去找。"说着就进去了。
李立看看小玉,小玉目光狡黠地看着他。

李立有点尴尬地咳了一声。

小凡已经把黑胶布拿出来了:"去,帮倪虹弄利索。"

李立接过来递给小玉:"自己去缠上吧,我还忙着。"

小玉:"我可不敢。电的事我没动过。"

小凡:"你看看你这个人,拿起架子来了。你过去干活不这样啊。"对小玉抱歉地说:"他这个人啊,从来干活都是漂漂亮亮的,一点尾巴也不能留。这回啊,他是忙糊涂了。人家隔离都在家里享清福,他倒比上班还忙。"又推了李立一把:"快去吧。"

李立不情愿地说:"那好,我们走吧。"

小玉狡黠地一笑,对小凡亲热地说:"小凡姐姐,我们上去了。有空去我们家玩啊。"

第十章

1

倪虹正在打电话,神情很是激动。

倪虹:"我弄明白了,我全弄明白了,是你让他们写的。你是我的经纪人,你怎么敢这样对我?"

经纪人在电话里说:"哎呀,我的大小姐,我为什么你还不懂?好端端的你被隔在里面了,半个月不露面,等你再露面的时候大家还记得你吗?我不过是想让你的名字不断地出现在报纸上,让大家别忘了你。"

小玉领着李立进来,一看到这架势,有点为难。李立善解人意地小声说:"没关系,让她打吧,我进去把活干了。"

小玉领着李立去了卧室。

李立在那儿包线头,倪虹的声音传进来。

倪虹:"可你也不能用这种办法,你把我打扮成什么了?不讲道德的第三者,摇尾乞怜的可怜虫。我还没到那一步呢!"

李立听着,小声问:"巧云怎么回事?"

小玉:"一定还是为那个许雷的事。我姐早就不理他了,经纪人还硬把他们扯在一起。"

李立:"那个许雷啊?巧云和他不合适。那是个花花公子,他傍过几个女明星了?"

小玉:"就是。李先生,我姐佩服你,她可崇拜你了,你一会儿说说她,她一定听。"

李立苦笑:"我?"

外面,倪虹的声音:"你不要再给我添乱了,你就让我安安静静休息这几天吧。拜托。"电话关了。

李立已经利索地把活干完了,还很小心地把线藏好:

"好了。我走了。"

小玉:"李先生,您就再坐一会儿吧。"

李立:"不坐了,我家里还忙着呢。"

倪虹呆呆地坐在沙发上。李立从卧室出来,小玉在身后跟着,还挽留着他。

小玉:"李先生,你看这多不好意思啊,每次干完活就走,连口水也不喝。再坐一会儿吧。"

李立:"以后吧。我还有一点活没干完。巧云,我走了啊。"

倪虹没说,也没动。

李立:"以后我再上来看你。"一边说着,一边从她身边过去。

还是没人回答。

李立已经走到了门口,不由得回过身来,看到倪虹脸上是那样一种说不出的孤独和悲哀。

李立停下了,小心地叫了一声:"巧云!"

倪虹不说话,抬眼看着他。

小玉高兴地说:"李先生,您陪我姐在这儿坐一会儿,我去把晚饭拿上来。"一边说着,一边赶快跑了。

李立犹豫了一下,终于回来:"巧云,到底怎么回事?"

倪虹:"李立,人活着,多么不容易。"

李立:"因为报上登的那件事?"

倪虹:"你看了?"

李立没说话。

倪虹又激动起来:"你看看,我都躲到这儿了,他们还不放过我。天下之大,难道就没我的容身之地了吗?"

李立:"巧云,你不是说过,你成天就被这些绯闻啊什么的包围着,已经习惯了吗?"

倪虹:"可是我被隔离着。"

李立:"有什么两样?"

倪虹愣了，没回答。

李立："是你的经纪人怕外面忘了你，还是你自己怕外面忘了你？"

倪虹生气地说："李立，你怎么敢这样说我？在你眼里我就是这么个人？"

李立不说话，只瞅着她。

倪虹的目光先虚了，转开了脸："李立，他们都出来了，名义上是为抗击非典做公益广告，可谁心里不清楚？这个时候哪怕出一次镜，也是为自己做了大广告啊。只有我，只有我被关在了这儿，什么也不能做，还看着别人继续传播我的什么绯闻。"

李立叹一声："巧云，回到这儿来，别做倪虹了，就做几天巧云吧。把外面的事全抛开，过几天安安静静的日子。"

倪虹把面前的报纸拍拍："可是你看到了，他们不让我安静，他们总在胡说八道。"

李立："让他们说去。"

倪虹："什么？"

李立："让他们说去，爱说什么说什么，你不看，也不想，关上门，过自己的，试试会怎么样。"

倪虹呆了，看着他。

李立带几分怜悯地看着她："巧云，你累了，你看看你现在的脸色，成什么样了？趁着这几天有空，晚上早睡觉，早上早起床，锻炼锻炼身体，找点平常人能干的事儿干干。你试试。"

倪虹："可是，我能干什么呢？"

李立被问住了

倪虹悲哀地说："你瞧，除了唱歌，我不会过老百姓的日子了。"

李立突然问："你这儿有电脑吗？"

倪虹："没。那天这楼上一个小伙子来问要不要电脑，我没要。"

李立:"我有台笔记本,改天我给你送上来,你帮我打一份文件吧。"

倪虹:"什么文件?"

李立:"我的学生写的一份论文,我给他改过的,准备送出去发表的。你会打字吗?"

倪虹:"论文?哎呀,我不会打字。"

李立亲昵地说:"你呀,你可真是除了唱歌什么也不会呀。"

倪虹高兴地说:"没关系,我可以学呀。我愿意干。将来我唱不动了,也许我会改行给人当秘书呀。"

李立:"真的,你可以学,现在有一种智能狂拼很好学,打得也很快的。不过我们的文章不大好打,会有许多的符号,没关系,我可以教你。"

倪虹像孩子一样着急地说:"我打,我现在就打,你马上给我拿电脑去。"

李立:"你呀,三分钟的热度,说不定打不了两天就烦了。"

倪虹:"不会,肯定不会。小时候你帮我做过那么多的作业,我总得报答你呀。"

李立突然看她一眼,两人一下子都不说话了。

李立站起来:"我去拿。"

小凡正在洗菜,李立进来。

小凡:"回来了?胶布呢?我再放回工具箱里去。"

李立一愣:"哎呀,丢在宋巧云家里了。"

小凡:"你呀,平常挺仔细的一个人,怎么突然变得丢三落四了?"

李立笑笑:"不过不要紧,我还得上去一趟。小凡,宋巧云回来没带电脑,她想借咱的笔记本电脑用用。"

小凡:"给她用吧。像她这样的人,平常前呼后拥的,这一下子隔离了,还不得闷死她?快送上去吧。"

李立答应着,去屋里拿了电脑出来:"我去了。"

小凡:"早点回来,要不,你问她愿不愿意到咱家来吃饭,要是她不怕非典的话。"

倪虹正拿着一把指甲剪准备剪自己长长的、涂满了指甲油的指甲,左右比画着不忍心下手的样子。

小玉回来,一看到她吓了一跳:"姐,你干什么呀?"

倪虹:"小玉,你过来帮我剪掉它,我自己不舍得。"

小玉:"姐,你剪了它干什么?花多少钱修的呀。"

倪虹:"小玉,我要帮着李立打文件。你看过打字员留长指甲的吗?"

小玉惊讶地问:"打文件?"

倪虹:"是啊。我帮他打个论文。上学的时候,他成天帮我做作业,现在,也轮到我帮他做一回作业了。"

小玉高兴地说:"真的?李先生可真会抓苦力啊。"拿起指甲剪:"姐真舍得剪吗?"

倪虹:"怎么不舍得?我以后要学着干的事还多着呢。小玉,明天的报纸,咱不要了,电视咱也不看了,外面的事和我没关系,咱们在这儿好好地度假。"

小玉:"好嘞。姐,我可剪了。"

倪虹:"剪吧。"

小玉一下子剪下去。

李立进来:"巧云,拿来了。"

小玉:"李先生,你看,我姐为了给你打字,把指甲都剪了。你知道我姐这指甲留了多久,花多少钱修的吗?"

李立吓了一跳:"真的?巧云,你可真是的。"

倪虹:"我愿意。小玉,剪吧。"

小玉:"李先生,你可得教会我姐打字啊。"

李立感动地对倪虹:"你呀!"
……
李立走后,倪虹便趴在电脑前,很笨拙地学着打字。
小玉从厨房里伸出头来:"姐,吃饭了。"
倪虹不耐烦地说:"不吃不吃,没空。"
小玉看着她笑了。

2

傍晚,楼门口的小黑板上写着:四月二十五日,我楼居民许大力的妻子邹烨今天主动请缨,进了SARS病房。让我们对她表示崇高的敬意,并祝好人一生平安。

下面写着一条手机短信:"让我们把手洗干净,然后握得更紧;让我在十八层口罩后面,看看你微笑的眼。"

大力家的门口,不知道谁放了一束鲜花,上面写着一行小字:"祝邹大夫早日回家。"

这时,大力和栋栋正在家中看电视。电视屏幕上出现了《关注在顺家园》专题栏目的片头。

女主持人:"今天,我们继续讲述在顺家园居民许大力家的故事。就在今天,许大力的妻子邹烨大夫主动申请进了SARS病房。我们的记者闻讯赶到人民医院,在那儿,我们只拍到邹大夫这样一幅图像。"

镜头是在病房外拍的,高高的楼上窗里,一个全副武装、戴着防护眼镜、捂着大口罩看不出眉眼的人远远地对着镜头摆摆手,做出了一个"V"字形。

女主持人:"据我们了解,邹大夫此刻应该下班了,邹大夫,您在看电视吗?您的丈夫和儿子栋栋要和您说话。"

电视上出现大力抱着栋栋的镜头。他们都笑着。

大力:"邹烨,你看到我和栋栋了吗?我们都很好。告诉你,我会蒸蛋羹了,也会给栋栋洗澡了。栋栋好几天没尿床了。你不要挂念我们。邹烨,你一定要保护好你自己啊,我和栋栋等着你早日回家。"

在他说话的时候,栋栋不断地和他捣着乱。

邹烨也在宿舍看着电视——
栋栋正对着镜头说话。
栋栋:"妈妈你那儿有麻雀没有?告诉你今天有一只麻雀飞到咱们家阳台上了,我和爸爸抓了半天没抓着。"
……
邹烨看着笑了。

3

傍晚,陈老师正在饭厅里往桌上摆饭,把所有的饭都分成三份。一边干,一边小心地伸头向外看看——顾真的房间门紧闭着。

陈老师:"青青。"
晓青从自己房间里出来。
陈老师小心地冲顾真房间努努嘴:"叫她吃饭。"
晓青笑笑,过去敲门:"妈,吃饭了,爸把饭做好了。"
房间里传出顾真的声音:"不吃。他碰过的东西我不吃。"

陈老师没说话,自己坐下大吃二喝起来,还把碗筷碰得劈里啪啦响。

晓青:"天哪,你们都几岁了?"说着又去敲门:"妈,妈,你不吃我爸全吃完了。"

这句话管用,顾真出来了,进了饭厅,一屁股坐下就吃。

陈老师看也不看她:"不是我碰过的东西你不吃吗?"
顾真:"我凭什么不吃?这份家当难道不是我挣下的吗?

我倒该问问你，你凭什么吃啊？这个家里有你的什么？"

晓青："妈。爸，你啥也别说了。"

陈老师还是忙里偷闲续上了句："我也有工资。"

顾真一脸鄙夷："你那两个工资，也好意思说。"

陈老师："你放心，我什么也不要，除了钢琴和青青。"

顾真："什么？你还想要青青？你凭什么要青青？青青是我的女儿。"

陈老师："难道不是我的女儿？"

顾真："她是我生的。"

陈老师："难道不是我生的？"

晓青："爸，妈，你们可笑不可笑啊？"

顾真："你看看他。"

陈老师干脆地说："反正青青是我的。"

顾真一下子把筷子摔了："不吃了！"

晓青："妈，你这是和谁过不去啊。"

顾真："青青，你看看他，他抛弃我，还要把孩子也从我这儿夺去，他这个人简直是蛇蝎心肠。"

晓青不由得笑了："妈，不是你要抛弃他吗？怎么突然变他抛弃你了？"

顾真："所以我不离，坚决不离。我拖死你。"

陈老师已经站起来了："我做的饭，你刷碗。我没事儿了。"一边说一边就回了自己房间，片刻就传来了钢琴声。

顾真："天哪，这日子不是人过的。"

晓青："那就离吧，别受这罪了。再说了，我大了，你们谁也要不去我。反过来，你是我妈，他是我爸，谁也不会失去我。"

顾真："不离，就不能和他离，不能让他痛快了。"

琴声突然停了，陈老师出现在里屋门口。

陈老师："青青，你不要刷碗。哎，你要把碗放到消毒柜里消毒。"

顾真："姓陈的，你过来。"

陈老师却转身回到自己的房间，很快又传出钢琴声。

这时，晓青端着一碗药出现在爸爸的门口。

晓青："爸，喝药。"

陈老师转过脸："谢谢你青青，放那儿吧。"

晓青进屋："不，你现在喝下。"

陈老师听话地停下，接过药喝下去。

陈老师把碗还给晓青，同时问："量过体温了吗？"

晓青："量过了。发烧。"

陈老师惊慌地看她："多少？"

晓青笑起来："吓你的。三十六度八。"

陈老师高兴地笑了，又弹起钢琴。

晓青："爸，你别气我妈了好不好？她也是四十多岁的人了，经不住气。"

陈老师惊讶地说："我为什么气她？我没呀。"

晓青："还没呢？你张口就要离婚，拉出一副要抛弃她的架势，你差点儿把她气死。"

陈老师："不是她想离的吗？"

晓青："那你也不能这么痛快地就同意了呀。你们二十多年的夫妻了，真的就这么一点不留恋？"

陈老师抬头想着，嘴里说："留恋？不留恋？嗯，真有点留恋呢。"

晓青高兴地说："那为什么不告诉妈？就算以后不是夫妻了，你们也是我的父母，做朋友也是好的呀。"

陈老师坚决地说："不能说。"

晓青："为什么？"

陈老师："我留恋的不是她。不是现在的她，是过去的，结婚以前的和刚结婚的。"

晓青："不是一个人吗？"

陈老师："不是。太不是了。"

晓青："怎么会?"

陈老师："青青,以后你结了婚就会知道了,嫁了半天,嫁的不是他。"

晓青："过去的妈妈什么样子?"

陈老师："你去问她。"

晓青："爸,你就说说嘛。"

陈老师："我说不上来。"指指自己的心:"在这儿呢。"

晓青感动地看着爸爸。看了一会儿,出了屋,又到妈妈的房间。

在顾真的房间里,晓青讲了爸对妈的看法。

不料顾真气得几乎要跳起来:"呸,他也好意思说,我这辈子才是所嫁非人。"

晓青："爸说您和当初的您不一样。哪儿不一样他让我来问您。妈,您和当初不一样吗?"

顾真："他还好意思说。他和当初一样吗? 他当初要这样我能嫁给他?"

晓青："当初爸是什么样的?"

顾真："我不说。你怎么不问问他?"

晓青："你也不说? 也在你心里藏着?"

顾真："什么?"

晓青："爸爸说,过去的你,在他心里藏着呢。过去的爸爸呢? 也在你心里藏着?"

顾真愣了,没说话。

4

灯下,高大平正在窦康的帮助下利用吊环做力量练习。高大平累得气喘吁吁,窦康也累得满头大汗。

窦康："五十,五十一,五十二,五十三……"

高大平一下子倒在床上。窦康也倒下。

高大平:"比昨天多了三个。"

窦康嘲笑地说:"什么呀,全是我在托着你。"

高大平:"你胡说,是我自己这只手有力了。你瞧,你瞧。"他吃力地伸出左手抓住吊环。

窦康:"起呀,自己起呀。"

高大平努力了好几次,没起来。

窦康:"还吹呢。"

高大平生气地说:"你走开,以后我的事不用你管。"

窦康:"真不用我管?真不用?"

高大平不说话了。

窦康:"睡吧。"自己在床边的地铺上也躺下来。

一阵沉默。

窦康:"我不明白,你这样不要命地练习这只手,到底是为了什么?"

高大平:"你不明白?你该明白啊。我抓了你五次,不全是这只手?"

窦康:"高叔,你这一说,我更不明白了。我在牢里的时候,经常琢磨这件事。要说起来,咱俩真算冤家对头了,也巧了,我哪次都栽到你手里。我就是不明白,你看看你这辈子,当了一辈子警察,连个所长都没混上。你整天满大街地抓小偷,到底是为了啥?"

高大平轻蔑地说:"和你说你也不懂。"

窦康:"你不尊重俺,你不尊重俺的人格。"

高大平笑起来:"你也有人格?"

窦康:"你这啥意思啊?幸亏你还是个警察哩。俺咋没人格?俺也是个人啊!"

高大平:"是人为啥不尊重自己呢?是人为啥当小偷,叫人家瞧不起?"

窦康突然愤怒地坐起来,脸几乎变了形,朝高大平大喊着:"不许你这样问!不许你这样问我!"

高大平吃了一惊。窦康变得杀气腾腾，两眼狂热而迷乱，身体神经质地抖着。

高大平不动声色地说："对不起，是我不好。我不该问。"

窦康突然爬起来，冲进了厨房，随着传来了水龙头大开的水声。

高大平警惕地张大了眼睛，仔细地听着。

片刻，窦康慢腾腾地回来了，目不斜视地从高大平床前走过，一直走到窗前，呆呆地看着外面。

高大平在后面看着他，轻声说："小窦，小窦子。"

窦康一听到"小窦子"三个字，像被火烫了一样一下子转过身来，声音颤抖地叫道："爹！"

高大平一愣，但没出声。

窦康目光茫然地四处找着，又大喊一声："爹！"

高大平温和地说："窦康，是我呀。"

窦康一抖，目光回到高大平身上，像不认识一样看着他，看了半天，似乎终于认出了他是谁，泄了气，摇摇晃晃回来，一头栽倒在地铺上。

高大平："窦康，窦康！"

窦康已经睡着了。

高大平担忧地大睁着眼睛。

屋里静静的。不一会儿，高大平发出均匀的鼾声。

突然好像什么地方一声响，窦康一抖，从地铺上一个激灵坐起来，目光茫然地四处看着。

他坐起来，穿上鞋，无声地出去了。

万籁俱寂，不知何处射进来的灯光把走廊隐隐约约地照亮。

窦康像条鬼影一样从高大平家闪出来。

他走到隔壁家门口，贴在人家门上听着，屋里传出鼾声……

太阳出来了。高大平从梦中醒来,突然想起什么,猛地转脸,放心了——窦康还躺在地铺上酣睡着。

高大平注视着梦中的窦康。熟睡中的窦康看上去像一个纯洁的孩子。高大平看着他,脸上现出几分怜爱。可猛然看到窦康脚上穿着鞋。

高大平吃了一惊,急忙四处查看,不由得惊呆了——从开着的卧室门看出去,可以看到客厅里放着一堆灭火器,它们本来应该摆在每一层走廊的角落里。

高大平看着,愤怒起来,大声喊:"窦康!窦康!"

窦康不醒,高大平挣扎着,伸出一条腿去狠狠地踢他:"窦康!窦康!醒醒!"

窦康一下子醒了,目光茫然,好像不知道自己身在何处。

高大平:"窦康,你小子夜里干了什么?"

窦康:"什么?"

高大平:"你夜里干什么去了?老毛病又犯了?"

窦康还是不明白:"什么老毛病?"

高大平冷笑:"你拿我当傻瓜吗?你看看那是什么?"

窦康回头,看到了那些灭火器,很奇怪地说:"咦,这是谁搬来的?搬这些来干什么?"

高大平:"装傻,你小子和我玩这个还嫩呢。"

窦康惊讶地说:"你的意思是我搬来的?我搬这些干什么?"

高大平:"哼,我起不了床,你没搬,难道它们是自己跑进来的?"

窦康急了:"那你也不能赖我呀。我睡得好好的,我怎么知道它们怎么到这儿来的?"

高大平看着他,他看上去不像装的。

高大平:"你说你不知道?"

窦康："我当然不知道，我要知道我是个儿。"

高大平看着他，没说话。

窦康："奇怪呀，它们怎么进来的？"

高大平慢慢地说："不管怎么回事，窦康，你把它们搬回去吧。"

窦康："可到底怎么回事呢？"

高大平："我有梦游的毛病，可能是我老毛病犯了。"

窦康高兴地说："这么说你的病好了？你在梦里可以走？"

高大平："也许吧。"

窦康："那你可不能偷懒了，你白天也得加紧练习。哎，你现在练不练？"

高大平："你先把那些灭火器送出去，那些东西可不能随便动的。"

窦康答应着，走到门口又停下："要是人家看到了，不会怀疑俺吧？"

高大平："不会。你就说我不放心，让你搬回来检查了检查。他们知道我是警察，不会怀疑的。"

窦康高兴地答应着提着两个出去了。高大平陷入了沉思。

5

大楼外，黄色的隔离带在晨风中飘着。

一切如前一天一样安详、宁静。

一辆警车停在楼一侧，赵所长躺在车上熟睡着。

赵所长身上的手机响了，把他惊醒。

赵所长："哪位？什么？"一下子坐起来："回来？谁定的？我的天！你们这不是找事儿吗？楼里的居民情绪刚刚安定……"伸头往外看看，楼里的居民正在门口取奶、报纸和青菜什么的。"我说,就是回来,也等晚上好不好?等门口没人的时候。这时候人正多呢。什么?什么?已经开出来了?你们这是干什么?这不是突然袭击吗?"话音未落,看到一辆救护车开了过来,赶快把手机关上:"我的天,说来就来了。"赵所长急忙下车。

救护车开过来,停在楼门口。赵所长快步迎过去。

车停下,门打开,袁园戴着大口罩从车上下来,两个穿着隔离衣的护士陪着她。一个男医生也下了车。

赵所长过去,先对袁园笑了一下:"回来了?没传上就好,没传上就好。"又小声对医生抱怨说:"怎么回事?事先也不打个招呼,这多被动呀。"

人们认出了那女孩,已经乱了。

"这不就是七楼的袁园吗?"

"不就她家得了非典吗?"

"她怎么回来了?"

赵所长赔着笑:"居民们,袁园这孩子经过医院的观察和检查,没传染上非典,这不,送回家来了。这孩子真不容易,咱大家欢迎她呀。来,袁园,上去吧。"

袁园怯怯地看看大家,在医务人员的陪同下上台阶。

人们看着她走上来,不知道是谁先喊了一声:"她不能回来!"

人们纷纷应和:

"对啊,她不能回来!"

"她是非典!"

"为什么要让她回家?这不是明摆着要传染我们大家吗?"

袁园听到了,低下头,站在那儿不走了。

赵所长:"别这样,你们不能这样。她没得非典,医院已经确诊了,她是完全健康的。"

左光、周捷和青年们在爬楼梯。爬到八楼,左光停下了。

青年们笑着:
"左老师,怎么啦?又想偷懒啦?"
"这才八楼呢。"
"快上,快上啊,二十四楼会合去。"
一双双年轻的脚在他面前过去。左光只是低着头喘着。
周捷扶住他,担心地问:"感觉怎么样?"
左光朝她笑笑:"还行。就是觉得累。"
周捷:"那咱就坐电梯上。"
这时,从窗户里,传进了楼下的喧嚣声。
正在爬楼的青年们趴到楼梯窗口往下看着。
"怎么回事?"
"好像打起来了。"
"快下去看看去。"

青年们转头往下跑。
大力却转头向上跑。
一个人喊他:"你上哪?"
大力:"出事了,我扛机器去。"
左光诧异地问:"怎么回事?"
周捷:"不管怎么回事,我们回去吧。"
两人进了电梯。

王贵生正在接电话:"什么?这怎么可以?这不行,这是对楼内居民的生命安全不负责任嘛。赵所长,你不能让她进来。"

赵所长在电话里说:"我的王局长,我哪有这个权力啊。你能不能赶快下来处理一下?"

王贵生:"你等等,我下去。"
王贵生出了门,往隔壁702看看,走向电梯……

大力已赶到楼门口,当场打开摄像机拍着。

那位医生正在试图说服大家:"各位居民,我们经过严格检查,袁园并没感染非典,可以回家。回到家里,她将继续隔离。"

几个人挡成一排:

"不行!不能进!"

"我们全楼不就受她家牵连吗?"

"你们不能这样!"

袁园像只受伤的小兽,孤独无依地站在那儿瑟瑟发抖。

人群中,马立克同情地看着她。

有个青年在打手机:"左老师,你快下来,七楼那个女孩回来了,大家不让她进。"

左光坐在电脑前,面前的电脑正在启动:"什么?找王局长了吗?"

一楼那个青年在电话里说:"好像赵所长打过电话了。不过你还是赶快下来吧。"

左光挂上电话:"小捷,怎么回事啊?我成了居委会大妈了。"

周捷微笑:"那你还不赶快下去?"

电梯已到一楼,王贵生从里面走了出来,远远地就听到了人们的大叫:

"回去!"

"不许进来!"

……

王贵生躲在一旁看着。

这时,左光从电梯里出来。王贵生看到他,轻轻叫了一声,左光赶快过去,两人到一个无人的角落。

左光:"这是怎么回事?"

王贵生显得很为难："左老师,你看这事咋办,真是不好办了。"

左光:"什么事呀?"

王贵生:"七楼那个非典患者的女儿回来了。要说起来,这儿是她的家,应该回来,可是这件事毕竟和楼内其他居民的健康有关对吧?怎么着也应该征求其他居民的意见呀。再说,把她一个人放在这儿,对她的安全和健康也不利呀。你说是不是这个道理?"

左光听得频频点头。

王贵生充满期待地说:"那你给刘书记打个电话反映反映?你是政协委员,说出话来有分量。"

左光:"好,好,我说。"摸摸身上:"我手机没带。"

王贵生:"我这儿有。"拿出手机给他,突然想起什么,一把又抽回来了:"我的手机没电了。大力,大力,手机带了吗?"

大力跑过来把手机给他,王贵生塞给左光:"用这个。"

左光欲拨,突然停下:"我先过去看看。"说着把手机塞还王贵生挤上去了。

左光从人丛中挤出来,一看到袁园,就不动了——眼前的袁园可怜而无依,怯怯地站在那儿,两只含了泪水的大眼睛惊恐地看着面前的人们。

左光一下子扑上去,把袁园搂在怀里。

左光:"孩子,别怕,到家了。"

大家被他这个奇怪的动作弄愣了。

左光护着袁园就往上走,被人们挡住了。

左光恳求地说:"让她进去吧,这儿是她的家呀。"

一个居民:"左老师,不能让她进,她会传染非典的。"

赵所长:"谁说的?你这个同志怎么说话不负责任呢?医生不是保证过,她不会传染吗?"

另一个居民:"不会污染怎么不把她带到你们家去呢?"

赵所长:"咦,这是讲理吗?"

人们乱纷纷地喊着:

"反正不让她进。就是不让她进。"

"对,不让她进!"

左光不动,也不退,只是紧紧地搂着袁园,连连恳求着大家:"看看这个女孩,她还是个孩子,她还是个孩子呢。"

人群越来越激动:

"如果她进来,我们就出去。"

"对,我们不再隔离了!"

"走啊,我们冲出去!"

"冲出去!"

赵所长赔着一脸笑,在试图说服大家:"大家冷静一下,冷静一下,人家医生做出保证了,这种事,咱听谁的,不就该听医生的吗?"

人们已经失去了理智,几个人向外冲,警察拦成了一排,冲突眼看发生。

左光赶快把袁园放在一旁,又冲了过去。

左光:"冷静,冷静!大家冷静一下,听我说!"

人们还是往外冲着,把左光冲得东倒西歪,左光笨拙地抱住这个,又抱住那个,死死地拦着。

有青年在喊:"听左老师的,听左老师的。要伤着左老师了。"

人们一停。

左光:"这样好不好?我们让她回家,回家后让她进一步隔离,也就是说,不让她出家门,我来负责,这样好不好?"

"不行!谁知道这样传染不传染?"

"就是不让她进来!"

"谁叫她进来就叫她上谁家去!"

左光:"大家再听我说,听我说。"

人们不再听,有人又在喊着往外冲,人群又潮水般涌动起来。

在一片混乱中,窦康悄悄地从人群中挤出来,去桌上拿了牛奶和菜,又悄悄地进去了。

赵所长没看到他,但是警察小马匆忙间瞥了他一眼,又不在意地转开了,突然想起什么,重新回来找他,窦康已经不见了。人群又拥上来,小马顾不上窦康,奋力和其他警察挽起臂膀拦着大家。

左光还老样子笨拙地去拦大家,死命地抱住这个,又抱住那个。

一个青年:"左老师,快松开,踩了你。"

左光喘着:"不松,死也不松。"

周捷从人丛中挤出来,抱住他,大喊着:"左光,左光,别管了,我们回家。"

左光不松手:"不回,不回,一定要管。"

几个跟着左光爬楼的青年挤上来,分别去拦大家。

"你们没看到吗?你们挤坏了左老师。"

"快停下,听左老师说!"

人们被左光死不松口的韧劲镇住了,再一次停下。

左光还抱着面前一个人,半天不抬头。

那人害怕地问:"你干什么?"

周捷在后面抱着左光:"你没事吧?不要紧吧?"

左光吃力地抬起脸来,痛苦地喘着:"没事,没事。"再次对大家恳求地说:"我们让她回家吧。"

"不行!"

赵所长突然大怒,过来:"左老师,你起来,你起来吧。"

左光:"不。"

赵所长:"左老师,你的理论,只可以对人讲。对不是人的人,没理可讲。"

一老太太："咦，赵所长，你说话咋这么难听？俺们怎么不是人？"

赵所长指指可怜楚楚的袁园："你们看看她，啊，仔细看看她，如果她是你们的孩子，你们能这样吗？"

人们看一眼袁园，把目光躲开了。

赵所长一步步走向袁园，袁园张皇地张大眼睛，恐惧地看着他走近。当赵所长就要接触到她时，袁园突然哭着大喊起来："别过来！别过来！"

赵所长一个剪步过去，把她搂在怀里。袁园放声大哭。

赵所长："孩子，你多大了？"

袁园："十九岁。"

赵所长："告诉伯伯，你妈妈现在怎么样了？"

袁园哭着："我妈妈很危险。她已经不能说话了。"

赵所长："你爸爸呢？"

袁园："我爸爸在国外，他……他已经不要我和妈妈了。"

赵所长："你还有其他亲人吗？"

袁园："还有姥姥，可是她在老家呢。"

赵所长搂紧她："你还有亲人。中国有句古话：远亲不如近邻。这楼上的居民，不就是你的亲人吗？来，孩子，抬起头，看看他们，看看你能认出多少。"

袁园怯怯地抬头，通过一双泪眼看着大家。许多人在孩子的目光中低下了头。

袁园："谢叔叔，许阿姨，刘爷爷……"她一个个叫着，被她叫到的人悄悄地从人群中退出去了。

赵所长对大家："刚才我说话不文明，我向大家道歉。可是我求求大家看看她，再看看她吧。你们都听到了，她爸爸不要她了，妈妈在医院里躺着呢，除了这楼上那扇门，她还有别的地方可去吗？她没有别的亲人了，她把你们当成亲人，叔叔阿姨、爷爷奶奶地叫着，可在这个时候，你们却不让她进门!"

大家低下了头。

赵所长:"我也有个女孩,我时时刻刻都在想着她。我知道你们也都疼自己的孩子,你们不让她进门,是为自己和孩子着想。可这人哪,不能只想自己,也得想想人家。想想这孩子,想想她这会有多害怕,多孤单。可这孩子一口一个阿姨、爷爷、奶奶地叫着你们,你们却一点也不动情!你们的心,怎么这么狠哪?"

赵所长对左光:"左老师,你陪着孩子上去吧,我在这儿看着。"

左光低下头,拍拍袁园瘦弱的肩,亲切地说:"孩子,我们进去吧,回你的家。"

马立克赶快跑过来,帮袁园提起她简单的行包。

袁园往里走,左光欲跟上,却腿一软,跪倒在地下。

周捷一把抱住他:"左光!"

大家吃了一惊,惊慌地看着他。

左光:"没事儿,我没事儿。走吧孩子。"他扶着周捷站起来。

人们默默地让开了一条路,左光、周捷、袁园和马立克在医生的陪同下走进楼。

他们走到王贵生面前,左光的目光和王贵生对视一眼,王贵生别开脸,左光走进去。

大力扛着摄像机在后面跟拍着。

他们走到电梯口,袁园对左光:"伯伯,我不走电梯了。"

左光:"也好。让马立克陪你,伯伯不上了。"

马立克和袁园、医生走进楼梯间。人们无声地看着他们。左光靠在周捷身上,也在那儿看着。

大力扛着摄像机一直在拍着。

6

晓青一直趴在窗台上向下看着,这时回过身来,呆呆地想着什么。

陈老师端一碗中药进来:"青青,吃药了。"

晓青脸色苍白:"妈,原来得非典的就是袁园家。"

陈老师吓了一跳,赶快说:"不是,不是。"

晓青:"爸,别瞒了,我看见了。"

陈老师:"青青。"

晓青:"我……我前几天一直在找袁园做节目,还和她妈妈接触过。"

陈老师:"青青,你不会被传染,你身体好。"

晓青:"爸爸,原来可能被感染的人是我,不是你。"

陈老师:"你不会被感染的,我保证。来,把药吃上。"

晓青突然一声大叫:"别过来!"

陈老师:"青青!"

顾真闻声过来:"干什么?你怎么回事啊?你和青青靠这么近干什么?和你说了多少次了,你得和我们,特别是和青青隔离。"

陈老师不理她,继续向晓青走过去:"青青,你别紧张。这么多天过去了,不是没事吗?我向你保证……"

顾真在后面拨他一把:"你保证什么?你有病啊?说了别靠近青青,别靠近青青,不把我们都传染上你不死心啊?"

陈老师突然一回手,把她的手打开了:"别动我,我们已经没关系了!"

顾真吓了一跳:"咦,你这个人,怎么回事啊?"

晓青:"妈!接触过非典的不是爸爸,是我!"

顾真啊了一声,一下子呆住了。

马立克陪着袁园从楼梯间出来,袁园掏出钥匙打开门。马立克欲跟进门,被医生挡住。

医生:"对不起,你不能进去,任何人也不能进去。她要严格隔离。"

马立克抓紧时间:"哎,你叫袁园?我叫马立克。我住在十四楼,就在你头顶上,咱们的单元对着。"

袁园不说话,只看着他。

马立克:"我家的电话2963296。"说罢,期待地看着袁园。

袁园却只看着他,并没说自己的电话。

医生笑笑:"行了行了,她会给你电话的。"对袁园:"我们进去吧。"

马立克不肯走,扒着门对袁园:"你家有电脑吗?"

袁园无语摇头。

马立克:"回头我给你搬上来一台,帮你上网。告诉你,我们这座楼上的居民通过网络都联系在一起了,我的网名叫巴顿将军,我是在顺家园BBS的版主,在顺家园聊天室的室长。有了电脑,你就再也不孤独了,我们可以到网上说话啊。"

医生:"你没办法给她电脑的,她不能出门,你也不能进去。门钥匙不会在她手里。"

马立克鼓励地对袁园说:"总会有办法的,相信我,总会有办法的。总而言之,你要知道,你不是一个人在家,大家……首先是我和你在一起。"

袁园还是没说话,只看他。

医生推着他:"走吧,走吧,她知道了。"说着和袁园进门,门随着关上。

马立克高兴地跳起来,做了个李小龙似的动作,看看左右,突然又庄重起来,一本正经地走了。

电梯门开了,王贵生和另外两个人下来,看看袁园家,三人都一躲。

王贵生匆匆进了自己家门,门随着砰地一声关上。

另外两家门也随着关上。

王贵生一进屋就去摸电话。

王贵生:"小刘,情况越来越糟了,我隔壁那个非典患者的女儿被送回来了。"

刘秘书在电话里大吃一惊:"啊?"

王贵生:"我这儿是最危险的。"

刘秘书在电话里为难地说:"这怎么办?"

王贵生:"你再问问大夫,有没有什么更好的药。"

刘秘书在电话里说:"连大夫自己也受感染,还再找什么药?王局长,不如想个办法,你出来吧。"

王贵生吓了一跳:"什么?"

刘秘书在电话里说:"您不能继续呆在里面了。万一传染上了,不就完了。再说,您不在,局里的局势您也很难控制。您知道吗?今天局里开会,宣布孙局长全面主持局里工作。当然这是正常的。可您想想,如果您总缺席,孙局长一直主持工作,等将来难道还会让孙局长还政于您?"

王贵生呆着。

刘秘书在电话里提醒:"王局长,您不是上面有人吗?找找人试试。"

王贵生:"你让我想想,我得想想,这事儿可不是小事。我挂了。"

挂上电话,呆呆地想着。

医生在袁园家已经做完了消毒,准备走了,正对袁园交待着。

医生:"饭和其他生活用品都会有人送上来。垃圾装在这些袋子里,早上会有人过来收。卫生间每次用过后,都要用给你的消毒液仔细消毒。做得到吗?"

袁园点头。

医生:"一天三次量体温,填在表上。我们会每天早晚过来一次,但是,感觉有什么异常马上给我们电话。好吗?"

袁园还是点头。

有人发现了异常:"咦,你家的电话在哪里?"

袁园不说话。

那人找了找,奇怪地说:"真的没电话。你家没电话?"

袁园点点头。

那人惊讶地看着其他人:"怎么会有这样的事情?这怎么办?"

医生:"只好就这样了,反正我们早晚过来。我们走了。钥匙在楼下警察手里,是绝对安全的。当然,睡觉的时候,还是从里面把门别上。记住了?"

袁园点头。

医生:"不要怕。你不会有事的。我们走了。"

袁园送他们到门口。医生出门,随着门被从外面锁上。

袁园呆呆地看着,医生进了电梯,下去了。袁园开了一下门,门锁着。袁园默默地回来。

袁园站在客厅中间,呆呆地打量着自己的家。

这是一个简朴而洁净的家,客厅一角显眼地摆着一架钢琴。另外,客厅中陈设很少,没有茶几,中间铺一块大地毯,看上去,更像是练功房。

钢琴一旁贴着一张纸,上面用娟秀的字体写着:"袁园注意:第一、每天练功不少于四小时,听音乐不少于两小时;第二、不随便外出,没妈妈同意不随便和外人交往;第三、妈妈不在家,不给任何人开门;第四……"

钢琴上摆着三幅照片:一幅是袁园和妈妈的,妈妈看上去是个有几分严厉的女人;另一幅是正在跳芭蕾的袁园;第三幅照片是黑白的,看样子是年轻时代的妈妈,妈妈也是一个跳芭蕾舞的女人。

袁园拿起妈妈的照片，呆呆地看着。

袁园："妈妈。"一语即出，袁园就忍不住哭起来。

袁园："妈妈，我回来了，家里只有我自己。我好孤独，好害怕。妈妈，我想你，你无论如何不能死啊，你活着回来，回来陪我。妈妈，妈妈，活着，活着啊。"

门铃响了。

袁园赶快擦了一把泪："妈妈，有人来了。我去看看，一会儿和您说话。妈妈您可一定活着啊。"她跑到门口，打开里面的门，防盗门外，马立克站在门口，跟前放着个装电脑的箱子。

马立克："你瞧，我给你送电脑来了。"

袁园摇摇头。

马立克："你不要？我把自己的给你送来了。当然我还有笔记本。你怎么可以不要呢？没有电脑怎么隔离呢？"

袁园还是不说话。

马立克晃晃门："你打不开？"

袁园点头。

马立克："天哪，天哪，哪儿有什么法律啊？无缘无故就剥夺人的自由了。当然，袁园，你别听我胡说，这是为了保护你。可他们为什么不想想，人不光需要生命，人还需要自由和沟通。"

袁园只看他。

马立克："你让我想想，我会有办法的，会有办法。我先把箱子抱上去了。"

他拖着箱子又进了电梯，回头对袁园笑着招手："等我。"袁园还是不说话。

电梯门关上了，马立克自己嘀咕："天，她不是个哑巴吧？"

王贵生在打电话:"小刘,有个人,你可以找他一下。他叫柳树平,对,就是人大副主任。他是我的老领导,我听说,刘书记也做过他的下级。我这次到省里来,他帮过许多忙。你去找他。你不要提什么要求,更不要说让我从这儿出去之类的话。你只是说,因为我被隔离,只能让你代表我去对他多年的培养和提携表示感谢,顺便把楼里的情况说一说,再把局里的情况和他说一说。你说我本来准备到任后好好工作,不辜负他对我的期望,可没想到遇上了这种情况。如果……我是说如果他提出来希望我能早出来,你也不要一口同意。你要委婉地提出来,这事是不是还要经过刘书记。你看他的态度,如果他勉强,如果他觉得我不应该出来,你就不要再坚持。听到了吗?"

刘秘书在电话里唯唯诺诺地答应着。

外面突然传来喧嚣声。王贵生往窗外看看。

王贵生:"一定要记着,不要提任何要求。如果他提出来,你也要代表我再三谢绝。这是一条原则,记住了吗?"

门被人激烈地敲响了:"王局长,王局长!"

王贵生:"好了,就这样。有什么事随时向我汇报。"挂上电话,过去开门,大力站在门口。

大力:"王局长,您快到楼下看看吧,二十一楼一家要冲出去,警察快拦不住了。"

王贵生:"没叫左老师吗?"

大力:"左老师不舒服,刚才回家以后吐了,我们没告诉他。"

王贵生:"真是胡闹,本来好好的局面,哼。"随大力匆匆出去。

一家四口,拼死拼活地要冲出去,和几个警察扭在一起。

赵所长抱着那个老太太,已经站不住了。

赵所长:"告诉你们,这是违法的。你们再不讲理,我就来硬的了。"

老太太的头在他身上撞着:"来吧,来吧,反正是活不成了。"

王贵生从楼里出来。

赵所长如见救星:"领导来了,领导来了。"

一家人停下,一看,原来是王贵生。

老太太:"呸,他算什么领导啊。"

王贵生:"这是干什么?这不是目无法纪吗?"

老太太:"他们有法纪?他们把非典送到我们楼里来,明摆着不要我们这些人活了。"

王贵生一本正经地说:"有什么情况,一定要通过合法的途径向上级反映,你们这样冲能冲出去吗?就算冲出去,你们又能冲到哪里去呢?还不是让人当成非典送进医院里?那样不是比在楼里更危险吗?"

一家人愣住。

老头:"那你说咱该怎么办呢?再在这儿呆下去我们非疯了不可。"

王贵生:"你们完全可以找市委、找刘书记嘛。这样吧,我有市委办公室的电话,你们向领导反映。"

老太太:"真的?谢谢你,太谢谢你了。"

王贵生:"我这可是为你们着想,你们可不要提我啊,咱们的身分不同。"

赵所长用鄙夷的目光看着王贵生。

第十一章

1

此刻,楼门口已经没人了,赵所长和警察们忙里偷闲正在吃盒饭。

赵所长:"我得向上级反映反映。他们考虑哪怕一点不周,也给我们工作带来大麻烦。你看今天玄不玄。"

警察小马过来:"所长,有件事,我总觉得哪儿不对。"

赵所长:"什么事?"

小马:"你要找的那个小偷的照片呢?我再看一眼。"

赵所长:"这时候怎么想起小偷来了?"一边说着,一边还是放下饭,掏出窦康照片。

小马看着,肯定地说:"是他。"

赵所长:"谁?你见到他了?"

小马:"是他,没错。所长,他在楼里呢。"

赵所长惊得几乎把饭丢下:"什么?在楼里?窦康?在这座楼里?"

小马:"是啊。那一阵乱的时候,他出来拿过牛奶什么的。对了,我记起来了,我第一次看到他也是在这儿,那是开始隔离时,他在门口出现过。"

赵所长:"怎么可能?他怎么会在这儿?这里面有他的亲戚?还是他进来偷东西被堵在里面了?"

小马:"不知道。但肯定是他。"

赵所长想着,突然拍拍脑袋:"我知道了。"掏出手机就拨。

这是高大平的家。高大平正和窦康面对面吃饭。高大平用那只有病的左手拿勺子,哆哆嗦嗦舀饭,怎么也舀不起来,好不容易弄起来了,一抖,洒了,溅得四处都是。

窦康嘲笑地说:"你看你,残了就是残了,费这个劲干什么?好了想干什么去?继续抓小偷?"

高大平:"没错。我得把你抓紧了,不让你再偷。"

电话响了。

窦康拿起电话:"喂?"

对方不说话。

窦康:"找谁啊?怎么不说话?"

打电话的人说:"你叫高大平说话。"

窦康把电话交给高大平:"找你的。"

高大平接过来。

电话里,传来赵所长的声音:"老爷子,我是小赵。你别说我的名字。窦康在你那儿?"

高大平眼睛根本没往窦康那儿转:"啊,对啊。"

赵所长在电话里说:"老爷子,可真有你的。他在你那儿干什么?对你没什么危险吧?"

高大平大笑:"哈哈,你小看高老头了。放心吧,他是我外甥,侍候我好着呢。"

赵所长在电话里说:"要不要我们进去把他带出来?外面还有个女孩找他呢。"

高大平:"我知道。不要,我在这儿很好,有人侍候着。有空我给你电话,我还有事找你呢。就这样吧,我外甥侍候我吃饭呢。"

高大平放下电话。

窦康多疑地问:"谁来的?"

高大平:"我女婿。还是对你不放心啊。"

窦康:"还不放心?亲外甥也就侍候成这样吧?"

高大平:"就是。吃,吃。"

两人又吃起来。

袁园呆呆地坐在桌前，看着自己和妈妈的照片。

突然，从窗户那边发出了什么声响，袁园转转头，发现一只可乐罐在窗前吊着，碰来碰去。

袁园好奇地走过去，打开窗，看到可乐罐被一根细绳吊着，是从上面垂下来的。

袁园抬头，顺着线望上去，看到高高的楼上，马立克从自家窗上探出了身子，正对她微笑着。

马立克示意她抓住那个可乐罐。

袁园犹豫，看到那个红色的小桶在她面前晃来晃去。

袁园抓过来，抬头看马立克，马立克示意把桶放在耳朵上。

袁园按他的示意放在自己耳边。

桶里有沙沙的声响，听不清是什么。袁园捂得更紧一些。

马立克的声音："好玩不好玩？你小时候玩过这种电话吗？"事实上可能就是马立克在外面大声喊把声音传过来的，但这种电话应该每个孩子小时候都玩过。

袁园摇摇头。

马立克："你说话了吗？你大声点儿，我听不清你在说什么。"

袁园不说话，看着那个可乐桶。

马立克："我还是听不见。你能再大声一点吗？我们的电话质量有问题。"

袁园仍然只看着。

马立克："你小时候没玩过？不可能吧？哪个小孩没玩过？你连这个都没玩过小时候干什么？"

袁园不知说了几句什么。

马立克："什么？你说什么？"

袁园不说了。

马立克："这个好玩不好玩？"

袁园点点头。

马立克:"你大声点。"

袁园刚想说,外面有人叫:"还听不见啊?连我都听见了。"

这时,上上下下,几乎这一溜所有的窗里都冒出了人头,在那儿听着他们的对话。

袁园也伸出头来,看到了一个个人头。

马立克不管别人,继续喊着:"好玩不好玩?"

袁园没说话,只小心地把那只可乐桶扯了进来。

上上下下的人全在支着耳朵听他们说话。

那只从楼上悬下来的红色的可乐桶像一个小钟吊在那儿,绳子打了个结挂在窗钩上。

晓青站在窗前,看着天边的落霞。

陈老师进了晓青的房间:"青青,给你体温表。"

晓青突然转过脸:"爸,我害怕,我害怕极了。我会得非典吗?"

陈老师一抖,没说话。

晓青:"爸爸,我会得?"

陈老师突然声音发抖地说:"青青,我也怕,我比你还怕。我怕得睡不着。"

晓青感动地叫道:"爸。"

陈老师:"万一你要是传上了可怎么办呢?青青,如果你有什么意外,爸爸也没办法活了。"

晓青不得不反过来安慰他:"爸,不会的,袁园成天和她妈在一起,不也没传上吗?再说,就是真传上了,也不见得就好不了啊,我年轻,身体又好,没事的,你别怕。"

陈老师:"青青,我怕的时候,就弹琴,一听音乐,我就忘了。听爸爸弹琴吧,一听音乐就忘了。"

晓青:"爸。"

陈老师:"来吧,来吧。我真想让你听爸爸弹琴啊。"

晓青无奈地说:"好吧。"她来到爸爸的房间。

陈老师坐在那儿弹琴,晓青坐在他身旁听着。

一坐在琴前,陈老师便变得活跃起来。

陈老师:"青青,这支曲子,听出来了吗?"

晓青摇摇头:"爸,我不懂。"

陈老师:"《月光奏鸣曲》。青青,你小时候弹过的。"

晓青:"真的?我全忘了。"

陈老师:"你小时候学琴的时候弹过。可后来,你不喜欢,一坐到琴凳上就哭。你妈妈打着你学,我不同意,夺过你就逃到我房间里,后来,你就没学成。"

晓青:"哈,爸,要不是你,也许我就成钢琴家了。"

陈老师:"不要想什么家青青,但应该学会对音乐的热爱。它会抚慰你的心灵。有了它,生活中的一切都是可以忍受的。"

晓青:"可是你却忍受不了我妈妈。"

陈老师:"因为她不出去了,她总在家里,又不许我弹琴。青青,别说话了,听,听。"

他沉醉地弹着,晓青感动地听。

顾真端了两碗中药站在门口,现在,反而是她变得怯怯的。

晓青看到了她:"爸,我妈给您送中药来了。"

陈老师张眼看她一眼:"如果是听音乐,你可以进来。"

顾真没说话,把碗放在琴上。

陈老师:"那儿不可以。"

顾真听话地把碗又改放到桌上。

陈老师:"青青,听,听,多美,你能想像月光会像水银一样流淌吗?可是听了这曲子以后,你会相信的。这是我一生最喜欢的曲子。"

顾真倚在门上听着。

2

傍晚,刘一平正在办公室里看电视。电视里播音员正在报告当日疫情:"4月28日10时至29日10时,全国内地共报告新增非典型肺炎临床诊断病例202例,其中医务人员57例,治愈出院16例,死亡9例。其中北京152例,103例为新发病例,49例为疑似病例转为临床诊断病例,治愈出院5例,死亡7例;天津1例;河北9例,死亡1例;山西23例,出院1例……"

刘一平面孔凝重,把电视关上了。

刘一平拨电话:"尚雷同志,今天的疫情通报看到了吗?全国又二百多例,北京一百多。我心里总不踏实,我们的工作完全到位了吗?会不会还有哪儿有疏漏?会不会在哪儿还会有死角?我们要想想,再想想。要知道,任何一点疏漏,都关系到千家万户的生命健康啊。"

在顺家园大楼前,王贵生和刘秘书隔着隔离线站着,面对面打着手机,两人的声音都压得很低。

刘秘书:"柳老说他去跟刘一平打招呼,他说没什么问题。"

王贵生:"是柳老说的还是你提出来的?"

刘秘书:"是他主动说的。柳老说根本就不应该把你也关在里面。"

王贵生:"可是,怎么出去呢?以什么名义?"

刘秘书:"我想了个办法。王局长,您可以说您病了,比如,发烧了。"

王贵生:"可是,如果发烧了,出去是要送发烧门诊的。"

刘秘书:"不会。我在外面已经安排好了。会有一辆救护车来，把你拉到二院，我在那儿等着接你。"

王贵生："不会出事吗？"

刘秘书："不会，您放心吧。"

王贵生："你让我想想，我得再想想。我想好了给你电话。"

刘秘书："王局长，别犹豫了。继续呆下去，感染了非典怎么办？"

王贵生："你让我再想想，就这样吧。"关上了手机。

刘秘书在对面做了个让他当机立断的手势。王贵生看着他，回身走了。

刘一平拿起包准备下班，正对秘书交待着。

刘一平："明天七点半去接我，直接去在顺家园，然后到体育中心建筑工地去。"

电话响了。

刘一平拿起电话："我是刘一平。噢，柳老啊。老领导，身体好吧？最近穷忙，没顾上去看您，我让办公室给您捎去的抗非典的中药收到了吧？什么？王贵生？我知道，一个很好的同志，一来上任就被隔离在在顺家园了。也别说，幸好他在那楼里。什么？什么？"他的脸突然沉下来，不声不响地听着，"是王贵生让您跟我说的？噢，我知道了。这样吧老领导，我再征求一下贵生同志的意见，你看好不好？好吧，就这样。"

晚上，王贵生正在给老母亲打电话："娘，娘，您还没歇着吧？"

娘在电话里说："没，等你电话呢。"

王贵生："娘，和您说件事……"

娘在电话里说："什么？娘等着呢。"

王贵生："我隔壁那个非典病人的女儿今天回来了。"

娘在电话里的声音突然一紧："啊？不会传染你吧？"

王贵生："不知道，这种病，传染性很强的。"

电话里一时没说话。

王贵生："我今天让我的秘书找了柳老，娘您还记得他吧？他到咱家去过，坐在炕头和您聊过天呢。"

娘在电话里说："记得。那是个好人。"

王贵生："是啊。他老家的事，我帮过他不少忙。他说，他会帮我找我们市委书记，让我从楼里出去。"

娘在电话里说："你要出去？人家领导能愿意吗？"

王贵生："柳老出面，可能问题不大。但是……"

娘在电话里问："什么？"

王贵生："我总觉得不大好。我担心……"

电话里声音突然大了："你不能走，你不能出去。"

王贵生："娘。"

娘在电话里说："一楼人呢，你是个当官的，大家都看着你。你要走了，啥影响啊？再说了，你在里面，领导对你多大的希望啊，你这个时候逃了，领导以后还敢用你？"

王贵生："可是，我和那个非典家隔壁啊。"

娘在电话里说："贵生，你的命是命，别人的命也是命。孩子，你别觉得你的命比别人贵。你生下来就赶上闹饥荒，家里没吃的，娘也没奶，眼看着你就不行了，你爹用一张草席子把你卷卷，扔在了村头的乱坟岗上，是你姐不死心，天黑过去看看，你还喘着，又把你抱回来的。上学的时候，你得跑十几里山路，那回发山洪，你被大水冲出去二里路，被一棵树挡住，才捞回了一条命。孩子，你这条命，比别人贱，你到什么时候也得记着这一点，你得好好干，拼命干。你拼命了，领导才能看在眼里，你才有好前程，你可千万记着你娘的话。"

王贵生流泪了："娘，我记着了，记着了。"

娘在电话里说："孩子，咱们是苦出身，咱们朝里没人，咱没别的办法，只能比别人更吃苦。别人躺着，你就得坐着；别人坐着，你就得站着；别人站着，你就得跑着。不这样，你凭什么上人家前头去？你一调到省里就赶上这事，叫娘看，这是老天可怜你干得苦，给你的机会。要不是这样，领导怎么会看见你？"

王贵生："我知道了娘，是我犯糊涂了。我不走了娘，我一定干出个样来让娘看。娘放心吧。"

娘在电话里说："我儿是聪明人，我知道我儿会明白的。别说了，干你的事去吧。娘放心。我先挂了。"

王贵生挂上电话，愣了愣，一头扑倒在床上，失声大哭。

电话铃响了。

王贵生赶快擦擦泪，拿起电话。

王贵生："喂？刘书记？"

刘一平在电话里说："贵生同志，今天，柳老……"

王贵生："刘书记，您不必说了，是不是柳老找到您？柳老也找过我。他关心我，爱护我，希望我能早日到任工作。可是我拒绝了。我不能那样做。楼里的工作需要我，全楼的居民需要我。我不想说什么豪言壮语，不说我是个党员，是个干部，就凭一个人的良知，我怎么能在这个时候当逃兵？刘书记，这个话题我们不必再谈了，有件事情我想向您汇报一下。七楼那位非典病人的女儿今天回来这件事，我认为有关方面做得不妥。也许她可以回来，但工作应该做在前面。现在既然她已经回来了，我建议有关方面加强对在顺家园的关怀、宣传，迅速安定大家的情绪，在目前，这比什么都重要。"

刘一平在电话中感动地说："贵生同志，你是个好同志。谢谢你。党和政府谢谢你。我们会考虑的。"

王贵生和刘一平打完电话之后，又立刻给别人拨电话。

王贵生："大力，明天早上七点四十，扛着机器到楼门口去,刘书记要来视察。"

他放下电话又拨:"马立克,马上在 BBS 上发个通知,明天早上七点四十,刘书记亲临在顺家园视察,让大家到一楼去。"说完,起身出去。

王贵生敲开了一户人家,出来的是自救会的一个青年:"快,通知大家,每一户都通知到,明天早上到楼下去,刘书记要来视察。"

王贵生又去敲另一家:"明天一早,到楼下去……"

3

早晨,戴着口罩的居民们站在楼道里热烈地鼓着掌,刘一平和尚雷等领导干部和大家一一热情握手。

刘一平示意大家静下来。

刘一平:"同志们,你们为了我市抗击非典的大局,已经在这座大楼里隔离八天了。你们辛苦了。谢谢大家!"

大家鼓掌。

刘一平:"我知道,被迫隔离,给大家的生活、工作、学习都带来了很大不便,一些居民产生了怨言,对此,我十分理解。说句实在话,当大家隔离在家里的时候,我也经常为此寝食不安。夜里睡不着的时候,我会经常想:隔离,是最好的办法吗?如果因为隔离楼内出现新的非典病例,我怎么能对得起大家?可如果不隔离,造成疫情在全市的扩散,政府又如何向全市人民交待?反复权衡,我们只好借鉴别处经验,暂时委屈大家,同时采取各种手段,尽可能保证大家安全。大家受苦了,我再次谢谢大家,并向大家道歉。"

他深深地向大家鞠了一躬。

人们这次没鼓掌,一片静默。

刘一平:"同志们,我们这次面对的,是一个毫不知情的敌人,我们在许多情况下,都是在摸索中前进。但是,有全市居民的支持，有中央的坚强领导，我们一定会夺取抗击非典的伟大胜利，我们的民族精神，也必将通过这次经久卓绝的斗争而发扬光大！"

话音一落，立刻响起一阵热烈的掌声……

这儿又恢复了往日的平静，警察们在值勤，全副武装的环卫工人往外运垃圾，居委会的人正把牛奶、青菜、报纸等摆到门口的桌上。

黄色的隔离带上，已经坠满了各种小物件：中国结、千纸鹤，还有各种写满了祝福的卡片、鲜花等。

太阳已经很高了，左光还在床上睡着。

周捷悄悄地走进书房，声音很低地打着电话。

周捷："冯大夫，昨天夜里他睡得又不好。他总说腹胀，翻来覆去睡不着。"

冯大夫在电话里说："你可以给他服一点镇静剂，帮助他睡眠。止疼药的效果现在怎么样？"

周捷："还不错。疼痛一般从下午开始。我提前给他服上一片，可以坚持一个下午。晚上再服两片。"

冯大夫在电话里说："那还可以。但疼痛会很快加重。你可以一天给他服三到四次，服用一周后换药。"

周捷："冯大夫，他怀疑自己的病了，总是在问我。"

冯大夫在电话里说："你打算瞒他多久？他总有一天要自己面对的。"

周捷："我能瞒多久就瞒多久，这对他太残酷。"

……

左光醒了，赤脚下床，似乎要去洗手间，刚走到门口，看到书房的门紧闭着。左光想了想，回来，用极小心的动作拿起了电话分机，屏住呼吸听着……

冯大夫在电话里问："吃饭怎么样？"

周捷："他总说腹胀，吃不下饭。"

冯大夫在电话里说:"他的肿瘤长在胰头的部位,压迫着胆管,腹胀腹闷是一种必然的表现。你应该鼓励他多吃,多吃一点富有营养又好消化的东西。"

周捷:"冯大夫,我在按你的要求做。我努力把他当成健康人。我拉着他每天起来爬楼梯,鼓励他出去和外界接触。可是我不知道这样做对不对,我担心让他过度劳累会不会加速他的病情的发展。"

冯大夫在电话里说:"那要看你追求的什么?一段哪怕短但是健康而有意义的生命,还是降低生命质量而只求延长。而且,我不想瞒你,即使你想延长,他的生命也是不可能延长的。"

周捷痛苦地闭上了眼:"冯大夫,你说话多么狠。"

冯大夫在电话里说:"周捷,你必须把事实全部认清楚,然后才能做出你永远都不会后悔的选择。"

周捷:"可是,无论我选择什么,那都是我的,而不是他的啊。如果他知道自己只有几个月的生命,他会选择什么?"

冯大夫在电话里反问道:"你说呢?你和他一起生活了十几年,你不知道?"

周捷:"我不知道,我真的不知道。如果他知道自己的生命就要结束,他到底会选择什么?完成他的书?感受生活?还是尽可能地延长生命?"

……

卧室里,左光拿着分机,周捷的声音一遍遍地在他耳边重复着:"如果他知道自己的生命就要结束,他到底会选择什么?完成他的书?感受生活?还是尽可能地延长生命?……如果他知道自己的生命就要结束,他到底会选择什么?完成他的书?感受生活?还是尽可能地延长生命?"

书房门一响,左光惊醒过来,急忙把分机挂上,然后闭上了眼睛。

周捷的脚步声去了洗手间。左光睁开了眼,目光悲哀地看着自己的家。

周捷的脚步声过来了。左光急忙又闭上了眼。

周捷进了卧室,看着床上似乎还在熟睡的左光,在床边轻轻坐下来,端详着他,轻轻地帮他盖了盖被子。

敲门声,有人在外面喊着:"左老师,左老师,爬楼去啊。"

周捷推推左光:"左光,左光,他们在叫我们去爬楼呢。"

左光睁开了眼,却没动:"小捷,我累了,不想爬了。"

周捷:"为什么?我们不是说好的吗?在隔离期间,我们不要放弃锻炼。"

左光:"我累了,昨天晚上没睡好。我今天不爬了,你自己去爬吧。"

周捷:"一起去吧,哪怕爬一层。"

左光看着她,慢慢地说:"小捷。"声音突然一抖,停下了。

周捷睁大了眼睛,怀疑地看着他:"怎么回事?你在想什么?"

左光吃力地对她笑笑:"没什么,我只是懒。我今天不去了。"

周捷:"也好。你再多睡会儿,我去了。"

周捷帮他盖盖被子,走了。

左光呆呆地看着她的背影,爬起来,在家里慢慢地走着,留恋而痛苦的目光在家里每一件东西上流过……

周捷和几个青年开始向上爬。青年们嘻嘻哈哈,而周捷显得很沉闷。

大力:"周老师,左老师怎么没来?"

周捷:"他有点不舒服,今天不爬了。"

青年们一齐关心地问:"不舒服?怎么啦?不要紧吧?"

周捷勉强地笑着:"不要紧,只是昨天没睡好。"

左光站在阳台上,贪婪而绝望地看着正从楼房后面升上来的朝阳。

左光:"就要结束了,就要结束了呀。"声音突然哽住了。

周捷的声音又在耳边响起来:"如果他知道自己的生命就要结束,他到底会选择什么?完成他的书?感受生活?还是尽可能地延长生命?"

他转身回去,开门出去。

左光来到走廊,按了向上的电梯钮。

电梯来了,里面是一个年轻的女人带着一个牙牙学语的女孩。左光对她们微笑了一下,进去。

电梯缓缓地上升着。

女人在逗孩子,孩子咯咯地笑着。

左光用悲哀的目光看着她们。

女人注意到他的目光,有点不好意思地笑了。

左光:"几岁了?"

女人对孩子:"告诉伯伯,几岁了。"

女孩伸出一根指头:"一。"

女人:"好好告诉伯伯,一岁了。说。"

孩子咯咯笑着,不肯再说了。

左光感动地说:"多可爱的孩子。"

女人笑着:"您孩子多大了?"

左光被问住,轻轻地说:"我没有。"

女人:"啊?对不起。"顿了顿,又忍不住地说:"还是该要孩子。有了孩子,你就知道生活有多好了。"

电梯门开了,女人对孩子:"和伯伯再见。"

女孩向左光招着手,口齿不清地说:"伯伯再见。"

左光凝视着孩子可爱的脸庞,张张嘴,突然有点失神,没说出来。

女人奇怪地看他一眼,下去了,电梯门关上,继续向上升。

左光疲惫地闭上了眼睛……

电梯升到二十四楼,左光从里面出来。楼道里一个铁梯通向天台。左光走到梯子前,向上望着。

强烈的阳光从那个方口里射下来,左光仰着头打量着,慢慢开始向上爬。

他吃力地爬到梯顶,半个身子露在天台上,向四处看着。

天台显得很空旷。左光呆呆地看着天台的边缘,从那儿下去似乎是很容易的事情。

左光动了一下,似乎要继续往上爬,但爬不动了。

他沮丧地低下头,手脚颤抖着,扶着梯子又一级级地下去。

周捷开门进家,手里拿着报纸、牛奶什么的,响亮地喊道:"我回来了!"

没人回答。周捷走到卧室门口,看到左光仍然在床上躺着。

周捷担心地说:"你怎么还没起?不舒服?"

左光:"没。我只是觉得累。小捷,我想再睡一会儿。"

周捷把报纸丢过去:"看看今天的晨报吧,刘书记来在顺家园视察的消息在头条。再看看王贵生,相信这事过后他会飞黄腾达了。"

左光没动。

周捷奇怪地问:"你怎么啦?"

左光:"我累,小捷,我就是想睡一会儿。你就让我睡一会儿吧。"

周捷看着他:"好吧,睡吧。"

门突然被敲响了,外面好几个人同时叫着:"左老师,左老师!"

周捷:"大力他们来了。"

周捷打开门,几个青年随着笑声一哄而进。

"左老师,左老师在哪呢?"

"左老师,今天怎么偷懒了?"

"左老师,这时候还在睡懒觉,像话吗?"

……

周捷:"左光,左光。"

左光出现在卧室门口,看上去,他显得虚弱而委顿。大家看着他,吃了一惊。

"左老师您怎么啦?"

"到底哪儿不舒服?"

"没事儿吧?"

……

左光吃力地笑着:"没事儿,没事儿,就是昨天没睡好。坐,坐呀。"

一青年转脸问周捷:"左老师没事儿吧?"

周捷:"没事儿。他神经衰弱,晚上一睡不好第二天就这样。"

大家放心了,坐下来。

"左老师,昨天刘书记来,您怎么没下去?"

左光:"我在写东西。"

"嗨,这一下在顺家园可出大名了。"

"今天是第九天了吧?还有五天我们就可以出去了。"

"真的呀?这么快?"

"你还嫌快?还没隔离够?"

"真的,还真有点留恋呢。"

"哎,解除隔离以后你们打算干什么?"

"我第一件事是下馆子。我不管它非典不非典,非好好

吃一顿不可。"

"我还没想好去哪儿呢,反正我得一整天在外头转,坚决不回家。"

"我得看看俺老妈去。唉,以前从来不知道多回家陪陪老人,这回一隔离,老人一天好几个电话,突然就觉得,原来咋这么不懂事呢?"

……

左光木然地坐在沙发上听大家说着,突然站起来,去了洗手间。

大家奇怪地说:"左老师怎么啦?"

周捷勉强笑着:"没事。你们把他堵在床上,他连厕所还没来得及去呢。"

大家大笑,继续入迷地讨论着。

左光扶着洗手盆,低着头,久久地呆着。外面,大家仍然在热烈地讨论着。

"去桃花山怎么样?咱们一起去。"

"周老师,您和左老师同我们一起去吧。左老师成天吹他的身体棒。"

"步行去,步行去,开车没意思。"

……

左光猛地抬起头来,他已经是泪流满面了。

4

周捷正在往饭桌上摆饭菜,是很丰盛的菜,数量不多,但一看就做得很精致。

周捷往卧室那边看看,装做很高兴地喊:"左光,吃饭了。"

没人回答。

周捷过去,推开门,左光还在床上躺着。

周捷:"懒家伙,吃饭了呀。"

左光转过脸,吃力地笑笑:"我不想吃,饱得很。"

周捷:"从早上起就没吃过饭,怎么会饱得很?快起来,快起来。"一边说,一边过去拖他。

左光被迫起来,跟着她来到饭桌前,坐下。

周捷:"发了好几天的海参,看看发好了没有。这两只虾你吃上。"

左光拿起筷子,比画了一下,又放下了,恳求地说:"小捷,我实在不想吃,呆会儿吧,啊?呆会儿吧。"

周捷看着他,没说话。

左光起来:"我想出去走走。"

周捷跟着:"你上哪?"

左光:"我去看看那个孩子。我自己去,你在家。"

周捷被迫停下,看着他出门。

周捷回来,坐在饭桌前,看着一桌子的饭,捂上了自己的眼睛。

电梯门一开,左光从里面出来,走到袁园家门口,按响了门铃。

片刻,门开了,袁园出现在防盗门里。

左光看着她,她凝视着左光,认出了他,怯怯地一笑。

左光:"你好吧?"

袁园点头。

左光:"昨天晚上,害怕了吗?"

袁园又点头。

左光:"你怕什么?"

袁园摇摇头。

左光叹了口气,问:"我坐在地上和你说话行吗?我累,累得站不住了。"

袁园惊讶地看看他,点点头。她一转头,跑回去,左光

惊讶地看着。

片刻,袁园又跑回来,手里拿着一张报纸,蹲下,把报纸从门缝里塞出来。

左光感动地看着,把报纸铺好,坐下来。袁园想了想,也在门里地上坐下。

一老一小两个人隔着防盗门席地而坐。

左光:"我在这儿坐一会儿,行吧?"

袁园点头。

左光抬头看着走廊另一端,阳光正从窗里射进来,一片灿烂。他呆呆地看着,有点走神了。

袁园:"伯伯。"

左光猛转头,好像不知道自己身在何处的样子,看到袁园正看着自己。

左光:"你叫我?"

袁园点点头。

左光:"有事?"

袁园:"昨天,我把您告诉妈妈了。"

左光:"给妈妈打电话了?"

袁园:"没。我家没电话。我在心里说的。"

左光:"没电话?你们家没电话?"

袁园:"有手机,在妈妈那儿。"

左光:"为什么不安电话?"

袁园:"妈妈说会影响我跳舞。"

左光:"哦。你和妈妈说我什么?"

袁园:"说伯伯搂着我,让我回家。妈妈让我谢谢您。"

左光感动地看着她。

左光:"在医院的时候,你见到过你妈妈吗?"

袁园摇头。

左光:"你妈妈病情怎么样了?"

袁园摇头。

左光:"那你害怕什么?"

袁园:"怕……怕死。"

左光吃了一惊:"怕死?怕谁死?"

袁园:"不知道。"

左光一抖,喃喃地说:"死,死亡。谁见过死亡什么样啊?谁从那儿回来过?"

两人不说话了,都呆呆地坐着。

电梯门一开,马立克高兴地从里面出来,突然看到坐在袁园门口的左光,吓了一跳,蹑手蹑脚又进去了。

袁园:"伯伯。"

左光:"嗯?"

袁园:"咱们说高兴的事情好不好?说高兴的事情,就不怕了。"

左光:"好。你说吧。"

袁园:"伯伯先说吧。"

左光吃力地说:"高兴的事情……高兴的事情,真对不起,我想不起来了。你说吧,也许你一说,我就想起来了。"

袁园为难地说:"我也想不起来。"

左光:"你这么小,也想不出高兴的事?"

袁园:"我总是在跳舞、跳舞、跳舞,别的想不起来了。"

左光叹息:"生命是多么令人悲哀啊。"

陈老师家门一响,陈老师出来了。他看到左光坐在地上同门里的袁园说话,便走了过来。

陈老师看着门里的袁园,脸上浮出孩子般单纯的笑容:"袁园回来了?妈妈怎么样了?"

袁园:"陈伯伯。"

陈老师又看着左光:"是左老师吧?"

左光看着他:"您是……"

陈老师:"我姓陈。我认识您,您不认识我。您是咱们楼上的名人嘛。"

左光苦笑，喃喃地说："名人……名人。"

陈老师仔细看着他："您脸色不太好。没事吧？"

左光："没事。我只是觉得乏，乏透了。我想在这儿坐坐。"

陈老师："乏？做什么累着了？"

左光："活着，这不就够累吗？"

陈老师惊讶地说："左老师会这么说？"

左光："为什么不会？"

陈老师："我以为左老师不会呢。对不起，打扰了，我要下去拿东西。袁园，伯伯回头来看你，有什么事，敲敲煤气管，敲三下，我就知道是你了。"

袁园点头。陈老师进电梯。

左光看着袁园，袁园也看着他。

左光喃喃地说："又剩下咱俩了。"

这时，马立克正趴在窗前，扯动那根通往袁园家的绳。可下面没反应。

马立克沮丧地说："天哪，还没走。他在那儿坐着干什么？"

周捷从一楼大门里出来，东张西望。

赵所长过来："周老师，有事？"

周捷："你看到左光没有？"

赵所长："没有啊。怎么？"

周捷流下泪来："赵所长，我觉得他好像知道自己的病了，他好像知道了。"

赵所长："不会吧？"

周捷："他今天表现很反常。他一定是知道了。"

赵所长："他上哪去了？"

周捷："他说要一个人出来走走，他能上哪去呢？"

赵所长："周老师，您别着急，左老师那个人，我觉得不会想不开。你放心吧，这一段，他和大家都熟了，可能在谁家串门呢。你回家等着，我挨家打电话。"

周捷："谢谢你。"转身欲回。

赵所长："周老师。"

周捷回身。

赵所长："周老师，这个时候，就靠你了。你可千万不能垮了呀。"

周捷点点头，走了。

赵所长摸出手机来……

5

倪虹趴在电脑前，正在吃力地打字，小玉在忙着打扫卫生。

有人敲门，小玉高兴地答应着，过去把门打开，李立站在门口。

小玉："姐，俺哥来了。"

倪虹一回头："李立，这是什么鬼符号啊？你快过来看看。"

李立："你呀，让你打字不够我跑腿的。"他过去看着："这还不好找？在这儿呢，你瞧。"

倪虹："我哪儿知道呀？哪有你这样的师傅啊？"

李立："怎么怪我呢？"

倪虹蛮横地说："怎么不怪你？怎么不怪你？你为什么收笨徒弟？"

李立被她逗笑了："还有找不到的吗？"

倪虹："多着呢。你瞧，你瞧，我都圈出来了。"

李立在她身边坐下来："哎呀，可真是个笨徒弟呀。"

李立在那儿教她，小玉看着他们，悄悄笑了。

门铃响了。

小玉不高兴地问:"谁呀?"打开门,门口站着张亚丽。

张亚丽高声大气地说笑着就进来了:"哎呀,李立在这儿呢,你看看,咱们三个老同学碰一块了。"

李立赶快站起来,很有分寸地微笑着:"亚丽。巧云帮我打稿子,有不认识的符号,我来告诉她。"

倪虹则很高兴地说:"亚丽,你看看,一回来就被人抓了苦力了。"

倪虹说话的时候,还斜睨着李立,神情很是妩媚。张亚丽看着她,突然好像意识到什么。

张亚丽:"想当苦力,也得有人愿抓啊。我和李立一栋楼上住了多少年,人家连理都不愿意理俺。"

李立嗔怪地说:"亚丽!"

小玉很不高兴的样子:"今天家里没什么事了,有事我给你电话。"

张亚丽:"不用。这么近,楼上楼下,还打什么电话呀?我没事常上来陪陪倪虹,老同学好不容易见一回。"

小玉:"不用您陪了,我姐忙着呢。"

张亚丽:"你看看你这小丫头,我和你姐什么关系呀你不知道?一边玩去,我们三个老同学聊天,小孩子家别插嘴。"

小玉有些生气:"你……"

倪虹:"小玉,你别插嘴。"

小玉噘嘴走开,进了厨房,一会儿就听见盘子碗乱响。

张亚丽小声地说:"倪虹,你这个小保姆脾气可不小。你可记着恶奴欺主那句话呀。"

倪虹:"什么呀,她是个孩子。"

李立也责备地说:"亚丽,你说些什么呀!"

张亚丽:"不说了不说了,反正我一片好心。倪虹,你在这儿呆着,还用着成天穿着你那些衣裳吗?我给你做了套家里穿的衣裳,你穿上试试。"说着,从拿来的袋子里拿出一套小素花的衣服来。

倪虹惊讶地叫了一声,拿过那套衣服来看着:"亚丽,我看这衣料挺眼熟,这是不是我在'月光'唱歌挣了钱以后,咱们一块买的?"

张亚丽高兴地说:"是啊,就是啊,你还记着啊?头一个月,你唱歌挣了三百多,嘿,我那会儿一个月还挣四百呢。你高兴得什么似的,正好你要过生日,咱们一起去百货大楼,买了这块布料,你做了个连衣裙,我没舍得做,就压箱子底下了。"

倪虹:"是啊,那时候,天天晚上去唱,才挣三百多,三百多我已经高兴得不得了了。"

张亚丽:"你试试,你穿上试试嘛。"

李立站起来:"你们聊吧,没事了吧?我走了。"

倪虹还没说话,张亚丽已经搭上去了:"李立,干什么呀?一看到我在这儿就走啊?虽说你是工程师,俺是下岗工人,也不能这样啊。"

李立尴尬地笑着:"亚丽,听你都说些啥。"

张亚丽:"坐坐,坐坐,老同学难得凑一块儿。你说这要不是隔离,咱能和倪虹在一块坐吗?"

李立被迫又坐下。

张亚丽:"倪虹,去试试呀,再穿一回老百姓的衣服。"

倪虹:"好,我试试。"拿着去了卧室。

张亚丽:"李立,你们那公司现在越干越红火了。我一说我的老同学是凯华公司的总工,人家都羡慕我。哎,你们那儿还要人不?要是要,别忘了老同学。"

李立吓了一跳:"不要不要。我们那儿只要技术人员。"

张亚丽:"也不能全是技术人员啊?打扫卫生的,端茶倒水的,看大门的,总还得有吧?要是要,你想着点儿,我和你大哥都能去。咱不是图挣那几个钱,咱是图帮老同学一把。"

李立:"好,好,我记着了。"

身后的门一响,张亚丽发出一声赞叹的呼声。李立一回头,呆了——倪虹穿了那一身衣服,朴素得像个女中学生,发型也变了,头发从中间分开,在脑后顺便地梳成两个小把子,洗尽了铅华地站在那儿。

张亚丽:"哟,穿上还真漂亮。李立,你说漂亮不?"

李立小声说:"漂亮,真是漂亮极了。"

田林成坐在那儿就着凉拌黄瓜喝酒,张亚丽兴冲冲地从外面回来了。

张亚丽:"又喝,又喝,喝死你。"

田林成:"那小子我一看见就来气。你看看他那张脸,好像大爷似的。明天早上他家的垃圾我坚决不收了。"

张亚丽:"咦,咱干咱的活,你管他的脸干什么?哎,林成,李立在倪虹家呢。"

田林成:"他在她家有啥可说的?"

张亚丽:"他们以前好过。"

田林成:"好过又怎么样?你管人家干什么?"

张亚丽:"那可不行,李立是有家有孩子的人啊。小凡多好的人啊,我可不能叫李立犯糊涂。"

田林成:"你呀,管好你自己吧。李立那个人,我看犯不了糊涂。哎,你上哪?不吃饭啦?"

张亚丽:"你先吃吧。我上一会儿网。"

田林成:"又费电。成天在网上干什么呀?"

小凡正在拖地,李立从外面进来了。

小凡:"回来了?"

李立答应一声,直接去了自己的工作间。

李立蹲在书橱前,在下面的抽屉里翻着。

小凡正好拖到门口："找什么呢？"

李立吓了一跳，赶快拿了一本书："找一本书，我设计程序要用的。"

小凡："那我帮不上。你那些事儿我可不懂。"

小凡拖过去了，李立回过头来继续找。

他翻出来一个旧相册，打开来，里面有一些老照片。李立入迷地看着。

身后又一响，李立赶快合起来，回回头，回到电脑前，把那个旧相册塞到电脑桌抽屉最里面。

6

窦康正往外走，高大平在嘱咐他。

高大平："告诉我闺女，还去找那个刘大夫，我就吃刘大夫的药管用。"

窦康答应着，关上门走了。

高大平拿起电话拨着。

高大平："小赵？你在楼下？"

赵所长在电话里说："我在这儿。老爷子，你闺女来了，又给你送来一堆好吃的。还是闺女孝顺。"

高大平："窦康下去了，你们不要动他啊。"

赵所长在电话里说："我们不会动，他又没犯罪。我只是奇怪，他怎么跑你那儿当外甥去了？"

高大平："你也别叫他看见你。"

赵所长在电话里说："老爷子，老爷子，这对头吗？我咋觉得他像你儿似的？用着这么护犊子吗？"

高大平："你别管。小赵，我怎么觉得，这个窦康哪儿不对啊？"

赵所长在电话里问："哪儿不对？"

高大平："有一天晚上……"

赵所长在电话里恍然地说:"老爷子,你一说我想起来了,他可能精神是有了问题,他的女朋友说过。不行,老爷子,你这么一说,更不能把这小子留你那儿了,万一他犯了病,六亲不认。他出来了。"

高大平:"你避开他,不要让他看到你。避开,你听我说。"

这时,窦康已经下了楼,正躲躲闪闪地走向高大平的女儿,两人在说着什么。

赵所长远远地看着他们,别开了脸。

赵所长的手机又响了,仍然是高大平的声音:"小赵,不要动他,他不会伤害我。可是,这孩子的病到底怎么回事?为什么一犯病就会乱偷东西?这件事,咱们得管。你去找他的女朋友,把这事了解清楚。"

赵所长:"老爷子,我就去。可是,你确定他在那儿对你没危险吗?"

高大平在电话里说:"小赵子,你别小看我,退休了,我也是警察呀!"

第十二章

1

傍晚，一个小餐馆的门大开着，里面空无一人。门口，贴着防非典三落实单位的标记。

赵所长开车过来，停在门口，下车。

赵所长："有人吗？"

里面一个热情的声音："来啦来啦。"

浓妆艳抹的老板娘从里面迎出来，一边往外走一边恶声恶气地斥责："素素，聋啊？没听见客人来了？"突然看到是赵所长，赶快赔着笑脸："哟，这不是赵所长吗？吃饭？"

赵所长："不吃。你这儿消毒措施落实得怎么样啊？"

素素从里面答应着跑出来，一看到赵所长，站住了。赵所长看她一眼，没说话。

老板娘："你自己看看赵所长，你看看这消毒桶，这消毒液。和您这么说吧，我哪天也得消个十遍八遍的。"

赵所长："也别消这么多遍，满屋子消毒水味，咋吃饭啊？"

老板娘："可要闻不到消毒水味，客人还不放心呢。唉，这非典可算把我害苦了，一天也上不了一个客人，这不好不容易等来一个，还是您。看样子，非关门不可了。"

赵所长："别啊。困难总是暂时的。你趁这机会彻底打扫打扫卫生，装修一下门面，等非典过去了，还不一下子就把损失的钱补回来了？"

老板娘苦着脸："所长说话好轻松啊。开着门，就得花钱。就说这丫头吧，光吃不干活，工资还不得照发？"

素素低着头不说话。

赵所长："你这个老板娘可真抠。平常你的钱都是怎么挣的？还不都是她们帮你挣的？几天没上人，你就说这话，叫人家寒心不寒啊？"

老板娘不好意思地笑了："我这个人，就是嘴损，你问问她我待她好不好。"

赵所长装着才认出她的样子："噢，你就是素素吧？"

素素点点头。

赵所长："你该下班了不？所里有点事儿要问你。"

素素看老板娘。

老板娘："所长叫，你就走吧，反正也没人吃饭。"

赵所长："你跟我到所里去一趟，走吧。"

赵所长领素素来到派出所，进了办公室。赵所长问："喝水不？"

素素："不。"

赵所长："你老板娘那个人，我知道，没几个打工的能在她手下呆住的。你在那儿做，要知道保护自己的合法权益，知道吗？"

素素点点头。

赵所长："男朋友来电话了吗？"

素素脸上绽出单纯的微笑："来了。他在外面检查非典，可忙呢。"

赵所长："噢。他在哪儿呢，没和你说？"

素素："他跟着领导呢，还能随便说？"

赵所长："现在的领导做的也不是地下工作，行踪还保密？"

素素："人家领导要是不叫他说，他就不能说呀。"

赵所长点点头："也是。素素，头一回你来找你男朋友的时候，说过他精神有毛病。"

素素警惕地问："你问这干什么？"

赵所长："没什么，随便问问。"

素素:"你不是说所里有事要问我吗?什么事?"

赵所长:"没什么,我是想问你男朋友的事,不知道你愿不愿让老板娘知道,所以把你叫出来。"

素素明白了,感激地笑了:"我不愿意让她知道。她要知道打工的有男朋友不高兴。"

赵所长:"咦,你找男朋友和她什么关系呀?"

素素:"她说一有男朋友,干活就不专心了。"

赵所长:"那她怎么还找男人呢?算了,不说她。你男朋友的病……"

素素:"您怎么突然想起问他的病来了?"

赵所长支吾了一下:"是这样,我有一个朋友,是个老中医,会治这种病。我有一回无意中提到你男朋友的病,是他让我问的。"

素素:"是这样啊,那太谢谢你了。"

赵所长:"他那病,一般在什么情况下发作呢?"

素素:"我也说不好。平常和好人一样,不定什么时候,夜里就起来出去偷东西——赵所长你别怀疑他是小偷啊,其实什么也没偷过,就是见着什么就往家拿。"

赵所长:"可总有规律吧?是不是白天受过什么刺激?"

素素:"没啊。不过白天我们不在一起,我说不清。"

赵所长:"再想想。"

素素想着,困惑地摇摇头。

赵所长:"和时间有关系吗?比如,初一?十五?"

素素:"好像没有。有时候,一个月也不犯一回,有时候,天天晚上犯。"

赵所长:"受了惊吓?看了什么电视?"

素素:"也没啊。"

赵所长:"这可怪了。"

素素:"我也着急,可就是不知道为什么。我又不想送他去精神病院,一进过那医院,他就不好找工作了。"

赵所长感动地说:"你想得可真周到。你先回吧,回去以后好好想一想,想出什么给我打电话,咱们争取把他的病治好了。"

素素说着感谢的话走了。

赵所长拿起电话,刚要拨,门被推开了,警察小王伸进头来,嘻嘻笑着:"所长,嫂子来了。"

果然,他身后,赵所长的妻子提着一个饭盒进来。

赵所长:"你嫂子来了你贼笑啥?给你提个醒,以后找老婆就照你嫂子这个样找,你看看多疼男人啊。"又赔出巴结的笑容:"老婆来啦?什么好吃的?"

妻子又好气又好笑地白他一眼:"就长了张贫嘴。"回头对小王:"进来一块吃吧。"

小王:"我可不敢,俺所长还不得吃了我?"

妻子:"哟,你所长这么小气?"

小王:"他不是疼饭,他是怪我不识相。走啦嫂子。"冲赵所长做个怪脸,走了。

赵所长气哼哼地说:"你看看,像话吗?拿着所长乱开玩笑,都叫我惯坏了。"

妻子笑着:"你活该。唉,送了几回饭了,总算碰上你了。"

赵所长:"你明明知道我大部分时间在在顺家园,想送给我,为什么不到那儿去呢?分明就是想送给所里弟兄的。"

妻子只低头摆饭,却没回答。

赵所长:"俺闺女呢?"

妻子:"在家做作业呢!"

赵所长:"也不想她老爸。"

妻子:"明天我带她一起过来。"

赵所长:"别来了,我不大在所里。"

说话间,妻子已经摆好了饭,并给他倒上了一杯酒。赵所长深深地闻一口。

赵所长:"还是有个老婆好啊!"

妻子笑嗔:"贫。"

电话响了。

赵所长拿起电话:"什么?什么?"放下电话,戴上警帽:"老婆,又不能吃了,局长要到在顺家园视察。"对外面:"小王,小王。"

小王进来,先小心地探探头:"不碍事吧?"

赵所长:"碍你个头啊。把你嫂子送来的这些饭给弟兄们拿过去,我没沾。"

小王:"沾了也没事儿。你又吃不成啦?"

赵所长:"局长要去在顺家园。"匆匆看了妻子一眼:"我走了啊。"

妻子没说话,赵所长已经走了。

小王:"嫂子,你再送饭,送在顺家园,所长总在那儿。"

妻子收拾着东西,小声说:"谁去那儿?这样闺女在学校里人家还躲她呢。快去吃吧,看凉了。"

小王高兴地答应着,捧着走了。

妻子低着头站在那儿,从背影上看似乎抹了一把泪。

2

电视屏幕上,出现《关注在顺家园》片头。

女主持人:"在顺家园被隔离,牵动了全市人民的心。几天来,社会各界群众纷纷以各种方式表达对在顺家园居民的关心和尊敬。他们表示说:在顺家园为了全市居民的健康做出了牺牲,我们也要让在顺家园居民感受到全市人民对他们的关心。"

镜头出现在顺家园楼前隔离带上坠着的各种小物件,背景中还可以看到几辆车停在那儿正在往下卸东西。

居委会大妈接受记者的采访:"人家是为咱们做出了牺牲,咱得叫人家知道,别看隔离了,咱们的心和他们可没隔离。咱干不了别的,就是把服务搞好,买菜啊,买生活用品啊,咱随叫随到。"

记者在采访一个正往隔离带上坠中国结的男孩。

记者:"小朋友,你系这个结是什么意思啊?"

男孩:"我的一个同学在楼里呢,我要让他知道,我和我的同学都和他在一起。"

……

女主持人:"今天,我们继续讲述许大力一家的故事。今天,是许大力的妻子邹烨进入非典病房的第五天。算起来,他们一岁零十个月的儿子栋栋离开妈妈已经九天了。"

电视上出现栋栋的镜头,他高兴地坐在地毯上玩耍着。

栋栋奶声奶气地说:"妈妈,你放心吧,爸爸长大了。"

大力在画外:"错了,错了,是栋栋长大了。"

栋栋咯咯地笑起来:"是爸爸,爸爸长大了,爸爸不尿床了。"

……

邹烨一个人在宿舍里看电视。

手机响了。

邹烨打开手机:"大力。"

大力在电话里问:"邹烨,在看吗?"

邹烨:"看着呢。真是胡闹,电视台咋什么都播呀?这下你可出名了。"

大力在电话里嘿嘿地笑:"只要你看着开心,我无所谓。来,栋栋,叫妈妈。"

电话里传来栋栋的叫声,邹烨长长地答应着。

邹烨:"栋栋,到底是谁不尿床了?"

栋栋在电话里说:"爸爸,是爸爸。"

邹烨:"噢,是爸爸呀。那么,栋栋还在尿,是不是?"

栋栋在电话里改口说:"不对,是栋栋,栋栋不尿了,爸爸还尿。"

电话里传来大力的声音:"胡说,我打你,打你。"

邹烨听着电话里爷俩嬉戏的声音,如痴如醉……

高大平正在窦康的帮助下练吊环,电话响了。

窦康拿起来问了一下,递给高大平。

电话里,是赵所长的声音:"老爷子,你别说,听我说。我找了他女朋友了,她想不出有啥规律。不过她说,有时候一个月也不犯一回,有时候天天犯。老爷子,我看不能让他在你那儿了,如果碰巧他这阵天天犯呢?我进去把他带出来吧。"

高大平:"隔离呢,你想犯错误啊?"

赵所长在电话里说:"再隔离,安全总是第一位的吧?老爷子,你如果出个三长两短,我还不得后悔死?我给上级打报告,把他弄出来以后单独隔离,有什么责任我来负。"

高大平:"你负不起。没事儿,我说没事儿就没事儿,你再说就是瞧不起我了。别说了,安心干你的事儿吧,别有事儿没事儿地打电话。挂了。"

高大平把电话挂了。

窦康:"还是你女婿?他咋比你闺女还关心你呢?"

高大平:"废话,一个女婿半个儿嘛。"

马立克蹑手蹑脚地从电梯里出来,左右看看楼道里没人,跑到袁园家门口,轻轻地敲着。

袁园打开了门,看到他,不说话,只睁大了眼睛看着。

马立克不好意思地摸摸脑袋:"左老师走了?"

袁园不说话。

马立克:"我看过好几回,他总在这儿坐着。"

袁园依然不说话。

马立克看着她,不知道再说什么,张了几次嘴,没找到话,傻笑起来。

傻笑了一阵,马立克忽然问道:"哎,今天那个电话好不好玩?"

袁园点头。

马立克遗憾地说:"就是太不方便了,一说话全楼的人都听得见,一点秘密也没有。"

……

马立克:"你不愿意把你的电话号码给我?我可以给你打电话,说话解闷呀。"

袁园:"我没电话。"

马立克:"什么什么?真的没电话?"

袁园点头。

马立克悲天悯人地说:"天哪,天哪,居然还有这样的人,没电话。"

袁园:"我妈妈不让装。"

马立克:"为什么?怕你打电话?"

袁园点头。

马立克:"她把你管得这么紧?我猜她还不让你和外人说话吧?"

袁园点头。

马立克:"天哪,你简直生活在原始社会里。哎,你一个人在家里,害怕不害怕?"

袁园又是点头。

马立克着急了:"那怎么办呢?我也没办法帮你。"

袁园只看他。

马立克突然想了起来:"这样吧,时间也不早了,你去睡觉,我在这儿陪你。"

袁园惊讶地张大眼睛。

马立克:"行啊,很好啊,我在这儿等着,什么时候你睡着了,我再走。这样行不?"

袁园还是点头。

马立克:"那你快去吧。我就在这儿。你把里面的门关上吧。不过,如果你同意,可以留一条缝,反正外面锁着呢。"一边说着,一边在地上坐下。

门在关的过程中,停了一下,还是关上了。一会儿传来水声。

马立克:"你还天天洗澡?告诉你,我可懒得天天洗。我姐总说我脚臭,可那是天生的,没办法。"

没人应。

马立克:"你们女孩事儿就是多,我们男孩没那么多事。"

手机响了。

马立克赶快打开手机,同时压低了声音:"哪位?"

电话里一个女声:"流氓兔,你怎么没上网呀?"

马立克:"别叫我流氓兔了,我改名叫巴顿将军了。我今天不上了,我有事。"

电话里的女声:"什么事呀?快上来吧,聊天室里可热闹呢。"

马立克很严肃地说:"不,我不上了。我有大事。再见。"关上了手机。

水声停了。

马立克:"睡吧,睡吧。别忘了关灯。"

门缝里的灯光灭了,马立克虔诚地守在那儿。

马立克:"我姐比我大八岁,可她的胆子比我小。我小的时候,总爱装鬼吓她。有一天,我钻到她床底下,她刚上床,我就在下面顶她的床,把她吓的呀,连哭带叫地就从床上滚下来了。哈哈,你要是当时看到她那个样子就好玩了。"

袁园在床上听着,想象着,脸上不由得绽出了笑容。

马立克在门外问:"睡着了吗?"

袁园:"睡着了。"突然发现不对,捂着嘴哧哧地笑了。

马立克也笑了,胜利地说:"你睡着了还会说话呀?"

里面没回答。

马立克:"睡吧,睡吧,别说话了。放心吧,我一直在这儿坐着,一直坐到你睡着。"

从隔壁陈老师家传出了清冽的钢琴声。

马立克:"你听,你听,弹琴呢。真好听。"

袁园躺在床上,也凝神听着……

这时,电梯门开了,王贵生走了出来。马立克下意识地抱住双膝,缩起头,驼鸟一样想把自己藏起来,但王贵生一眼就认出他来了。

王贵生:"马立克,你在这儿干什么?"

马立克嘻嘻笑着:"没干什么呀。坐坐,就坐坐。"

王贵生看看袁园家门,向他招手:"过来,你过来我有句话。"

马立克恋恋不舍地过去。

王贵生小声说:"你坐那么近干什么?不怕传染啊?"

马立克顿时很不高兴:"她又不是非典。"

王贵生:"谁知道?她和她妈接触了那么久。"

马立克:"好,算是,可我不怕,行了吧?"

王贵生:"咦,我是为你好。这孩子!"他很生气地进自己家去了。

马立克回来,重新坐下。

3

王贵生进家后,便给老娘打电话:"娘,今天在楼里忙了一天,走访了好几家。您要能看到我们这儿的电视就好了,您就全看到了。"

娘在电话里说:"娘看不见也知道,娘知道我儿能干好的。"

王贵生:"娘,可是,我无论怎么干,这楼里的人,特别是年轻的,总是跟着一个叫左光的人。"

娘在电话里不解地说:"为什么?人家比你干得好?"

王贵生:"不,他干的活可不如我多。他是个作家,年轻人崇拜他。"

娘在电话里问:"他不是走在当官这条路上的?"

王贵生:"他不是。"

娘在电话里说:"那你担心啥呀?你把他变成你的人,他的人不也就是你的人了?"

王贵生:"娘说得对。"

娘在电话里说:"挂了吧,赶快给你媳妇打。"

王贵生:"哎。娘,您老也早歇着吧。"

电话挂了。王贵生刚要重新拨,看看墙上的表格站起来,走到表格前看着,在左光的名下画了一道线。

陈老师坐在钢琴前,正入迷地弹着。

一双脚出现在门口,陈老师侧侧脸,是顾真来了。她进也不是退也不是地站在门口。

陈老师一边弹着一边歪歪头:"听琴?听琴可以进来。"

顾真:"谢谢。"进来坐下了。

陈老师旁若无人地继续弹着。

陈老师:"这曲子你应该知道吧?你过去很喜欢的。"

顾真一愣:"啊?"

陈老师:"忘了,全忘了,你忘了你也是学音乐的出身了。"

顾真:"我音乐没学好,所以改行了。"

陈老师:"真的没学好。"

顾真:"老陈,对不起。"

陈老师惊讶地问:"什么?你对不起我?"

顾真:"我是真不知道,我还以为真的是你。"

陈老师:"没事儿,没事儿,听琴吧。"

顾真听着,又忍不住地问:"可是你为什么要和我离婚?我就这么叫你受不了?"

陈老师:"听琴,听琴。"

顾真:"你还要把青青夺走。你怎么对我这么狠?"

陈老师:"别说了,听琴。"

顾真又恼了:"老陈,除了琴,你眼里还有别的东西吗?"

陈老师一下子停下来了:"顾真,你原来也是搞音乐的,三十年的时间没培养出对音乐的一点热爱来?"

顾真一下子被他说愣了。

陈老师又弹起来,顾真没再说话,坐在那儿听着。

栋栋已经睡着了,大力小心地把孩子放下,动作轻柔得像个母亲。

他拨电话:"邹烨,栋栋睡着了,我们轻轻说话。邹烨,你别怕,我和孩子都陪着你呢。你躺下吧,别关机,你把手机放到你枕旁,我在电话上和你说话,一直说到你睡着。"

邹烨在电话里问:"说什么呢?"

大力:"随便。你想说什么,咱就说什么。"

邹烨在电话里说:"哎,大力,你给我介绍的那本日本小说,叫什么来着?名字很好听的。"

大力:"《挪威的森林》。"

邹烨在电话里说:"对,是这个名字。是部爱情小说吧?我离开家以前看了个头,写得挺美的。要不,你给我读这本小说听吧。"

大力愣了愣:"为什么读它?我不喜欢这本书,很枯燥的。我们换一本怎么样?我给你读《老人与海》吧,海明威的,世界名著啊。"

邹烨在电话里说:"我不,我想听爱情小说,我喜欢那个名字,大力,就读《挪威的森林》。"

大力:"那……那好吧。不过,我得找找,你知道家里有栋栋,简直像有土匪,什么东西都会无缘无故地挪地方。我得找一找。"

邹烨在电话里说:"那好吧。我们从明天开始,怎么样?"

大力:"好……好吧。"

邹烨在电话里说:"我要睡了。我和你说了半天话,我不怕了。再见大力,照顾好栋栋。"

大力机械地说:"再见。"把电话挂上,从枕边拿起一本书来,就是《挪威的森林》。大力翻了两页,重重地叹口气,把书丢在一旁。

不料,过了一会儿,邹烨又打来电话:"大力,我睡不着。你找到那本书了吗?读一段给我听。"

大力:"好的。"

灯光柔和,栋栋在床上酣睡着,大力就着灯光在低声地读:"即使在经历过十八载沧桑的今天,我仍可真切地记起那片草地的风景。连日温馨的霏霏轻雨,将夏日的尘埃冲洗无余。片片山坡叠青泻翠,抽穗的芒草在十月金风的吹拂下蜿蜒起伏,逶迤的薄云仿佛冻僵似的紧贴着湛蓝的天壁。凝眸远望,直觉双目隐隐作痛。清风拂过草地,微微卷起她满头秀发,旋即向杂木林吹去……"

电话里已听不到邹烨的声音,她安静地睡着了。

4

高大平和窦康一个床上一个床下地躺着聊天。

窦康:"要说起来,俺娘那病要是放到这会儿,放到城市里,死不了。就是家里穷,又累,落下了胃病,有时候犯了，就吐血。"

高大平："胃出血。"

窦康："可不？这会儿，我懂了，那时候，我才九岁，哪里懂得那个？有时候看见俺娘疼得趴在炕沿上，我就拿着瓢到缸里勺一瓢凉水给她——唉，那个时候，农村人哪烧过开水？俺娘……一直到死，连口热水都没喝过。"

他的声音有点抖，高大平也沉默。

窦康："她死的那天，白天还好好的，晚上，突然就大口大口地吐血。我和爹都吓坏了。爹叫我去叫村里的赤脚医生，我要去，娘把我拉得死死的。她说：别去，一会儿就好，别花那个冤枉钱。"

高大平："你就没去？"

窦康小声说："没。"

高大平急得一拍床："你这个孩子，你算个什么东西？你娘吐血，你就不去叫医生？你娘的病，都耽误在你手里。"

窦康坐起来，气愤地说："别站着说话不害腰疼，家里一分钱没有，你让我拿什么去请？再说，穷人命硬，每次吐血，她都挺过去了，那一回我和爹以为，也许她还能……谁知道，她就没挺过来。"一边说着，一边像孩子一样抽抽搭搭地哭起来。

高大平怜悯地看着他，哄着他："别哭，别哭啦，这么大的人了还哭。"

窦康还哭着。

高大平："你上来吧，地下凉，这床大，咱俩躺得开。"

窦康："我才不上去呢。我不挨着你。"

高大平像小孩子一样："上来吧，上来吧，要是你冻着了，你死去的娘不骂我？"说着，吃力地试图挪动身体。

窦康站起来："哼，你还挺能的！你自己能挪？你挪呀，挪呀！"

高大平费了半天劲，一点也没挪动，火了："小窦，我怎么着也得算你长辈吧?你就这么看着?咱们可是有协议的,小心隔离过后我举报你。"

窦康嘀咕着:"哼,我怕你?到时候我早跑了。跑得远远的,永远不再见你。"一边嘀咕,一边还是把他往里挪了挪,自己在他身边躺下了。

高大平侧脸看看他,窦康仍然沉浸在痛苦的往事里,此时的这张脸,显得很单纯。

高大平小心地说:"农村的日子,我知道,都说男人是顶梁柱,叫我看,女的才是呢。死了娘,你和你爹的日子怎么过?"

窦康脸上重又出现那种迷乱的神情,没说话。

高大平:"没了娘,家里的饭谁做?你爹?"

窦康:"我爹……爹……我爹跟着也病了。"

高大平:"啊?人家都说屋漏偏逢连阴雨,真的哩。唉,可真苦了你了。你爹他什么病?"

窦康没回答。

高大平奇怪地看看他,发现他脸上的神情不寻常,一惊。

高大平小心地问:"你爹他得的什么病?好了吗?"

窦康突然起身,到窗前去了。

高大平在后面吃惊地看着他。

窦康:"爹,爹!"

高大平在后面小心地叫道:"窦康。"

窦康猛地回头看他,大喊了一声:"爹!"

高大平:"窦康,是我。"

窦康直愣愣地看着他,看了半天,似乎认出了他是谁,回来,一头倒在自己的地铺上,睡了。

高大平低下头,看着地铺上的窦康。

深夜,高大平突然从梦中惊醒,第一个动作就是侧脸去看地下的窦康。窦康老样子睡着。

高大平放心了，转脸又继续睡去。

天亮了。高大平醒了，转脸去看窦康，不由得一愣，窦康脚上穿着鞋。又转转脸，果然，灭火器堆在墙边。

高大平想着，轻轻地叫："窦康，窦康。"

窦康醒过来："嗯？"

高大平："我夜里又梦游了，你看。"

窦康抬抬身，看到了那些灭火器，愣了愣，大笑起来："你怎么回事啊？白天装病，夜里干活。你要是叫人家当场抓住，准把你当小偷。哈哈，那才好玩呢。"

高大平："你去把它们再搬回原位吧。"

窦康仍然笑着，搬了两个灭火器出去。

高大平拿起电话，拨号，电话里传来长音，迟迟地没人接。

等了一会儿，终于传来赵所长的声音："哪位？"

高一平："我。小赵，听出来了吧？"

赵所长："听出来了，高老爷子。"

高一平："怎么半天不接电话？"

赵所长不好意思地说："我在车上眯了一会儿。老爷子，有什么事？"

高大平："小赵，你再去找他女朋友，问问他父亲怎么啦，我琢磨着，他这病和他父亲有关。"

窦康回来。

高大平："挂了，就这样。"把电话挂了。

窦康："你给谁打电话？"

高大平："女婿。窦康，想吃点什么，咱叫他送来。"

楼外，赵所长从车里下来，活动着腿脚，又重新上车准备走。

警察小马过来："所长，所里来电话，一建工地上的民工不听劝阻,一定要走,已经有一些去车站了。"

赵所长:"什么?走了吗?"

小马:"还没有,刚离开工地。"

赵所长:"真是胡闹,昨天夜里不是答应得好好的吗?是不是又听说什么谣言了?我去车站,小马,你通知小王和小李跟过去。"

小马答应着。赵所长上车,车开走了。

5

周捷醒了,发现身边空着,急忙起身出去,松了口气——左光站在阳台上,正在看着初升的太阳。

周捷过去:"起来了?起这么早?"

左光没看她,喃喃地说:"小捷,你看太阳,多美啊。"

周捷:"是挺美的。咦,我过去从来没注意,在咱家阳台上能看到这么美的朝阳。"

左光背曹操的《短歌行》:"对酒当歌,人生几何?譬如朝露,去日苦多。"

周捷不安地问:"背这一首干什么?"

左光突然转过脸往外走:"我出去走走。"

周捷在后面追着:"你上哪?爬楼梯?咱们一起去?"

左光已经出去了。

周捷停下,慢慢地关上门,回来坐在沙发上,眼里涌出了泪水。

门铃响了。

周捷吓了一跳,赶快擦擦眼,过去开门,大力站在门口。

大力不好意思地说:"周老师,我想去天台拍点镜头,栋栋快醒了,您能不能帮我过去看他几分钟?"

周捷:"可以啊。"

大力有两把钥匙，掏出一把给周捷。她开了门，进了大力家。

栋栋躺在床上酣睡着，周捷呆呆地坐在床前，看着孩子单纯漂亮的面孔。

她的泪慢慢地流出来。她拼命堵着自己的嘴，仍然控制不住，一转身跑进了卫生间，并神经质地关上门，放声大哭起来。

周捷："左光，左光，不能走，你别走，你别走啊！"

这时，大力扛着机器回来了，掏出钥匙刚要开门，突然好像听到了什么动静。

他吃了一惊，趴到门上听着，听到了周捷的哭声。

大力吓了一跳，赶快开门。

大力冲进屋。一进屋就大叫一声："周老师！"

周捷被大力的喊声吓了一跳，赶快擦脸。

大力又喊："周老师！"

周捷慌乱地："我在这。"匆忙地照照镜子，拉开卫生间的门。

大力迎着周捷，怀疑地看着她："周老师，您哭了。您为什么哭？"

周捷慌乱地笑着："没呀。你忙完了？栋栋没醒。我走了。"

大力："周老师，您别瞒我了。您有事。左老师怎么啦？他是不是身体不好？他有病，我早就看出来了。"

周捷："没呀。我走了。"

大力："周老师，非典来了的时候，您和左老师都告诉大家，在这个时候大家应该团结起来，互相帮助。如果你们家有事，就拒绝别人吗？"

周捷停下了，低着头："大力，你左老师没多少时间了。"

大力吃了一惊："什么？"

周捷:"胰腺癌,最痛苦的一种癌症。而且,我觉得,他已经知道了。"

大力愣住。

周捷抬起头,眼里含着泪,人却在微笑着。

周捷:"大力,剩下的日子,对我,对他都不容易,也许,我们真的需要大家的帮助。我走了。"

她走了,大力仍在愣着。

电梯到了七楼,左光从里面出来。袁园家的门开着,两个医务人员正从里面出来。

医务人员:"好好在家呆着吧,晚上我们再过来看你。"

袁园送他们到门口,看着他们把防盗门锁上。随后,看到了左光,天真地对他一笑。

医务人员走了,左光过去。

左光:"你好。"

袁园只看着他微笑。

左光:"昨天夜里害怕了吗?"

袁园想着什么,又一笑,摇了摇头。

左光:"我可以在这儿坐一会儿吗?"

袁园点点头,又跑回去拿张报纸从门缝递出来。左光在门口坐下,袁园也在门里坐下。

左光看着从走廊一侧射进来的阳光,陷入了沉思。

袁园:"伯伯。"

左光猛地惊醒:"嗯?"

袁园:"你累了?"

左光:"什么?"

袁园:"你不是累了吗?"

左光:"我累,也怕。我又累又怕。"

袁园:"伯伯也怕?"

左光:"怕,怕极了,怕得骨头都冷。"

袁园："伯伯怕什么？也怕死？"
左光："怕死。"
袁园："我不怕了。"
左光："你怎么不怕了？教给我。"
袁园："你想高兴的事了吗？如果有高兴的事，就不怕了。"
左光："对不起，我怎么也想不起来了。"
袁园："伯伯总不会没有高兴的事吧？"
左光为难地说："肯定有。可是我怎么也想不起来了。你想起来了吗？告诉我一件。"
袁园："我昨天晚上睡不着，想妈妈，我就想高兴的事情。突然想起一件事来。"一边说着，一边就很灿烂地笑了。
左光："什么事？"

袁园："我小时候，还是很小很小的时候，妈妈逼我跳舞。她老逼我老逼我，逼得我烦透了。有一天，她在里面睡午觉，让我在外面跳，我就坐在地下，拿着两块板，在地下敲来敲去。我敲了一中午，她睡醒觉说：嗯，今天表现很好，没偷懒。"

话还没说完，她就得意地笑了，笑得前仰后合。左光看着她，也不由得微微笑了。

袁园："伯伯，该你了。"
左光："什么？"
袁园："该你说高兴的事了。"
左光想了想，抱歉地说："我还是想不起来。"
陈老师家门一响，陈老师出来了，看到左光又坐在那儿，不由得一愣，赶快过来了。
陈老师："左老师，您在这儿。"
左光认出了他："你好。"
陈老师："左老师，我有件事，想和您谈谈。"
左光："什么事？"

陈老师看看袁园:"咱们一边说可以吗?"

左光吃力地站起来,两人到走廊头,坐在窗台上。早上的阳光给他们的侧影镶上了一条光亮的边。

陈老师一坐下就急急忙忙说开了:"左老师,您是个作家,您懂得很多道理。我害怕,这怎么办?"

左光吃了一惊:"您怕?怕什么?"

陈老师:"怕死。"

左光:"什么?"

陈老师:"我女儿和袁园妈接触过,我怕她感染。袁园一回来,我更怕了。我只有弹琴的时候才不怕,只要一放下琴,马上就怕起来,这怎么办呢?"

左光同情地问:"现在你女儿怎么样?"

陈老师:"现在没事儿。可你总觉得有个黑影趴在你看不到的地方,不知道什么时候,也许它就会扑过来,把你扑倒了。"

左光:"是,是这感觉,是个黑影。原来,我不知道它在哪里,现在我知道了。我看着它走过来,一步步地走近。我想逃,可一点也没办法。"

陈老师:"啊,说得太对了,左老师您也知道?"

左光苦笑。

陈老师:"左老师我怎么办呢?"

左光:"也许,最好的办法,是趁着你女儿现在健康,把现在的日子过好。你就当正常的日子过,等到那个黑影扑上来的时候,你再来对付它。你说……你说……你说我是不是应该这样?"

陈老师:"什么你呀,是我,是我应该这样。左老师,您真不愧是作家啊,懂得就是多。我走了,我这样试试。"

他走了,左光还继续坐着,喃喃地自语:"可我还是怕着。"

6

赵所长的车停在素素所在餐馆对面的路边。素素急匆匆过来，往车里看了看，赵所长歪在车座上睡了。

素素在车窗上轻轻敲了敲。赵所长一个激灵醒了。

赵所长："来了？你看，这一会儿的工夫怎么睡着了。"

素素："所长有事？"

赵所长："来，车上说吧，让你老板娘看见不好。"

素素上车。

赵所长："我昨天又去问过那个老中医，老中医说，这种病，往往和病人在生活中受过的刺激有关。你想想，这个刘……刘还是陈什么来着？"

素素："陈建设。"

赵所长："这个陈建设受过什么刺激没有？"

素素："没有啊。以前我不知道，我们俩好了以后没受过。"

赵所长："他家你去过吗？家里都有什么人？"

素素："我没去过。我催过他几回，可他一直工作很忙。他家里是干部，爹妈都是干部。"

赵所长哭笑不得地看着她："什么干部啊？"

素素："我没问。不好意思问。我不愿意让他觉得，我跟他好是看上他家庭了似的。"

赵所长："你呀，看着怪聪明，可真是个傻姑娘呀。"

素素不高兴地说："我就是这样的人。"

赵所长："你想想，他犯病，和他父亲有没有关系？"

素素："他父亲？"

赵所长耐心地说："你仔细回忆一下，每次犯病以前，你们谈过什么，谈的话题，和他父亲有没有关系。"

素素努力回想着。

赵所长启发地说："或者，比如，你提到了你父亲，刺激了他……"

素素："我想起来了，是有，是提到了他父亲，提到了。"

赵所长兴奋地说："快说说。"

素素："有一回，我们晚上没事聊天，我说起我爹从小疼我，问他爸疼不疼他，他突然就发脾气了，冲着我大叫大嚷，把我吓了一跳。好像那天晚上……对，就是那天晚上，他就犯病了，偷回好几个垃圾箱来。"一边说着，一边又好气又好笑地笑了："对，那是第一回。"

赵所长："还有呢？还有呢？"

素素："还有一回，我俩在大街上走，看到爷俩在街上哭。原来那儿子拉着爹进城来看病，看病的钱叫小偷偷走了。建设拉着我在那儿看了半天，还把我俩身上的钱全给他们了，那天夜里也犯病了。唉，建设是个好心人，他的心可好呢。"

赵所长频频点头："嗯，是不错。你记清楚了？每次犯病都和父亲有关？"

素素又想了想："是有关，我记起来了。"

……

赵所长开车走了。

这时，有人敲高大平家的门，接着传来田林成的声音："收垃圾了！"

高大平："小窦，把垃圾送出去。对了，帮人家弄好，干活就像个干活的样。"

窦康答应着出去。

电话响了。高大平抓起电话，原来是赵所长打来的。

高大平低声说："讲吧，窦康倒垃圾去了。"

赵所长在电话里讲了他从素素口中了解的一些情况。

高大平的声音依然很低："我说，你得调查一下，他父亲到底怎么啦。"

赵所长在电话里说:"老爷子,值得吗?不过是个小偷。哎,他还是个骗子呢,你猜不出他对人家女孩都说些什么。"

高大平:"怎么不值得?小赵子,你只知道抓小偷,抓罪犯,你了解过这些人的身世、心理不?抓好抓,挽救不容易,这工作,你得学学。"

赵所长在电话里笑了:"好,好,我学。老爷子,挂了,我得去分局开会。再见。"

7

电梯门一开,马立克出来,突然看到左光坐在袁园家门口,正在听袁园说着什么。似乎袁园又在讲她高兴的事,很天真地笑着。

马立克很绝望地又进了电梯。

马立克回到自己的家,沮丧地一头栽倒在床上。

马立克气愤地自语:"他在那儿干什么?一个大老头子,坐在小姑娘门前。"

他想了想,爬起来,跑到窗前,小心地扯那根绳子。

下面没反应。马立克更用力地扯扯。

袁园正坐在门口和左光说着话。

袁园:"妈妈总对我说,你要跳到全国第一,你要比妈妈强。哎呀,我听得都烦死啦。"

身后突然有什么动静,袁园回回头,看到那只红色的可乐桶被扯得在墙上撞着。

袁园:"伯伯,我有事。"说着跑过去,打开窗向上看着。

马立克从上面探着身子,看到她出来,大喜,小声说:"你把绳解开。"

袁园小声问:"什么?"

马立克又是比画又是说,袁园终于明白了,把绳子解开,小红桶晃晃悠悠上去了。

袁园仰着头向上看着。

马立克把那个桶提进屋,趴到桌上,飞快地在一张纸上写了几个字,撕下来,塞进桶里,又跑到窗前,小红桶又晃晃悠悠下去了。

袁园把小红桶接住,马立克示意她看桶里。

袁园看看桶里,把字条取出来。字条上写着:"把左老师赶走。"

袁园笑了,探出身,冲着马立克摇摇头。

马立克急了,做着各种手势,有恳求,有威吓,还有一些看不出是什么。袁园冲他笑笑,把小红桶挂好,关上了窗户。

马立克绝望地又扑倒在床上:"天哪,哪有这种事情啊!"

他突然又跳起来,出去了。

左光的家里,周捷正坐在电脑前,在网上找着什么,门铃响了。

周捷过去打开门,大力站在门口。

周捷:"大力,别来安慰我,我不要,左老师也不要。"

大力进屋:"周老师,我不是来安慰您的,我是来寻求您的帮助的。"

周捷:"什么?"

大力:"邹烨在病房里,她要我给她读小说听。"

周捷:"好啊,多浪漫。"

大力:"可是,你不知道她让我读什么,叫读《挪威的森林》。"

周捷:"这本书?这本不合适。这本书里充满了死亡的气息。你另选本。"

大力:"她不要,她就要这本。"

周捷:"这怎么办?"

大力:"您请左老师来写,重新写,写一个热爱生命的故事。"

周捷一愣,看着他没说话。

门铃又响了。

周捷过去打开门,马立克站在门外,装模作样地问:"左老师不在?"

周捷:"不在。进来。"

马立克:"你们在说什么呢?这么严肃。"

周捷看着大力,慢慢地说:"栋栋的妈妈让大力读小说听,可选的小说是《挪威的森林》。"

马立克:"好啊,村上春树,正流行呢。"

周捷:"那内容对他们现在不合适。"

马立克明白过来:"对,是不合适,那女的去了疗养院,后来死了。对了,对了,我想起来了,让左老师写啊,作家不就是干这个的吗?"高兴得几乎跳起来。

大力:"周老师,您听。"

周捷:"我们试试。"

马立克兴冲冲地说:"大力,去找左老师,我知道他在哪,我带你去。"

马立克和大力离开左老师的家。

电梯到了七楼,电梯门一开,大力和马立克下来。

大力:"左老师。"

左光回过头,像不认识一样,茫然地看着他:"叫我?"

大力:"是啊。左老师,有件事,我想请您帮忙。"

左光:"叫我……帮忙?我能做什么?"

大力:"左老师,咱们去你家或者我家谈好吗?"

马立克热心地说:"左老师,是大事。咱们楼里的年轻人,哪个人在人生问题上有大事不得向您请教呢?您快去吧。"一边说，一边把左光半扯半搀地扶起来，送他进电梯："去吧，去吧，大力哥没有您可真不行啊。"

左光和大力走了。马立克得意地来了个后滚翻，地下一滑，摔倒在地下，疼得直哎哟。门里的袁园看着他，哧哧地笑了。

左光领着大力回到自己的家。

刚一坐下，大力就谈了他的想法。左光像受了惊吓似的连连摆手："不，不，我写不了。"

大力："左老师，您怎么写不了啊？您过去写的书多好啊，要不是邹烨都读过，我就直接拿来读给她听了。"

左光："不要提那些，别提那些。"

周捷在一边温和地说："左光，邹烨每天面对着死亡的威胁，她需要鼓励。"

左光看着她，突然站起来："不，我不写，我写不了！"一边说着，一边回了卧室，门也随着关上。

大力和周捷面面相觑。

周捷小声说："怎么办？他垮了。"

大力鼓励说："他不会，左老师不会，我们一起来帮他。"

夜里，周捷在书房里，伏在电脑前全神贯注地写着……

左光在卧室里，呆呆地躺在床上。

这时，周捷拿了几页纸进来："左光，我帮着大力写了一点，你可不可以帮我听听？"

左光点点头。

周捷低下头去读着："当知道自己得病那天，直子的世界坍塌了……"

左光突然张大了眼睛。

周捷："……生命的列车正在高速前进，突然之间终点就要到了。她似乎看到了那黑色的终点，看到它正以不可阻挡的速度逼近。她极力地想逃开,回避,可是它是如此真切地出现在她面前,让她无可逃遁。这使她一向高傲的心里充满了绝望。"

左光声音颤抖地叫了声:"小捷。"

周捷继续读:"这是一段很难过的时光。她失去了一直以来的平静,变得痛苦不堪,像涨满了春潮的小溪,混浊的水左突右撞,找不到出路。她突然喜欢怀旧起来,一次次瞒着她的爱人去那片他们曾经无数次徘徊过的小树林。是一片白桦林,树木修直而疏朗。傍晚的时候,夕阳会把那些高大的树冠燃成一柄柄火炬。过去许多个黄昏,她和他曾经手握着手静静地坐在那儿,看着那一柄柄火炬被点燃,然后又在像浓云一样渐渐合围上来的暮色中熄灭。那是一种奇妙的、令她终身难忘的感受,一个生命、一段爱情、一种体验,必定也会像这火炬一样在某个时刻臻于辉煌……"

左光喃喃地说:"小捷,你在说我们,我们曾经在学校的白桦林里有过的体验。可是,太阳一落,那火炬也熄灭了呀!"

第十三章

1

夜里,栋栋已经睡了。大力就着床头的灯光,对着电话给邹烨读着周捷写的那几张纸。

大力:"她从来没见过挪威的森林,但她可以想象得出那片森林,那是一片大得无边无际的森林,进去就很难再走出来,人在里边失散了会再度相逢,但也很可能与你最想度过一生的人擦肩而过,或者一旦走散就天各一方,从此陌如路人……"

邹烨在电话里说:"说得真好。人生命中都有这样一片森林的。"

大力继续读着。

邹烨突然在电话里打断他:"大力。"

大力:"嗯?"

邹烨在电话里笑着说:"没事儿,你接着读吧。"

大力:"不,你话没完,你说呀。"

邹烨在电话里说:"大力,我想说,在这么大一个森林里,两个相爱的人碰上多不容易。我们真庆幸,我们碰上了。"

大力一时无语。

邹烨在电话里轻轻喊了声:"大力!"

大力:"是的邹烨,我们碰上了。我们再不分离,森林太大了,我怕一旦分开了就再也找不到你,你知道我是很笨的。"

邹烨再次在电话里轻轻地笑了:"你多笨啊大力,你还记得你向我求婚的事吗?我看着你,就盼着你说出那三个字,你憋了半天,硬没说出来。我都绝望了,以为你不打算

娶我,谁知道你笨手笨脚地掏出戒指就往我手指上套,差一点没把我手指头掰断。你多笨啊大力。"

大力傻笑着:"碰上你,我就没法聪明了。"

邹烨在电话里说:"接着念吧,大力。这个直子,她真应该好好活着,有这么好的爱情。"

大力接着读:"离去疗养院的日子越近,她越深地把自己陷在回忆里。她总会一次又一次地梦见他们第一次遇见的情景……"

邹烨可能睡着了,一点声息也没有……

2

早晨,周捷从梦中醒来。她一转脸,看到左光醒着,斜靠在床头上,目不转睛地看着她,神情十分平静。

周捷:"你醒了?"

左光:"小捷,我知道了。"

周捷张张口,没说出来,坐起来,抱住左光,夫妻俩紧紧地抱在一起,两个人都哭了。

左光:"我没出息。我被吓坏了。"

周捷:"我知道,我知道。左光,我也被吓坏了。"

左光:"过去啊,我总觉得我这个人已经活出来了,已经参透了生死,可这回我才知道,我啊,是个怕死鬼。小捷,这几天,你没看不起我吧?"

周捷:"左光,现在的你,才是真实的你,不是原来那个书呆子。左光,因为你一时的软弱和胆怯,我更爱你了。"

左光:"这两天,我总在袁园那儿坐着,那孩子让我想生活中高兴的事,我竟一件也想不起来。在大限面前,过去的生活,竟然一点痕迹也找不到了吗?如果是这样,过去四十几年,不是白活了吗?"

周捷:"左光,你只是一时被吓住了。谁在这个时候都会这样。你会重新站起来的,你现在不是已经开始站起来了吗?"

左光:"现在,告诉我,我还有多久?"

周捷犹豫。

左光:"把实话告诉我。"

周捷仍然说不出口。

左光:"一年?"

周捷不说。

左光:"八个月?"

周捷不说。

左光:"半年?"

周捷还是不说。

左光的脸已经变了:"难道……难道连半年也没有吗?五个月?四个月?三个月?"

周捷紧紧地抱住他:"左光,左光,我不知道,我没办法说。冯大夫说得很可怕,但我相信奇迹,我相信奇迹是可以创造出来的。"

左光轻轻地叹息:"天。"

周捷泪流满面,抬脸看他:"左光。"

左光:"小捷,我可真不想死,真想活啊。我想做的事还有很多。"

周捷:"左光。"

左光:"我们怎么办呢?"

周捷:"左光,命运往往无法选择,我们可以选择的,只是我们在命运面前的态度。"

左光:"这是谁说的?说得真好。"

周捷:"是你啊。是你那本谈生命本源的书中说的,你忘了?"

左光:"我自己说的?"

周捷:"左光,你出了五六本谈生命谈人生的书,现在,是到了你实践你的理论的时候了。"

左光:"我行吗?"

周捷:"你行,你一定行。"

左光闭上眼睛,没说话。周捷耐心地看着他。

左光睁开眼:"小捷,几点了?我们该去爬楼梯了吧?"

周捷一抖,看着他没说话。

左光有点不好意思地说:"小捷,我不知道行不行,帮着我啊。"

周捷突然起来,赤着脚跑出去了。

她跑进洗手间,拧开水龙头。周捷捧一捧水捂在脸上,久久地埋着脸。

她匆匆擦了一把脸,又到了客厅,开始打电话。

周捷:"大力,快起来,和左老师一起去爬楼梯啊!"

她放下又打:"小丁,快起来,和左老师一起去爬楼梯啊!"

3

在顺家园楼门口的小黑板上,写着昨日疫情。另外一条通知:家里有孩子上中学的请注意:东方电子送来了学习软件,请到一楼领取。下面一条笑话:"最新消息:非典型肺炎主要传播途径是流通的货币,为了您和您家人的健康,请整理好您全部现金,用塑料袋密封,我将上门回收,并收取少量费用。"

赵所长正帮着往门口抬青菜,看到左光他们下来了。

赵所长停住,感慨地看着——左光仍然显得很虚弱,周捷紧紧地偎着他,脸上含着骄傲的微笑。身后几个青年和他们在一起。

赵所长过去,在门口停下。

赵所长:"左老师,好几天不见了。"

左光:"是,我身体不太好。赵所长,辛苦了。"

赵所长:"我们辛苦一点不要紧,可左老师,这楼里的事儿,您可不能撂挑子啊。你看这两天哪,田师傅说,有些住户垃圾不按时送到门口,人家收走了,他也送出来了,就那样在走廊里一搁一天,这不传播细菌吗?还有的住户,家里人一来探望,就凑到一块去了,我们劝也不听。这些事儿,都得您管啊。"

左光频频点头:"是,是,是我做得不好,我检讨。"

赵所长:"不用检讨了,左老师,以后,我有什么事儿可就直接打电话给您了。"

左光答应着,周捷感激地对赵所长笑笑,拥着左光去爬楼梯。赵所长在后面感动地看着。

左光和大家一起爬着,爬得很慢,但一步步向上爬着。

爬到五楼,左光停下来,吃力地喘着。

一个青年:"左老师,爬不动了?"

大力:"左老师身体刚好。"

周捷担心地看着他:"要不,我们坐电梯?"

左光:"再爬几层。"

他又吃力地向上爬去。

左光:"要是能一口气爬到二十四层,到天台上去多好啊。"

左光家的门一开,一帮青年和左光夫妇一起进了屋,随着他们进来的还有欢声笑语。

大家都熟门熟路地自己找地方座下,自己倒水喝,自己拉开冰箱拿饮料。

大力:"左老师,那天我们说的话题怎么办呢?"

左光:"什么话题?"

大力:"隔离要到期了,人家外面的人这么关心咱,咱们解除了隔离就这么出去?一点表示也没有?"

左光抱歉地说:"对不起,那天我走神了,没听到。这主意好,咱们是该表示表示。怎么表示?写封表扬信?"

大家哄笑。

高个儿青年:"左老师,您可真是书——"

他拖着长腔没说完,有人抢上去:"左老师,他说您书呆子。他在背后偷偷说了好几回了。"

左光一迭声地说:"我是呆,我是呆。对了,咱们给王局长打个电话吧,找他商量商量,他是领导啊。"

矮个儿青年一撇嘴:"什么领导啊,我一看他一本正经的样子就烦。"

左光:"别这么说,这么说不好。大力你打。"

大力:"好。哎,流氓兔呢?把流氓兔也叫起来。"

王贵生接到电话后,很快来到左光家门口。他刚想按门铃,忽然听到里面的说笑声。他趴上去听了听,这才按响了门铃。

周捷笑盈盈地打开门,笑声也随着破门而出。

一青年的叫声:"俺以前都仰着脸看左老师,嗨,没想到……"

周捷笑着对王贵生:"王局长,请进。"

王贵生看着屋里的场面,勉强笑着:"这么热闹?"

周捷:"他们天天早上一起爬楼梯,爬完了,就习惯到这儿来坐坐。"

左光:"王局长,他们提了个很好的建议,咱们商量一下?"

王贵生:"在这儿?"

左光:"啊。"

王贵生沉吟,周捷已经看出来了。

周捷:"王局长说在哪儿方便?"

王贵生:"当然在这儿也没什么不方便,现在不是正闹非典吗？上头要求尽量减少集会。要是集会，也选在空气流通的地方。"

一个青年："我们不怕。我们天天早上在这儿，要传染早传染了。"

王贵生不理他，对左光："左老师您看呢？"

左光："有道理有道理。那王局长您说在哪？"

王贵生："我们还是去天台吧。"

大力："左老师身体不好。"

左光："没关系，我可以……"

周捷抢着："左光可以不参加嘛。"

青年们几乎一起地说："那怎么行？"

王贵生注意到他们的反应，脸色不是太好看。

周捷："左光不参加了。天台上冷，左光今天身体不舒服。"说着，冲大力丢个眼色。

大力："那好吧。咱们现在上去？"

大家向外走，在门口碰上了睡眼惺忪的马立克。

马立克抱怨地说："这是干什么呀深更半夜的？"

大家笑："你小子睡颠倒了吧？走吧走吧，开会去。"

马立克跟着走，一边走一边还嘀咕着："哪有这种事呀，大清早就开会，比上班还忙活。"

周捷把门关上。

左光奇怪地看着周捷："你为什么不让我去？"

周捷："你傻呀？"

左光："怎么啦？"

周捷："没看到王局长的反应？"

左光："没呀。他怎么啦？"

周捷："你呀，真是个书呆子。他不愿意让这些人都听你的。他在乎你，你会抢了他的功的。"

左光哦了一声，想了片刻："小捷，我不喜欢你想这么多。"

周捷:"不是我想得多,是他想得多。"

左光:"也许是他想得多,可我们不应该在乎对吗?人这样活着太累了。你说,我还求什么呢?"

周捷低下头,想了想:"左光,我错了,以后我不会了。"

4

楼顶天台上,大力端着机器拍着,自己配着音:"四月三十日,星期四。在顺家园自救会在二十四层天台上召开第四次会议,中心议题是,隔离就要解除了,在隔离期间,全社会给了在顺家园许多关爱,我们应该如何回报社会。"

大家的讨论十分热烈。

高个儿青年:"感谢信怎么不行啊?让左老师写,写得感人一点,在电视台里念念。"

马立克:"感谢信算什么呀,太俗了。再说了,贴哪儿?总不能贴到电视台去吧?"

王贵生:"感谢信一定是要写的,可以写两份,一份送市政府,一份贴楼门口嘛。"

马立克:"为什么要送市政府呢?这本来就是他们的工作嘛。"

王贵生很不高兴地看他一眼。

矮个儿青年:"我建议,我们组织青年志愿者到别的社区服务,用实际行动回报社会。"

大家纷纷响应。

高个儿青年:"可是,大家都有工作,解除了隔离就得上班了,能坚持多久呢?"

大家又愣了。

王贵生:"这个建议也不错,但是不新鲜。还有别的吗?我们现在就可以着手准备的?"

大家互相看看,一时没说话。
马立克一下子跳起来:"我想起来了!"
大家齐问:"什么?"
马立克:"我们可以排练一个节目。"
大家用奇怪的目光看着他,好像他说了什么笑话。
高个儿青年:"巴顿将军,你说什么胡话?你能跳啊还是能唱啊?再说,上哪演?卖票去?"
马立克:"你们这些人,一点想象力都没有。想想吧,我们楼上陈老师会弹琴,可以伴奏,袁园会跳芭蕾。我们可以把楼上的孩子们组织起来合唱。另外……另外,对了,你们忘了,我们还有歌星倪虹!天哪,我们还要什么呢?练好了,大力哥拍下来,到电视台上一播,不是全市人民都看得到了吗?"

大家没说话,显然,都被这个主意打动了。

左光自己在家,正在打电话。
左光:"大哥,谢谢你们,谢谢你们把小捷给了我,让她陪了我二十年。我的事,你们不必再多想了,有时候,我们必须服从命运。可是小捷我只能再交给你们。在我之后,小捷会有一段很难过的日子,那个时候,只有你们能陪她,安慰她,帮助她走过这一段。"
门一开,周捷手里拿着青菜之类的东西进来。
左光看着她,继续说着:"小捷是个很勇敢的人,我知道她能挺过去。以后,她应该能生活得很好。只有这一段,这一段她需要你们。大哥,她一向是你最疼爱的小妹,拜托了。"
周捷明白了,放下手里的东西,站在那儿看着他。
左光放下了电话,微笑着:"小捷,你有个世界上最好的哥哥。"
周捷扑过来,紧紧地抱住他。

周捷:"左光,我怕,我可真怕啊。"

左光:"我不怕了,突然就不怕了。周捷,我们的时间不多了,我们要过好它。"

周捷:"是的,是的。"

左光:"从今天开始,我把每一天都当成生命中的最后一天。小捷,现在九点了,我还有十五个小时。"

周捷:"是的。我们在这十五个小时里干什么?"

左光看着她拿回来的青菜:"做饭。小捷,今天中午,我来做饭。"

周捷吃了一惊:"什么?你从来没做过饭。"

左光:"所以啊,我要做。你想想看,我一辈子连饭都没做过,那多遗憾。"

周捷笑了:"好吧,今天我不做了。哼,你就是不会也别来问我,我今天要吃个现成的。"

左光刮她一下鼻子:"懒惰。我会把你惯坏的。"

周捷大笑起来,左光也开心地笑了。

突然有人在拼命地砸门,同时传来张亚丽的哭喊声。

张亚丽:"左老师,左老师,快来啊,出人命啦!"

左光吓了一跳,周捷已经把门打开了,张亚丽冲进来。她显然刚和人打过架,衣服撕破了一块,脸有被人抓出几道血道子,哭得鼻涕一把泪一把。

周捷:"这是怎么啦?"

张亚丽:"左老师,快,二楼孙律师快把俺家林成打死了。你快救救林成吧!"

左光:"什么?怎么会有这种事情?"说着就跟张亚丽往外走。

周捷:"左光,左光,你行吗?"

左光已经走了。

5

　　二楼走廊里挤满了人，打架的人已经被分开了。两个人拦着田林成，他还不服气地跳着脚吵闹着，对面看不到和他吵的人，似乎在屋里。

　　左光和张亚丽从电梯里出来，一出电梯就听见田林成的大嗓门。

　　田林成："你当着老子好欺负？瞎了你的狗眼！有种的你再上，有种的你再上呀，我要怯你我是你孙子！"

　　左光惊讶地问："这是为什么呀？"

　　张亚丽："左老师你是没看见啊，这家人家不是人。"

　　左光："对不起，不要用这种粗俗的语言。"

　　张亚丽："这种人不吃好粮食，就不能用好话。左老师你是咱楼里的大知识分子，你来评评这个理，俺家林成收垃圾，这不是为人民服务吗？可每次收到他家这儿，没有一回不找麻烦的，对俺家林成鼻子不是鼻子眼不是眼的，好像俺是下等人似的。那回吧，冲着俺家林成吐唾沫，还有一回，垃圾不按规定装袋子，俺家林成一说他，冲着林成就吵。今天这事儿，你说说怨谁？昨天的垃圾不按时间送出来，今天一见林成就发脾气，说林成不收他家垃圾，还要告俺家林成，说要砸了俺家林成的饭碗。你当俺家林成好欺负啊？瞎了你的狗眼！"

　　左光："不像话，不像话，你这说的什么呀，真是有辱斯文。田师傅，什么也别说，先下去，走。"

　　田林成："我不走，我倒想看看他想干什么。我田林成反正活得不像人了，我这回死到他这儿。"

　　左光吓了一跳："田师傅，这是说的什么？人无论高低贵贱在生命的意义上都是平等的。先回去，啊？回头我去看你们，走吧，走吧。"

田林成还骂着不愿走,里面突然一阵骚乱,王贵生从里面冲出来。

王贵生:"快,叫120,孙律师昏过去了。"

张亚丽啊了一声,不吵了,田林成的声音也小了。

左光吓了一跳,赶快掏出手机:"不要紧吧?"

王贵生突然想起来:"别,别打,别兴师动众。找赵所长,让他们送孙律师上医院。"

张亚丽害怕地小声叫道:"林成。"

田林成也怕了,但仍然勉强逞强地说:"他先动的手,俺是正当防卫。他活该。"

左光:"别在这儿吵了,还不赶快回家?"

张亚丽一扯田林成:"咱听左老师的,不和他一般见识了。"说着,暗扯田林成一把,拉他走,同时一回头:"不和你一般见识,哼,别以为怕你。"两人下去了。

田林成和张亚丽回到家后,一直躲在门里,听着外面的动静。

赵所长正在路上开着车,手机响了。

赵所长:"喂?左老师啊。什么?什么?天,一会儿不在就出事了?好,好,我马上安排。"关上手机,又拨:"小王,你的车在哪里?马上开到在顺家园门口去。对了,穿上隔离衣。"

赵所长关上手机,一踩油门加速而去。

二楼走廊的人群已经散了,只剩下王贵生和左光。

左光关上手机,要去孙律师家:"我去看看孙律师,不要紧吧?"

王贵生:"把人家的牙打掉了。"

左光:"什么?这田师傅……"

王贵生:"左老师,得想个办法治治这两口子,他们就是这楼上不安定的根源。一颗老鼠屎坏一锅汤。"

左光难过地说:"王局长,怎么能这么说?他们可能有做得不好的地方,但我们对他们的关心到底有多少呢?"

王贵生:"还要怎么关心?左老师,你不要书生气,我在基层工作这么多年,这种人见得多了。你那套大道理对他们是不适用的,有时候,他们就是不吃好粮食。"

左光:"请不要这样说。"

左光的手机响了。

左光:"喂?赵所长,安排好了?好,我们马上下去。"关上手机:"我们扶孙律师下去吧,赵所长安排了一辆车在外面等着啦。"

王贵生:"我陪他去医院。左老师,你去找一下马立克,叫他注意一下网上,不要让楼里的人在上面瞎说,这不是什么光彩的事。"左光欲说什么,王贵生已经知道了他的意思,很严肃地说:"左老师,全市人民都看着在顺家园呢,怎么,在顺家园的人闲得无聊,就整天在楼里打架斗殴吗?"

左光没再说话,王贵生进去了。

不一会儿,王贵生和孙妻扶着孙律师从楼上下来了。孙律师用一条毛巾捂着半边脸,毛巾上血迹斑斑。

一个警察在门口迎着,关心地问:"不要紧吧?"同时递过来一叠隔离衣、口罩之类的东西:"穿上它。"

张亚丽从后窗看着,害怕地问:"林成,不会真出什么事吧?"

田林成口气很硬地说:"活该,谁叫他惹我?我怎么不打别人?"

张亚丽:"你下手也太狠了点儿。你打他哪里不好,打他脸干什么?一点伤都挂在那儿。"

田林成:"到这会儿你又埋怨开我了?他老婆不是也抓的你的脸吗?她抓你我不打他?"

张亚丽："我不是埋怨你，我是怕真有个三长两短，咱就麻烦了。"

这时，身穿隔离衣、戴着口罩的王贵生等把孙律师扶上了车，坐在驾驶员位置上的是另外一个警察，身上穿着隔离服。

远远的一辆车以极快的速度开过来，一个急刹车，从车上下来的是赵所长。

赵所长到车前看了看："没啥事吧？"

孙律师捂着脸哼着。

王贵生："赵所长，净给你们添麻烦。"

赵所长在后面扯了王贵生一把。王贵生跟他到一旁。

赵所长："打哪儿了？"

王贵生："脸上。好像打掉了牙。"

赵所长："打掉牙了？打掉了几颗？"

王贵生："没注意。干什么？"

赵所长："这田师傅可真是的。哎，王局长，你跟着去医院吗？"

王贵生："我？可以啊。"

赵所长看看车上的人，压低了声音："有件事，你要注意一下。"

王贵生："什么？"

……

田林成和张亚丽两口子一直站在后窗前，向外看着。

张亚丽："走了，车走了。哼，叫我看没啥大不了的，坐着走的，没躺下。"

田林成："揍得还是轻。"

有人敲后窗。

两人一抬头，看到是赵所长。

张亚丽赶快赔笑："赵所长，您忙着呢？"

赵所长没好气地说："出来，有话和你们说。"

两人没敢再说话,赶快往外走。

田林成和张亚丽出来了,赵所长气哼哼地站在那儿等着他们。

张亚丽赔笑:"赵所长,你看看又给你添麻烦。"

赵所长:"你还知道呀?还知道不该给别人添麻烦?我说,你们两口子是咋回事啊?嫌日子过得清静是不?你们自己说说,这从开始隔离,你们闹了多少事。你们说下岗工人日子过得艰难,这个大家都理解。这不,一样隔离着,别人都没补助,就给你们一天补三十,不干活还补三十块钱,这样的好事上哪找去?再说,这不还费了半天劲,给田师傅找了个工作吗?还不知足?还得找岔打架?不打就不舒服?"

田林成不服气地说:"是他先惹的我。"

张亚丽赶快扯扯他,赔着笑:"赵所长,你说得对着哩。这不都是话赶话赶的吗?他要不污辱我们家林成的人格,这架也打不起来呀。他怎么样了?不要紧吧?"

赵所长:"哼,我就想跟你们说这些呢。你把人家打休克了,这还不算,你还把人家的牙打掉了。要是掉一颗,你赔点儿钱就算了,要是掉两颗以上,你就吃不了兜着走吧。"

张亚丽吓一跳:"掉两颗怎么啦?不就多一颗吗?"

赵所长:"多一颗?多这一颗性质就变了。告诉你,掉一颗,叫轻微伤,构不成伤害罪;掉两颗,就是轻伤,就构成伤害罪了。你就想想吧。"

两人面面相觑,都不说话了。

赵所长:"接受这个教训,以后好好干你的活,别这么多事了。回去吧。"

张亚丽的声音都抖了:"赵所长,他到底是掉了一颗还是两颗?"

赵所长:"人家的嘴捂着,不能说话,我哪知道?算了,你们回去吧,好好想想。这一回,就算够不上伤害罪,民事赔偿是少不了的。你们准备一下,回头我再给你们调解。回

去吧，啊，接受教训，别再惹事了。"

两人一回到家，张亚丽就抓住了田林成："林成，林成，你到底打掉他几颗牙？"

田林成："我哪知道？这一拳上去……"

张亚丽："天哪，万一掉了两颗可怎么办呢？不会把你抓走吧？"

田林成想着："哼，要抓我，我就跑。"

张亚丽："你能跑哪去？"

田林成："反正我不能进局子。"

张亚丽："天哪，早知道咱不打了。"

在顺家园楼门口，赵所长正在对一个警察嘱咐着："你在这儿盯着，我去医院看看。"

警察："所长，你管得可真多，这两口子，给他点教训也好。"

赵所长生气地一瞪他："你懂什么？唉，这要真掉两颗牙，他们就麻烦了。"说完开车走了。

医院里，孙律师躺在床上，脸上捂了一块大纱布。

一位医生正在写医嘱："牙掉了是长不上了，其他的问题不大，拿上这些药，回家躺几天。"

孙律师赔着笑："大夫，王清风大夫今天上班了吗？"

医生："在班上。"孙律师找王清风去了。

不一会儿，赵所长的车便在医院门口停下。赵所长看到送孙律师的车停在一旁，王贵生站在那儿。赵所长过去。

赵所长："王局长，掉了几颗牙，你注意了吗？"

王贵生："哟，我还不知道。"

赵所长有点急："不是让你跟着吗？"

王贵生："人家大夫不让进。赵所长，不用急，大夫一检查不就知道了？他们出来了。"

赵所长一抬头，看到孙律师夫妇在一位大夫的陪同下走了出来。

赵所长："孙律师。"

孙律师看到他，急忙和那大夫打个招呼，大夫回去了。那大夫正是王清风。

孙律师走了过来。赵所长看着他包着的半边脸："没大事儿吧？"

孙妻："赵所长，啥叫大事儿啊？非得打没了命？"

赵所长赶快解释："不是不是，误会了。我是说，没啥大问题吧？"

孙律师指指自己的脸，示意自己不能说话，同时示意妻子把病历给赵所长。

赵所长接过来一看，呆了："咋，打掉了两颗牙？"

孙律师痛苦地指指自己的嘴，无奈地摇摇头。

赵所长小声地说："麻烦大了。"

孙妻："赵所长，我们得报案了，你看怎么办吧？"

赵所长赔着笑："报案？这么急？先养养伤再说吧，啊？养好了伤，民事赔偿这一块才有数啊。再说了，这只是医院的病历，要是上法庭，还得通过法医鉴定才行啊。"

孙妻："那我们就申请法医鉴定吧。"

王贵生："孙律师，叫我看，打官司不是重要的，重要的是让这两口子知道法律后果，以后不要再胡搅蛮缠。你说是不是赵所长？"

赵所长："对对对。这一回，给他们一个教训，让他们以后不再闹事，这是最重要的。走吧，上车，我送你们回去。"

车很快回到在顺家园，慢慢地停下。赵所长看着孙律师和他老婆进了大楼门。

6

左光家里,左光正在厨房很起劲地炒菜。周捷却很悠闲地蜷缩在沙发上看电视。

左光:"你不进来看看,到底放多少盐啊?"

周捷:"不管,做成啥样吃啥样。"

左光不高兴地说:"哪有这种事啊?"一边嘀咕,一边往锅里放盐。放了一勺,尝尝,又放一勺。很明显放多了,但他尝尝,又放了一勺。

左光:"小捷,我放了三勺盐了,怎么一点盐味也没有啊。"

周捷:"你没放成味精吧?"一边说着,一边不情愿地进了厨房:"你干个活,得把全家都支使得团团转。"

左光:"这不是盐吗?"

周捷:"是啊。"尝了尝锅里的菜,咸了一下。

左光:"怎么没盐味啊。"

周捷先愣了一下,接着明白了怎么回事。她微笑着:"行了,吃淡点儿好。接着做吧,我接着看我的电视去。"说着走了。

左光:"那我就放心了,我还以为是我感觉不到味道了。"

客厅里电话响,周捷接起来问了一句。

周捷:"左光,电话,赵所长的。"

左光出来:"赵所长,有事?"

赵所长在电话里说:"左老师,出大事了,田师傅这回有大麻烦了。"

左光:"啊?怎么啦?"

赵所长在电话里说:"他打掉了人家两颗牙,人家要告他伤害罪呢。我进不去,你能不能做做他的工作,主动上门赔礼道歉,争取人家的谅解,民事赔偿这块也主动一点。"

左光:"真的?我知道了,我一定。再见。"

挂上电话,匆匆起身,突然哦了一声,又一屁股坐下了。

周捷关心地过来:"怎么啦?"

左光:"我吃上药多久了?"

周捷:"一刻钟了。"

左光:"该起作用了。我得到楼下去。"

周捷:"行吗?打个电话给王局长,让他去。"

左光:"他不行,他不喜欢田师傅,田师傅也不喜欢他。我走了。"

他吃力地站起来走了,周捷担心地送他到门口。

周捷回来,把锅里菜盛出来,倒上开水冲了一下。

左光下到一楼,敲了敲田林成的门。张亚丽打开门,把左光迎进来。

左光:"田师傅呢?"

张亚丽:"又在屋里灌黄汤呢。左老师,你说这个人怎么办呢?"

左光:"我得和你们谈谈。"

田林成从里面迎出来,赔着笑:"左老师来了?"

左光:"田师傅,你惹麻烦了。"

张亚丽声音都变了:"怎么啦?"

左光:"你打掉人家两颗牙。"

田林成和张亚丽都愣了,半天不说话。

张亚丽:"是真的吗?"

左光:"医生看的,还有假?田师傅,不管事情怎么起的,你打人,又打这么重,这无论如何都错了。孙律师从医院回来了,你上去,给人家赔礼道歉,承担人家的医疗费,争取人家的谅解,你说行不?"

张亚丽："凭什么呀？他们也打我了。你看，你看。"示意自己的脸。

左光："亚丽，都这样斤斤计较，矛盾就没办法解决了。我不是说了吗？事情怎么起来的，具体过程我们就不要追究了，现在的问题是你把人家打伤了，如果你们不采取主动，人家把你们告上法庭，你们怎么办呢？"

张亚丽："我们也告他们呀。"

田林成一扯她，很客气地对左光："左老师，您说得对。您看看，什么事都麻烦您。这样吧，您给我点儿时间，我考虑考虑。"

左光："这没什么可考虑的，你打伤了人家，上门说声对不起还不应该吗？"

田林成："是应该，应该。可这总得让我缓缓劲儿啊。噢，刚打完就上门道歉，我也太没脸了吧？放心吧左老师，您怎么说，我就怎么办。"

左光高兴地说："这就好，这就好。灾难面前，我们每个人的人性都应该得到净化和升华。谢谢你，田师傅。"

田林成："不谢，不谢。我想想，想好了就上去。"一边说着，一边把左光送走了。

张亚丽奇怪地问："他在说什么呀？他叫咱道歉谢咱干什么？"

田林成扯她一把："亚丽，我得跑。"

张亚丽吓得一哆嗦："什么？"

田林成："我要不跑，就得进局子了。"

张亚丽："你往哪跑啊？你跑了，这个家怎么办？跑得了和尚跑得了庙吗？"

田林成："不跑咋办？你想让我进监狱啊？"

张亚丽："咱听左老师的，上门跟他道歉不行吗？"

田林成："你想想他那家人，成天找岔还找不到呢，这回好不容易逮着一个，他能放过咱？"

张亚丽："不行，你能跑到哪里去呢？你跑了，我和孩子咋办？我去找他，我去给他道歉，不行我给他跪下。"说着就要出门。

电话响了。

田林成拿起电话："喂？"

电话里说着什么，田林成呆呆地听着，慢慢地放下电话。

张亚丽："谁来的？说的啥？"

田林成："不行，我还是得跑。"

张亚丽："为啥呀？谁来的？"

田林成："那个王局长，他说这一回我得承担法律责任。亚丽，这姓王的不是好东西，他早就看着我不顺眼，这一回，他非想把我送局子里去。我得跑。"

张亚丽："可是警察就在外面，你怎么跑得出去？"

田林成："怎么跑我有办法。要跑就得抓紧，等警察上了门我再跑，我就成了畏罪潜逃了。"

张亚丽："可是你往哪跑呢？跑到什么时候是个头呢？"

田林成："反正我不进局子。亚丽，我先跑了，你看看动静，实在不行你上他家去认个错，要是他家不死盯着，我再回来不就完了？"

张亚丽哭起来。

田林成焦躁地说："你哭什么？你想让我进局子？"

张亚丽："我是怕……天哪，早知道咱不打这一架了。"

田林成走到后窗前向外望望："这时候说什么也晚了，我先跑了再说。亚丽，亚丽，你过来。"

张亚丽过去，看他正紧张地向外窥视，刚想伸头，田林成一把把她拉住，让她躲起来。

田林成压低了声音："你看，我怎么觉得今天的警察比以前多啊？是不是准备来抓我的？"

张亚丽伸头探脑地向外看着："天哪，赵所长和那个警察嘀咕什么呢？不是现在就进来抓吧？"

田林成吓得一转身，靠在墙上，张大了嘴喘着。

张亚丽害怕地问："林成，这怎么办？"

田林成："我跑，我跑，先跑了再说。"

7

夜晚，天台上，左光和周捷依偎在一起，在看夜中的城市。

周捷："你看，你看那边，那是中央大道，你看那儿的灯光。"

左光贪婪地看着："真漂亮啊。小捷，等解除了隔离，咱们凑一个晚上，租一辆车在那儿走走。"

周捷："可以啊。你看这边，这边是体育中心，甲A比赛的时候，这儿的灯光才漂亮呢。"

左光："唉，这一闹非典，甲A也停了。上一场泰定怎么打的啊？想起来就气得慌。"他努力地往那个方向看着，充满期望地说："不知道什么时候能再重新开打，真想再看一场泰定的比赛啊。"

高大平家，一个在床上躺着，一个在椅子上像猴一样蹲着，又在下棋。不同的是，这一回得意的是窦康，高大平在床上急得直摇头。

窦康嘻嘻笑着："怎么样？叫你吹，叫你吹。"

高大平："你小子，让你一车一马你还乐成这样。"

窦康："走啊，走啊，看你这残局咋收拾。"

四个穿隔离衣的人，背着消毒桶进了在顺家园一楼，一路消着毒。这时，两个进了电梯，两个进了楼梯间。

田林成家的门开了一条缝。田林成和张亚丽正趴在那儿向外窥探着，看到了这一幕。

田林成："是时候了。"关上门，紧张地往身上穿着隔离衣，张亚丽帮着他。

田林成又戴上大口罩和眼镜，低声对张亚丽："我走了。"说着就要走。

张亚丽一把拉住他，哭着："你可小心，千万小心啊。"

田林成："这是什么时候啊还顾得上这个？记着，我跑出去以后给你打电话。听见了不？"

张亚丽紧张地点头。

田林成一闪身子出去了，门也随着轻轻关上。

张亚丽无力地靠在门上，捂住了自己的嘴。

田林成警惕地向大门外看看，没看到人，急速地闪进了楼梯间。

一个医务人员正在楼梯间里喷着消毒液向上走，田林成过来，热情地说："宋大夫，又来了？"

宋大夫认出了他："田师傅，捂这么严？"

田林成："垃圾不是最危险吗？咱也得讲卫生啊。"

宋大夫："对，注意点儿好。"

田林成："宋大夫，我今天收垃圾，几个袋子破了，洒在下面。虽然收拾了，还是不放心。你把消毒桶给我，我下去喷喷。"

宋大夫："在哪里？我去吧！"

田林成不由分说就去提消毒桶："这点小事儿，我来吧。您在这儿等一会儿，等一会儿我就回来。"

田林成一边说着一边已经把消毒桶拿到了手。宋大夫只好停下："那好，我就在这儿等着，快回来啊。"

田林成答应着提着桶下去了。他下到一楼，从自己家门口过，往家里看了一眼，看到张亚丽从门缝里看着他。田林成示意手里的桶，大模大样提着出去了。

楼门外，两个保安在值勤，赵所长和另外两个警察正坐在台阶上吃饭。田林成提着消毒桶从保安身边过去。保安不在意地看他一眼。

一辆消毒车停在暗处，田林成提着消毒桶过去，把桶放到地下，好像是要加消毒液的样子，绕到汽车另一边。

汽车后面，他飞快地把身上的隔离衣脱掉，钻进了树丛，消失在黑夜里。

宋大夫见田林成还不回来，便在楼梯间奇怪地往下看看，喊了声："田师傅。"

没人答应。

宋大夫想了想，顺着楼梯下去。

宋大夫从楼梯间出来，一楼走廊空无一人。她去敲田林成家门。

半天，张亚丽把门打开："找谁啊？"

宋大夫："田师傅呢？他用着我的消毒桶呢。"

张亚丽："噢，他上楼了吧？"

宋大夫："不对啊，他说是下面哪儿需要喷一喷。"

张亚丽："喷完他又坐电梯上去了，是不是别处也要喷？你再等他一下。"说着关上了门。

宋大夫奇怪地摇摇头，走到大门口。她看到正在吃饭的赵所长，过去，坐在台阶上。

宋大夫："赵所长，这会才吃饭，真够辛苦啊。"

赵所长："你们也够辛苦的，一天来喷好几遍。喷完了？"

宋大夫："没呢。刚喷了个头，消毒桶就叫田师傅借走了。"

赵所长不在意地问："他借那干什么？"

宋大夫："谁知道啊，说是哪儿洒了垃圾要喷一喷。半天了，也不回来，我还急着用呢。"

赵所长一下子警觉地抬起了头："他喷哪儿？"

宋大夫："不知道啊。捂得严严实实的。我看着他是下楼了，他老婆又说上楼了，谁知道上哪了。"

赵所长一下子站起来，问保安："刚才有人出去没有？"

保安："有个进去消毒的大夫出去了。咦，怎么没回来呢？"

赵所长往消毒车那儿一看，远远地看到地下有个什么东西。他跑过去，看到那个消毒桶，再绕到车后面，看到了田林成脱在地下的隔离衣。

赵所长骂了一句，回来，不客气地敲着田林成家的后窗。

里面没动静。

赵所长："别装傻，快出来。"

张亚丽的面孔出现在窗里，一副无辜的样子："赵所长，有事吗？"

赵所长："你家老田呢？"

张亚丽："林成？他不是在楼里吗？"

赵所长厉声说道："你最好说实话，他在哪里？"

张亚丽不说了。

赵所长："他是不是跑了？说！"

张亚丽哭起来："所长，打人的事，不全怨俺，你不能把责任全算成俺的。"

赵所长明白了，回过头来，对手下的警察："快，你们几个四下里找一找，看看有没有他。记着，如果找到了，不能动粗，马上给我打电话，或者好好地劝他回来。"又掏出手机拨着："局长，是我。我犯错误了……在顺家园有一户居民离开了隔离区。"

8

左光像虾米一样躬在床上，正忍受着痛疼的折磨。

周捷手足无措地坐在他身旁，不住地用手抚摸着他的后背。

左光吃力地说:"再给我一片吧。"

周捷:"已经三片了,不能再多了。"

左光:"小捷,小捷,你若让我活着,就不能让我这么难受。再给我一片吧。"

周捷含泪又拿出一片药,左光用痉挛的动作接过来,一口吞下。

左光把身子躬得更弯,闭上眼不再说话。

周捷按摩着他的后背:"左光,一会儿过去了。你起来上网看看,马立克这孩子真逗,把手机上的笑话都贴到网上了。"

左光:"说什么了?"

周捷笑起来:"有一条笑死人了。"

左光:"说说,说说看。"

周捷:"我记着哩。未得非典者识别法:白白胖胖,在家呆的;腰腹渐壮,营养补的;眼睛犯花,电视看的;双手粗糙,泡消毒水泡的;精神恐慌,非典吓的;腋毛稀少,试体温表蹭的。"

说到最后一句,两人都忍不住哈哈大笑起来。

左光痛苦地把腰弓得更弯:"小捷,小捷,你害我。"

电话突然响了。

周捷拿起电话:"喂?赵所长。对不起,他睡了,他不舒服。"

左光伸出手来:"给我。"

周捷:"左光,别接了,趁着药力睡一会儿。"

左光:"给我吧,他是问田师傅的事,我告诉他解决了。"

周捷把电话给他。

左光:"赵所长,问题解决了,田师傅同意赔礼道歉。"突然放大了声音:"什么?什么?不可能!"一下子从床上坐起来,目瞪口呆的样子。

周捷担心地问:"怎么啦?"

左光:"不可能,不可能。赵所长,我们不要这样怀疑一个人,这种怀疑对于一个人是不尊重的。田师傅不可能逃跑,他一定在楼里干活呢。"

电话里在说着什么,左光呆呆地听着。

左光:"我马上下去。"说着挂了电话下了床。

周捷:"怎么啦?"

左光:"赵所长说田师傅跑了。"

周捷吃惊地说:"怎么可能?他为什么要跑?"

左光:"就是啊。我下去看看。"

周捷:"行吗?"

左光已经走了。

赵所长正在一楼大门口隔着窗户和张亚丽谈着。

赵所长:"他没说上哪去?可能吗?没想好上哪去就跑?"

张亚丽:"他真的没说。他是被吓坏了。赵所长,那事,真的不怪俺一个呀。"

赵所长:"他说过来电话吗?"

张亚丽:"他……他没说。"

赵所长:"我告诉你,你最好把实话告诉我,这样对你对他都有好处。"

张亚丽害怕地说:"他说过来电话,可到现在没来呀。"

王贵生也接到了赵所长的电话。他和左光几乎面对面同时从对面的电梯里出来。

左光:"王局长。"

王贵生紧张地说:"你也听说了?左老师,这事大了,这可怎么向上头交待?"

左光:"把实际情况告诉他们就行了。"

王贵生："你说得轻易。我早就说过这两口子成事不足败事有余。"

左光难过地说："王局长，不要这样评价人。我们先问清情况再说吧。"

两人走到大门口，赵所长看到他们急忙过来。

赵所长："你看，这事闹大了。"

王贵生："这让我怎么向上级领导交待？好好的他怎么就跑了呢？你们在门口管着干什么的？怎么就叫他跑了？"

赵所长恼怒地横他一眼，勉强压住火气，忍气吞声地说："唉，怪我马虎了。"

王贵生："他到底为什么？"

赵所长："还用说，因为和二楼打架的事。奇怪啊，我没把二楼掉了两颗牙的事告诉他呀。谁告诉他的？"

王贵生不由得向后一缩。

左光惊讶地问："这事和掉两颗牙有关系？"

赵所长："当然有啊。掉两颗牙，他可能就要负刑事责任了。他一定是害怕了。"

左光："啊？我告诉他了。"

赵所长瞠视着他："你告诉他了？唉，都怪我，都怪我，忘了嘱咐你一声。"

王贵生大松了一口气，追着问："你告诉他们的？告诉他们打掉两颗牙的事，对吗？"

左光："对啊。我不知道事情有这么严重，就说了。"

王贵生对赵所长说："你看，是左老师不注意。这怎么办？赵所长，你们警察打算怎么办？"

赵所长："这种事，我们还真没遇上过。他也不是罪犯，抓犯罪分子那套对他也不适用。可也不能放他在外面到处走。我正向局里请示呢。"

正说着，两辆警车开过来。赵所长一看，小声说："局长来了。"

第十四章

1

赵所长跑步到警车前,几个警官模样的人正下车。赵所长冲着其中一位端正地行了个礼:"魏局长,对不起,是我工作没做好,请处分我吧。"

魏局长白他一眼,哼了一声:"处分,处分,说得多轻巧。处分你解决什么问题啊?一个大活人,从隔离区跑出去,传出去,给全市人民带来多大惊慌?找到了吗?"

赵所长:"还没。"

魏局长:"我看你吃不了兜着走吧。"说着掏出手机:"给我接市局梁局长。"

王贵生听到了魏局长的话,也掏出手机,叹了口气,小声自语:"没办法了,汇报吧。"

刘一平到一个建筑工地视察工作。他走进一间屋,屋里七八张床。刘一平正被几个民工围着。

刘一平:"大家一时不能返乡,没什么意见吧?"

民工们乱纷纷地说:

"没啥意见。"

"领导是为俺好。"

"回也回不去,家里来信了,不让回去。"

……

刘一平看看屋里,回头对一个干部模样的人说:"民工兄弟们为我们城市建设做出了很大贡献,现在快到麦收大忙了,他们回不去,你们把他们的生活搞好。居住条件能不能改善一下?住这么挤,万一发生传染病,也不好控制嘛。"

那干部频频点头答应着。

一个秘书模样的人进来，手里拿着一个电话："刘书记，电话，是在顺家园的王贵生打来的。"

刘一平接过电话，急急地出了屋。

他显然吃了一惊："什么？什么？"

王贵生在电话里说："刘书记，您批评我吧。可我实在没想到，门口的治安保卫是由派出所负责的，怎么就让他跑出去了呢？"

刘一平："他到底为什么跑？"

王贵生在电话里解释说："他和楼上的人发生了纠纷，把对方打伤了，他怕负刑事责任。"

刘一平沉吟着。

王贵生在电话里问："怎么办？刘书记？"

刘一平："我知道了，责任不在你。谢谢你及时告诉我。注意做好楼里其他居民的工作，不要让类似事件再次发生。再见。"

刘一平挂上电话，招手让秘书过来，小声说："你通知王市长、尚雷和公安局梁局长，马上到我办公室去。我们这就回去。"

刘一平办公室里，刘一平、王市长、尚雷，另外还有公安局梁局长在座。

梁局长看样子是个豪爽的人："我看，最简单的做法就是发通缉令。他不是还把人家打掉了两颗牙吗？已经构成了故意伤害罪，发通缉令也可以了。"

刘一平不回答，对尚雷："他现在对其他人有危险吗？"

尚雷："他并不是非典患者，只是在十多天前可能接触过非典病人。我个人认为，他没什么危险。"

刘一平对王市长："王市长，您看呢？"

王市长："我不同意发通缉令，他现在还是一个合法公民，一发通缉令，对他的今后会影响很大。我建议这事不要声张,尽快想办法把他找回来。"

刘一平干脆地说:"我同意王市长的意见。我想,他不会跑很远,也不会危害社会。他只是害怕了,我们想办法做通他家里的工作,打消他的顾虑,他会回来的。就这样吧。"

魏局长站在在顺家园楼前的警车旁,赵所长跑过来。

魏局长:"还没消息?"

赵所长:"没。附近没他。"

魏局长看着他:"你呀,你呀,关键的时候掉链子。"

赵所长低下了头,很难过地说:"局长,你处分我吧。"

魏局长:"唉,这话,本来我不想说,可不说也不行。最近,因为抗击非典不力,处分了多少干部了你知道吗?你赶到火候上了。这事儿,恐怕真得给你个处分。"

赵所长一震,没说话。

魏局长:"你是个多年的老先进,你们所也是多年的先进所,你可能想不通。但现在全市抗非典正在关键时刻……"

赵所长突然打断他的话:"局长,你给我个停职检查吧,或者隔离反省,都行。"

魏局长:"你想得美。想从第一线逃走?和这个人一样?不行,你得受处分,你还得接着干,得干得比原来更好。"

赵所长又不说话了。

魏局长:"我的意见,是给你严重警告。你呀,成天受表扬,是该警告警告了。快去想办法找他吧。"

赵所长低声答应一声,回头就走。

魏局长:"回来。闹情绪呢?"

赵所长一个立正:"我明白了!"

魏局长看着他,叹了口气:"唉,你这个人啊,我早就批评过你,太不严谨,早晚会吃亏,怎么样?算了,记住这个教训。男子汉大丈夫,哪里跌倒哪里爬起来。上哪找他?

有思路了吗?"

赵所长:"我带人上他父母家去一趟。他父母家在回龙街,他孩子在那儿,我觉得他会和那儿联系的。我走了。"

魏局长追了两步:"开车注意。"

赵所长回头一笑:"魏头,你把我看软蛋了。我走了。"

赵所长上车,开车走了。

2

左光和王贵生来到田林成的家,张亚丽坐在那儿抹着泪。

张亚丽哭着:"左老师,你就替他想想吧,他能不跑吗?和楼上打架的事,能光怨俺吗?可没一个帮俺说话的,还要把他抓起来,他能不跑吗?"

左光惊讶地问:"谁说要抓他了呀?"

王贵生沉着脸,很严厉地说:"你还有理了?他这一跑,给市领导带来多大的被动?我告诉你,他必须马上回来。"

张亚丽:"王局长,你替俺向领导说说,他也实在是没办法……"

王贵生:"哼,到这时候还想讲条件。你必须让他无条件回来,其他的事回来以后再说,否则一切后果你们自负。"

张亚丽恼了,摆出一副泼妇的架势:"哟,王局长,他还没抓起来呢,你先把自己撇清了。我说过要你负责了吗?你是俺什么人啊想替俺负责?俺男人不在家你来替俺负责,你安的什么心啊?"

王贵生面红耳赤地站起来:"你真是……真是……"

张亚丽:"真是什么?真是什么?不错,你是个当官的,可路警各管一段,你管不着俺这一段啊。你来操的什么心啊?"

王贵生:"你……"

380

左光赶快插嘴:"亚丽,你这说的什么呀?太不文明了。王局长,您理解她,她现在还不知道急成什么样呢。"

张亚丽:"左老师,您说话我爱听。您说,这要是把林成抓住了,会怎么样啊?"

左光:"他又不是罪犯,为什么要抓他?可这座楼隔离着,他这一跑,给其他人带来多大恐慌啊。亚丽,他和二楼孙律师的矛盾,各自多做自我批评不就解决了吗?越跑,事情不就越大吗?他在哪?你劝他回来。"

张亚丽:"我也不知道啊。"

正说着,电话响了。王贵生抢着要去接电话,张亚丽一把把他推开了,拿起电话:"田林成不在家。"一下扣上了。不用说,电话肯定是田林成打来的。

王贵生:"好啊。"

张亚丽看着他:"我不会告诉你,别说我不知道,我就是知道也不告诉你。你有本事就连我一块抓起来吧。"

赵所长走进回龙街一个居民大杂院,站在一户人家门前轻轻地敲着门。

里面有人问:"谁啊?"

赵所长赔着笑:"我。派出所的。"

门开了。赵所长进去,看到屋里好几口,有两位老人,还有两位中年人,一个七八岁的男孩靠在一个老太太身上。大家神情紧张,都用警惕的目光看着他。

赵所长笑着:"这么说田林成回来过,起码是来过电话。"

大家都不说话。

赵所长过去,弯下腰摸摸男孩的头:"田林成是你爸吧?他上哪了?知道吗?"

男孩:"不知道。"一下躲到老人背后去了。

赵所长对田林成的父亲说:"老人家,田师傅这一手做得可不漂亮。他一向是个守法公民,和别人产生了一点矛盾,大家互相谅解,解决了不就完了吗?他这一跑,不把事儿越跑越大吗?您说,是不是这个理儿?"

田父硬撅撅地说:"俺不知道。俺只知道俺儿受了委屈,没人替他撑腰。"

赵所长赔着笑:"老人家您听您说的,那事儿还没处理呢,您怎么就知道他会受委屈呢?您活了一辈子了,事情的利害关系应该能算得清,您想想看,他这事儿就算全是他的责任,能有多大?他这一跑,责任有多大?到底哪头重哪头轻?您替他盘算盘算。"

老人不说话了。一家人互相看着。

赵所长:"他打过电话吧?"

老人:"没。"

赵所长:"他会来电话的。来电话的时候,你们叫他给我打个电话好不好?这是我的名片。"

老人犹豫着,把名片接过来了。

老人:"你们没把人埋伏到俺家外头吧?"

赵所长笑了:"他又不是罪犯,我们怎么会那样对待他?你们想想,我要真想用警察手段抓他,发个通缉令,把全市大小路口堵住不就完了?咱不是为了他好吗?行吧?如果他来电话让他给我回电话?"

老人微微点了点头。

赵所长:"谢谢了。我走了,别送了。"他走出门,门随着在他身后砰一声关上,根本也没人送他。

赵所长一愣,摇摇头,叹口气,走了。

赵所长显得很疲惫地从大杂院里走出来。他在上自己的车时,上车的动作都有点吃力。

他使劲晃晃自己的头,发动了汽车。

赵所长在一条大街上,一边开车一边东张西望着。

他经过一个路口的时候,突然犹豫地停下车,渴望地向里看着。

赵所长掏出手机，拨着。

3

赵所长的女儿正在家中写作业，赵妻坐在一旁看着她。电话响了。

女儿："爸爸来的。"说着就要跑过去接电话。

赵妻一把按住她："写你的作业。"自己过去接。

赵妻："喂？哟，还真是你呀。"

赵所长在电话里笑着说："什么叫还真是我呀。"

赵妻："你闺女一听电话铃响就说是你来的。"

女儿已经跑过来了，急不可耐地和妈妈抢电话："给我，给我，我和爸爸说话。"

赵妻笑着，把电话给她。

女儿："爸爸，爸爸，我们学校要组织大家慰问在顺家园的居民，我叠了一百只千纸鹤。"

赵所长在电话里说："哟，我闺女真能干。能送给爸爸一只吗？"

女儿："不能，你又不是在顺家园的。"

赵所长在电话里说："可爸爸在为在顺家园服务啊。"

女儿："谁叫你是警察呢？那是你该做的呀。"

赵所长在电话里苦笑："该做的，是该做的。"

女儿："爸爸，我还在叠呢。"

赵所长在电话里问："一百只不够？"

女儿："不，我要再叠一百只。"

赵所长在电话里："还给在顺家园？"

女儿压低了声音："爸爸，这是个秘密。"

赵妻微笑着一撇嘴，故意躲到一旁。

赵所长在电话里问："什么秘密呀？告诉爸爸。"

女儿天真地笑着:"不说,说了就不是秘密了。"

赵所长在电话里有点焦急地说:"好闺女,说吧,说吧,爸爸等着呢。"

女儿无奈地说:"好吧,告诉你。"又压低了声音:"爸爸,是送你的。这一百只是专门为你叠的,让你早回家。"

这回答太出乎赵所长意料了,他一下子没盯住,突然趴到方向盘上,汽车喇叭响了,发出长长的声音。

女儿在电话里问:"爸爸,爸爸,你的车怎么啦?"

赵所长无力地关上了手机,挪了挪位置,仍然趴在方向盘上,许久许久都没起来。

手机又响了。

赵所长使劲擦擦脸,起来了,嘀咕着:"你呀,你可真没出息啊,不就是个处分吗?再说了,你放跑了人,处分你还错了?"打开手机,声音很大地:"喂?"

电话里是妻子的声音:"你的车怎么啦?没事吧?"

赵所长笑着:"没事,当警察的,没别的特权,就是敢按喇叭。我忙着,从咱家外面走,想你娘俩,打个电话。我走了啊。"关上手机,发动了车。

赵所长开着车,突然目光一闪,把车停下,仔细想着。

赵所长迅速地掏出手机,拨号。

4

左光已经上床了,周捷把一杯水放他床头上。

周捷:"这田师傅也真是的,这一跑,给周围人带来多大麻烦啊。"

左光:"也别光怪他,他活得太不容易了。"

电话响了。

左光拿起电话:"喂?赵所长?"

赵所长在电话里说:"左老师,您身体不好,不该老打扰您,可这事,别人干我不放心。"

左光:"我没事儿,您说吧。"

赵所长在电话里说:"我在想那两颗牙的事儿。孙律师的病历我看了,是写着掉了两颗牙。可有没有另外一种可能?事实上他只掉了一颗,他是律师,懂得法律,知道如果掉两颗田林成就得负刑事责任,所以买通了医生,说成两颗?"

左光惊讶地说:"这可能吗?你把人性说得也太丑恶了吧?再说,医生会那样做吗?"

赵所长在电话里提醒说:"左老师,您别太书生气。他们两家的矛盾,不是一天两天了,要是能治田林成一下,我相信孙律师那个人能干得出来。再说,他从医院出来的时候我看到了,那个医生把他送出大门来。如果不是熟人,哪位医生会把患者送出门来呢?"

左光仍然一脸迷惑地说:"可能吗?这可能吗?再说,不是王局长跟着他们吗?"

赵所长在电话里分析说:"没有王局长,我还不会不放心。王局长送他们去医院的时候,我曾经嘱咐过他注意牙的事,我把一颗牙和两颗牙的区别告诉了他。你知道王局长那人一向是不喜欢田师傅两口子的,有没有可能他想整治一下这两口子,建议孙律师……"

左光:"赵所长,您想哪去了?您把人性想得这么黑暗?不会的,他是党员,是干部,他就怕楼里出事呢,怎么会……"

赵所长在电话里打断左光的话:"左老师,不管可能不可能,您能不能到孙律师家去一趟,了解一下情况。左老师,您别老和他讲您那套理论,您吓唬吓唬他,告诉他这事后果的严重性。他是律师,他懂得这其中的利害关系。要不这样,我手头没他家的电话,您到了那儿,给我打个电话,我吓唬他。我觉得,这事其中一定有诈。如果真像我猜的,他只掉了一颗牙,田林成还用吓跑了吗?我们把这信捎给田林成就行了。"

左光:"好,我现在就去。"扣上电话,爬起来就要走。
周捷忧虑地说:"你没事吧?"
左光:"没事儿,我现在一点也不疼了。"

左光来到孙律师家门口,站在那儿敲门。孙妻打开门,戒备地看着他。
孙妻:"有事吗?"
左光:"孙律师在家吗?"
孙妻:"睡了。"
左光:"对不起,有重要的事,能请他起来,出来谈谈吗?"

孙妻:"不行。"说着门砰地一声关上。
左光愣了愣,又敲。
孙妻又打开门:"你这人怎么回事啊?睡了睡了,有事明天再说。"
左光赔着笑:"不能等明天,这关系到一个人的生命。"
孙妻:"谁的生命?"
左光:"楼下田师傅的,他跑了。"
孙妻:"我听说了。他跑了和我们什么关系?有事明天再说吧。"
门又关上了。
左光连停都没停,接着又敲。
孙妻再度打开门:"你有病啊?"
左光:"我必须得今天和孙律师谈。为了这件事,许多人都在忙着呢。"
孙妻:"你就是把门敲破了也没用。"门又关上了。
左光仍然敲。

门再次打开，孙律师无奈地站在里面看着他。

左光高兴地说："孙律师，打扰了。能谈谈吗？"

孙律师出来了。

两人坐在二楼走廊的窗台上。

左光一坐下就急着说起来。

左光："孙律师，楼下田师傅跑了，您知道了吧？"

孙律师捂着受伤的半边脸，很痛苦地呻吟着。

左光关心地问："很疼？"

孙律师哼着："对不起……对不起，我没办法说话。"

左光赶快说："那好，您别说，听我说。孙律师，田师傅跑了，是吓跑的，因为他听说您掉了两颗牙，会让他负法律责任。"

孙律师："这是谁告诉他的？"

左光："什么？"

孙律师："我还没起诉呢，谁告诉他，他打掉了我两颗牙？"

左光："对不起是我。"

孙律师："那就没必要谈了。他打伤了我，我还没起诉呢，您就给他通风报信。既然这样，您还来干什么？"

左光吓了一跳，急忙说："不不不，您误会了，我不是通风报信，我是想告诉他事情的严重性，让他主动向您赔礼道歉。"

孙律师："到了这一步，赔礼道歉怕是也晚了。"

左光："孙律师，我们都是知识分子，与人为善的道理总是懂的吧？大家都是一个楼上的邻居，为一些小事，何必兵戎相见呢？"

孙律师："这些道理，您该去对他说。什么叫邻居呀？这体会，您没有，我有。告诉您左老师，我们住在他家楼上，说句不好听的，和在万恶的旧社会没啥两样。"

左光："孙律师，人与人之间，最主要的，是要互相谅解。他家不知道孙律师去过没去过,日子过得确实不容易。他因此心情不好,脾气急躁,我觉得都是可以谅解的。"

孙律师:"那谁来谅解我们呢?谁知道我们在他家楼上的苦衷?"

左光:"这个道理,我们也应该对他讲。但矛盾起来了,总应该有个人先向对方伸出手去吧?孙律师,您是律师,是知识分子,您应该姿态更高一点对不对?"

孙律师:"左老师,这些道理,等上了法庭您再给他讲吧。"

左光:"真要上法庭?都是邻居,何必呢?"

孙律师:"邻居也要依法办事啊。左老师,事情到了这一步,我们就靠法律说话吧。"说着站起来:"我回去了。"

左光:"不,我们再谈谈。"

孙律师:"现在是法制社会,还是到法庭上谈吧。我走了。"

左光:"请等一下。"

孙律师:"干什么?"

左光:"我想问一句,今天发生纠纷,田师傅到底打掉您几颗牙?"

孙律师:"您这是什么意思?你看看,你看,这边一颗,这边一颗。"

左光看看,迷惑地说:"真的是两颗。"

孙律师:"怎么,你还怀疑我们造假?"

左光:"对不起,你等一下。"说着掏出手机拨着。

左光:"赵所长,我在孙律师这儿。他真的掉了两颗牙。"

赵所长在电话里问:"真掉了两颗?你看清了?"

左光:"真的是两颗。左边一颗,右边一颗。"

赵所长在电话里笑起来:"哈,左右开花呀。你把电话给孙律师。"

左光把电话给孙律师:"孙律师,赵所长要和您说话。"

孙律师迟疑地看着:"说什么呀?我一说话就疼。"

左光:"您接一下吧,不能说光听也行。"

孙律师接过来,含混不清地说:"赵所长。"

赵所长在电话里说:"孙律师,你实话告诉我,田林成到底打掉你几颗牙。"

孙律师:"两颗。"

赵所长在电话里严肃地说:"孙律师,你是搞法律的人,你应该知道伪造证据负什么法律责任。"

孙律师:"我没……"

赵所长在电话里问:"田林成打了你几拳?"

孙律师:"一拳。一拳就把我打倒了。"

赵所长在电话里问:"一拳怎么会让你左右开花,一边打掉一颗牙?"

孙律师被问住,没说话。

赵所长在电话里问:"那个送你出来的医生是谁?你的熟人吧?你怎么跟他说的?把你原来的假牙取掉,伪造一个假病历?孙律师,你是律师,成天和法院打交道,你自己应该清楚啊,要是上法庭,得请法医鉴定,你伪造的这伤能当证据吗?你说另外那颗牙是这回打掉的,法医就会采信?牙被打掉了,牙床也会被撕裂呀,你另外那颗牙那儿牙床有伤吗?"

孙律师答不上来了。

赵所长在电话里冷笑一声:"孙律师,你是律师,法律在你眼里是什么?是儿戏?能让你随便嬉弄的?因为你伪造伤情,造成田林成出逃,使咱们的隔离受到破坏,全市的抗非典工作受到影响,这个法律责任,你自己想想吧。你把电话给左老师。"

孙律师满头大汗,把电话给了左光。

左光:"赵所长,怎么办?"

赵所长:"左老师,你太老实,你被他骗了。他就是掉了一颗牙。"

左光惊讶地去看孙律师。孙律师在他的目光中别开了脸。

左光:"什么?不可能呀。他为什么要这样?"

赵所长在电话里说:"他另一颗牙是早就掉了的。他懂法,知道怎样才能威胁田林成,所以他伪造了伤情。左老师,您不必和他谈了,回家休息吧,我想办法把这个消息通知田林成,他会回来的。"

左光呆呆地听着,慢慢地放下电话,目光一直看着孙律师。

孙律师心虚地躲着他的目光。

左光:"为什么要这样做?"

孙律师不说话。

左光:"良知何在啊?"

孙律师还是不说话。

左光:"我以你为羞耻。"说完,起身就走。

孙律师:"等等。"

左光停下。

孙律师:"不是我……"

左光:"什么?"

孙律师:"不是我想出的主意,是王局长。"

左光大吃一惊:"什么?"

孙律师:"在车上,他趴在我耳朵边,给了我这个建议。他说这一回要给田林成一个教训,让他以后不敢闹事。"

左光喃喃地说:"天哪,天哪!"

5

王贵生正坐在电脑前,门铃响了。

王贵生过去打开门，左光站在门口。

王贵生高兴地说："左老师，请进。我看了看，还没人在网上胡说八道，这说明咱楼上的人还有集体荣誉感。"

他回身往回走，发现左光没跟进来，奇怪地一回头，看到左光站在门口，用一种鄙夷的目光看着他。

王贵生奇怪地问："你怎么啦左老师？"

左光："你怎么可以干这种事情？"

王贵生不自然地咳了一声："我干什么了？"

左光："良知何在？"

王贵生一笑："这是干什么？我做了什么？"

左光："你建议孙律师把一颗牙改成两颗牙，你想把田师傅送到监狱里去。亏你还是个党员，一个干部。"

王贵生愣住。

左光："等田师傅回来以后，你必须向他当面赔礼道歉。"说完，回身就走。

王贵生过去一把拖住他："左老师，你不要急，你进来咱们说话。"

他把左光拖进来，把门关上。

王贵生："喝点什么左老师？"

左光不说话，只看着他。

王贵生躲不开他的目光，长叹一声，坐下。

王贵生："坐，左老师，坐。"

左光不肯坐。

王贵生："别这样看着我，我不是坏蛋，我也没想到事情会闹到这一步。"

左光仍然不说话。

王贵生突然又羞又怒地嚷起来："别这样假正经。我的苦衷你想过吗？刘书记一遍遍来电话，把楼里的工作交给了我，可那两口子成天找事儿。我只想吓唬他们，让他们以后老实一点，我怎么会想到这一步？左老师，不管怎么说，我做得是欠妥，但出发点总是好的吧？这样吧，我们全力配合赵所长，把他找回来，以前的事，就算过去了。"

左光："过去了？你的作为不必让人知道？"

王贵生："为什么一定要让人知道？有什么好处？不管怎么说，我是这楼里的抗非典领导小组组长，威信还是需要的吧？"

左光："你一定要当面向田师傅道歉，否则，我将把你的行为公诸于众。"说着，拉开门走了。

王贵生追到门口："左老师，左老师，我们再谈谈，我们再谈谈嘛。"

左光已经走了。

王贵生沮丧地停下。

左光来到田林成家的门口，站在那里打电话："赵所长，你的判断对，是王局长出的主意。我已经要求他向田师傅当面道歉了，我们一定要他这样做。"

电话里传来赵所长的声音："对，一定要让他向田师傅道歉。"

左光关了电话，便转身敲门。

张亚丽打开门。

左光："亚丽，林成来电话了吗？叫他回来吧，放心吧，他打掉的不是两颗牙。"

刚才，赵所长是开着车听左光的电话的。当时，脸上神情很复杂。他同意左光的意见，让王贵生向田师傅当面道歉。但心里还反问：难道王贵生不该向他道歉吗？

此时，赵所长的车，已开到田林成父母的家门口。

田林成父母的家里，已经熄灯了。赵所长站在门口，大声地敲门。

屋里一个老人的声音："谁啊？"

赵所长:"我,派出所的老赵。"

一张脸贴在窗上,是田林成的母亲:"半夜三更的,你干吗?"

赵所长:"我来告诉你们一声,你们转告田师傅,他没事儿,那个人就掉了一颗牙,他不用负法律责任,叫他赶快回家。"

田母:"真的?"

赵所长:"真的,二楼的那家终于承认了,病历是他伪造的。"

那张脸一下子从窗上消失了,接着屋里乱成一团,有人乱纷纷地叫着:"快,快告诉林成。"

赵所长:"他在哪呢?我去接他。"

田母的面孔又贴到窗上来:"他在护城河边上呢,第二个桥洞子底下。"

赵所长转身走了。他沿着河沿,走到一个桥洞子旁,努力向黑暗中看着。

赵所长喊道:"田师傅,田师傅!"

里面有窸窸窣窣的声音。

田林成:"你别过来,别过来,你过来我就跑。"

赵所长:"田师傅,没事儿了,我来接你回去。你打掉他的是一颗牙,不是两颗,你不会进去的。"

田林成:"真的?不骗我?"

赵所长:"我骗过你吗?田师傅,你这一跑,带来多大麻烦?从市里领导,到市公安局领导,都在为你操心。回去吧,和二楼孙律师坐下谈谈,矛盾就解决了。回去吧。"

一边说着,他一边已经走进了桥洞子。田林成坐在一个尼龙袋子上,不相信地看着他。

田林成:"真的?不骗我?"

赵所长:"你没给家里打电话吧?"说着掏出手机拨号,拨通了,递给田林成。

田林成:"喂?亚丽?亚丽,到底怎么回事?"
张亚丽在电话里说:"林成,回来吧,不用怕了,你只打掉了一颗,另一颗是他假造的。"
田林成默默地关上电话,低下了头。
赵所长接过电话:"走吧。"
田林成没说话,听说地跟着他出去了。
二人来到赵所长的车前,赵所长打开车门,田林成默默地上车。
赵所长开着车,从已经安静下来的城市大街上驶过。
田林成默默地坐在后座上,看着外面。
赵所长:"田师傅,这半天你都去过哪些地方,好好想想,咱得汇报上去,好消毒啊。"
田林成不答。

赵所长通过后视镜看他一眼:"想什么呢,这么深沉。"
田林成突然放声大哭起来。
赵所长吓了一跳,车差点儿开歪了,急忙调回来。
赵所长:"怎么啦怎么啦这是,说一声风就是雨的。"
田林成不说话,只很悲怆地哭着。
赵所长同情地看看他,不问了,一踩油门,车飞驰而去。

在顺家园楼前,魏局长等一干警察站在隔离带外面等着;左光、王贵生和张亚丽站在楼门口等着。赵所长的车开过来了,车门一开,田林成从车上下来。
张亚丽喊了一声"林成",就要跑过去。
左光一把把她拉住了:"别过去,那儿有条线。"
魏局长迎上去,和赵所长握手。
魏局长:"回来了?辛苦啊。"又看看田林成:"就是你啊,你不知道你惹了多大麻烦。回家吧!"
田林成在赵所长的陪同下,钻过隔离带。

张亚丽含着泪:"林成,你回来了?没事儿了,二楼的骗人的。"

左光也笑着:"田师傅,回来了就好。哪天我做东,你和孙律师坐下来谈谈,沟通和交流是最重要的。"回头看王贵生,王贵生别开脸。

左光:"王局长!"

王贵生迫不得已地说:"田师傅回来了?对不起啊。"

田林成不说话。

王贵生无奈地对左光说:"你瞧,我做过了。"

这时候,赵所长正在那边送魏局长上车,态度显得很殷勤。

魏局长:"接受这个教训,注意吧。"

赵所长:"是,领导提醒的是。魏局长辛苦了,快回去休息吧。"

魏局长:"再出什么岔子,就不是警告的问题了。"

赵所长:"我明白,明白。"

魏局长上车走了。

赵所长看着魏局长的车开走,二话不说,回头大步过来,一弯腰钻过了隔离带,冲着王贵生就过来了。

王贵生被他不寻常的脸色吓了一跳,不由得往后一躲。

王贵生:"赵所长辛苦了。"

赵所长:"你向田师傅和我道歉。"

王贵生:"什么?"

赵所长大吼一声:"不懂?装傻?你道歉!"

王贵生:"我说过对不起了。"

赵所长:"别想蒙混过去。田师傅,是他给孙律师出的主意,是他让孙律师把一颗牙说成两颗牙。你道歉不道歉?告诉你,我不管你多大的官,今天你要是不道歉,我豁上这个所长不当了也要打掉你两颗牙。我教你识数,知道怎么才叫两颗牙!"

左光赶快过去:"赵所长。"

赵所长:"别拦我!对这种人就得用这种方式说话。你道歉不道歉?告诉你我错误犯过了,我不怕再多犯一个了。"

一个人挡在了他前面,是田林成。

田林成低声说:"赵所长,你是警察,还是我来吧。"

左光吓坏了,急忙挡在王贵生面前。

左光:"赵所长,田师傅,你们这是干什么?王局长已经承认错误了,他刚才说过对不起了。"

田林成:"我耳朵不好,没听见。"

左光:"王局长……"

王贵生勉强地说:"对不起赵所长,田师傅,我没想到会造成这后果,我错了,我道歉。"

他下意识地回回头,走廊里挤满了人,所有的人都用鄙夷的目光看着他。

王贵生深深地埋下头去。

左光走到家门口,刚要开门,门自己开了,周捷站在门里。

周捷:"回来了?田师傅也回来了?"

左光高兴地说:"回来了。"

左光进屋。周捷在后面:"快睡觉吧。几点了?"

左光看看墙上的表,已经快两点了。

左光:"啊,今天——不,昨天这一天没白活。今天还有二十二个小时,我的生命又多出二十二个小时。睡觉,睡觉,我困坏了。"一边说着,一边向卧室走去。

6

清晨,成群的鸽子在在顺家园大楼上飞过。新的一天,又开始了。

王贵生和衣躺在床上,一个寒战醒了。

他呆呆地看着屋顶,拿起电话拨着。

电话里传来老母亲苍老的声音:"喂?"

王贵生:"娘。"

娘在电话里问:"贵生?有事?"

王贵生:"没。"

娘在电话里说:"准有事。你没这时候来过电话。出啥事了贵生?"

王贵生:"娘……娘,我把事办砸了。"

娘在电话里不解地问:"怎么办砸了?"

王贵生:"我做的事,楼里的人全知道了。昨天晚上,我打开电脑,还有人贴在了网上,市领导也会知道的。娘,我完了。"一边说着,声音抖了。

娘在电话里说:"贵生,真没出息。"

王贵生:"娘。"

娘在电话里说:"你再完能完到哪里去?把你开回家来?你不就从家里出去的吗?"

王贵生:"娘。"

娘继续在电话里说:"贵生,做个老实人,老老实实向领导认个错,你是好心,你是怕出错,领导能懂。你再拼命干,比别人多拼十分命,领导会看在眼里的。那个人不是收垃圾吗?你去和他一块收垃圾,你和他一块干。人心都是肉长的,他会原谅你。听娘的话,快去吧。"

王贵生感动地喊道:"娘。"

左光夫妇和一群年轻人从楼梯里下到一楼,准备开始爬楼。左光的精神看上去很好。

田林成一边穿着衣服一边从家里出来,张亚丽追出来。

张亚丽:"别说了,别说了,人家赵所长给咱找这个活也不容易。"

田林成:"大不了我不干了,在家里饿死。"

左光:"田师傅,怎么了?"

张亚丽求救地说:"左老师,你快劝劝这条犟驴,他说宁可不挣这钱了,也不收二楼的垃圾。"

左光:"田师傅……"

田林成:"左老师您别劝。我打掉了他的牙,我赔,可叫我继续侍候他,没门儿。"说着走到门口,大声地喊:"赵所长,赵所长呢?"

赵所长在车上睡着,听到了他的叫声,猛地醒来了,揉着眼睛下来。

赵所长:"田师傅,怎么啦?"

田林成:"赵所长,二楼的垃圾我不收了,你可以从我的工钱里把这一块扣了。"

赵所长:"这算怎么回事啊?哪有这样干活的?"

田林成:"反正我是不干了。"

左光:"田师傅,哪有这种事啊?"

赵所长拦住他,爽快地说:"行,那你就暂时不收。其他的,得收吧?"

田林成:"其他的我收。"

赵所长:"那就快去吧,垃圾车这就来了。"

田林成答应着回头走了。

张亚丽抱歉地说:"赵所长,您看他这个驴脾气……"

赵所长:"二楼这家,还律师呢,这事干得实在是不地道。今天就不给他收了,难为难为他,叫他知道这社会上离开谁都不行。明天,亚丽,如果明天田师傅还别着这劲,你去替他收,行不?"

张亚丽:"我也不侍候这号人。哼,还给俺栽赃哩。"

赵所长:"哎,你这个人,怎么聪明一世,糊涂一时呢?田师傅没打掉他两颗牙,可是打掉了一颗总是真的吧?伤害罪是够不上,可人家要是告你,要求民事赔偿,你总没话说吧？咱中国有句老话：冤家宜解不宜结。他给你栽赃，你还照样上门收垃圾，他能不惭愧？赔偿的事还能说出口？"

张亚丽恍然："行，那我今天就去。"

赵所长得意地笑了。

张亚丽从楼梯间爬到二楼，突然看到王贵生穿着隔离衣站在那儿。

张亚丽警惕地问："你干什么？"

王贵生惭愧地说："张师傅，昨天的事，对不起，我真不是有意的，真的只想吓唬吓唬田师傅，没想到……张师傅，从今天开始我和田师傅一块收垃圾。"

张亚丽过意不去了："哟，那哪行？这活哪是你干的？"

王贵生："您别推了，我一定要干。孙律师家，我来。"说着过去敲门。

孙妻开门，一看到王贵生身后的张亚丽，吓了一跳，警惕地问："你们想干什么？"

王贵生："你们家的垃圾呢？怎么没送出来？"

孙妻："你来收垃圾？"

王贵生："孙律师在家吗？昨天的事，全怪我，希望你们不要生田师傅家的气。"

孙妻看了后面的张亚丽一眼，没说话，把一个垃圾袋子提出来。张亚丽张着垃圾袋，孙妻放进去。

王贵生诚恳地说："冤家宜解不宜结，和解吧，都是我的错。"

张亚丽："嗨，也怪我们家林成驴脾气。"

孙妻也小声说："我们也有错。"

王贵生回到家里，脱去身上的隔离衣，坐在了电脑前。

王贵生打出"我的检讨"四个字。

他长长地叹了口气，想了想，小心地拨了电话。

王贵生:"刘书记?"

电话通了,刘一平却未答话。

王贵生:"刘书记,我要向您做检讨。我昨天向您汇报的时候,没把全部情况告诉您。事实上,我犯了一个大错误……"

刘一平在电话里缓缓地说:"我已经在网上看到了。贵生同志,你说你错了,你到底错在哪里想过吗?那位下岗工人可能有许多缺点,可他是不是也有许多的苦衷?你对他真正了解吗?对他真正关心吗?你是位领导干部,你不去关心一位普通群众,却弄虚作假想威吓他,这种做法,和我们党的宗旨是一致的吗?你也是苦出身,为什么对老百姓会做出这种事情呢?你说你要写检讨,我希望你的检讨不是口头上的,而是思想上的。我还希望你在哪儿跌倒在哪儿爬起来,让群众从你身上,重新看到党的优良传统。我期待着。"说完刘一平关上了手机。

一楼走廊里,田林成提着两袋垃圾,走到大垃圾袋前,一个人为他张开了垃圾袋口。

田林成抬抬头,那人是王贵生。

田林成鄙夷地看着他。王贵生低下了头,继续张着袋口等着。

田林成把垃圾放进去,王贵生提起垃圾袋,和他一起走向另一家……

王贵生和田林成一起抬着垃圾桶来到楼门口,赵所长看到了,很吃惊地看着他们。

王贵生和田林成一起把垃圾装上了车。

楼里几户出来拿东西的居民,也意外地看着他们。

邹烨在办公室正和一个护士往身上穿隔离衣,刚穿了第一层,两人一边穿一边闲聊着。

护士:"邹大夫,昨天又在电视上看到你儿子了,真可爱。"

邹烨微笑着:"皮得厉害。"

护士:"我本来一直不想要孩子,这几天隔离在这儿,不知道为什么,突然就想开孩子了。"

邹烨:"得要,一定得要孩子,有了孩子,你就知道人生有多好了。"

ICU病房里传出喧闹声。

邹烨侧耳听听:"怎么回事?"

护士:"就是啊,怎么好像有打架的似的?"

一个全身穿着隔离衣的护士,从走廊头上跑过来。邹烨看到了,大声问:"怎么回事?"

那护士停下,慌慌张张地说:"邹大夫,那个病号发了疯似的,要自杀。"

邹烨啊了一声,抬腿就往里跑。

和她一起换衣服的护士:"邹大夫,隔离衣!"

邹烨已经跑进去了。

第十五章

1

邹烨曾经接诊过的一位男病人,精神崩溃了,正站在窗前,扒着窗台要往下跳,两个穿着全套隔离衣的护士站在门口,正想劝他下来。

病人叫着:"别过来,谁也别过来,过来我就跳下去。"

护士 A:"王先生,您这是干什么?您的病还能好。"

病人:"骗我!都骗我!我好不了了,我要见我老婆,见我孩子,我不想一个人死在这儿。我不活了,不活了!"

一边说着,一边就往窗沿上移,两个护士吓得尖声叫起来,叫着要过去。

病人:"别过来!谁也别过来!我不认识你们,你们也不认识我!别管我的事!"

一边说着又往外移,两个护士尖叫着,却不敢动了。

邹烨从外面冲进来,大喊了一声:"王先生!"

她连口罩都没戴。病人认出了她。

病人:"邹大夫,你骗我,你说我不是非典,可我是。"

邹烨平静安详地微笑着:"是的王先生,我骗了你。可你想想我为什么骗你?不是为了你好,不让你过分恐惧吗?王先生,你会好的,我们可以把你治好,但前提是你要配合我们的治疗。"

病人:"我好不了了,好不了了,我今天比昨天还难受,我一天比一天厉害。"

邹烨:"王先生,这是正常现象,非典这种病都有一个高烧期,您现在正在最严重的时候,挺过这个时候,您就好了。下来吧王先生,您这样对自己是不负责任的。"

一边说着,她一边温柔地微笑着,一步步向他靠过去。

病人:"我够了,我活够了。每天都是我一个人,见到的人连面孔都见不着。我会一个人死在这儿的,临死连一张人脸都看不见。"

邹烨:"您错了,大家都在关心着您,您的太太和女儿天天在病房外面守着,我们这么多人为您服务。王先生,为了这许多人,为了您的太太、女儿,您也要好好活。下来吧王先生,下来。"

她已经靠近了病人,她努力微笑着,向他伸出了手。病人犹豫着。

正在这时,外面楼下传来了哭叫声,一个女人哭着跑过来,冲着病人:"你不能,你不能啊!"

病人猛一回头:"我在这儿!我要回家!我要回家!"一边激动地说着一边就要往下扑。

邹烨一个箭步过去,一把抱住他,和他一起重重地摔在地下。

后面的护士惊叫起来:"邹大夫,你没穿隔离衣。"

邹烨一愣,赶快起来,把病人交给上来的护士:"给他打一针镇静剂,让他睡一会儿。"回头跑了。

邹烨跑到洗手间,打开水龙头,没头没脑地冲着自己。

一个穿着隔离衣的护士进来:"邹大夫,您不要紧吧?"

邹烨没回头:"你去告诉他的家属,以后天天到楼下来看他一会儿,和他说说话。"

护士:"邹大夫,您不要紧吧?"

邹烨不说话,继续冲着。

护士还问:"邹大夫,您不要紧吧?"

邹烨突然火了:"问什么问?不是让你去找他家属吗?"

护士不敢再说话,走了。

邹烨把水龙头开得更大,继续冲着……

2

袁园正在床上躺着发呆,听到了隐约的琴声,便爬起来,把里面的门打开,音乐像清泉一般流进来。

袁园痴痴地听着,慢慢地举起了手,开始跳起芭蕾舞来。

她入迷地跳啊,跳啊,沉浸在舞蹈的世界里。

电梯门一开,马立克出来,看到袁园家门开着,高兴地过去,刚要喊,看到了舞蹈的袁园,吓了一跳,呆在那儿看着。

琴声停了。

袁园随着停下来,看到站在门口呆呆地看着自己的马立克,睁大了眼睛。

马立克像不认识一样看着她。

袁园在他的目光中怯怯地一笑。

马立克由衷地说:"你跳得可真好啊!"

袁园仍然微笑着。

马立克:"你能再跳一段让我看看吗?"

袁园:"你不是看到了?"

马立克:"我还没看够呢。"

袁园站起来,举起手,突然看到马立克,扑哧一笑,手又垂下了。

袁园:"不来了,不来了。"

马立克:"为什么呀?"

袁园:"不来了就是不来了。你看着我不会跳。"跑到门口,和马立克对面站着。

袁园:"你叫什么名字来着?"

马立克:"马立克。网名巴顿将军。"

袁园:"网名?什么是网名?"

马立克:"连网名你也不知道?"

袁园摇摇头。

马立克:"天哪,等你妈妈出院以后,一定得找她谈谈,非得谈不可。哎,你妈妈好了吗?"

袁园垂下了头,悲伤地摇摇。

马立克:"没事儿,一定能好,一定会好的。我敢保证。"

袁园还是不抬头。

马立克着急地说:"咱说点高兴的事儿吧?"

袁园:"什么高兴的事儿?"

马立克:"比如……比如,你爱吃什么?"

袁园想了想:"冰激凌。可我妈不让我吃,说会发胖。"

马立克:"冰激凌啊,你等着。"说着,来不及等电梯,回头就跑进了楼梯间。

袁园扒着门棂等着他……

楼下,不知道什么公司送来了成箱的水果,警察和保安正帮着往下搬。

马立克气喘吁吁从楼上跑下来,跑到门口,被警察拦住了。

警察:"上哪?"

马立克:"冰激凌,我要吃冰激凌。"

警察:"你啊,忍一忍,过两天解除隔离了再吃吧。赶快回去吧,啊。"

马立克不走,在那儿缠着:"我要吃冰激凌,给我买个冰激凌来吧。"

两人在那儿纠缠着,远处的赵所长看见了,过来:"什么事?"认出马立克,笑了:"又是你。"

警察:"所长,你看看这小子,闹着要吃冰激凌,和小孩似的。"

赵所长:"你呀,真是永远也长不大。非这个时候吃不行吗？"

马立克："非这个时候吃不行。所长，帮我买一块吧。"

赵所长："你真是出难题。这小区里的商亭因为做不到生意关门了，要买就得上外面。你看看这儿就这么两个人，哪有人去买？别这么馋了，啊？一会儿我给居委会的大妈们打个电话，让她们下回送饭的时候给你捎一块回来。"

马立克急得快哭了："不行，就得现在买。"

赵所长："你这小子。到底为什么这么急啊？"

马立克："不是我吃，是袁园。"

赵所长："袁园？就七楼那个女孩？"

马立克："就是她。"

赵所长看着他，脸上现出意味深长的笑容："好啊，你小子，乘人之危啊。"

马立克顿时急了："你胡说什么？才不是那意思。"

赵所长笑着："好吧，好吧，不是那意思。你先上去吧，在家等着。"

马立克："你给我买？"

赵所长一瞪眼："我哪说过？快上去吧。"

马立克失望地回去了。

马立克到了七楼，从电梯里出来，袁园正眼巴巴地等着。

马立克失望地说："他们不给买，真对不起。"

袁园："没关系，我只是随口说。我现在不想吃。"

马立克几乎要哭出来了："这些人，怎么这样啊。"

袁园："你坐吧，我给你跳舞看。"

马立克一屁股坐在地下。

小区里有一商亭，赵所长开车过去。他停下车，伸出头来："有冰激凌吗？"

女老板："所长，啥时候还吃冰激凌？没人买，不进了。"

赵所长:"啥时候就不吃冰激凌了?闹非典日子就不过了?"说着开车又走了。

赵所长的车,在一商店门口停下。他远远地喊:"老板,有冰激凌吗?"

老板赶快答应着出来:"有,有。"说着去开冰柜。

赵所长突然发现了问题:"咦,你的防非典三落实标志呢?"

老板赔着笑:"昨天检查说不合格,今天合格了,标志还没发下来。"

赵所长:"那我不能买。"一踩油门,车又走了。

终于在一超市里,买到了冰激凌。

赵所长把车开回在顺家园,停在一边。他从车上跳下,手里捧着一盒冰激凌。

赵所长拿出手机拨着。电话通了,却没人接。

赵所长:"这小子,上哪去了?"

那警察笑着:"所长,值得吗?"

赵所长很认真地说:"怎么不值得?谁没年轻过?"看看冰激凌,化的水已经透出盒子来了,着急地说:"这怎么办?化了。"

警察:"他一定在那女孩那儿呢。"

赵所长醒悟过来:"你看我这个傻瓜。"用手做一个喇叭筒,冲楼上大叫:"马立克!马立克!冰激凌来了!"

楼上,好几家伸出头来,却没有马立克。

赵所长继续喊着。

一个孩子看着他手里的冰激凌,眼馋地回头:"爸,我也吃冰激凌。"

另一个孩子也叫起来。

赵所长对那警察:"快,再去买。多买几个。"

赵所长继续喊:"马立克,冰激凌来了。"

越来越多的窗口探出了人,越来越多的孩子在要冰激凌,偏偏没有马立克。

原来袁园正跳着舞,马立克呆呆地坐在那儿看着。

这时,袁园突然停下:"谁在叫?"

马立克:"哪里?"

袁园:"你听。"

赵所长的声音传上来:"马立克,冰激凌。"

马立克叫了一声,慌慌张张跑到走廊头上,打开窗户向下看——赵所长站在大门前叫着,手里拿着冰激凌。

马立克大叫一声:"我来了。"顺着楼梯跑下去。

马立克很快到了楼下,从赵所长手里接过了那盒已经开始化了的冰激凌,刚想说什么,被赵所长拦住了。

赵所长:"傻小子,快上去吧。"

马立克傻笑着,捧着冰激凌上去了。

他到了家,把那盒冰激凌放进了一个小篮子里。又把那个红色的小桶提了上来,把小篮子系在绳上,又小心地递了下去。小篮子晃晃悠悠下去了。

楼下,赵所长站在那儿,用手打着眼罩,眯着眼高兴地看着。

3

李立在倪虹家里,正坐在电脑前看着倪虹打的稿子,倪虹坐在一旁等着。家里很静,不知道什么地方,飘来了陈老师的琴声。

李立抬起头来,含笑说:"没错别字了,全对了。"

倪虹高兴地看着他。

李立:"得谢谢你啊,帮我打了稿子。"

倪虹:"不,得谢谢你。"

李立:"白干活还谢?"

倪虹："那也得谢啊，不然，这十来天多无聊。"

李立关上电脑，装进包里，一边收拾一边和她闲聊着。

李立："隔离一解除，你就得赶快回北京吧？"

倪虹叹了一声："暂时不回北京，去海南。北京没办法演出了，海南还行。"

李立："没办法演出，休息一段啊，至于吗？闹非典还到处跑。"

倪虹："经纪人安排的。早就一天几个电话了。"

李立："不累吗？"

倪虹："有什么办法呢？"

两人都不再说话了。

李立："在这儿呆了十来天，还愉快吧？"

倪虹："要不怎么得谢谢你呢。"

李立："谢我？"

倪虹："多少年了，我没像这几天心情这么安静，这么从容。"

李立明白了，同情地看着她。

倪虹站起来，充满依恋地在屋里转着。

倪虹："李立，有部电影叫《红菱艳》，你看过吗？"

李立："你忘了，还是我们一起去看的。"

倪虹："打我从这儿走出去那天起，我觉得我就套上那双红舞鞋了。我必须不停地旋转，不停地跳，一直跳到死。"

李立："为什么？为什么要把自己弄成这样子呢？"

倪虹："不知道，说不清。四面八方都有力量挤压着你，强迫着你。你得随时高度警惕，睡觉也得支着耳朵，一个不小心，你就被别人挤下去了。"

李立："就是挤下去又怎么样呢？"

倪虹一下子被问住了。

李立："挤下来，过现在这样的生活，很可怕吗？"

倪虹被问住，呆了一会儿，突然说："回不来了。"

李立:"什么?"

倪虹:"回不来了李立,回不到现在的生活中来了。"

李立看着她,一时没说话。

倪虹:"有件事,我一直想问你。"

李立:"什么?"突然像猜出的样子:"别问了,都过去了。"

倪虹:"不,一定要问。"

李立低下头:"你问吧。"

倪虹:"你知道我要问什么?"

李立:"那个晚上,我为什么没去。"

倪虹:"是的,就是那个晚上,我临走的那个晚上。我们约好要在'蓝色月光'见面的,十一点的火车,我在那儿一直等到十点四十,你却没来。我直到最后一刻还不相信你会失约的,可是你失约了,你这个从来不失约的人,偏偏那天失约了。"

李立:"倪虹,过去的事了,别问了。"

倪虹:"不,我想知道。后来,我常想,如果你那天去了,我这一生可能就不是现在这个样子。我们从上高中就要好,到那时候,爱了五年了。如果你那天去了,我还会去北京唱歌吗?也许会去,但很可能,我会说服你跟了我去啊。如果……如果那天你去了'蓝色月光',无论我留下,还是你去了,我现在都不会是这样子啊。李立,你为什么没去?"

李立:"别问了!"

倪虹:"我要知道!"

李立:"我去了又能怎么样呢?"

倪虹被问住。

李立:"你会为了我留下?"

倪虹:"为什么不会?"

李立:"算了,你忘了你当时得到去北京的邀请是多么高兴了?你怎么会为一个几乎一文不名的穷小子留下?再说，就是你愿意留下，我能同意吗？背负着你为我牺牲了前途的重负，我怎么能再心安理得地生活？"

倪虹："那你可以跟我走啊，去北京发展啊。你有才华，难道到北京就找不到饭碗吗？"

李立笑笑："说得好，饭碗。我跟你去了会怎样？看着你大红大紫，而我，不过是在北京混碗饭吃？"

倪虹吃惊地问："李立，你会这样想？"

李立："是的，我就是这样想的。我是个很实际的人。当你在全国通俗歌手大奖赛上得奖的那一天，我就知道，咱们之间要完了。我没办法生活在你的光环下，你呢，也没办法生活在默默无闻中。我还去赴那个约干什么？"

倪虹看看他："你……你当时就根本没打算去吗？"

李立不说话。

倪虹："说呀，你根本没打算去？你早就下定了分手的决心了，从我得奖那天起？"

李立突然说："我去了。"

倪虹大吃一惊："什么？"

李立声音颤抖地说："我去了。我就站在'蓝色月光'的马路对面，我看到你在那儿坐着喝咖啡，还看到服务员找你签名——那时候你已经开始出名了。我几次想进去，可对自己说：进去了又怎样？"

倪虹："你就看着我一个人在那儿？一个人上车？"

李立："你不是一个人上的车，我跟着你呢。"

倪虹再也说不出话来了。

李立："我一直跟到你车站，买了张站台票进去。我看到你站在窗口。我后悔了，我冲过去想喊你，可这个时候又有一个人认出了你，让你签名。你那时候不像后来那么讨厌追星族，你忙不迭地找笔给他签。你没找到，就拿了自己的口红。我看到你签字的样子，我停下来了，我对自己说，她是属于这种生活的，她不再属于你。我就这样看着你走了。

你该记得,你签着那个名的时候,火车开了。"

倪虹小声说:"我记得,记得。我只是不知道,你在火车外站着。"

两人互相看着,目光都惆怅而感伤。

倪虹小声问:"李立,要是那天你叫我了,以后会怎么样?"

李立:"不知道,不敢想。"

倪虹:"我生活得会比现在幸福还是不幸?"

李立:"不知道。在乎你要什么。"

两人都不再说话了。

窗外,那琴声如泣如诉地飘进来。

倪虹:"这是谁弹的?弹得真好。"

李立:"是七楼的陈老师。我总觉得,尽管陈老师没上过台,可他是一个真正的艺术家。"

倪虹:"李立,请我跳一支舞好吗?"

李立意外地看着她。

倪虹:"就像当年你考上大学,我送你走那个晚上一样。在'蓝色月光',你是第一次进舞池,你不会跳,好几次踩掉了我的鞋。可那个晚上,那支舞,对我来说一曲难忘。"

李立没再说话,站起来,把手伸给她。

倪虹款款地站起,依偎在李立怀里,两人跳起来。

李立小声问:"在想什么?"

倪虹:"如果我没走,也许现在,已经成了你的妻子。"

李立:"一定会的。"

倪虹:"我们会幸福吗?"

李立:"你说呢?"

倪虹:"会的,一定会的。你是会给人安全感的那种人。"

李立:"可是你现在拥有的一切可能就会没有了,比如名声、金钱、前呼后拥……"

倪虹苦笑:"李立,这些东西,只有拥有了它们以后,才知道是多么不值钱。"

李立不由得把她拥得更紧。

倪虹喃喃地说:"要是一直这样跳下去多好。"

李立不说话,只是紧紧地拥着她转着。

倪虹:"李立,李立,那个时候,我们爱得多么深啊。"

李立睁开眼,看着眼前的倪虹,两人的嘴唇逐渐靠近。

钢琴声停了。

李立一愣,像突然被击打了一下一样,一下子把倪虹推开了,愣愣地看着她。

倪虹:"李立。"

李立回避开她火辣辣的目光,一低头,小声说了句对不起,提起自己的电脑包,匆匆走了。

倪虹在后面追着:"李立,李立。"

李立出门后,随手把门关上。

倪虹追到门口停下,激动地说:"他还爱我,他还爱着我。"

有人敲门,倪虹猛地打开:"李立!"

她一愣,门外站着马立克。

马立克被她的神态吓了一跳,像做了错事一样:"我不是。"

倪虹认出了他:"噢,是你。又来替你姐要那双鞋?"

马立克笑了:"哪能呢?你把我姐说得也太小气了。可千真万确,你当时是穿过我姐的鞋的。"

倪虹:"你来说这事?"

马立克:"不是。我是来请你唱歌的。"

倪虹:"唱歌?给谁唱歌?给你?唱支歌就算还了你姐的鞋?"

马立克:"天哪天哪,你把俺想成什么人了?隔离要解除了，大家商量着要排一个节目回报社会对咱们的关爱，就想到了你。"

倪虹脸一板："那不行，我没空。隔离一解除我就得马上走，有好几个地方等着我去演出呢。"

马立克："咦，那怎么行呢？这是公益事业，是全在顺家园共同的事情。"

倪虹："我不是在顺家园的人了，只是碰巧被留在了这儿而已。对不起我还有事。"说着要关门。

马立克用力推着门不让她关上："哎，哎，你什么觉悟啊？连人家北京的大歌星都无偿地为抗击非典唱歌呢。"

倪虹脸一下变了："那你怎么不去找大歌星？找我这小歌星干什么？起来，我有事。"

马立克就是不让："好了，就唱一支，行不？我都跟大家说了。"

他身后一个声音："你说了算什么？你算什么人啊？"

马立克一回头，是小玉回来了。

马立克："我……我是这楼里的网络总管，我和她是老邻居……哎，哎……"一边喊着，一边被小玉一把扯到一边，小玉进去，门一下关上了。

马立克气愤地说："什么歌星？一点社会责任感都没有。看我不捅到报上去给你曝光。"

小玉进屋，倪虹高兴地抓住她。

倪虹："小玉，他还爱我，他还是爱我的。"

小玉高兴地问："谁？李立哥？我早就说了吧？姐，这一回千万可别错过了。"

倪虹："什么？"

小玉："李立哥啊。抓住他，和他结婚，跟上他姐会幸福的。"

倪虹一呆，甩了她，脸变了："你说什么呀，他是结了婚的,连孩子都有了。"

小玉:"那又有什么?我看过他那个媳妇了,怎么能和姐比?姐放心,我去跟她谈。"

倪虹:"不,不要,怎么可能?"

小玉:"怎么不可能?姐,我在你身边这几年,认识过多少男人?没有一个赶得上李立哥哥,这一回,你可千万别再把他丢了啊。"

倪虹呆了。

小凡正在家里一边哄着孩子一边包水饺,门一响,李立进来。

小凡抬脸笑着:"回来了?"

李立答应一声,头也没抬,进了自己房间。

小凡没注意:"你等一会儿,饺子一会儿就好了。"

李立没回答。

小凡:"你怎么把电脑拿回来了?倪虹不用了?"

李立:"不用了。"

小凡:"到她走的时候你再拿回来呗,显得这么小气。"

李立没回答。

小凡:"我寻思着,你爱吃水饺,在家闲着没事包水饺吧。昨天打了个招呼,你看人家今天还真给买来茴香苗来了。人家说,现在闹非典,农民都不愿进城卖菜,可难买呢,为这点茴香苗,人家不知道跑了多少地方呢。"

李立还是没回答。

小凡奇怪地往书房那边看看:"你怎么啦?"

李立:"我得突击我的东西。"

小凡赶快说:"那你快干吧,都是我话多。"说着就闭了嘴。孩子咿咿呀呀地闹,小凡伸出手指嘘了一下,小声说:"好孩子,爸爸在忙呢。"

李立坐在电脑前,听到了小凡的话,低下了头。

4

窦康不在,高大平正在接电话。

电话里,是赵所长的声音:"他父亲已经死了。"

高大平吃惊地问:"死了?确实吗?"

赵所长在电话里说:"我打电话问的他当地派出所。是去年死的,窦康还在局子里关着的时候。"

高大平没说话。

赵所长在电话里说:"老爷子,他这病和他爹的死有关。你如果不让他出来,那就别碰这块伤疤了,反正隔离快解除了,你和他平平安安地度过这两天,就把他送出来吧。你不放心,等他出来了,我安排他去医院。"

高大平:"我知道了。"挂上电话。

窦康开门进来,手里拿着两个保温饭盒,还有一个大包。

窦康高兴地说:"还是闺女孝顺啊,你看看给你送来这些东西。"

高大平抽抽鼻子:"有炖鸡,还有红烧肉。快,快打开。"

窦康:"你闺女也真是的,不知道你这病不能吃这么多好东西吗?"

高大平:"是给我送的?我告诉她你在这儿表现好,她是专门做给你吃的。"

窦康感动地说:"真的?"

高大平:"快打开吧。"

窦康把饭一样样摆出来,果然很丰盛。

高大平:"你看看这闺女,只想着你,就忘了她老爸了。快吃吧。"

窦康坐下:"有个人关心真好啊。"

高大平："你没人关心？你女朋友呢？怎么好几天不给人家电话了？"

窦康："不是怕花你的电话费吗？"

高大平："嗨，你把我说成了什么？打个打个。俺那时候谈恋爱，一会儿不见也不行，你看看你，就你这样的，人家姑娘跑了你也不知道。"

窦康拿起电话欲拨，回头看看高大平："别听啊。"

高大平笑了："不听不听，你打吧。"

窦康拨号："素素，素素，我是建设啊。"

电话里，素素的声音很着急："建设？建设？你总算来电话了，我以为见不到你了。"

窦康吃了一惊："怎么啦？"

素素在电话里说："我打工的这个饭店关门了，我要回家了。"

窦康："你要走？回家？还回来吗？"

素素在电话里说："我不知道。我想回来，可是……建设，我家的情况你知道……"

窦康急了："素素，你不能回去，回去你就回不来了。他们会逼你给你哥换婚的，你不能回去呀。"

素素在电话里为难地说："可我怎么办？你也总不回来，饭店关门了，房子老板也不让住了，我怎么办？"

窦康呆着。

高大平着急地问："怎么啦？出了什么事？"

素素在电话里焦急地说："建设，建设，你什么时候回来呀，我们还能再见吗？建设，建设，你回来呀！"

窦康："你等着，你再等一天，我就回去了！"挂上了电话，起身就要往外走。

高大平："你上哪？出了什么事？告诉我。"

窦康："我得走，我不能在这儿了，我这就得离开。"

高大平拦住他："你想干什么？你能出去吗？"

窦康："出不去我也得出，我就是死也得出去，再不出去，我就见不着她了。"

高大平用轮椅挡住他的去路："窦康，你冷静一下，听我说，我可以帮助你，这个时候，只有我能帮你。"

窦康："你？帮我？你能帮我？"

高大平："你别忘了，我是个警察，退了休也是个警察。"

窦康一下子抓住他："高叔，帮我，让我出去。"

高大平："你冷静下来。你不是让她再等你一天吗？她不是答应了吗？现在告诉我，到底出了什么事？"

窦康："她打工的饭店关了门，老板娘要赶她走，可她不能回家。她爹妈想拿她给她哥换婚。"

高大平："换婚？什么年头了还有这种事？"

窦康："帮帮我吧高叔，让他们放我出去。您帮我这一回，我一辈子忘不了您。"

高大平："你不能出去，正隔离呢。"

窦康："不，我一定要出去，要不我就见不着她了。"

高大平："就算你能见她，又怎么样？她不还是要走？还是要去换婚？"

窦康："我不让她回去，我带着她走。"

高大平："你带她上哪去？你们怎么生活？让她和你一起去偷？"

窦康愣住。

高大平："坐下。"

窦康大叫大嚷："我不，我一定要出去！一定要出去！"

他喊着就要出去，经过高大平身边时，高大平一伸腿，一下子把他别在那儿了。

高大平："告诉过你，退了休，也还是警察。老实呆着，听我打电话。"

高大平拨电话："小赵子，窦康那女朋友要走了，你去把她留下。"

窦康一下子把眼睛张大了。

高大平放下电话,看他一眼:"等着吧,走不了了。"

窦康:"怎么……怎么……下面的警察知道我在你这儿?"

高大平:"你以为呢?过来,吃饭吧,别瞎了我闺女一片心。"

……

楼下,赵所长接了高大平的电话,放下手里的饭就要上车。

身边的一个警察说:"吃完饭再走啊。"

赵所长:"来不及了,万一那姑娘走了,老爷子还不吃了我?"上车走了。

素素正在住的地方收拾着行装,把她和窦康的照片放进包里。

外面传来刹车声,素素赶快过去开门,意外地看到赵所长下了车。

素素:"赵所长,您怎么来了?"

赵所长:"我巡逻从这儿过,顺便过来看看。"他进屋,看看她的行装。

赵所长:"怎么回事,要走?"

素素:"没人吃饭,饭店关门了,老板娘要我走。"

赵所长:"不能随便返乡啊。再说非典能闹多久?你在城里住几天,非典过去,接着干不就完了?"

素素:"我没地方住。这地方是老板的,他不让住了。"

赵所长:"真是黑心,用不着了一脚就踢开。打算上哪呀?"

素素凄凉地说:"还能上哪?只能回家了。"

赵所长:"那个刘建设——不对,是陈建设,不是出差还没回来吗？"

素素："他刚才来电话了，说让我等他，可我怎么等？总不能上大街上去吧？"

赵所长频频点头："嗯，是不能上大街。这可怎么办呢？这样吧，你在这儿等着，我帮你去找老板说说。"说着走了。

……

赵所长的车在一家小饭店门口停下，正碰上老板娘出来锁门。

老板娘："哟，所长来了？来吃饭？对不起，吃不成了，我们关门了。"

赵所长："老板娘，你这个人就是沉不住气，非典眼看就过去了，你又关门了。"

老板娘苦着脸："不关怎么办？水、电，还有服务员、大师傅的工资。"

赵所长："老板娘，我刚才碰上你这儿那个服务员素素，咋，人家在你这儿干了好几年，一闹非典，就把人家赶走了？"

老板娘："我有啥办法？"

赵所长："你关门，让她闲几天，也行，但我听说，你把她住的房子也要收回来。你想干什么？把她赶到大街上去？"

老板娘："好我的所长哎，你咋这么向着她呀？你不替我想想？她不干活了，还能住我的房子？"

赵所长："你那也叫房子？一间小趴趴屋。你收回来干什么？"

老板娘："我租出去了。"

赵所长："你租给谁了？这个时候，你可不能乱朝外租房子。"

老板娘："你放心，租给我一个亲戚，就本市的。他想趁这儿没事，把那儿装修装修，开个门面，等过了非典做生意。"

赵所长:"你们一家都钻钱眼去了。可这会儿素素没法回去,咱不能让进城民工随便返乡。这样吧,你就让她再在那儿住几天,你那亲戚也不差这几天。"

老板娘:"差的就这几天,装修好了,非典一过去不就开业了吗?再说了,我的饭店关门了,就指着人家给的这几个房租呢。"

赵所长:"你咋一点同情心都没有呢?让她再住几天吧?算你帮我。"

老板娘用狡黠的目光看着他:"帮你?素素是所长的人了?要是的话……"

赵所长火了:"你胡说些啥呀?人家一个小姑娘,你这么说,好意思吗?"

老板娘:"要不是所长的人,所长咋这么上心呢?"

赵所长摇头叹气:"和你这种人是永远说不通的。算了。"上车走了。

大街上,赵所长开着车,掏出手机:"媳妇?媳妇,我得给你添点麻烦了。"

赵所长在素素的住处停下车。素素从屋里出来,期待地看着他。

赵所长:"走,跟我走吧。"

素素:"上哪?"

赵所长:"你那老板娘是头驴,我说不通她。你先上我家,跟我媳妇住几天吧。"

素素惊讶地问:"上你家?"

赵所长:"啊。"

素素怀疑地看着他。

赵所长在她的目光里不由得退了一步:"怎么啦?怎么和看大尾巴狼似的?"

素素:"我不去。"

赵所长:"为什么?"

素素:"你为什么要帮我?"

赵所长:"为什么?这算啥问题?做好事也做出毛病来啦?"

素素:"当然是问题。你为什么要帮我?你一次次地来,又问建设,又帮着找大夫,现在又要我去你家。你安的什么心?"

赵所长哭笑不得:"安的什么心?天哪,连我都不知道我安的什么心。你去不去?"

素素坚决地说:"你不说清楚我不去。"

赵所长:"那好吧,那你就上大街上去吧。"说着回头上车。

素素仍然站在那儿看着他。

赵所长发动了车,开了两步,叹口气又停下了,下了车。

赵所长:"我不明白,你看着我像个坏人吗?"

素素看着他摇摇头。

赵所长:"那怀疑什么?"

素素:"我只是不明白你为什么要帮我。从我进了城,有几个城里人对俺乡下人好?为什么你要帮我?"

赵所长:"天哪,你听你说的。唉,实话告诉你吧,我不是为了你。"

素素:"为了谁?"

赵所长:"为了我一个老上级,一个老同事,他想帮你,他打电话告诉我你要走,让我来留下你。"

素素:"他是谁?"

赵所长:"他现在被隔离着,没办法出来。"

素素:"他为什么帮我?"

赵所长:"我不能告诉你,等他解除了隔离你自己去问他。现在,如果你还怀疑,你就走;相信我,你就跟我走。你放心,我不在家,家里只有我老婆和女儿。这下总可以了吧?"

素素想了想:"可以了。"

赵所长:"天哪,我图了什么?上车吧。"

素素上车了。

赵所长掏出手机拨号:"我接到她了,先放到我家去。老爷子,你给我找的这算什么事儿?人家都把我当色狼了。你放心吧,她暂时不走了。就这样,再见。"挂上电话,发动了汽车。

素素:"就是你说的那个人?"

赵所长:"是他。"车开了。

高大平挂上电话,对窦康:"她暂时不走了,小赵把她接到自己家去了。"

窦康:"赵所长把她接自己家去了?"

高大平:"啊。"

窦康立刻警惕地瞪起眼睛:"他接到他自己家去干什么?"

高大平:"咦,她没地方去了,你又不想让她走,你让小赵把她往哪撂?"

窦康:"他不是打她什么主意吧?"

高大平:"你呀,你动的什么鬼脑子啊,你把小赵想成什么人了?你知道不知道,从这楼被隔离,小赵几乎就没回过家,一直在这儿盯着呢,家里就他媳妇和女儿。"

窦康:"可他为什么要帮素素?他图什么?"

高大平:"唉,和你怎么说呢?也许你做人,都得图什么。可人和人不一样啊。"

窦康低着头想着:"不行,我得看看素素,我得亲眼看看她,我不放心。"

高大平:"你怎么看?告诉素素你在这儿?"
窦康:"不,不要,她以为我跟着领导在外面出差。"
高大平:"那怎么办?你想怎么看?"

窦康急得团团转,一下停下,恳求地说:"高叔,再帮帮我,想办法让我看看她吧。我在这世上就她一个人了,我放心不下她啊。"

高大平看着他着急的样子,叹了口气,又拿起电话来。
高大平:"小赵?在哪呢?"
赵所长在电话里说:"开车呢,快到家了。"
高大平:"你拐个弯,从这楼前走一趟,这小子想看看那姑娘。"
赵所长在电话里不高兴地说:"好我的老爷子,至于吗?我忙死了,局里还催我过去开会呢。"

高大平:"小赵,咱们都打年轻时过过,你忘了你追你媳妇的时候办过的那些好事儿了?因为约会误了全局大会叫局长点名的是谁啊?满大街开着警车买红玫瑰受了处分的是谁啊?非逼我揭你老底啊?"

电话里,赵所长赶快说:"行了行了,我服了你了老爷子。我这就过去,对了,我晚了开会挨了批可得算你的。"
高大平得意地说:"行,就算我的。"
高大平放下电话,想着,得意地笑起来。
窦康:"他们过来?"
高大平倚老卖老地说:"他敢不过来吗?"
窦康:"什么时候?什么时候?"
高大平:"快了。走,推我到走廊去。"
窦康:"你去干什么?"
高大平一瞪眼:"我也得看看啊,帮你长长眼。"
窦康推着高大平出去了。

一辆车停在在顺家园楼下,车上挂着"关注在顺家园,支援全市抗击非典"的横幅，正在那儿往下卸青菜、食品什么的，楼上的居民们都挤在靠这边的窗前看着。

赵所长的车开过来，停下。

警察大刘迎上去："赵所长，您上哪了？美家超市送来慰问品了。"

赵所长下车和超市负责人握手："好，好啊。我代表在顺家园居民感谢你们。"抬头看看楼上，回头对车上的素素："下来呀，看看这儿，多热闹。"

素素下来了。

十七楼走廊里，窦康扒着窗户向下看着，看到了素素。他全身一震，紧紧地贴上去，小声说："素素，素素。"

高大平坐在轮椅上，显得比他还急，扒着他拼命往上挤："哪呢？在哪呢？哪个是素素？"

窦康不理他，继续痴痴地看着。

楼下的素素，浑然不觉，悠闲地在那儿站着，好奇地打量着面前的高层建筑。

素素无意中一抬头，楼上的窦康吓得猛地一躲，躲到窗后去了。

高大平趁这机会贴上去，贪婪地看着："就那个姑娘啊？是不是？那个站在路边，穿一件素花褂的？"

窦康不回答，只是躲躲闪闪地继续看着。

楼下，素素上了车，车开走了。

高大平："好姑娘。小窦，你可得对得起人家啊。"

没人回答。高大平转脸一看，窦康紧紧地扒着窗前的栏杆，脸贴到玻璃上去了。

高大平同情地看着他。

5

赵所长开着车，打开手机。

赵所长:"媳妇?上着班呢?你出来一下,我给你送回来一个任务。问什么呀,一出来你不就知道什么任务了?"

挂上电话,看一眼后座上的素素:"这回放心了吧?"

素素不好意思地笑笑:"放心了。"

赵所长:"素素,在家闲着也是闲着,这会儿也不好找工作,没事儿的时候到在顺家园来转转,当当青年志愿者。"

车开过去……

赵所长的车,在一所小学的门口停了下来。小学生正在放学,赵所长的目光在学生堆里寻找着。

素素:"你孩子在这学校里?"

赵所长:"嗯。看见了。哎,你看见了不?就最漂亮的那个丫头。"

素素顺着他的手找着:"就那个穿红格子上衣的?"

赵所长:"啥眼神啊?最漂亮的,那丫头最漂亮?她旁边,穿裙子的那个。傻丫头,就是爱漂亮,这么凉的天穿裙子。"

素素:"看到了,是挺漂亮。"

一听别人夸孩子,赵所长孩子一样傻乎乎地咧着嘴笑了,看着女儿从车旁不远的地方过去。

素素:"咦,怎么不叫她?"

赵所长:"算了,不叫,她同学都知道我防非典呢,看见她上我的车,别再忌讳。走吧。"

他开车走了……

赵所长的车,很快来到一个单位的大门口。赵所长停下车,向院里走去。素素在门口等着。

不一会儿,赵所长和妻子说着话走出来。

赵妻:"你看看你,家里的事一点也顾不上,还给我找一包袱来。"

赵所长:"怎么是包袱?我是怕你在家累,给你找一帮手,这不是疼媳妇吗?"

妻子嗔笑:"就你贫。"

两人已经走到素素面前,赵所长刚想介绍,素素已经乖巧地开腔了:"婶子,给您添麻烦了。"

赵妻被这称呼弄得一愣,赵所长赶快接上:"婶子就婶子吧,差一辈好,对外好介绍。媳妇,侄女就交给你了啊,算你娘家侄女吧。"

妻子含笑白他一眼:"快走你的吧,娘家婆家的你别管了。"一边说着一边亲热地拉住素素:"走吧,跟我先进去。"

欲上车的赵所长听见这句话又停下了:"还进去?闺女都放学了,你咋不回家?"

妻子:"我给她把饭留锅里了,单位有事,你走你的吧。"

赵所长不满地嘀咕着:"哪有这种事啊?当妈的老不回家。"一边嘀咕,一边上车走了。

窦康把高大平推回屋,高大平显得很高兴。

高大平:"怎么样?这回,你可放心了吧?"

窦康没说话,把轮椅停好了,突然跑到高大平正面,扑通跪下去,二话不说给高大平叩了一个。

高大平吓了一跳:"你这是干什么?"

窦康:"高叔,俺窦康除了素素没啥亲人,从今以后,你就是俺的亲人了。"

6

陈老师家的客厅里,陈老师正在看体温表,顾真关心地趴上去一起看着。

陈老师高兴地说:"三十六度八。"

顾真:"可她昨天才三十六度六呢。"

陈老师:"昨天是上午量的,今天是下午量的,高一点也是正常的嘛。"

顾真:"高一点正常,高多少不正常啊?"

陈老师:"量变和质变你都不懂?你这么有本事都不懂?连我都懂你不懂?"

顾真:"反正我量的时候低,你一量就高了。"

陈老师:"那是我量得认真,你量得马虎。"

晓青笑了:"爸,妈,你们还小吗?一说话就打架,赶快离婚得了。"

顾真:"离就离。反正是我要和他离,这话我早就说过了。"

陈老师:"哼,正式提出来可是我提的。所以,是我要和你离。"

顾真:"这个家,一直是我在操持,要离当然是我要离。"

陈老师:"户口上户主是我,要离当然是我要离。"

晓青哭笑不得地说:"爸,妈,饶了我吧。"

陈老师胜利地看着顾真,顾真白他一眼,也不由得笑了。

顾真:"哎,从她去袁园家,十四天该到了吧?该没事儿了吧?"这是她第一次用商量的口吻和陈老师说话,而且颇为尊重。

陈老师摇头晃脑,很自信地说:"没事儿了,没事儿了。非典这病,潜伏期就是十四天,咱们青青过去了。"

晓青:"这么说,我可以出门了?"

陈老师:"可以了,可以了。对了,我也可以叫孩子们来弹琴了吧?"看一眼顾真:"我在我自己的房间里,谁也管不着。"

顾真:"我是管不着。可你不替人家孩子想想?万一人家家长不放心呢?"

陈老师:"不会有事吧?咱们青青过了十四天了呀。"

顾真哼了一声："你是不会有事的,所以你也不必为其他孩子着想。"

陈老师赶快说："那,就再等几天。再等几天吧。天哪,还得等几天?"

晓青笑起来："爸,你不就缺听众吗?我妈也出不去,让她听啊。"

陈老师看看顾真:"她?她早把音乐忘了。她能听懂什么?"

顾真大怒:"你说什么?当年我是歌舞团的领唱,你是什么?一个小小的中学音乐老师,你还瞧不起我。你弹吧,你看看你能弹出什么我听不懂的。"

两人吵吵嚷嚷地走了,晓青高兴地笑着,坐在化妆台前开始化妆。

第十六章

1

电梯里,大力和马立克在争论着什么。

大力:"要去你去,反正我不去。"

马立克:"为什么呀?我们排节目没有音乐总不行吧?"

大力:"上次我碰了个钉子,他这人胆小,怕我们传染非典。"

马立克:"我不怕。他胆小,我胆大。我们一起去吧。走吧走吧!"

电梯门一开,马立克推着大力出来了。

陈老师家传出琴声。两人走到陈老师家门前,大力到底停下了。

大力:"你去问,我不问。"

马立克:"真是的,我问就我问。"按了门铃。

门里传出陈老师和顾真的拌嘴声。

陈老师:"有人敲门。"

顾真:"你去开啊。"

陈老师:"我弹着琴呢。"

顾真:"我听着琴呢。"

陈老师:"谁家不是女人出去开门呀。"

顾真:"你不是户主吗?"

大力和马立克互相看看。大力奇怪地说:"这两口子怎么啦?"

琴声停了。片刻,门开了,陈老师出现在门口,一看到大力,立刻笑起来。

陈老师:"大力,来找青青?"说着回身要喊。

马立克:"不,我们是来找您的。"

陈老师："找我？什么事啊？"

马立克："陈老师，隔离期就要到了，咱们楼里商量着排一个节目，感谢社会的关爱，我们想请您弹琴。"

陈老师热心地说："排节目？好啊。哎，你们不用青青吗？她在电视台就是做节目的，你问问大力。"

大力不冷不热地说："我可不敢叫她，万一我再传染了她非典。"

陈老师像被抓住的孩子一样不好意思地笑："没事儿了，没事儿了。这样吧，我弹琴，没问题，叫青青当编导，行不？"

马立克："行，怎么不行？她愿意吗？"

陈老师："我来对她说。什么时候开始？"

马立克："明天早上。"

陈老师："好的，就明天早上。"

陈老师一关上门，就迫不及待地喊起来："青青，青青。"

顾真出现在里屋门口："叫唤什么？青青在写东西呢。"

陈老师停下，很认真地说："哎，我叫你开门你不开，这事儿可得算我的啊。"

大力和马立克边说边从陈老师家门口离开。

马立克："我说怎么样？没问题吧？"

大力："可上次他拒绝了。走，咱再上左老师家，这歌词得让左老师写啊。"

他们走到电梯口，马立克瞥了一眼袁园家紧闭的房门，磨蹭着不想走了。

马立克："你先去吧。"

大力："你呢？"

马立克："我还有点小事。你先去吧，先去吧。"一边说，一边把大力推上电梯。

电梯门关上了，马立克高兴地走到袁园门前，小心地敲了敲。

门开了,袁园出现在防盗门里,看着马立克微微一笑。

马立克也嘻嘻笑着:"你没事儿吧?"

袁园点头。

马立克:"哎,你知道吗?咱这儿隔离就快解除了,你也快出来了。"

袁园只微笑着听他说。

马立克:"咱们楼里要排一个节目,我提议让你跳舞呢。"

袁园:"我?"

马立克:"是啊。感谢社会对咱们的关爱。"

袁园:"可是我出不去。"

马立克:"我们商量过了,我们向楼下提要求,让他们允许你出来,让你到天台上去跳。天台上总不会传染吧?要是还不行,你就在家里练,到时候出来跳就行了。"

袁园想着,高兴地说:"谢谢你。"

马立克:"你妈妈好了吗?"

袁园神情暗淡地摇摇头。

马立克:"还没好?"

袁园:"我不知道。"

马立克恍然:"对了,你没电话。"突然想起来,回头就跑:"你等着啊!"

2

马立克回到家里,拿起电话。大声地在电话里说着:"姐姐,你再给我买一个去嘛。"

姐姐在电话里说:"克克,你有手机,还有座机,你要那么多电话干什么?"

马立克:"好姐姐,我有用,我有大用处。你赶快给我去买，买最好的，能拍照片的那种，彩色的。先用你的钱，我存折上还有一万多块钱呢，解除了隔离我就还你。"

姐姐在电话里说："克克，你这个孩子，到底什么时候才能长大啊。"

马立克："天哪，又来了又来了，有咱妈教育着我就行了，老姐你就免了吧。"

电话里，姐姐的声音很悲伤："昨天咱妈去大门口给你送吃的，你硬没下来，妈回来哭了一场。"

马立克："老姐，你就想想吧，那么多人看着，她一口一个克克，一口一个克克，还甩鼻涕抹泪的，我可丢不起那个人。"

姐姐在电话里说："唉，你什么时候才能长大啊。告诉你，我要走了。"

马立克吓一跳："你要上哪？"

姐姐在电话里说："我去支援小汤山。"

马立克："什么？小汤山？你怎么会去那儿？姐，你不能去。"

姐姐在电话里说："我是党员，是医生，组织上要求报名，我能不报？克克，我走了，你又被隔离着，咱爸妈还不得挂念死？可你……到现在也不懂事。"

马立克："爸妈知道吗？"

姐姐在电话里说："不知道，我不敢告诉他们，我说我去上海。克克，我走了，爸妈就交给你了。"

马立克不由自主地坐直了，很认真地说："姐，你走吧，爸妈就交给我了。"

姐姐的电话挂了。马立克想了想，又给妈妈拨电话。

电话里一个苍老的声音："谁啊？"

马立克："妈，我是克克。"

妈妈在电话里埋怨："克克？你这个没良心的孩子，你还记得你妈呀？"

马立克嘻嘻笑着:"妈,怎么不记得呀?我就一个妈还能不记得?妈您挺好的吧?爸也好吧?"

妈妈在电话里说:"好,好。克克,你姐说她要去上海出差,你说是真的吗?这会儿哪还有出差的?你说,她不是去小汤山吧?"

马立克吓了一跳,赶快说:"不是,你想哪去了?你在家闲着没事儿成天自己吓自己。妈,我还有事,晚上再给您电话吧,啊?在家和俺爸好好保重啊。我挂了。"

马立克挂上电话,跑到窗前,拽着那根绳子。

马立克的父亲正坐在门口看报纸,母亲从屋里出来。

母亲欢天喜地地说:"猜猜是谁来的电话?克克。这孩子总算长大了,知道给家里电话了。"

父亲却一脸忧虑地看着她。

母亲:"你怎么啦?"

父亲:"这孩子没啥事吧?怎么突然想起给家里电话了?"

母亲一听也犯了嘀咕:"对啊,还一股劲地嘱咐咱好好注意身体。他要好好的能想起咱的身体?出事儿了,准是出事了。"

父亲:"可是,他关在那里面,也出不来,能出什么事儿呢?"

母亲哆嗦着:"天哪,他不是在那里面得非典了吧?"

父亲害怕地说:"会吗?"

母亲:"怎么不会?他那楼里不是出过非典吗?他们不就是因为这个隔离的吗?"

老两口互相看了一眼,争先恐后地往屋里跑,要给儿子打电话。

马立克刚把那根绳子提上来,把自己的手机放进小篮子里,准备递下去,电话响了。

马立克不理,趴在那儿小心地往下递着。

电话在身后不依不饶地响着。

袁园接下了篮子,取出了手机,好奇地看着。

马立克父母绝望地看着手里无人接听的电话。

父亲:"是了。"

母亲:"一定是了,我就知道这孩子主动打电话就没好事。"

父亲已经急得抖了:"这可怎么办呢?"

母亲:"打他手机试试。"

两人又拨。

袁园正在摆弄那手机,马立克出现在袁园家的门口,嘻嘻笑着:"怎么样啊?把这手机放你这儿,你给你妈打电话。"

袁园:"我不会用。"

马立克:"天哪,你可真像从原始社会出来的。你过来,我教你。"

袁园过来。

马立克:"你妈电话多少?"

袁园:"13……"还没说完,手里电话突然响起来,把袁园吓了一跳。

马立克:"我的。你给我……天哪,没办法给。你过来我看看是谁的?"

袁园过来,马立克隔着纱窗吃力地看着:"2310……天,我妈。真麻烦。你打开,掀开盖就打开了。你打开。"

袁园打开手机盖。

马立克:"你拿过来。"

袁园举到门口,马立克努力把耳朵贴上去,嘴又够不着。

马立克："有个妈可真麻烦，你关上吧，我先上去。"一边说着一边匆匆进了电梯。

袁园把手机关上了。

马立克父母面面相觑。

父亲："他不接。"

母亲吓得已经抹开了泪："这孩子，到底是传上了。老头子，还呆着干什么？赶快过去看看吧。"

老两口慌慌张张地就往外跑。

马立克匆匆进了家，急忙去拨电话，电话没人接。

马立克："哼，还叫我关心，人家根本用不着。"挂上电话又跑了。

马立克又来到袁园家门口，隔着门，教袁园打电话。

马立克："按完了？按对了没有？看看。"

袁园看着："对了。"

马立克："再按那个绿键。OK键。对了。"

电话里传来长音，袁园欣喜地说："通了。"

电话持续地响着，没人接听。

袁园恐惧地看着马立克。

马立克赶快说："没事儿，没事儿，也许她出去散步了，这正说明她好了呀。"

袁园："散步为什么不带手机？"

马立克也答不上来了，想了想："再拨，一直拨，拨到有人接。"

袁园又拨。

3

一楼大门口，像过去一样安宁而忙碌，有几个大人带着孩子在黄色的隔离带上系着各种祝福的小物件,有人送来了捐助品,赵所长忙前忙后地指挥着。

有人大声问:"警察同志,这儿快没事儿了吧?"

赵所长:"马上就解除隔离了,没事儿了,没事儿了。你们看,非典也没啥可怕的吧?"

突然,一辆出租车急驶而来,在隔离线外停下,车门一开,马立克的父母从车上下来,一下来就喊起来。

老母亲:"克克,我的克克呢?"

父亲则看到了赵所长:"警察同志,我儿子呢?他到底怎么啦?"

两人一边说着一边就要往隔离带里钻,赵所长吓了一跳,赶快过去挡住。

赵所长:"怎么啦?二位老人,出了啥事情?"

老母亲抓住他:"别瞒我,啥也别瞒我,克克到底传上非典了?我的天哪,这可怎么办哪!"

旁边的人听着,都吓了一跳,纷纷向后躲着。

"怎么回事?"

"这楼里又一个非典。"

"天哪,看样子控制不住啊。"

"快走,快走,别在这儿了。"

……

赵所长一头雾水地问:"什么呀?你们到底在说什么呀?你们说的那个马立克,他怎么啦?"

父亲哆嗦着:"警察同志,别瞒俺,俺家就这么一个老疙瘩,他传上没有?送哪去了?"

赵所长:"天哪,这都哪儿跟哪儿呀?"也不解释,掏出手机拨着。

拨完号,赵所长说:"占线,这小子忙什么呢?"

老母亲更慌了,已经开始抹泪:"你就别瞒俺了,俺什么都知道了。"

赵所长哭笑不得："您老人家知道什么了，告诉告诉我。"一边说，一边把手搭个筒，朝楼上大声喊："马立克！马立克！"

马立克还在袁园家门口指挥着袁园拨手机。

袁园拨着电话，仍然无人接听，袁园已经急得要哭了。

马立克安慰着她："别急，你别急嘛，你想想，你妈妈要出了什么事，手机也不能没人管啊。也许她就是出去散步，知道你没电话，手机没带。"

楼下隐隐地传来赵所长的喊声，马立克没注意。

马立克："接着拨呀，说不定这回她就接了。"

袁园："有人喊你。"

马立克："谁？"跑到窗前，往下一看，看到了自己的父母。

马立克："天哪，天哪，又来了，我怎么这么倒霉啊。"回头对袁园："你等着，我一会儿回来。"跑下楼去。

赵所长还在那儿喊着，马立克从楼里出来。父母一看到他，大喜过望，又哭又笑地喊："克克！"

赵所长笑着："你这小子，一定又在七楼那女孩门口吧？你再不出来，你爸妈就急疯了。"

马立克走过去，老远停下，没好气地说："你们来干什么？哭什么哭什么？我还没死呢。"

老母亲吓了一跳："克克，你看你这孩子啊！"

父亲："没事儿你咋不接电话呢？把我和你妈吓死了。"

马立克："快回去吧，别在这儿丢人了。快走快走！"

赵所长不愿意了："咦，你这是什么话？有你这样的孩子吗？你爸妈大老远地一趟趟来看你，你什么态度啊？你这孩子就是欠揍，爹妈教育得少了。"

马立克："不是。你看看他们，这多丢人啊。"

赵所长："你呀，怎么不替他们想想，这个非常时期，你又在这个非常地点,他们能不挂念吗?你多给他们几个电话不就好了?哼,你爹妈白养你这么大。"

老爹妈看到他没事,一块石头落了地。

老父亲对赵所长:"你就别骂他了,这孩子还小,不懂事,只要他没事就好。唉,也怪我们,听见风就是雨,叫孩子跟着丢人了。没事儿了,俺走了,俺走了。"

赵所长:"慢着。"对马立克:"就叫他们这么走了?"

马立克茫然地问:"那我怎么办?"

赵所长小声说:"你真是欠揍,我要是你哥我就给你一顿。快,说几句体贴话呀。"

马立克:"爸,妈,以后别往这跑,我没事儿。"

赵所长:"小子,叫你体贴你自己啊?说,你不在家,叫二老注意健康。"

马立克学舌地说:"爸,妈,我不在家,你们二老注意健康。"

赵所长:"多吃点有营养的。"

马立克:"多吃点有营养的。"

赵所长:"多锻炼。"

马立克:"多锻炼。"

赵所长哭笑不得:"天哪。"

马立克小声地问:"这句也说?"

老爹妈已经高兴得有点忘乎所以了。

母亲:"你看看,几天不见,这孩子到底是长大了。"

父亲:"老东西,还不快走?还在这儿给孩子丢人现眼?"

两人互相搀扶着欲走。

赵所长:"老人家,等一等。"他把自己的车钥匙丢给一个警察:"去,把老人送回家去。"

二老推让着,寒暄着,随那警察走了。

赵所长看着他们的背影,对马立克:"兄弟,你父母多好。"

马立克苦着脸:"还好?我就觉得他们麻烦。"

赵所长感慨地说:"麻烦?兄弟,等你长到我这个岁数,有了自己的孩子,就知道父母的心了。好好孝顺他们,趁着他们都在,趁着你有这个时间和精力,要不,将来后悔也晚了。"

马立克似懂非懂地答应着,欲回身进楼,一辆出租车又开过来,马立克的姐姐,一个三十几岁的女人下车。

姐姐:"克克。"

马立克回身:"姐,你怎么来了?"

姐姐:"你不是要手机吗?给,彩色的,能照相的。五千块呢。"

马立克吓一跳:"这么贵?你买这么好的干什么?"

姐姐:"谁叫我就这么一个弟弟呢。拿着吧。"

马立克接过盒子,姐姐趁此机会帮他理了一下乱七八糟的衣服。

姐姐:"克克,姐明天就要走了,不知道什么时候才能回来。"

马立克看着她,突然有点难过:"姐,你可千万保重自己,千万不能感染啊。"

姐姐:"我知道,我会注意。可我就是不放心家里,不放心咱爸妈。"

马立克:"你把爸妈交给我吧,轮也轮到我了。"

姐姐看着他:"你行吗?"

马立克不由得挺挺胸:"我行。姐,我长大了。"

姐姐笑着看着他,眼睛突然一红,声音有点涩:"你也该长大了。克克,我走了。"

马立克:"姐,姐,你可千万注意,可千万注意啊。"

姐姐不再说话,回身走,一边走一边回头向马立克微笑着。

马立克大声地说："姐,你放心吧,我一定把爸妈照顾好。"

姐姐上车了,又对他点头。车开了。

马立克顺着隔离带追着跑了几步,停下,眼看着车驶去。

赵所长过来,拍拍他:"回去吧,这回你可真该长大了。"

马立克并未回自己的家,而是拿着那个手机盒子来到七楼袁园家门口。袁园家的门关着。

马立克过去按了按门铃。

没人回答。

马立克:"袁园,还没拨通?"

没人回答。

马立克叹了一声,从盒子里拿出新手机,自己拨着。

电话里传来长音。突然,一个女人沙哑的声音:"谁啊?"

马立克大喜过望,拍打着门:"袁园,通了,通了,你妈妈接电话了!"

接着里面传来慌慌张张的脚步声,门开了。

袁园:"哪里?在哪里?给我。"

门隔着他们。

马立克把手机贴到门上:"快,隔着门说。"

袁园把耳朵贴过来。

袁园:"妈妈?"大喊一声:"妈妈。"一边喊着就哭了。

袁园:"妈妈,你好些了吗?你还发烧吗?妈妈我想你,我想死你了。妈妈你一定要活着啊,你赶快回来,我一个人在家害怕。我想你。妈妈,我再也不嫌你管我了,再也不偷懒了。妈妈你回来,我天天跳舞,我要跳全国第一,妈妈你回来看我跳舞啊……"

她一边哭一边说着。马立克在外面看着,看呆了……

袁园打完电话,马立克自己又拨电话。其动作再也不像原来那样匆匆忙忙毛手毛脚。

马立克:"妈妈?我是克克。妈妈,刚才没吓着你吧?妈妈,我不懂事,让您为我担心了,可是您真的不用担心,我很好。倒是您和爸爸在家里,一定要照顾好自己……"

他第一次像个大人一样说话。

这时,音乐像流水般从陈老师家流淌出来。

袁园在屋里听着,听着,听着,慢慢地立起了脚尖,举起了手臂,开始跳起来……

4

傍晚,陈老师家的客厅里坐满了人。其中还有王贵生。

晓青手里拿着一张纸,兴奋地对大家说着。

晓青:"我觉得这个节目时间不一定长,但内容一定要丰富。我的初步设想是这样的:由我爸爸的钢琴开头,曲目呢,初定为《春之声》,寓意我就不说了。同时配着袁园的芭蕾舞。然后是由楼里居民集体的诗朗诵。诗由左老师来写。诗朗诵以后是独唱。马立克,倪虹那儿答应了吗?"

马立克沮丧地说:"没有。她说她没空。"

晓青:"你再做一下她的工作,一定要让她参加。她唱什么歌,我们得赶快定下来。我的意思,再写一首我们自己的歌。歌词呢,歌词谁来写?"

大力:"左老师。一定要左老师来写。"

晓青:"好的,左老师。那么串联词呢?"

大力:"你来写吧。你以前不是给台里写过串联词吗?"

晓青:"好的,那我就试试。倪虹独唱以后是楼内居民的合唱,在大合唱中结束。大家觉得怎么样?"

马立克:"没小品啊?"

大力拍拍他:"兄弟,小品就算了吧。我觉得现在这样不错。"

王贵生咳了一声。

大力看出他想说话,赶快征求他的意见:"王局长您看呢?"

王贵生:"这个设想很不错。不过,我觉得还应该先讲几句话,正式表达在顺家园对市委、市政府以及全市人民的感激之情。"

马立克:"那算什么呀?讲话和节目是两码事嘛,也不能硬搅在一起。"

大力捅他一把,笑着:"行啊行啊,我分别拍就可以了,电视台可以中间插广告。"

晓青拍拍手:"没意见我就按这个准备了,我抓紧时间写串联词,大家分别按自己的分工准备,好不好?"

大家齐声说:"好!"

晓青:"马立克,你去找倪虹,这任务交你了。"

顾真用欣赏的目光看着自己的女儿。

坐在她身边的陈老师:"看看我女儿。"

顾真:"我女儿。"

陈老师:"当然是我女儿。我说了,我就要钢琴和青青。"

顾真:"你别想把她夺走。我也只要钢琴和青青。"

陈老师吓了一跳,很认真地问:"你要钢琴?你想要我的钢琴?"

顾真:"谁叫你说我不懂音乐?"

晓青嗔怪道:"爸,妈。"

他们这才发现大家不说话了,正饶有兴致地听着他们拌嘴。

顾真:"算了,不和你吵了。"

陈老师却又加上句:"反正钢琴和青青是我的。"

大家散去之后，晓青便钻进自己的房间，趴在桌上奋笔疾书。

顾真进屋："青青，该睡了。"

晓青不耐烦地说："妈，您就睡您的吧。"

顾真："晚上冷，把窗户关上。"

晓青："知道了知道了，我这就关。"

顾真走了。

晓青过去关窗户，打了一个喷嚏……

5

医院走廊里，邹烨正往下脱隔离服，准备下班了。

一阵急促的脚步声传过来，邹烨警惕地回头，同时把已经脱了一半的隔离服又套上去。

一个护士奔过来："邹大夫，二号患者的情况不好。"

邹烨二话没说，一边继续套着隔离服一边随她跑过去。

二号患者就是上次要跳楼的那个男子，此时正焦躁不安地在床上扭来扭去，呼吸很困难。

几个护士和医生守在他身旁。

邹烨："给他吸痰。"

一个护士给他插管，患者不配合，管子插不进去。

邹烨："按住他。"说着自己接过管子。

几个护士按住他，邹烨往里插着，仍然插不进，邹烨不得不趴下身子，几乎趴到患者脸上了……

邹烨在ICU病房里忙了两个多小时，当她出了病房，看样子已经筋疲力尽了，走起路来摇摇晃晃。

她似乎觉得不舒服，甩了甩头，又使劲甩了甩。

旁边一个护士担心地看着她："邹大夫，你没事吧？"

邹烨对她一笑："没事儿。"

护士:"饭准备好了,您快洗个澡去吃饭吧。"

邹烨:"我不想吃了。晚上特护的事都安排好了吧?"

护士:"安排好了。"

邹烨:"那如果没特殊情况,不要再来叫我。我想好好睡一觉,睡一觉。"

她最后的声音好像在梦里一般,摇摇晃晃地回到宿舍。

邹烨躺在床上,挟着体温表,在看电视,电视上正在播《关注在顺家园》。

女主持人:"随着解除隔离日期的临近,楼内的居民们也在考虑一个问题:当解除隔离的那天,他们将如何回报社会对在顺家园的关爱?今天他们做出了一个决定,他们将排练一个节目,表达他们的心声。"

王贵生出现在屏幕上。

王贵生:"当在顺家园隔离期间,党和政府以及全社会给予了我们极大的支持和关心,我们都不是专业演员,排练这样一个节目,只是为了表达我们对党、政府和全社会的感激之情。"

邹烨叹了口气,把电视声调没了,拿出了体温表。

她看着,目光突然定住了,不相信地凑近了又看。

邹烨喃喃地自语:"会吗?可能吗?"甩着体温表,又挟到腋下去。

她去看电视,电视上已经出现了栋栋可爱的笑脸,邹烨赶快把声音放大。

电视上,栋栋天真地笑着:"妈妈,你好吗?栋栋想你了,爸爸也想你了。"

大力的画外音:"说你自己就行了。"

栋栋笑着扑打着画外的爸爸。

邹烨呆呆地看着。

手机响了。

邹烨定定神,打开手机,传来大力的声音:"邹烨,在看电视吗?"

邹烨点点头。

大力在电话里大声喊:"邹烨!"

邹烨这才意识到大力看不到,急忙说:"我在看。栋栋的衣服掉了个扣子,你看到没有?"

大力在电话里说:"看到了,今天缝上了。嘿,断了两根针,捅破了三个手指头。不过,到底是缝上了。"

邹烨听着,另一只手取出体温表看看,神情发呆。

大力在电话里说:"邹烨,栋栋不尿床了,连着三天没尿了。想尿尿的时候自己会醒,会叫我,你看,你不在家,孩子长大了。"

邹烨仍然盯着体温表,没说话。

大力在电话里问:"邹烨,你在听吗?"

邹烨:"我在听。我有点累。"

大力在电话里关切地说:"你累了?那我们就不说了,你快睡吧。栋栋,栋栋,过来和妈妈说句话。"

电话里,栋栋笑着,闹着。

电话里,大力的声音:"来,来,和妈妈说话。"

栋栋笑着,大声地在电话里喊道:"妈妈!"接着就笑着跑了。

大力在电话里说:"这孩子,就知道闹。邹烨,你放心吧,我和栋栋都挺好的。你快睡吧。"

邹烨答应着,关上手机,仍然在看体温表。

她慢慢地把头埋到枕上去,身体抖着,哭了。

邹烨哭着自语:"大力,我怕,我怕,我发烧了,三十七度八。千万不要是那个病啊,我不想一个人躺到病房里去。大力,大力……"

栋栋睡着了,大力把给他读的故事书放在一旁,小心地把他露在外面的胳膊放进被子里。

电话响了。

大力:"哪位?邹烨?你不是累了,要睡了吗?"

邹烨在电话里说:"大力,我睡不着,怎么也睡不着,你再给我读那本《挪威的森林》吧。"

大力:"《挪威的森林》?好啊。这样邹烨,单位刚才来电话,有点事,我回个电话就给你读,行吗?"

邹烨在电话里答应:"好吧,我等着。快一点啊大力。"

大力放下电话,又急忙往左老师家挂电话。

电话拨通了。大力:"周老师?我是大力,新的写好了吗?邹烨让我给她读。"

左光和周捷都斜倚在床上,左光手里拿着几页纸,正在低声地读,周捷依赖地依偎在左光身边,安静地听着。

左光:"在疗养院空旷而宁静的树林里,直子常常把自己深深地陷在回忆里,许多过去曾被忽略的小事现在想起来是如此地亲切动人,以至于直子希望把自己永远埋在其中不要再醒。在那些回忆中她会一次又一次地对自己说:过去她怎么会意识不到,生活是这样的厚待她,给过她如此多的幸福和欢乐呢?"

大力靠着床头,搂着孩子,在读周捷新写的文字:"……她常常想起她和她的爱人饭后的漫步,手拉着手,相对无言,只觉得胸中充盈着满足,她还会想起他们两人最初开始过日子学着做饭,一个笨手笨脚,另一个也笨手笨脚——那些平凡琐碎的小事在日常的生活中像细小的沙粒,在你意识不到的时候就从指缝里悄无声息地溜走,而如今它们像一粒粒碎银,在月光下闪着动人的光辉,以至于你会觉得,其实你的生命就是这样一条银光闪烁的路铺就……"

周捷感动地说:"左光,写得真好。"

左光:"小捷,如果不是病,这些小事我想不起来。生活给过我们多少高兴的事,可我们在遇到灾难的时候把它全忘了。在生活面前,我们是忘恩负义的孩子。"

邹烨在电话里说:"大力,给我讲几件高兴的事情,讲我们自己的。"

大力放下纸,惊讶地问:"邹烨,为什么突然想起了这个?"

邹烨在电话里说:"不知道,我想听。也许,我离开你和孩子太久了。讲吧,像这书里说的,平常被我们漏掉的。"

大力:"邹烨,有件事我不知道算不算。对你,可能和对我不一样。"

邹烨在电话里不解地说:"什么?对你和对我不一样?还会有这样的事情?你说吧。"

大力:"邹烨,你比我大一岁,也许你不知道,平时,我那帮哥们儿经常拿这个开我的玩笑,而我,也曾经私下里觉得遗憾来着。因为这一岁,你会像姐姐一样管着我,每天催我洗澡、换内衣、换袜子,甚至,连我系什么领带也要管。你不在了,这些事突然都成了我自己的,我觉得真自由啊。那天,我在楼里拍了一天的片子,出了一身的臭汗,晚上把栋栋侍候睡了,我不知不觉也睡了。睡到半夜醒过来的时候,我突然想起来,我没洗澡,如果你在家,一定会催我,会帮我放好洗澡水。我想着想着,就觉得心里空落落的。我没办法再继续睡,我一定得爬起来去洗这个澡。邹烨,我觉得,我是为你去洗的这个澡,那个时候,我可真想你啊……"

邹烨在电话里轻轻地唤着:"大力,大力。"

大力:"邹烨,你该睡了吧?明天还得上班。"

邹烨不做声。

大力大声叫:"邹烨!"

邹烨开口了:"好的,我睡了。晚安大力!"
大力:"晚安邹烨,我爱你!"

6

夜里,窦康正在帮高大平练吊环。

窦康:"九十八,九十九,一百。"

高大平一下子倒在床上。

窦康高兴地说:"比昨天又多了十个。高叔你可真行啊。"

高大平苦笑:"还不是你在后面托着我。"

窦康:"托和托不一样啊,现在比原来省力气多了。高叔,您睡吧?"

高大平:"行。你也睡吧。"

两人分别在床上和地铺上躺下来。

高大平:"窦康啊,隔离快解除了,从这儿出去,你打算上哪呢?"

窦康:"我也不知道。"

高大平:"从监狱里放出来以后,你也没找个正经事干干?"

窦康:"找过几个,都没干长。像我这样几进宫的,谁要?"

高大平:"没再偷吧?"

窦康赶快说:"没,没。"

高大平:"我才不信。不偷怎么上我家来了?"

窦康不好意思地说:"我最后是给一家酒店当保安,人家后来听说我进过局子,把我开了。我那天喝了点酒,越想越气,要不是你抓我,我能进局子吗?就这么,来了。"

高大平:"你不怪自己偷,却怪别人抓你。"

窦康嘿嘿地笑起来。

高大平:"窦康,我那天听你讲你和你妈的故事,听上去,你小时候也是个好孩子啊,怎么后来就偷起来了呢?"

窦康显然不愿说,一转脸:"咱睡吧。"

高大平:"到底为什么?怎么走上的这一步?"

窦康突然焦躁地说:"睡吧,睡吧!"

高大平:"我小时候,也差一点走上了这条路。"

窦康转过身来:"什么?"

高大平:"我总觉得,一个人一辈子走条什么路,很可能啊,就是看你第一步走得怎么样。走错了,又没人拉你,也许就越走越远了。"

窦康:"你说你也差点儿成了小偷?怎么回事?高叔,你给我讲讲,讲讲。"

高大平抗议:"我那不叫偷,我那只是没人的时候拿。"

窦康笑出声来:"没人的时候拿,那不叫偷叫什么?你说说看,你偷了什么?"

高大平:"唉,人啊,有时候一步路走错,可能就毁了一辈子,可要这时候碰上个人扶你一把,也可能就救了你一辈子。"

窦康:"你碰上了谁?"

高大平:"一个警察。"

窦康:"你偷东西被警察抓住了?"

高大平:"他抓住了,可他又把我放了。"

窦康:"到底咋回事啊?"

高大平:"那一回,我上公社——那时候还叫公社哩,我上公社给俺娘销户口——俺娘死了,和你娘一样,得的不是要命的病,偏偏因为穷,就把命要了。管销户口的人还没上班,我在门外边等着,看到旁边一间屋敞着门,屋里没人,椅子背上搭着一件警察服。我跟你说了,我从小就想当警察,一看见那警察服,腿不听使唤地就进去了。我又看见桌子抽屉没锁,也不知道咋想的就拉开了抽屉,这一拉开麻烦了——抽屉里放着钱，一共是十二块三毛钱。我记得清楚着哩，一张十块的，一张一块的，另外就是一些毛票，还有两张五分的。我连想都没想就把那些钱抓到手里了，可我还没来得及把抽屉关上，另一只手就从后面伸上来，抓住了我那只拿钱的手。"

窦康笑起来，幸灾乐祸地说："活该，叫你偷。"

高大平没理会他，沉浸在自己的回忆里。

高大平："他是俺那个公社的一个老警察，他姓邱，大家都喊他大老邱。我那年才十五岁，一看到他就怕坏了，一屁股坐在地下就哭。他过去关上门，回来细细地问我，问到俺娘死了，我没法再上学，他什么也没说，把那些钱一股脑儿地塞到我口袋里，打开门把我送到门口，拍拍我的脑袋说：孩子，走吧，回家吧，上学去。记着，以后穷死难死，也不能再偷了。我第二天就上了学，高中毕业后当了兵，转业以后就当了警察。"

高大平的故事讲完了，窦康却不出声。

高大平感慨地说："他前年才死，活到九十一岁。他高寿，那是老天给他的回报。他无儿无女，是一个孤老头子，死了连个给他摔盆的都没有。我听到他的死讯，赶了回去，我给他披麻戴孝，给他摔的盆。没有他，我高大平这辈子还不知道在哪里过呢。"

窦康突然说起来，声音很激动："看看人家，人家才叫警察。你呢？你呢？你就知道抓到小偷往局子里送。"

高大平诚恳地说："是，我是做得不够。抓小偷使我成了英雄，我就只想多抓，抓住就往局子里送，现在想想，也许有一些，只是一闪念走到错路上的，和我当年一样。"

窦康不说话了，在暗中发着呆。

高大平："窦康，给我讲讲你的故事，你的第一次，第一次，你为什么去偷的？"

窦康沉浸在回忆中："娘死了，爹也跟着病了。我害怕，娘死的时候都没这么怕。娘死了我还有爹，爹再死了我还有啥？我那时候小，不知道怎么挣钱，也不知道怎么侍候爹，我就是像这会儿一样铺张席睡在爹炕边，看着他在炕上疼得打滚。"

高大平："他得的什么病？"

窦康："我不知道，从来也没去看过。他就是疼，开始说肚子疼，后来全身都疼，他疼起来可真吓人啊——躺着不行，坐着不行，跪着也不行，他把自己的头往墙上撞，口口声声叫我给他瓶农药让他死。"

高大平："你这孩子，你为啥不送他上医院呢？你就眼看着？"

窦康："哪有钱？"

高大平被问住。

窦康："开始，我只会哭，后来看着爹眼看不行了，我才想到得送我爹上医院。可我哪有钱？那一天，爹又疼开了，疼得直碰头。我抱着他，他把我的胳膊咬掉了一块肉。那天夜里，我就出去了，我牵回来一头牛。"

高大平："后来呢？"

窦康："还用说？天刚亮警察就追来了，我那是第一回进局子。"

高大平："判了？"

窦康："没。我太小，教育教育就放了。"

高大平："你爹呢？"

窦康："我爹……"盯着黑暗，脸上又现出那种迷乱的神情。

高大平："说呀，你爹呢？"

窦康突然爬起来，跑到窗前，冲着外面："爹！爹！"

高大平吃力地爬起来坐着，在后面看着他，小心地叫道："窦康，窦康。"

窦康忽地回身，看着他，很惨地叫了声："爹！"

高大平："小窦子。"

这个称呼使窦康一抖，过来，大声地喊："爹！"

高大平："小窦子，醒醒，你醒醒。"

窦康一个激灵，定定地看着高大平，似乎终于认出了他是谁，一头栽倒在地铺上，呼呼睡了。

高大平低头打量着他不安的面孔，吃力地拉过被子盖住自己，喃喃地自语："孩子，这一回我不能让你再去了，不能了。"

他像个老父亲一样，忠诚地守护着窦康。

深夜，窦康在地下睡着，高大平坐在床上低头打着瞌睡。

地下什么动静，高大平一下子抬起了头——窦康坐起来了，呆滞的目光四周打量着。他看到了高大平，但显然视而不见。

窦康开始穿鞋。

高大平轻声地叫："小窦子，小窦子。"

窦康猛地一抖，转过脸来，不认识一样盯着高大平，目光里杀气腾腾。

高大平镇静而和善地说："小窦子，我是你高叔。不要出去，不能再干那种事了。"

窦康呆呆地看着他，突然倒下，接着又睡了。

高大平看着他，继续坐在那儿守着。

高大平趴在膝盖上，不知不觉睡着了。

窦康又一次坐起来，开始穿鞋，这一次高大平没醒。

窦康起身出去了。

门一响，高大平一个激灵醒了，第一个动作就是往窦康铺上看，这一惊非同小可。

高大平："小窦子！"

窦康已经拉开了里面的门，一下子被这喊声叫住了。

高大平一迭声地说："小窦子，小窦子！小窦子你回来!"

窦康站在原地,目光茫然而呆滞地四处看着。

高大平挣扎着要下来,但手脚不灵便。他挣扎着,挣扎着,从床上滚了下来。

高大平:"小窦子,小窦子!回来,回来!再不用你偷东西给你爹治病了,他已经死了!"

窦康听着,眼里现出杀气。

高大平挣扎着,吃力地伸手去够轮椅,几次差一点够着,又几次够空了。

高大平:"你爹死了,他已经不再疼了,回来吧小窦子,过去的事都过去了,以后的路好好走。"

他吃力地够啊够啊,终于够着了轮椅,把它拉过来,自己爬了上去,转动着到了门口。

他看到窦康了,他正呆在门口,目光茫然地四处寻找着。

高大平:"小窦子,小窦子,我是你高叔,醒醒,醒醒,你爹已经死了。"

窦康发现了他,扑过来,狠狠地抓住他:"谁说我爹死了?你?是你?你敢这么说?"

高大平:"小窦子,你爹是死了,我是你高叔。孩子,你爹他已经不疼了呀。"

窦康茫然地看着他,突然大声说:"爹,爹,你等着,我去弄钱,我带你看病!"

高大平紧紧地抱住他:"孩子,孩子,你醒醒,你爹他死了,他不疼了。都过去了,过去了。"

窦康挣扎着,高大平死死地抱住他,两人扭成了一团。

高大平用那只左手,狠狠地给了窦康一个耳光,在黑夜中发出清脆的响声。

两人都被这响声弄得一愣。

高大平愣愣地看着自己的左手,惊喜地说:"窦康,我这只手有劲了,有劲了。"

窦康终于醒了过来,看着高大平:"高叔,是你?"

高大平:"是我。窦康,你醒了?"

窦康:"我在干什么?"

高大平:"孩子,你犯病了。"

窦康:"我有什么病?"

高大平:"你一想起你爹的病就会犯病,犯了病就会出去偷东西。孩子,这个时候需要有个人叫叫你,把你叫醒你就好了。"

窦康:"你叫醒我了?"

高大平高兴地举举左手:"不,是我把你打醒了。"

窦康呆呆地看着他,低声说:"我累了,我想睡。"

高大平慈祥地说:"睡吧孩子,睡吧。"

窦康推着他回去,把他抱到床上,为他盖好被子,然后自己倒在地下。

高大平:"上来吧,上来咱爷俩一起睡。"

窦康:"不,我身上全是汗。"

高大平:"我也一样。谁也别嫌谁了。上来吧。"

窦康听话地上床,躺在他身旁,突然又抬抬脸:"我爹死了?"

高大平:"他死了。"

窦康:"他不疼了?"

高大平:"不疼了。"

窦康头一垂,睡了。

高大平疼爱地帮他理了理被汗水打湿的头发,仍然忠诚地守护着他。

清晨,高大平和窦康躺在床上。窦康一动,醒了,转转脸,看到高大平的面孔。

窦康呆了呆,轻手轻脚地坐起来,高大平马上醒了,眼还闭着就伸出手,一把抓住了他。

窦康:"高叔。"

高大平这才睁开眼:"窦康,夜里自己干过什么,知道吗?"

窦康低下头。

高大平高兴地问:"你知道?你记起来了?"

窦康:"你打过我一耳光,你给我说我爹死了,他不疼了。"

高大平:"你有病。你一想起你爹,想起他疼就会犯病,犯了病你就会出去偷东西,挡也挡不住。窦康,告诉我,你爹后来怎么死的?什么时候死的?"

窦康的脸难看地抽动起来:"你别问!"

高大平:"窦康,这可能就是你的病根,你不想治好它?你爹死了,活不过来了,可你还要接着活,你都有了自己心爱的姑娘了。为了她,你不想把你的病治好?"

窦康呆着,没说话。

高大平:"现在,告诉我,你爹什么时候死的?怎么死的?"

窦康犹豫着。

高大平鼓励地说:"告诉我吧孩子,说出来,也许就好了。"

窦康:"我爹……我爹他不是病死的。"

高大平:"怎么?"

窦康:"他是上吊死的。"

高大平吃了一惊:"什么?"

窦康:"我从局子里出来,回到家,看见他吊在屋梁上……"

他的身体突然扭动起来,挣扎着要下床,高大平死死地抱住他。

高大平:"小窦子,小窦子,醒醒,醒醒,我是你高叔。

看看我，我是你高叔啊。"

窦康仍然挣扎着，高大平着急地四下看看，拿起床头柜上一杯冷水，一下子浇在窦康头上，窦康一个激灵，醒了。

窦康："高叔。"

高大平："小窦子，接着说，全说出来就好了。"

窦康："我说哪儿了？"

高大平："你爹他不是病死的，是上吊死的，当你从警察那儿回来的时候。"

窦康一抖，身体缩下去，大哭起来："我爹是被我气死的。他是被我气死的。我把我爹气死了。"

高大平怜悯地看着他："窦康，你听我说……"

窦康仍然在哭。

高大平："你说得不对，你爹不是被你气死的。"

窦康抬头看他。

高大平："他是被他的病折磨死的。唉，窦康，你信不信，我得的这病，不疼不痒，就是半边身子没知觉，有时候，我都想死。"

窦康惊讶地问："什么？"

高大平："你想想啊，一个一辈子逗英雄的人，一辈子没服过输的人，突然就变成废人了，连上个厕所都要人侍候，你想想。"

窦康："哈，你也有这样的时候？"

高大平："可不？窦康，人都有这样的时候，你爹他一定是被病折磨得受不了了，他不愿意再活着受罪，也不愿意给你增加负担，他就自己走了。你想一想，他疼得厉害的时候，说没说过要自己走的话？"

窦康想想："说过。他总让我给他农药。"

高大平："就是啊。他走，和你一点关系也没有，要说有，也就是他看你为了给他治病出去偷牛，觉得他的病连累了你。"

窦康想了想,激动地说:"对,对着哩。他总这样说,他说有一天他走了,我就能好好过日子了。"

高大平:"对啊。窦康,你爹的死和你没关系,但你爹的话你得好好记住——你爹为了能让你过得更好,自己走了,你得好好做人,把自己的日子过好,这样才能对得住你爹。记住了吗?"

窦康干脆地说:"记住了!"

高大平:"什么时候犯病了,觉得为了你爹又得出去偷了,你就想想你爹临死前的心愿,你得好好做人,好好过日子。"

窦康大声说:"记住了!"

第十七章

1

早晨,邹烨从腋下抽出体温表看着,打开了手机。

邹烨:"小孙,你告诉一下院长,我……我大概是染上了。"

……

邹烨戴着大口罩,穿着隔离衣,一个人提着简单的行李走过来,脚步声激起巨大的反响。

不时有医务人员从旁边的办公室里出来,欲向她招呼,她总是摇头,示意他们不要过来。

前面就是隔离区了,几个全副武装的医务人员在那儿默默地迎着她,邹烨停下了。

邹烨:"起开吧,起开吧,我自己来。"

一个护士声音颤抖地叫道:"邹大夫……"

邹烨:"起开吧,起开吧。"

人们远远地躲开了,邹烨从他们中间过去,走进了隔离区。

她在门口回过头来,努力使自己发出微笑:"答应我一件事:不到万不得已,请不要告诉我的家人。"

大家含泪看着她,点头答应。

邹烨对大家轻轻一笑,转身走了进去。

刘一平正在办公室伏案工作,电话刺耳地响起来。

刘一平:"什么?什么?"面孔顿时沉重起来。

刘一平:"请转告人民医院,一定要全力治疗,不惜一切代价,无论用什么药物,无论花多少钱,必要的时候,从北京、广东聘请专家。"

左光穿着晨练的衣服,和周捷从外面回到家,看看墙上的表,七点半。

左光:"解除隔离,还有十六个半小时。"说完走进书房,趴在了电脑前。

左光在电脑上写作:"我们匍匐在大地上,怀着一颗感恩之心,感谢生活,给了我们如此珍贵的生命,和绿色的土地、蓝色的天空。我们还要感谢它给予了我们这突如其来的灾难,如沧浪之水,涤荡了尘埃,让庸常的、琐碎的、忙碌的生活,都变得如此美丽而多情……"

张亚丽在收垃圾,来到孙律师的家门口,孙妻把垃圾小心地倒进黑色垃圾袋里,同时对张亚丽友善地一笑。

在另一层楼的走廊里,王贵生帮着田林成一起收垃圾,两人的关系看上去已经很融洽。

楼顶天台上有很多人,楼里的居民们正在排练他们的节目,大力端着机器拍摄着。

晓青正指挥十几个孩子在唱歌,唱的就是《春之声》。

大力对机器解说着:"五月二日,星期五,在顺家园的居民们在天台上开始了他们节目的排练。"

陈老师站在那儿,用骄傲的目光看着自己的女儿。

晓青一回头看到了他:"爸,您在这儿干什么?您赶快回去练琴啊,到时候全看您了。"

陈老师赶快答应着下去了。

陈老师回到家,顾真扎着围裙从厨房里出来:"回来了?青青还在天台上?"

陈老师意外地打量着她。

顾真:"怎么啦?"

陈老师赶快说:"没什么,没什么。"

顾真有点不好意思地说："你去弹琴吧，我做饭。今天总算是不用分餐了。"

陈老师马上摆出一家之主的架势来："做个下酒菜，今天我想喝点儿酒。"

顾真："还喝酒啊？"

陈老师理直气壮地说："啊。"一边说着，一边去了自己房间。

陈老师轻轻举起手来，开始弹《春之声圆舞曲》。

这是一支热烈而充满激情的乐曲。

顾真一边在厨房忙着做饭，一边侧耳听着隔壁的琴声。

琴声中，顾真摆了一桌子五颜六色的饭菜，并斟上了三杯红酒。

这时，门响了，音乐也随着断了，突然出现了一片寂静。

顾真奇怪地从厨房里出来，看到晓青从外面进来，脸色苍白地站在那儿。

顾真："青青，怎么啦？"

晓青："爸呢？"

顾真："什么事？"

晓青："爸呢？"

陈老师从里面出来："青青，有事？"

晓青张皇地看着他："爸，我……我觉得不好。"

陈老师："不好？"

晓青："我……我可能是发烧了。"

顾真失声叫了一声。

晓青进了自己的房间，腋下夹着体温表，躺在床上。陈老师和顾真坐在她身边。

过了一段时间，晓青把体温表从腋下拿出来，欲看，陈老师伸手接过去。

他转动着看着那根表，不知道为什么，似乎是看不准的样子，一直在转着。

顾真眼巴巴地问："多少？"

陈老师不回答，继续看着。

晓青："爸……"

陈老师勉强笑着："青青……"他突然起身，匆匆出去了。

顾真和晓青面面相觑。

陈老师走进他的房间，坐在琴前，闭着眼睛镇静着自己……

不一会儿，陈老师又回到晓青的屋里，明明很恐惧，却强做镇静。

陈老师："三十八度二，青青发烧了。"

顾真突然哭出声来，赶快捂住了嘴。

陈老师："灾难来了。青青，你不要怕，你不是一个人，你有爸爸妈妈，有我们的爱，你一定会好的。"

2

京州市委在开常委会。尚雷在报告情况。

尚雷："体温三十八度一，脉搏七十四，血压正常，肺部左下部分出现大面积阴影，呼吸窘迫。"

刘一平："可以确诊吗？"

尚雷："目前只能说是疑似。"

一片沉默。

尚雷："刘书记，我工作没做好，到底发生医务人员感染了。"

刘一平摆摆手："这个时候，我们大家共同负责，怪你自己不公平。战争嘛，总会有战士受伤，他们是我们的英雄，我们要尽全力抢救。尚雷同志，你马上向北京求援，请他们派专家来，尽快确诊，帮助我们制订一个最完善的方案。无论如何,一定要保住她的生命。"

尚雷答应着,犹豫一下:"刘书记,对外公布吗?"

刘一平:"这还有什么疑问吗?"

尚雷:"不是那意思。邹烨大夫坚决要求对她家里保密。"

刘一平沉吟。

尚雷:"我去看过她,她再三对我这样说。我在她面前流泪了。我们的医生太好了,她们自己承受着巨大的压力,倒下了,只有一个念头就是保护家人。我们得尊重她这种愿望。再说,她这个家庭的故事,全市家喻户晓,如果知道是邹大夫被感染了,对群众的情绪影响会有多大?"

大家沉默。

刘一平:"如果我们保密,我们能保多久?"

没人回答。

刘一平:"如果我们保密,会不会有谣言趁机流行?"

仍是无人回答。

刘一平:"如果她家人知道了,当然会受打击,可反过来想想,她这个家庭的故事家喻户晓,如果大家知道了,会不会给这个家庭和这位医生更多的关爱?"

王市长:"肯定会的。"

刘一平:"我建议,对外公布医务人员有一例疑似,姓名暂时保密。"

大家异口同声:"同意。"

刘一平:"在顺家园情况怎么样?"

尚雷:"一切正常,按时间算,明天就该解除隔离了。"

刘一平:"按原计划解除隔离?"

尚雷:"我看可以。"

刘一平:"那就按原计划执行。对了,在解除以前,派医务人员对全楼再进行一次彻底的消毒,对全楼居民进行一次查体。另外,我曾经答应过,解除隔离的时候我去迎他们出来。明天在在顺家园大门口举行一个解除隔离的仪式,我出席。"

尚雷:"好。"

刘一平高兴地看着大家:"一起去?"

3

倪虹站在阳台上,呆呆地看着外面的城市。

有门铃声,倪虹过去打开门,门外站着李立。

他们突然好像变得客气而陌生,互相看着。

李立:"你好。"

倪虹:"你好。"

李立:"小玉告诉我,你已经订好了去海南的机票。"

倪虹:"是的。"

李立:"我来给你送行。"

倪虹无言地让开,李立进屋。

两人在沙发上对面坐下,一时相对无言。

李立尴尬地咳了一声:"这一走,一时半时就不回来了吧?"

倪虹:"也许。"

李立:"这个小地方,也不值得留恋。"

倪虹没说话。

李立拿出了那个旧相册:"这是过去中学时候的一些照片,不知道你喜欢不喜欢,如果喜欢的话……"

他伸手去翻相册,倪虹突然伸过一只手,把他的手按住了。

李立吃惊地抬头看她。

倪虹:"李立,跟我走吧。"

李立:"什么?"

倪虹:"跟我走,跟我去北京发展。你有特长,有才华,我在北京有关系，到了那儿，你会比在这儿有出息的。"

李立慌乱地一笑："你在说什么呀？"

倪虹："我在说我们的将来，我们的。李立，我这回回来，才发现我一直在爱着你。我爱你李立，你应该是属于我的。跟我走吧李立，我们会幸福的。"

李立："你胡说些什么巧云，你明明知道我已经……"

倪虹："我知道，知道。可是，你不爱我吗？你把我们的过去忘了吗？"

李立愣住。

倪虹高兴地说："你爱我，你仍然爱我。那为什么要回避呢？为什么不敢正视自己的情感？李立，你进门的时候，我突然觉得时光在被打断的地方重新接上了，你是来赴一个十几年前的约会，你来了，我们的故事就会重新开始。"

门铃突然响了。

李立受惊地一下子站起来。

倪虹："不管它。"

李立甩开她的手，不顾一切地过去打开门。张亚丽端着一个大茶缸站在门口，还没等门完全打开就高声大气地说着进来了。

张亚丽："倪虹，成天盒饭盒饭靠坏了吧？我包了点水饺，送上来你尝尝。"突然发现了李立："哟，李立在呢！"

李立慌乱地说："巧云要走了，来送送行。你们聊吧，我走了。"一边说着，一边匆匆从张亚丽身边走了出去。

张亚丽惊讶地看看他，又看看倪虹，似乎明白了什么。

张亚丽有些尴尬地说："他这是……"

倪虹："亚丽，进来，进来，我有话对你说。"

张亚丽进来。

倪虹："亚丽，我爱他，我还爱着他，我真没想过，已经那么多年了。"

张亚丽："谁？你说谁？"

倪虹:"还有谁?你不是都看见了?"

张亚丽:"李立?"

倪虹:"是啊。我以为我把他早忘了,那时候我多小啊。谁知道……亚丽,这么多年了,我一直找不到一个适合我的人,现在我才知道,其实我真正爱的是他,我在等着他呢。"

张亚丽:"那李立呢?他也还爱你?"

倪虹:"那还用说吗?他会不爱吗?"

张亚丽似乎怎么也弄不明白的样子:"可是,这怎么会呢?李立他是有老婆孩子的呀。"

倪虹:"那又有什么?李立本来就是我的,我不过是拿回本来就属于我的东西。"

张亚丽不知道怎么说了,犹豫一下:"先尝水饺吧,还热着呢。"

倪虹抓住她:"亚丽,我们俩过去一直是好朋友,你能不能帮我这个忙?"

张亚丽吓一跳:"什么忙?"

倪虹:"去对他老婆谈,问问她要多少钱。"

张亚丽:"她要你的钱干什么?"

倪虹:"离婚呀。"

张亚丽:"倪虹,你疯了。"

倪虹:"我是说真的。我好不容易找到他,我不能再把他失去了。"

张亚丽:"你坐下,你听我说。"

倪虹:"你答应我。"

张亚丽:"坐下,坐下。"好不容易把她按在沙发上。

张亚丽:"倪虹,你怎么能干这种事情?这不是伤天害理吗?"

倪虹:"什么?"

张亚丽:"咱是老同学,我说话直。李立过去是和你好过,可后来人家爱上别人了,已经结婚有孩子了。人家小凡,多好的一个人啊,爱李立和爱什么似的,你凭什么就叫人家让给你?就因为你有钱?"

倪虹:"他原来是我的呀。"

张亚丽:"是你的你怎么不要了?你怎么就走了呢?噢,合着你想出名了,就把李立甩了,现在一个人日子难过了,就想把李立再买回来。咱先不说小凡,你把李立当什么了?"

倪虹恼了,冲她大嚷起来:"你怎么敢这么说我?你怎么敢这么说我?"

张亚丽毫不示弱:"我就这么说了,你能怎么着?倪虹……算了,也别倪虹了,巧云,我告诉你,你要这么做,我这儿第一个就不答应!"

倪虹一下子愣住了。

张亚丽叹口气,缓和了声音:"巧云,你想想,这事合适吗?人家日子过得好好的,你去中间插一杠子,把人家男人夺走,你这是干什么?"

倪虹:"可是李立是爱我的呀。"

张亚丽:"爱吗?真爱?李立这个人,别看人家现在是总工,咱是下岗工人,我看他看得可准呢。他这个人,就是要安安稳稳过日子的那种人。你想想吧,他成天一门心思在他的事业上,会愿意让他的后院成天起火?他现在隔离着,没事儿干,你又突然回来了,男人嘛,总难免动动心,可过后呢?你成天飞来飞去地唱歌,他会乐意找一个这样的老婆?"

倪虹:"亚丽,我们是朋友,可你一点也不替我着想。你想想我,像我这样的人,要是能和李立在一起,不是最好的选择吗?"

张亚丽点头:"不错,咱们是朋友,多年的老朋友。这会儿看,李立是最好的,可你想想,李立离你那个圈子有多远?你苦恼的时候,想到李立了,可等你站到台上的时候呢?被人前呼后拥的时候呢?出大名挣大钱的时候呢?"

倪虹呆呆地看着她，突然捂住嘴，哭出了声。

张亚丽怜悯地看着她。

倪虹："亚丽，你不知道我过得有多苦。不错，是前呼后拥，可哪一个人真正属于你？不错，是站在台中央，被万人看着，聚光灯照着，可陪着你的，除了你自己的影子还有谁？不错，是出大名挣大钱，可这些有什么用？晚上，还不是一个人在家里，有话自己对自己说？会有不少人打你的主意，可哪一个是真正爱着你？谁知道他们是冲什么来的？亚丽，亚丽，这日子太苦了，我过怕了。"

张亚丽很有责任感地抱住她，安慰地说："我知道，倪虹，我知道。可再怎么样，也不能打这个主意啊。"

倪虹想着，很坚定地说："不，我这辈子，就这个机会了，我不能失掉它。"

张亚丽："巧云，你得不到他，得不到。"

倪虹："为什么？"

张亚丽："李立不会跟你走的，他是个明白人。你记着我这句话。"

电梯下到一楼，张亚丽从里面出来。门口很热闹，多了好多穿白大褂的人。

张亚丽："哟，这是干什么呢？"

一个穿白大褂的："快解除隔离了，来给楼内居民检查一下身体。"

张亚丽："不要钱吧？"

白大褂笑着："不要，全是政府免费提供的。"

张亚丽："还是隔离好。唉，要是查出病来，拿药还要钱不？"

白大褂："那得看什么病了，要是和非典有关的……"

张亚丽："呸呸呸，乌鸦嘴。算了，反正俺也没啥病。啥时候轮到俺，敲敲这扇门就行。"一边说着，一边欲往里走,突然站住了——她看到小凡一手抱着孩子,一手拿着牛奶和报纸往里走。

张亚丽热情地迎过去:"小凡,拿奶呢?"

小凡亲近地笑着:"亚丽姐,你忙着呢?"

张亚丽:"你看你,又抱孩子又拿东西,李立呢?你把他藏家里干什么?"

小凡:"他忙,单位上的事隔离的时候一点也没少干。再说,他干的都是大事,这些小事我一个人就行了。"

张亚丽感慨地看着她,想了想,话里有话地说:"小凡啊,你姐我比你大几岁,这男人啊,也不能让他太闲了,太闲容易闲出事来。"

小凡笑着:"亚丽姐您听您说的,我们家李立可不是那种人。"

张亚丽打着哈哈:"那可不一定,对男人啊,你了解得还少呢。"

小凡:"亚丽姐就爱开玩笑。我上去了,还等着做饭呢。"

张亚丽答应着,看着她的背影,突然又叫住她。

张亚丽:"小凡,我们班宋巧云,就是倪虹,过两天就要走了,你知道吧?"

小凡:"知道啊,听李立说了。人家是歌星,哪能在这儿呆着啊。"

张亚丽:"她没去你家玩玩?"

小凡:"没。我想请她吃饭来着,可李立说人家不会来。人家是名人,哪会到我们家?"

张亚丽:"她和李立很熟啊,怎么就不去你家坐坐呢?"

小凡一怔,似乎听出她话里有话。

张亚丽赶快说:"嗨,你看我净胡说,她也没到我家来过,我只是和李立一样在她家见过她。好了,不耽误你工夫了,快回家做饭吧。"说着,自己开门回了家。

小凡呆着,抱着孩子进了电梯。

电梯到了小凡家的那一层,她心思重重地从电梯里出来。小玉站在走廊另一侧,看到小凡下电梯,装做偶然碰上的样子过来,亲热地叫了声:"小凡姐。"

小凡抬头,认出了她,戒备地问:"有事?"

小玉:"哟,这孩子真好玩。小凡姐,成天在家里隔离着,不闷吗?"

小凡:"还行,闲不着。"

小玉:"小凡姐,人家都上天台活动,咱们也上去看看啊。"

小凡:"我还得做饭呢。"

小玉:"就一会儿的工夫,一会儿就回来。"

小凡停下看着她。

小凡:"你想干什么?我知道你想说什么,你回去告诉她,别打这主意了,除非我死了。"说完,一开门进去,门也随着关上了。

小玉呆在那儿,愤愤地说:"我说什么了?真是的,就这种女人,哼!"走了。

小凡进屋,听听屋里的动静,什么动静也没有。

她伸伸头,看到李立坐在电脑前,似乎在忙自己的事情。

小凡没说话,转身进了厨房。

她把孩子放地下,坐在那儿开始择菜。

李立坐在电脑前,心思分明不在电脑上,他侧耳听听厨房那边的动静,只听见孩子咿咿呀呀地说着闹着,听不到小凡的声音。

他犹豫着站起来,想了想,又重新坐下。

小凡在厨房里择着菜,侧耳听听,李立那边没声音。

孩子在缠着她,要她抱。

小凡突然火了,捉过孩子,在屁股上狠狠地打了一下:

"闹什么！闹什么！"

孩子吓了一跳，愣了愣，张大嘴哭起来。

李立闻声跑过来，心疼地一把把孩子搂在怀里："你怎么啦？出什么事啦拿孩子撒气？"

小凡不说话，一低头从他身边过去，去了洗手间。

李立把孩子抱起来，惊讶地看着。

小凡在洗手间对着镜子很仔细地擦着眼睛，显然不想让自己露出掉过泪的痕迹。

李立抱着孩子来到洗手间门口，心神不定的样子，想进，似乎又不敢进，站在外面："小凡，没事儿吧？"

小凡从里面出来，很单纯地微笑着："没事儿，突然一阵心烦。"

李立不安地看她："烦什么？"

小凡："说不上，因为隔离吧。十来天没出门。"

李立放心了，嗔怪地说："你呀，十几天都过来了，眼看就要解除隔离了，还烦什么？"

小凡："谁说不是呢！孩子给我，你忙你的，我去做饭。"

李立："你这个样我还敢去忙？我抱孩子，你做饭。"一边说着，一边抱着孩子陪她进了厨房。

小凡继续择菜，李立在一旁哄着孩子。小凡抬起头来，用单纯的目光看着他一笑。

李立有点心虚地问："笑什么？"

小凡："一个大总工程师，在家看孩子啊。"

李立："总工程师如果想要孩子，就得看孩子啊。"

小凡："李立，找了我这样一个老婆，你没觉得屈才吧？"

李立看着她单纯的面孔笑了，像对孩子一样刮了一下她的鼻子："小凡，你的小脑子都在想什么呀？我是找老婆过日子，不是到什么单位应聘。"

小凡笑了,把孩子搂过来,温柔地说:"你去忙你的吧,我一个人行。"

李立又把孩子抱过去:"不,我今天累了,就想在这儿陪着你,看着你。"

夫妻俩相视一笑。小凡低下头去继续择菜,突然又一抬头:"解除了隔离,倪虹就要走了?"

李立一慌,有点口吃地说:"怎么突然想起问她?"

小凡似乎没看出他的异常,继续好像无心地说:"人家和你是同学啊,走的时候,咱请请她。"

李立:"不不不,请她干什么?没必要。"

小凡:"那,也好,听你的。"

4

王贵生坐在电话前犹豫着,几次欲拿电话,又几次放下。

电话突然自己响了。

王贵生拿起电话:"喂?我是王贵生。"脸上现出狂喜之色:"刘书记,是您啊。"

刘一平在电话里笑着说:"贵生同志,我在网上看,你在楼里当开了垃圾工。"

王贵生:"不,我只是在帮那位下岗工人一点忙。我想用实际行动改正自己的错误,取得他的谅解。"

刘一平在电话里问:"他谅解你了吗?"

王贵生:"我伤害他太重,不是那么容易弥补的。不过,刘书记,他今天说等解除了隔离,他想和我喝一场酒。"

刘一平在电话里大笑道:"不错嘛。贵生同志,有错就改,这也是我党的优良传统。我很高兴你能这样做。明天就要解除隔离了,有什么想法吗?"

王贵生小心地说:"没啥。解除了隔离,我就回单位好好工作。这半个月的隔离,给我的东西太多,我得好好地反思一下自己。"

刘一平在电话里说:"好啊,这是正确的态度。贵生同志,明天的解除隔离欢迎大会上,你代表楼内居民讲几句话吧。"

王贵生又惊又喜地说:"我?合适吗?"

刘一平在电话里说:"为什么不合适?"

王贵生:"我犯过那么大的错误。"

刘一平在电话里加重语气说:"我们每个人都从这场灾难中学到了很多。好好准备吧,明天见!"

王贵生慢慢地挂上电话。

陈老师和顾真从晓青房间里出来,两人的面孔都很沉重。

两人在沙发上坐下,很绝望地互相看着。

顾真:"怎么办老陈?怎么办?"

陈老师故作镇静地一笑:"青青年轻,身体也好,就算是得了,也一定能好的。"

顾真:"我害怕,害怕死了。"

陈老师突然恐慌地说:"我也怕。我比你还怕。顾真,她要真得了,咱可怎么办呢?"

顾真低下头哭起来。

陈老师很无奈地看着她。

门铃响了。两人吓了一跳。

陈老师:"快。"

顾真赶快擦擦泪,看着陈老师:"看不出我哭过吧?"

陈老师:"好了,你进去。"

顾真进自己的屋。陈老师过去打开门,马立克站在门口。

马立克:"什么时候了?编导怎么还不去呀?大家都在

上面等着呢。"说着就要进来。

陈老师赶快挡住他:"别进来,别进来。"

马立克奇怪地问:"怎么啦?"

陈老师:"你先出去,出去说话。"

马立克退出去。

陈老师吞吞吐吐地说:"我们家晓青不去了。"

马立克惊讶地问:"为什么?"

陈老师:"她……她在写东西,给报上写的,催得很紧。她没时间了。"

马立克:"哪有这种事情啊?这是大家的事,她答应过的,说不干就不干了?"

陈老师:"真对不起。另外,我也不能弹琴了。就这样。"说着就关门。

马立克用力把门推住:"你们这算什么事啊?怪不得大力说你呢!"

陈老师:"大力说得对,我们是不好。请走吧,另请别人。再见。"强硬地把门关上。

马立克愤愤地说:"什么人啊!"回身走,走到袁园家门口停下了,轻轻地敲了敲门。

袁园打开了门,两人隔着防盗门看着,嘻嘻笑了。

马立克:"哎,给你妈打电话了吗?"

袁园点头。

马立克:"她好了吗?"

袁园:"好多了。妈妈说,最危险的时候过去了。"

马立克高兴地说:"真的?她还说什么了?"

袁园刚想开口,突然扑哧笑了。

马立克:"说什么了?说什么了?告诉我嘛。"

袁园板起脸,学着妈妈严厉的口吻:"袁园,你从哪弄来的电话?"说着就大笑起来。

马立克:"你没说是一只流氓兔?"

袁园:"什么?"

马立克立刻意识到失言,赶快纠正说:"没什么,没什么,我吓唬你妈妈。"

袁园真诚地说:"我把你告诉妈妈了,妈妈让我谢谢你。"

马立克:"这不你妈妈还不错嘛。"突然想起来:"哎,我今天还没给我妈打电话呢。"说着掏出手机就拨,袁园惊讶地看着他。

马立克:"妈,是我呀。你和爸今天怎么样?还好吧?我没事儿,隔离马上就解除了,我都不想出去了。嘻,你儿就这样,要一下子长大了你愿意吗?再见妈!"关上手机,对袁园:"瞧,完了。"

两个孩子又天真无邪地嘻嘻笑起来。

陈老师和顾真为什么事激烈地争论着。

陈老师:"怎么可以不去医院?得了病不去医院?哪有这种事啊。"

顾真:"不,不能去,一去就被隔离了,我们再也见不到她。"

陈老师:"你胡说些什么呀?怎么再也见不到?等她好了不就见到了吗?"

顾真:"万一好不了呢?"

陈老师:"你胡说些什么?"

顾真:"万一呢?万一呢?我怕,我怕死了。老陈,我不能放她走,除非把我一起带进去。"

陈老师:"顾真,如果是那个病,咱能不给青青治?"

顾真:"可如果青青不是呢?如果不是,被送进医院里,和非典隔离在一起,咱不就把她害了吗?"

陈老师也犹豫了。

陈老师:"万一她是呢?"

顾真:"万一她不是呢?"

两人为难地互相看着。

顾真:"她不会是,肯定不是。她不咳嗽,不气闷,她只是发烧。很可能,她只是感冒了。老陈,我们不要说,谁也不要说。我们在家守着她,等几天,看情况再说。"说着站起来:"我再去给她量一次体温。"

陈老师在后面:"可是,楼里其他人呢?"

顾真:"什么?"

陈老师:"昨天青青一直和其他人在一起。隔离就要解除了,如果我们不说,这些人都出去自由活动……"

顾真愣住。

陈老师声音颤抖地说:"我觉得还是得说,还是得告诉大家。"

顾真:"可是你一说,青青就被送进去了。老陈,万一青青不是,是因为被送进医院感染的,我们可怎么办?"

陈老师也为难了。

晓青:"爸,妈。"

两人猛回头,晓青站在里屋门口。

两人一起起身。

顾真:"青青,你怎么出来了?快回去躺着。"

晓青:"爸,妈,你们要送我进医院?"

顾真:"不……"说着欲过去。

晓青往后退着:"别过来,谁也别过来!你们怕传染。我不去,我不去医院,我宁可死在家里!"

顾真努力地微笑着,一步步向她走近:"青青,你爸刚才和你说的话你忘了?你不要怕,爸爸妈妈不会和你分开的。"

晓青:"可是你们要送我去医院。"

陈老师:"不不不,青青,我不是那意思,不,我就是那意思。如果你真的被感染了,咱们就得上医院,咱们得医疗啊。"

晓青："不，我不到那个地方去，一个人，连一张人脸都见不着。我宁可死在家里。你们都不要管我，让我自己在房间里。"

陈老师："可是，就算我们不治，可楼里其他人呢？"

晓青："爸，你为了其他人要牺牲你自己的女儿？"

陈老师为难地摇了摇头。

顾真："你不要再说了，不要在这个时候还教育女儿讲道德，命都快没了还讲什么道德？我不能让青青去医院，不能！"

5

一楼走廊里一片欢声笑语。几个白大褂拉来一张桌子，楼内的居民们正排队检查身体：量体温、听心肺，一边悠闲地聊着天，孩子们在人缝里钻来钻去。

"大夫，给他好好量量，这家伙弄不好是非典，晚上光听他咳嗽。"

"嘿嘿，没听人家说吗？抽烟的不得非典。"

"解除了隔离上哪去？计划了吗？"

"别的不说，先全家人下顿馆子，好好吃一顿。"

"就知道吃。哎，咱们结伴上桃花山玩一趟怎么样？远处也去不了，去个近的。"

"行啊。再叫上左老师。"

"嘿，这要不是隔离，左邻右舍的还不认识呢。"

"这以后就熟了，互相有个照应。"

"小军，你疯啦？别跑啦。"

……

楼顶天台上，排练节目继续进行，当编导的是马立克。

他在指挥孩子们合唱,但谁也不听他的,抓住这个跑了那个。

大力扛着机器,都不知道拍谁了,无奈地放下:"你呀,连个孩子头都当不了。"

马立克生气地说:"你还说呢,还不都怪你那个好同事?"

大力:"我早告诉你,陈晓青家的人胆小,你根本就不该叫她来。"

马立克拍拍手:"喂,喂,接着唱,接着唱。"

陈老师家,和外面的热闹形成强烈的对比,这儿一片静默,布满愁云。

陈老师抬头看顾真,顾真别开了脸。

陈老师:"顾真,明天就要解除隔离了,咱真不说?"

顾真:"不说,不能说。老陈,昨天青青是在天台上和大家接触的,就算她得的是那病,在空气流通的地方也不会传染的。"

门铃响了。

两人都吓了一跳。

陈老师胆怯地看着顾真:"你去开门。"

顾真:"你去。"

陈老师过去开门,一个医生站在门口,笑着:"有时间吗?请到走廊里来检查一下身体,明天就解除隔离了。"

陈老师回头看顾真,顾真赶快说:"好啊。"

医生:"几口?三口?"

顾真:"不,就我们两个,女儿在天台上。"

医生:"那好吧,一会儿我们也会去天台。走吧。"

医生走了。陈老师看看顾真。

陈老师恳求地说:"顾真……"

顾真:"不说,不能说。老陈,我不管你说什么,可我就这一个女儿,我不能现在把她送出去。"

一男一女两个医生刚给袁园检查完身体,正准备离开,袁园眼巴巴地看着他们。

男医生:"放心吧,什么问题也没有。妈妈脱离危险了,你也没感染,一切都好了。"

袁园还是眼巴巴地看着。

男医生:"但是你暂时还不能出去。市里研究了,为了对你的健康负责,也为了打消楼里其他居民的顾虑,你延长隔离一周。也就是说,一共二十一天。"

袁园低下了头。

男医生亲切地说:"十四天过去了,就还有一周嘛,坚持一下。我们还会天天来的。"

袁园没说话,把他们送到门口,看着他们把门又锁上了。

七楼走廊里,几户居民在那儿查体,王贵生也在。

陈老师家的门开了,陈老师和顾真出来,看看大家挤在一起,不过来了。

陈老师小声地说:"别过去,离大家远点儿。"

顾真:"要不,我们等一会儿吧。"说着要拉陈老师回去。

王贵生看到了他们,大声地喊:"陈老师,过来查体啊,明天就解除隔离了,刘一平书记还要亲自来迎我们出去呢。"

陈老师答应着,又和顾真回去了。

王贵生奇怪地看着他们。

陈老师和顾真回到屋里。

陈老师:"顾真,不说吗?真的不说吗?怎么对得起大家?"

顾真:"不能说。你听见了吗?市委书记要来,这事越来越大,这时候说出来,可不行。如果是,青青全市都知道了,就算是好了,会不会被人歧视?如果不是,咱把这么大一件事搅了,算怎么回事?"

陈老师为难地沉默了。

6

王贵生查完了体,正准备离开,身上手机响了。

王贵生打开手机,走到窗口接电话。

王贵生:"哪位?小刘啊。我马上下去。"

赵所长和警察、保安们也忙成一团,正清理着门口场地,为明天早上的解除隔离仪式做着准备。几个人正在往一条大红横幅上贴剪好的字,已经贴上的有"热烈庆祝在顺家园解除"几个字。

王贵生出来,找了找,看到了刘秘书。他走过去,刚要靠近,被赵所长拦住了。

赵所长笑着:"王局长,明天解除隔离,今天还隔着,咱们按规矩来,你们别靠近。"

王贵生笑着,和刘秘书对面站着,打开了手机。

刘秘书:"局长辛苦。"

王贵生:"没事儿。看到了吗?明天要举行解除隔离仪式,刘书记和市里其他领导都来,还让我准备讲话。"

刘秘书:"我听说了,报纸上报了。局长,局里他们几个明天一早都来迎接您到局里上班。"

王贵生冷冷一笑:"他们明天也来凑热闹?怎么,老孙没想法了?"

刘秘书笑着:"他还能有什么想法呀?局长您现在天天在电视上出现,他原来就算有想法也早破灭了。"

王贵生:"所以,小刘,好好干,好好干活的老实人终究是不吃亏的。"

刘秘书："就是啊。局长，我把局里的文件送过来了，明天您一上班，就得忙开了。"

王贵生接过来。

刘秘书："还有，局里两辆车，您看您要哪一部？有一辆A6，说起来是最好的，但原来孙局长坐着。您来的时候，又买了一辆桑塔纳，虽然档次跟不上A6，但算是新的。"

王贵生不在意地说："算了，让老孙先挑，剩下的给我。生死关都过了，这些都小意思了。"

刘秘书笑着："王局长您的风格能把他们羞死。那就把A6留给孙局长吧，他可喜欢那车了。"

王贵生："好的好的。就这样吧，我还得组织明天早上的会。你明天把车带过来，我从这儿直接去上班。"

刘秘书答应着，王贵生往回走。

赵所长："王局长，明天您得讲话啊。"

王贵生打着哈哈："你也该讲，最辛苦的是你们。"

七楼走廊里已经静下来了。马立克从电梯里出来，看看左右没人，跑过去轻轻敲敲袁园家的门。

里面的门慢慢开了，袁园扒着门出现在门口，显然，她哭过，脸上还带着泪痕。

马立克吓了一跳，赶快问："袁园，你怎么啦？"

袁园摇头不说话。

马立克："你妈妈？"

袁园摇头。

马立克："哪儿不舒服？"

袁园还摇头。

马立克："天哪，天哪，真让你急死。明天就可以出来了，你今天哭什么？"

袁园低下头。

马立克想了想："求你，快告诉我吧，别让我憋死。"

袁园小声说:"我明天出不去。"

马立克:"为什么?你妈妈不让出?"

袁园:"不,是医生。他们说我还要再隔离一星期。"

马立克:"哪有这种事啊?这不是欺负人吗?"想了想,又赶快说:"袁园,我是信口胡说,你可别听我的啊。不用说,医生是为了你的健康,对不对?"

袁园:"对。他们是这么说的。"

马立克:"就是啊,这么负责任的医生上哪找啊?"

袁园:"可是……可是……可是大家都出去了。"

马立克激动起来,一拍胸脯:"谁说都出去了?还有我呢。"

袁园:"你?"

马立克:"我!袁园,我陪你。只要你不解除隔离,我也不出去。"话一出口就觉得哪儿不对了,拍拍脑袋:"对了,我得回一趟家,看看我老爹老妈——你知道,我姐上小汤山了,我老爹老妈成天为我操心……这样行不行?我回一趟家,回来就那儿也不去了,天天陪着你隔离。"

袁园扑哧笑了。

窦康站在窗前,津津有味地看着楼下门口热闹的情景。

窦康:"嗨,真热闹,看样子明天气势挺大。"

高大平在后面练着吊环,停下来,看着窦康的背影。

高大平:"窦康,明天就能出去了,你想上哪?"

窦康转过身来:"我还没想好。反正,我得先去找素素。"

高大平:"先去医院吧。"

窦康沉默起来。

高大平:"怎么了?我们不是说好了吗?"

窦康:"高叔,要是让素素知道了……"

高大平:"她知道。"

窦康:"什么?"

高大平:"她知道你有病,就是她向赵所长说的。"

窦康一愣。

高大平:"多好的姑娘,你打算骗她一辈子?"

窦康沉默。

高大平:"在她面前当陈建设?干部子弟?在政府里给大干部当秘书?"

窦康惊讶地说:"你什么都知道?"

高大平:"告诉过你我是警察,退了休也是警察。"

窦康呆呆地看着他,低下了头。

窦康:"高叔,让我怎么说?告诉她我是个进过五回局子的小偷?告诉她我家里什么人也没有,连个工作也没有?高叔,她是我的命,要没有她,我宁可死。"

高大平:"窦康,你要真爱她,就把实话告诉她,告诉她你为什么那么说,让她原谅你。"

窦康:"不,不,她不会原谅。谁会喜欢我这样的人?"

高大平:"可是,你打算瞒到什么时候呢?"

窦康回答不出来了。

傍晚,在顺家园依然到处都是欢歌笑语,天台上,孩子们正唱着《春之歌》。然而陈老师家,却一派忧悒。此时,陈老师呆呆地坐在沙发上。

顾真从晓青房间里出来,陈老师眼巴巴地看着她。

顾真看着他,突然转身就往外跑。

陈老师急忙过去一把抱住她:"你怎么啦?你要上哪?"

顾真:"我受不了了。她是,她肯定是了。"

陈老师:"你胡说,她不是,她肯定不是,我敢保证。"

顾真:"我们可怎么办呢?"

两人绝望地互相看着。

陈老师:"报告吧,我们得送她去医院。"

顾真:"不,不能报。再等等,再等等吧。"
陈老师:"明天早上就要解除隔离了呀。"
顾真哭了,死死地拉住他:"再等等,再等等吧。"
陈老师长长地叹了口气:"你松手。"
顾真:"你要干什么?"
陈老师:"我出去走走。"
顾真:"你上哪?你不会去报告吧?"
陈老师:"我不会。"
顾真:"真不会?"
陈老师:"我们是一家人,在做决定以前,我一定会告诉你和青青。"
顾真松开手,陈老师出去了。
七楼走廊上,几个孩子在那儿追逐打闹。一看到陈老师,其中两个孩子停下来。
一个孩子:"陈老师,妈妈说,明天就可以跟您学琴了。"

另一个孩子:"要不今天晚上来吧。"
陈老师勉强笑着:"好,好啊。不过,还是再等等吧,等着陈老师给你们电话。"
陈老师躲着他们,进了楼梯间……

7

左光斜靠在沙发上,周捷拿着一本书正对他说着:"你看,海南、广西,都很好。现在机票很便宜,我们可以坐飞机过去,飞到桂林,然后到北海,再从那儿坐船到海口,再到三亚。人家说亚龙湾的海水浴场可好了,我们可以在那儿住一段时间。"
左光只微笑着听她说。
周捷:"你说呢?你要是同意,我就打电话订票。"

左光轻轻叹了声气："小捷，别费事了。"

周捷："什么？"

左光："我没办法出去了。"

周捷脸一变："你说什么呀？"

左光："我出不去了。"

周捷："你说什么呀。"

左光："我疼得越来越厉害，止疼药维持的时间越来越短。怎么，你让我吃着止疼药出去旅游？"

周捷难过地叫道："左光！"

左光："我谢谢你。但剩下的时间，我哪儿也不想去了。我要把那本书写完。我还能活三个月吗？我答应三个月交稿的。"

周捷不让他再说："左光！你在说什么呀？"

左光："我们没办法选择命运，我们能选择的是在命运面前的态度。小捷，继续写书，这就是我选择的态度。"

周捷含泪看着他。

左光："好了，我得去写作了，不要再打扰我。"

他起了起，没起来，周捷拉他一把。

左光刚刚站起，门铃响了。

周捷过去打开门，很意外地发现陈老师站在门口。

左光："陈老师？"

陈老师没进来："左老师，我想和您谈谈，但是恐怕不太方便。"

左光："谁不方便？我？没啥不方便呀。"

陈老师："是我。我可能接触了非典。"

左光："我没关系。"看看周捷："我们外面谈吧。"

两人慢慢地往楼顶天台上爬。左光显得很吃力，陈老师回身拉了他一把。

陈老师："你怎么啦？"

左光："没什么。"

两人终于爬到了天台上。他们站在那里,四处望着。一轮大而浑圆的夕阳正缓缓地滚向城市的背后,满天晚霞似血。

左光看着,忘了身边的人,入迷了。

左光:"多美啊,太美了。"

陈老师:"什么?"

左光:"夕阳。像诗。"

陈老师:"像交响乐。"

左光:"不,像诗。有首诗里这样形容夕阳:一个英雄就是这样走向死亡的。"

陈老师:"也像音乐,你听。"他哼了一个旋律,是贝多芬的《英雄》。

左光不再和他争,痴痴地看着夕阳,眼里闪着泪光。

陈老师怯怯地说:"左老师,我遇上难题了。"

左光仍然看着夕阳:"什么?"

陈老师:"我女儿发烧了。你是知道的,她接触过袁园妈。"

左光猛地被惊醒:"什么?"

陈老师:"昨天她在楼里接触过好多人,而明天就要解除隔离了。"

左光定定地看着他。

陈老师:"我该怎么办?我说不说?不说,明天就要解除隔离了;说了,万一……"

左光连声说:"我知道,我理解。"

陈老师:"我怎么办呢?我可难坏了。"

他很痛苦地摇着头。左光没说话,同情而深为理解地拍拍他。

陈老师:"左老师,我这个人,没啥出息。我就爱两件事,一个是音乐,一个就是女儿。"

左光轻轻地说:"陈老师,知道吗?我活不久了。"

陈老师吓了一大跳,猛地抬头:"什么?"

左光脸上浮着微笑:"我得了癌症,胰腺癌。在这儿,我已经可以摸到它了。"

陈老师:"天哪,你看看我,我还跟你说这些。走,咱们上医院吧。"

左光没动:"没用啦,治不好啦,我的时候已经不多了。"

陈老师一屁股坐下,呆呆地看着他。

左光也坐下了:"我沮丧了好久,害怕了好久。可现在,我突然觉得,我也算幸运的了。"

陈老师:"什么?"

左光:"人固有一死,可在我生命快要走到尽头的时候,碰上了非典这场灾难,你说,我是不是很幸运?"

陈老师:"为什么这样说?"

左光:"我这个人啊,一向自视甚高的,我以为自己把什么都弄明白了。非典来了,我被关在这儿,又发现自己得了绝症,楼里的年轻人都偎着我,他们因为我写了几本书,就把我当成人生导师了。可是我,我自己把自己吓坏了,我那些写在书上的大道理一点也解决不了我的问题。倒是这楼里的年轻人、孩子,还有我妻子他们,教给了我该怎么活。陈老师,在灾难面前,人怎么活着,这是个大问题。"

陈老师:"左老师,谢谢你,我明白了。"说着起身。

左光:"你去哪?"

陈老师:"左老师,我得给我的女儿谈谈。她是个好孩子,她会明白的。"

他走了两步,又回过头来:"左老师,你保重啊,争取多活些日子,活着是多好啊!"

左光点头:"我一定。"

陈老师下去了,左光仍然在那儿坐着,转脸去看夕阳。这一会儿的工夫,夕阳已经落了,天空只剩下一片惨红。

左光喃喃地说:"活着多好啊!"他流泪了。

第十八章

1

晚上,李立坐在电脑前,但显然心思并不在工作上,不时抬头看看墙上的表。

小凡坐在客厅里哄着孩子看电视,但显然心思也不在电视上,不时抬头偷偷看一眼李立。

电话铃响了。

李立立刻拿起来。

李立:"喂?"

电话里的声音显然让他一惊,他不由得背了背身。

小凡注意到了,她低下了头。

倪虹在电话里说:"李立,明天就解除隔离了,我走不走?"

李立听着,不说话。

倪虹在电话里说:"我已经订好了票,可我还是想听你一句话。"

李立仍然不回答。

倪虹在电话里恳求说:"你能不能上来,咱们谈谈?"

李立还是不回答。

倪虹依然在电话里真诚地说:"李立,我觉得时光又倒回去了。我觉得我在蓝色月光里,你怎么办?永远在窗外看着?"

李立成了哑巴。

倪虹继续在电话里说:"李立,我爱你,我像十二年前一样爱你。也许我当初离开你是一个错误,现在我愿意纠正。只要你说一句,我宁可退了票,不走了。"

李立慢慢地把电话扣上了。

小凡看着，无声地出了口长气。

倪虹呆呆地看着手里的话机，猛地摔到地上，扑到床上哭起来。

小玉推门进来："怎么回事？姐，他不来？"

倪虹："我得不到他了，得不到了。"

小玉："姐，算了，什么好东西，值得？姐有钱又漂亮，什么样的人找不到啊。"

倪虹："你懂什么呀。我什么也不要了，只要他能爱我。"

小玉怜悯地看着她。

这是晓青的房间。晓青躺在床上，呼吸很粗，顾真坐在床边守着她。

晓青勉强睁开眼："妈，您别坐这儿，别再传染了你。"

顾真含着泪："青青，如果你真是，妈妈不会让你一个人进医院，妈妈和你一起去。"

晓青感动地叫道："妈。"

外面门一响，片刻，陈老师进来了。

陈老师："还发烧吗？"摸摸晓青的额头，没说话，沉重地坐下来。

顾真："你从中午开始还没吃东西，去吃一点吧。"

陈老师怯怯地说："我……我想和你们说件事。"

顾真似乎知道他要说什么："你不用说了。"

陈老师很困难地说："咱们……咱们还是应该说。"

顾真一下子发作了："你想干什么？你究竟想干什么？显得你高尚？伟大？告诉你，这是我的女儿，我不允许！"

陈老师恳求地说："顾真，离婚的时候，青青我不要了，但是我们得说。"

顾真："谢天谢地，谢谢你的恩赐，我早就知道你不想要女儿了。"

陈老师流泪了："可是人不能光想自己，左老师说有条线的。"

顾真："什么线？你又在胡说什么。"

陈老师："是有条线，生活中不光有音乐，有女儿，还有一条线，一条做人的线。咱们怎么能不为楼里其他人想想呢？"

顾真笑了一声："到这时候讲这些大道理。"

陈老师不理她，恳切地看着晓青。

陈老师："青青，你想想看，我们不说，如果你不是，当然很好，过两天，就什么也没有了。如果你是呢？你接触了楼里那么多人，万一有人被传染上，我们怎么对得起他们？再说，如果我们不报告，明天这座楼就要被解除隔离了，这些人就要分散到社会上去，万一造成疫情的扩散……"

顾真："别吓唬人。"

陈老师："也许是我吓唬人。可要万一是真的呢？我们以后怎么做人？"

沉默。顾真也低下头去。

晓青声音颤抖地说："可是，如果说出来，我会被送进医院隔离的。"

陈老师深情地说："会的。可青青，不会是你一个人，爸爸的爱会陪着你。有爸爸的爱呀。"

顾真："不，我陪着。"

陈老师："我陪着。"

晓青不说话了。

陈老师恳求地叫道："青青。"

晓青："你们出去，出去，让我想想。"

顾真："青青。"

陈老师拉她一把："走吧，让孩子想想。"

他拉着顾真出去了,并把门关上。

晓青慢慢地把头埋在枕头上。

大力在家里打电话:"邹烨,你下班了?今天下班这么早?"

邹烨在电话里说:"是的,今天早一点。"

大力:"你还好吧?我今天看新闻里面说,你们医院有一个医务人员感染上了,你没事吧?"

邹烨在电话里说:"没事。"

大力:"是谁感染上了?"

邹烨在电话里说:"一个护士。"

大力:"唉,她怎么这么倒霉啊。邹烨,你可注意啊。"

邹烨在电话里说:"我知道。"

大力:"邹烨,明天咱这儿就解除隔离了,从明天开始,我天天带着栋栋去看你。"

邹烨在电话里制止道:"你不要来,你进不来。"

大力:"我在隔离区以外啊。我在隔离区以外总可以吧?"

邹烨在电话里依然不同意:"不可以,总是有危险,你不能把孩子带到危险的地方。"

大力:"也是。那我就自己去。邹烨,我和栋栋都想你,想坏了。"

邹烨不出声。

大力:"从来没有过这样的事情:我一个人在安全的地方,却把你这么长时间放在危险里。我算什么丈夫啊。邹烨,你该轮岗了吧?咱们先说下,如果领导让你下来,你可不能推辞。"

邹烨不回答。

大力:"邹烨?邹烨?"

邹烨终于在电话里说道:"我知道了。大力,照顾好自己和栋栋。就这样吧,我还有事。"说完关上了电话。

田林成在家里就着小菜喝酒,张亚丽在上网。
田林成:"还趴在上面?多费电啊。"
张亚丽:"我再上会儿,再上会儿。说不定明天一解除隔离,这电脑人家就要要回去了。"
田林成:"正好。要这玩意儿什么用?不当吃不当喝的。"
张亚丽:"你听听你这个人啊。哎,林成,咱攒点儿钱也买台电脑吧?"
田林成:"你烧的啊?买这干什么?"
张亚丽:"用处大了,现代人还有不上网的?再说了,咱儿子也快用得上了。"
田林成:"等他用的时候再说吧。"
张亚丽:"你呀。对了,还有,和二楼的事,哪天你碰上他们,打个招呼吧。二楼的女人见了我就赔笑脸。"

田林成:"我不,我不那么下贱。"
张亚丽:"这怎么是下贱呢?再说了,那颗牙的事还没结果呢,你要和人家搞好了关系,也许人家就不叫咱赔了。"
田林成不说话了。

2

黑暗中,陈老师和顾真坐在客厅里等待着。
门一响,晓青从里屋出来。
晓青:"爸,我同意了,我们报告吧。"
顾真流泪了:"青青。"
陈老师:"青青,你……你做好准备了?"他的声音也抖了。

王贵生正给老母亲打电话。

王贵生:"娘,明天我就要从这儿走出去了。可是我不能接着回家看您老人家,我得先上班。我到任半个月了,还没上班呢。"

娘在电话里说:"我知道,知道,你上班要紧。"

王贵生:"娘,多亏您老人家,这一段隔离,对我坏事变好事了。刘书记昨天电话里表扬我了,市里头头脑脑全认识了我,我原来担心,咱一个农村孩子,进了大城市怎么工作,这回我不怕了。"

电话里娘在笑着:"我知道我儿能干好,我儿会有出息,有大出息。你老王家的风水到你这儿要换了。"

王贵生:"娘,你就放心吧,你儿子一定在这儿好好干,等我干出样来以后,我把娘接到城里来,让娘看着你儿当大官。"

娘在电话里说:"呵呵,娘等着。"

王贵生:"娘,我先挂了,明天我要讲话,我得写讲话稿哩。"

娘在电话里说:"挂吧,挂吧,你的事是大事。"

王贵生恋恋不舍挂上电话,刚铺开纸,电话又响了。

王贵生拿起电话:"喂?陈老师?什么?什么?"

顿时,王贵生目瞪口呆。

停了片刻,他出了门,走到七楼走廊窗前,向下望着,大门口那儿灯火辉煌,赵所长还在指挥着大家布置明天早上的会场。

王贵生不安地等待着,背后门一响,王贵生猛地回身,看到陈老师从家里出来。

王贵生:"我在这儿。"

陈老师过来,歉意地:"对不起。"

王贵生理也不理:"走,我们上天台谈。"说着自己先进了电梯:"你别坐电梯了,走楼梯吧。"电梯门关上。

陈老师叹口气,进了楼梯间。

天台上一片安静,王贵生站在那儿等着,看着陈老师从下面爬上来。

王贵生没好气地问:"怎么回事?你们怎么回事?昨天为什么让她出来活动?"

陈老师赔着小心:"真对不起,从她接触袁园妈开始,到昨天,十四天早过了,我以为没事儿了,孩子又急着做点儿事儿……真对不起……"

王贵生:"哼,对不起,对不起,你看看下面,你看看这阵势,明天早上刘书记和市里领导都来,电视台、报纸的记者们也来,全楼的居民就盼着明天早上呢,你说怎么办?"

陈老师:"对不起。"

王贵生:"对不起对不起,到这时候,说一声对不起就完了?"

陈老师:"那您说怎么办?"

王贵生沉默,趴到边上看着下面。

陈老师:"王局长,怎么办?"

王贵生突然回过头来,心思重重地看着他。

王贵生:"陈老师,她除了发烧,还有别的症状吗?"

陈老师:"有点流鼻涕。"

王贵生:"感冒了。一定是感冒了。"

陈老师:"我也是这么想,可又怕万一……"

王贵生:"陈老师,您知道吗?现在医院里几乎没人敢去看病了。"

陈老师:"我知道,所以我和她妈都在犹豫,万一孩子不是,我们一报告,把她送进医院……"

王贵生:"刚才啊,我的态度不大好,陈老师您别在意。我是急坏了。"

陈老师:"我知道,是我们给大家添了麻烦。"

王贵生很体贴地说:"陈老师,我是为您女儿着想,完全是为您女儿着想。您想想,她很可能就是一般的感冒,但感冒的时候,也是人的免疫力最低下的时候,如果这个时候让她住进医院,万一在那儿遇到非典病人,她可是就……"

陈老师听着,不由得打个寒战。

王贵生:"她昨天接触大家不是在这儿吗?这儿空气这么流通,就算她得的是非典,也不会发生感染的吧?"

陈老师:"我也这么想。"

王贵生:"全楼居民隔离了十四天,忍耐力都到了极限了,都憋着劲明天出去,如果这个时候报告说你女儿可能感染了非典,你想想大家会怎么样?你们家以后还想在这楼里住吗?"

……

王贵生看着他,慢慢地说:"所以,我在想,这件事,最好暂时保密。明天,该怎么解除还怎么解除,你们家自己隔离。如果你女儿真的发现非典症状了,再报告。你说呢?"

陈老师:"万一她是呢?"

王贵生:"你怎么又绕回来了?咱们不是说了吗?她就像是一般感冒。再说了,就算是,她和大家只是在天台上接触过,也没什么要紧啊。"

陈老师低头想着,犹豫地说:"那好吧,我听您的。"

王贵生:"哎,别说听我的,这是您自己拿的主意。"

陈老师明白他的意思:"好吧,是我自己的主意。"

王贵生凑近他,小声说:"陈老师,我的身分,您也知道,虽然是个干部,可在这楼里,我也就是个普通居民,并没有义务做这些事情。今天的事,是您自己拿的主意,算您没对我说过,行吗?"

陈老师抬起头,在暗中看着他的脸。王贵生有点绷不住,别开脸,尴尬地咳了一声。

陈老师轻蔑地说:"好吧。"

王贵生不放心地问:"无论什么情况下,您都不把我说出来?"

陈老师转身就走。

王贵生:"哎,哎,你到底同意不同意?"

陈老师:"王局长,您是个干部,可您真让我看不起。放心吧,我不会说您,我不认识您这么个人。再见。"

他下去了,王贵生一个人留在天台上,继续呆呆地看着下面的灯火。

王贵生掏出手机来拨着。

王贵生:"娘,您老还没睡?"

电话里,娘苍老的声音:"我睡了。没事儿,孩子,你有事,说吧。"

王贵生突然声音哽咽起来:"娘,人活着多不容易啊,这条路太难走了。"

娘在电话里说:"孩子,什么路都不容易。越是难走的地方,你越得小心,一步走错了都不行。"

王贵生听着,深深地埋下了头。

顾真坐在沙发上等着,门一响,顾真马上抬起头来。

陈老师进来。

顾真:"怎么样?他说什么?"

陈老师:"他不让我们说。"

顾真长出了一口气:"你看,我说了嘛。那我们就不说了。明天让别人出去,我们不出去,我们守着青青,直到她好。"

陈老师什么也没说,脚步蹒跚地去了自己房间。

陈老师坐到钢琴前,闭眼沉思。两只手突然落下,一阵急风暴雨似的旋律从他指下泻出。

客厅里,顾真受惊地一抬头,凝神听着……

晓青正在自己的房间里,趴在电脑前写东西,也转头听着……

走廊里,王贵生正掏钥匙开自己的门,也侧耳听着……

楼下,大红的横幅已经挂上,上面写着"热烈庆祝在顺家园解除隔离"几个大字,会场也已经布置好,赵所长正指挥大家清扫卫生。

赵所长听到了琴声,抬起头来,高兴地说:"弹吧,弹吧,明天一解除隔离就都忙起来了,再也没这闲情了。"

一个警察笑着:"所长,这儿解除了隔离,你干什么?"

赵所长:"我?我什么也不干,回家,睡上三天,然后天天送老婆上班、孩子上学。"

警察笑着:"所长你真没出息,就知道老婆孩子热炕头。"

赵所长感慨地说:"你还年轻,还没娶媳妇,知道什么。"看看腕上的表:"啊,十二点过了,解除隔离就是今天了。"

3

王贵生躺在床上,但大睁着双眼,盯着面前的黑夜。

电话铃突然响了。王贵生拿起电话。

电话里,刘一平的声音:"贵生同志吗?"

王贵生不由得坐起:"是我。刘书记,您还没睡?"

刘一平在电话里说:"我睡不着,在想明天的事,我总觉得哪儿不大对头。"

王贵生吓了一跳,赔着笑:"哪儿不对头?"

刘一平在电话里说:"北京的疫情还很严重,领导要求我们一定要提高对疫情的认识,不能出任何的纰漏,可我觉得我们在什么地方过于乐观了。"

王贵生:"怎么会呢?"

刘一平在电话里关切地问:"今天医生去给楼里居民查

体,全体居民都查过吗?"

王贵生:"都查了。"

刘一平在电话里继续问:"一个没漏下?"

王贵生:"没有。"

刘一平在电话里还是问:"楼里也没有其他情况?"

王贵生:"没……没呀。"

刘一平稍一沉吟:"也许是我过虑了。"

王贵生:"刘书记,您是这些天太操心了。您赶快休息吧。"

刘一平在电话里说:"我睡不着。贵生同志,如果不打扰的话,我们能不能聊聊?"

王贵生赶快说:"好啊,我正好也睡不着。"

刘一平在电话里说:"贵生同志,这些日子,市里几乎所有的干部都在连轴转。这场灾难,我们没有任何准备它就来了。它打了我们一个措手不及。我们匆忙上阵,一边摸索一边干,许多时候,都来不及想一想。可现在,我经常会回过头来想它。突然觉得,这场灾难,对我们党,对我们这个国家,都不是什么坏事。"

王贵生:"刘书记为什么这样说?"

刘一平在电话里语重心长地说:"不错,它是影响了我们的经济,是给我们带来了很多的损失。可它让我们停下来,教会我们思考,让我们学会如何当官,如何做人。"

王贵生默默地听着。

刘一平在电话里叫道:"贵生同志?"

王贵生:"刘书记,我在听呢。"

陈老师的琴声一下子断了。

陈老师一抬头,看到顾真和晓青站在门口看着他。

陈老师站起来:"顾真,青青,我们还是要说。左老师说得对,人这辈子有条线,无论什么时候都不能突破那条线。"说完走到电话前，给左光打电话。

电话里传来左光的声音："我知道，我知道您会这样做的。您等等，我这就过去。"

不一会儿，响起敲门声。陈老师打开门，左光进来。顾真和晓青靠在一起，站在里屋门口看着他。

左光和陈老师匆匆一握手，过去安慰地拍拍晓青："不要怕。如果你不怕，就会发现，这世上没有什么东西是值得你怕的。"转身对陈老师："给王局长打电话了吗？"

陈老师："我们不要告诉他吧，直接打电话给120。"

左光："不要，深更半夜的，打120会引起大家不安。给王局长打电话吧。"

陈老师："要不我们直接向市里报告。"

左光："他是楼里的干部，又是自救会的领导，应该告诉他。我来打。"

陈老师："左老师，我已经告诉过他了。"

左光："什么？"

陈老师："他不让说。而且，不许说曾经告诉过他。"

左光惊讶地张大眼睛："怎么会这样？"

陈老师："我们自己报告吧。"

左光想了想："不，还是告诉他。"

陈老师："为什么？"

左光："陈老师，我自从知道了自己的病以后，对人的看法突然改变了。"

陈老师不明白地看着他。

左光："我从来也不知道，人是如此可爱的一种动物，他的人性是如此丰富，蕴藏着如此多的可能性，有时候，只是需要一个契机，一点小小的外力。陈老师，给我一点时间，让我和他说。"

王贵生呆呆地站在窗前，看着大门外的灯光。

电话响了。

王贵生赶快拿起电话:"我是王贵生。"

电话里是左光的声音:"王局长,我是左光,我在陈老师家。我想和您谈谈。"

王贵生明白了,稍一停顿:"你过来吧。"

左光很快出现在王贵生的门口,敲了敲门,门打开,王贵生站在门里,两人互相看着。

王贵生:"你好。"

左光:"你好。"

左光进屋。

王贵生和左光在客厅里对面坐着。

王贵生困难地说:"我现在就可以打电话,向上级领导报告。可是……可是……"

左光:"可是什么?王局长,到什么时候,都是说实话最简单。"

王贵生:"你说得多简单。"

左光:"难道不是吗?"

王贵生:"你想过吗?当这座楼开始被隔离的时候,上边进来了解过,有谁和那名非典患者有过密切接触,如果是密切接触过的,这十四天就不能出家门,当时我们是拍了胸脯说没有的。十四天过去了,突然又冒出来一个被感染者,如果追查起来……"

左光:"这责任不在你呀,你不知道。"

王贵生吃力地说:"不,我知道,陈老师告诉过我。"

左光:"什么?那您当时为什么不说?"

王贵生:"我是好意,我真是好意。楼里刚被隔离,我怕大家恐慌,影响了楼里的安定。再说,我知道的时候,已经向刘书记拍过胸脯了。"

左光:"你可以向刘书记承认错误,承认当时说错了,刘书记会原谅你。"

王贵生苦笑:"左老师,这几天你没注意看电视吧?处理了几个干部了?说撤就撤。而且,前一段,我刚刚犯过那个错误,好不容易才刚刚扭转了刘书记对我的看法。"

左光突然想起来了,高兴地说:"对了,陈老师也告诉过我。"

王贵生振奋地说:"啊?什么时候?"

左光:"后来,在袁园家门口,我们俩聊天的时候。王局长,反正我也不是干部,如果上头问,你可以把这事儿推给我。"

王贵生:"这怎么行?"

左光:"怎么不行?完全可以啊。这事儿对你很重要,对我无所谓,为什么不行呢?"

王贵生沉吟着,问:"我现在报告?"

左光:"报告吧,还来得及。"

王贵生拿起电话,拨了一半,看看左光,又停下了。

王贵生:"几点了?"

左光看看手表:"两点四十了。"

王贵生:"还来得及。左老师,我们聊几句再打好不好?"

左光:"好。聊什么?"

王贵生:"左老师,您不喜欢我,对不对?"

左光惊讶地张大眼睛:"怎么会这样说?"

王贵生:"我看得出来,您不喜欢我,楼里其他人也不喜欢我。我很苦恼。我把能做的都做了,我成天小心翼翼,可为什么你们还是不喜欢我?"

左光真诚地说:"王局长,也许过去我对您有过看法,可现在,全没了。"

王贵生:"为什么?"

左光:"我这个人,一向和别人相处得很好,如果有不好的,我也全谅解了。我刚才出来的时候在写我的书,刚好写下的几个字就是和解——我觉得我和这个世界,和这个世上所有的人都彻底和解了,彻底重归于好了——如果曾经发生过什么的话。"

王贵生:"为什么?为什么突然会这样?"

左光:"王局长,我活不久了。"

王贵生大吃一惊:"什么?"

左光:"我得了胰腺癌,所有癌症中最痛苦的一种,我活不久了。"

王贵生去摸电话:"左老师,您为什么不早说?我马上帮你安排去医院。你是政协委员,我们可以住最好的医院,找最好的医生。"

左光:"不要费事了,没用了,只还有几个月的时间。"

王贵生愣住。

左光:"我曾经很恐惧,现在不了。我感谢死亡,它让我睁开了另外一双眼睛。"

王贵生:"另外一双眼睛?"

左光:"是的,另外一双,让我用悲悯的目光去看人,看世界。王局长,去向市里说明情况吧,按你认为正确的、永远可以面对自己的方式。说到底,你最终要面对的,并不是你的上司,而是你心里这一双迟早要睁开的眼睛啊。我要走了。现在三点,今天还有二十一个小时,我得好好地度过它。再见。"

左光走了,屋里只还剩王贵生自己,他久久地坐在黑暗里,一动不动。

王贵生摸起电话。

4

刘一平床头的电话突然响了。

刘妻翻了个身,嘀咕一句:"这是谁啊?"

刘一平已经拿起了电话："我是刘一平。"

电话里,王贵生声音有点抖地说:"刘书记,我向您报告,明天,恐怕不能解除隔离了。这楼里703室,有一个女孩在发烧,而且,昨天她和楼里许多人接触过。"

刘一平一个激灵坐起来:"什么?什么?"

王贵生在电话里说:"不知道是不是感染,但应该考虑,万一……"

刘一平:"她怎么可能?她和那名非典患者有过密切接触吗?"

王贵生在电话里吃力地说:"好像是有。"

刘一平:"好像?"

王贵生在电话里肯定地说:"有过。她们是邻居,她曾经为做节目去过那个患者家。"

刘一平:"怎么会是这样?刚隔离的时候你们不是说楼里没有其他人有过密切接触吗?既然她密切接触过,为什么还允许她在楼里活动?王贵生你怎么回事?"

王贵生在电话里很困难地说:"刘书记,我不知道。您知道隔离的那天我刚来,当时对楼里的情况根本不了解。我今天才知道,他们家把这情况告诉了左光,但没引起他的重视。"

一阵沉默。

刘一平又问:"还有什么?"

王贵生突然在电话里说:"刘书记,我刚才没把全部情况告诉您。事实是,我知道,孩子的父亲把情况告诉了我,可是我当时刚刚向您打过保票,所以心怀侥幸地隐瞒了。您应该能猜出刚才我为什么不敢说。我刚刚犯过错误,我在努力重新塑造自己的形象,我怕这一切将因为这件事再毁于一旦。"

刘一平:"你现在为什么有勇气说了?"

王贵生在电话里说:"在这场灾难中,我心里睁开了另外一双眼睛。"

刘一平静静地听着。

王贵生在电话里提高了声音:"刘书记,组织上可以因为我一次又一次的错误处分我,但在处分我以前,请让我完成在这楼里的任务。明天的隔离不能解除了,楼里居民的工作需要有人做。"

刘一平沉吟了一下:"王贵生,你通知她家里,救护车和医务人员十五分钟后就到,让她们不要出门,在家里等着。另外,防疫站的同志马上要对她家和整座大楼进行彻底消毒,你配合好。明天居民的安抚工作,你要考虑好。"

王贵生在电话里问:"那明天早上的仪式?"

刘一平:"暂不解除隔离了,但我和市里其他领导会到场,我们亲自去向楼里居民解释。你马上去吧。等等。"

王贵生在电话里无声地等待着。

刘一平字斟句酌地说:"贵生同志,组织上仍然信任你,希望你这一次不要辜负它。"

王贵生在电话里大声地说:"是。"

刘一平挂上电话,坐起来穿衣。

妻子也起来了:"怎么回事?"

刘一平:"你睡吧。"拨电话:"尚雷同志,马上到我家来。"

陈老师家里,晓青已经收拾好了,顾真和陈老师提着她简单的行李,一家人亲密地靠在一起,手互相握着。

顾真:"青青,不要怕,妈妈会陪着你。"

晓青:"我知道。"

陈老师把手机塞给她:"你瞧你这孩子,平常手机不离手,这会儿反而忘了。拿着。"

门一开,几个穿隔离衣的进来了,并把左光和王贵生挡在了门外。

一位中年医生:"对不起,任何人不能进来了。"

左光远远地对他们:"我们在这儿。"

这一家人紧张地又往一起靠了靠。

中年医生:"哪一位?"

陈老师和顾真紧张地咽了一下,都没说出来。

晓青:"我。"

中年医生要把她从父母身边扯开,顾真一下子激动起来。

顾真:"不,我和她一起去,让我和她一起去。"

陈老师抱住她:"顾真,听大夫的,我们听大夫的。"

顾真挣扎着:"不,不能让她自己走,让我和她在一起。"

陈老师抬头看晓青。

晓青:"妈妈,您别再过来,我不怕了。"

陈老师流着泪:"好孩子,记着,我和妈妈就在你身边,我们会每天给你打电话。"

晓青答应着,医生们迅速地给她穿上了隔离衣。

顾真看着被严严地包起来的女儿,流着泪:"青青。"

中年医生亲切地对晓青说:"不要怕,不一定是非典,再说即使是,你这么年轻,也肯定没问题。我们走吧。"

晓青跟上医生欲走,陈教师和顾真一起扑上去。

顾真:"让我们送她。"

一个医生过来拦他们,但很难拦住。

陈老师:"大夫,她已经穿上隔离衣了,让我们送送她吧,她是我们的女儿呀。"

医生们互相看看,中年医生挥了挥手,其他医生不再拦他们。

陈老师和顾真过去,三人紧紧地拥抱在一起。

陈老师:"我们走吧。"

三人依偎在一起走出门去。

剩下的两位医生开始对家里消毒。

门外,还站着好几位穿着隔离服的人。左光和王贵生也等在那儿。

这三口人出来了,紧紧地互相靠着,从他们面前走过。

他们走到电梯前,一位医生已经要好了电梯,三人互相看看,停下了。

陈老师小声说:"我们不坐电梯,走楼梯下去吧。"

三人转身进了楼梯间,医生们跟在他们后面。

三口人一步步走下了楼梯。

左光和王贵生站在那儿,看着陈老师一行人下去了。

左光看看王贵生:"王局长,谢谢你。"

王贵生:"左老师,我对得起那双眼睛。"

左光眼睛亮了:"谢谢你。我们现在该怎么办?"

王贵生:"我建议领导小组马上召开会议。"

左光:"现在?"

王贵生:"就是现在。明天天一亮,大家就要出去了,如果不想好对策,明天的局面无法控制。"

左光:"那好,我们分头通知吧。"

王贵生:"左老师,你去休息,身体要紧。"

左光:"不,这比躺在床上更有意义。走吧。"

王贵生和左光在天台上,几个青年,包括大力和马立克,哈欠连天地从下面上来,一上来就乱纷纷地问:

"怎么啦?到底出什么事啦?"

"准备庆祝会?也太早了点儿吧。"

马立克困得直打瞌睡,被大力硬晃醒了:"醒醒,醒醒!这小子,在网上聊一夜也不困,一让你开会你就困。"

马立克总算醒了,生气地说:"这是谁的主意,这会儿开会?这和谋杀有什么两样啊?"

王贵生:"左老师!"

左光："王局长，还是您说吧。"

王贵生："真对不起把大家这个时候叫上来。有一件紧急的事情——明天，我们不能解除隔离了。"

一片惊呼：

"为什么？"

"出了什么事？"

……

王贵生："七楼的陈晓青发烧了，刚才送去了医院。在她没确诊以前，咱们不能解除隔离。"

一片沉默。

大力："我……我还说带着孩子去看邹烨呢。"

一个青年："我父母说明天一早到这儿来看我们。"

又一个青年："她发烧，也未必是非典啊。"

左光："未必是。但必须要先确诊。"

马立克却高兴起来："不解除就不解除，反正我就没打算解除。"

马立克身边的小齐恼火地说："这是什么事儿啊你也幸灾乐祸？唉，咱们怎么这么倒霉啊。"

左光："这怎么是倒霉呢？不过是延长几天嘛。"

大力："咱怎么办呢？"

王贵生站起来，此刻的他，显得自信而沉着："这就是叫大家来开会的目的。明天一早，楼里的居民会迫不及待地想出去，楼外的亲属，也会迫不及待地想进来，突然发现这一切都不可能了，会发生什么？"

马立克："天哪，猜不出。什么事情都可能发生。"

王贵生："在这个时候，咱们领导小组必须发挥作用。预定解除隔离的时间是早上七点半，咱们必须在这个时间以前把这个消息通知给大家，并且尽可能地平复大家的情绪，保持楼里的安定。"

小齐："怎么做？让我们怎么做？连我自己都想不通。"

王贵生:"想不通也要做,我们得保证楼里不发生事情。"

小齐:"怎么保证?人家要硬往外冲我们怎么办?上去抱住人家?"

左光:"小齐,你可能想不通,可能忍耐力已经到了极限,可是,当初你自愿参加这个小组的时候是做过承诺的,现在是要求你实践你的承诺的时候。不要争了,负起你的责任来吧。"

小齐不说了。

王贵生:"这就是我们要做的:从早上五点开始,我们分头打电话,能打多少打多少。六点开始,我们分层把关,把居民尽可能分散到各层。大家的情绪会很恐慌,很激动,我们所能做的,就是面带笑容,保持镇静。"

赵所长从外面回到办公室,很疲惫地叹口气。他把包丢在桌上,在橱子里翻了翻,拿了一碗方便面出来,撕开盖,去拿暖瓶,里面空着。赵所长又叹了口气,拿起面干吃起来。

电话响了。

赵所长拿起电话:"哪位?哟,局长啊。我?我刚进门,榜眼街发生了个入室抢劫案。手机?手机没电了。什么事局长?什么?什么?"

赵所长惊呆了。

赵所长:"局长,我知道了,我马上到在顺家园去。明天早上所有警力集中在那儿。再见。"

他抓起包就走了,啃了两口的面丢在桌上。

赵所长的车很快来到在顺家园楼下。赵所长下了车。

楼前静静的,门锁着,两个保安和一个警察趴在值班室的桌上睡着。

赵所长走到值班室门口,往里看了看,想敲,又停下了。

赵所长小声嘀咕着:"睡一会儿吧,睡一会儿吧,一会儿有你们好瞧的。"

他走到台阶旁坐下来,长长地叹了口气。

凌晨五点,左光床头的闹钟突然响起来。

左光睁开眼,伸手去拿电话。

周捷:"你再睡一会儿,我来吧。"

左光:"不用。"说着拨号:"你好。我是您的邻居左光,我有件事情打扰一下。"

……

与此同时,马立克也在家里拨电话。不过,他却兴高采烈地说:"袁园?告诉你个好消息,今天不解除隔离了,大家都不出去。为什么?当然是为了陪你啊,你不出去我们怎么敢出去呢?哈哈,开玩笑的,但不解除隔离是真的。你接着睡吧,我还得打电话呢。再见。"

挂上电话,又拨,这回做出了严肃的样子:"您好。我是巴顿将军,我有事,有大事。"

……

田林成已经准备出门收垃圾了,电话响了。

田林成:"喂?谁啊?左老师?什么?什么?"

张亚丽睡眼惺忪地从里屋出来:"什么事?"

田林成:"今天不解除隔离了。"

张亚丽:"啊?"抢过电话:"左老师,怎么回事?天哪,什么时候才能解除啊?什么?什么?"说着神情庄重起来:"放心吧左老师,咱也不是不懂道理的人,你这么看得起俺,俺和林成保证做到。再见左老师。"扣上电话。

田林成:"他说什么呀?"

张亚丽:"他说咱就住在一楼,一会儿可能有人想不通,会在这儿闹,叫咱第一自己别闹,第二……"

田林成已经急了:"这算怎么回事?明明说的今天可以出去,我都和大老张说好了,一会儿上他那儿进下货呢,这怎么办?"

张亚丽:"林成,人家左老师看得起咱,人家相信咱觉悟高,不会跟着闹,还嘱咐咱要做做别人的工作呢。林成,咱不能给脸不要脸,咱可不能跟着闹。"

田林成:"那咱的生意咋办?"

张亚丽:"咱不能光想自己。十来天没做生意,咱不是也活过来了。楼里一百户人家,左老师咋专门给咱打电话呢?咱得对得起人家。"

田林成长叹了一口气:"我去收垃圾了。"

张亚丽一副当仁不让的架势:"你去吧,我在这儿等着。"

5

在顺家园楼外,横幅已经取下,警察明显多了,隔离带外,围满了前来迎接或者探望的亲友。他们已经知道了消息,正围在那儿闹着。

"你们对人命还负责不负责啊?又发现了一个说明这楼里不安全,你把我们的人关在里面安的什么心啊?"

"这要隔离到什么时候啊?"

"这不是出尔反尔吗?"

"还要再隔离几天啊?"

……

赵所长正劝着大家:

"大家请回吧,啊,今天肯定是解除不了了。这也是为了你们亲人的健康。不要再围在这儿了。"

"你听你说的,十来天了,不让我们看一眼吗?"

赵所长:"好,好,大家在这儿看可以,但有件事拜托大家:十来天看不到自己的亲人,大家的心情一定很着急,但你们替你们的亲人想想,本来以为今天就能出来了,突然发现又出不来了,他们的情绪可能会很冲动。所以,我希望大家能配合政府的工作,待会儿见到自己的亲人的时候,帮助政府做好说服工作,让他们安心地在楼里待着,等待着解除隔离。行吗?拜托了。"

一个女人:"这工作俺没法做,连俺自己还想不通呢。"

赵所长:"我知道你想不通,可你替你楼里的亲人想想,反正是出不来,是安心地等着好呢,还是又哭又闹好。你自己想想吧。"

十层走廊里,几个居民围在那儿闹着,一个高个儿青年正在努力说服他们。

"还不让我们出去,非等都传染上了才让出去吗?"

"就是啊,说楼里安全、安全,这不又传上了吗?"

青年:"她还不一定是非典呢。也许就是一般的感冒。"

"她要是呢?"

青年答不上来。

人们激动起来:

"不行,我们不能在这儿等死。"

"我们出去,出去。"

青年拼命拦着大家:"别下去,下去也没用,警察在外面挡着呢。"

……

十二层走廊里,大力在拦着大家。

大力:"不就是在家里再呆几天吗?在这个时候,还有比家里更安全的地方?"

"不行,再呆下去我就疯了。"

"她有病和我们什么关系啊?"

"我们孩子今年高考,这么耽误考不上谁负责啊?"
"下去,我们下去。"
大力赔着笑:"别下去了,都挤在一起也容易传染病啊。一会儿市里领导来,有问题我们可以提出来。"
……
二十一层走廊里,左光在努力说服着大家:"想想看,市里做出这个决定难道不是为大家吗?"
……
王贵生在他所住的楼层里,对一些居民说:"是党员吗?是党员的首先站出来。"
……
一楼门口,张亚丽张着胳膊拦着几个要冲出去的人:"不能出去,谁也不能出去。谁没事啊?都有事。可这会儿,啥也不如防非典这事儿大。领导说了不能出去,那就不能出去。"

楼外,聚集的人越来越多了,还有更多的人正在往这拥,群情激动,许多人要冲进去,警察吃力地拦着。
赵所长满头大汗地喊着:"不许进去!谁也不许进去!否则,你可能犯了扰乱公共秩序罪。"
几辆汽车开过来,在人群外停下,刘一平和市里几位领导下车。
有人认出了他,高喊一声:"刘书记来了。"
刘一平冲大家点头微笑,匆匆过来。赵所长迎上去。
赵所长:"刘书记。"
刘一平:"辛苦了。情况怎么样?"
赵所长:"您看,大家的情绪都很激动,难以控制。"
刘一平:"楼内呢?"
赵所长:"王局长左老师他们尽可能地把大家拦在每一层,不要集中到大门口来,可也很困难。"

刘一平:"有扩音器吗?"

赵所长:"有。"

刘一平:"你告诉大家,我和王市长来了,让楼里的居民集中在这一面窗口,或者愿意到大门口来也行。我对大家讲话。"

赵所长打开扩音器:"楼内居民注意了,刘一平书记和王市长来了,他们要对大家讲话,请大家集中到靠大门一侧的窗口,或者到大门口来。楼内居民注意了,楼内居民注意了……"

正在纠缠的居民们听到了广播。

"刘书记来了。"

"听听他怎么说。"

"下去,下去。"

"算了,下去挤不开,在这儿吧。"

一些人下去,另一些人到走廊头上的窗口。

转眼间,一楼楼道里便挤满了人。

从上到下,走廊的每一个窗口,也都挤满了人。

楼外,刘一平站在一把椅子上,举起扩音器。

刘一平:"楼内的居民们,楼外居民的亲属们,大家好。大家辛苦了。今天,本来是一个庆祝胜利的大会,庆祝大家胜利解除隔离,可事情起了突然的变化:楼内一位居民出现了发烧症状。我们还不知道她得的是什么病,也许,只是一般的发烧,可是,这位患者曾经有过与前一位非典患者的密切接触史,为了严格防止疫情的扩散,为了楼内居民的健康,我们只能做出暂时不解除隔离的决定。而且,我无法肯定地告诉大家要延长多久。也许是一天两天,也许是三天五天,也许……如果她被确诊为非典病例的话,就是再一个十四天。"

一片混乱。

刘一平:"做出这个决定的时候,我和市里其他领导的心情都很沉重。我们第一个念头就是对不起大家。如果我们的工作做得再扎实一点，如果我们尽早发现她曾经和第一个非典患者有过接触，对她采取更严密一点的隔离措施，也许大家今天就可以出来了。我们的工作有疏漏，所以给大家带来了进一步的不便，在这儿，我代表市委、市政府向大家表示道歉。对不起大家了。"

他低下了头，向大家深深鞠躬。人们一片沉默。

刘一平："大家已经隔离了十四天了。在这十四天里，大家身上表现出了顾大局、识大体的自我牺牲精神，在灾难面前勇敢互助、积极向上的乐观主义精神。大家的精神感动了全市人民，也感动了我和市里领导班子里的其他同志。你们的精神，是一面旗帜，鼓舞着全市人民勇敢地面对突如其来的灾难，无所畏惧地和非典做斗争。现在，根据新的局势，作为市委书记，我一方面请求你们原谅我们工作上的疏漏，另一方面要求你们为了全市的大局继续表现出你们的勇敢，你们的坚强，你们的乐观，你们的自我牺牲，继续让在顺家园成为全市的一面旗帜，一种象征。我代表市委、市政府感谢你们。谢谢大家。"

他再一次向大家深深鞠躬。

接着，刘一平向着楼上的居民做出了"V"字的手势。

一个个窗口，人们也随着做出了"V"字的手势。

第十九章

1

一扇门关上了。又一扇门关上了……

一户人家门口,一个孩子好奇地向外伸头,一只大人的手伸过来,一把把他抓进去,门随着关上。

两个白大褂举着喷雾器在楼道里消毒……

二十一楼,一阵喧嚣声从左光家对面的人家里传出。门开了,一个女人冲出来,像没头的苍蝇一样胡乱跑了几步,扑向左光家,砰砰地敲着左光家的门。

女人:"左老师,救命啊,救命啊!"

周捷打开门,惊讶地问:"怎么啦?"

女人哭着:"救命,救命!孩子他爸要跳楼啦!"

左光出现在周捷身后:"什么?"

女人:"左老师,救命!孩子他爸受不了了,他要跳下去,快救救他吧!"

左光二话不说就往外跑,一边回头对周捷:"快给赵所长打电话。"

左光和女人冲向对面的门,门却被关上了。

左光:"钥匙。"

女人一摸身上:"天哪,没带。"她哭起来:"这可怎么办呢?"

左光:"别慌,别慌,里面都还有谁?"

女人:"孩子他爸,他爷爷奶奶,他爷爷犯了心脏病,躺在床上不能动,他奶奶七十多了,还有孩子,才五岁。"

这时,只听到里面乱成一团,孩子大声哭着,老太太在劝说着,一个男人的声音大叫大嚷着要跳下去。

左光敲门:"小陈,我是左光,你开门,有什么事,咱们谈谈。"

里面的男人大叫着："不许开,谁也不许开!谁要开我就从这儿跳下去!"

左光："小陈,有什么事值得这样?生命多美好啊,多少人想要生命都不可得,你怎么可以做这种不负责任的事?"

里面的男人继续嚷着："我受不了了,受不了了!我要下去,我从这儿下去!"

楼门外,赵所长的车急驶而来,一个急刹车停下。赵所长跳下车,一个警察跑过来。

赵所长："怎么回事?"

警察一指楼上："您瞧。"

赵所长抬头,看到一个男人骑在二十一楼窗台上,大叫大嚷着。

赵所长嘀咕一句："天哪,这是玩的哪一套。"大声命令:"快,给局里打电话求援,找救生垫来。小王,把围观的群众挡开。"同时掏出电话。

王贵生气喘吁吁从楼梯爬上二十一楼。

王贵生："左老师,怎么回事?"

左光："这家小陈要从窗户里跳下去。"

王贵生吓了一跳,对女人:"他精神平时有问题吗?"

女人犹豫。

王贵生："说实话,这关系到他的生命。"

女人："他好几年前得过病,治好再没犯过。这十四天没出门,他早就憋得受不了了。"

王贵生过去敲门:"陈师傅,我是王贵生,咱们楼抗非典领导小组组长。陈师傅,有什么问题,你告诉我,我向上级反映好吗?"

里面的男人叫着:"叫我出去,叫我出去。"

王贵生和颜悦色地说:"出去?好啊,你开开门,咱们到楼外面站站去。来呀,开门。"

里面的男人继续大叫:"骗我,骗我,没一个好东西。"

女人吓得哭着:"这可怎么办啊?"

在他们交谈的时候,周捷开门,把左光的手机送出来,左光拿着手机走到一旁。

左光:"哪位?赵所长。现在?现在他关着门,我们进不去。他的妻子在外面,我和王局长正在做工作。他以前精神受过刺激,住过精神病院,不过,我认为,他现在的精神状态,主要是由突然宣布撤消解除隔离,过度的期望值遭受过度的打击造成的,在心理学上,这叫……"

赵所长在电话里打断左光的话:"好我的左老师,心理学上的问题,咱一会儿谈。你们楼里需要不需要我们支援?"

左光:"现在不用。他不开门,来人也用不上。"

赵所长在电话里说:"那好,我们在下面做好准备,你们先劝他,待会儿我派两个人上去,相机行事。再见。"

赵所长在楼下挂上电话,便拿起扩音器,对着楼上喊。

赵所长:"我说,哥们儿,你这玩的哪一套啊?你不怕丢人吗?一个大老爷们儿,不就是暂时不能出门吗?好吃好喝侍候着,有福不享玩开玄的了。"

楼上的男人大叫大嚷着:"我要下去,我从这儿飞下去,我飞,我飞!"

赵所长:"你有翅膀吗你飞?你飞下来会是什么后果?好吧,就算你不想活了,你就不想想你老婆孩子?"一停,回过头来问身边的警察:"他有没有老婆孩子?"

警察:"不知道。"

赵所长:"这年纪该有了吧?"抬头继续喊:"多好的孩子啊,我看了都心疼,你就忍心?"又一回头,小声说:"救生垫怎么还不来?快,再打电话。"又转头对另外的警察:"小李,小陈,你们俩进去。注意,一定要谨慎,别激着他。"

两个被点到名的警察紧张地答应着。

窦康躺在地铺上,高大平坐在轮椅上,停在窗前,吃力地想往下看,看不见。

高大平:"小窦,快过来,是小赵那驴嗓门,你看看到底怎么啦?"

窦康:"我不看,没我的事。"

高大平:"你这孩子,别人的事你就不关心啊?快过来。"

窦康爬起来,到窗前,往下看着,一眼就看到了赵所长,吓得一缩头。

高大平:"怎么啦?"

窦康紧张地说:"赵所长在下面。"

高大平:"你怕啥?他又不是抓你的。他在喊什么?"

窦康重新伸出头去听,又顺着赵所长的目光回头往上看,这一看吓了一跳:就在他头顶上,那人骑在窗台上。

窦康:"天哪,天哪!"

高大平:"怎么啦?怎么啦?"

窦康:"那个人,他要跳下去。"

高大平:"什么?你快扶我一把,快。"

窦康:"什么热闹你也看,真是的。"一边说,一边还是把他挽到窗前。高大平探出身子看着。

看了两眼,高大平说:"窦康,走,你推着我,咱到楼上看看。"

窦康:"我不去,那儿有警察。"

高大平一瞪眼:"人命关天啊!快走!"

窦康乖乖地推着他出去了。

楼下,赵所长还在做着工作:"老话说什么来着?一失足成千古恨。你只要往下这么一跳，什么都完了。"

一辆载货汽车开过来，几个警察吃力地拖下一个大包，那是救生垫，警察们把它拖到楼下，准备打开。

楼上的男人看到了，大叫起来："不许铺那个东西，不许铺。要不我这就跳下去。"一边说，身子一边动了动，一晃，差点儿掉下，引起楼下一片惊呼。

赵所长小声骂了一句，赶快赔着笑："不铺，不铺。这不都是为了你好，为了你老婆孩子吗？"小声对身边警察："打电话给楼里，问问情况怎么样了。"又抬头对楼上："兄弟，你多大了？我比你大几岁，高攀一下，当你的哥吧。兄弟你到底有啥事，告诉哥，你哥一个小小的派出所长，本事不大，但我估计，你的问题我能帮上忙。到底怎么啦？你说一说。"

楼上男人："我要下去，我下去，我在家里呆够了。"

赵所长："呆够了？那还不好说？你下去，坐电梯下来，我让你出来，你哥我拼着犯错误，这个家我当了。"

男人："骗人，都是骗人！我不信，不信！"

大力扛着机器从楼里冲出来，抬起镜头就拍。

二十一楼走廊里，人挤满了。王贵生和左光还在苦口婆心地做着工作。警察小李和小陈站在门口低声商量着。高大平被窦康推着从电梯里出来。大力也扛着机器从电梯里出来，对着他们拍着。

高大平一出电梯就嚷起来："起来起来。"

大家不知道他是干吗的，闪出一条路。警察小李和小陈一看到他，便迎上来。而窦康一看到警察则躲到一旁去了。

小李："老爷子，您来了？"

高大平："情况怎么样？"

小李："他不开门，也不许别人开。听声音越来越激动。"

高大平:"他家里人呢?有在外面的吗?"

王贵生把那女人推过来:"他妻子。"

高大平:"你家里的结构自己没动过吧?应该和楼里其他人家一样吧?"

女人:"一样。"

高大平:"家里其他人现在怎么样?"

女人:"孩子他爷爷在床上躺着,孩子奶奶抱着孩子在屋里呢。"

高大平对小李:"打电话给小赵。"

小李紧张地答应着,电话拨通了。

高大平:"小赵,你听听你那驴嗓门,好人也叫你吓傻了。你小声点儿,和气一点儿,和他聊点儿别的,分散他的注意力。"

电话里传来赵所长的声音:"好我的老爷子,你跑上去了。他不让我打开救生垫,看来只有打开门一条道了。可这门……"

高大平:"楼上的事你就别管了,你就把楼下你自己的事管好就行。你和他说,一刻不停地说,和他聊家常,聊老婆孩子,聊天气预报,讲笑话。你这张出了名的贫嘴到这时候咋没词了?告诉你,你要一口气聊上半小时,记住了吗?就这样。"高大平把电话挂了,一回头:"窦康。"

窦康不见了。

高大平对警察小李:"推我回去,回我家。"

赵所长:"天哪,还叫我讲笑话。笑话,笑话。"举起扩音器:"兄弟,坐半天了,不累吗?咱们聊聊天怎么样?要不咱们说笑话吧,你说一个,我说一个。来,你先说。"

楼上男人:"我不听,我不听,我要飞下去,我长翅膀啦。"

赵所长:"天,这就是你说的笑话?是笑话吧?你哪有翅膀？"

楼上男人："我有，我长翅膀了。我用翅膀飞，你等着，我飞啦。"

楼下的人一片惊呼，赵所长吓得下意识地张开双臂等着。

赵所长："别，别，兄弟，你是长翅膀了，可你那翅膀刚长出来，还没硬呢。你看看是不是？"

楼上男人真低头看看，还摸了摸自己的肩膀。

赵所长："还没硬对吧？你妈是不是常说你，翅膀根子还没硬就想飞对不对？"

楼上男人疑惑地问："我妈说过？"

赵所长马上理直气壮地说："当然说过，你不记得啦？连我都听见了，有一回你妈这么说，我正好在一边走来着。你想想对不对？"

楼上男人想着。

赵所长："你看看，翅膀根子是没硬吧？你坐在那儿等等，这风一吹，一会儿的工夫就硬了。这样吧，你坐着等着它硬，我给你讲个笑话。"

楼上男人："你说吧。"

赵所长小声地说："笑话，笑话。天哪，我上哪找个笑话？"一回头对警察："谁有笑话？"

警察们面面相觑。

赵所长："都干什么吃的？养兵千日，用兵一时，到这时候你们连个笑话也贡献不出来。"他着急地四处看着，似乎能捡个笑话出来。

楼上男人："讲啊。"

赵所长："来啦。"突然一拍脑袋，掏出手机来，打开找着："兄弟，你飞下来打算干什么？"

楼上男人茫然地说："我？不知道。我就是想飞出去。"

赵所长拼命地在手机上找着："看看，没计划吧？人家早计划好了,你听听人家的。"

读手机短信:"等咱有了钱,喝豆浆吃油条,妈的想蘸白糖蘸白糖,想蘸红糖蘸红糖。豆浆买两碗,喝一碗,倒一碗!等咱有了钱,吃包子喝白粥,妈的想蘸醋就蘸醋,想蘸酱油蘸酱油。包子买俩儿,吃一个,扔一个!"

楼上男人听着笑起来:"不好不好。等我有了钱不干这个。"

赵所长赶快问:"你干什么?"

楼上男人:"买汽车。"

赵所长:"这儿也有。"赶快找:"等咱有了钱,买高档汽车,妈的想买奔驰买奔驰,想买宝马买宝马。一次买两辆,前面开一辆,后面拖一辆!"

楼上男人拍手笑起来:"好,好。"

他身子一晃,吓得下面又一片大叫,赵所长也吓得往前一冲。

赵所长:"兄弟,你可坐稳了呀,翅膀根子还没晒硬哩。"

楼上男人:"你念,你再念。"

小李把高大平推到家门口。高大平打开门,把小李挡在门外,将门关上。

高大平:"窦康,窦康。"

窦康过来欲推他:"你回来了?"

高大平一把抓住他:"窦康,拿出你开锁的本事来,去把那家的门打开去。"

窦康往后退了一步:"高叔你说什么呀。"

高大平:"窦康,没别的办法了,只有开门这一条道。"

窦康:"我不,我不能去,我一开,人家就知道我是小偷了。"

高大平:"傻孩子,这不正是洗白你自己的时候吗?你是当过小偷,可你当着大家的面去开锁的时候,就是告诉大家以后你不会了。窦康,这是你重新做人的机会呀。"

窦康犹豫:"要是这事传出去,被素素知道了……"

高大平:"正是为了她,为了你和她的关系。窦康,你能把你以前的事瞒她一辈子吗?要是一定得让她知道,你想用什么方法告诉她?这不是最好的?今天你打开那扇门,你就成了英雄,哪个姑娘不爱英雄啊。"

窦康:"可是她也就知道我以前是小偷了。"

高大平:"她总会知道的,早晚会知道的。"

窦康想着:"高叔,我听你的,我去开。可是你得向我保证,你不能让她离开我,你得保证她还得爱我。"

高大平:"我保证。"

楼下,赵所长还在念着。

楼上男人:"别念了别念了,念了也白搭,反正我没钱。"

赵所长:"怎么没有?你忘了电影上怎么说的了?面包会有的,牛奶也会有的。"

楼上男人:"换别的,换别的。"

赵所长满头大汗,又在手机上找着。

赵所长:"这个,你听这个:等FD结束了,我专去人多的地儿,我去天安门广场,我站在人堆儿里看升旗!等FD结束了,我全国各地的旅游,我不坐飞机,就坐火车,还专坐硬座,专挑一个座挤着五个人的!等FD结束了,我不在家里做饭了,哪饭馆新开张我去哪家,专挑那个又有吃饭的,又有看热闹的!"

二十一层楼道里,窦康迎着大力的镜头,低着头,在人丛中走到门口。他从口袋里掏出一个钥匙一样的东西,伸进锁眼摆弄几下,门无声地开了。

人们张大嘴要发出惊呼,警察小李和小陈急忙伸出指头制止了。

高大平在打电话,压低了声音:"小赵子,门开了,你牵住他。"

小李和小陈无声地摸进去。门外的人们紧张地等待着。

楼下,赵所长更加起劲地说着:"兄弟,还有呢,下面的更好玩,你听。等FD结束了,见到医院我就进去遛个弯儿,我专上急诊那儿,我不带口罩深呼吸!"

他一边读,一边往后退了几步,注意地看着楼上,看到两个人影一闪。

赵所长:"等FD结束了,我想咳嗽就咳嗽!想打喷嚏就打喷嚏!想发烧就发烧!一烧烧到三十九度五。哈哈哈哈,等FD结束了,俺要改行搞回收口罩,全部改做成'尿得湿'卖给你们!"

楼上男人哈哈大笑起来,就在这同时,一双手一把抱住他,在楼下人们一片惊呼声中,男人的身影从窗台上消失了。

赵所长也在这同时一屁股坐在地下。

赵所长:"等FD结束了,俺就改行说笑话,想说多少说多少,一直说到把魂吓没了。"

这时,警察小李和小陈抱着手舞足蹈拼命挣扎的男人从屋里出来了。楼道里的人们爆发出一阵热烈的掌声。

大力一直拍着,直拍到楼下。

楼下,一辆救护车停在那儿,小李和小陈把那男人送到了救护车上。

赵所长还软瘫了一样坐在地下,一个警察跑过来:"所长,你不去看看他?"

赵所长:"拉我起来。"

警察拉他一把,赵所长起来,摇摇晃晃走到救护车前。男人看到他,笑了。

赵所长："笑！翅膀根子晒硬了？"
男人："还有吗？"
赵所长："什么？"
男人："笑话。"
赵所长："行。兄弟，等非典结束了，你回来咱好好拉，想拉多少拉多少，想拉黄的拉黄的，想拉白的拉白的。"
救护车开了，男人还手舞足蹈地冲赵所长喊着："你来看我，给我讲笑话。"

2

晚饭后，电视上正在播《关注在顺家园》节目。赵所长家，除赵所长外，赵妻、小雨和素素正坐在一起看电视。镜头上是救那个想跳楼的男人的场面，不时出现赵所长、窗上的男人和其他人的画面，三口人屏住呼吸紧张地看着。

素素眼睛突然张大了，她在镜头上看到了正在开锁的窦康。

她不相信地擦擦自己的眼睛看着。镜头上，窦康很快地打开了锁，一回头，不见了。

素素愣住了——那确实是窦康。

电视解说："经过楼内外居民和警方携手努力，八点五十分，该男子终于被从二十一层窗台上救出。"

小雨拍着手跳起来："我爸爸可真伟大。"

赵妻不由得抹了一把眼："伟大，这万一要掉下来，他可就吃不了兜着走了。小雨，快去做作业吧。"

小雨耍着赖："我不想做，我想和素素姐姐玩。素素姐姐，咱俩玩吧。"

素素像没听见一样呆呆地看着电视。

小雨："素素姐姐。"

赵妻发现了素素的异常，拍了小雨一把："快走吧，素素姐姐有事。"

小雨不高兴地噘着嘴去里屋了。

赵妻小心地看着素素:"素素。"

素素猛地醒过来,慌乱地一笑,站起来:"婶子,碗还没刷,我去刷碗。"

赵妻:"素素,你有事?"

素素:"没,没呀。婶子,俺赵叔没说,那个人他家的门是咋开的?"

赵妻:"听说正好有个小偷去偷他们所高大平,被隔离在里边了,你说寸不寸?没想到,关键时候,他这溜门撬锁的本事倒派上大用场了。"

素素一下子呆住了。

赵妻:"素素,素素?"

素素呆呆地看着她。她的嘴一张一合,似乎在说着什么,但素素什么也听不见了。

3

李立坐在电脑前,人的心思却显然不在电脑上,呆呆地看着窗外的黑夜。

小凡把一杯水放到电脑桌上。李立猛醒过来,急忙装做去看电脑。

小凡已经发现了,但似乎什么也没发现地说:"歇歇吧,一天到晚趴在上面,别累坏眼睛啊。"

李立回头朝她慌乱地一笑:"没事,习惯了。"

小凡看着他:"说解除隔离,又不解除了,真烦人。"

李立:"不解除就在家再多呆几天呗。"

小凡:"李立,我想明天做几个菜,请倪虹到咱家来坐坐,你说呢?"

李立吓了一跳,慌乱地别开脸:"叫她干什么?人家大歌星,和咱说什么?"

小凡:"你们不是老同学吗?人家回来一趟也不容易,咱不表示表示?"

李立:"什么老同学啊,人家出名了,早就把同学不同学的忘了。算了。"

小凡看着他,李立心虚地把目光转到电脑上,尴尬地咳一声:"我这程序急用,得干活了。"

小凡:"那好,我带孩子出去走走,在家里闷坏了。"

小凡出去了。

李立又抬起头来,看着窗外的黑夜,长长地叹了一口气。

小凡抱着孩子站在倪虹家的门口,轻轻地敲门。门一开,倪虹出现在门里。

小凡脸上浮出亲切的笑容:"是倪虹姐姐吧?"

倪虹怀疑地问:"你是……"突然认出了她是谁,一下子愣住了。

小凡:"我是李立的老婆呀。我叫小凡。姐姐,隔离又延长了,姐姐又走不了了,我们家李立忙着,让我上来看看你。"

倪虹没说话,让开身子请她进屋。

小凡进屋,对怀里的孩子:"叫阿姨,叫呀,阿姨。"

孩子口齿不清地叫着,倪虹不情愿地答应着,摸了摸孩子的脸,同时朝厨房里喊:"小玉,来客人了。"

小玉在里面答应着:"是李立哥哥吧?"迎出来,看到是小凡,愣住了。

小凡笑盈盈地说:"不是,是我。我们家李立忙着,就让我来了。说解除隔离又不解除了,家里有什么事吗?我们家李立不放心,让我上来看看。"

小玉醒过来,忙不迭地说:"看李立哥想得这个周到。坐,坐呀。"

倪虹："小玉,你不是要出去走走吗?出去吧,我陪客人。"

小玉答应着:"小凡姐你坐啊。"说完走了。

小凡打开随身带来的纸袋子:"姐姐,这说不让出去就不让出去了,家里不缺什么吧?我们家李立让我送上来一点洗衣粉、肥皂啥的。还有这点水果,是我今天让居委会的人买的,李立一定让我捎上来一些,他说吃水果对演员的皮肤有好处,你看看他有多细心。"

倪虹看着她不说话。

小凡像没事一样继续说着:"这些水果我都洗过了,还用臭氧机消过毒,姐姐可以再洗一洗。还有这些菜,也是我今天买的,我们家李立也让我捎上来一些。"

倪虹轻轻地问:"是他让你来的?"

小凡:"是啊。他在忙着,写他的程序。他这个人啊,一旦干起活来,外面天塌下来也不如他的活要紧。"

倪虹:"他让你上来,还说什么?"

小凡:"别的没说。姐姐,自从你回来,我们家李立就没说过别人。他说你们是老同学,在学校里的时候可好呢。"

倪虹脸抽了一下:"他这样说?"

小凡一脸单纯的笑容:"是啊。他说在女生中,你是和他最好的。他这个人啊,说话也不避讳我,也不怕我吃醋。我就问他,这么好你们后来怎么就没成呢?姐姐你猜他怎么说?"

倪虹:"怎么说?"

小凡:"我还以为他得说,人家出名了,哪能看得上咱?可他不是。他说,我的日子,倪虹过不了。"

倪虹:"他这样说?"

小凡:"是啊。他不是现在才这样说,以前也这样说过。"

倪虹:"以前也说过?"

小凡："是啊。他老父亲得了脑血栓，在床上瘫痪了五年才死。我就是那时候辞了工作的。我在医院里侍候了老人五年，硬没让他耽误一天工作。那个时候他就说过：我和倪虹就不该成，如果成了，难道能让倪虹来干这些？"

倪虹低下了头。

小凡："后来老人死了，我们才要了这个孩子。生下孩子以后，成天一把屎一把尿的，那时候李立又这样说过。"

倪虹："他还说过什么？"

小凡："倪虹你可别误会，我们家李立真的是喜欢你。我觉得这么多年，他从来没忘了你。你还记得你和他有过一张合影吗？好像是在个晚会上，你化着妆，我们家李立傻乎乎地笑着站在你身边。"

倪虹："我记得，那是我们毕业晚会以后照的。"

小凡："李立让我一直好好地保存着，他会保存一辈子，我们家李立就是这么个重情重义的人。他那样说，只是在就事论事。他常说，有的人，适合做朋友，有的人，适合做老婆。"

倪虹一震。

小凡："他总说，这辈子，姐姐都是他最看重的朋友。姐姐，这样说有点高攀了，可我真的是这样想：你是我们家李立的朋友，就是我的朋友。姐姐你说对吗？"

倪虹抬头看着她，眼前的小凡，仍然一脸单纯的微笑。

倪虹轻轻地说："你说得很对。他也是我这辈子最好的朋友。小凡，谢谢你，也祝福你，好好地珍重他，你找到了世界上最好的男人。"

小凡："真的？姐姐，谢谢你。"

4

在顺家园楼顶天台上，自救会在开会。

王贵生:"大家的情绪算是暂时平静下来了,但如何使大家再一次走出恐惧,恢复楼里原来那种乐观互助的气氛,是我们目前的任务。大家有什么想法?"

一片沉默。

王贵生:"大力!"

大力正在拨手机,闻声抬起头来,显然有些心不在焉:"什么?"

王贵生:"大力,楼里的气氛这两天太压抑,你觉得,我们怎么才能改变这种状况?"

大力:"我觉得……我认为……"他突然说不上来了。

王贵生两眼盯着大力。

大力忽地站起来:"对不起,我有事,我不能参加了。"说着急匆匆往下走。

王贵生:"大力,大力!"

……

左光和周捷夫妻俩坐在自家的地毯上,逗大力家的栋栋玩。周捷被憨态可掬的孩子逗得开怀大笑,笑得前仰后合。左光静静地坐在一旁,微笑中带有几分伤感。

周捷发现了他的神态,把栋栋搂在怀里。

周捷:"看什么呀?"

左光:"小捷,真对不起,你和我结婚十多年,我们竟没有一个孩子。"

周捷:"怪我,总觉得还年轻,耽误了。"

左光:"我走了,谁来陪你?"

周捷:"左光。"

左光:"我不放心。"

周捷:"左光,有这十多年,我已经够了,够了。"

左光:"可是,剩下的路对你还很长。谁来陪你?"

周捷:"你。左光,你会一直陪着我。"

左光:"周捷,我会陪着你。可你还是需要一个人。答应我,等我走了,你要尽快地把我忘掉,要另找一个人,一个比我更好的人。小捷,你是一个完美主义者,但在婚姻这件事上,你不要太要求完美。还记得《简·爱》上罗彻斯特对简·爱说的那句话吗?简,你长得不漂亮,不能太挑。小捷,你长得很漂亮,但同样也不能太挑。你不要再找一个比你大很多的人了,这样,他就可以多陪你一些日子。"

周捷别开了脸,但很认真地说:"我记住了。"

左光:"还有,一定要生一个孩子。"

周捷:"记住了。"

门铃响了。

周捷匆匆擦了一把眼,过去打开门。原来是大力来了,显得心神不安的样子。

周捷:"大力,怎么啦?"

大力:"左老师,周捷大姐,我找不到邹烨了。"

两人齐问:"什么?"

大力:"两天了,她两天没开手机了。"

左光:"也许她忙。"

大力:"不,再忙她也会在晚上开手机。"

左光:"如果她上夜班呢?"

大力:"她也会打电话告诉我。她知道我和栋栋挂着她。左老师,她出事了,她一定是出事了。"

左光:"不会。她在医院里,会出什么事呢?"

大力:"你们不记得电视上报道,咱们这儿有一位医务人员被感染了吗?那是不是她?"

左光一愣:"怎么会?"

周捷这半天没出声,显然,她已经意识到事情不好了。

周捷:"大力,你说邹烨两天没和家里联系了?"

大力:"是。我无数次给她打电话,手机总关机。"

周捷:"来,你再打,打给医院。"

大力:"下班了。"

周捷:"打病房,或者她的科室。总有人值班。打吧。"

大力拨电话:"关机。还是关机。"

周捷:"病房。"

大力又拨:"喂,人民医院吗?请转内科……内科吗?邹烨大夫在不在?我?我是她丈夫。什么?什么?"

电话里说着什么,大力听着,慢慢地挂上了电话。

左光和周捷齐问:"怎么?"

大力:"她说邹烨在病房里。"

左光:"你瞧。"

大力:"不,她骗我,我听得出来,她骗我。邹烨一定是被感染了,一定是,我有预感。"

周捷:"大力,时候不早了,你先带栋栋回家睡觉好不好?"

大力:"我怎么能睡得着?"

周捷:"大力,就算是天塌下来,孩子也是第一位的。你带孩子走吧,我负责给你打听情况。"

大力:"你上哪打听?"

周捷:"总有办法。"

大力:"你会把真实情况告诉我吗?"

周捷:"一定。"

大力不相信地看着她。

周捷:"一定。我相信,无论出现什么情况,都应该让你知道。走吧,别忘了,孩子需要你照顾。"

大力抱着栋栋走了。

周捷把门关上:"左光,邹烨可能是真的出事了。"

左光:"会吗?也许是我们多想。"

周捷:"不是。你不了解女人,除非是情况非常糟,糟到没办法让家人知道,否则她不会这样。左光,给王局长打电话,让他去问市里。"

左光给王贵生拨电话,电话拨通了。左光简单讲了邹烨的事。

王贵生在电话里焦急地说："你等等，我马上上去！"

5

王贵生匆匆来到左光的家。详细了解了情况之后，便给刘一平打电话。

王贵生："刘书记，我是王贵生。住在我们楼的人民医院大夫邹烨两天没和家里联系了。她……没什么事吧？"

刘一平拿着电话，一时没说话。

王贵生："刘书记，她的丈夫很为她担心。"

刘一平在电话中说："贵生同志，她被感染非典了。"

王贵生："啊？"

刘一平在电话中说："她是个好同志，她一直奋不顾身地战斗在抗非典第一线。她是像一位在战场受伤的战士一样倒下的。是她不让我们告诉她的家人的。"

王贵生："她现在怎么样？"

刘一平在电话里沉重地说："她现在情况很不好。人民医院和卫生局的同志正在我这儿，我们在研究抢救方案。贵生同志，我们认为是到了告诉她家人的时候了。"

夜晚，大力的家，灯光柔和，寂静无声。栋栋已经睡熟了，大力端着机器，脚步轻轻地在拍摄自己的家，一边拍，一边对着扩音器说着。

大力："邹烨，已经两天没有你的消息了，你好吗？此刻你在干什么？我不知道你什么时候能看到这些，但是我要你看看，这是我们的家。看，这是我们一起挑选的窗帘，这是你亲手缝的电视机套，还有这儿，每一个椅子脚上，你都包上了布。你把这些布套都做得这么精致，像侍候孩子一样精心。邹烨，你是多么爱咱这个家呀。邹烨，这个家等你回来,我和栋栋等你回来。无论你遇到了什么,你一定要挺住,一定要挺住啊!"

他哭了,一边哭一边拍着说着。

门被轻轻敲响了。

大力猛地抬头,定定地看着家门,似乎明白了什么。他关上机器过去,打开门,王贵生、左光、周捷站在门外看着他。

他们一起沉默着。

大力奇怪地笑了:"不用说了,我知道了,我早就猜到了。她感染了,那个人就是她,对吗?"

周捷过去拥抱他:"大力,是她。她现在很危险。因为她危险,所以你不能倒下,我们每一个人都不能倒下。我们要坚强地守在这儿,鼓励她,支持她,等她回家。"

王贵生回家后,立刻给有关人打电话。

王贵生:"小魏,请告诉你分工的楼层内的居民们,我们楼大力的妻子邹烨大夫感染非典了,现在正在与死神做斗争。她是为保卫我们这个城市和我们的安全倒下的,在她面前,我们暂时出不去又有什么?"

他又拨通另一电话:"小钱,告诉你分工的楼层内的居民们,我们楼大力的妻子邹烨感染非典了……"

马立克正在电脑前忙他的BBS,BBS的标题换为《以我们的关心和爱,等候邹烨大夫早日回家》。

马立克突然想起什么,拿起电话拨着:"袁园,对不起,我今天晚上没过去看你,一个人没怕吧?我们楼上大力哥的太太邹烨感染非典了,也许现在就和你妈妈住在一个病房里。我们正在把这个消息告诉全楼居民,让大家一起祝福她。"

6

清晨,一楼楼道内的小黑板上写着:"我们楼一直战斗在抗非典第一线的白衣战士邹烨大夫不幸感染非典,让我们共同为她祝福,祝她早日战胜病魔回家。"

下面写着手机短信:"遭遇非典才知道自由呼吸的可贵,隔着口罩才知道面目真实的可贵,非常时期的思念显示出我们友谊的珍贵!"

很多人集中在一楼,默默地看着那块小小的黑板。

左光正在对大家讲话:"同志们,隔离又一次延长了,很多人在怨天尤人。现在,请看一看邹烨大夫吧。我们在政府的照顾下过着安稳日子的时候,她作为战士倒下了。她现在正在与死亡殊死搏斗,她需要勇气,需要支持,需要大家给她力量。我们是邹烨大夫的邻居,她的家人和我们生活在一起。在她面前,我们还有什么资格对面前的考验说三道四?有什么资格表现出怯懦和软弱?是的,我们正在经历我们国家历史上从来未有过的灾难,在这场灾难中置身于第一线,这难道不是我们的荣幸?美好的人性就像月亮,只有在黑夜里才会闪耀出耀眼的光芒。请在这个困难的时刻表现出你们最高尚、最美好的人性来吧!在这个时候,握紧彼此的手,众志成城,万众一心,让我们做到最好,用我们的勇气、我们的力量,给邹烨大夫鼓励,等她回家!"

立刻响起一阵热烈的掌声。

高大平家里,窦康正帮着高大平做吊环。突然电话响了起来。

窦康:"高叔,你的电话。"
高大平:"你先接一下。"
窦康拿起话筒:"喂?喂?"

话筒里没人接,窦康奇怪地看着:"高叔,不说话。"

高大平:"问问他找谁,是不是打错了。"

窦康:"你找谁啊?"

对方仍然不说话。

窦康:"找谁啊?不说我可挂了。"

对方先挂上了电话。

窦康奇怪地看看手里的电话:"咦,他挂了。"

高大平不在意地说:"可能是打错了。来,我再拉一百个,今天比昨天又强了吧?"

窦康心神不定地过来帮他,拉了几个,窦康一下子松了手,高大平没准备,一下倒在床上。

高大平:"你小子干什么呀?"

窦康:"刚才的电话,是素素打的,一定是素素。"

高大平:"你说什么呀?"

窦康已经慌了:"是她,肯定是她,我听见她呼吸了。她知道了,她在电视上看到我了,天哪,她知道我是小偷了。怎么办?我走,我得走。"说着转身就要走,高大平一把拉住他。

窦康凶恶地问:"你想干什么?"

高大平:"窦康,孩子,你上哪?你这样出去就能留住她么?"

窦康挣扎着:"你放手!放手!都是你,要不是你,她怎么能看到我?"

高大平:"孩子,难道你想瞒她一辈子?难道你不想趁这机会把事情都告诉她?这事交给叔吧,叔一定把她留下。"

窦康停下,怀疑地看着他:"你能留住她?"

高大平:"你就交给叔吧。老实在这儿呆着。"说着,拿起电话。

电话很快接通了。

电话里传来赵所长的声音:"喂?老爷子,你老昨天可把我难为坏了。什么?什么?这事儿也归警察办?"

高大平命令似的说:"不归你办归谁啊?谁叫你穿这身衣服?快去。她要走了,我拿你是问。"

赵所长在电话里说:"好好好。你告诉那小子,咱对得起他了,他以后再不好好做人,别怪咱对他不客气。好吧,我马上回家。"

素素把简单的行李,收拾了一个小包,放在一旁。此刻,她正伏在桌上写信。

门外汽车响。素素一抬头,赵所长回来了。素素赶快把写了一半的信藏起来,谁知已被赵所长看到了。

赵所长:"写的什么?"

素素低着头不说话。

赵所长:"哟,东西也收拾好了。要走?跟你婶子说了吗?"

素素:"婶子上班去了。"

赵所长:"住了好几天,临走连个招呼也不打?一点礼貌也不懂?"

素素:"我正给婶子留信。"

赵所长:"为什么要走?因为发现陈建设不是陈建设,是个小偷?"

素素一抖,捂上脸哭起来。

赵所长怜悯地看着她:"你呀,我早就说过,你可真是个傻丫头。"

素素:"所长,你早就知道,为什么不告诉我?你就眼睁睁地看着我被他骗?"

赵所长:"我怎么告诉你?看你那么爱他。"

素素:"我被他骗了,骗得好苦。我恨他。"

赵所长:"恨?一下子就恨了?一点儿爱也没了?"

素素:"他骗了我。"

赵所长:"他是骗了你。可是想一想,他为什么要骗你?"

素素:"他是个小偷,当然就要骗我,如果我知道他是小偷还会和他好吗?"

赵所长被她堵得一愣:"没错,有这原因。可你想想,是不是还有别的原因?比如,因为他爱你。"

素素跺着脚,捂着耳朵:"我不要听,我不要他爱我。一个小偷。"

赵所长:"他原来是小偷,可他现在不偷了。"

素素:"不偷他怎么进那楼去的?"

赵所长又被堵住了。

素素哭着:"我知道你想说什么,我也知道你为什么要把我留在这儿了。你想用我挽救一个失足青年是不是?挽救了他,你就出名了。可你替我想了吗?好好一个人,为什么要嫁给一个小偷?你什么也别说了,谢谢你留我白吃了你们家几顿饭。我要走了。"

赵所长:"好好好,你可算把我这个人看清楚了。真走?"

素素坚决地说:"走!"

赵所长叹了一声:"那好吧,走,我送你。"

素素反倒不信了:"你让我走?"

赵所长:"我有什么权力不让你走?我想犯非法拘禁罪?走吧,我送你上车站。"

素素犹豫一下:"所长,刚才的话,说得重了点儿。"

赵所长:"别道歉了,话都说完了还说这些没用的干吗?走吧。"

素素跟上他走了。

走到院里,赵所长为素素打开车门,素素犹豫一下,还是上了车。赵所长一踩油门,发动了车。

大街上,赵所长沉默地开着车,素素也沉默地看着外面熟悉的城市。

突然素素转过头来,怯怯地看了赵所长一眼。

素素:"给婶子的信,还没写完。"

赵所长:"写不写的吧。"

素素:"婶子回来见不着我,不会着急吧?"

赵所长:"想她干啥?"

素素:"所长,你把俺看得也太不懂事了。"

赵所长一转头,冲她瞪起眼睛:"你懂事?你以为你懂事?要不是我和你婶子,你这会儿早就给你哥换婚了!可到头来我们落了个啥?"

素素吓得一抖:"对不起。"

赵所长:"哼,我可真是吃饱了撑的。这事都是高老头给我找来的,回头我再找他。"

素素:"高老头?高老头是谁?"

赵所长:"你那男朋友上那楼里偷的谁?他把老爷子偷了,老爷子却把他留在了自己家里。还记得我一次次地找你,问你他那病的事吗?他在老爷子家犯病了,一犯病就出去偷,老爷子成夜不睡觉看着他,还千方百计查出了他的病因,想治好他的病。哼,年轻人的情啊爱啊,说得好听,山盟海誓的,其实不值什么钱,一遇上问题就玩完。看看老爷子,非亲非故的,那才叫爱呢。"

素素惭愧地低下了头。

素素:"所长,你拉我去在顺家园吧。"

赵所长看着她:"不走了?"

素素:"我去看看他。"

赵所长:"看谁?"

素素:"老爷子……当然,还有他。"

赵所长:"决定了?"

素素:"决定了。"

赵所长刹住车:"那就下车吧。"
素素一抬头。
赵所长:"这不在顺家园到了吗?"

窦康站在窗前往下看着,突然叫起来:"她来了,她真来了。"突然往后一躲。
高大平笑着:"我说什么来着?快,快喊她啊!"
窦康悲哀地说:"我怎么敢?我是个小偷。"
高大平:"你不是了,你以后不会是了。喊啊,喊!"
他使劲往前推着窦康,窦康则一股劲地往后躲着。
窦康:"这怎么办?这怎么办啊?"
电话突然响了。
两人停止了挣扎,窦康恐惧地看着电话。
高大平:"快,快,她来的。"
窦康:"不,我不接,叫她走,叫她走吧,我不见她了,我配不上她。"

高大平又好气又好笑地抬起那条好腿,照他屁股上一脚,一下子把他踢过去了:"拿起来!没出息的家伙!"
窦康一下子趴到桌前,眼前就是电话,电话在刺耳地响着。
窦康求救地回头看着高大平:"叔。"
高大平大声说:"拿起来,把一切都告诉她。"
窦康手颤抖着,拿起了电话,想说话,喉咙却痉挛似的说不出来。

楼下,素素拿手机的手也抖着。
赵所长着急地说:"说话呀,说话。天哪,这是干什么呢?"大吼一声:"你倒是说啊!"
素素回过头:"他……他叫什么?"
赵所长拍拍脑袋:"窦康。"

素素轻轻地叫道:"窦康。"

窦康一听到素素的声音就大哭起来:"素素,我对不起你,我不是人,我骗你了。可是我向你保证,我是真心爱你的。我爱你才骗你的,我怕你知道我是小偷就不会跟我了。素素,我改了,我再不会偷了。高叔教育了我,挽救了我,我以后重新做人,我做一个让你骄傲的人。原谅我吧,原谅我这一回吧!我爱你,你是我的命,我爱你啊!"

电话里,传来了素素的哭声……

第二十章

1

晚上,打开电视,正在播《关注在顺家园》节目。

女主持人的神情十分凝重:"灾难面前,我们相濡以沫;危险时刻,我们众志成城。我们全市人民一直关注的许大力一家的故事有了新的发展:前几天一直报道的那位在抗非典第一线不幸感染非典的医务人员,就是许大力的妻子、市人民医院内科大夫邹烨。当知道自己发病以后,邹大夫惟一一个要求就是瞒住她的家人,因此,我们也一直对邹大夫的名字保密。今天,许大力终于知道了妻子感染非典的消息。"

大力抱着孩子出现在镜头上。

大力:"邹烨,不要怪我责备你。为什么,为什么要把这个消息对我保密?我知道,你是不想让我们为你操心,可是,难道你不知道,在最危险的时候不能和自己心爱的人站在一起是对一个人多么大的惩罚?好了,邹烨,都过去了,从现在开始,你不是一个人,我和孩子和你在一起,全在顺家园的人和你在一起,全市人民都关心着你。我们在这儿,呼唤着你,等待着你,早日康复回家。"

人民医院病房里,邹烨脸上扣着氧气面罩,一个护士吃力地把她扶起来,让她看电视镜头。邹烨眼里闪着泪花……

第二天早晨,在顺家园楼前,黄色的隔离带上,坠满了各种小物件,写满了祝福的话。一楼楼道的小黑板上,写着通知:"为回报全社会对在顺家园的关爱并以实际行动支持邹烨大夫,希望更多的居民参加到大合唱中来。排练时间:下午两点半,地点,天台。"

……

排练时间到了。天台上几乎站满了人,还有人不断地从下面上来。他们中间有王贵生、左光、周捷、大力、张亚丽、田林成……

窦康背着高大平也从下面上来。

这是李立的家。李立正埋头在电脑前,神情十分沉闷。小凡领着孩子从外面进来:"李立,李立。"

李立回头:"嗯?"

小凡:"大家在排练节目,在天台上,我们不参加?"

李立:"我?排练节目?"

小凡:"为什么不?李立,是为了我们楼上的邹大夫,她在病着。还有,大家希望倪虹能出来唱一支歌,你去说服她好吗?"

李立慌乱地说:"我?为什么要我去?我不行,她不会听我的。"

小凡:"会的,她会的。李立,倪虹生活得很不容易,让她临走时在这儿唱一支歌吧,和大家在一起,她会快乐的。"

李立看着小凡。

小凡诚恳地说:"李立,你和她不是最好的朋友吗?你应该关心她。"

李立站起来:"你和我一起去?"

小凡:"不,你自己去吧。"

李立凝视着她,小声说:"小凡,谢谢你。"

……

倪虹的家,十分冷清。倪虹呆呆地站在阳台上,看着外面的世界。

门铃响了。

小玉从厨房里出来:"姐,有客人。"

倪虹懒懒地说:"你去开吧。"

小玉过去,从猫眼里看了看,惊喜地说:"姐,是李立哥哥。"

倪虹一震,转过了身,无力地摆摆手,示意小玉开门。

门开了,李立进来,身上背着大大的电工兜。他站在门口,和倪虹深深地对望着。

小玉悄悄出去了,门也随着关上。

李立声音颤抖地说:"巧云,我来赴约了。"

倪虹:"你……你要跟我走,还是要我留下?"

李立缓缓摇头:"我不能跟你走,你也没办法留下。巧云,我们已经分手了,时光没办法倒流了。"

倪虹的目光暗淡下来。

李立:"我爱你,我仍然爱你,爱着心里那个不好好学习、一心一意要唱歌的黄毛丫头。"

倪虹:"李立,我也爱你,永远爱你,爱那个宁愿挨批也要帮我写作业的傻小子。"

两人隔着一步远的距离站着,都含着热泪笑了。

李立轻轻地说:"巧云,我要你记着,尽管我们不能生活在一起,但我的友谊你是永远可以信赖的。无论什么时候,无论你在哪里,只要你遇到困难,只要你一句话。"

倪虹含泪点头。

李立:"我想帮你把这屋里该拾掇的地方彻底拾掇一下,让这个地方永远整整齐齐地等着你,等你累了的时候回来休息。"说完便忙开了。

李立搬来一架梯子,站在上面整理着乱七八糟的电线,倪虹在下面扶着梯子,看着他,帮他递着工具。

房间很快整理好了,变得清爽而利索。

干完活儿,李立提出请她唱歌的事,倪虹爽快地答应了。二人奔楼顶天台而去。

李立先爬上天台,随后转过身伸出手,拉倪虹上去。

小凡在人群中看着他们,微微笑了。

人们发出一阵欢呼。

马立克神气地说:"怎么样?我说过倪虹会参加吧?倪虹,快说,你唱什么?"

倪虹看看李立,又看看大家:"我想唱一首新歌。"

马立克:"什么新歌?快说快说。"

倪虹:"这需要你们为我写出来。它的题目是《谢谢你的爱》。"

大家当即决定,歌词由左光写,曲子由陈老师谱,伴舞自然是袁园了。

2

深夜,刘一平的电话突然响了。他急急地抓起电话。

刘一平:"邹烨病危?要全力抢救!不惜一切代价!"

大力端起摄像机,把镜头焦距调好,栋栋正天真无邪地对着镜头笑着。

大力:"栋栋,叫妈妈,叫妈妈一定要坚持住,叫她一定要回家。"

栋栋扑打着手,只大声地笑着,闹着。

忽然响起急促的电话铃声。大力急忙放下摄像机,拿起电话。

大力:"什么?"

他的脸色立刻变得苍白……

人民医院的 ICU 病房里,几个大夫护士守在邹烨病床前正在抢救,不时有命令传出来。

"吸痰。"

"按住她。邹大夫,配合一下。"

"给氧。"

"不行。"

"饱和度在下降。"

"九十,八十八,八十五。"

……

已经看不到邹烨的面孔,只看到她的身体在痛苦地挣扎。

一个年轻的护士看样子插不上手,在后面紧张地看着。在她身后是一台电视。

一个大夫满头大汗:"气管切开!"

几个护士过去,各种手术器械递上去。

"邹大夫,配合一下。"

"不行,她听不到了。"

"邹大夫,邹大夫。"

"邹大夫,请配合一下,配合一下。"

邹烨的身体仍然在不安地挣扎着。

那名护士看着,犹豫着。

大夫抬起头来:"不行,这样不行。"

病房里突然响起了孩子的笑声,清脆而响亮。

一大夫忽地抬头:"谁?干什么?"

那名护士怯怯地说:"是我,大夫,这是邹大夫的儿子。"

她把电视打开了,电视上,栋栋正天真地对着镜头大笑着。

大夫:"关上,关上。"

身旁一个护士惊叫:"大夫。"

那大夫低头一看,一直在挣扎的邹烨安静下来了。

大家都愣了,病房里只回荡着栋栋的笑声。

大夫轻轻地嘱咐那护士:"把声音再放大一点。"

声音被放大了,栋栋仍然笑着,笑声在满屋里回荡,又加上了大力温柔的低语:"邹烨,听到了吗?听到了吗?我和栋栋在这儿,在这儿守着你,等你回家。"

大夫小声说:"气管切开。"

白天,京州广场的电视大屏幕上,出现了主持人的身影。

女主持人:"昨天晚上,邹烨大夫的病情突然加重,已进入了ICU病房。她体温三十五度,吸氧饱和度百分之九十三,已经使用了呼吸机。而她的丈夫和孩子仍然坚守在在顺家园。让我们祝福他们全家。"

广场上的人全驻足观看着……

一家家商场的电视柜台,无数台电视都播放着同一画面。主持人讲完了之后,画面上又出现了大力。大力正深情地说着:"邹烨,邹烨,你听到了吗?你要坚持住,一定要坚持住啊!"

顾客们屏气凝神地看着……

3

京州市委会议室里,正在开会。在座的有刘一平、王市长、尚雷和几位医生,气氛十分压抑。

一位年长的大夫:"她的双肺损伤比较严重,药物治疗不见效果,吸氧饱和度太低。其他器官还比较正常,体温偏低。但如果肺损伤进一步加重,缺氧情况得不到改善的话,其他脏器,特别是大脑、肾脏会受损,会慢慢衰竭。从目前情况看,除非出现奇迹,否则,我们要做最坏的打算。"

一片沉默。

过了一会儿,刘一平问:"没办法了吗?"

依然沉默。

刘一平提高声音问:"真的没办法了吗?"

尚雷:"刘书记,非典是一种人类目前尚不完全了解的疾病……"

刘一平:"为什么倒下的是她?为什么是她?一个一直坚守在第一线的女人?我们这些大男人都健康地活着,一个坚守在第一线的女人却倒下了,让我们如何面对她?面对她的家人?"

他流泪了。

王市长:"刘书记,您不要太激动,有些事情,我们无法控制。"

刘一平:"不,不,我们不能放弃。马上向北京、广州求援。哪怕有万分之一的希望,我们也要做百分之百的努力。"

一个秘书模样的人出去。

尚雷:"还有一件事,刘书记,应该把情况告诉她的家人了。"

刘一平豁然抬头看着他。

尚雷:"我们可以做百分之百的努力,但要做最坏的打算。我们要让她的家人有思想准备。"

刘一平呆着。

尚雷:"刘书记,让我来说。"

刘一平不做声。

尚雷:"王市长您看?"

王市长:"如果没别的事,就按刚才商量的去做吧。散会。"

刘一平:"等等。"

大家停下。

刘一平站起来:"我去说。我要对他的家人有个交待。"

刘一平的汽车开到在顺家园大楼前,停下。刘一平和尚雷下车,赵所长向他行礼。刘一平匆匆和他握了握手,并接过隔离衣和口罩。刘一平一边往身上套着一边往里走。

王贵生在门口等着,刘一平和他握握手,在他的陪同下进了楼。

电梯升到二十四楼,王贵生一行从电梯里出来,走向通往天台的梯子。

王贵生:"就在上面。他一直在上面拍摄。"

刘一平走向梯子,突然停下——他听到了一种声音,是歌声,孩子们的童声齐唱,在唱《春之声》。细细的,嫩嫩的,从无到有:"春天来了,春天来了。"

刘一平:"这是谁在唱?"

王贵生:"我们。我们在排练节目,准备在解除隔离的那天演出。"

楼上孩子的歌声越来越大,他们在反复唱着:春天来了,春天来了。

王贵生:"刘书记,请吧。"

刘一平:"稍等一下,等一下。"

他激动地听着。

楼顶天台上,孩子们排成几排在大声唱着,大人们站在一旁看,大力正在拍摄。

刘一平从入口处上来了。有人发现了他,大声喊:"刘书记。刘书记来了!"

刘一平摘下了口罩,和迎过来的第一个人握手。

大力扛着机器对着他拍着,刘一平迎着镜头走过去,一直走到他面前,向他伸过手来。

大力急忙停下机器,伸过手,憨笑着:"刘书记。"

刘一平:"许大力同志吧?我在电视上见过你。"

大力:"我也在电视上见过你。"

刘一平:"孩子呢?孩子好吗?"

大力:"好。在左老师家。"

刘一平看着他,突然不说话了。

大力不好意思地说:"您忙着,我……"示意一下机器,就要走开继续拍。

刘一平困难地叫道:"大力同志。"

大力停下。

刘一平看着他,仍然说不出口。

大力疑惑地问:"有事?"

人们都静下来看着他。

刘一平:"大力同志……"

大力的脸变了:"是邹烨?她……她怎么样了?"

刘一平:"大力同志,邹大夫病危了。"

大力愣着。

刘一平:"我们正在向北京、广东求援,我们要请最好的专家,用最好的药物给她治疗。但是,医生要我转告你,我们要做最坏的打算。"

大力仍然不说话。

刘一平:"邹大夫不光是你的妻子,她是全市人民的女儿,我们为她骄傲。"

大力突然地说:"不!"

王贵生:"大力。"

大力:"不,不,她不会死,她肯定不会死。她那么爱我,爱孩子,爱这个家。她匆匆忙忙去上班,就那样离开了家,她怎么就能一走不再回来?刘书记,您不必安慰我,她不会死,她一定还会回来,你放心,我知道。"

4

晚上,孩子在床上憨态可掬地睡着。

大力扛着机器,在屋里转着拍着,一边拍一边低语。

大力:"邹烨,你此刻感觉怎样?我们继续读《挪威的森林》好不好?在那片漫无边际的森林里,直子迷路了。她像一个贪玩的孩子,在森林里延宕得太久,找不到了回家的路。可是她明明可以听到家的声音，闻到家的气息。这声音和气息让她心安，她知道，家并不遥远，只要她坚持，坚持，她就一定可以回到自己的家……"

人民医院的病房里，邹烨身上插满了管子，昏迷不醒地躺着。这时，电视上传来大力的朗读声。

医院办公室里，院长和几个穿白大褂的人，严肃地凑在一起，看着邹烨的胸片，低声地商量着什么。

过了一会儿，院长给尚雷去了电话，谈了邹烨的病情。

尚雷又立刻给刘一平打电话。

尚雷对刘一平说："刘书记，专家的意见，从邹烨目前情况看，她的双肺损伤还不严重，也许，用非典康复病人的血清可以起效果。但问题是，我们市没有非典康复病人。"

刘一平在电话里毫不犹豫地说："我给北京、广东打电话，请他们为邹大烨寻找血清。"

人民医院门口，成了一片花的海洋，一束束鲜花摆在那里，一串串千纸鹤挂在门上，上面写满了祝福的话语。

还有人不断地送来鲜花。

病房里，邹烨一动不动地躺着。

电视上，出现年龄、相貌、身分不同的各种人。他们特意到电视台，每人录一段话给邹大夫，让他们的声音伴着她，给她以支持和力量。

"邹大夫，我不知道可以为你做点什么，我只想说，好人一生平安，你一定可以康复的。你要有信心。"

"邹大夫，你不是一个人，我们和你在一起。"

"邹大夫啊，我的好闺女，俺知道你不好受，可不好受你也得咬着牙坚持，坚持过了这一关你就好了，别忘了你的孩子还在家等着你呢。"

……

邹烨的脸上,一颗大大的泪珠慢慢地从她紧闭的眼睑中渗出来。

大力家里,孩子睡了。大力搂着孩子,就着床头温暖的灯光,手里拿着两页纸,又在低声读着。

大力:"那时候,孩子还不到两岁,穿着开裆裤,露着小鸡鸡。他们总爱一人牵孩子一只小手去外面散步,那懒惰的孩子不肯走,抓着他们的手打提溜,像个小秋千一样在他俩中间荡来荡去……"

邹烨在病床上无声无息地躺着,手机打开放在她耳旁。

邹烨突然躁动不安起来,身体痛苦地扭来扭去,一只手胡乱摆了几下,手机掉在了地下。

心脏监视仪上,心电图突然乱起来。

警示灯亮了,警报铃也突然响起来。

医生和护士慌乱地跑过去。

几个大夫围着邹烨紧张地抢救着。

"血压下降。"

"脉搏,脉搏听不到了。"

"她休克了。"

"快,打强心针。"

……

那个手机在人们的脚缝里,还在响着。

一个护士发现了,捡起来,放到邹烨耳边。

护士:"邹大夫,邹大夫,你听,你听啊,你丈夫在和你说话呢。"

大力的声音:"……孩子执意要摆脱他们的手,自己在路边乱跑。他们商量了一下,决定给孩子一个小小的惩罚。于是他们躲到了一旁,看着那脚步不稳的孩子自己在路上玩耍。孩子玩啊,玩啊,一直玩到太阳下山,才突然发现父母不见了。妈妈几次欲出去,都被爸爸挡住了,于是他们仍然躲着,看着那孤独无助的孩子。他们以为孩子会哭,会害怕,可那孩子居然犹豫了一下,就脚步蹒跚地向着家的方向走去。不到两岁的孩子啊,他居然就知道回家……"

邹烨慢慢地平静下来,呼吸渐渐平稳。

早晨,阳光灿烂。

大力家的阳台上,枝繁叶茂,姹紫嫣红。大力正扛着机器对着它们拍着。

大力:"那是一株不知道名的植物,是朋友从南方带来送给他们的。栽种一年以后,他们都以为它死了,春天,它却生出了两棵嫩芽。他们惊喜若狂,把它放在窗台上,没想到,有一天关窗户的时候,不小心把花盆碰落在地下,新出的芽碰断了,树枝也折成了两截……"

邹烨的病房里,心脏监视仪上的图像变成了一条直线,几个大夫又在围着邹烨抢救着。

一位大夫绝望地抬起头:"恐怕不行了。"

另一大夫不回答,继续抢救着。

一位护士打开了电视,大力的声音传出来。

大力:"他们从来没见过一棵树能流这么多的泪。乳白色的泪,一颗接着一颗,从每一个创口流出来,顺着树干流下。那一天他俩都陪着树落了泪。他们以为这株树死定了,没想到,泪水干了以后,这株树又顽强地活了过来,如今,它已经又长出了新叶,像两把弯弯的镰刀,亲密地交互在一起,等待着它的女主人回家……"

一个护士惊喜地指着心脏监视仪:"看啊,看啊!"

大家一起看监视仪。那象征生命的绿色曲线又开始跳动了,一下接一下,跳得沉稳而顽强。

北京接到电话后,很快搞到非典康复病人的血清。只见一辆急救车在北京通往首都机场的高速路上,急驶着。车上,一位穿白大褂的大夫紧紧地抱着一个小箱子。

急救车到机场后,一直开到飞机跟前,那白大褂抱着小箱子上了飞机。

飞机直冲云天……

京州这面,一辆急救车早等在京州机场。待那架飞机刚刚停稳,急救车就开过去。舱门开了,那位医生抱着箱子下了飞机,钻进急救车。急救车发出凄厉的尖叫,急驶而去。沿途一路绿灯……

急救车很快停在人民医院的门口。

病房里,几个大夫正围在邹烨床边。门突然大开,那名大夫冲进来:"血清来啦。"

转眼间,一袋血挂在架子上,正通过管子输进邹烨身体。

京州广场电视大屏幕上,正在播《关注在顺家园》节目。

女主持人:"根据北京、广东专程赶来的专家的意见,今天,邹烨大夫输进了从一位北京非典康复者身上提取的血清。今晚六点,邹烨大夫体温三十五度七,脉搏八十五次,病情趋于平稳。"

广场上的人热烈鼓掌,发出一片欢呼。

大力的面孔出现在大屏幕上。

大力:"邹烨,你知道吗?在这座城市里,人人都念叨着你的名字,每个家庭都在为你祈祷。从来没有一个家庭像我们家一样受人关注,从来没有一个人得到过这么多人的关爱。邹烨,邹烨,为了这座城市,为了这所有爱你的人,你要活着。"

人们眼含热泪,一阵鼓掌。

尚雷领着几个大夫,来到刘一平的办公室。
一位大夫:"病情虽然缓和,但她的双肺已经受到严重损伤,因此无法离开呼吸机。下一步的治疗,除了继续大剂量使用激素外,为了改善她的肺功能,我们建议使用治疗非典新药西维来司钠。"
刘一平点了点头:"可以考虑。"

两名穿着隔离衣的大夫,走进大力的家。二人坐在大力面前。
大夫:"这种药目前还处于临床试验阶段,我们相信它对治疗邹大夫的肺部损伤会有疗效,但肯定会有一定风险,因此,如果使用,必须得到家属的同意。"
大力毫不犹豫地说:"我同意。邹烨的生命是大家给的。如果通过她的使用,以后对其他人的治疗有用处,我相信她会乐意。"
大夫:"那么,请签字吧。"
大力弯身在大夫推过来的纸上庄严地签下了自己的名字。

5

尚雷一把推开了刘一平办公室的门。刘一平一抬头,见尚雷急匆匆地来了。
尚雷惊喜地说:"刘书记,邹大夫脱离危险了!"
刘一平一下子站起来。
尚雷:"还有呢,在顺家园后来那个发烧的女孩子被排除了。"
刘一平:"排除了?不是?"

尚雷："不是。"
刘一平："是什么？"
尚雷："肺炎。典型肺炎。"
刘一平一愣，哈哈大笑起来。
刘一平："这么说……"
尚雷："在顺家园可以解除隔离了。"
刘一平低头看台历：五月十日。
刘一平："二十天了，整整二十天了。"
尚雷："如果明天解除隔离，就是二十一天。"
刘一平："二十一天，二十一天。"声音突然有点哽了。
尚雷："二十一天……"声音也哽了。
刘一平笑了："你看看，两个大男人，怎么婆婆妈妈的？马上通知医院，对在顺家园居民进行一次全面查体，同时对整幢大楼进行一次彻底消毒。明天一早，我们将在在顺家园重新召开欢迎大会，我们要欢迎在顺家园居民胜利出来。"

在顺家园楼里，王贵生一家一户地跑着。他见门就敲，同时大喊着："隔离要解除了，隔离要解除了！"
一户户人家打开了门，大家互相惊喜地问着："隔离要解除了？"
"这么说那姑娘不是？"
"什么时候？"
"明天。"
"天哪，千万不要再闹什么景啊。"
"再闹也不怕了。"
……

陈老师正在送王贵生出门。
王贵生笑着："这一回可放心了，明天就去医院看看闺女吧。"

陈老师激动地说:"谢谢,谢谢。"

门关上了,陈老师一回头,看到顾真含着泪站在里屋门口。

陈老师:"听到了吗?青青不是,青青不是。"

顾真哭了,却抹一把泪:"哼,还不是都怪你,大惊小怪的,我早就说过不是。你这个人真是不可理喻,我当初真不知道怎么瞎了眼,看中了你,还要和你厮守一辈子。"

陈老师像孩子一样傻笑着。

顾真又哭又笑地看着他:"你的话呢?怎么又没话了?告诉你,你以后光知道弹琴可不行,我又不是和一架钢琴过日子。"

一楼楼道里,几个医生在给大家查体,大家互相亲密地靠在一起聊天,孩子们在人缝里钻来钻去……

两名医生正在袁园家为袁园检查身体,检查得很认真。

身后有什么声响。袁园回回头,看到那只红色的可乐罐在墙上乱响着。

医生:"什么?"

袁园趁他一分神,一下子逃了,逃进里屋,同时把门关上。

医生:"咦,这孩子干什么?"

袁园取下那个可乐罐,打开窗户,抬头看着,看到马立克正探着身子等着,一看到她出来,急忙示意她把可乐罐放耳朵上。

袁园一脸灿烂的笑,把可乐罐放耳朵上。

马立克:"听到了吗?"

袁园大声地说:"听到了。"

马立克:"明天就要解除隔离了。你解除不解除?"

袁园:"解除。医生正在给我查体,他们说只要我没事儿就解除。"

马立克:"真的?哎,解除了你想去干啥?"

袁园:"我不知道。"

一扇扇窗户开了,一个个人头伸出来听着。

马立克:"我带你去玩吧,我们去游泳、爬山、蹦迪。对了,我想起来了,我们去摸鱼怎么样?我可会摸鱼了。"

袁园:"摸鱼?你会摸鱼?"

一个伸出来的脑袋插进来:"哈哈,他当然会摸鱼。他不正在浑水摸鱼吗?"

袁园这才发现很多人在听他们说,害羞地一下缩回去了。

马立克气愤地问:"你们干什么呀?"

袁园写了个小字条,塞进可乐罐里,扯了扯绳子,把可乐罐放出去。

马立克小心地提着绳子,那红色的可乐罐晃晃悠悠上来了。

马立克迫不及待地从里面掏出字条,上面只有一个字:"行"。

马立克高兴地在地下翻了个跟斗,打开门跑出去。

马立克跑到袁园家门口,焦急地等在那儿,掏出了手机。

马立克:"爸,妈,我明天就可以回家看你们了。你们不要过来,这么大年纪了跑什么,还是我回去。你们把家里的活留下,让我来,我憋了二十天,就等着回家干活呢。"

门里一响,马立克赶快对手机里说:"我挂了,爸,妈,明天见。"

门一开,两个大夫出来,马立克眼睁睁地看着他们把门关上,又掏出钥匙。

马立克失望地说:"还不让她出来?"

大夫笑着,把钥匙在手里掂了掂。马立克的目光随着上下看着。

大夫扯过马立克的手,把钥匙塞进他手里。

马立克大喜,大声地说:"谢谢!"

马立克打开门,冲进去。他一冲进屋,就受了惊吓般站住了。

袁园站在屋一角,背着双手,微笑着看着他。

两个孩子天真无邪地互相看着,都嘻嘻笑了。

袁园:"我妈妈好了,我刚才跟她通电话了。"

马立克:"我早说过吧?"

袁园:"我明天去医院门口看妈妈。"

马立克:"我明天也去看妈妈,只是不是医院门口,是回家。"

两个孩子又嘻嘻笑了。

王贵生正在二楼走廊领着几个居民打扫卫生,大家你争我夺,干得很带劲。这其中有田林成两口子。

孙律师家的门开了,孙律师两口子出来,一看到这架势,赶快上来夺。

孙妻:"你看看,这算怎么回事?俺家门口怎么能让大家来擦?我来吧,我来吧。"

张亚丽和她夺着:"没事儿,没事儿,都是邻居,远亲不如近邻嘛。"

孙律师看着正在干活的田林成,犹豫一下过来,小声说:"田师傅,我来吧。"

田林成看他一眼,别开脸,没说话,把手里的拖把给他。

王贵生身上的手机响了。王贵生打开,走到一旁。

王贵生:"小刘?对,明天解除。什么?不,告诉孙局长他们,不用来迎我,我自己到局里去。就这样吧,我还有事情。"

这是倪虹的家。倪虹正在小玉的帮助下往身上比试各种服装。

倪虹："不，这件太露了，在这个场合不合适。不不不，这件又太严肃，明天是个喜庆的日子……"

电话响了。

小玉拿起电话问了一下，说："姐，找你的。"

倪虹接过电话："喂？什么？明天你们不要来，明天我走不了，明天我得先参加完这儿的演出才能走。我不管你们合同不合同，反正我得先演完这儿的再说。再见。"扣上电话，对小玉："找那件，那件大红的，我参加国庆晚会的那件。"

高大平家里，窦康正在往墙上挂那些被他摘下来的锦旗、奖状什么的。高大平坐在那儿看着。

高大平："歪了，南边再高一点，对，对，就这样。"

窦康又打开一面锦旗，上面写着"反扒能手"四个字。

窦康一边往墙上挂，一边问："高叔，你这辈子一共抓住过多少小偷？像我这样抓好几次的只能算一个。"

高大平："一个。"

窦康："什么？"他哈哈笑起来："高叔，还不知道你会谦虚呢！"

高大平："就一个。送进局子里的，不计其数了，真抓住的，就一个。"

窦康明白了，回过头，看着坐在轮椅上的高大平。

窦康："高叔，你把我抓住了，真的抓住了。"

高大平骄傲地笑了。

傍晚，在顺家园大门外，赵所长指挥着大家，又一次把欢迎大会的横幅挂上去。许多人迫不及待地来了，站在一旁看。

一声"爸爸"的呼唤,赵所长回头,看到妻子和女儿小雨、素素来了。

赵所长眉开眼笑地说:"哟,你看看我丫头来了。干什么来了?给爸爸送好吃的来了?"一边说,一边走到一旁台阶处。赵妻笑着,把送来的饭打开。

赵所长:"你看看你看看,这像什么话呀?都忙着,就我在吃。"一边说着,一边还是用手捏着吃了一口,被赵妻打了一下。

赵妻:"非典还没过去呢,卫生就不讲了。"

小雨:"爸爸,爸爸,今天我们的作文是《献给最可爱的人》。"

赵所长一边吃着一边说:"是吗?你写的谁?不用说是爸爸喽?"

小雨:"不是,爸爸算不上,我写的邹大夫。"

赵所长失望地:"是吗?连我丫头都不觉得我可爱,那你爸爸可算臭完了。"

小雨:"有人觉得你可爱呀。"

赵所长:"谁?你妈?"

小雨:"我们班有好几个同学写,赵小雨的爸爸最可爱。"

赵所长:"什么什么?真的吗?"

素素一直在听着,这时忍不住笑起来。

赵所长看她一眼:"明天来这儿接窦康吗?"

素素不好意思答。

小雨:"来,素素姐姐来,她昨天就去美容了。"

赵所长:"别光美容,窦康出来以后的教育改造就交给你了,还得给他治病。事儿多着呢。对了,看完病,你们来找一下我,那楼里的老爷子真麻烦,非逼着我帮窦康找个工作,你倒说说看,世界上哪有这种事啊?"

6

灯下,王贵生坐得很端正,正在给母亲打电话,墙上的表格已经没有了。

王贵生:"娘,明天这儿就要解除隔离了,这回是真解除了。"

娘在电话里说:"明天你就要当你的官去了?"

王贵生:"是,当官。"

娘在电话里说:"儿啊,可记着,你走到这一步不容易,往后把自己把持稳了,再不要犯啥大错。"

王贵生:"娘,我记住了,我能把持得住了。娘,您放心吧。"

邹烨安静地躺在病床上,身上还插着管子,带着呼吸机。

电视上,正在播出《关注在顺家园》节目,邹烨歪着头看着。

女主持人:"在这二十一天里,我们认识了这座大楼,认识了居住在这座楼里那么多可爱可敬的人们,我们不会忘了他们的名字:左光、王贵生、李立、倪虹、马立克、袁园、高大平、张亚丽、陈老师、顾真……我们更不会忘记那个感动了我们所有人的家庭,许大力和他美丽而坚强的妻子、可爱的孩子,不会忘记他们之间的倾城之恋。"

邹烨听到"倾城之恋"几个字,甜甜地笑了。

手机响了。

邹烨打开手机。手机里是大力的声音:"邹烨,对不起我电话晚了。我们一天都在忙,忙着明天的演出。邹烨,明天,我们将在楼顶天台上演出,真希望你能来参加我们的演出啊。不过,没关系,等演出完了,我就和栋栋到医院去,我们会天天在医院门口守着,等着接你回家。"

邹烨微笑着……

7

清晨,太阳还没升起,整个城市沉浸在一片安泰之中。成群的鸽子在天上飞过,天空中响着鸽哨声。

安静的街道上,洒水车一路洒着清水驶过,清水散成美丽的水花……

这时,楼内几个青年砰砰地敲着左光家的门。一个青年大声喊着:"左老师,爬楼去呀。"

门开了,周捷一身运动装出现在门口,回头喊:"左光,快一点。"

卧室里传出左光的声音:"你们先去,我马上来。"

周捷想回去,一位青年拉她一把:"快走吧。"

周捷跟着大家先走了。

他们下到一楼,正碰上田林成两口子穿着隔离衣出来收垃圾,两人一边忙一边还吵吵嚷嚷着。

张亚丽:"就你活得仔细,用得着吗?这就解除隔离了。"

田林成:"怎么用不着?还没解除,这隔离衣就得穿。再说了,衣裳发了不就是让穿的吗?"

大家嘻嘻哈哈地和他们打着招呼,来到门口,伸头探脑向外看着。

赵所长过来,绷着脸:"不行不行,隔离还没解除呢。"

大家笑着回来,到楼梯口,碰上王贵生下来。王贵生笑了笑:"哟,都这么早啊!"

大家七嘴八舌地说开了——

"我昨天一晚上就没睡着。"

"咱们以后天天爬楼怎么样?"

"好啊,我就想提这建议呢。"

"咦,左老师怎么还没到啊?"

周捷早就不安了。这时她匆匆地说:"你们先爬,我上去看看。"一边说着一边进了电梯。

大力正好从电梯里出来,和周捷打了个招呼,周捷什么也没说就进去了。

大力:"周老师怎么啦?"

王贵生:"你们叫左老师了?"

一个青年:"叫了啊。他让我们先爬,他随后来。"

另一个青年:"咱们先爬吧。"

王贵生不安地说:"等等吧,等左老师。"

又一个青年:"左老师怎么啦?好像身体不好。以前可以爬到十五楼,昨天只爬了三楼。"

王贵生:"左老师病了。"

大家都很惊讶:"什么?"

大力回身就走:"我上去看看。"

……

周捷开门进屋,一进门就大叫一声:"左光。"

左光扶着门框出现在卧室门口,脸上挂着惨淡的微笑。

左光:"小捷,我……我不能去爬了。我没力气了。"

周捷扑过去抱住他:"左光,左光。"

左光:"想做的事还有多少没做,答应的书写不完了。"

周捷流着泪:"不,你写完了,你把这本书写在了楼里。左光,下去吧,大家在下面等你,不能爬,哪怕和大家一起走一走。"

周捷扶左光出门,门一开,大力等在门口,什么话也没说,伸过手来扶住左光,进了电梯。

电梯到了一楼,电梯门开了。周捷和大力扶着左光出来,大家默默地迎着他。

左光微笑着看着大家:"为什么这样一副神情?隔离不

是要解除了吗?"

一个青年难过地说:"左老师,你有病,为什么不早些告诉大家?"

左光:"告诉大家,难道我的病就能好吗?今天就要解除隔离了,笑起来吧,笑起来,无论什么时候,无论什么情况下,我们都要微笑着拥抱这可贵的生命。走吧,我们爬楼去。"

大家拥着他走进楼梯间。

左光在大家的搀扶下艰难地向上爬着,气喘吁吁,步履沉重,但仍然向上爬着。

爬到三楼,左光终于停下来了。他抱歉地向大家笑着:"对不起,我爬不动了。我到底没能爬到二十四楼上去。"

王贵生:"同志们,咱们把左老师抬到二十四楼去吧。"

大家很快找来了担架,左光躺在担架上,由几个青年抬着,一级一级地往上爬。身后越来越多的人,加入到爬楼的队伍。

人们抬着左光继续向上爬,跟随的人已经塞满了楼梯,像一道洪流。

左光努力向下看着,眼里含着热泪,喃喃地说:"波澜壮阔的生命,波澜壮阔的生命。"

人们抬着左光终于爬上天台。左光在周捷的搀扶下站起来,看着东方初升的太阳。

灿烂的阳光照耀着京州市。

左光旋转着身子看着,吟诗:"岱宗夫如何?齐鲁青未了。造化钟神秀,阴阳割昏晓。荡胸生层云,决眦入归鸟。会当凌绝顶,一览众山小。"

在他的吟哦声中,大家激情澎湃……

在顺家园的大门口,锣鼓喧天,鞭炮齐鸣。

刘一平面对大家,声如洪钟:"在这场突如其来的灾难中，我们的党，我们的人民，表现出了不畏艰险、勇敢坚强的自我牺牲精神，团结一致、同舟共济的集体主义精神，积极向上、从容自信的乐观主义精神，相信群众、相信党和政府的实事求是精神。灾难使我们蒙受了重大的生命财产的损失，但更考验了我们的意志，锻炼了我们的精神，纯洁了我们的队伍，焕发了我们的斗志，密切了我们的干群关系，提高了党和政府的威信。我们相信，经过这一场抗击非典的斗争，我们的意志将会更坚强，我们前进的步伐将会更坚定，我们的队伍将会更壮大，我们的目标将会更明确。历经苦难的中华民族又一次经历了灾难的洗礼，它的前途将会更美好！"

　　刘一平的话音一落，立刻响起一片排山倒海般的掌声。

　　在顺家园的天台上，站满了人。

　　陈老师的钢琴抬到了天台一角。陈老师西装革履，衣冠楚楚，神情庄重地举起手，猛地落下，弹出了激昂而优美的旋律……

　　倪虹高亢的歌声响起……

　　袁园随着她的歌声起舞……

　　在歌舞声中，左光夫妇相拥在一起，李立夫妇抱着孩子，田林成和孙律师两家并肩站在一起，窦康和素素推着高大平站在人群里，马立克虔诚地看着袁园跳舞，大力扛着摄像机拍摄着……

　　刘一平也来到天台，挤进了人丛中。

　　倪虹一曲终了。片刻的宁静。

　　稚嫩的童声响起来："春天来了，春天来了……"

　　全体大合唱："春天来了，春天来了……"

是要解除了吗?"

一个青年难过地说:"左老师,你有病,为什么不早些告诉大家?"

左光:"告诉大家,难道我的病就能好吗?今天就要解除隔离了,笑起来吧,笑起来,无论什么时候,无论什么情况下,我们都要微笑着拥抱这可贵的生命。走吧,我们爬楼去。"

大家拥着他走进楼梯间。

左光在大家的搀扶下艰难地向上爬着,气喘吁吁,步履沉重,但仍然向上爬着。

爬到三楼,左光终于停下来了。他抱歉地向大家笑着:"对不起,我爬不动了。我到底没能爬到二十四楼上去。"

王贵生:"同志们,咱们把左老师抬到二十四楼去吧。"

大家很快找来了担架,左光躺在担架上,由几个青年抬着,一级一级地往上爬。身后越来越多的人,加入到爬楼的队伍。

人们抬着左光继续向上爬,跟随的人已经塞满了楼梯,像一道洪流。

左光努力向下看着,眼里含着热泪,喃喃地说:"波澜壮阔的生命,波澜壮阔的生命。"

人们抬着左光终于爬上天台。左光在周捷的搀扶下站起来,看着东方初升的太阳。

灿烂的阳光照耀着京州市。

左光旋转着身子看着,吟诗:"岱宗夫如何?齐鲁青未了。造化钟神秀,阴阳割昏晓。荡胸生层云,决眦入归鸟。会当凌绝顶,一览众山小。"

在他的吟哦声中,大家激情澎湃……

在顺家园的大门口,锣鼓喧天,鞭炮齐鸣。

刘一平面对大家,声如洪钟:"在这场突如其来的灾难中，我们的党，我们的人民，表现出了不畏艰险、勇敢坚强的自我牺牲精神，团结一致、同舟共济的集体主义精神，积极向上、从容自信的乐观主义精神，相信群众、相信党和政府的实事求是精神。灾难使我们蒙受了重大的生命财产的损失，但更考验了我们的意志，锻炼了我们的精神，纯洁了我们的队伍，焕发了我们的斗志，密切了我们的干群关系，提高了党和政府的威信。我们相信，经过这一场抗击非典的斗争，我们的意志将会更坚强，我们前进的步伐将会更坚定，我们的队伍将会更壮大，我们的目标将会更明确。历经苦难的中华民族又一次经历了灾难的洗礼，它的前途将会更美好！"

刘一平的话音一落，立刻响起一片排山倒海般的掌声。

在顺家园的天台上，站满了人。

陈老师的钢琴抬到了天台一角。陈老师西装革履，衣冠楚楚，神情庄重地举起手，猛地落下，弹出了激昂而优美的旋律……

倪虹高亢的歌声响起……

袁园随着她的歌声起舞……

在歌舞声中，左光夫妇相拥在一起，李立夫妇抱着孩子，田林成和孙律师两家并肩站在一起，窦康和素素推着高大平站在人群里，马立克虔诚地看着袁园跳舞，大力扛着摄像机拍摄着……

刘一平也来到天台，挤进了人丛中。

倪虹一曲终了。片刻的宁静。

稚嫩的童声响起来："春天来了，春天来了……"

全体大合唱："春天来了，春天来了……"